名家通识讲座书系

红楼梦十五讲

□ 刘梦溪　冯其庸　蔡义江
马瑞芳　叶　朗　龚鹏程
刘敬圻　李希凡　张锦池
吕启祥　孙　逊　刘广定
童元方　周汝昌　刘再复　著

北京大学出版社
PEKING UNIVERSITY PRESS

图书在版编目(CIP)数据

红楼梦十五讲/刘梦溪等著.—北京:北京大学出版社,2007.8
(名家通识讲座书系)
ISBN 978-7-301-08986-6

Ⅰ.①红… Ⅱ.①刘… Ⅲ.①《红楼梦》研究 Ⅳ.①I207.411

中国版本图书馆CIP数据核字(2006)第129037号

书　　名	红楼梦十五讲
著作责任者	刘梦溪　等著
责任编辑	张凤珠
标准书号	ISBN 978-7-301-08986-6
出版发行	北京大学出版社
地　　址	北京市海淀区成府路205号　100871
网　　址	http://www.pup.cn　新浪微博:@北京大学出版社
电子信箱	pkuwsz@126.com
电　　话	邮购部010-62752015　发行部010-62750672 编辑部010-62756467
印 刷 者	三河市北燕印装有限公司
经 销 者	新华书店
	965毫米×1300毫米　16开本　23.5印张　353千字
	2007年8月第1版　2023年1月第12次印刷
定　　价	69.00元

《名家通识讲座书系》
编审委员会

《名家通识讲座书系》总序

本书系编审委员会

《名家通识讲座书系》是由北京大学发起，全国十多所重点大学和一些科研单位协作编写的一套大型多学科普及读物。全套书系计划出版100种，涵盖文、史、哲、艺术、社会科学、自然科学等各个主要学科领域，第一、二批近50种将在2004年内出齐。北京大学校长许智宏院士出任这套书系的编审委员会主任，北大中文系主任温儒敏教授任执行主编，来自全国一大批各学科领域的权威专家主持各书的撰写。到目前为止，这是同类普及性读物和教材中学科覆盖面最广、规模最大、编撰阵容最强的丛书之一。

本书系的定位是"通识"，是高品位的学科普及读物，能够满足社会上各类读者获取知识与提高素养的要求，同时也是配合高校推进素质教育而设计的讲座类书系，可以作为大学本科生通识课（通选课）的教材和课外读物。

素质教育正在成为当今大学教育和社会公民教育的趋势。为培养学生健全的人格，拓展与完善学生的知识结构，造就更多有创新潜能的复合型人才，目前全国许多大学都在调整课程，推行学分制改革，改变本科教学以往比较单纯的专业培养模式。多数大学的本科教学计划中，都已经规定和设计了通识课（通选课）的内容和学分比例，要求学生在完成本专业课程之外，选修一定比例的外专业课程，包括供全校选修的通识课（通选课）。但是，从调查的情况看，许多学校虽然在努力建设通识课，也还存在一些困难和问题：主要是缺少统一的规划，到底应当有哪些基本的通识课，可能通盘考虑不够；课程不正规，往往因人设课；课量不足，学生缺少选择的空间；更普遍的问题是，很少有真正适合通识课教学的教材，有时只好用专业课教材替代，影响了教学效果。一般来说，综合性大学这方面情况稍好，其他普通的大学，特别是理、工、医、农类学校因为相对缺少这方面的教学资源，加上很少有可供选择的教材，开设通识课的困难就更大。

这些年来，各地也陆续出版过一些面向素质教育的丛书或教材，但无论数量还是质量，都还远远不能满足需要。到底应当如何建设好通识课，使之能真正纳入正常的教学系统，并达到较好的教学效果？这是许多学校师生普遍关心的问题。从2000年开始，由北大中文系主任温儒敏教授发起，联合了本校和一些兄弟院校的老师，经过广泛的调查，并征求许多院校通识课主讲教师的意见，提出要策划一套大型的多学科的青年普及读物，同时又是大学素质教育通识课系列教材。这项建议得到北京大学校长许智宏院士的支持，并由他牵头，组成了一个在学术界和教育界都有相当影响力的编审委员会，实际上也就是有效地联合了许多重点大学，协力同心来做成这套大型的书系。北京大学出版社历来以出版高质量的大学教科书闻名，由北大出版社承担这样一套多学科的大型书系的出版任务，也顺理成章。

编写出版这套书的目标是明确的，那就是：充分整合和利用全国各相关学科的教学资源，通过本书系的编写、出版和推广，将素质教育的理念贯彻到通识课知识体系和教学方式中，使这一类课程的学科搭配结构更合理，更正规，更具有系统性和开放性，从而也更方便全国各大学设计和安排这一类课程。

2001年底，本书系的第一批课题确定。选题的确定，主要是考虑大学生素质教育和知识结构的需要，也参考了一些重点大学的相关课程安排。课题的酝酿和作者的聘请反复征求过各学科专家以及教育部各学科教学指导委员会的意见，并直接得到许多大学和科研机构的支持。第一批选题的作者当中，有一部分就是由各大学推荐的，他们已经在所属学校成功地开设过相关的通识课程。令人感动的是，虽然受聘的作者大都是各学科领域的顶尖学者，不少还是学科带头人，科研与教学工作本来就很忙，但多数作者还是非常乐于接受聘请，宁可先放下其他工作，也要挤时间保证这套书的完成。学者们如此关心和积极参与素质教育之大业，应当对他们表示崇高的敬意。

本书系的内容设计充分照顾到社会上一般青年读者的阅读选择，适合自学;同时又能满足大学通识课教学的需要。每一种书都有一定的知识系统,有相对独立的学科范围和专业性,但又不同于专业教科书,不是专业课的压缩或简化。重要的是能适合本专业之外的一般大学生和读者,深入浅出地传授相关学科的知识,扩展学术的胸襟和眼光,进而增进学生的人格素养。本书系每一种选题都在努力做到入乎其内,出乎其外,把学问真正做活了,并能加以普及,因此对这套书作者的要求很高。我们所邀请的大都是那些真正有学术建树,有良好的教学经验,又能将学问深入浅出地传达出来的重量级学者,是请“大家”来讲“通识”,所以命名为《名家通识讲座书系》。其意图就是精选名校名牌课程,实现大学教学资源共享,让更多的学子能够通过这套书,亲炙名家名师课堂。

本书系由不同的作者撰写,这些作者有不同的治学风格,但又都有共同的追求,既注意知识的相对稳定性,重点突出,通俗易懂,又能适当接触学科前沿,引发跨学科的思考和学习的兴趣。

本书系大都采用学术讲座的风格,有意保留讲课的口气和生动的文风,有“讲”的现场感,比较亲切、有趣。

本书系的拟想读者主要是青年,适合社会上一般读者作为提高文化素养的普及性读物;如果用作大学通识课教材,教员上课时可以参照其框架和基本内容,再加补充发挥;或者预先指定学生阅读某些章节,上课时组织学生讨论;也可以把本书系作为参考教材。

本书系每一本都是“十五讲”,主要是要求在较少的篇幅内讲清楚某一学科领域的通识,而选为教材,十五讲又正好讲一个学期,符合一般通识课的课时要求。同时这也有意形成一种系列出版物的鲜明特色,一个图书品牌。

我们希望这套书的出版既能满足社会上读者的需要,又能够有效地促进全国各大学的素质教育和通识课的建设,从而联合更多学界同仁,一起来努力营造一项宏大的文化教育工程。

目录

第一讲

曹雪芹和他的文学世界

刘梦溪

就像《红楼梦》是一部震撼人们心灵的大悲剧一样,《红楼梦》的作者曹雪芹的生活经历也是一个大悲剧。

向读者介绍曹雪芹,既是一项有意义的工作,又是一项困难的工作。古人说:“读其书,想见其为人。”谁不想对《红楼梦》的作者有更多的了解呢?如果可能,笔者多么希望把一个有血有肉、丰神迥异的曹雪芹介绍给大家啊!可惜,迄今为止,红学家们苦心搜求的大都是曹雪芹上世的材料,关于作家本人的情况则所知甚少,包括他的生卒年以及父亲到底是谁,都很难形成确定的意见。[1]不过有《红楼梦》在,这部伟大的现实主义作品里融解着作家的个性和人格,参以现有的资料,给曹雪芹的生平和创作勾勒一个大致的轮廓,还不是完全不能做到。

一

曹雪芹,名霑,字芹圃,号芹溪,雪芹也是他的号。他大约生于康熙五十四年(公元1715年),卒于乾隆二十九年(1764)。作家短暂的一生,跨越康、雍、乾三朝,时逢"盛世",而他的家族又是在雍正统治时期败落下来的,整个清朝中叶的政局和社会变迁给他的生活与创作以直接的影响。曹雪芹是当时特定历史时代的产儿,他的作品真实深刻地反映了那一时代。

曹雪芹的先世原为汉人,远祖曹锡远曾任明朝沈阳中卫的地方官。后来清太祖努尔哈赤率兵攻陷沈阳,曹锡远被俘,沦为奴隶,其子曹振彦编入旗籍,当了一名"教官"。明毅宗崇祯七年(1634),曹振彦转入多尔衮统率的满洲正白旗,任军中"佐领",官运开始亨通起来。清兵入关时,曹振彦屡立战功,后又于清世祖顺治六年(1649)随摄政王多尔衮出征大同,并任山西平阳府吉州知州、大同府知府及浙江盐法参议使等官职。

论民族,曹雪芹的上世是汉人,但很早就加入了旗籍;论出身,曹家因从龙入关,护驾有功,属于直接为皇帝服务的内务府正白旗包衣。所以,更准确地说,曹家应该算作内务府汉军旗人,这在清初,是一种极特殊的身份,只有经过长期考验的最忠实的奴仆才能享此殊荣。

正因为如此,曹雪芹的曾祖父曹玺的夫人才有可能被选入宫中,充当幼年时期康熙的保姆,曹雪芹的祖父曹寅则给康熙当伴读,形成了曹氏家族与最高统治者之间的非同寻常的关系。康熙登基以后,立即对曹玺委以重任,简派他督理江宁织造,而且改变了原来三年更换一次的惯例,把江宁织造变成"专差久任"。这样,曹玺便于康熙二年至二十三年连任江宁织造二十二年,直至病死任所。据《康熙上元县志·曹玺传》记载,曹玺自幼深沉好学,富有政治才干,织造任内,使"积弊一清",深得康熙赞许。特别是他在康熙十六年和十七年两次进京汇报江南情况,"备极详剀",得到破格提拔,"赐蟒服,加正一品",成为"内司空",即具有内务府包衣身份的工部尚书。

曹玺死后,曹寅继任江宁织造,他比乃父更有才干,不仅精通吏治,体察民情,而且具有很高的文化艺术修养。《康熙上元县志·曹玺传》称他"七岁能辨四声,长,偕弟子猷讲性命之学,尤工于诗,伯仲相济美"。著名的《全唐诗》和《佩文韵府》,就是曹寅主持纂辑刊刻的。还在曹玺举丧期间,康熙已晋升曹寅为内务府慎刑司郎中,同时"仍协理江宁织造事务"。康熙三十一年,正式任命曹寅为江宁织造,直至康熙五十一年病死。这期间,又与妻兄李煦轮年兼理两淮巡盐监察御史。李煦是广东巡抚李士桢之子，也出身于“簪缨巨族，阀阅大家”，先后任广东韶州府知府、浙江宁波府知府和畅春苑总管，康熙三十一年出任苏州织造。还有杭州织造孙文成，康熙也极为重视，认为“三处织造，视同一体”[2]，都是他的股肱近臣。

织造在清代是一种特殊官职，它由皇帝亲自派出，具体督理宁、苏、杭一带的纺织事务，向宫廷供奉绸缎、衣饰、果品，直接对皇帝负责。同时还负有政治使命，凡属吏治、民情、风俗、习惯、晴雨、丰歉等一应社会动态，都必须及时向最高统治者秘密奏报。这里涉及清代的密折制度问题。康熙对自己首倡的密折制度颇为欣赏，他晚年在一则特谕中写道：“朕令大臣皆奏密折，最有关系，此即明目达聪之意也，前古帝王行之甚少。朕临御五十余年，凡臣下奏折，细加体察，殊有裨益。设若浙江巡抚奏秋成八分，其福建从浙江过者询之，或云十分，或云六七分，一有参差，便可知其虚实矣。摺奏之或公或私，朕无不洞悉，如果属有益，即当酌量施行；倘有徇私报复害人者，即时发生，令众知之，彼之真情有不毕露者乎？凡一切奏折，皆朕亲批，人不能知，内中亦不存稿。如张鹏翮为总河时，其所奏折，有一非朕亲批者乎？既许摺奏，诸王、都统、大臣等，不能推测折中所言何事，自然凡事皆戒谨恐惧。在今日开言路之法，不善于此。凡为小臣时，大都愿开言路，及为大臣，则又不愿；而不知折之公私，朕一见便悉，不能掩也。”[3]不能不承认康熙的经验谈包含着一些真情至理，确实不是凡庸之见。

密折制度对皇帝了解下情的确不无好处。但就事论事，清代的密折制度有利也有弊，既可以使皇帝及时了解吏治民情，也给奸佞构陷无辜以可乘之机。有清以来，朝野“打小报告”盛行，殆缘于此。不过曹寅和李煦的密折，反映情况一般都较全面，所陈事实皆可复按，康熙帝因此很激赏，对曹、李格外优宠有加，也常透消息给他们，甚至连南巡这样的外界绝对不可预闻的重大举措，也常常先向曹寅打招呼。康熙四十三年七月二十九日，玄烨在曹寅奏谢钦点巡盐并请陛见折上批道：“朕体安善，尔不必来。明年朕欲南方走走，未定。倘有疑难之事，可以密折请旨。凡奏折不可令人写，但有风声，关系匪浅。小心，小心，小心，小心！”[4]通过密折，曹寅更加密切了与最高统治者的不寻常的关系，由股肱近臣进一步变成了耳目亲信，无论朝野都不得不对他刮目相看。

曹寅与康熙的特殊关系，集中表现在康熙六次南巡有四次驻跸在江宁织造府中。[5]第一次南巡正赶上曹玺病死未久，康熙“亲临其署，抚慰诸孤”。第二次南巡由桑格在织造府接驾。第三至第六次南巡，都是曹寅接的驾。陈康祺《郎潜纪闻三笔》对第三次南巡曾做如下记载：“康熙己卯夏四月，上南巡回驭，驻跸于江宁织造曹寅之署。曹世受国恩，与亲臣世臣之列。爰奉母孙氏朝谒。上见之色喜，且劳之曰：‘此吾家老人也。’赏赉甚渥。会庭中谖花盛开，遂御书‘萱瑞堂’三字以赐。”[6]康熙和曹寅俨然亲如一家，可见他们之间的关系何等密切。这就是曹雪芹的家族为什么在祖父曹寅在世时能够达到鼎盛的重要原因。曹寅的所做所为也确实没有辜负康熙的重托，不仅奏报地方见闻及时，四次接驾有功，在团结江南文人学士方面也颇见成效。当时满汉民族间的矛盾是最高统治者面临的一大难题，特别江南一带的知识分子的反清情绪很强烈，需要有人去做安抚、缓解、统战的工作。

曹寅为人宽平和气，文化素养高，富收藏，擅词曲，喜交游，是做统战工作的最合适的人选。他主持编刊《全唐诗》和《佩文韵府》，就是一项深得文人学士之心的具体举措。程廷祚在《青溪文集》中说，“管理织造事楝亭曹公主持风雅，四方之士多归之”，当不是虚美之谈。为了表彰曹寅的功绩，康熙于四十四年第五次南巡时，“给曹寅以通政使司通政使衔”[7]，达到正三品的官阶，待遇是“诰授通议大夫，妻封淑人，封赠三代，诰命三轴，俸银一百三十两”。曹氏家族越来越显赫了。

二

世界上的事情经常带有两重性，最显赫的时候往往也就是走下坡路的开始。曹寅和最高统治者的特殊关系，既给他的家族带来了“烈火油烹，鲜花著锦之盛”，也为后来的败落埋下了祸根。

康熙南巡的目的，名义上是为了视察河工，实际上则是为了访察吏治民情，了解江南一带的社会政治动向，当然也不排除兼有观览一下江南风光名胜的动机。就康熙而言，他每次出巡都有严格规定，尽量节俭和不扰民，“凡需用之物，皆自内府储备，秋毫不取之民间”；但负责接驾的大小官员，则诚惶诚恐，不敢稍有怠慢，互相比赛，竞斗奢华，如张符骧描写扬州行宫的《竹西词》所说：“三汊河干筑帝家，金钱滥用比泥沙。”南巡给地方官员以及劳动人民带来的沉重负担可想而知。《红楼梦》第十六回赵嬷嬷说的：“还有如今现在江南的甄家，嗳哟哟，好势派！独他家接驾四次，若不是我们亲眼看见，告诉谁谁也不信的。别讲银子成了土泥，凭是世上所有的，没有不是堆山塞海的，‘罪过可惜’四个字竟顾不得了。”看来这不是虚写，很可能作者用的是史笔。曹寅四次接驾的结果，造成了经济上的巨大亏空。康熙对此十分关切，于四十九年八月廿二日在李煦奏折上批道：“风闻库帑亏空者甚多，却不知尔等作何法补完？留心，留心，留心，留心，留心！”[8]同年九月初二又在曹寅的奏折上批道：“两淮情弊多端，亏空甚多，必要设法补完，任内无事方好，不可疏忽。千万小心，小心，小心，小心！”[9]李煦的亏空史无确切记载，估计也不在少数。为了帮助他们及早弥补任内亏空，康熙下令由曹寅和李煦轮管两淮盐政，但直至曹寅病死，两人轮管了十年，亏空也未能全部补完。

曹寅是康熙五十一年(1712)七月二十三日病故的，患的是急性疟疾，从发病到死亡仅三个星期的时间。据曹寅的嫡子连生即曹颙在九月初四的奏折中说，曹寅在垂危之际，还因未补完织造钱粮而“槌胸抱恨”，“气绝经时，目犹未瞑”[10]。为此，康熙特恩准李煦为曹寅代管盐政一年，将所得五十八万六千两“余银”全部用来弥补亏空。曹颙以为这样一来就可以“清完所欠钱粮”了[11]。康熙也松了一口气，说曹寅“身没之后，得以清了，此母子一家之幸”[12]。谁知曹寅任中亏空不止此数，另外还有好几笔，直到康熙五十五年，还发现一笔二十六万三千余两的债务[13]，终于给雍正留下了整治曹家的具体口实。

曹寅死后，康熙命寅子曹颙继任江宁织造，不料曹颙短命，接任仅二年多，便于康熙五十四年(1715)正月故去。曹颙是曹雪芹的生父，曹颙死时雪芹尚在母腹之中。康熙对曹颙的死也是很痛惜的，传话给内务府总管说：“曹颙系朕眼看自幼长成，此子甚可惜。朕所使用之包衣子嗣中，尚无一人如他者。看起来生长得也魁梧，拿起笔来也能写作，是个文武全才之人。他在织造上很谨慎，朕对他曾寄予很大的希望。他的祖、父先前也很勤劳。现在倘若迁移他的家产，将致破毁。李煦现在此地，著内务府总管去问李煦，务必在曹荃之诸子中，找到能奉养曹颙之母如同生母之人才好。他们弟兄原也不和，倘若使不和者去做其子，反而不好。汝等对此应详细考查选择。”[14]可见康熙对曹家的情况是多么谙熟，是何等关心。

后来经过查询，曹荃诸子中以老四曹頫为人最忠厚老实，而且是跟随曹寅在江南长大的，曹寅生前就很夸奖他，所以便将曹頫过继给曹寅为次子，继任江宁织造。曹頫的生父曹荃也叫曹宣，字子猷，号筠石，工诗善画，和曹寅是嫡亲弟兄，早在康熙四十四年就死去了。曹頫继任江宁织造的时间是康熙五十四年三月初六，至雍正五年十二月二十四日查封其家产，经过了十三年。曹頫的才干显然逊于曹寅和曹颙，同时也由于年龄太小，缺乏政治经验，奏折写得也不是很理想。康熙对此曾表示过不满，于五十四年七月十四日的一条御批中质问道："你家中大小事为何不奏闻？"[15]五十七年六月初二日，康熙又在曹頫请安折上批道："尔虽无知小孩，但所关非细，念尔父出力年久，故特恩至此。虽不管地方之事，亦可以所闻大小事，照尔父密密奏闻，是与非朕自有洞鉴。就是笑话也罢，叫老主子笑笑也好。"[16]要求提得尽管具体，可惜曹頫还是不能完全做到。我们从《关于江宁织造首家档案史料》一书中看到，曹頫写的奏折和曹寅、曹颙相比，真不可以道里计。但康熙还是谅解的，终他一生，对曹雪芹的家族一直采取回护和信任的态度。

雍正上台以后，情形就不同了。就施政方针而言，雍正和康熙没有什么根本的不同，基本上保持了政策的连续性，使雍正朝成为走向"乾隆盛世"的重要阶梯。但封建政权的承继和嬗变并不依施政方针的同异为依归，更多地反映的是统治集团的利益纷争，即使奉行同一方针，各派政治力量之间也可以爆发很激烈的冲突。雍正夺嫡是历史上的大事件，篡改诏书的说法虽未必可信，但雍正早怀有篡位野心，为了夺嫡使尽阴谋手段却是事实。所以这位老谋深算的雍正一旦得到帝王宝座，便杀机毕露，千方百计整治政敌，先是皇八子允禩和皇九子允禟，随后是他们的党羽，一批接一批地被抄没、监禁、流放、杀害。雍正三年，李煦的家产被抄没，到雍正五年又查出李煦曾在苏州买女子送给"阿其那"，险些定为奸党处斩，后改为流放打牲乌拉。雍正四年，曹家的另一门亲戚傅鼐因罪被革去户部侍郎职务；同年，曹寅的女婿多罗平郡王讷尔苏被革退王爵。就像《红楼梦》中江南甄府的被抄是贾府被抄的先兆一样，曹家诸姻戚先后遇事对曹家威胁极大。作为雍正帝，不过是未雨绸缪；但在曹家，已是山雨欲来风满楼了。

其实，早在雍正上台之初，对曹家的杀机就显露出来了。一次，雍正在曹𫖯奏谢将织造补库分三年带完折上批道："只要心口相应。若果能如此，大造化人了。"[17]口气非常不客气。这是雍正二年正月间的事。同年四月初四，又在曹𫖯祝贺年羹尧平叛凯旋折上批道："此篇奏表，文拟甚有趣，简而备，诚而切，是个大通家作的。"[18]字里行间充满了嘲讽。同年闰四月二十六，雍正进一步责问曹𫖯、李煦、孙文成三织造："人参在南省售卖，价钱为何如此贱？"[19]这原是康熙五十七年的一笔旧账，五六年后旧事重提，显然带有不便明说的动机。接着，在雍正二年五月初六，曹𫖯奏报江南蝗灾因连得大雨而僵灭大半，因此"人心慰悦，太平无事"。然而雍正挑剔说："蝗蝻闻得还有，地方官为什么不下力扑灭？二麦虽收，秋禾更要紧。据实奏，凡事有一点欺隐作用，是你自己寻罪，不与朕相干。"[20]雍正三年九月三十日，取消了曹𫖯造送马鞍、撒袋、刀等物之饰件的权利，改由广储司依原样制造。[21]雍正四年三月初十，内务府总管奏称曹𫖯等进的绸缎粗糙轻薄，决定给曹𫖯以罚俸一年的处分。[22]雍正五年六月二十四日，又因给皇上做褂面用的石青缎匹落色，将曹𫖯罚俸一年。[23]接着，便于雍正五年十二月二十四日，查封了曹𫖯的家产。真是紧锣密鼓，步步紧逼。抄家的表面理由是："江宁织造曹𫖯，行为不端，织造款项亏空甚多……伊不但不感恩图报，反而将家中财物暗移他处，企图隐蔽，有违朕恩，甚属可恶。"[24]实际上只不过是一种口实，真正原因还是雍正为了整治政敌，是皇室政治斗争的一个组成部分。

曹雪芹的家族的命运是和康熙朝相始终的，康熙和雍正的政权交替，是曹家由盛变衰的转捩点，同时也是成就曹雪芹这个伟大作家的社会契机。

三

曹𫖯被查封家产时，曹雪芹已经13岁，对接近皇室的封建官僚世家的生活已开始有自己的体验。他是曹颙的遗腹子,从小没得到父爱,但母亲马氏及祖母李氏对他极娇宠,奉若掌上明珠。使他在温柔之乡中过着锦衣玉食的生活。祖父曹寅藏书丰富[25],使他从小就能够从传统文化中吸取养料;叔父曹𫖯和英国商人有直接往来,更进一步打开了他的视野。加上雪芹聪明颖慧,广见博识,富有文学气质,都为后来从事文学创作打下了良好的基础。而康熙晚年皇室的倾轧及雍正上台后穷治政敌,给曹雪芹的家族布下了浓重的阴影,这对青少年时期的作家来说,不能不带来一定影响,毫无疑问会起到加深他对生活的理解和认识的作用。当然,使曹雪芹的生活道路发生根本变化和对他后来从事创作具有重大影响的,还是雍正五年的抄家没产和由此带来的彻底败落。

曹雪芹抄家之后和抄家之前的生活境遇相比,可以说一落千丈。据有关史料记载,曹家被抄后,即由南京迁移到了北京,雍正将曹家在南京的财产赏给了新任织造隋赫德,人丁也随即疏散,只有少数人口到了北京。可以确定下来的曹家人员,当时除十三四岁的雪芹外,就是曹𫖯以及雪芹的生母、祖母等女眷,而且曹𫖯正因骚扰驿站的罪名被下狱治罪,直到雍正七年年底才从枷号中解放出来。可以想见,这场政治大变故对曹雪芹的打击有多么沉重。不过,和李煦的遭遇相比,曹家还应该庆幸,因为曹𫖯以及曹雪芹的性命毕竟保留下来了,在北京崇文门外蒜市口一带还拨给他们一些住房,得以赡养度日。有的红学研究者认为曹家到北京以后曾有过一段"中兴",然后在乾隆朝又遭到第二次打击,看来缺乏史料依据,只不过是一种揣测。可以确定下来的情况是,曹雪芹虽遭到抄家,在北京的日常生活有相当一段似乎还能维持,这就是所谓"百足之虫,死而不僵"。但曹雪芹到底上没上过正经学校,已不好考订了。只知道他长大以后,对封建社会的现实颇为不满,蔑视仕途,每日吟诗作画、饮酒听曲,甚至"杂优伶中,以串戏为乐"[26],生活是很放浪的。大约乾隆十四五年的时候,曹雪芹在右翼宗学里谋得一个差使[27],并且结识了敦敏和敦诚,成为默契好友。正是凭了敦氏兄弟的有关诗文,我们才得知曹雪芹在北京行状的一些线索,知道曹雪芹所以为曹雪芹的伟大人格。

敦敏和敦诚是清太祖努尔哈赤第十二子英亲王阿济格的五世孙,阿济格在顺治初年被抄家、赐死，因此他们也是皇室贵胄的飘零子弟，与曹雪芹的境遇非常相似，彼此有共同的思想基础。敦敏和敦诚的诗文中透露出，曹雪芹的性格是阔朗而诙谐的，而且雄辩健谈，傲骨嶙峋。敦诚的《寄怀曹雪芹（霑）》诗中有句云："当时虎门数晨夕，西窗剪烛风雨昏。接罗倒着容君傲，高谈雄辩虱手扪。"[28]就是对在右翼宗学与曹雪芹朝夕相处情景的回忆和对曹雪芹狂傲性格的描绘。敦敏的诗里也几次提到曹雪芹的健谈和傲骨，如《题芹圃画石》开首就说："傲骨如君世已奇，嶙峋更见此支离。"还有一次，敦敏有一年多没见到雪芹了，偶然从明琳的养石轩经过，隔院听到了曹雪芹高谈阔论的声音，于是"急就相访，惊喜意外"，并写下一首感情淋漓的诗篇，前四句是："可知野鹤在鸡群，隔院惊呼意倍殷。雅识我惭褚太傅，高谈君是孟参军。"充满对曹雪芹的热烈赞誉之情。裕端的《枣窗闲笔》中，也说曹雪芹其人"身胖，头广而色黑，善谈吐，风雅游戏，触境生春，闻其奇谈，娓娓然令人终日不倦"。这可以和二敦的诗互相印证。

那么，雪芹、敦氏兄弟他们在一起到底谈些什么呢？敦诚《四松堂集》中有一篇论及友朋交游之乐的文章写道：

> 居闲之乐，无逾于友；友集之乐，是在于谈；谈言之乐，各有别也。奇谐雄辩，逸趣横生，经史书文，供我挥霍，是谓谈之上乘。衔杯话旧，击钵分笺，兴致亦豪，雅言间出，是谓谈之中乘。论议政令，臧否人物，是谓谈之下乘。至于叹羡及交涉之荣辱，分诉极无味之是非，斯又最下一乘也。如此不如无谈，且不如无集，并不如无友之为愈也。[29]

可见他们的谈趣和谈格是很高的。不过，所谓"谈之下乘"是否能够完全避免，即从来不"论议政令，臧否人物"，看来不一定，至少从《红楼梦》的内容可以反证，他们对家国社稷方面的大问题还是极关切的，恐怕无法做到"谈不及岩廊"[30]，就像曹雪芹声称他的《红楼梦》"毫不干涉时事"一样，实际上字里行间到处都有对现实政治的讥刺。何况，雪芹和敦氏兄弟都很欣赏魏晋文士的风格，尤其推崇阮籍[31]，怎么可能完全超然物外呢！他们的牢骚、不平和愤懑是随时都会表现出来的，只不过害怕文网之祸，"触忤心情类转蓬”[32]，不敢明言直说罢了。而曹雪芹的狂饮，正是他胸中抑塞的一种表现。敦诚的《佩刀质酒歌》前面的小序记载，一次他在槐园遇到雪芹，正赶上“风雨淋涔，朝寒袭袂”，此时“雪芹酒渴如狂”，他因此解下佩刀去换酒喝，使得“雪芹欢甚”，写了一首长诗给他。可惜我们已看不到这首长诗了，只有敦诚的答诗留了下来，其中写道：“相逢况是淳于辈，一石差可温枯肠”，又说：“曹子大笑称快哉，击石作歌声琅琅”、“君才抑塞倘欲拔，不妨斫地歌王郎”。把雪芹的豪情壮志和满腹愤懑和盘托了出来。

曹雪芹能诗善画，他的诗和画也凝聚着他的伟大人格。他画的石最见特色，敦敏有一首《题芹圃画石》诗，称赞他画的嶙峋的石头，就像雪芹的傲骨一样，里面积郁着作家胸中的无限块垒。这首诗的最后两句是：“醉余奋扫如椽笔，写出胸中块垒时。”至于曹雪芹的诗，就更见功力了。敦诚一次称赞说：“爱君诗笔有奇气，直追昌谷破篱樊。”另一次又说：“知君诗胆昔如铁，堪与刀颖交寒光。”这对一个写诗的人来说，可以说是相当高的称誉。唐代诗人昌谷李贺在文学史上有“鬼才”之称，主要指其立意奇拔，不同流俗，而雪芹的诗，风格直追李贺而又不为李贺所囿，自然更高一筹。所以敦诚才称赞他“诗胆如铁”，说他“诗笔有奇气”；敦敏则直接叫他“诗人”，宗室诗人张宜泉也说：“君诗曾未等闲吟，破刹今游寄兴深。”[33]在雪芹的朋友们中间，他经常作为不同流俗的诗人受到爱重。敦诚《四松堂集》卷五《鹪鹩庵笔尘》中，有这样一段记载：“余昔为白香山《琵琶行传奇》折，诸君题跋，不下数十家。曹雪芹诗云：‘白傅诗灵应喜甚，定教蛮素鬼排场。’亦新奇可诵。曹平生为诗，大类如此。”这是保留到今天的曹雪芹的唯一的两句诗，可以看出立意警拔，意象奇诡，确有李贺风格。诗格即人格，我们从曹雪芹的诗格里可以了解到他的人格的一些特征。

特别是张宜泉写的《题芹溪居士》诗，对曹雪芹的思想和人格的面貌描摹得更为具体。全诗八句，现抄录如下：

爱将笔墨逞风流，庐结西郊别样幽。
门外山川供绘画，堂前花鸟入吟讴。
羹调未羡青莲宠，苑召难忘立本羞。

借问古来谁得似，野心应被白云留。[34]

这首诗透露出，曹雪芹的人格是非常超拔的，他宁可过着贫窘的生活，也不愿意为统治者效劳。唐朝的画家阎立本当宫廷供奉的耻辱，雪芹决不能忍受，他也不羡慕因取悦权势者而得到的荣华富贵。他宁愿寄情山川白云，也不想使自己的渴望自由之心受到束缚。这首诗写的是雪芹移居北京西郊以后的情景，而他什么时候和因为什么移居西郊，已无从稽考。也许如有的研究者所推断的，大约在乾隆十五年至十九年之间吧，当时右翼宗学已改组，搬到了宣武门内绒线胡同新址，雪芹在内城生活无着，便迁往西山了。

曹雪芹迁居北京西郊以后，生活更趋困顿，居住条件也很成问题，蓬蒿环堵，“举家食粥”，加上与敦敏、敦诚等契友往来颇感不便，心境更加落寞了。这时他和僧道有过往还，思想不无消极的一面。但他人穷志坚，傲骨不变，除了和村塾先生张宜泉有所交往，和下层劳动人民有所接触，以及有时进城会会敦氏兄弟外，主要精力都用来写作《红楼梦》了。大约在乾隆二十五年左右，他回过一次南京老家[35]，一年以后又返回来。雪芹何时结的婚，已不可考，只知从南京回来后又续娶了一位新妇，这大约是一次很奇妙的“遇合”。乾隆二十八年冬天，雪芹的原配夫人所生的幼子病死，这对作家的打击甚为沉重，不久，他也在贫病中与世长辞，时在乾隆二十九年(1764)早春。曹雪芹死后，敦诚写了一首挽诗：

四十年华付杳冥，哀旌一片阿谁铭。
孤儿渺漠魂应逐，新妇飘零目岂瞑。
牛鬼遗文悲李贺，鹿车荷锸葬刘伶。
故人惟有青山泪，絮酒生刍上旧垧。[36]

诗的第三句后面有注：“前数月伊子殇，因感伤成疾。”由这首诗可以看出，雪芹的死是很寂寞的，几乎没举行什么葬仪，只有几个好友草草埋葬了事。一代天才就这样悲惨地了却终生！

但是，雪芹的精神和人格，将永远留在人们的心里。没过多久，宗室诗人张宜泉就在《伤芹溪居士》诗里写道："谢草池边晓露香，怀人不见泪成行。北风图冷魂难返，白雪歌残梦正长。琴裹坏囊声漠漠，剑横破匣影铓铓。多情再问藏修地，翠叠空山晚照凉。"[37]这是雪芹的朋友对他的怀念，也是同时代人对他的怀念。那么，他可以不寂寞了吧！

四

曹雪芹的一生是短促的，没有活到50岁，就坎坷以终，但他留给我们的思想财富和艺术宝藏却弥足珍贵。他会画，却没有画流传下来；他善吟，只留下了一首长诗中的两句。那么，他留给我们的思想财富和艺术宝藏在哪里呢？在《红楼梦》里。有了《红楼梦》，曹雪芹作为思想家和文学家的地位就奠定了。

曹雪芹何时开始写作《红楼梦》的？由于资料缺乏，无法确定具体年代。《红楼梦》的创作和成书过程，也像他的生平经历一样不为人所知。在写作《红楼梦》之前，曹雪芹曾写过一部名叫《风月宝鉴》的作品，内容有与《红楼梦》相似之处，但主旨和立意根本不同。甲戌本《凡例》中说："《风月宝鉴》，是戒妄动风月之情。"可见那是一部戒淫劝世的书，《红楼梦》里写秦可卿之死、贾瑞之死和秦钟之死，就带有《风月宝鉴》的痕迹。所以庚辰本第十三回前面有一首题诗："一步行来错，回头已百年。古今风月鉴，多少泣黄泉。"回目也标作"秦可卿淫丧天香楼"。这样一部作品，其思想意义和艺术价值，自然要大打折扣。《红楼梦》不同，它是作者用血泪写成的书，里面寄寓着曹雪芹对人生和社会的深刻见解，已经远远超出了戒淫劝世的范围。另外也有一种说法，认为《风月宝鉴》是雪芹的弟弟棠村创作的，雪芹是在其弟原作的基础上改写为《红楼梦》[38]。裕瑞《枣窗闲笔》即持此说，提出："闻旧有《风月宝鉴》一书，又名《石头记》，不知为何人之笔。曹雪芹得之，以是书所传述者与其家之事迹略同，因借题发挥，将此部删改至五次，愈出愈奇，乃以近时之人情谚语夹写而润色之，借以抒其寄托。"[39]当然裕瑞的说法多根据传闻，未必可信，谨录以备考。总之，《红楼梦》之前，确有一部《风月宝鉴》的旧稿，曹雪芹即在此基础上重新写成了不朽名著《红楼梦》。

甲戌本《石头记》第一回有一段交代《红楼梦》创作经过的话，写道："后因曹雪芹于悼红轩中披阅十载，增删五次，纂成目录，分出章回，则题曰《金陵十二钗》。"这段话直接点明曹雪芹是《红楼梦》的作者，而且披露出《红楼梦》的写作花去了作者十年的时间。按甲戌本已经是脂砚斋的再评本，定稿时间是乾隆十九年(1754)，因此初评的时间还要早些，由此上推十年，应该是《红楼梦》开始创作的时间，大约在乾隆七八年即公元1742年或1743年左右。曹雪芹开始写作《红楼梦》的时候，速度一定是很快的，可能没有多久就写出了初稿。赵烈文在《能静居笔记》中记载的，曹雪芹被其父关起来，"钥空室中，三年，遂成此书"[40]的说法虽未必可信，但前八十回完稿较速恐怕是事实。他在写法上也很巧妙，一般先叙述故事情节的发展，诗词曲赋等难写的韵文系后来补就，这就可以节省不少时间。曹雪芹的主要精力是花在修改上了，随着自己人生阅历的增加，难免越挖掘越深刻，越润色越完整，使得他在自己创造的艺术世界里流连忘返。所以《红楼梦》第一回有作者一首寓意颇深的题诗："满纸荒唐言，一把辛酸泪。都云作者痴，谁解其中味?"他多么希望读者能够正确理解他的创作意图呵!

乾隆十九年甲戌脂砚斋抄阅再评时，《红楼梦》前八十回大体上已经写就，只剩一些回次的诗词没有补完，如二十二回的黛玉制谜、七十五回的中秋诗等等。但值得注意的是，直到乾隆二十一年，第七十五回的中秋诗仍阙如，追其原因，可能是雪芹将前八十回的文稿基本写完之后，就交给脂砚斋抄写整理了，自己则着手八十回以后的情节的构思和写作。所以甲戌本以及后来的己卯本和庚辰本，时间上虽相差好几年，且有"再评"和"四评"之分，正文的文字却没有很大的出入。八十回以后的文稿，曹雪芹生前也基本上写完了，所以脂砚斋、畸笏叟等批书人在提及后部《红楼梦》的情节时，才如数家珍。如有《证前缘》一回，写黛玉"泪尽"而逝，宝玉"对境悼颦儿"；有探春远嫁，惜春入水月庵为尼；有妙玉被强盗劫持到镇江瓜洲渡口，流落风尘；有史湘云嫁给卫若兰，"白首双星"；《狱神庙慰宝玉》，茜雪和红玉去探监；宝玉后来"悬崖撒手"，做了和尚；末回是《情榜》，由警幻仙子归结金陵十二钗，公布了正册、副册、再副册和三、四副册的"芳讳"等。这些文字又统称为"后三十回"。就是说，按照曹雪芹原来的艺术构思，《红楼梦》全书共一百一十回,结局是贾府被抄,黛死钗嫁,宝玉出家,人丁星散,落了片白茫茫大地真干净。

至于八十回以后的《红楼梦》文稿何以没有流传?这恐怕有多重原因。一个原因是雪芹虽然基本上把“后三十回”写完了,但脂砚去世了,整理者只剩下畸笏叟一人,他的精力多用来抄阅、评注前八十回,“后三十回”文字没有来得及系统整理。再一个原因是,“后三十回”部分文稿在借阅中“迷失”,更为整理成书增加了具体困难。如庚辰本第二十回有畸笏写的一条批语披露:“茜雪至狱神庙方呈正文。袭人正文标昌(目曰):‘花袭人有始有终’。余只见有一次誊清时,与狱神庙慰宝玉等五六稿,被借阅者迷失。叹叹。”又第二十六回的一条畸笏批语也说:“惜卫若兰射圃文字迷失无稿,叹叹。”这是为畸笏指明的一部分“迷失”文稿,没有指明的一定还有。最后一个原因,也是最重要的原因,大约和“后三十回”的内容有关。因为“后三十回”直接描写了贾府被抄,还有宝玉、王熙凤陷入囹圄等政治性极强的情节,即所谓“真事欲显,假事将尽”,无异于再现曹家败落的真实历史,政治关碍不能不有所顾忌,因此畸笏便决定不传了。永忠的堂叔瑶华说的:“第红楼梦非传世小说,余闻之久矣,而终不欲一见,恐其中有碍语也。”[41]指的就是这些方面。

《红楼梦》研究中有一种说法,认为曹雪芹生前只写了八十回,这种说法看来站不住脚。试想,到乾隆十八九年,前八十回就基本写完了,由乾隆十九年至二十九年作者逝世,还有近十年的时间,难道曹雪芹竟然躺倒不干或洗手不干了?显然不可能。敦诚《寄怀曹雪芹(霑)》诗中说:“劝君莫弹食客铗,劝君莫叩富儿门。残杯冷炙有德色,不如著书黄叶村。”雪芹所“著”的“书”,非《红楼梦》而何?且明确指出居住地点是在北京西郊,当然说的是最后十年的事情。可见,雪芹逝世以前的十年,除了继续修改前八十回以外,八十回以后的部分也在着手写作,只不过为穷愁所逼迫,也由于乾隆二十五年的南京之行,使他延宕了时间,书写的进度不是很快,时辍时续,结果全书虽大体写就,未及系统整理、定稿便“泪尽而逝”了。

曹雪芹生前和身后一段时间,《红楼梦》前八十回的文稿即以抄本的形式在社会上流传,开始是在亲朋友好中互相传阅,后来扩展到了外间世界,为封建士大夫所欣赏，但人们又以不是全璧为憾。乾隆五十年以后，社会上便有了八十回以后的《红楼梦》的传说，有的说看到了八十回以后的目录，有的说看到了百二十回全文。这说明八十回以后的续书当时已经出现了。到乾隆五十六年(1791)，程伟元和高鹗把前八十回和后四十回连成一气，整理出版了一百二十回本的《红楼梦》，他们补上去的后四十回就是某一种续书。当然，续作的思想水平和艺术水平比起曹雪芹原作来要逊色很多，不少地方都不能传达曹雪芹的原意，因此遭到后世诟病是可以理解的。但程、高补作也不能完全抹煞，在保持悲剧结局上还是有贡献的，其中有些章节如黛死钗嫁等，写得相当感人，且无法排除是否一定会没有曹雪芹的原稿在内。程、高补作对促进《红楼梦》更广泛的流传起了重要作用。[42]

曹雪芹在创作《红楼梦》的过程中，得到了脂砚斋、畸笏叟等人的热情帮助，他们不仅负责抄录、整理、加工、评注，而且通过述说自己的生活经历为曹雪芹提供创作素材。贾宝玉这个典型，就融会了著作者和脂砚斋两个人的经历。他们是曹雪芹最忠诚的合作者，于《红楼梦》的创作是有功绩的。但脂砚、畸笏这两个人究竟是谁，红学界尚无统一的看法，比较起来，认为脂砚斋是雪芹的弟弟曹棠村、畸笏叟是雪芹的叔父曹頫，也许较为可信。

五

曹雪芹为什么要写作《红楼梦》这样一部作品？我们从他的特殊的家世生平中可以看到一些端倪。他决不是无所用心而写作的，而是怀着创痛来回忆往昔的生活，抒写对人生和社会的感喟和理解。《红楼梦》第一回援引的一段“作者自云”，是打开曹雪芹创作意图的一把钥匙。

这段话是这样写的：“作者自云：‘因曾历过一番梦幻之后，故将真事隐去，而借‘通灵’之说，撰此《石头记》一书也。”可以相信，这确实是曹雪芹自己说的话，是关于《红楼梦》创作缘起的真实的自白。所谓“历过一番梦幻”，所指无他，就是康熙和雍正政权交替给他的家族带来的政治大变故，使“赫赫扬扬，已将百载”的大家族一变而为负罪的平民。这种突如其来的变化对曹雪芹的打击太沉重了，也太突然了，他不敢相信，又无法不相信，真如做了一场大梦一样，一觉醒来，目瞪口呆，不知此身为何物矣。正是这场政治大变故，使他历尽了人间沧桑，饱尝了世态炎凉，对封建社会的现实有了新的认识，改变了恪守封建正统观念的人生道路。《红楼梦》第二回写贾雨村闲居无聊，到郊外赏鉴村野风光，忽在山环小旋、茂林修竹中隐隐看到一座庙宇，门前对联写的是："身后有余忘缩手，眼前无路想回头。"他觉得这两句话文浅意深，"其中想必有个翻过筋斗来的亦未可知"，这应该写的是曹雪芹自己的真切感受。只有"翻过筋斗"，经历过大挫折，有大阅历的人，才能写出《红楼梦》这样的旷世奇作。古人讲发愤著书，西哲说义愤出诗人，揆诸《红楼梦》，自然也是发愤之作。敦敏《题芹圃画石》诗后两句是："醉余奋扫如椽笔，写出胸中块垒时。"不单画石，写作《红楼梦》一定也是这种心态。

再没有比自己的家族遽然败落对一个人的影响更直接也更深切的了。曹雪芹抚今忆昔，上下求索，不能不追溯这败亡的因由。第五回《好事终》曲："擅风情，秉月貌，便是败家的根本。"这是《红楼梦》作者的一种解释，近似于"情孽论"。第十三回秦可卿给王熙凤托梦，说："常言'月满则亏，水满则溢'，又道是'登高必跌重'。如今我们家赫赫扬扬，已将百载，一日倘或乐极悲生，若应了那句'树倒猢狲散'的俗语，岂不虚称了一世的诗书旧族了。"又说："否极泰来，荣辱自古周而复始，岂人力能可保常的。"这是曹雪芹对其家族败落所做的又一种解释，走向了历史循环论，但也不无辩证法思想。《红楼梦曲》里说的："自古穷通皆有定，离合岂无缘"、"冤冤相报实非轻，分离聚合皆前定"，这又是一种解释，宿命论的解释。而"树倒猢狲散"这句话，是曹寅生前经常说的[43]，曹雪芹不能毫无所闻，连这句话都直接写进书中，说明作者写作《红楼梦》的寄托多么深远。但情孽论也好，宿命论也好，历史循环论也好，只不过是作家暂时的思想归宿，无法回避的更为现实的因素，是雍正上台以后整治政敌，他的家族遭到了牵连，被抄家没产，从此一蹶不振，因此他对清朝的腐朽政治特别是皇室内部的倾轧，实抱有切肤之痛。敦敏和敦诚的与曹雪芹有关的诗里写的："秦淮旧梦人犹在，燕市悲歌酒易醺"、"扬州旧梦久已觉，且著临邛犊鼻裈"、"衡门僻巷愁今雨，废馆颓楼梦旧家"等，都昭示出曹雪芹写作《红楼梦》，是怀有深刻的今昔感的。尤其敦敏《赠芹圃》诗里的四句："燕市歌哭悲遇合，秦淮风月忆繁华，新愁旧恨知多少，一醉酕醄白眼斜。”诗中直接点出了“新愁旧恨”，可见曹雪芹是怀着怎样愤懑的心绪来写作《红楼梦》。诚如脂砚斋批语所说：“特为梦中之人特作此一大梦也。”但这样的创作意图，无论作者和批者，都不敢公开讲出来，所以又必须“将真事隐去”。

那么《红楼梦》中到底写了些什么内容呢？

作者在自述了创作缘起之后写道：“今风尘碌碌，一事无成，忽念及当日所有之女子，一一细考较去，觉其行止见识，皆出于我之上。何我堂堂须眉，诚不若彼裙钗哉？实愧则有余，悔又无益之大无可如何之日也。当此，则自欲将已往所赖天恩祖德，锦衣纨袴之时，饫甘餍肥之日，背父兄教育之恩，负师友规训之德，以至今日一技无成、半生潦倒之罪，编述一集，以告天下人。我之罪固不免，然闺阁中本自历历有人，万不可因我之不肖，自护己短，一并使其泯灭也。虽今日之茅椽蓬牖，瓦灶绳床，其晨夕风露，阶柳庭花，亦未有妨我之襟怀笔墨者。虽我未学，下笔无文，又何妨用假语村言，敷演出一段故事来，亦可使闺阁昭传，复可悦世之目，破人愁闷，不亦宜乎？”就是说，曹雪芹在书中所写，重点是那些行止见识“皆出于我之上”的众女子，特别是她们的命运、遭遇和爱情悲剧，所以他才把书名题做《金陵十二钗》。话虽这么说，真正动手写起来就不那么简单了。《红楼梦》何尝只写女子，围绕着荣、宁二府的盛衰，前前后后展开了一系列与社会政治直接相关的大事件，包括薛蟠打死人命，王熙凤为逼死尤二姐制造的假诉讼，以及贵妃省亲和“后部”待写到的贾府被抄家等等，都渗透着强烈的现实内容。曹雪芹在主观上是想把自己家族的政治变故“隐去”，而用假语村言来“敷演”故事，但写着写着就不由自主地真相毕露了——他的隐藏着的创作动机不时地要流露出来，这就形成了《红楼梦》的客观思想和作者主观命意的不完全一致性。正是这种不一致性，使得《红楼梦》的思想内容和艺术表现手法都变得复杂起来。

这里的关键在于，要正确理解和把握曹雪芹提出的“真”、“假”观念。就《红楼梦》的创作缘起来说，是由于康熙和雍正两个政权的交替给曹家带来了抄家没产的悲惨命运，促使曹雪芹在生活的遽变中领悟了人生的真谛，因而发愤著书，“述往事，思来者”，寄托感慨。这个创作缘起，是从曹雪芹经历的“真事”中得来的，对作品而言，它就是“真”。而作品本身所描写的内容，是作者为了表现自己的人生见解而“敷演”出来的故事，对“隐去”的“真事”而言，它就是“假”。但“假”中也有“真”，“真”中也有“假”，假假真真，真真假假，即太虚幻境的那副对联所说：“假作真时真亦假，无为有处有还无。”曹雪芹的这一文学主张包含着深刻的艺术辩证法的思想。如果错会了他的本意，认“假”为“真”，认“真”为“假”，或认“真”为“真”，认“假”为“假”，都将走向歧途。

正确的做法是把《红楼梦》看做一部经过高度艺术概括的文学作品，里面渗透着作者的经历，又没有局限于作者的经历，因此了解曹雪芹的身世是为了更好地理解作品，而不应把《红楼梦》和作者的实际生活经历完全等同起来。正如脂砚斋所说，《红楼梦》里面不少都是“实事”，但写起来却“有间架，有曲折，有顺逆，有映带，有隐有现，有正有闰，以至草蛇灰线，空谷传声，一击两鸣，明修栈道，暗度陈仓，云龙雾雨，两山对峙，烘云托月，背面傅粉，千皴万染”，运用了多种艺术手法。所以如此，是因为曹雪芹恪守的是现实主义创作原则，也就是第一回借石头的口所说的：“我想历来野史，皆蹈一辙，莫如我这不借此套者，反倒新奇别致，不过只取其事体情理罢了。”又说：“至若离合悲欢，兴衰际遇，则又追踪蹑迹，不敢稍加穿凿，徒为供人之目而反失其真传者。”在这样的现实主义创作原则的指导下，曹雪芹对18世纪社会现实的描写是极其大胆的，包括直接涉及自己身世的一些回次，无不写得淋漓尽致，有时甚至忘记了应该避的嫌疑。如第十六回赵嬷嬷对贾琏夫妇说：“还有如今现在江南的甄家，嗳哟哟、好势派！独他家接驾四次，若不是我们亲眼看见，告诉谁谁也不信的。”在清朝的历史上，有哪一家接驾过四次？只有曹家。而《红楼梦》中的甄家，不多不少，也接了四次驾。仅仅是偶然的巧合吗？看来不是。这些地方都是实写，直接把自己家族的经历移入书中去了。脂砚斋对这一点洞若观火，批道：“借省亲事写南巡，出脱心中多少忆昔感今。”《红楼梦》中这类“实写”的地方不少，脂砚斋、畸笏叟对此也多有感慨，如求之过深固然不必，若全然不顾也未免辜负了作者的苦心。《红楼梦》研究的易生歧义和易入迷途，一个重要症结就在这里。

因此，能否正确理解《红楼梦》卷首援引的两段说明创作缘起的“作者自云”，并进而正确理解曹雪芹提出的“真”、“假”观念，是把握《红楼梦》这部伟大作品的思想内容的一个关键。

六

文学创作中经常有形象大于作者思想的现象，这在《红楼梦》里表现得最为突出。曹雪芹集中描写的荣、宁二府，只不过是一个封建的官僚世家，但它的盛衰变化却具有代表性，在一定意义上确可以看做是当时封建社会体制和现实的一个缩影。

为什么会产生这样的艺术效果呢？主要因为《红楼梦》里的贾家不是孤立的存在，和它荣损与俱的还有史、王、薛三家，以及作为映衬的江南的甄家。这几家都是清中叶的大官僚世家，他们直接和朝廷相连结，彼此之间也都联络有亲，又都占有大量土地，经营商业资本和高利贷资本，使奴唤婢，为所欲为，实际上是宗法社会的主要支柱。他们的命运反映了整个统治阶层的命运。因此，《红楼梦》中虽主要写的是一个贾家，却可以以小见大，看出当时社会的总体发展趋向。就拿贾府存在的各种矛盾来说，一方面是主子和奴仆的矛盾，另一方面是主子和主子的矛盾，以及奴仆和奴仆的矛盾，此外还有维护封建正统和反对封建正统的意识形态的矛盾。至于父子之间、母子之间、兄弟之间、妯娌之间、妻妾之间、嫡庶之间的矛盾，更是比比皆是，每一回里都有无限波澜。甚至当时社会地主阶层和农民阶层的矛盾，也不是完全没有触及。第五十三回乌进孝交租子的场面，就显示了这种矛盾。当然《红楼梦》集中描写的是贾府主子间的矛盾和各集团势力之间的矛盾，以及他们如何在这种矛盾中走向衰亡。探春说："咱们倒是一家亲骨肉呢，一个个像乌眼鸡似的，恨不得你吃了我，我吃了你。"可见其争夺之烈。而这些，也就是进入清代中叶的封建社会所存在的各种矛盾的缩影。在中国文学史上，很少有像《红楼梦》这样的作品，把封建社会的诸种社会矛盾描写得这样集中，这样具体，这样深刻。

《红楼梦》的可贵之处，还在于曹雪芹不仅写出了封建社会的诸种矛盾，而且通过对这些矛盾的描写，显示出封建社会的肌体正在走向没落的历史趋势。贾府号称"诗礼簪缨之族"，但一切都腐朽了，沦丧了，从经济到政治到道德，都发生了严重的危机。第二回冷子兴演说荣国府，他和贾雨村有一段极为深刻的对话：

> 子兴叹道："老先生休如此说。如今的这宁荣两门，也都萧疏了，不比先时的光景。"雨村道："当日宁荣两宅的人口也极多，如何就萧疏了？"冷子兴道："正是，说来也话长。"雨村道："去岁我到金陵地界，因欲游览六朝遗迹，那日进了石头城，从他老宅门前经过。街东是宁国府，街西是荣国府，二宅相连，竟将大半条街占了。大门前虽冷落无人，隔着围墙一望，里面厅殿楼阁，也还都峥嵘轩峻；就是后一带花园子里面树木山石，也还都有蓊蔚洇润之气，那里象个衰败之家？"冷子兴笑道："亏你是进士出身，原来不通！古人有云：'百足之虫，死而不僵。'如今虽说不及先年那样兴盛，较之平常仕宦之家，到底气象不同。如今生齿日繁，事务日盛，主仆上下，安富尊荣者尽多，运筹谋画者无一；其日用排场费用，又不能将就省俭，如今外面的架子虽未甚倒，内囊却也尽上来了。"

冷子兴和贾雨村这段对话，对我们理解《红楼梦》的思想内容具有重要意义，确可以看做是一个"纲领"。冷子兴说的"外面的架子虽未甚倒，内囊却也尽上来了"，把贾府的面貌描绘得惟妙惟肖。用这句话形容曹雪芹生活的那个时代，是很恰当的。清代的康熙、雍正、乾隆统治时期，由于施行了一系列促进生产力发展的措施，封建经济在遭到明清之际大破坏的基础上有所恢复和发展，甚至一度出现了"盛世"的局面；但从中国封建社会整体历史发展来说，已呈现进入衰落的转折时期。无独有偶，《红楼梦》里面的贾府，到处都在呈现出"末世"的景象。作者也有意不断进行点醒，如第五回凤姐的判词第一句就是"凡鸟偏从末世来"，探春的判词也有"生于末世运偏消"的句子。脂批中也经常写到："记清此句，可知书中之荣府已是末世了"、"又补出当日宁荣在世之事，所谓此是末世之时了"、"此已是贾府之末世了"、"作者之意原只写末世"等等。贾府的"末世"和整个社会结构进入末期具有暗与理合的一致性，曹雪芹在《红楼梦》里抒写的是一种时代的感伤情绪，而不仅仅是对家世命运的惋叹。《好了歌注》写道：

> 陋室空堂，当年笏满床；衰草枯杨，曾为歌舞场。蛛丝儿结满雕梁，绿纱今又糊在蓬窗上。说什么脂正浓、粉正香，如何两鬓又成霜？昨日黄土陇头送白骨，今宵红灯帐底卧鸳鸯。金满箱，银满箱，展眼乞丐人皆谤。正叹他人命不长，那知自己归来丧！训有方，保不定日后作强梁。择膏粱，谁承望流落在烟花巷！因嫌纱帽小，致使锁枷扛；昨怜破袄寒，今嫌紫蟒长：乱烘烘你方唱罢我登场，反认他乡是故乡。甚荒唐，到头来都是为他人作嫁衣裳！

这描绘的仅仅是一个贾家吗？难道不是当时整个社会现实的写照吗？

一种社会形态发生危机，常常表现在被统治者和统治者都有一种危机感，而上层的危机比下层的危机更具有爆炸性。《红楼梦》在描写贾府的危机时，特别注重对统治集团内部互相倾轧的揭露，这是曹雪芹的深刻之处。统治集团内部的危机，莫过于儿孙一代不如一代，后继无人。所以冷子兴演说荣国府时，说“更有一件大事：谁知这样钟鸣鼎食之家，翰墨诗书之族，如今的儿孙竟一代不如一代了！”曹雪芹用很多篇幅揭露贾府的老爷和少爷们的恶德败行，预示他们已不配有更好的命运，其用意即在于此。当然，贾珍、贾琏、贾蓉这些不肖子孙，固然作恶多端，无异于衣冠禽兽，对封建大厦有从内部蛀空的作用，但更具有危险性的还是出现了贾宝玉这样的大胆向封建纲常名教挑战的叛逆者。

贾宝玉是贾府的天之骄子，“老祖宗”贾母视他为掌上明珠，自幼在绮罗丛中长大，聪明灵秀，令人爱怜，本应成为贾氏家族的继业者。但事与愿违，他非但不能继业，反而走上了一条与封建统治者的期望相反的道路。他不喜欢读书，轻慢儒家经典，杜绝走科举考试的仕途，连与达官贵人接触都感到不自在。封建社会是最讲名分等级的，主奴界限非常严格，可是贾宝玉却不管这些，可以在丫鬟面前伏低作小，和小厮在一起也很随便，甚至扬言要把大观园中的丫鬟都放出去。封建宗法制度历来提倡男尊女卑，女子比男子受的压迫要深重得多，贾宝玉反其道而行之，大声呼吁女子应高于男子，说女儿清爽，男子浊臭逼人。还有，他正经事上虽不行，“邪魔外道”却蛮内行，杂学旁收，毁僧谤道，可以说出千奇百怪的离经悖道的话来。他和林黛玉的恋爱，就更为封建统治者所不容了。按封建礼教，男女之间的婚姻，要听从父母之命、媒妁之言，自己万不能做主；可是贾宝玉却自行其是，在耳鬓厮磨中一往情深地爱上了林妹妹，而且爱到痴傻的地步，只因为紫鹃开了个玩笑，说黛玉要离开贾府回家了，他就犯了呆病，险些死过去。他的这些思想和行为，明显地带有主张人与人之间一定程度的平等、要求个性解放、追求恋爱和婚姻的自由等等，其思想性质多少带有新的形态的因素，也许是经济领域里生产关系发生变化的一种曲折反映，在当时的历史条件下有相当的进步意义。

曹雪芹对他的主人公贾宝玉，是怀着由衷的赞美态度的，他热情歌颂宝、黛之间建立在共同思想基础上的爱情，肯定他们反封建正统主义的精神，同时也试图对他们的思想行为加以解释。第二回，贾雨村阐述正、邪两气和天地生人的关系，提出：“彼残忍乖僻之邪气，不能荡溢于光天化日之中，遂凝结充塞于深沟大壑之内，偶因风荡，或被云摧，略有摇动感发之意，一丝半缕误而泄出者，偶值灵秀之气适过，正不容邪，邪复妒正，两不相下，亦如风水雷电，地中既遇，既不能消，又不能让，必至搏击掀发后始尽。”这段话就是用来解释贾宝玉性格的，应该说，已初步包含有两种事物互相“搏击掀发”从而产生新质的思想，这对古代作家来说，是难能可贵的。贾宝玉这一文学典型的塑造，标志着《红楼梦》及其作者曹雪芹的思想高度；贾宝玉这一带有新的思想因素的人物的出现，宣告了阻碍这一人物思想发展的旧秩序已经没有任何前途。当然作者对旧的既存秩序提出质疑，却不知道新的在哪里，所以贾宝玉也只能在无可奈何中“悬崖撒手”，这是时代留给曹雪芹的局限，我们无须苛求他。

七

曹雪芹是文学史上为数不多的能够把时代前沿的思想和完美的艺术形式高度融合在一起的作家。《红楼梦》不仅思想价值高，艺术成就也高。正如鲁迅所说："自有《红楼梦》出来以后，传统的思想和写法都打破了。"[44]

《红楼梦》的艺术成就，首先在于人物写得好，创造了众多的艺术典型。曾经有人做过统计，说《红楼梦》里的各色人物共有四百多个，后来又有人说七百多个。总之在长篇小说中，这是人物写得最多的一部作品。当然，问题不在于人物写的多少，而在于这些人物是否有典型性。《红楼梦》的可贵之处，就在于书里面的人物很多都是典型，同时又具有鲜明的个性。贾宝玉不用说了，可以称得上世界文学中不朽的典型之一，至今保留着艺术魅力。曹雪芹写贾宝玉，并不总是一味颂扬，相反，贬他的地方也不少。如说他呆，说他傻，说他狂，说他简单、轻信、鲁莽，甚至叫他周围的人物奚落他、轻贱他、嘲笑他。特别是贾宝玉出场时的两首《西江月》，简直把他说得一无是处。第二首的后四句竟是："天下无能第一，古今不肖无双，寄言纨袴与膏粱，莫效此儿形状。"然而这是摹拟世俗的眼光来看贾宝玉的，越是这样写，越显示出贾宝玉的不同流俗。

林黛玉是和贾宝玉思想上相一致同时又有很大区别的艺术典型。她对爱情的追求那样热烈、执著，但她是贵族小姐，地位、身份和教养不允许她公开表露爱情，只能含蓄地、曲折地、试探地来表现。她柔弱而多情，敏感而多疑，恋爱就是一切。贾府上下对她照顾得也算不错了，但爱情得不到满足，她就有"一年三百六十日，霜刀风剑严相逼"之感。最后她终于殉情了。林黛玉是人类美好情感的化身，她的一生是一首优美而哀婉的诗。只要人类还有追求爱情的渴望，文学中还有优美的爱情的描写，人们就会记起林黛玉这个典型。薛宝钗也爱贾宝玉，但她是为了完成自己的终身大事而爱贾宝玉。她爱贾宝玉的贵族身份和俊俏容貌，而不爱他的奇特个性和离经叛道的思想。她最后和宝玉结婚了，但这是封建门第和封建名教的结合，不是爱情的结合。所以宝玉出走了，薛宝钗成了封建道德的牺牲品。但薛宝钗又不是封建道德的简单工具，她具有现实的人的全部丰富的个性。在封建社会，再没有比她更会做人的了。浑厚、随和、安分、贤惠，是她的特点。她有才，但不愿轻易表现；有识，不到关键处不做主张。心计藏而不露，处世圆而不方。待人宽而讲原则，语言温和而心性刚强。阴险吗？偶尔有一点，但不容易察觉；冷酷吗？确不乏例证，但做得极其自然。这是个永远争论不休的艺术形象。她只配作婚姻的配偶，而不能成为爱情的对象。

元春、迎春、探春、惜春贾家四姊妹，各有各的个性，互不重复，其中以探春的个性最为突出。她刚强、果断、阔朗，具有政治风度，一派男子风范。薛宝钗和探春相比，也有不及的地方，所以探春理家，她和李纨只是“合同裁处”。而史湘云呢？又以豪爽、大度、自然、胸无纤尘著称。身居绮罗丛，而无儿女之情；住在是非地，而无是非心。她的性格与黛玉、宝钗、探春迥然有别，虽然她们的身份、教养、地位大体相同。曹雪芹真不愧写人物的圣手，他就是这样善于写出人物的同中之异和异中之同来。不单小姐，就是那些服侍小姐、太太的丫鬟，也无不独具个性特征。晴雯、袭人、平儿、鸳鸯、紫鹃五个大丫鬟，地位不相上下，都是主子的得力臂膀，但一个赛过一个，彼此绝不雷同。晴雯尖刻，袭人阴柔，平儿周到，鸳鸯刚烈，紫鹃笃厚。小丫头如雪雁、麝月、秋纹、玉钏、翠缕、莺儿、五儿、小红等，也都活灵活现，各有其独特的声口性格。至于老祖宗贾母，以及男性主子如贾赦、贾敬、贾珍、贾琏、贾蓉，包括管家赖大夫妇、来旺夫妇，小厮茗烟、兴儿、旺儿，还有贾雨村、柳湘莲、尤二姐、尤三姐、唱戏的十二个女伶等，凡书中所写，无不切合其身份，无不恰如其分际。有的只轻轻一带，就神情毕肖，如在眼前。当然，在所有这些人物中，写得最好的是王熙凤。

王熙凤写得好，好在她的独特的个性和富于个性化的语言。文学人物的艺术画廊中，像王熙凤这样高度个性化的人物不是很多。贾宝玉、林黛玉、薛宝钗的个性化程度诚然都是很高的，但和王熙凤相比，也不能不略感逊色。因此典型化和个性化两个概念，既相一致，又有可以区别的一面。

王熙凤出生在四大家族之一的金陵王家，自幼当男孩子养，小名凤哥儿，虽是女流，但识多见广，性格泼辣，杀伐决断，男人也比不上她。凭着才干和王夫人内侄女的特殊身份，她成为荣府威重令行的管家奶奶。秦可卿死后，她又受命于贾珍，协理宁国府。她既有大家闺秀之雅，又有市井平民之俗，也有泼皮无赖之泼。论手段，鹰鹫不能比其狠；论心机，蛊虿不足喻其毒。兴儿说她：“嘴甜心苦，两面三刀；上头一脸笑，脚下使绊子；明是一盆火，暗是一把刀。都占全了。”可谓凤姐性格的真实写照。但她模样儿标致，神韵飞动，口角锋芒，言语诙谐，人们又怕她，又恨她，又爱她。荣国府如果离开王熙凤，灵魂就失落了；《红楼梦》如果没有王熙凤，读者兴趣就黯然了。王熙凤的性格塑造得如此突出，是和她的富于个性化的语言分不开的。第三回林黛玉进贾府，写王熙凤是："一语未了，只听后院中有人笑声，说'我来迟了，不曾迎接远客'！"刚一出场，就先声夺人。第六回接见刘姥姥，一面大摆其谱，一面大哭其穷，假话说得像真话一样。宁府一个人误了点卯，她立即予以发落，说："明儿他也来迟了，后儿我也来迟了，将来都没了人了。本来要饶你，只是我头一次宽了，下次人就难管，不如现开发的好。"喝命打了二十板子，又革去一月银米。凤姐之威，栗栗可闻。

第十五回水月庵老尼净虚向凤姐求情，凤姐说道："你是素日知道我的，从来不信什么阴司地狱报应的，凭是什么事，我说要行就行。"其刚愎霸道的个性，跃然纸上。第十六回贾琏送林黛玉奔父丧回来，她又是另一番面孔：

> 正值凤姐近日多事之时，无片刻闲暇之工，见贾琏远路归来，少不得拨冗接待，房内无外人，便笑道："国舅老爷大喜！国舅老爷一路风尘辛苦。小的听见昨日的头起报马来报，说今日大驾归府，略预备了一杯水酒掸尘，不知赐光谬领否？"贾琏笑道："岂敢岂敢，多承多承。"一面平儿与众丫鬟参拜毕，献茶。贾琏遂问别后家中的诸事，又谢凤姐的操持劳碌。凤姐道："我那里照管得这些事！见识又浅，口角又笨，心肠又直率，人家给个棒槌，我就认作'针'。脸又软，搁不住人给两句好话，心理就慈悲了。况且又没经历过大事，胆子又小，太太略有些不自在，就吓的我连觉也睡不着了。我苦辞了几回，太太又不容辞，倒反说我图受用，不肯习学了。殊不知我是捻着一把汗儿呢。一句也不敢多说，一步也不敢多走。你是知道的，咱们家所有的这些管家奶奶们，那一位是好缠的？错一点儿他们就笑话打趣，偏一点儿他们就指桑说槐的报怨。'坐山观虎斗'，'借剑杀人'，'引风吹火'，'站干岸儿'，'推倒油瓶不扶'，都是全挂子的武艺。况且我年纪轻，头等不压众，怨不得不放我在眼里。更可笑那府里忽然蓉儿媳妇死了，珍大哥又再三再四的在太太跟前跪着讨情，只要请我帮他几日；我是再四推辞，太太断不依，只得从命。依旧被我闹了个马仰人翻，更不成个体统，至今珍大哥哥还报怨后

悔呢。你这一来了，明儿你见了他，好歹描补描补，就说我年纪小，原没见过世面，谁叫大爷错委他的。”

真是声情并茂，淋漓尽致，只有凤姐这样的人，才能说出这样一大篇真真假假、虚虚实实的话来。她是在协理宁国府，弄权铁槛寺，威重令行，不可一世，心满意足，沾沾自喜的情境下说这番话的。她给贾琏接风，意在调侃，却透着居高临下的骄矜。她越是“自谦”，褒贬自己，越是在进行自我夸耀。越是诉说管家的难处，越说明她办事历练。贾珍请王熙凤协理宁府，向王夫人提出时是诚恳的，但并没有“再三再四的在太太跟前跪着讨情”；王熙凤更没有“再四推辞”，而是唯恐王夫人不允，自己主动提出：“大哥哥说的这么恳切，太太就依了罢。”她向贾琏表功说的是假话，只不过她说得轻巧，使人感觉不到她是在说假话。只有这样，王熙凤才成其为王熙凤。

《红楼梦》的语言艺术可以说达到了炉火纯青的地步，这是这部书里的重要艺术成就。当然不只是王熙凤的语言写得好，也不单是人物的语言具有个性的问题，其他诸如描写语言、叙述语言，插话、对话、议论，成语、俚语的运用，都有突出的特色，使语言具有一种音乐美和绘画美。还有艺术构思的缜密和结构的完整，也是一绝，人们对此论述甚多，为节省篇幅，兹不多赘。

八

高尔基说：“莎士比亚、巴尔扎克、托尔斯泰——在我看来，这是人类为自己所建立的三座纪念碑。法国要是没有巴尔扎克，我对法国的了解就会差一些。”曹雪芹也是人类建立起来的一座丰碑，如果没有曹雪芹，我们对中国历史和文化、对18世纪封建社会的了解同样会差一些。

《红楼梦》对封建社会生活的反映是多方面的。作品虽然主要以贾府的盛衰为场景，以贾宝玉、林黛玉、薛宝钗的爱情和婚姻的悲剧为主要线索，以十二钗的命运遭际为纲领，但曹雪芹实际上并没有局限在这里，而是把他的如椽之笔伸展得更深更广，触及到从人生到社会、从经济基础到上层建筑的各个侧面。诚如晚清的一位评论者所说："此书才识宏博，诗画琴棋、骈体词曲、制艺尺牍、灯谜联额、酒令爰书、医卜参禅测字，无所不通，迥非寻常稗官所能道。其地则上而廊庙宫闱，下而田野荒寺；其人则王公侯伯、贵妃官监、文臣武将、公子闺秀、儒师医生，清客庄农、工匠商贾、婢仆胥役、僧道女冠、尼姑道婆倡优、醉汉无赖、盗贼拐子，无所不备，维妙维肖；其事则忠孝节烈、奸盗邪淫，甚至诸般横死，如投井投缳自戕、吞金服毒、撞头裂脑、误服金丹、斗殴至毙，无所不有，形容尽致，可谓才大如海。"[45]确实可以称得上封建社会生活的百科全书。而就涉及的知识领域来说，又可以看做是18世纪的一部百科词典。同时，《红楼梦》在中国文学史上居有特殊地位，既是古典小说的典范，又是整个中国古典文学发展的典范。包括诗、词、曲、赋、偈、诔、联对、匾额、说书、尺牍、谜语、酒令、笑话、百戏、曲艺、杂技，以及音乐、绘画、建筑、工艺美术和诗论、词论、画论，应有尽有，真可以说是文备众体。读《红楼梦》这部作品，不仅有助于了解封建社会末期的社会生活，获得关于那一特定时代的丰富的知识，也会加深我们对中国古典文学传统的认识和理解。

《红楼梦》凭借自己高度的思想和艺术成就，早在问世之初，就在读者中引起了强烈的共鸣，特别在知识分子中具有广泛的影响。乾隆五十六年(1791)，当程伟元和高鹗第一次把附有后四十回续书的《红楼梦》付梓的时候，这部作品已经以抄本的形式在社会上流传二十多年了，而且高价出售，"每传抄一部，置庙市中，昂其值，得数十金"，仍然"不胫而走"[46]，可以想见受读者欢迎的程度。程高刻本出来后，《红楼梦》的影响更大了，至嘉庆年间，已有"开谈不说《红楼梦》，读尽诗书也枉然"的谚语流传。鉴于这部书与封建正统主义相背离的思想内容，统治者曾以各种借口多次予以禁止，但不能奏效，相反，《红楼梦》的各种版本越刻越多，流传越来越广，在民众中的影响越来越大，官吏们只好"徒唤奈何"。

随着《红楼梦》的广泛流传，对《红楼梦》的研究和评论也在发展。人们纷纷揣测《红楼梦》到底写的是什么内容，它是一部什么性质的小说，它的作者是谁，为什么读者这样喜爱它，以及版本源流、脂批情况、续书优劣等等，都在探讨之列。《红楼梦》本身的复杂性和成书过程的复杂性，加上《红楼梦》作者曹雪芹的生活经历的传奇性，都给研究者增添了无限的兴趣，研究者日多,最后终于形成一种专门的学问——红学。

《红楼梦》是我国古典文学宝库中的一块瑰宝,它的深刻的不为传统思想所囿的内容和作者对美好生活的憧憬,至今仍具有现实意义;它所创造的丰富的艺术经验,更是后世的文学作者必不可少的借鉴。《红楼梦》的艺术魅力和美学价值是永存的,它不仅是中国人民宝贵的精神财富,也是世界人民的宝贵的精神财富。曹雪芹的名字,不仅属于他所生活的那个时代,而且属于今天和明天!

注　释

〔1〕 关于曹雪芹的生卒年,《红楼梦》研究界尚无统一的看法。卒年历来有两说,一为乾隆二十七年壬午(1762),根据的是甲戌本上"能解者方有辛酸之泪,哭成此书。壬午除夕,书未成,芹为泪尽而逝"的脂批;一为乾隆二十八年癸未(1763),根据的是敦敏、敦诚的有关诗作。后来又有研究者提出,脂批中的"壬午除夕"三字系批语属年,应读为上属,认为曹雪芹卒于乾隆甲申年(1764)春天。本文采用的是甲申说。生年也有两种说法,一为康熙五十四年乙未(1715),一为雍正二年甲辰(1724),我认为前者更近情理。

〔2〕 《关于江宁织造曹家档案史料》,第41页,中华书局1975年版。

〔3〕 《御制文》第四集卷九。

〔4〕 《关于江宁织造曹家档案史料》,第23页。

〔5〕 康熙六次南巡的时间是:第一次康熙二十三年(1684),第二次康熙二十八年(1689),第三次康熙三十八年(1699),第四次康熙四十二年(1703),第五次康熙四十四年(1705),第六次康熙四十六年(1707)。

〔6〕 陈康祺《郎潜纪闻三笔》卷一。

〔7〕 《关于江宁织造曹家档案史料》,第31页。

〔8〕 同上,第77页。

〔9〕 同上,第78页。

〔10〕 同上,第103页。

〔11〕 同上,第119页。

〔12〕 同上,第122页。

〔13〕 《李煦奏折》,第187页,中华书局1976年版。

〔14〕《关于江宁织造曹家档案史料》,第 125 页。

〔15〕同上,第 131 页。

〔16〕同上,第 149—150 页。

〔17〕同上,第 157 页。

〔18〕同上,第 158 页。

〔19〕同上,第 161 页。

〔20〕同上,第 163 页。

〔21〕同上,第 172 页。

〔22〕同上,第 175 页。

〔23〕同上,第 181—182 页。

〔24〕同上,第 185 页。

〔25〕《康熙江都县志·曹寅传》记载:"尝集书十余万卷,手自校雠,刊善本行世。"

〔26〕参见周汝昌《红楼梦新证》下,第 701 页。

〔27〕敦诚《寄怀曹雪芹(霑)》诗,有"当时虎门数晨夕,西窗剪烛风雨昏"句,吴恩裕先生考出"虎门"在雍、乾之际即指宗室的宗学,详见吴著《有关曹雪芹十种》,中华书局 1963 年版。

〔28〕敦敏、敦诚诗均见《懋斋诗钞》和《四松堂集》,上海古籍刊行社 1984 年影印本,以下不另注出。

〔29〕敦诚《四松堂集·鹪鹩庵笔尘》。

〔30〕敦诚《四松堂集·闲慵子传》。

〔31〕雪芹字梦阮,敦诚诗亦有"懒过稽中散,狂于阮步兵"、"司业青钱留客醉,步兵白眼向人斜"句,可证。

〔32〕参见周汝昌《曹雪芹小传》,第 116—117 页。

〔33〕〔34〕张宜泉《春柳堂诗稿》,上海古籍出版社 1984 年影印本。

〔35〕敦敏在乾隆二十五年庚辰(1760)写的一首诗中,有"故交一别经年阔,往事重提如梦惊"句,研究者大都认为曹雪芹可能有南行之事,至于是否在两江总督尹继善府上做过幕僚,则不好论定。参见周汝昌《曹雪芹小传》,第 167—168 页。

〔36〕参见《红楼梦卷》第一册,第 2 页,中华书局 1963 年版。

〔37〕张宜泉《春柳堂诗稿》,上海古籍出版社 1984 年版。

〔38〕参见拙编《红学三十年论文选编》上册所收叶玉华的文章《〈红楼梦〉撰写、编

录和增窜过程》,百花文艺出版社 1983 年版。

〔39〕《红楼梦卷》第一册,第 113 页。

〔40〕《红楼梦卷》第二册,第 378 页。

〔41〕《红楼梦卷》第一册,第 10 页。

〔42〕参阅拙著《红楼梦新论》,第 279—286 页,中国社会科学出版社 1980 年版。

〔43〕第十三回一条脂批也说:"'树倒猢狲散'之语今犹在耳,屈指三十五年矣。哀哉伤哉,宁不痛杀!"

〔44〕《鲁迅全集》第 8 卷,第 350 页。

〔45〕解盦居士:《石头臆说》,《红楼梦卷》第一册,第 193 页。

〔46〕见程、高本《红楼梦》卷首的程伟元序。

第二讲

解读《红楼梦》之路

冯其庸

一　《红楼梦》是可以解读的

《红楼梦》是一部出名的奇书，奇就奇在从易读的一面来说，几乎是只要有一般文化的人都能读懂它，真可以说是妇孺皆可读；但从深奥的一面来说，即使是学问很大的人也不能说可以尽解其奥义。一部书竟能把通俗易懂与深奥难解两者结合得浑然一体，真是不可思议。也正因为如此，两百多年来，它既是风行海内的一部书，也是纷争不已的一部书。

那么，《红楼梦》真是一部不可解读的书吗？从理论上来说，世间的客观事物，都是应该可以被认识的，所以不可知论的观点，是不科学的。但是，从实践来说，什么时候能认识这客观事物，就拿《红楼梦》来说，什么时候能被彻底认识,这就很难预期了。这就是说,终究能解读这部书是肯定的,而何时可以完全解读这部书则是很难做出预测的。当然,并不是说我们现在对这部书还完全没有解读,我认为积二百多年来人们对这部书的认识经验,应该说人们对这部书的大旨是基本了解的,现在说的难解的问题,是指书中较为隐蔽的部分,而并不是说书的整体。

再说《红楼梦》作者本身,是希望永远不被人解读呢?还是希望终究能得到知音,得到解读呢?我认为作者是希望能得到人们的解读的,不然就不会做出"谁解其中味"的感叹来了。但是,再进一步来说,我认为曹雪芹既不是希望在他的时代人人都能解读,也不是希望在他的时代人人都不能解读。曹雪芹处于他的特殊的时代环境,他希望在他的时代,有一部分人永远也不能解读。他所以要用"假语村言",将"真事隐去",就是为了要躲避这些人,以免造成文字奇祸;而对广大的读者来说,他是极希望人们能读懂他的书的。至于百年之后,那他就更希望能得到人们的普遍理解了。

从作者的心理来说,如果他根本不希望别人能了解,那么,他又何必要费这么多心血来写这部书?不著一字,不是更为隐蔽吗?现在他既已著书,而又一方面反复强调"真事隐去"、"假语村言",而另一方面又说明"至若离合悲欢,兴衰际遇,则又追踪蹑迹,不敢稍加穿凿","不过实录其事,又非假拟妄称"。这前后矛盾的话,初看似乎不可理解,细味方才悟出,实际上是他唯恐人们不去求解,故意露出破绽,以求人们去仔细琢磨他所隐藏的深意而已。

这种藏头露尾、欲隐故显的情景,在文学史上并不是绝无仅有,我觉得魏晋之际阮籍的《咏怀诗》就与它有极为相似之处。颜延之说:"阮籍在晋文代常虑祸患,故发此咏耳。"李善说:"嗣宗身仕乱朝,常恐罹谤遇祸,因兹发咏,故每有忧生之嗟,虽志在刺讥,而文多隐避,百代下难以情测。"雪芹的朋友敦诚称雪芹是"步兵白眼向人斜",是"狂于阮步兵"。敦敏也说他"一醉毷氉白眼斜"。他们都用阮籍来比喻雪芹,而雪芹也恰好自号"梦阮"。"梦阮"者,梦阮籍也。这样,我们正好从雪芹自号"梦阮"得到启示,阮籍的八十二首《咏怀诗》所以"文多隐避"是因为"身仕乱朝,常恐罹谤遇祸",则雪芹亦何尝不是。当然雪芹从未"仕"过,且亦不能称他的时代是"乱朝"。但若从雍正夺嫡的时代起，一直到雍正上台就立即大开杀戒，不仅把与他争夺帝位的兄弟杀的杀，关的关，而且雍正元年曹雪芹的舅祖李煦即被抄家，彻底败落。雍正五年底到六年初，曹雪芹家也被抄，彻底败落。同时破家败落的还并非一二家。处在这样的时代，从雪芹自身的遭遇来说，说自己有近似阮籍的境遇，有同阮籍一样的"常恐罹谤遇祸"的畏惧，我觉得是合理的，因而雪芹的"梦阮"两字，是有真实的内涵的，他的《红楼梦》"真事隐去"，也就是阮籍的"文多隐避"，其道理是一样的。

无论是阮籍还是曹雪芹，他们的作品尽管"文多隐避"，但并不是他们绝对不希望人们能理解，因此我们如能认真地去求索，总应该能找到解读之路的。

二 解读《红楼梦》之路

《红楼梦》的解读，根据我自己的体会，我认为必须正确地做好四个方面深入细致而切实的研究工作。

第一，要正确地弄清曹雪芹的百年家世。

要正确地弄清曹雪芹的百年家世，因为曹雪芹在《红楼梦》里一再提到他的百年家世，从艰难的创业，到种种特殊的际遇，到成就飞黄腾达亦武亦文的显宦家世，到最后的盛极而衰和彻底败落，这些重要的环节，如果不是根据第一手的可信的史料来加以研讨，而是根据道听途说，甚至故意歪曲文献或无中生有地胡编乱造，这怎么能正确地进入解《梦》之途呢？

或曰：《红楼梦》并不是曹雪芹的自传，何必要了解这么多呢？《红楼梦》确实不是曹雪芹的自传，所以"自传说"是错误的。但曹雪芹写《红楼梦》的生活素材来源，却是取自他自己的家庭及舅祖李煦的家庭等等，这是事实。所以为了更深入地研究《红楼梦》而研究曹雪芹创作《红楼梦》的生活素材，历史背景，这是完全必要的。反之如果把曹雪芹的百年家世都弄错了，甚至故意歪曲颠倒了，那么，如何能理解《红楼梦》呢？

第二，要正确地理解曹雪芹的时代。

要正确地理解曹雪芹的时代，不仅仅是曹雪芹生活的不到五十年的时代(约 1715—1763),而且还应该了解曹雪芹出生前的一段历史状况,因为这都会对作者产生影响。特别是对曹雪芹时代的政治斗争、思想斗争、经济状况、社会状况等等,都必须有所了解。尤其要注意的是 18 世纪初的中国封建社会,正处在缓慢转型的时期,旧的封建制度的一切仍处在绝对统治的地位,社会仍是沉沉暗夜,但是新的事物、新的经济因素、新的思想意识却在缓慢地暗暗地滋长,《红楼梦》正是真实地反映了一切腐朽的正在加速腐朽,一切新生的正在渐滋暗长的历史状况。过去,只是偏重于曹雪芹的百年家世及其败落对《红楼梦》创作的影响,现在看来,这远远不够。一部《红楼梦》是整个时代的产物而不仅仅是曹家家庭的产物,是整个时代和社会的反映,而不仅仅是曹家家庭的反映。《红楼梦》的内涵是非常深广的,不是曹家的家史所能包含的。只有把《红楼梦》放到整个曹雪芹的时代和社会去考察衡量,才能真正了解这部书的深刻含义,如单用曹家家史来衡量这部书,是大大缩小了它的内涵。

第三,要认真研究《红楼梦》的早期抄本。

要认真仔细深入地研究《红楼梦》的早期抄本,即未经后人窜改过的稿本,因为只有这样的稿本,才是纯真的曹雪芹的思想原貌。现在大家公认“甲戌”、“己卯”、“庚辰”三个本子是最早的本子,而我则认为甲戌本尚有可待深研之处。我认为它的抄定年代不可能比己卯、庚辰早,其中“玄”字不避讳,“凡例”的第五条明显地是从庚辰本转移过来的,脂批的错位、批语的较多错字、版口有“石头记”和“脂砚斋”字样的特殊标志等等,都值得深入探讨。我认为它的底本是经过整理的本子,如果它一开始就有“凡例”等等,则后来己卯本、庚辰本为什么又删去了“凡例”? 现今所见己卯本、庚辰本都是几个人合抄的,所以保持了原本的款式,且字迹明显地有的部分写得极好,有些部分则极差,这是因为早期尚在秘密传抄阶段,所以要多人合抄,要完全按原稿的款式,否则就不能合成。到了后来的抄本,已可公开抄了,所以就可一人抄到底了,字迹也只有一个人的笔迹了。而现存甲戌本却是一色很整齐的一个人笔迹,虽然甲戌本是一个残本,但现存最后一回已至第二十八回,存留篇幅不算太少(现尚存十六回),却都是一色的笔墨。另外,批语还有预留空白待补等等。再如戚蓼生序本、南图藏本等,也都是一色的工楷抄写，这都是后抄的特征。所以我初步认为这是经过后来整理过的本子，当然我说的后来也不是说乾隆以后。我看它的纸张，是与己卯、庚辰一样的乾隆竹纸，但纸色的黄脆程度，却超过己、庚两本，这与收藏者的保藏好坏有关。所以现今只有“己卯”、“庚辰”两本是真正保存了《红楼梦》原始面貌（即雪芹原稿的款式等等）的本子。至于“甲戌”本的正文，我认为是《红楼梦》的早期文字，但在乾隆末年重加过录时，又据后来的本子有所修改。

我这样说，并无贬低“甲戌”本价值之意，甲戌本上有大量珍贵的脂批，有多出于别本的独有的文字，这些都是别本所不可替代的它所独有的价值，我只是认为应该认真深入地研究和鉴定它，认真去解决上面这许多问题，目前对它的研究还很不够，希望专家们多加研究而已。不仅如此，作为研究《红楼梦》的原始文字来说，现存其他诸种脂批本，包括程甲本在内，都是值得重视而加以研究的。寻求《红楼梦》的原始文字，不可能轻而易举地从一个本子上全部解决，只能用比较研究的方法，把各个早期抄本做认真的排列研究，才能得出较为科学的结论来。从这一角度来说，我认为己卯、庚辰两种本子，恰好是可以作为我们探求《红楼梦》原始抄写款式的一个坐标。从文字的角度说，则甲戌、己卯、庚辰三本的文字，都是属于早期的文字，都应该加以珍视。

第四，要参照《红楼梦》同时代的作品。

在研究《红楼梦》时，应该把与《红楼梦》同时代的其他作品拿来作参照比较，其中尤其值得用来参照的是《儒林外史》。《儒林外史》写作的时代几乎与《红楼梦》完全相同。而书中反科举，反八股，反封建礼教，反妇女殉节，反社会的假道学、假名士等等，几乎都是与《红楼梦》相通的，我们可以用《儒林外史》来印证《红楼梦》，从而可以看出两书所反映的共同时代特征。不仅如此，比曹雪芹略早一些的蒲松龄的《聊斋志异》，也值得拿来做比较，其中有关婚姻爱情问题、反科举八股问题、揭露社会黑暗、批判封建政权的残害人民等等，其精神都是与《红楼梦》相通的。通过比较，也可以看出从康熙到乾隆时社会共同的联贯性的问题。

当然，除此之外，清代有关的笔记小说及其他文献资料应该尽可能地多加参照。

研究《红楼梦》的最大歧路，就是猜谜式的“索隐”和“考证”式的猜谜。更有甚者是造假材料，把真的说成假的，把假的说成真的，真正应了曹雪芹的那句话“假作真时真亦假，无为有处有还无”，至今这种方式还有很大的市场，因为它有欺骗性，它容易让一般读者上当，所以人们需要警惕，需要加以识别，以免走入歧路。

三 解读《红楼梦》举证

《红楼梦》这部书，我个人觉得，可以分几个方面来解读：

第一，贾宝玉人生之路的解读。

《红楼梦》里的贾宝玉，是一个全新的形象，他的全部行为，在正统派的眼里，就是第三回两首《西江月》词写的：

> 无故寻愁觅恨，有时似傻如狂。纵然生得好皮囊，腹内原来草莽。
> 潦倒不通世务，愚顽怕读文章。行为偏僻性乖张，那管世人诽谤！
> 富贵不知乐业，贫穷难耐凄凉。可怜辜负好韶光，于国于家无望。
> 天下无能第一，古今不肖无双。寄言纨袴与膏粱：莫效此儿形状！

然而，作者是否真是赋予这个形象以这样的思想内涵呢？贾宝玉走的究竟是怎样的一条人生之路呢？这却需要认真解读。

曹雪芹一再提醒读者，“千万不可照正面，只照他的背面，要紧，要紧！”（十二回）这句话虽然是对贾瑞照风月鉴说的，但也是读《红楼梦》的一把钥匙，不过并不是一股脑儿把全书都从反面来读就算符合作者之意了，其实作者并没有那么简单。作者只是说《红楼梦》在某些事情上、某些话语上或某些诗词上，不能光看其正面，而要仔细寻绎其更深的内涵，甚或竟要从反面去理解，才能悟其真意。这两首《西江月》词，却正是要从相反的意义来理解，才能得作者之意。

《红楼梦》第四十七回宝玉说：

只恨我天天圈在家里，一点儿做不得主，行动就有人知道，不是这个拦就是那个劝的，能说不能行。

第三十六回贾蔷买了一个雀儿笼子给龄官玩，龄官说：

"你们家把好好的人弄了来，关在这牢坑里学这个劳什子（指学戏）还不算，你这会子又弄个雀儿来，也偏生干这个。你分明是弄了他来打趣形容我们，还问我好不好。"贾蔷听了，不觉慌起来，连忙赌身立誓。……将雀儿放了，一顿把将笼子拆了。

这两段文字，前一段十分明白地写出了贾宝玉深恨自己"做不得主"，没有自己的行动自由；后一段恰好借龄官的嘴说出了"你们家把好好的人弄了来，关在这牢坑里"，不得自由。最后还是让贾蔷把雀儿放了，把笼子也拆了。这个情节当然是贾蔷和龄官的，但其思想却是曹雪芹的思想。作者分明是借龄官的情节写出了要求给人以自由的思想。特别是第六十回春燕对他母亲说："我且告诉你句话：宝玉常说，将来这屋里的人，无论家里外头的，一应我们这些人，他都要回太太全放出去，与本人父母自便呢。"这里，作者直接就写出了贾宝玉认为人应该有自由的思想了。

《红楼梦》第七回贾宝玉在见到秦钟后，乃自思道：

可恨我为什么生在这侯门公府之家，若也生在寒门薄宦之家，早得与他交结，也不枉生了一世。……"富贵"二字，不料遭我荼毒了！

这是宝玉对自己生在这"侯门公府"之家的憎恶，觉得这个富贵之家反而限制了他与普通人家的交往。而秦钟也想："可知'贫窭'二字限人，亦世间之大不快事。"这里已经比较明显地写出贫富的限制、等级的限制。三十六回宝玉对袭人说了一大段反对"文死谏，武死战"的话后说：

比如我此时若果有造化，该死于此时的，趁你们在，我就死了，再能够你们哭我的眼泪流成大河,把我的尸首漂起来,送到那鸦雀不到的幽僻之处,随风化了,自此再不要托生为人,就是我死的得时了。

第五十七回宝玉又对紫鹃说:

我只愿这会子立刻我死了,把心迸出来你们瞧见了,然后连皮带骨一概都化成一股灰,灰还有形迹,不如再化一股烟,烟还可凝聚,人还看见,须得一阵大乱风吹的四面八方都登时散了,这才好!

这两段话尽管说得极怪,从字面上看似很难捉摸,但实际上却是极端愤世嫉俗的话。宝玉恨不得自己立刻离开这个污浊的社会,而且随风而散,一点也不留痕迹,以免自己与这个污浊社会再有沾染。这实质上也是曹雪芹对这个自己生存的现实社会的批判。第七十一回尤氏说宝玉:

"谁都像你,真是一心无挂碍,只知道和姊妹们顽笑,饿了吃,困了睡,再过几年,不过还是这样,一点后事也不虑。"宝玉笑道:"我能够和姊妹们过一日是一日,死了就完了。什么后事不后事!"

这段话,从字面上看,好像只是写贾宝玉的"混日子"、"无所事事",而实质上作者是在写贾宝玉对这个社会和家庭都抱着极端消极的态度,所谓"什么后事不后事"这句话,是对世俗社会、封建家庭要求他走"仕途经济"之路的不屑一顾和全盘否定。

贾宝玉坚决反对"仕途经济",反对"国贼禄鬼",反对"文死谏、武死战",反对"八股科举",反对"程朱理学",这在《红楼梦》里都是有曲折的反映的。实际上,在贾宝玉的面前,是明明白白地摆着几条可由他选择的人生道路的:一是走"仕途经济""科举考试",然后做官的道路。这是他的封建家庭以至宝钗、湘云、袭人等都希望他走的路,但是他却坚决拒绝了。二是现现成成地走贾赦、贾珍的道路,即接受世袭恩荫,在家当闲官,享清福,酒筵歌舞、三妻四妾地享受一辈子,也是毫不费力的。再有就是干脆像薛蟠那样当一个花花公子，也是无人来管制他的。然而这一切现成的而且是很顺利的人生之路他都一概不走，他却偏要在万目睚眦的环境下，顶着世人的诽谤，受着严父的毒打而坚决走自己的路。当然贾宝玉走的人生之路，在《红楼梦》里是没有什么名称的，但是我们仔细分析上面所引的这些文字和书中的全部描写，可以看出，实质上贾宝玉是走的一条自由人生之路。因为他不受封建官场的引诱，不受封建礼教和封建传统的束缚，也不受腐臭糜烂的封建贵族家庭肮脏生活的腐蚀，而独走被人鄙视、受人轻贱而被世所弃的个人自由之路，这是多么难得，多么具有大无畏的勇气呀！贾宝玉的时代，还是封建社会沉沉暗夜的时代，代替封建制度的新时代的曙光还未透出或刚将稍稍透出地面，所以我们不能要求曹雪芹写出更超越时代所许可的自由思想来！有这样的思想形象，有这样耐人寻思的情节和语言，已经是大大超越那个时代了！

第二，宝、黛爱情悲剧的解读。

凡是读过《红楼梦》的人，无不被宝、黛的爱情悲剧所感动。清代的笔记小说里说，有人因读《红楼梦》感宝、黛之悲剧而致病致疯，可见其感人之深。似乎可以无须解读了，人们早已理解了。然而，以上所说的，还只是情之所感，而不是理之所喻。我这里所说的解读，是要对宝、黛爱情悲剧作理性的认识。我认为宝、黛爱情悲剧有以下几点新的意义，不可忽视：

一是新的爱情观念。

《红楼梦》第六十五回尤三姐说："终身大事，一生至一死，非同儿戏，只要我拣一个素日可心如意的人方跟他去。若凭你们拣择，虽是富比石崇，才过子建，貌比潘安的，我心里进不去，也白过了一世。"这话虽然是尤三姐说的，但分明是一种新的爱情观念。这话所以由尤三姐说出来，是因为符合尤三姐的身份。在曹雪芹的时代，根本还说不上什么爱情观念，有的就是"父母之命，媒妁之言"，就是"门当户对"，根本没有什么自由恋爱、自由选择的问题。但曹雪芹却让尤三姐说了上述这一番话。这是一番在男女爱情史上惊天动地的话。他根本不把封建礼教当作一回事，他直接提出了三点反传统的主张，一是"终身大事，一生至一死，非同儿戏"。这就把婚姻问题与个人一生的幸福结合了起来，这是人的一种觉醒的意识。二是要"拣一个素日可心如意的人”，这就是要独立自主，自己选择，不能由人支配，不能“凭你们拣择”。三是“我心里进不去，也白过了一世”。这就是说自己选择的人必须是“心里”“进得去”的人，也就是真正知心如意的人。上面这种观念，与当时占正统地位的婚姻观念“父母之命，媒妁之言”、“门当户对”、“嫁鸡随鸡，嫁狗随狗”等等，没有一丝一毫的共同之处。

这样的爱情观念，并非只有尤三姐独有，事实上，曹雪芹笔下的宝、黛爱情，完全充分地体现了以上三点，而且写得更加深刻动人，更加曲折。其所以如此，是宝、黛两人的身份教养与尤三姐截然不同，尤三姐简单明了的话，在宝、黛心里口里要文雅含蓄隐蔽得多。限于篇幅，这里不可能把宝、黛恋爱过程的许多深刻的心理描写引出来。

二是新的爱情方式。

在《红楼梦》以前的爱情描写，基本上只有一种模式，这就是“一见倾心”或“一见钟情”式。这种方式，也是社会的现实反映。因为在封建社会，“男女授受不亲”，“非礼勿视、非礼勿言”，男女根本没有机会接触，如何可能恋爱？所以难得有机会“一见”，自然也就“钟情”了，这是封建社会的礼教所造成的。除此以外，就是非婚姻的性关系，或者完全封建式的“父母之命，媒妁之言”，这两种当然都不是恋爱或爱情，所以这里无须论及。

曹雪芹笔下的宝、黛爱情，却与此完全不同，是一种全新的爱情方式。一是男女双方从孩提时起，即朝夕相处；二是他们的爱情是渐生渐长渐固，固到生死不渝，而不是“一见倾心”；三是在爱情过程中，还有曲折，还有新的人选的加入，还有在生活中的自然比较，到最后才凝结成永不变更的宝、黛的生死爱情。所以，曹雪芹笔下的宝、黛爱情，从爱情的方式来说，也是反传统的，全新的，以前从未有过的。

三是新的爱情内涵。

这一点是宝、黛生死爱情的灵魂，就连上述尤三姐的爱情观，也未能深入到这一层。曹雪芹笔下的黛玉和宝钗，本来无论是貌，无论是才，都是双峰并峙的难分高下，因此宝玉也曾一度难以决定。但是最终促使宝玉下定决心而且终生不变的是一种原因，《红楼梦》第三十二回说：

湘云笑道："还是这个情性不改。如今大了，你就不愿读书去考举人进士的，也该常常的会会这些为官做宰的人们，谈谈讲讲些仕途经济的学问，也好将来应酬世务，日后也有个朋友。没见你成年家只在我们队里搅些什么！"宝玉听了道："姑娘请别的姊妹屋里坐坐，我这里仔细污了你知经济学问的。"袭人道："云姑娘快别说这话。上回也是宝姑娘也说过一回，他也不管人脸上过的去过不去，他就咳了一声，拿起脚来走了。这里宝姑娘的话也没说完，见他走了，登时羞的脸通红，说又不是，不说又不是，幸而是宝姑娘，那要是林姑娘，不知又闹到怎么样，哭的怎么样呢。提起这个话来，真真的宝姑娘叫人敬重，自己讪了一会子去了。我倒过不去，只当他恼了，谁知过后还是照旧一样，真真有涵养，心地宽大。谁知这一个反倒同他生分了。那林姑娘见你赌气不理他，你得赔多少不是呢。"宝玉道："林姑娘从来说过这些混账话不曾？若他也说过这些混账话，我早就和他生分了。"

第三十六回说：

独有林黛玉自幼不曾劝他去立身扬名等语，所以深敬黛玉。

这里说得清清楚楚，同时也是把宝钗、湘云和黛玉放在一起做了一个比较。钗、湘两人，都极力要宝玉走仕途经济的世俗之路，只有黛玉同他一样反对走仕途经济的道路，对现实社会极为反感，视同污浊的泥沟，要保持自身的洁来洁去，要寻找自己理想的世界——"香丘"。贾宝玉则希望自己能"化成一股轻烟，风一吹便散了"，这就是说他自己不愿在这个污浊的世界留下一丝痕迹。可见反对走仕途经济的道路，向往着理想的世界，向往走自由人生的道路，是他们的共同志趣，也是宝、黛爱情牢不可破的思想基础。由此可见，宝、黛爱情的内涵，已远远不止一般的男女情欲之爱，而是有更深的社会思想内涵的，尽管他们对理想只是朦胧的，但对现实的反对是清醒而强烈的。这就是宝、黛爱情的新的社会内涵。

四是宝、黛爱情悲剧的历史原因。

大家知道，封建的婚姻是与封建的政治不可分的，“门当户对”和“父母之命，媒妁之言”实际上就是双方政治利益的权衡，结婚首先是为了家庭的政治利益，所以选择的标准也首先是政治标准。论门第，林黛玉的上祖虽曾袭过列侯，但到林如海已经是五世，“君子之泽，五世而斩”，至此林如海已只能从科第出身了。林如海虽然是钦点的巡监御史，但比起贾府的百年望族，世代恩荫来，不可同日而语，何况没有多久，林如海又一病亡故，从此黛玉论门第，已无门第可言；论父母，已经是父母双亡，自己真正是一个孤苦伶仃之人。这就决定了她的婚姻的悲剧命运。《红楼梦》里一再写到黛玉的孤零之感，写到她自己感到无依无靠之悲苦，这对黛玉来说是非常真实的描写。在封建时代，没有了门第，没有了父母，自己又是一个少女，确实已经是前途非常渺茫了。何况黛玉又是性格孤傲，秉绝代之才华，具绝世之容貌，而又鄙视一切，尤其是反对俗世的仕途经济，反对侯门公府所见的一切鄙俗，只有具有同样思想性格，同样才华禀赋，同样反对仕途经济，向往着朦胧的清净理想世界的贾宝玉，才是自己的真正知音。

但是，宝玉侯门公子的现实地位，与黛玉孤零之身的社会地位相去太远。尽管宝玉全身心地爱她，但宝玉在爱情上虽有自主权，在婚姻上却丝毫也没有自主权。而他俩所处的现实社会是只重婚姻而不重爱情的，对于这一点，薛宝钗比他们理智而清醒得多，也可以说是聪明得多。对于林黛玉来说，她只知道要爱情，要心；对于薛宝钗来说，她却知道重要的是要婚姻，要人。因为两者的着眼点不同，用力点自然也不同，黛玉甚至根本不知道要用力，她与宝玉的生死爱情，也完全不是用力的结果，而是他们思想、气质、禀赋自然一致之所致。对于宝玉之爱黛玉，也不是贾宝玉的用力追求，才得到黛玉的爱。宝玉对黛玉虽然百依百顺，但并非是追求，而是爱之所致。由于这样的原因，宝钗觉得，只要得到王夫人和贾母的欢心，就能赢得婚姻，赢得人。但黛玉却不理会这一点，甚至是根本不肯去理会这一点，她觉得哪怕是稍稍用一点点力也是一种卑鄙，一种不洁，这就是黛玉与宝钗之间的差别。

由于门第、社会地位、思想、性格的诸种原因，尽管黛玉对宝玉，赢得了爱情、赢得了心，但却铸成了悲剧。

这个悲剧，不是贾宝玉与林黛玉的责任、过错，而是在这个时代根本就不应该有他们这样的人，有这样的人，必定是悲剧。所以这个悲剧是历史造成的悲剧，社会造成的悲剧。因为他们的爱情观念、爱情方式、爱情内涵等等太超前了，在他们自己的时代，还没有这样的土壤。

第三，关于妇女命运问题的解读。

大家知道，《红楼梦》是古典小说中关于女性问题写得最重最深刻的一部书。作者在一开头就说："忽念及当日所有之女子，一一细考较去，觉其行止见识，皆出于我之上"，"闺阁中本自历历有人"。在第二回里，又让贾宝玉说："女儿是水作的骨肉，男人是泥作的骨肉，我见了女儿，我便清爽，见了男子，便觉浊臭逼人。"在第五回里警幻又称"此茶名曰千红一窟"，甲戌脂批："隐哭字"，意即"千红一哭"；警幻又称酒"名为万艳同杯"，甲戌脂批："与千红一窟一对，隐悲字"，即"万艳同悲"。上面这些话，就概括了作者对女性命运的深切同情和悲哀。

我们再看《红楼梦》，可见《红楼梦》里的青年女性，几乎没有一个不是悲剧结局的。十二钗之首的元春，虽然贵为贵妃，回家省亲时却"只管呜咽对泣"，说"当日既送我到那不得见人的去处"，说"骨肉各方，然终无意趣"。她所点的戏，预示着贾家的败落，在《乞巧》一出下，脂批说："《长生殿》中伏元妃之死。"她所作灯谜的谜底是爆竹，是一响即散之物，脂批说："此元春之谜。才得侥幸，奈寿不长耳。"可见元春短命，其结局有如杨贵妃，则其悲惨可知。迎春则嫁了中山狼，被折磨而死。探春的结局是远嫁，一去不复返，脂批在探春断线风筝的灯谜下批道："此探春远适之谶也。使此人不去，将来事败，诸子孙不至流散也，悲哉伤哉！"惜春则是出家为尼。黛玉的结局，脂批说："《牡丹亭》中伏黛玉之死"，"将来泪尽夭亡"。宝钗虽然按脂批说：钗、玉"后文成其夫妇"，但脂批又说："若他人得宝钗之妻，麝月之婢，岂能弃而而(为)僧哉！"可见宝钗的结局也是一个悲剧。湘云、李纨则是守寡。此外，如妙玉的遭劫，秦可卿的悬梁，王熙凤的被休，尤二姐的吞金，尤三姐的饮剑，金钏的跳井，鸳鸯的自誓，袭人的另嫁，晴雯冤死，司棋被逐，香菱受夏金桂的折磨酿成干血之症，等等等等。总之，《红楼梦》里的这些年轻女子，个个都是悲剧结局，而且这些悲剧，大都与婚姻有关，都是因为封建婚姻或爱情而酿成的悲剧。《红楼梦》里只有一对夫妻是自由结合的，因而也是喜剧而不是悲剧,这就是小红与贾芸。关于小红与贾芸的爱情,曹雪芹也是用重笔描写的,而后来贾家败落后,小红与贾芸还有过狱神庙探宝玉的情节。可见曹雪芹是在众多的婚姻悲剧中,特写此一对自由结合的婚姻喜剧,以作为反衬和对比的。

中国的封建社会,几千年来,一直是男权社会,一直是男尊女卑,这是不可动摇的封建传统。特别是在清代,由于统治者对程、朱理学的强烈宣传,妇女守节问题成为头等大事,不少愚夫愚妇受此宣传,有的是丈夫死后自己殉夫,甚至还有并未过门的女子,因订婚后男方死了,竟也殉死,还有的是自己儿子死了,公婆逼迫媳妇殉节,也有女方的父母逼迫女儿殉死的,总之妇女的生命、妇女的社会地位没有丝毫保障。但曹雪芹在《红楼梦》里,却一反其道,提出了女尊男卑的主张,认为"女儿是水作的骨肉,男人是泥作的骨肉",认为男子"浊臭逼人",男子是"须眉浊物",是"臭男人"。这是强烈的反传统的呼声,也是对现实社会中妇女命运的强烈呼号,更是男女平等的矫枉过正的历史反响,是对封建婚姻制度所酿成的罪恶的集中揭露。

第四,关于宁、荣二府的解读。

曹雪芹在《红楼梦》里塑造了宁国府、荣国府两个封建官僚大家庭,宁、荣二府虽已分家,但实际上还是一个封建官僚世家贾家。《红楼梦》的主要故事情节,都是在这个封建官僚世家里发生和发展的,这就是《红楼梦》人物活动的主要环境,也可称"典型环境",所以我们有必要对它作解读。

一、一个靠恩荫而存在的赘瘤

贾府是靠军功起家的,第七回因焦大醉骂,尤氏向凤姐解释说:"你难道不知道这焦大的?连老爷都不理他的,你珍大哥哥也不理他。只因他从小儿跟着太爷们出过三四回兵,从死人堆里把太爷背了出来,得了命;自己挨着饿,却偷了东西来给主子吃;两日没得水,得了半碗水给主子喝,他自己喝马溺。不过仗着这些功劳情分,有祖宗时都另眼相待,如今谁肯去难为他去?"五十三回宁国府祭宗祠时,有三副对子,更能说明问题:

肝脑涂地,兆姓赖保育之恩;
功名贯天,百代仰蒸尝之盛。

勋业有光昭日月；
功名无间及儿孙。

已后儿孙承福德；
至今黎庶念荣宁。

由于祖宗的创业，所以后来的子孙就“功名无间”，就“承福德”了。

《红楼梦》里最高的辈分是贾母，是第二代人，贾政是第三代，宝玉是第四代，贾蓉一辈已经是第五代了。“君子之泽，五世而斩。”所以《红楼梦》里多处称“末世”，就是指贾府已经传到第五代了，已经临到“五世而斩”了。贾珍、贾赦都是靠恩荫袭爵，贾政的官还是靠“皇上因恤先臣”，“遂额外赐了政老爹一个主事之衔，令其入部习学，如今现已升了员外郎了”（第二回）。

《红楼梦》开始，贾府第一、二代男性已经没有了，一开始就是第三代男性贾赦、贾政作为主要人物。宁府的贾敬一向远离红尘，由第四代贾珍袭爵。读者可以细检《红楼梦》，八十回中，除贾政曾“钦点学差”，但未见有任何善政外，没有看到任何一个人做过什么值得称道的事。宁、荣二府，主仆合计起码有六七百人，这样浩大的开支，完全是靠恩荫和剥削维持的，五十三回乌进孝进租，那长长的货单，还有二千五百两银子，就是他们剥削的实证，这还仅仅是宁府。据乌进孝说，他兄弟“管着那府（荣府）里八处庄地，比爷这边多着几倍”（五十三回）。还是五十三回，写到了贾蓉去领回的皇上恩赏，“一面说，一面瞧着黄布口袋上有印，就是‘皇恩永锡’四个大字，那一边又有礼部祠祭司的印记，又写着一行小字，道是‘宁国公贾演荣国公贾源恩赐永远春祭赏共二分，净折银若干两，某年月日龙禁尉候补侍卫贾蓉当堂领讫，值年寺丞某人’”。这巨大的剥削和恩赏（其来源也是剥削），却是维持着一个大赘瘤。

二、奢侈靡费和享乐是他们生活的全部

贾府主子们的全部生活内容，就是奢侈靡费和享乐。元妃省亲，这固然是“天恩”，怠慢不得，豪华是自然的，然而，豪华到竟连贾妃“在轿内看此园内外如此豪华,因默默叹息奢华过费”(十七、十八回)。则可见其豪华到何等程度了。秦可卿大出丧,光买一个“龙禁尉”的虚衔就花了一千二百两银子。贾珍对凤姐的唯一要求是“只求别存心替我省钱,只要好看为上;二则也要同那府里一样待人才好,不要存心怕人抱怨”(十三回)。这就是下定决心,要大大的奢华排场一番。

除了这种喜事、丧事上大讲排场外,逢年过节,也是决不放过的机会,他们“庆元宵”、“赏中秋”、“祭宗祠”、“过生日”都是要超常地铺排的。在日常生活上,贾母是“大厨房里预备老太太的饭,把天下所有的菜蔬用水牌写了,天天转着吃”(六十一回)。他们吃一碗“茄鲞”(即茄干)是这样做的:

> 把才下来的茄子把皮劉了,只要净肉,切成碎钉子,用鸡油炸了,再用鸡脯子肉并香菌、新笋、蘑菇、五香腐干、各色干果子,俱切成钉子,用鸡汤煨干,将香油一收,外加糟油一拌,盛在瓷罐子里封严,要吃时拿出来,用炒的鸡瓜一拌就是。”刘姥姥听了,摇头吐舌说道:“我的佛祖!倒得十来只鸡来配它,怪道这个味儿!”(四十一回)

他们吃一顿螃蟹宴,就够“庄家人过一年”(三十九回)。但这根本还算不上什么正经的宴席,这只是宝钗为帮史湘云省钱而想出来的办法。他们正经的宴席上,一个鸽蛋就要一两银子(四十回)。有人说这是夸张,这可能是有夸张的成分,但我读过一个清人笔记,记载清代的达官贵人为了补养身体,先将许多高级的补品拿来喂鸡,然后再吃这鸡生下来的蛋。如此说来,这个鸡蛋的价钱自然也就高出很多了。那么,这里说的鸽蛋也就可想而知了。

酒筵完了,还要吃点心,请看他们的点心:

> 丫鬟便去抬了两张几来,又端了两个小捧盒。揭开看时,每个盒内两样:这盒内一样是藕粉桂糖糕,一样是松穰鹅油卷;那盒内一样是一寸来大的小饺儿,……贾母因问什么馅儿,婆子们忙回是螃蟹的。贾母听了,皱眉说:“这油腻腻的,谁吃这个!”那一样是奶油炸的各色小面果,也不喜欢。……刘姥姥因见那小面果子都玲珑剔透,便拣了一朵牡

丹花样的笑道："我们那里最巧的姐儿们，也不能铰出这么个纸的来。我又爱吃，又舍不得吃"（四十一回）。

点心用过，自然要喝茶，于是就到妙玉的栊翠庵喝茶：

只见妙玉亲自捧了一个海棠花式雕漆填金云龙献寿的小茶盘，里面放一个成窑五彩小盖钟，捧与贾母。贾母道："我不吃六安茶。"妙玉笑说："知道。这是老君眉。"贾母接了，又问是什么水。妙玉笑回："是旧年蠲的雨水。"

然后就是妙玉让宝钗和黛玉到耳房里喝体己茶，宝玉也跟了去，他们用的茶器是更名贵的"𤫩瓟斝"和"点犀盉"，煮茶的水是梅花上的雪化成的水（均见四十一回）。从这些描写，可见他们的生活是何等地讲究。

除了这些饮食的讲究外，他们还养有家庭的戏班子，每逢节日宴饮，总是要看戏，而且还非常内行，非常独到。

仅从这几方面来看，就可以看出，他们生活的全部内容，就是"享乐"两个字。

三、诗礼——罪恶的遮羞布

《红楼梦》里的宁、荣二府，表面上看是"翰墨诗书之族"，是"诗礼之家"，是"百年望族"、"勋业旧臣"，实际上却是"如今的儿孙，竟一代不如一代了"。

贾府，这个封建贵族大家庭的腐败，从根本上来说，是人的腐败。封建社会是一个男权社会，贾府里的这些男性，竟找不出一个像样的人来。先从宁府说起。

宁府的第一代是宁国公贾演，第二代是贾代化。他们都早已没有了，第三代是贾敷、贾敬。贾敷未成年即亡，宁府第三代实际上只有一个贾敬，只在五十三回祭宗祠时出来担任过一回主祭，此外就再无他的活动。他一味好道，只爱烧丹炼汞，自谓不久即可飞升成仙，从不管家事，到六十三回因吞金服砂，烧胀而死。宁府的主持人是贾珍，世袭三品威烈将军，因为他是长房，所以任族长。冷子兴说："这珍爷那里肯读书，只一味高乐不了，把宁国府竟翻了过来，也没有人敢来管他”（第二回）。《红楼梦》第七回焦大醉骂说：“我要往祠堂里哭太爷去。那里承望到如今生下这些畜牲来！每日家偷狗戏鸡，爬灰的爬灰，养小叔子的养小叔子，我什么不知道？”关于“爬灰的爬灰”这件事，《红楼梦》第十三回靖本回前批云：“‘秦可卿淫丧天香楼’，作者用史笔也。老朽因有魂托凤姐贾家后事二件，岂是安富尊荣坐享人能想得到者，其言其意，令人悲切感服，姑赦之，因命芹溪删去‘遗簪’‘更衣’诸文。是以此回只十页，删去天香楼一节，少去四、五页也”（甲戌眉批、回后批同，但少去“遗簪更衣诸文”六字）。这“淫丧天香楼”，就是贾珍的乱伦丑事，虽然正文已删掉，但实际却留下了许多线索，上引靖本批语是最完整的，实际上甲戌本上还有许多泄露消息的批，如在“彼时合家皆知，无不纳罕，都有些疑心”句上眉批云：“九个字，写尽天香楼事，是不写之写。”在“贾珍哭的泪人一般”句旁批云：“可笑如丧考妣，此作者刺心笔也。”在“另设一坛于天香楼上”句旁批云：“删却，是未删之笔。”在“忽又听得秦氏之丫鬟名唤瑞珠者，见秦氏死了，他也触柱而亡，此事可罕”句旁批云：“补天香楼未删之文。”这些批语，初一看好像是提醒作者尚有未删之文，但仔细琢磨，却是另有深意，正是批者所说的“是不写之写”，因为这些提示，实际上后来并未照删，反而成了提醒读者之处。读者如把这些有关的批语连贯起来读，不是“天香楼”之丑事，依然历历分明吗？我认为作者与脂砚，是用明删暗示之法，仍旧将“天香楼”之事“泄露”给读者，使贾珍这件天大的乱伦丑事无可逃避。

贾珍除了此事外，还伙同贾琏一起，分别霸占尤二姐、尤三姐（六十五回）。特别丑恶之极的是竟同儿子贾蓉对二尤有“聚麀之诮”（六十四回）。贾珍既私通儿媳，又与儿子同戏二尤，可说封建社会的伦常全被他父子糟蹋了，已经臭得不可再臭了。无怪柳湘莲要对宝玉说：“你们东府里除了那两个石头狮子干净，只怕连猫儿狗儿都不干净，我不做这剩忘八”（六十六回）。

以上是宁国府的情况，下面再说荣国府的情况。

贾赦是荣府贾代善、贾母的长子，贾琏的父亲，袭一等将军爵位。贾赦最出名的是两件事，一是四十六回他让邢夫人向贾母讨鸳鸯作小老婆，被贾母痛斥了一顿。连平儿、袭人等都议论说：“这个大老爷太好色了。略平头正脸的，他就不放手了。”最后还是花了八百两银子买了个17岁的嫣红收在屋内(四十七回)。二是四十八回贾赦勾结贾雨村,用抄家的罪名把石呆子收藏的二十把古扇抄了来孝敬贾赦,弄得石呆子不知是死是活。贾琏说了一句:"为这点子小事,弄得人坑家败业,也不算什么能为!"就把贾琏痛打了一顿。贾赦还把自己的小老婆秋桐赏给了儿子贾琏(六十九回),这也是行同"聚麀",大乖伦常,简直如同禽兽。

贾赦的儿子是贾琏。贾琏除管理荣府,建造大观园曾承差使,还曾因林如海病故,奉贾母之命送黛玉去扬州,办完丧事后又同黛玉回来等事外,他的臭事在《红楼梦》里也是出人一等的,他趁女儿出痘疹之机,在外边私通多姑娘,简直丑态百出(二十一回),《红楼梦》中唯此一处,有类《金瓶梅》笔墨,也是因人而设。他还趁凤姐生日之隙,私通鲍二家的,又被凤姐撞见,引起轩然大波,最后是鲍二家的上吊而死(四十四回)。此外,他还伙同贾珍、贾蓉共戏二尤,竟被尤三姐大闹一场,最后与贾蓉密谋偷娶了尤二姐(六十四回、六十五回),终于让凤姐将尤二姐活活害死(六十九回)。这是荣府长房的事。

贾政是荣府的老二,前面已经介绍过,他表面上"自幼酷喜读书",实际上是腹内空空,让他任学差,也是讽刺之笔,虽然做官毫无政绩可言,对捍卫封建主义的原则,却是毫不含糊,所以他不能容忍宝玉的一些出轨的言行,下决心要把他打死,又挡不住贾母的震怒。他十足是一个从封建主义模子里刻出来的人物。他的儿子贾宝玉,他早已认定是叛逆,事实上也确是封建正统的叛逆,故不在此论列。

此外,还有一个贾瑞,他的祖父是贾代儒,是贾家的塾掌,但未叙明世系,或是贾氏远房。贾瑞是代替他祖父管理学堂的,但却一脑子邪念,丑态百出,终于因想"戏熙凤"而被熙凤捉弄至死,而且至死不悔。

以上就是宁、荣二府的主要男性。看了这些人的行为,不能不感到已经腐朽到臭气熏天了。然而,他们的门庭却是"诗礼之家",是"书诗继世"。这"诗礼之家"的牌子与他们腐朽的实际,恰好成为鲜明的讽刺。于是"诗礼"就成为掩盖他们一切罪恶的遮羞布。

儒家的教条是:"所谓治国必先齐其家者,其家不可教,而能教人者,无之。故君子不出家而成教于国。"又曰"欲齐其家者,先修其身"(《礼记·大学》)。儒家是以“家”作为封建社会的最基本的单位的,因此“修身、齐家、治国、平天下”是一个整体。现在看曹雪芹笔下的宁、荣二府的人,“修身齐家”是完全相反,既不“修身”,更不“齐家”。封建社会里的一个最具典型性的封建官僚世家已腐朽得如此不堪,“家”既如此,“国”亦可知矣。二知道人说:“太史公纪三十世家,曹雪芹只纪一世家。太史公之书高文典册,曹雪芹之书假语村言,不逮古人远矣。然雪芹纪一世家,能包括百千世家,假语村言不啻晨钟暮鼓,虽稗官者流,宁无裨于名教乎?”(《红楼梦说梦》)

二知道人说“雪芹纪一世家,能包括百千世家”,曹雪芹之所以要创造宁荣二府和大观园作为他的故事的典型环境,我想二知道人的这句话,是有历史的穿透力的。

然而,大家知道,康、雍、乾之世,是清代的鼎盛时期,史称“康乾盛世”。在这一时期,社会上极富极贵之家,还是有的。如《啸亭杂录》里记载到的京师米贾祝氏,富逾王侯,屋宇园亭瑰丽,人游十日未竟其居。宛平查氏、盛氏,富亦相仿。怀柔郝氏,膏腴万顷,连乾隆皇帝都驻跸其家。以上是指的民间富户,至于朝廷的勋戚旧臣,富贵继世之家,更是不可胜数。那么曹雪芹为什么偏于这一“盛世”,选择贾府这样一个已临“末世”的“皇亲国戚”“百年望族”来作为他的典型呢?这是因为他一不愿意歌功颂德、鼓吹封建统治者爱听的“五世其昌”之类的谀词,二是因为他看透了这个封建社会的虚伪和腐朽的本质,三是因为他更看透了这种封建贵族官僚大家庭腐败的内幕,他自己的封建大家庭就是这样一个现成的典型,一切封建的伦常道德全是假的、虚伪的,唯一真实的就是他们无限止的淫欲贪求和互相之间私利的冲突。第七十五回抄检大观园后探春说:“咱们倒是一家子亲骨肉呢,一个个不像乌眼鸡,恨不得你吃了我,我吃了你!”这才是这个表面诗礼之家的腐烂透了的本质。四是更重要的还是他的历史观、社会观和人生观,还是他的与旧时代、旧家庭不能相容的人生理想和社会理想。他已经意识到他的理想是他的时代、社会和家庭所不能容的,他自己已经明确说出“背父兄教育之恩,负师友规谈之德”,他是家庭和社会的叛逆。可见选择他自己的家庭作为典型素材来展开它的没落过程中的种种腐败丑事,是服从于他所要表达的思想主题的。如果他没有自己的新的人生观、爱情观、社会观,那么他仅仅像《金瓶梅》一样尽情地暴露也就可以了,他只要纯自然主义地客观描写也就达到暴露的目的了。他之所以要塑造贾宝玉、林黛玉两个全新的人物,并精心地描写他们的爱情悲剧,就是为了要展现他的全新的人生观、爱情观和社会观,展现他朦胧的超前的人生理想。

那么,从这一角度来看,二知道人所说的"包括百千世家",还只能指它的没落的一面,因为百千世家终究是要走这没落的道路的。而它的新生的一面,却纯属曹雪芹的超时代的独创,并不是所有没落世家都能自然新生的。

总之,曹雪芹能在表面盛世的当时偏去写"末世",能让他的全新的美好的人物和理想被旧势力彻底吞没,造成震撼人心的大悲剧,能从腐朽中写出新生,写出朦胧的曙光,这才是他选择荣、宁二府作为典型的原因,这才是曹雪芹的真正的超时代的伟大!

第五,《红楼梦》里所隐曹家史事的解读。

曹雪芹在《红楼梦》里有意地透露了自己的百年家世,而且不仅仅是透露,在一定程度上,还带有为家庭的败落而泄愤的意思,当然更多的是批判揭露这个官僚家庭的腐败没落。这种揭露批判,实际上也就是对封建礼教、程朱理学、封建社会的黑暗的揭露和批判。焦大醉骂,实际上是雪芹的痛骂,贾宝玉骂"男人是泥作的骨肉",骂男人是"浊臭逼人",贾宝玉终日在大观园里,何曾见过世面?更未见过多少社会上的男人,相反,他习常所见,还不是贾政、贾赦、贾珍、贾蓉、贾瑞、贾琏、贾雨村等人。那么他骂的"臭男人",岂非更多的应该是他眼前所见的这些人?再说这些人,如贾珍、贾赦、贾琏、贾蓉、贾瑞等等,难道还不够"臭"吗?

曹雪芹对自己百年家世的透露,是自然巧妙的笔墨,焦大醉骂是一种透露,宁、荣二公之灵托付警幻仙姑是一种透露,"寅"字避讳是一种透露,贾母说小时听过《胡笳十八拍》是一种透露,特别是十六回王熙凤说:"只纳罕他家怎么就这么富贵呢?"赵嬷嬷道:"告诉奶奶一句话,也不过是拿着皇帝家的银子往皇帝身上使罢了!谁家有那些钱买这个虚热闹去?"五十三回乌进孝进租,贾珍说:"再两年再一回省亲,只怕就精穷了。"大家知道,《红楼梦》里的省亲是以康熙南巡为素材的,那么,赵嬷嬷、贾珍所说的实际上也就是南巡，所谓“也不过是拿着皇帝家的银子往皇帝身上使罢了”。这不就是说曹家因四次接驾落下巨大亏空而致彻底败落吗？只不过下半句没有说出而已。贾珍说：“再两年再一回省亲，只怕就精穷了”，这不更是说的曹家因南巡接驾而“精穷”吗？康熙六次南巡，后四次都由曹寅接驾，落下巨大亏空，这一点康熙是十分清楚的，他曾明白地说：“曹寅、李煦用银之处甚多，朕知其中情由”（《关于江宁织造曹家档案史料》）。所以《红楼梦》里有多处不着痕迹的笔墨，却又处处露出端倪来，令人很自然地想到曹家家史，至于赵嬷嬷的话和贾珍的话，则何止露出端倪？竟是一种微词怨语了。

凡是以上这些地方，都需要我们结合曹家的家史去认真思索，因为它们比前面所举例子隐蔽得更深一层。

四 余 论

《红楼梦》是一部内容深广的伟大小说，虽然我在本文做了某些方面的解读，但远非小说的全部。人们称《红楼梦》是百科全书，这并不是没有根据的。我个人认为，如果再具体点说，可以说《红楼梦》真实而生动地反映了18世纪中期中国上层封建社会的种种风习，我们读《红楼梦》，就如打开了一幅充满着历史气息的栩栩如生的历史长卷，特别值得人们注意的是，这一时期中国封建社会缓慢转型的历史面貌，都被曹雪芹的生花妙笔定格下来了，其中意识形态的微妙变化，是最值得注意的。如尤三姐的爱情观，强调要独立自主，自我选择（六十五回）。鸳鸯抗婚说：“家生女儿怎么样？‘牛不吃水强按头’？我不愿意，难道杀我的老子娘不成？”（四十六回）等等。还有薛蟠问宝玉：“明儿你送我什么？”宝玉道：“我可有什么送的？若论银钱吃的穿的东西，究竟还不是我的，惟有我写一张字，画一张画，才算是我的”（二十八回）。这是客观而真实地反映了人的自我意识的增长，否则作为鸳鸯这样的“家生女儿”，自身不过是主人的一点小小的财产，如同一个牲口一样，根本谈不上“自主权”，主人要她怎样她就只能怎样，怎么可能说“我不愿意”呢？这就是说，由于时代的变化，社会的逐渐转型，人的自我意识增长了。像宝玉这样一个贵族公子，居然说自己一无所有，只有自己写的字画的画才算是自己的，这就意味着只有自己创造出来的东西，才算是自己的，祖宗之所遗，概与自己无关，这就是在这个贵族公子身上反映出来的新的自我意识。再如晴雯生病，宝玉说："越性尽用西洋药治一治，只怕就好了"（五十二回）。这"西洋药"一词，显然也是具有特定历史内涵的新词。至于《红楼梦》里提到的许多西洋物品，当然同样是这种特定历史风貌的记录。

《红楼梦》最主要的成就，当然在思想和艺术两方面。从思想方面来说，无疑也是中国封建社会缓慢转型期的新思潮的真实记录。我曾说过，曹雪芹批判的是他自己的时代，而他把希望寄托给未来。他的社会理想，如自由人生、婚姻自主、男女平等、废除等级、人与人之间的友爱等等，无疑都只能是未来的意识、未来的现实，然而曹雪芹居然在18世纪的前期就提出这些理想来了，这在当时，当然是不可理解的，何况他又是用的"假语村言"，无怪人们要把贾宝玉看做"似傻如狂"了。

《红楼梦》在艺术上的杰出贡献是多方面的，长篇小说的网状式的整体结构，是在长篇小说结构上的独特创造，虽然《金瓶梅》已开其端，但它毕竟还带有"词话"的痕迹。至于《三国演义》、《水浒传》、《西游记》更是从话本发展来的。《红楼梦》是真正的文人创作的长篇小说，它除了采用习惯的章回体外，一切故事结构和叙事方式全是崭新的创造，整个故事的叙事行文，如行云流水，自然天成，真是落花水面皆文章。在中国古典小说里文章之美，语言的个性化之美，语言之浓厚的生活气息之美等等，是无出其右的。特别是《红楼梦》的叙事语言，都带有浓厚的作者的主观感情，这与《三国》、《水浒》又是截然不同的。

然而，《红楼梦》在文学上的特出贡献，是塑造出一系列令人永远难忘的典型形象。其中贾宝玉是全新的艺术典型，在以往的小说、戏曲里从未有过，是真正的新人形象。贾宝玉的新，一是形象塑造未有任何因袭，全是独创。事实上，贾宝玉的独特的反传统的得世界风气之先的思想，是任何旧传统形象所无法承载的，贾宝玉的新典型形象是由他独特的超时代的新思想所决定的。而林黛玉的形象，虽然初看似与传统的形象颇多相似，但细读也可发现，这个形象的外观，是由她孤零的身世遭遇所决定的，更重要的是她的思想、她的尖而锐的个性，她的特殊才华和冰雪聪明，她的绝代姿容和稀世俊美，在以往的小说、戏曲人物里，也是不可重复的。所以贾宝玉与林黛玉恰好成为中国封建社会缓慢转型期的一对新人的典型。至于说贾宝玉具有贵族公子的脾性，林黛玉也是官僚门第的千金小姐，这话一点儿也不错。因为不如此，这一对典型就远离了他们自己的时代和土壤，假定说这对典型新到连自己出生的家庭和时代的气息都没有了，那他们就不成其为这个历史转型期的新人典型了，他们就失去了历史的真实感了。他们之所以真实可信又可贵，就是因为他们是特定历史时代的产物，他们既是新的，又有旧的印记，这才是这一对典型的特征。《红楼梦》里的薛宝钗、王熙凤、史湘云、探春、迎春、惜春、妙玉、香菱、尤三姐、尤二姐、袭人、平儿、鸳鸯、晴雯以及贾母、王夫人、刘姥姥等，无一不是令人难忘的独一无二的典型。男性中的贾政、贾珍、贾琏、薛蟠等，也同样是令人难忘的形象。

总之，《红楼梦》是历史、是社会、是人生、是艺术，而归根到底，它是人生的历史长卷。在这个长卷里，人们可以各有取舍，各有所悟，各有会心。总之，能悟其大，得其要，斯为得矣。何况《红楼梦》里有一些问题，如某些判词、怀古诗之类，可能永远也不能得出一致的结论，因其无谜底可证也。

然而，学术问题本来是复杂的，很难一时尽得其解的，“诗家总爱西昆好，独恨无人作郑笺”（元好问《论诗三十首》），就连李商隐的诗，人们都叹息难以解读，那么让《红楼梦》留些悬念，也未尝不是有趣的事。

所以，我说的解读《红楼梦》，是就其大者、要者而说的，至于其他，则实非所能尽解也！

2004年1月28日，旧历甲申年正月初七日下午五时于京东且住草堂草成

2004年5月2日，旧历甲申三月十四日改定，时年八十又二

第三讲

《红楼梦》是怎样成书的？

探索路上云遮雾障
还得从作者的生卒年说起
没有赶上也没有重过好日子
想象比现实感受更活跃
述家庭往事如亲历其境
败落造就了伟大的文学家
现实基础上的大胆虚构
《风月宝鉴》与《石头记》
批书的都是些什么人？
书是否写完？为何只传抄出八十回？
最后十年并没有在西郊黄叶村著书
关于续书的一些问题

蔡义江

一　探索路上云遮雾障

研究《红楼梦》，我几乎想不出还有什么问题比弄清成书过程更重要的了。它关系到作者的生平经历、创作的思想动机、小说的题材来源和表现内容、作者与小说主人公贾宝玉以及脂砚斋等批书人的关系、全书是否写完、怎么又成了残稿？现存后四十回文字是谁续的？以及它与原作差别有多大，等等。总之，成书问题与研究这一系列问题都有关系，前者是后者的基础。

成书过程，以前有人研究过，至今仍有人在研究，也发表过有价值的意见。但我以为如果光从某一方面看问题，比如说小说的楔子或脂评中的某些话、几种早期抄本的差异（研究这些当然都非常重要），而不首先从根本问题入手，进行全面考察和合理推断，不严格鉴别所据材料的可信程度，并合乎情理地解释一些彼此有矛盾的说法，特别是如果考虑问题不能抛开一些久已形成的观念而重新加以审视，恐怕很难接近事实的真相。

的确，有些积久的成见会成为探索成书真相的障碍，犹如前进路上弥漫着的云雾，如果摆脱不开它的影响，就会不知不觉地削减我们追求真理的勇气和必须具有的冷静、客观态度。

这是哪些成见呢？

1. 曹雪芹一定经历过贾宝玉式的风月繁华生活，所以贾宝玉是曹雪芹的影子或化身；

2. 这部百科全书式的巨著，如果作者太年轻了，生活阅历不够，是写不出来的。所以至少要到30岁以后来写，才有可能；

3. 曹雪芹是在北京西郊山村中写这部小说的，所谓“著书黄叶村”，但天不假年，来不及写完就死了；

4. 因此，最接近曹雪芹逝世时所整理出来的本子，是作者最后的定本；

5. 小说中写的就是将“真事隐去”后的曹氏家史；

6. 小说的后四十回书，虽由后人续成，但其中必有雪芹残稿，至少是有若干回目作基础，才得以补写完成的；

7. 续书的作者是高鹗。

如此等等我们已很熟悉的说法，若要成为确论，就必须建立在事实亦即可靠的材料基础上。可是它们是否能经得起严格的检验呢？

二　还得从作者的生卒年说起

红学界之外的人对像60年代初曾有过的一场关于曹雪芹生卒年的争论可能会感到厌烦：有什么可争的，不就是早几年晚几年吗？这跟《红楼梦》有什么关系呢？——有的。试想：如果曹雪芹在他家获罪、被抄没时，才只有三四岁，这跟他已经是十三四岁的少年能一样吗？这至少关系到他是否赶上过曹家的好日子（还不是其祖父曹寅时代的好日子）吧。可见，弄清他出生的确切年代，对深入了解曾经过这场剧变的曹雪芹是非常重要的。

曹雪芹的生年并无任何明文记载，是从他的卒年和岁数倒推出来的。所以，当年为了准备纪念他逝世200周年，开展了一场关于他卒年的大讨论，结果学术界分成“壬午说”和“癸未说”两派，势均力敌，谁也说服不了谁，因为它们都各有所恃而又各有所失。“壬午说”所恃的是脂评中“壬午除夕，书未成，芹为泪尽而逝”一条明文依据；所失的是与事实并不相符，因为次年癸未春雪芹尚活着，有敦敏《小诗代简寄曹雪芹》可证，且敦诚之《挽曹雪芹》诗，题下注明“甲申”，已是再次年的事了。“癸未说”所恃的是与事实能符合或能说通，所失的是没有死于“癸未除夕”的明文依据，说脂评将“癸未”误记为“壬午”，则纯属揣测，是不合情理的。“壬午说”想推翻对方所举《小诗代简寄曹雪芹》这一硬证，说敦敏诗可能是编错年的或经后人贴改的；经我国权威的历算专家曾次亮查考了当年的“时宪历”，著文证明此诗所写的年份确是癸未，并未错编。当然，“癸未说”虽有否定对立面的充足理由，却也不能让自己提出的“误记”说增加说服力。结果基本上打了个平手，“癸未说”似稍占上风。直至1980年《红楼梦学刊》第3辑发表了香港红学家梅节《曹雪芹卒年新考》，提出了“甲申说”，才解决了那条脂评与史料间的矛盾。

原来那条脂批上的“壬午除夕”四字，并非与“书未成，芹为泪尽而逝”相连的时间定语，而是上一句批语“能解者方有辛酸之泪哭成此书”后所署的时间；加批者是畸笏叟。这一年他所加的署有时间的批语特多，不计这条“壬午除夕”在内，已多达42条，如“壬午春”、“壬午季春”、“壬午孟夏”、“壬午孟夏雨窗”、“壬午九月”、“壬午重阳”等等，所以没有理由不认为“壬午除夕”也是这一年批语所署的时间。

再说，此条批语显然和后面的话并非连着说的，是写于不同时间也不同性质的两条批语，只是因为都说“泪”，都批“自题一绝”，又紧挨着，才被误抄成一条的。前批为阐明“谁解其中味”等语意而发，是说明性的；用“哭成此书”，正表明书原是写成了的，无疑是作者尚在世时批的。后批是记叙，是痛悼，是憾恨；与前批不同，说的是“书未成”，人已逝。这当然不是说书没有写成，而是说因为有部分原稿“被借阅者迷失”，不及让雪芹生前重新补写出来，致使此书成为残编，不能完成（详见后文）。此批写于雪芹死后约半年，脂砚斋也刚去世不久，故有“唯愿造化主再出一芹一脂”的幻想。批语也是畸笏叟写的。抄录者将这条连着的批语反隔行分为两截，所署时间亦形讹为“甲午”年，应据夹在靖藏本中的《夕葵书屋石头记》附页影印件校正为同一条批，署作“甲申八月泪笔”。“甲申”正与敦诚的挽诗同年。

我还记起一件事来：当初争论雪芹卒年时，郭老鉴定过独存此批语的甲戌本，说过类似这样的话：这条眉批中，“壬午”二字似比其他字略小，且稍稍偏向右侧（记不清是否在报上看到的）。当时并未引起大家的注意。现在想来，郭老这一细心的发现也很重要：原批“壬午除夕”既是批语后署时，当是用小字偏右侧写的。后来过录时，虽已被误作正文连抄，但还是不知不觉地在落笔时留下了原稿上一点隐约可辨的印记。

总之，“壬午除夕”既非雪芹逝世的时间，则“误记”干支的推测也就不成立了。雪芹应卒于甲申春（1764 年 2 月 2 日为甲申年阴历正月初一），与“癸未说”公元纪年相同，日子也差不了多少。

卒年诸说相差的时间不过一年或一年多一点，关系还不算大，推算其出生年头的差别就大了。其实，大家所依据的材料，无非是两条：1. 敦诚的挽诗说：“四十萧然太瘦生，晓风昨日拂铭旌。”“四十年华付杳冥，哀旌一片阿谁铭？”说是年四十而卒；2. 张宜泉《伤芹溪居士》诗小序称“年未五旬而卒”。说他没有活到 50 岁。其实，二说并无抵触，只是具体与笼统的差别。张宜泉居于城东南隅，与居于城西北郊的曹雪芹相距较远，未及时得知他病逝的消息，又没有参加葬礼，弄不清朋友的确切岁数，是未满 40 岁呢，还是已四十多岁了，总觉得他死得太早，为了不说错，笼统地说他“年未五旬”最有把握，倘真确知其岁数，又何不就说"年四十几而卒"呢？敦诚的情况就不同了，从"当时虎门数晨夕"到后来雪芹"结庐西郊"，彼此诗酒往来，已相识多年，又参加了雪芹葬礼；这是最能确切知道死者岁数的时候，因为要公告享年几何，所以才能说得具体：40岁。而且挽诗有初稿和改稿两首，两稿的文字表述，前后改换得很多，但发端的"四十"二字却始终不变。我们在推算雪芹的生卒年时，应该首先看重哪条材料，不是很清楚的吗？

然而，我们看到的却大多是相反的选择：把张宜泉笼统不确定的话作为首要依据，而把敦诚的挽诗倒冷落了。理由是张的小序用散文语言表述，较可信；敦诚是做诗，而诗有句式平仄限制，所言"四十"可能只举整数，实际上也许是四十过若干岁了。这话似是而非。殊不知一般做诗与写挽诗，在这一点上截然不同。挽诗说别的话倒可以随便些，不尽切实，唯有提到死者的年龄是绝不可以任意将人减寿的。倘死者活到四十二三岁而偏偏只说"四十"，已大为不宜，岂有活到四十八九岁而说"四十"的？自古以来有这样的先例吗？诗，固有形式限制，却并没有非写年龄不可或非如此表述不可的规定。敦诚一再强调"四十"，就是说雪芹只活了40岁，既非约数，也非只举整数。这一点，周汝昌《红楼梦新证》中的认定是正确的。

取"年未五旬"含混说法的人中，有不少都把曹雪芹的生年往早的算，所以至今仍有不少人主张雪芹是曹颙的遗腹子。康熙五十四年乙未(1715)正月十八日，李煦奏折称"曹颙病故"，则其遗腹子必生于是年。按旧时习惯出生即为一岁的虚岁算法，到乾隆二十九年甲申(1764)卒，恰巧是50岁；以壬午或癸未为卒年，则为四十八九岁。有人还误记"年未五旬"为"年近五旬"，据此立论为文(见《红楼梦学刊》1981年第2期谈雪芹生年文)，可见思想上倾向于早生是很明显的。近读一位学者所著，甚至把曹雪芹的生年再往前提四年，认为可能生于康熙五十年(1711)。这样，年逾半百的曹雪芹，自然与敦、张之所言更不能相符了。

为什么研究者总是把曹雪芹的生年往早的算呢？我以为最主要的原因是要让雪芹能赶上过一段贾宝玉式的风月繁华生活。在他们看来，倘出生太晚，抄家时年纪太小，没有那种钟鸣鼎食的生活经历，《红楼梦》就写不出来。这就是我前面说的，成见影响了探索。学术研究本应从事实出发，依据可信的材料，进行客观、冷静、严谨的逻辑推演，然后对现象做出合理的解释，而不是先从某种既定的观念出发。这是很简单的道理。然而，要做到这一点，并非容易。

三　没有赶上也没有重过好日子

曹雪芹既卒于乾隆二十九年甲申(1764)，又只活了40岁，则其出生当在雍正三年乙巳(1725)，比周汝昌《新证》所确定的还迟一年。若以实足年龄计算(非旧时习惯算法)，则与《新证》所确定的出生年同。这样，雍正六年(1728)初，曹家被抄时，雪芹虚岁仅为4岁，实足则为3岁或不到3岁，是个尚不懂事、不记事的幼儿；即便他特别聪明早熟，能在后来记忆中留下一点家庭巨变的片断印象，至多也不过如同经历梦幻而已。

《新证》据敦诚挽诗确定雪芹享年是很有眼光的。但在解决《红楼梦》题材来源时，却没能摆脱雪芹必定自身经历过一段好日子的想头，以为贾宝玉就是曹雪芹自己。于是便创曹家再起再落之说，如在乾隆元年(1736)，让"曹頫官内务府员外郎"，使曹家"复得小康"，乾隆四五年(1739—1740)之间，让它卷入"大逆案中再遭巨变"，然后才一败涂地。以为《红楼梦》所写即雍正末、乾隆初到四五年间事；其时曹雪芹十二三岁到十六七岁，与小说中贾宝玉年龄相仿。可惜的是这种种揣想，并无任何文字资料可作证明，也难符合实际，所以得不到多数研究者的认同。

曹雪芹有"秦淮旧梦"，却未闻还有"燕京旧梦"。这且不说，只看乾隆即位初，宽免八旗官员赔款案，有折子列出："雍正六年六月内，江宁织造员外郎曹頫等骚扰驿站案内，原任员外郎曹頫名下分赔银四百四十三两二钱，交过银一百四十一两，尚未完银三百二两二钱……"抄家治罪已七八年了，并不算多的443.2两赔银，勉力交出的还不到三分之一，余数尚须朝廷宽免，其拮据困难状况，可想而知。这样的"特困户"，就算曹頫真的此时官复原职(我以为不可能)，一个内务府员外郎，又不是胆大妄为的赖昌星，即便他敛财的本领再大，在开始的四五年内，要让曹雪芹过上贾宝玉式的生活，是不可想象的。再说，曹家又非无名之辈，若能转眼间中兴，显赫于京师，旋又再遭巨变,岂能在各种史料上都找不到片言只语的记载?

所以,在这一点上,我与多数研究者一样,认为自曹家被抄之日起,雪芹再也没有过上好日子。只是有一点不一样,多数研究者认为,在此之前,他该有过一段好日子的回忆,而我认为连这一点也没有,因为那时他太小,还不到懂事、记事的年龄。

四 想象比现实感受更活跃

曹家获罪迁回北京后,靠发还崇文门蒜市口他家旧置少量房屋度日。那时,三四岁的雪芹对什么都好奇,总爱不断发问,也最需要大人对他多说说话。我们所知的曹家人,只有祖母李氏(曹寅寡妻、李煦之妹)、伯母马氏(曹颙寡妻)和他的父母(曹頫夫妇),此外,还有为"养赡""两世孀妇"而发还的"家仆三对"。

曹雪芹必定自幼聪慧,又正处在最惹人喜爱的年龄阶段,他成了全家人心灵上最大的慰藉,受到特别的宠爱是不奇怪的。尤其是祖母,视孙子如同性命,也是情理中事。这些过来人都有精神伤痛和对往昔盛事的回忆,雪芹便成了他们最合适的宣泄和倾诉的对象。祖母是阅历最丰富的人,她的故事一定最多、最有趣,当年那些烈火烹油、鲜花著锦的繁华景象,她说来大概会绘声绘色,头头是道。还有几个跟随多年的婢仆,当然也会"闲坐说玄宗",为孩子聊聊金陵旧事。这在雪芹的幼小心灵中留下的印象,是我们难以估量的。从那时起,他就时时神游于秦淮河畔已失去了的乐园。小说中被艺术夸张了的贾府盛况,只有在曹寅时代才略可仿佛其一二,其中有些细节、口头禅,甚至事件,也多有取材于那个时代的(当然是经过了变形的),曹雪芹若要都亲自经历,非得再早生二三十年不可。

有一次,跟我的一位年轻红学朋友于鹏谈起想象比实感更活跃,他为我举例说,张恨水出身贫苦,未成年,父亲病故,自学成才,20岁出外谋生,当报馆记者、编辑,却写出一部长篇小说《金粉世家》来,人家还以为作者一定是富家子弟呢。他说,这与他当记者见闻多有关。这话很有意思。其实,曹雪芹的见闻哪会少呢。

曹家祖上几代人，与皇家有着特殊亲近关系：曾祖曹玺之妻孙氏是康熙的保姆，后诰封一品太夫人；曹寅少年时即近侍康熙，一直都是康熙的亲信，两个女儿嫁做王妃（其一为平郡王讷尔苏妻）；颙、頫辈也因此而得到特别眷顾。所以曹家在京城跟高层有姻戚关系或世交旧谊者不少。虽说曹頫获罪至京，不便走动，尚为孩童的曹雪芹是可以无须避嫌地被人领着进那些王府侯门豪华的大宅深院的。《红楼梦》写贾家府第陈设，往往从初入者眼中看出，如林黛玉、刘姥姥之进贾府。这样的描写，固然是艺术表现上的需要，但未必没有曹雪芹的真实感受在；刘姥姥的眼睛也未必不可以是曹雪芹的眼睛。当然，也有不同，当曹雪芹看到这一切时，也许会立刻联想起奶奶说过的，从前我家可阔了！已存在于他想象中的旧家气派，大概更有过之。总之，遇到此类机会，总会使他增长见识和加深感受。

此外，宗室贵族从往昔的玉堂金马，到如今的陋室蓬窗的升沉变迁，雪芹所见所闻一定也多。即如其好友敦氏兄弟，就是努尔哈赤第十二子、被赐自尽并黜了宗籍的英亲王阿济格的五世孙。其他祖上有类似荣枯变化的友人或听人说起这样故事的大概还有不少。这些都会深刻地影响他对政治、社会和人生的看法，也给他的创作提供了丰富的素材。

五　述家庭往事如亲历其境

敦诚在提到曹雪芹生平经历时，说过一句明显的错话，那是他整理自己的《四松堂集》时在《寄怀曹雪芹》诗“扬州旧梦久已觉”句下加的一条注：“雪芹曾随先祖寅织造之任。”很显然，这与他挽诗中准确写下雪芹的岁数是矛盾的，因为“四十年华付杳冥”的曹雪芹是在其祖曹寅死后十二三年才出生的。

此类出错，前人多有，但原因不同。比如袁枚就是以不知为知，犯糊涂。他说雪芹是曹寅的儿子，又说雪芹“距今已百余岁矣”（其实雪芹比袁枚还小八九岁），说隋赫德（雍正六年接任曹頫职）是康熙时织造，还把《红楼梦》中人物如林黛玉等说成是什么“校书”（妓女）等等，纯属信口开河（均见《随园诗话》）。敦诚则不然，他的错误不应全怪他自己。

敦敏、敦诚虽结识雪芹有年，但毕竟年纪比雪芹小许多，对曹家的过去，自然不甚了然，除非是听雪芹自己说的。他们是没落旧王孙，又是雪芹挚友，同病相怜，善于谈吐的雪芹肯定会在他们面前讲述许多自己家庭的今昔盛衰状况，感喟繁华如梦，生不逢时；说到动情处，悲从中来，声泪俱下。当然，曹家那些最阔的事也不会不提的，这大概莫过于曹寅四次接驾了。雪芹能将它说得活灵活现，即便是身临其境者，也未必有如此具体生动。这在听者自然会产生错觉，以为"雪芹曾随先祖寅织造之任"，少小时是经历过秦淮风月繁华的。他们哪里知道那不过是雪芹在复述（又加入了自己的想象）他奶奶告诉他的陈年故事。他们的许多诗句中也包含着同样误会的成分，只是不太明显罢了。如：

扬州旧梦久已觉（敦诚《寄怀曹雪芹》，扬州东吴时州治在建业即江宁；又用杜牧诗为出典）。

废馆颓楼梦旧家（敦诚《赠曹雪芹》）。

秦淮旧梦人犹在，燕市悲歌酒易醺（敦敏《芹圃曹君别来已一载余矣……》或谓"人犹在"之人，可能是雪芹幼小时的旧友，现在看来，还是指雪芹自己）。

燕市哭歌悲遇合，秦淮风月忆繁华（敦敏《赠芹圃》。遇合，遭遇也。"梦""忆"等字，通常应用于回想自己经历过的往事上，若泛说想从前情景，也未始不可）。

以前，我们只把这些诗句当作实况引用，而没有考虑还须过滤掉误会成分。一句话，秦淮风月只存在于雪芹的丰富想象之中。

曹雪芹能说会道，令人以为其所言都是亲历，而不是出于揣测。他的这一特点，也给敦氏兄弟留下了共同的印象。如：

高谈雄辩虱手扪（敦诚《寄怀曹雪芹》。"虱手扪"，用晋王猛粗布短衣见桓温，一边谈时事，一边捉虱子，旁若无人，傲视权贵的典故）。

相逢况是淳于辈（敦诚《佩刀质酒歌》。战国淳于髡滑稽善辩，借以比雪芹诙谐健谈且善饮)。

隔院闻高谈声,疑是曹君……(敦敏诗题目)

高谈君是孟参军(即该诗。孟参军,晋孟嘉,极善言谈)。

还有“前辈姻戚有与之交好者”的裕瑞,他提供的有关曹雪芹及其小说的情况,并非都可靠,但说雪芹健谈这一特点,还是可信的。他说:

善谈吐,风雅游戏,触境生春。闻其奇谈娓娓然,令人终日不倦,是以其书绝妙尽致(《枣窗闲笔·后红楼梦书后》)。

六　败落造就了伟大的文学家

司马迁说:“盖西伯拘,而演《周易》;仲尼厄,而作《春秋》;屈原放逐,乃赋《离骚》;左丘失明,厥有《国语》;孙子髌脚,《兵法》修列;不韦迁蜀,世传《吕览》;韩非囚秦,《说难》《孤愤》。《诗》三百篇,大抵圣贤发愤之所为作也。此人皆意有所结郁,不得通其道,故述往事,思来者。及如左丘无目,孙子断足,终不可用,退论书策,以舒其愤,思垂空文以自见”(《报任安书》)。韩愈承其说,以为李杜文章之所以能光焰万丈,乃“帝欲长吟哦,故遣起且僵。剪翎送笼中,使看百鸟翔”(《调张籍》)。意思是说上帝有意让他们遭受厄运,以便能发愤作诗,恰如将冲天雄鹰的翅羽剪去,送入笼中,让它看着百鸟自由飞翔,它能不悲鸣吗?这些话,若用来说明曹雪芹成就之原因,我以为也是非常恰当的。

不及充分享受儿时欢乐的曹雪芹,随着家庭的突然败落,就被逐出了伊甸园。他不但失去了纨绔子弟能尽情吃喝玩乐的环境和物质条件,也失去了家中延师教读,严格督责其熟读《四书》,懂得经义,写好八股文,为将来参加科举考试,做好必要的学业准备的机会。胡适说:“雪芹是个有天才而没有机会得着修养训练的文人。”因此,“《红楼梦》的文学造诣当然也不会高明到那儿去”。又说:“他有天才而没有受到相当好的文学训练,是一个大不幸”[1],这话有没有道理呢?

凡事都有得有失。曹雪芹失去了接受“正规”封建传统教育的机会，是确实的。但所失的主要还是把握举业之道所需的学习和训练，如经文经义和学写八股文、试帖诗之类。光凭这样的“文学训练”，实在是出不了人才的。在那个时代，从贾政这样的家长的要求看，连“什么《诗经》、古文，一概不用虚应故事，只是先把《四书》一齐讲明背熟是最要紧的”。不难想见，楚辞、乐府、唐诗、宋词已不在重视之列，更不必说被瞧不起、甚至反对去读的小说话本、戏曲传奇了。在这样的环境下培养出来的人，能有高明的文学造诣吗？

曹雪芹因失而有所得的是：少了管教约束，有了更多凭自己的兴趣爱好来选读各类书籍的机会，对于一个要反映生活广阔画面的小说家来说，具备博识多见的杂学知识，远比能写得一手漂亮的时文重要得多。人们常惊讶雪芹三教九流，无所不晓，不能不说正得益于此。

作诗“诗笔有奇气”，还能“自创北曲”（脂评语），谈吐可“说得四座春风”，写小说成“千古奇文”，这些对应举做官是毫无用处的；做官要的是贾雨村曾自诩的那种“时尚之学”。但雪芹之所以没有走仕宦之路，客观环境使他并不深精举业，固是一端，更重要的还是因为家庭的巨变断绝了他这条路；我们从未听说过一个被下旨抄家，“枷号”不多年的犯官，他的儿子还能通过科举考试出头发迹的。这用今天的话来说，就叫政治条件不合格。

人们总以为曹雪芹也像他所创造的人物形象贾宝玉那样，生来就厌恶仕途经济，所以能否读书做官，根本就不在乎。实际情况并非如此。曹雪芹很自负，又“狂”又“傲”，看不起那些名利场中热衷于营求的人是无疑的。但这不等于他对自己一生注定无缘科场的命运也无所谓。功名对于那个时代知识分子的重要性是今天我们难以理解的。雪芹自然也会对命运的不公，感到极大的怨恨和悲愤。敦敏说他“燕市哭歌悲遇合”，他“哭歌”的不幸，又岂止是生活贫困，他是被“入了另册”的，被宣告了科场之路不通。我以为《红楼梦》开头说到的那块补天石（虚拟作者）的遭遇，在很大程度上也就是雪芹自我境况的写照，只是往往为大家忽略过去而已。他写道：

谁知此石自经煅炼之后，灵性已通，因见众石俱得补天，独自己无材不堪入选，遂自怨自叹，日夜悲号惭愧。

这里所谓“煅炼”，脂评以为是喻“学”，如谓：“煅炼后性方通，甚哉，人生不能学也！”这与东坡“人生识字胡涂始”诗意一脉相承；小说中也有“却因煅炼通灵后，便向人间觅是非”（二十五回）的话。又评曰：“煅炼过尚与人踮脚，不学者又当如何？”是喻人学得知识，没有问题。对“众石俱得补天，独自己无材不堪入选”等等，脂评或批为“便是作者一生惭恨”，或说“惭愧之言，呜咽如闻”，都直揭出此即作者自况。“补天”的含义不正是通过举业，进入官场，为朝廷效力吗？还有一条脂批最有意思，说道：

剩了这一块便生出这许多故事。使当日虽不以此补天，就该去补地之坑陷，使地平坦，而不有此一部鬼话。

这话一看便知，是雪芹长辈说的（后详）。他把《红楼梦》之写成，归结为雪芹不能与别的年轻人一样通过科举之途去安邦治国（所谓“补天”），而又不甘心去干些诸如做工务农之类社会所需的平凡的事，在惭恨孤愤的心情下，就选择写小说传世了。这里叫“鬼话”，固然是长辈对小辈所撰书的谑语，但也不无可玩味处，“鬼话”的“话”，可有二义：一是话语，“鬼话”意同胡说八道，亦即“荒唐言”；二是故事，即“话本”之“话”，“鬼话”是作鬼者的故事，可见其中人事，大多已成陈迹了，犹元人记已故戏曲作者资料的书叫《录鬼簿》。

总之，借用司马迁的话，《红楼梦》是曹雪芹“发愤之所为作也”。因为他“意有所结郁，不得通其道，故述往事，思来者”。他身世遭遇的不幸，也正是造就他文学上巨大成就的幸事。

七 现实基础上的大胆虚构

以胡适为代表的新红学贡献与缺失并存，且存在于同一个问题上，那就是把《红楼梦》所写的故事与作者及其家庭紧密地联系在一起，得与失全在于此。如果从作者的创作冲动、素材来源和写作所需的生活知识、体验来看，发现这种联系，对理解这部不朽著作是十分重要和有深刻意义的。在这一点上，怎么估价新红学的贡献，都不为过。但他们因此又把小说看成是自然主义地实录自己的家庭生活和经历，是用小说形式来表现的曹家家史或雪芹自传，以为书中主要人物都有现实的原型，这就大错特错了。

在《红楼梦》时代的中国，要把自己和自己家庭所遭遇的种种，都如实地写到供人“适趣解闷”的“闲书”中去，是难以想象的事。且不说当时政治思想言论上的限制与禁锢，光是封建伦理道德，也不允许一个作者在自己写的书中任意臧否家庭成员，尤其是长辈；更不必说还要揭其隐私，扬其家丑了。在那个时代的人看来，写小说只是编编故事，供人消消闲，严肃的文学创作观念尚未形成。《红楼梦》已经有了重大突破，但也脱离不开时代的局限。

所以，曹雪芹在开卷首回中，借“甄士隐”、“贾雨村”姓名谐音，开宗明义地先做出“真事隐(去)，假语存(焉)”的暗示，又通过太虚幻境对联反复强调辨清真假、有无的重要性，还在自题一绝中发出“满纸荒唐言，一把辛酸泪”的郑重感慨。

“真事隐去”，其实也就是真人隐去，因为事是人做的，有什么人就有什么事，事与人是分不开的，所以决不能仅仅理解为将真名隐去。在《红楼梦》中，故事和人物是虚构的，是无法与现实生活对号的，即使其中某人某事有现实中的原型，也必然会改换其身份、地位，甚至年龄、性别，将其变形重铸，这一来，实在与虚构无异。但所有由作者大胆的艺术想象而虚构出来的人、事以至环境，其构筑的基础都是真实的，一颦一笑、一言一语也都合乎现实生活的情理，因而，所描写的大家庭由盛至衰的趋势和整个脉络也完全是真实的。用曹雪芹自己的话来说，“至若离合悲欢，兴衰际遇，则又追踪蹑迹，不敢稍加穿凿，徒为供人之目而反失其真传者”(第一回)。

有的脂批将小说中的细节描写与真人真事联系起来，说这是“西堂(先祖曹寅的堂名)故事”，那是作者儿时的情状；这是将“老货”(批书人自称；我以为意思是老头儿，并非老婆子，更非年轻妇女)“比作钗、颦”，那是“文忠公(傅恒的谥)之妐”的声口等等，都仅仅是指明创作素材的来源，而且也只是批书人的看法，不是批什么就一定是什么。至于小说是隐写某家事或人物影射谁之类的话，是没有的，因为批书人知道小说情节、人物是虚构的。倒是后来不了解作者情况的批书者，才会有小说是写顺治皇帝与董鄂妃故事或写纳兰明珠家事等等的索隐。

贾宝玉常被人们视为作者的自我写照，以为曹雪芹的思想、个性和早年经历，与宝玉差不多。写小说的按贾宝玉基本特征来写曹雪芹，编电视剧的把曹雪芹也描绘成自幼爱弄脂粉钗环，爱吃女孩儿嘴上胭脂，甚至有同性恋倾向的人。这实在是很大的误会。曹雪芹确有将整个故事透过自己创造的小说主人公的经历、感受来表现的创作意图，所以虚构了撰书的"石头"亦即"通灵宝玉"随伴宝玉入世，并始终挂在他的脖子上，以示书中的一切悲欢离合，都是作者自己的见闻与感受。同时也必然在塑造这个人物形象时，运用了自己的许多生活体验，但这毕竟与作者要写自传或照着自己来写贾宝玉是两码事。宝玉所做的事以及他的思想性格特点，有许多根本不属于作者。贾宝玉只是曹雪芹提炼生活素材后，成功地创造出来的全新的艺术形象，犹鲁迅之创造了阿Q。所以，如果要找贾宝玉的原型，无论是作者自己，还是他的叔叔或者别的什么人，恐怕谁也对不上号。这一点，与雪芹合作的脂砚斋说得明白："按此书中写一宝玉，其宝玉之为人，是我辈于书中见而知有此人，实未目曾亲睹者。……合目思之，却如真见一宝玉，真闻此言者，移之第二人万不可，亦不成文字矣"（第十九回脂评）。

其他如林黛玉、薛宝钗也是这种情况。现在有些红学好事者，总说自己找到了苏州林妹妹的原型，好像曹雪芹真有过那段恋爱婚姻的不幸往事似的。但为此书加脂批的雪芹亲友却不如此看，不但可以从钗黛举止中看到自己身影，所谓"将余比作钗、颦"（第二十六回脂评），而且说："钗、玉名虽二个，人却一身，此幻笔也。……已过三分之一有余，故写是回，使二人合而为一"（第四十二回脂评）。"合而为一"是指钗、黛释疑和好了。此话无论正确与否，都说明熟知雪芹情况者，也不认为生活中实有此二人，只不过是"幻笔"。类似意思的话还有"将薛、林作甄玉、贾玉看书，则不失执笔人本旨矣"（第二十二回脂评）。甄（真）、贾（假）宝玉本也是二而一的"幻笔"。可知，小说中的女主角钗、黛，也是非按生活原型实写的艺术虚构形象。

总之，《红楼梦》作者曹雪芹的艺术虚构是极其大胆的，我们应有充分的估计。

八 《风月宝鉴》与《石头记》

《红楼梦》一名《风月宝鉴》，这在小说楔子和甲戌本的《凡例》中都提到，只是实际上流传的本子无论是抄本还是刻本，题作此名的还未见过。在楔子"东鲁孔梅溪则题曰《风月宝鉴》"句上，有一条脂批说："雪芹旧有《风月宝鉴》之书，乃其弟棠村序也。今棠村已逝，余睹新怀旧，故仍因之。"这引起研究者的兴趣，发表了许多不同的看法。

一是"旧有"的"有"，是"撰有"还是"存有"？在我看来，这并无可生歧义处；按古文习惯用法和后面行文看，都只能是"撰有"而不是"存有"。将"有"释为"存有"者，几乎都认为《红楼梦》是合成的，即先有另一人写了一部《风月宝鉴》，然后曹雪芹在此基础上改写成《红楼梦》，或者先有他人作了《风月宝鉴》和《石头记》二书，然后由雪芹合成。这些想法的产生，重要根源之一是对雪芹虚拟石头撰书被空空道人抄回后由自己披阅增删而成的荒唐言信以为真的缘故。有脂批已反驳了"披阅增删"说，指出这是"作者之笔狡猾之甚"，我们实在不该再被"蒙蔽了去"才是。须知小说不是理论性文章，有各不相同的人物形象，是很难或者应该说是不可能合成的。再说，雪芹写这样一部风月繁华如梦幻般破灭的小说，是有许多史料可以印证其创作动机的，而改写他人之作就完全是另一回事了，这除了用误会作者行文和曲解脂批的办法去寻找依据外，是与我们已知的雪芹生平事迹不相符合的。批书人怎么也不会将只改写、合成他人之作的增删，说成"是作者具菩萨之心，秉刀斧之笔，撰成此书，一字不可更，一语不可少"（第五回脂评）或者说是"哭成此书"（第一回脂评）的。

前引"旧有《风月宝鉴》"的批语的后两句，我的解释是："如今，我看到雪芹《石头记》新稿，就不免怀念起他弟弟棠村曾为其旧稿作序的情景；为了纪念逝者棠村，所以仍沿用了旧书名，题为《风月宝鉴》。"所以，这条批语就是"东鲁孔梅溪"加的，为了说明自己为何题此书名。梅溪在小说中是加过批语的，第十三回批"三春去后诸芳尽，各自须寻各自门"二句说："不必看完，见此二句，即欲堕泪。梅溪”便是。这更证明《风月宝鉴》确是雪芹早年旧作。

那么，《风月宝鉴》是怎样一部书呢？很遗憾，没有什么资料可供研究；诸家说法，都不过是从一些迹象出发所做的揣测和联想。比如有人从甲戌本《凡例》中的话，推测它是一部淫秽小说，因为那里说：“《风月宝鉴》是戒妄动风月之情。”还说“贾瑞病，跛道人持一镜来，上面即錾‘风月宝鉴’四字，此则《风月宝鉴》之点睛”。

其实，“风月”并非只指男女情爱，广义也指风月繁华。小说楔子中一僧一道，高谈快论红尘乐事，“此石听了，不觉打动凡心，也想要到人间去享一享这荣华富贵”。这也就是所谓的“妄动风月之情”。因为结果所得是悲，是苦，是空，所以要“戒”。

小说以小喻大，以镜喻书，借《贾天祥正照风月鉴》故事（其中有些性描写），表达一种红粉骷髅、荣华梦幻的思想，同时点出《石头记》“此书表里皆有喻也”（第十二回脂评），“千万不可照正面，只照他的背面”，所以被视作全书的“点睛”之笔。却不能由此而断言旧稿便是此类故事。若果真都写偷鸡摸狗，我想，梅溪就未必会沿用此旧名来题雪芹新稿了。

清人陈森作《品花宝鉴》，描写贵族们的同性恋及玩弄优伶的邪恶行为。《风月宝鉴》的书名与之相像，这可能也是引起同类书联想的一个原因。显然，这更属皮相之见。

曹雪芹在楔子中深恶痛绝地贬斥“淫滥”小说：先说“历来野史……贬人妻女，奸淫凶恶”，继说那些书“一味淫邀艳约，私讨偷盟”，再说“大半风月故事，不过偷香窃玉，暗约私奔而已”，如此等等。这反映一位作家在成长过程中长期形成的文学价值观和创作美学理想，非一时兴之所至说的话。很难想象，雪芹自己也刚刚写过那样“终不能不涉于淫滥”的书，接着又为重写新书而板起脸孔来将它痛骂一顿。所以，我以为推测《风月宝鉴》旧稿艺术上粗糙些，还不太成熟，是可信的；否则新稿就不可能取代它。但说它是一部淫秽小说，我不信，因为既无依据，也不合作者思想发展的逻辑。

从梅溪“睹旧怀新”“故仍因之”等批语看，《风月宝鉴》是后来《石头记》加工修改的基础，这种可能性是很大的。故有人说它是一部幼稚的《红楼梦》(篇幅自然也会短小些)。但由于没有别的佐证,过多地揣测它是一部怎样的书,是无益的。

九 批书的都是些什么人?

脂批也叫脂评,是个笼统的提法。它包括了好多作者的亲友在书稿上加的批语。这些批书人从他们不同的身份和批书的不同目的,可分三类:(一)梅溪、松斋以及可能还有未署名的所谓"诸公";(二)脂砚斋;(三)畸笏叟。此外当然还有一类是"圈子"外的小说抄本较早的传抄、整理或阅读者。研究《红楼梦》版本、脂批的人,多数将这一类的批语排除在脂批之外。

小说的底稿开始时让一些被脂评称之为"诸公"的亲友们传阅,并请他们将自己的意见、建议、感想随手批写在书稿上,以便留作作者最后修订时参考。这可以说是一批审阅"征求意见稿"的人。这些人中有的批语很不客气,如说第二回"语言太烦,令人不耐。古人云惜墨如金,看此视墨如土矣,虽演至千万回亦可也"。有的喜欢与别的批书人"抬扛",如对开卷一篇之用笔是"《庄子》《离骚》之亚"的批语不以为然,说:"斯亦太过。"有的好谑语调侃,有人批"后一带花园子里"句说:"'后'字何不直用'西'字?"他就代答曰:"恐先生堕泪,故不敢用'西'字。"如此等等。这些批语都与署名"梅溪"、"松斋"者的批语绝无共同处,可知尚有一些未署名号的加批者。梅溪,即东鲁孔梅溪。吴恩裕考证其为孔子六十九代孙孔继涵,但继涵生年太晚,与批书和题书名者应有年岁不称,疑非其人。松斋,吴世昌、吴恩裕谓是相国白潢之后白筠,有敦诚《四松堂集·潞河游记》可证,当系雪芹友人。此外,靖藏本在对"(彼时合家皆知),无不纳罕,都有些疑心"句所作的批语"九个字写尽天香楼事,是不写之写"之后,多"常村"署名。"常"、"棠"可通,《诗经》中"棠棣"即作"常棣";应即是雪芹之弟棠村。若能成立,批语也该是很早的。

脂砚斋,"砚"也写作"研",是继"诸公"加批之后,拟与雪芹合作,由自己重新加批,使小说的正文与其批语共同传世者,故题书名为《脂砚斋重评石头记》。这是效法金圣叹批《水浒》、《西厢》的做法,因为这种带批的作品,在当时颇受读者的欢迎。脂砚斋加批的目的、性质,既有别于诸公,是为将来读者而批的，又已声称是“重评”，并没有把诸公的批包括在内，所以书只署自己名号，否则岂不掠人之美。但因为雪芹自己尚未对书稿作最后修订，故所有批语都须保留着，以供雪芹参阅；又过录者在抄批语时，也只求多求全而不愿漏掉，所以抄成了我们现在所见到的十分庞杂难辨的样子。原来批书人笔迹各不相同，不致相混，一经转抄，字体相同，除有署名者外，也分不出是谁的批了。

这里重要的是“重评”或“至脂砚斋甲戌抄阅再评”，都是脂砚斋对诸公已有过的评而言的，并非指他自己的第二次评。有的研究者见有“重评”、“再评”字样，就以为脂砚斋在此之前还做过“初评”，这是误会了。脂砚斋确实不止一次阅读书稿并加评，如己卯、庚辰本上就有“脂砚斋凡四阅评过”字样，但书名都仍题作《脂砚斋重评石头记》，可知“重评”并非指自己加评的次数。

脂砚斋是谁？是男是女？我以为他和梅溪、松斋以及靖藏本批语中独有的“常村”、“杏斋”一样，都属“诸子”之列（靖藏本第二十二回有丁亥年批语“不数年，芹溪、脂砚、杏斋诸子皆相继别去”云云），没有理由认为这个批书人圈子中还有女子在。我们不能因为宝玉是脂粉队中核心，便想象雪芹也必是如此。或以为脂砚是雪芹的“续弦妻子”，这怎么可能？雪芹交出的书稿，凡有缺漏文字须他本人来补的，常批有“俟雪芹”等字样，还有脂本中只要雪芹自己过目便可改过来的错误，竟多年存在，一直到雪芹逝世，也未改正。他们怎么可能是同居共宿的夫妻呢？所以，我以为脂砚是雪芹的同辈亲友，至于自称“老朽”、“朽物”的批书人，不是他，而是畸笏叟。

畸笏叟，也作“畸笏老人”、“畸笏”。他应是雪芹上一辈的亲人。他是雪芹书稿的总负责，雪芹死后，书稿也仍归他保存。他的批语不同于为读者而加的脂砚斋批，有许多也是写给雪芹看的，这有一点与“诸公”批相似。但也有不同，即也有写给别人看或没有十分明确目的的，因为他有不少批是雪芹死后才加的。畸笏批多揭示小说的素材来源，特别是有关雪芹童年及曹家往事的细节，也多联系自己的感慨。他尤其关心书稿的缺失情况和是否能成书。从种种迹象来看，他极大可能是雪芹的父亲曹頫。

这样的认定是否有理由呢？有的：

1. 畸笏有丁亥年(1767)即雪芹病死(1764)三年后的批语不少,可知书稿最后一直保存在这位老人的手里。雪芹花十年心血"哭成"的小说底稿,有的已誊清抄出(前八十回,从列藏本看,实则只有七十九回),有的因残缺而一直没有誊抄(后面部分)。他一逝世,这些书稿就成了最值得珍惜的遗物,对曹氏一门来说,因书稿记述的内容而更具有特殊的意义。最有可能来保管这件遗物的老人是谁呢?最会对此"书未成"而痛心不已、憾恨无穷的老人又是谁呢?脂砚斋虽是此书的合作者,但他对书稿并没有所有权。而身为其父的畸笏,将英年早逝的儿子的遗稿,小心保存起来,还不时地翻看,一一检点其"迷失"部分,写下沉重的感慨,这才是顺理成章的。

2. 第十三回有总批曰:"《秦可卿淫丧天香楼》,作者用史笔也。老朽因有魂托凤姐贾家后事二件,岂是安富尊荣坐享人能想得到者,其言其意,令人悲切感服,姑赦之。因命芹溪删去'遗簪'、'更衣'诸文,是以此回只十页,删去天香楼一节,少去四五页也。"此据靖批。甲戌本分为两条,无"'遗簪'、'更衣'诸文,是以"等字样,还有个别字的差异。批语是自称"老朽"的畸笏叟加的。值得注意的是:谁能"命"作者删这删那,而作者居然就听从了?除了自己的生父,即便是其他长辈,怕也不至于采取这样的态度或用这样的口气说到此事。有人以为"命"字未必只有上对下,非遵从不可的用法,也可在彼此平等的一般场合下叫人做什么事时用。我以为站在局外人立场述说甲命乙做什么,与说自己命某人做什么,并不一样。退一步说,这里的"命"即使意思只等于"叫",情况仍不寻常,比如说"我叫他把杯子递给我",这话谁对谁说都可以,但说"我叫他把书中这些情节都删去",话依然具有权威性,何况前面还有"姑赦之"三字,谁能代替作者说:我姑且将她从刀斧之笔的诛伐下予以赦免。这里一点也没有我们今天常说的"建议你如何如何"或"供你参考"的意思。

3. 第二十七回黛玉葬花一段,甲戌本有批云:"'开生面''立新场',是书多多矣,惟此回更生更新,非颦儿断无是佳吟,非石兄断无是情聆。难为了作者了,故留数字以慰之。"至庚辰本,此批作"开生面,立新场,是书不止《红楼梦》一回,惟是回更生更新,且读去非阿颦无是佳吟,非石兄断无是章法行文,愧杀古今小说家也。畸笏。"写在一条丁亥年批语的后面。很显然,这是改那条甲戌本批语而成的。前批时间较早，作者在世，故留下表扬的话相慰；后来作者逝世了，便改掉结尾二句，以存其批。我们看前批相慰的结语，不难发现畸笏也有慈父的关爱。

4. 甲戌本在楔子雪芹自题一绝之上有批说："书未成，芹为泪尽而逝，余尝哭芹，泪亦待尽。每意觅青埂峰再向石兄，奈不遇癞头和尚何？怅怅！今而后，惟愿造化主再出一芹一脂，是书何幸！余二人亦大快遂心于九泉矣！甲申八月泪笔"（据"夕葵书屋本"留签校字）。此批受到研究者普遍关注，是无须繁言的。脂砚在雪芹死后半年光景也相继去世，故畸笏批语有"惟愿造化主再出一芹一脂"的话。这些且不说。雪芹逝世，当然会令许多亲友悲痛，但到"哭芹，泪亦待尽"地步的毕竟不会太多，除了他"飘零"的"新妇"外，大概只有他年逾六十或近古稀的双亲了。以前，我对批语中提到"余二人"有点不解，以为大概是指畸笏和靖藏本批中提到的也熟知此书创作的圈内人"杏斋"。但总觉有疑问。后来，忽然想起批语中提到"余二人"的还有一条，是在第二十四回，写贾芸向他舅舅卜世仁赊冰片、麝香，舅舅不但不给，反而数落个不停，有侧批云："余二人亦不曾有是气。"这里的"余二人"是无论如何拉不上杏斋、脂砚的。有研究者据此批而揣测畸笏叟可能是作者的舅舅。这是看反了：受气的不是舅舅而是贾芸，何况有批指出"卜世仁"是谐"不是人"，这里描写其势利小人嘴脸也极不堪。畸笏即便是雪芹舅舅，又何至于去对号入座呢？若视作雪芹的父母，便容易理解了。自雪芹降生之日起，曹家就已不断地有典当、借贷、赊欠之事；被抄没（抄出的惟当票百余张）迁京之后，就更不必说了。所以畸笏以为雪芹所写之素材，应得自熟悉的家事，故有这样的批，是肯定雪芹描写贾芸饱受亲戚之气写得出色。回过头来，再看前面那条批，就豁然开朗了。做父母的当然望儿子事业有成，倘此书能补齐，以完璧面目抄出来，流传后世，风烛残年的双亲岂非没有白养这个孩子，自可"大快遂心于九泉"了。

5. 畸笏常提及雪芹儿时情状，如第八回在"再或可巧遇见他父亲，更为不妥"句旁批"本意正传，实是曩时苦恼，叹叹！""叹叹"是畸笏的习惯用语，能知作者儿时此类苦恼的，莫过其父。又有批说："作者今尚记金魁星之事乎？抚今思昔，肠断心摧。"第三十八回批："伤哉！作者犹记矮䫜舫前以合欢花酿酒乎？屈指二十年矣！”第四十一回批：“尚记丁巳春日，谢园送茶乎？展眼二十年矣！丁丑仲春，畸笏。”丁巳是1737年，雪芹才十二三岁；丁丑是1757年，雪芹已三十二三岁了。第七十五回宝玉因贾政在座，特别拘束，本来要说笑话的，想想这也不是，那也不是，只好不说。有批说：“实写旧日往事。”孩子怕父亲是很普遍的，未必一定是实写往事，倒是畸笏的这种特殊情结值得注意。看看类似场合下脂砚斋的批，就不难发现差别。《脂砚斋重评石头记》中的双行夹批是脂砚斋批，大概不成问题。庚辰本第二十二回写制灯谜宴席上就有几条：批“今日贾政在这里，便唯有唯唯而已”说：“写宝玉如此。非世家曾经严父之训者，断写不出此一句。”批“今日贾政在席，也自缄口禁言”说：“非世家经明训者，断不知此一句。写湘云如此。”批“故此一席虽是家常取乐，反见拘束不乐”说：“非世家公子，断写不及此。想近时之家，纵其儿女哭笑索饮，长者反以为乐，无礼不法何如是耶?”总是隔一层的第三者说的话，且读去可能会令人产生错觉——本应是说作者出身世家，父教甚严，知长幼礼法规矩，故描写宴席情景，也合乎大家风范。但给人的感觉却是说作者从小就经历过这种生活场面（其实，曹頫被抄败落时，雪芹才三四岁）。所以，我以为脂砚斋跟误认为“雪芹曾随其先祖（曹）寅织造之任”的敦氏兄弟一样，也不大搞得清雪芹幼年的事，总以为雪芹也一定有过秦淮河畔风月繁华的回忆。何以见得脂砚斋也会搞错呢？他写甲戌本《凡例》的末段（后被移作首回回前批，又误抄作全书开头文字）中，就有“上赖天恩，下承祖德，锦衣纨袴之时，饫甘餍美之日”等等的话。畸笏叟就决不会说这样的错话。

6. 畸笏对曹寅之事，也常提及；对获罪抄没事，更记得一清二楚，这也便于我们确定他的身份。如第二回批“就是后一带花园子里”句说：“‘后’字何不直用‘西’字?”曹寅爱用“西”字，织造署的花园就称“西园”，园中有“西池”“西亭”。第五回批《飞鸟各投林》曲说：“与‘树倒猢狲散’句作反照。”此为曹寅之口头禅。第十三回批“应了那句‘树倒猢狲散’的俗语”句说：“‘树倒猢狲散’之语今犹在耳，屈指三十五年矣，哀哉伤哉，宁不痛杀?”曹家“应了那句……俗语”之时，即是曹頫获罪抄没的雍正六年初(1728)，数到三十五年头，为乾隆二十七年壬午(1762)，是年畸笏批最多，且大多署时间，此批计年明确，故不必再署。说到抄家事，他更记得清是那年的元宵节前夕，故首回又有对“好防佳节元宵后”句的批语说：“前后一样，不直云‘前’而云‘后’，是讳知者。”有如此刻骨铭心记忆的，在曹家也不多吧。第十六回批：“借省亲事写南巡，出脱心中多少忆昔感今！”“南巡”指曹寅四次接康熙驾事。第二十八回批：“大海倾酒，西堂产九台灵芝日也。批书至此，宁不悲乎？壬午重阳日。”又“谁曾经过？叹叹！西堂故事。”西堂，曹寅江宁织造署内斋名，故其又自号西堂扫花行者，人称西堂公。如此等等。

7. 畸笏批触处泪流，甚至“肠断心摧”，非与小说所写内容关系最直接、感受最深切者，何至于如此？这些批多见诸早期的《脂砚斋重评石头记》的眉批或侧批，那些可确定为脂砚斋所加的双行夹批中倒罕见。

8. 畸笏之名号，含义可思。畸，有残、废、零落、不偶等义；笏，是臣子朝见皇帝用的板子，也可作为做官的标志。组合在一起，意思与丢了官的、没落世家或如小说中唱的“陋室空堂，当年笏满床”及“为官的，家业凋零”等相近。若曹頫用以自号，也是最合他身份的。

畸笏叟阅评书稿持续时间最长、从“命芹溪删去”天香楼情节（事在书稿交付誊清之前或之初；当然，此批语是以后加的），到雪芹逝世之后若干年，应该都加过批语的，只是前期批可能少些，也少见有署名号、时间的；壬午起，才大量出现，且多署名、时。

加批的“圈外人”，庚辰本署名有鉴堂、绮园、玉蓝坡；王府、戚序本有立松轩。后一种系统的本子多出许多独有的总批、总评，大体上为稍后或关系稍远之人所加，研究价值一般来说，也不能与“圈内人”的批语相比。但也不能绝对。如第三回末王府、戚序本总评说：“补不完的是离恨天，所余之石岂非离恨石乎？而绛珠之泪偏不因离恨而落，为惜其石而落。可见惜其石必惜其人。其人不自惜，而知己能不千方百计为之惜乎？所以绛珠之泪至死不干，万苦不怨，所谓‘求仁而得仁，又何怨？’（出《论语·述而》）悲夫！”批语的最后几句话，对探索雪芹原稿中如何写黛玉之死，极为重要。第四回前总批诗说：“请君着眼护官符，把笔悲伤说世途。作者泪痕同我泪，燕山仍旧窦公无？”也颇受研究者的关注。

十　书是否写完？为何只传抄出八十回？

书，当然是写完了的。按情理说，也不可能才写了一半，就让亲友诸公传来传去加批，然后又由脂砚斋来重评吧。何况，甲戌本楔子中已写入"披阅十载，增删五次"的话了。尽管雪芹自认只"披阅增删"，是"狡猾"之笔，但这是小说创作费时十年、五易其稿的意思，却是无疑的；这还有脂砚斋在其甲戌重评本的《凡例》末"十年辛苦不寻常"的诗句可证。再说，如果只写了一部分，就增删几遍，看看改得差不多了，再续写下面部分，然后再增删，这样，全书究竟增删了多少次，就无从计算了。因此，这里的所谓"增删"，必定是对已写完的全部书稿中的故事情节和人物形象，作较大的改动，而非只增减改动几个字、几句话。当然，也不排除"增删"才进行到第五次的开头，就先说"五次"，但决不能在书稿尚未写完时，就预先估计要"增删五次"。

说书已完稿（不论是第四还是第五稿），还有不少脂批已提到后半部的回目、文字和情节可以证明。如贾府"事败、抄没"、"子孙流散"；贾宝玉有"下部后数十回'寒冬噎酸齑，雪夜围破毡"事，曾与凤姐被拘留于"狱神庙"，小红等曾往"慰宝玉"；凤姐还与刘姥姥"狱庙相逢"。宝玉"不自惜"，作为"知己"的黛玉"千方百计为之惜"，所以"绛珠之泪，至死不干，万苦不怨"，终于"泪尽夭亡"、"证前缘"了。宝玉回来时，惟"对景悼颦儿"而已；昔日题着"怡红快绿"的怡红院，已"红稀绿瘦"；"凤尾森森，龙吟细细"的潇湘馆也只见"落叶萧萧，寒烟漠漠"的凄惨景象。宝玉与宝钗"成其夫妻时"，虽还有"谈旧之情"，但宝玉终至生"情极之毒"，不顾"宝钗之妻、麝月之婢""弃而为僧"，那是"《悬崖撒手》一回"。凤姐"身微运蹇"，执帚"扫雪"，"回首惨痛"；刘姥姥"三进"荣府，救巧姐出火坑，"忍耻""招"她与板儿结"缘"。"袭人出嫁之后"，对宝玉、宝钗夫妇说："好歹留着麝月"，"宝玉便依从此话"，后"琪官……与袭人供奉玉兄、宝卿得同始终"。探春远嫁不归，惜春"缁衣乞食"，湘云为"自爱所误"，妙玉流落"瓜洲渡口"……甚至"末回《警幻情榜》"中评"宝玉'情不情'，黛玉'情情'"及诸册子十二钗"芳讳"等也都提到。实在没有理由认为曹雪芹没有将小说写完。

如此看来，在甲戌年(1754)脂砚斋重评此书之前，即雪芹 30 岁之前，全书已写成了。那么，创作开始的时间，当然是在作者 20 岁之前了。但是，有人认为从十八九岁到二十八九岁这样的时间段，对创作一部“百科全书式”的文学巨著的作者来说，过于年轻了，恐怕写不出来。我以为这是将曹雪芹看成常人了，实在是大大低估了这位伟大文学天才的能力。前苏联的肖洛霍夫写的《静静的顿河》也算是一部反映生活面很广的大书吧，若不是关注这方面研究的人，谁又能想得到这部小说出版时，作者仅 22 岁？为此，还有人怀疑肖洛霍夫是窃取了他人的创作成果。直至作者的创作手稿被发现，才得以彻底澄清。所以，我一点儿也不怀疑《红楼梦》正是曹雪芹年轻时期创作的。

不知何故，雪芹将书稿交付畸笏叟审阅，并由他请诸公和脂砚斋披阅、加批、誊清、校对，时间比较匆忙，有些扫尾工作没有做。大概雪芹是想等这些征求意见和誊清工作完成后，再由自己来作最后一次订正定稿的(可惜这一步后来没有做)。所谓扫尾工作，包括个别地方尚缺诗待补、有些章回还须考虑再分开和加拟回目等。我揣测匆忙的原因，以为最可能的有二：一、雪芹要准备办婚事，一时无暇再顾及书稿；二、雪芹准备迁往西郊山村居住，这样，离他双亲家人及诸公、脂砚斋就远了，来往也不便了。也说不定两个原因都是。

那么，雪芹写成的或者说交出的书稿究竟有多少回呢？这不是几句话就说得清的。按一般的写作习惯，不是先拟好回目，确定字数，然后按顺序一回一回地写下去，而是先将故事全部写完，然后再分出章回、加拟回目的。小说的楔子中也是这么说的。当然，大体上的架构、章节、段落事先会有，但那是比较粗略的。有的原定写成一回的，一动笔，字数大大超过了，就得分成两回，甚至三回才匀称。如写元妃省亲的第十七、十八、十九回原来未分开，到己卯、庚辰本，虽将第十九回分出，却无回次、回目，而十七、十八回则仍未分开，回目也只有《大观园试才题对额　荣国府归省庆元宵》一个。又列藏本全书止于第七十九回《薛文龙悔娶河东狮　贾迎春误嫁中山狼》，没有一点分回痕迹。而实际情节却包括其他本子的第七十九、八十两回，可见是后来才分成两回的。

最有意思的是第四十二回前有一条批说："钗、玉名虽二个，人却一身，此幻笔也。今书至三十八回时，已过三分之一有余，故写是回，使二人合而为一。……"从批语所言看，针对第四十二回《蘅芜君兰言解疑癖》一点也不错，但批语却说是"三十八回"。现在的第三十八回是吟菊花诗、讽螃蟹咏，与钗、黛二人毫不相干。所以只有一个合理的解释：即加这条批语时，这四十二回还只是三十八回，因为后来又将前些回分开，增加了回数，所以回次也往后排了。38的三倍是114，以全书一百十回算，是超过了1/3（其实37就超过了）；42的三倍是126，以全书一百二十回算，更早超过1/3了。因为分回工作还未结束，这就加入了不确定因素，所以脂批中提到后半部回数的话，我们也就要多打几个问号了。

脂批有关话及所在回数，有"后百十回"（三）、"下半部"（四）、"数十回后"（六）、"后半部"（七）、"下部数十回"（十九）、"后三十回"（二十一）、"下回若干回书"（二十二）、"全部百回"（二十五）、"后数十回"（三十一）、"后部"（四十五）等。种种说法中最明确的大概算"后三十回"了。过去，我的想法比较简单：传抄出来的既是八十回，再加上后面三十回，全书肯定是一百十回了。现在想来，问题还不少：1. 这"后三十回"从何算起呢？很多批语加得比誊抄还早，怎么知道八十回后不能抄出而以此来区分前后呢？是否可能从招致贾府事败的变故发生的那一回算起？可那又是第几回呢？2. 所谓八十回，实际上只有七十几回，是后来再分回才凑足八十回的。所以，全书的回数是否应该是七十几回加上三十回呢？3. 前七十几回既可分成八十回，那么后三十回难道就不可再分？像元春省亲和薛蟠错娶、迎春误嫁那样可一分为二或三的长回，后面按理说也是有的。所以三十回很可能也只是雪芹书稿上的"原始章回"，若能最后整理分定，还不定是三十几回还是四十回呢。因此，脂批提法大多含混，像"数十回"、"若干回"等，到雪芹逝世后的丁亥年，索性将丢失的那五六回改称"五六稿"了。此外，像"全部百回"的提法，可以说是举整数；那么"后百十回"这个"后"又是什么意思呢？是此回之后吗？批语写在第三回，是说全书有一百十三回吗？也不像。恐怕也是含混的说法。总之，这是一笔很难算得清的账。我以为未抄出的后半部，字数大概不会少于全书的1/3，或后人续写的后四十回。如果书稿未遭遇不幸，全部保存下来，经最终分回拟目，整理完毕，大概全书也会是一百二十回，因为作者喜欢用12的倍数。

此书细微处自有矛盾破绽可寻。主要是人物年龄和地点方位。某人这里小几岁，那里又大几岁，或谁比谁大多少、小多少，很难做到前后完全没有抵触。梨香院原说在大观园西北角的，但有时也会写成从东面进园子来。沈治钧同志曾撰文一一列举。这些也说明书稿在作者多次增删改动中，未及将前后构思变化完全统一起来，留下了痕迹。其实，对文学作品来说，这算不了什么问题，很多长篇小说里都存在。金庸写"射雕英雄"郭靖和黄蓉二人的年龄就多处有矛盾抵触，也有人专门撰文指出。虚构的故事情节和人物形象本不宜编年作谱，若因此而引出小说乃数书合成的结论，则更离事实远了。

书稿既有头有尾，怎么传抄出来的只有七十几回(或称八十回)呢？一种颇具影响的说法是：后半部因政治上有碍，不敢抄出；后被乾隆得知，派人篡改，伪续了后四十回。说法虽如传奇之动听，却不是事实，也是不可能的。真实往往是平淡无奇的，正如真理是简单的。

从书稿完成到雪芹逝世，在长达十年之久的过程中，这书稿并非静止地保存在畸笏、脂砚处，而是有很大的流动性，"诸公"传阅、加批，还要有人誊抄、校对；其间必有其他亲友闻知而欲先睹为快，请求借阅。传来传去，受损是在情理之中的。轻度的也许不慎在书稿上沾了墨迹，使几个字无法辨认，如第三回描写黛玉眉目的"两弯似蹙……"的两句骈文；中度的可能因破损脱页而使情节部分有缺，且多发生在回末，如第二十二回惜春灯谜后"破失"；还有第四十回末也有类似情况；最严重的莫过于被借阅者将原稿弄丢。这不幸的事还真的发生了。起初，大家并未将部分原稿丢失的事看得很严重，总以为是谁一时记不清放在哪里了，还能找出来的，所以可能在相当长时间内都没有将此事告诉雪芹。谁能料到刚到中年的雪芹会突然弃世？到他死三年后的丁亥年(1767)，一切找回和补写的希望都已破灭时，畸笏叟才痛心地检点了这一无可挽回的损失：

茜雪至《狱神庙》方呈正文。袭人正文标目曰：《花袭人有始有终》，余只见有一次誊清时，与《狱神庙慰宝玉》等五、六稿被借阅者迷失。叹叹！丁亥夏，畸笏叟(第二十回批)。

叹不能得见《宝玉悬崖撒手》文字为恨！丁亥夏，畸笏叟(第二十五回批)。

《狱神庙》回有茜雪、红玉一大回文字，惜迷失无稿。叹叹！丁亥夏，畸笏叟(第二十六回批)。

写倪二、紫英、湘莲、玉菡侠文，皆各得传真写照之笔，惜《卫若兰射圃》文字迷失无稿，叹叹！丁亥夏，畸笏叟(第二十六回批)。

这里，畸笏凭自己或他人最初读过的记忆，已举出后来被迷失的五、六稿中的四种，这些情节，有的早有的迟，并非连着的。其中《射圃》一回极可能紧接今八十回后，因前面已有可为其"作引"的文字。这就解说了为何小说始终只传抄出八十回来。真想不到，这位马大哈的"借阅者"竟无意中成了中国文学史上的千古罪人！

虽已有"迷失"、但剩下回数还不算少而一直未曾抄出的八十回后的残稿，在雪芹死后，是一直保存在畸笏叟手中的，这从他丁亥夏检点全书缺损情况的那些批语中就可以得到证明。畸笏大概接受了以前随便借给别人去看，以致"迷失"的教训，再也不肯将所余的书稿轻易示人，以为只有由自己珍藏起来，才能使它不致再遭损失，这实在是缺乏远虑的更大的失策。个人的收藏又哪能经受得起历史大浪的无情淘汰！终于这些宝贵的书稿也随着这位未明真实身份的畸笏老人的销声匿迹而一起迷失了。"白雪歌残梦正长"，《红楼梦》就这样永远地成了无法弥补的遗憾。

十一　最后十年并没有在西郊黄叶村著书

曹雪芹晚年在黄叶村著书，对此好像谁都没有疑问，还有画家专就这一题材作过画。怎么现在说没有呢？我不是故意要标新立异，不过是尊重事实。雪芹最后十年左右迁居西郊某山村后，吟诗、卖画、出游、访友等事都可找到资料依据，唯独找不到一点著书的迹象。再说书既已在他迁西郊前写成并交出，在亲友们将它加批、誊抄、对清、重新返还他做最终修订之前，的确也没有继续关注的必要，而先做“稻粱谋”，解决小家庭的生计问题，则是很现实的。曹雪芹晚年生活贫困是没有问题的。“满径蓬蒿老不华，举家食粥酒常赊。”赊欠、求援、告贷、发牢骚，甚至得看人脸色，都在情理之中。所以友人敦诚才在《寄怀曹雪芹》诗中说：

> 劝君莫弹食客铗，劝君莫叩富儿门；
> 残杯冷炙有德色，不如著书黄叶村。

很显然，这是对友人的规劝和相慰；希望他虽僻居山村，生活艰苦，仍能安贫处静，继续像从前那样写写书。所以，“著书黄叶村”不是雪芹生活状态的客观描述，而仅仅是对友人的一种期望。不加细察地想当然，就会产生错误的判断。

说雪芹晚年没有继续写小说，也没有对书稿再进行加工修改，主要还是从甲戌本和己卯、庚辰本(底本都在作者活着时抄出)的比较得出的。如果作者直到最后时刻还在写或改书，则距他逝世时间最近的庚辰本应是他自己的最后定本(有些研究者就是这么说的)，文字上应比早于它的甲戌本更优，情节上或至少在某些细节上应有比甲戌本更精彩、合理的改动。可是情况却全然相反。从总体上看，前后抄本的情节或文字并没有做什么变动；凡有异文处，几乎都是甲戌本的文字优于庚辰本，可信度也大得多；庚辰本却只有抄漏、抄错和个别字句上他人自作聪明的妄改乱添。比如：

1. 小说楔子中青埂峰下的顽石，遇见一僧一道的一段情节，从“说说笑笑”到“登时变成”共四百二十几个字，仅见于甲戌本，庚辰及其后诸本皆无，这只能是抄漏的结果，大概是少抄了底本上双面一页所致。若作者亲阅过，岂能不发现添上？

2. 第三回描写黛玉容貌，有两句说其眉目的，甲戌本上是“两湾似蹙非蹙罥烟眉，一双似□非□□□□□”，下句打了五个红框框，表示阙文；但其行侧有批语说：“奇目妙目，奇想妙想。”可见，最初加批时并不缺字，到誊抄时，这五个字被水渍或墨迹所污，无法辨认了，只好用红方框表示，以便以后让作者自己来添上。雪芹若近在身边，问一下不就解决了，何必在抄得整整齐齐的本子上留方框？到了脂砚斋四阅评过的庚辰本，这句不但没有补阙，反而重拟两句俗套，将九字句改为六字句，成了“两湾半蹙鹅（蛾）眉，一对多情杏眼。”与赞其写眉目奇思妙想的批语全不相称。可见雪芹根本不知道别人在胡改。

3. 第五回“宝玉惊梦”一段，也有异文。甲戌本是“警幻携宝玉、可卿闲游”，最后是迷津中一“怪物窜出，直扑而来”，将宝玉惊醒。己卯、庚辰本则是“二人携手出去游玩”，直至危急关头，才见“警幻从后追来”；最后是迷津中的“许多夜叉海鬼将宝玉拖将下去”。宝玉梦游幻境，是警幻仙子为使他能“以情悟道”而设计的一幕，警幻自始至终是导演或导游，宝玉不会也不可能脱离警幻而私自行动。所以，写警幻携二人出游是对的，二人私自行动是不对的。末了，“怪物”象征情孽之可怖，“直扑”宝玉而来，在此紧急关头，让宝玉惊醒，正是望他能早早觉悟，以防堕入迷津，故后来有宝玉“悬崖撒手”、出家为僧事。他若真被神魔小说中常见的“夜叉海鬼”拖下了黑水迷津，警幻岂非白白告诫他了？梦游幻境也失去了意义。可见，己卯、庚辰本上的异文是单纯为追求情节惊险而全然不顾也不懂作者寓意、自作聪明的妄改。雪芹若见，岂能认可？[2]

4. 第七回周瑞家的送宫花。甲戌本写道：“便往凤姐处来，穿夹道，从李纨后窗下过，越西花墙，出西角门，进入凤姐院中。”提到李纨的只有“从李纨后窗下过”七个字，因她年轻守寡，不戴花，本可不写，这里顺便带到一句，按脂批说只为“照应十二钗”而已。可己卯、庚辰本却在七个字后又添了一句说：“隔着玻璃窗户，见李纨在炕上歪着睡觉呢。”这就成了蛇足。且不论李纨会不会白天睡觉，既睡觉而又不挂窗帘，让过往人从外面能直视自己的睡态，李纨哪能如此浪漫？接着到凤姐处，甲戌本写道：“只见小丫头丰儿坐在凤姐房门槛上，见周瑞家的来了，连忙摆手儿叫她往东屋里去。周瑞家的会意，慌得蹑手蹑脚的往东边房里来，只见奶子正拍着大姐儿睡觉呢。周瑞家的悄问奶子道：‘奶奶睡中觉呢？也该请醒了。’奶子摇头儿。”周瑞家的只当凤姐在睡中觉，想不到还会有房中戏，故发此问。己卯、庚辰本竟将“奶奶睡中觉呢？也该请醒了”句中的“奶奶”改为“姐儿”，以为这样才能与上一句

"正拍着大姐儿睡觉"相对应。大姐儿是哺乳期的婴儿,白天大半时间都要睡觉,不存在什么"中觉"晚觉的,凭什么要弄醒她,还恭敬有加地说"请醒"呢?雪芹要是看到这样的改文,不气死也要笑死。可是这一错误却在后来的本子上都延续了下去[3]。还有周瑞家的给黛玉送花来说:"林姑娘,姨太太着我送花儿与姑娘戴。"甲戌本"戴"字都别写作"带",如"留着给宝丫头带(戴)罢"等。庚辰本不知是别写,竟添字改作"林姑娘,姨太太着我送花儿与姑娘带来了"。诸如此类,多不胜举[4]。

5. 现在很多研究者都特别看重《红楼梦》除甲戌本外的各种抄本、刻本均有的首回开端的那一大段话,即"此开卷第一回也"云云,以为此是研究曹雪芹生平及其创作意图的极重要依据,因为那里写着"作者自云"的字样。虽然随着红学研究的深入,已有不少人知道这段话原非小说中文字,乃批书人的评语(本是甲戌本脂砚斋所加《凡例》中的末段文字,后稍加改动被移作回前总评),但仍认为雪芹一定说过类似的话,脂砚才得以转述的,所以百分之百的可靠。其实,这里有个根本性的误会,即"作者自云"不是脂砚斋在转述作者的话,而是他对小说文字作解释时的一种习惯用语,绝对不能当作作者自己的话来引用。

比如第五回脂砚斋批"新填《红楼梦仙曲》十二支"句说:"点题。盖作者自云所历不过红楼一梦耳。"显然,这是为揭示作者起此曲名的含义而作的解释,尽管解释是正确的,也不能混同作者自己说的话。诸如此类的说法(有时用"设云")尚有,读者可自行比较。总之,开卷那段话里的"作者自云",其实只等于"作者通过自己所拟的回目,在向读者暗示说"的意思。

那么,开卷那段文字中的话说得对不对呢?有对的,也有不大对的。比如前已提及的"锦衣纨袴之时,饫甘餍美之日",就该是雪芹父辈的幼年时的生活情景而非其自身。有研究者还发现"何堂堂之须眉,诚不若彼一干裙钗"的话,与贾宝玉惯称"须眉浊物"相抵触。尽管宝玉不是雪芹,但雪芹自己会不会说出这样颇有大男子主义味道的话来,是很成问题的。当然,像首回回目中用了甄士隐、贾雨村的名字,其谐音隐义该是听雪芹说过的。只是我以为脂砚斋有点听错了。雪芹大概说:"我用'甄士隐'是谐'真事隐(去)','贾雨村'是谐'假语存(焉)'。"脂砚把"存焉"错听作"村言",也没有想到“村言”与“假语”是搭配不起来的(说“假语虚言”可,说“俚语村言”也可,只是不可以搭配成“假语村言”)。再说,“假语村言”若去掉一个字,便不成语了。可见作者是不会用这样三个字去谐音人名的。甲戌本《凡例》写得早,如果雪芹审阅过加批誊清后的书稿,讹误也必不至于一直延续下去。

6. 还有些等待作者删或补的批语,也不见有任何反应。如第十三回批“另设一坛于天香楼上”句说:“删却!是未删之笔。”第二十二回批惜春灯谜后说:“此后破失,俟再补。”“此回来补成而芹逝矣!叹叹!丁亥夏,畸笏叟。”这更证明雪芹逝前,并未着手去做小说的修补工作,否则,要补全这小小的“破失”结尾(还是自己写过的),又有何难?第七十五回总批:“乾隆二十一年(1756)五月初七对清。缺中秋诗,俟雪芹。”从加批之时起,到雪芹去世,等了八年也没有等到。说句笑话,简直就像曹雪芹被调到国外工作去了。所以,梅节兄80年代初曾著文《曹雪芹脂砚斋关系发微》,论说雪芹晚年对脂砚的疏远和对《红楼梦》的冷淡,怀疑二人是“某种雇佣关系”。我虽不敢做如此大胆的推断,但除了说雪芹晚年独居西郊山村后,要为生计奔忙,且与脂砚斋等人交往不便,以及脂砚等一直未将全书整理好返还作者,特别是迷失了五、六稿后,不好向雪芹交待等等以外,也想不出更确切的原因。但有一点我是不存怀疑的,即雪芹晚年确实没有再写作或披阅《红楼梦》。

十二　关于续书的一些问题

这一节不准备展开谈,否则文章太长了。

胡适等学者认为程伟元所说:“不佞以是书既有百廿卷之目,岂无全璧?爰为竭力搜罗,自藏书家甚至故纸堆中无不留心,数年以来,仅积有廿余卷。一日偶于鼓担上得十余卷,遂重价购之,欣然缮阅,见其前后起伏,尚属接笱,然漶漫不可收拾。乃同友人细加厘剔,截长补短,抄成全部,复为镌板,以公同好,《红楼梦》全书始至是告成矣”(程甲本程序)。以及高鹗所说:“今年春,友人程子小泉过予,以其所购全书见示,且曰:‘此仆数年铢积寸累之苦心,将付剞劂,公同好。子闲且惫矣,盍分任之?’予以是书虽稗官野史之流，然尚不谬于名教，欣然拜诺，正以波斯奴见宝为幸，遂襄其役”（程甲本高序）。是在撒谎，天下哪有这么巧的事？其实，后四十回就是高鹗续的。

类似的看法，在较胡适早一个世纪左右的裕瑞就已提出了，他说：

> 此书由来非世间完物也。而伟元臆见，谓世间当必有全本者在，无处不留心搜求，遂有闻故生心思谋利者，伪续四十回，同原八十回抄成一部，用以给人。伟元遂获赝鼎于鼓担，竟是百二十回全装者，不能鉴别燕石之假，谬称连城之珍；高鹗又从而刻之，致令《红楼梦》如《庄子》内外篇，真伪永难辨矣。不然，即是明明伪续本，程、高汇而刻之，作序声明原委，故意捏造以欺人者。斯二端无处可考，但细审后四十回，断非与前一色笔墨者，其为补著无疑（《枣窗闲笔·程伟元续红楼梦自九十回至百二十回书后》）。

相比之下，裕瑞的说法，更能为我所接受。后四十回非雪芹原著，系后人所续，这一点看法都一样。说程伟元视赝货为珍品，被人蒙蔽了，也比较公允。本来嘛，书是程伟元收的，不关高鹗的事，高是被后拉来的。他若想个人续写，又何必陪上个程伟元？此事前后原委二人都详述了，我以为基本上是可信的。

裕瑞说续书出于某个“闻故生心思谋利者”之手，也有道理。因为只要社会上有需求，总会有人想方设法去满足这种需求的，这是普遍规律。不过我以为“思谋利”应不限于想卖钱，也应包括续作者企图借曹雪芹之光，让自己的笔墨也随之留传后世的虚荣心。裕瑞对程、高刻书动机，还做了第二种推断，即明知其伪续，“故意捏造以欺人”。这种可能性也不能完全排除，只是不如前一种大。程伟元怎么就能知道是“明明伪续”的呢？至多是心存怀疑而不肯说破而已。如果仅有怀疑，就不同于“故意捏造”了，毕竟当时能一眼鉴别出原作、续作文字的人是不多的。

程、高“分任”其役，看来高鹗的工作侧重于后四十回。程氏收集到的书稿（“廿余卷”加上“十余卷”）未必就没有重复，所以加起来有可能还不到四十回，补写和改写的任务是不轻的。他们在半年多时间内就完成了，应该说效率是很高的。倘若没有原来续书作基础，完全另起炉灶，重新构思创作，是很难做得到的。同样，从程甲本刊出的“辛亥(1791)冬至后五日”到程乙本再刊的“壬子(1792)花朝后一日”，其间仅仅过了七十天，而甲乙两本的文字差异，就多达二万多字，经用原印本互校，就可发现程、高二人“分任”，各有改稿的说法是符合事实的。

《红楼梦》续书种类最多，但几乎没人肯署真名而不署别号的，因为写小说在当时并不是一件值得骄傲的事。想把自己写的冒充雪芹原作的人，当然更不会留名。程、高都是名声不坏的文士，上世纪70年代发现的程伟元诗作，都颇清雅，可见他并非如前此研究者所揣测的是什么“思谋利”的书商。所以，程、高作序敢署真名，在某种程度上也表明他们的工作是光明正大、理直气壮的。尤其是高鹗，他从不掩饰做过这项“业余工作”，反自诩是“红楼梦外史”，还刻此印加盖于《兰墅十艺》末页[5]。所以，友人张问陶(今已证实，高鹗非张之妹夫)《赠高兰墅鹗同年》诗云：“侠气君能空紫塞，艳情人自说红楼。”且诗注称：

> 传奇《红楼梦》八十回以后俱兰墅所补。

我想，胡适等认定后四十回著作权属高鹗，这大概是主要的依据。其实，这话作为证据的重要性被夸大了。且不讨论这里的“补”字是何种含义。张问陶用听来的话去称道高鹗，这里就大有折扣。试看雪芹身后一个半世纪中，谈到《红楼梦》作者是谁，以及作者子孙因犯逆罪服诛等等，究竟有几句可信的话？为什么我们非要不信高鹗自己说的对前八十回“补遗订讹”，后四十回“按其前后关照者，略为修辑，使其有应接无矛盾”(程乙本《红楼梦引言》)等话而去另找依据呢？当然，因程氏收得的书稿有缺失而“应接”不上的那几处，甚至有几回，由高鹗来补写是可能的，但后四十回中也有不少地方可以看出，它与已是举人后来又中进士的高鹗的文化修养、行文习惯和文字风格并不相称。

佚名者将后四十回书续成，我以为可能在程、高整理刊书的六七年之前。依据有三：

1. 甲辰年(1784)梦觉主人作序的八十回本文字与程高本相同的最多，与其他脂评抄本相差甚远。最可注意者是凡与后四十回故事情节发展有矛盾抵触的地方，除了警幻册子判词与红楼梦十二曲外，基本上都做了删改。如第七十八回论贾环、贾兰“举业一道，似高过宝玉，若论杂学，则远不及”；宝玉作诗才情，则又远胜环、兰。贾政遂不再强以举业逼宝玉一大段文字，皆已删除干净。此外，对脂评也做了大量删改，与对待正文一样，凡不合后四十回情节或续书未写到的话，也一概删除。所以，我最初曾怀疑这个梦觉主人便是后四十回的续作者，但继而细读其序文末尾对原作“传述未终，余帙杳不可得”的态度，说“既云梦者，宜乎留其有余不尽，犹人之梦方觉者，兀坐追思，置怀抢于永永也”，便觉得不像是他。转而想到此本的文字删改工作大概不是序者所为，当另有底本依据，而这底本必定与续作者相关，否则这种现象是很难解说得通的。

2. 乾隆五十四年(1789)，舒元炜在其八十回抄本所作序言称“漫云用十而得五，业已有二于三分”，说今八十回乃全书的三分之二。又曰：“核全函于斯部，数尚缺夫秦关。”用唐人诗“秦地重关一百二，汉家离宫三十六”典故，说“全函”为一百二十回。舒氏既已确知回数，其时续书当已有。

3. 周春《阅红楼梦随笔》说：“乾隆庚戌(1790)秋，杨畹耕语余云：‘雁隅以重价购钞本两部：一为《石头记》，八十回；一为《红楼梦》，一百廿回，微有异同，爱不释手，监临省试，必携带入闱，闽中传为佳话。’时始闻《红楼梦》之名，而未得见也。壬子(1792)冬，知吴门坊间已开雕矣。”可知雁隅因书不离身而已在“闽中传为佳话”，则其购得一百廿回钞本的时间，当更早于杨畹耕向周春谈起此事的1790年秋。杨知道此书“已开雕”的时间，与程甲、乙本刊刻此书时间也相符。

这些都发生在程伟元从鼓担收得“十余卷”，读后去找高鹗之前。所以指控程、高增删其所收得的后四十回书是说谎话，怕是欠妥吧。

那么，后四十回中有没有曹雪芹的残稿或回目或提纲之类文字呢？

我曾经说过：一个字也没有。现在仍坚信如此。这是可以专门写一篇长文从多个角度来论证的，比如说原著未抄出、保存在畸笏叟手里的后半部残稿，有无可能被续作者得到；全书情节主线或主题原作与续作的不同；续作者为何像市场上推销员叫喊货真价实那样，不断地提到还模仿前八十回中的情节、细节；几乎每个人物形象前后都有所改变，甚至判若二人；雪芹“不敢稍加穿凿”的美学理想与续书“调包计”之类大加穿凿、不近情理的情节的截然异趣；续书中个性化的精彩的人物对话一句也找不到，诙谐风趣的笔墨和幽默感都不见了；而其中诗词之浅薄、无聊、酸腐、庸俗和拼凑前人现成诗句的又何其多，等等，等等。

这里只举一端便够了。脂评中提到原书八十回后情节的地方不少，有的是关于贾府的结局，有的是关于人物的遭遇，有的是环境描写的文字，有的甚至还举出回目来。但细加推究，现存后四十回竟无一处能与之相符的；有的乍看似乎一致，其实不同。比如脂评提到探春远嫁、惜春为尼，以及袭人嫁给了蒋玉菡（琪官），好像后四十回也是这么安排的。想一想，这些在前八十回正文中都有过多次明确的提示，谁都能看得出来。但到化为具体情节时，雪芹自己写出来的毕竟与他人续写的完全不同。

第二十二回探春灯谜后有脂评说：“此探春远适之谶也。使此人不远去，将来事败，诸子孙不至流散也。悲哉伤哉！”很显然，这与续书写她出嫁后又服彩鲜明地回家来探亲是不一样的。续书写惜春后来取代了妙玉的地位，进了栊翠庵，还有一个紫鹃陪伴着去服侍她。栊翠庵环境幽美，生活条件优裕，就像高级招待所。这与脂评叹惜春后来“公府千金至缁衣乞食，宁不悲夫”（同回）能一样吗？写袭人更是面目各异：续书置其结局于全书末尾，宝玉出家后，她无所依靠，只好嫁人，对她之不能为宝玉死节作烈女还大加讥评。可脂砚斋看到的原稿中，她的嫁人却早得多，所谓“袭人是好胜所误”（二十二回评），“袭人出嫁之后，宝玉、宝钗身边还有一人，虽不及袭人周到，亦可免微嫌小弊等患，方不负宝钗之为人也。故袭人出嫁后云‘好歹留着麝月’一语，宝玉便依从此话。可见袭人虽去实未去也”（二十回评），“盖琪官虽系优人，后回与袭人供奉玉兄、宝卿得同终始者”（二十六回评）。对她的出嫁，雪芹未加指责，反持赞扬态度，故“袭人正文标目曰《花袭人有始有终》”（二十回评）。只须看这几个例子，续书中有没有雪芹文字，不是就很清楚了吗？

有一种猜想：雪芹书稿在向诸公求教征评而尚未经脂砚斋重评时，可能就有被传抄出去的，而后半部情节雪芹后来有所改变，因而脂砚、畸笏所见后半部与今存后四十回情节有异。这是绝不可能的。这种想法可能受到裕瑞《枣窗闲笔》中有关述说的影响。裕瑞说："诸家所藏抄本八十回书及八十回书后之目录，率大同小异者，盖因雪芹改《风月宝鉴》数次，始成此书，抄家各于其所改前后第几次者，分得不同，故今所藏诸稿未能画一耳。"裕瑞谈有关《红楼梦》的话，有一些自有一定的参考价值，但也有不少是出于自己揣想的不实之辞，这段话就是。何种抄本里曾附有或者谁又曾见过"八十回书后之目录"？除了脂评中提及的那零星的几个回目。若裕瑞真见过，他怎么不在辨后四十回是"伪续"时，比较一下彼此回目的异同呢？

一个作者把自己几次修改的书稿（发现有不妥才要改），都分发给别人去抄评，这样的事是不会有的，因为它太不合情理。事实上雪芹的书稿最先是交给畸笏一个人的，他是书稿的总负责；而且是自己最近一次改成的稿。当然，如果这一次只改了一部分，便急于要交出，其余部分当然就是上一次改好的稿子，雪芹也不会把再前几次已被改掉、实际上就是作废了的稿子，一股脑儿都塞给畸笏。何以见得最早是给畸笏的呢？从畸笏读过"淫丧天香楼"情节后"命芹溪删去"（如今没有一种抄本存有这段未删文字的，可知肯拿出来的只是最后改过的稿子）知道。所以，书稿交付的情况，基本上应是：雪芹→畸笏→诸公→脂砚→畸笏。书稿一概都是从畸笏、脂砚处传抄出来的，此外并无其他源头。

这可以从两方面得到证明：1. 所有《红楼梦》本子前八十回的情节、文字，除了可以看出是被后人改过的（如将石头与神瑛合二为一，将尤三姐原先的淫荡改为贞洁等等）或增删校订过的（个别错漏和自以为欠佳的字句）以外，都无差别，可知并没有另一种不同情节或写法的书稿传出。八十回前既然如此，八十回后怎么可能有脂砚、畸笏等人未闻知的另一种截然不同的书稿呢？2. 所有《红楼梦》本子，前八十回都带有脂评或"脂评基因"——整理者在删评时，误将评语当作正文保留或误将正文认作评语删去的痕迹。由此可知，未经脂砚、畸笏之手而传抄出来的本子是没有的。

再说，续书也并非只不符合脂砚、畸笏等人所读到的后半部情节、文字，它与前八十回正文如第五回中已安排好贾府及群芳的结局相悖的地方也多着呢。所以，可以肯定它不是曹雪芹的构思和笔墨。

既然我们今天见到的《红楼梦》前后非由一个人统一构思写成的，倘若我们在阅读、研究时，不加区分地硬把一百二十回书当作统一体来加以分析、欣赏、评论，把什么账都算在曹雪芹身上，那么，即使你文笔再漂亮，口才再雄辩，再能说得天花乱坠，又如何能做到实事求是、谈得上科学性呢？

2002年12月10日于北京东皇城根南街84号

注　释

〔1〕《胡适红楼梦研究论述全编》第289页《与高阳书》、第292页《与苏雪林、高阳书》，上海古籍出版社，1988年版。

〔2〕参见拙文《宝玉惊梦的两种文字》，载《红楼梦学刊》1991年第4辑或《蔡义江论红楼梦》第402页。

〔3〕参见拙文《不该睡觉的让她睡觉，该睡觉的不让她睡觉》，出处同上。

〔4〕参见拙校注本《红楼梦》前言。

〔5〕见一粟《红楼梦卷》第19页，中华书局1963年版。

第四讲

红楼故事及文本写作

文本讨论的出发点
一次强有力的颠覆
红楼人生五大事件
一条主线和三条辅线
三种相辅相成的叙事方法

马瑞芳

《红楼梦》生动细致地写了一个贵族大家庭的吃喝玩乐、生老病死、喜怒哀乐、婚丧礼祭，绘声绘色地描摹了一群贵族男女的诗意享乐、悲欢离合以及“乌眼鸡”争斗，不时地警示高悬他们头上的“达摩克利斯之剑”——“盛筵必散”[1]、“树倒猢狲散”、“飞鸟各投林”、“忽喇喇似大厦倾”——必然覆灭的命运。

《红楼梦》开头写甄士隐，甄士隐岳父名“封肃”（谐“风俗”），住在“仁清巷”（谐“人情”），封建末世的风俗人情是《红楼梦》的重要内容。

《红楼梦》之精彩，在故事的曲折新奇，更在灵动飞扬的人物，盈溢机趣的场面，充满韵味的话语，还有以警辟寓言阐述人生的大哲理、真智慧。

《红楼梦》，是一部入于《庄子》、《离骚》又出于《庄子》、《离骚》，对封建社会主流意识形态提出挑战的奇书；一部集中国小说构思和叙事大成、开现代小说叙事先河的宝书。

一　文本讨论的出发点

有人调查：1950至2000年，明清小说研究论文近90％集中于《三国志通俗演义》、《水浒传》、《西游记》、《金瓶梅》、《聊斋志异》、《红楼梦》、《儒林外史》七部名著，发表论文17315篇，其中《红楼梦》研究8756篇，也就是说，七部名著研究论文中，每两篇有一篇研究《红楼梦》。调查者惊呼："一部红楼，半壁江山"，并提出古典文学"研究格局严重失衡与高密度重复"[2]。

这不成比例的研究恰好说明《红楼梦》无愧盖世之作。

而这仅是对学术研究的调查。如果对中等以上文化的读者做调查，恐怕不应该调查多少人读过多少遍《红楼梦》，而应该调查谁居然没有读过《红楼梦》。

如同全世界每一分钟都有人听贝多芬，全世界每一分钟都有人看《红楼梦》；凡有华人的地方就有《红楼梦》，没有华人的地方人们借助各种译本看《红楼梦》；贝多芬的"命运"年年岁岁拨动人们心弦，宝黛命运世世代代牵动人们心思。

在许多中国学者眼中，《红楼梦》似乎成了西方人眼中的《圣经》。

蒋和森教授说：中国可以没有万里长城，却不可以没有《红楼梦》。[3]

周汝昌先生给外国使节讲《红楼梦》时说：欧洲学者认为，《红楼梦》是欧洲文化永远达不到的高峰。[4]

两位华裔学者分别在英国和美国写的专著，对《红楼梦》做出如下评价：

牛津大学吴世昌教授说："莎翁（莎士比亚）和曹雪芹在他们的作品中都创造了四百多个人物，但莎翁的人物，分配在三十多个剧本中，而且许多王侯、侍从、男女仆人，性格大致相类；在不同剧本中'跑龙套'的人物原不必有多大的区别。而曹雪芹的四百多个人物，却严密地组织在一个大单位中，各人的面目、性格、身份、语言，都不相同；不可互异，也不能弄错。"[5]

哥伦比亚大学夏志清教授说:“假如我们采用小说的现代定义,认为中国小说是不同于史诗、历史纪事和传奇的一种叙事形式,那么我们可以说,中国小说仅在一部十八世纪作品中才找到这种形式的真正身份,而这部书恰巧就是这种叙事形式的杰作。尽管《红楼梦》在形式和文体方面仍是折衷的,但从它的注重人情世故,从它对置身于实际社会背景上人物的心理描写来看,它在艺术上即使不领同世纪西方小说之先,也与其并驾齐驱。”[6]

在新时期,博尔赫斯是时髦作家,他的写作非常贵族化,善于运用幻想手段,很多中国小说家学“老博”,老博却学曹雪芹。博尔赫斯曾试图探讨,《红楼梦》是红楼孕育了梦还是梦孕育了红楼?他甚至认为,《红楼梦》完全以第一回和第五、六回为出发点和终极目标,不仅是幻想小说,而且其“令人绝望”的现实主义描写的唯一目的,便是使神话和梦幻成为可能,变得可信。[7]

小说是臆造的故事,是欧洲小说家及理论家的共识。小说人物一枝一节或许和现实生活相像,但小说人物仍只是小说人物,是鲁迅的观点。20世纪后半个世纪,红学研究以批判俞平伯和胡适考据派始,以不可思议的新“考据”终(如曹雪芹毒杀雍正之“研究”)。在《红楼梦》研究中,索隐派和自传说占很大研究“份额”。但《红楼梦》是中国古代长篇小说的艺术顶峰,任何研究者对此都无疑义。

《红楼梦》开头写甄士隐和贾雨村,音谐“真事隐”、“假语存”。《红楼梦》是绝对虚构的小说,是我们讨论红楼故事和文本写作的出发点。

二　一次强有力的颠覆

鲁迅先生说:《红楼梦》将传统写法都打破了。

所谓“写法”,小说构思、人物环境都可包容在内,但首先必须要注意的却是:小说主旨。套用当代文坛常用的“主流意识形态”一词,自称“为闺阁立传”的《红楼梦》,对封建社会主流意识形态做了强有力的颠覆。

《红楼梦》下笔伊始,叙述了一个石头无材补天的神话故事:

原来,女娲氏炼石补天之时,于大荒山无稽崖,炼成高经十二丈,方经二十四丈顽石三万六千五百零一块，娲皇氏只用了三万六千五百块，只单单的剩了一块未用，便弃在此山青埂峰下。谁知此石自经锻炼之后，灵性已通，因见众石俱得补天，独自己无材不堪入选，遂自怨自叹，日夜悲号惭愧。

封建社会的基础是皇权。“天”即朝廷，即封建政权，皇帝是“天子”，代表上天意志对臣民施行专政，是约定俗成的概念。读书人以做天子门生、为天子效力为荣光，进入仕途则成为“补天”之材，有用之材。在宗法封建社会，不能“补天”即不能为皇家所用，弃在“青埂峰”下，“青埂”谐音“情根”，更违反重理不重情的封建伦理。《红楼梦》开端这段话，隐含了作者与封建社会主流意识形态的不合作态度，与愤世嫉俗、富于叛逆精神的庄子、屈原一脉相承。

按曹雪芹构思，以“蠢物”自称的石头向空空道人要求到红尘一游，变成晶莹宝玉，衔在贾宝玉口中来到人间，记录这段红尘往事。

甲戌本《脂砚斋重评石头记》第一回石头回答空空道人的话朱眉批曰：“开卷一立意，真打破历来小说窠臼。阅其笔，则是《庄子》、《离骚》之亚。”

“石头”是把思想艺术双刃剑。无材补天的情根之石承载着曹雪芹的深邃博大思想；石头叙事是《红楼梦》对小说叙事方式的重要贡献（下文论及）。

曹雪芹对封建统治话语的颠覆，对理想人格、人文主义的追求，全面深刻且形象艺术。他横扫千军如卷席的批判锋芒，像杜工部笔下的狂烈秋风，卷走封建大厦屋上茅；他小荷才露尖尖角的新思想，像孟浩然笔下润物细无声的春雨，滋润读者心田；他经天纬地的艺术构思，撼天动地的艺术力量，空前绝后。

三 红楼人生五大事件

西方著名小说家兼小说理论家佛斯特在《小说面面观》中提出，小说基本面是故事，通常故事中的角色是人。用生活主要事件探察人物是小说家的主要手法。而“所谓的主要事件不是你我个人生活中的事件，而是全人类共有的事件”。“人生主要事件有五：出生、饮食、睡眠、爱情、死亡。”套用佛斯特的观点简析《红楼梦》人生五大事件，小说家曹雪芹的活儿真是做绝了。

第一，优美别致、富有哲理意味的出生。

贾宝玉前身乃赤霞宫神瑛侍者，凡心偶炽，欲下凡造历幻缘；神瑛侍者每日以甘露灌溉绛珠仙草，仙草受天地精华，修成女体，神瑛侍者下凡，绛珠仙女也下世为人，要用一生的眼泪还报神瑛侍者灌溉之恩。

优美神话是男女主角的生命灵根，甘露化泪是宝黛爱情别致的诗意表达。

更有甚者，宝玉衔着驱除邪祟、化凶为吉的通灵玉而生。黛玉尚未出世，前身已做足冰雪聪明、死于对爱情渴望的准备，作者的描述像神韵诗，有味外之味：绛珠仙草"长在灵河岸上（寓绝顶聪明）、三生石边（寓为爱生生死死）"，修成绛珠仙子后，"终日游于离恨天外（寓离情苦绪），饥则食蜜青（谐"秘情"，为性格构成要素）果为膳，渴则饮灌愁（谐"惯愁"，为人物个性基调）海水为汤"。

《红楼梦十二支·第二支·终身误》揭示贾宝玉的婚姻归宿是与薛宝钗举案齐眉却终不忘林黛玉。宝钗的美丽曾令宝玉心动神移，宝钗的贤淑在贾府有口皆碑，贾宝玉为什么选择林黛玉且无怨无悔？因为钗黛为人绝然不同，而为人跟出生有关——林黛玉是"阆苑仙葩"，薛宝钗却有"从胎里带来的一股热毒"。

宝黛出生极具诗情画意，宝钗出生却颇具反讽意味。

《红楼梦》第七回让薛宝钗对周瑞家自述生来带有"那种病"，症状"不过喘嗽些"，却"凭你是什么名医仙药，从不见一点儿效"。一位专治无名之症的和尚说"这是从胎里带来的一股热毒"，需要配制"冷香丸"治疗：用春夏秋冬白色的牡丹、荷花、芙蓉、梅花花蕊各十二两，春分时晒好，用雨水日雨水、白露日露水、霜降日霜、小雪日雪各十二钱调匀，配蜂蜜、白糖为丸，"盛在旧磁罐内，埋在花根底下，若发了时，拿出来吃一丸，用十二分黄柏煎汤送下"。

"冷香丸"绝非游戏之笔，随意之笔，炫才之笔，而是妙手天成，是叙事写人大章法。"热毒"喻违犯真情至性的理性纲常、矫饰巧伪。"冷香丸"象征大自然的纯洁（花蕊全部白色）本真（春夏秋冬雨露霜雪）。当一个人需要经常用大自然的纯洁、本真治疗、化解，否则就热毒发作，其秉性如何？意味深长。

如此巧妙隽永的人物出世，古今中外小说名作中，可曾见到？

第二，多彩多姿、一笔数用的饮食。

《红楼梦》可谓古代贵族之家的“食谱食经”，《红楼梦》不像《水浒传》粗疏的大块吃肉、大碗喝酒，不像《金瓶梅》琐屑重复而乏诗意。其饮食描写是故事发展、人物性格、文化世态不可或缺的有机组成部分，试举几例：

林黛玉进府第一顿饭，贾母正面独坐，黛玉和迎春三姐妹旁陪，李纨捧饭，凤姐安箸，王夫人进羹。“旁边丫鬟执着拂尘、漱盂、巾帕，李、凤二人立于案旁布让，外间伺候之媳妇丫鬟虽多，却连一声咳嗽不闻。”什么叫诗书礼乐之家的礼数？什么叫宗法社会宝塔尖的气派？活灵活现。

史太君宴大观园，金鸳鸯宣牙牌令，凤姐的茄鲞难倒后世名厨，因为那是文学化的菜，正如红楼药方是文学化处方；大观园一顿螃蟹够庄稼人过一年之论，被思想家津津乐道；刘姥姥“吃个老母猪不抬头”，引出人笑人殊、花团锦簇场面；大家闺秀林黛玉吟出“纱窗也没有红娘报”，一不留神透出心底隐秘；“槛外人”妙玉对贾母待茶不卑不亢，却“仍将”自用绿玉斗为宝二爷斟茶，无意间泄出深藏春光；贫困乡妪连大观园的甬路都不肯走，偏偏扎手舞脚、酒屁满室醉卧“凤凰”宝二爷床上……大观园彩色雕塑般人物群像，跃然纸上。

何谓“安富尊荣”？何谓“豪华靡费”？请看贾府的玉粒金莼：

吃菜？有暹猪、龙猪、汤羊、风羊；糟鹅掌，糟鸭信，烧野鸡，炸鹌鹑；牛乳蒸羊羔，风干果子狸；牛舌鹿筋狍子肉，熊掌海参鳟鳇鱼……用掐丝戗金五彩大盒子或十锦攒心盒子，送到贾母指定的，或可临水闻笛、或可凭栏赏雪的饮宴处，摆到小楠木案或大团圆桌上，放上乌木三镶银箸……

饮酒？有金谷酒，屠苏酒，惠泉酒，合欢花浸的酒，西洋葡萄酒……用乌银洋錾自斟壶、十锦珐琅杯或黄杨根整抠大套杯捧上来……

喝汤？有火腿鲜笋汤，酸笋鸡皮汤，“磨牙”的小荷叶小莲蓬汤……

用饭？有松瓤鹅油卷，螃蟹馅小饺子，上用银丝挂面，御田胭脂米，绿畦香稻粳米，碧糯，碧粳粥就着野鸡瓜齑，还有甜点：枣泥馅山药糕，桂花糖蒸新栗粉糕，奶油炸小面果，奶油松瓤卷酥，琼酥金脍内造（皇宫）点心……

山珍海味吃腻了？来点五香大头菜，油盐炒枸杞芽儿，东府豆腐皮包子……

饭后茶？有枫露茶，六安茶，老君眉，普洱茶，女儿茶，杏仁茶，用海棠花式雕漆填金云龙献寿小茶盘、脱胎填白盖碗端上来……

鹿肉宴、螃蟹宴、仲秋宴，元宵宴，贵妃归省，怡红夜宴……

荣府有荣府的吃法，宁府有宁府的吃法……

钟鸣鼎食公侯府有灯火楼台吃法，青灯古佛栊翠庵有梅雪泡茶喝法……

美食美器美章法，佳人雅事妙对话，是宴会，是诗会，更是人性人情集纳会，吃出盎然情趣，吃出灿烂文化，吃出性格命运！

《红楼梦》堪称世界文学的宴席宝典。你到俄罗斯三大长篇小说家托尔斯泰、陀思妥耶夫斯基、屠格涅夫的作品里仔细查一查，认真看一看，可有如此精致、如此细致的饮食描写？托翁们撰写长篇小说的艺术才能当然无可非议，但存在决定意识：煎牛扒罗宋汤的俄国大菜岂能比百碟千盏的满汉全席？

第三，奇思迭出、睿智蕴藉的睡眠。

贾宝玉走进林黛玉午睡的潇湘馆，凤尾森森，龙吟细细，一缕幽香伴随林黛玉“每日家情思睡昏昏”的感叹从帘内飘出。

薛宝钗走进贾宝玉午睡的怡红院，“仙鹤在芭蕉叶下睡着了”，袭人守侍宝玉绣兜肚，身旁放白犀尘。袭人不失时机外出，宝钗身不由己坐在袭人位上绣鸳鸯戏水，宛如已坐上宝二奶宝座。煞风景的是贾宝玉在梦中喊骂起来：“和尚道士的话如何信得？什么是金玉姻缘？我偏说是木石姻缘！”薛宝钗“不觉怔了”。宝姑娘是气恼？是尴尬？是无奈？是装愚？曹雪芹不写，留下无尽想象空间。

湘云借住潇湘馆，宝玉清晨跑去，只见“那黛玉严严密密裹着一幅杏子红绫被，安稳合目而睡。那史湘云却一把青丝拖于枕畔，被只齐胸，一弯雪白的膀子撂于被外。”好一幅细微之处见性格的少女晨睡图。到大观园败象显露，凹晶馆联诗后回房，黛玉自称一年只有几天好睡眠。心重多思失眠，黛玉夭亡之兆。

类似睡眠描写，意境绝佳，韵味深邃，举不胜举。

宝黛之眠表面是寻常睡眠，实际是雕镂个性的圣手铁笔。法国小说家福楼拜笔下的人物有摹仿抑或自以为在摹仿模式的欲望，而模式是人物自己选定的。勒内·基那尔在《浪漫的谎言和小说的真实》中说：小说人物常有"觊觎"他者的愿望，"在福楼拜的小说里也可以发现由他者产生的欲望和文学的'种子'功能。爱玛·包法利头脑里充斥着浪漫主义文学的女性人物，她的欲望也由这些人物产生"。在以"他者欲望"、"文学种子"确定的人物基调上，17世纪的曹雪芹与19世纪的西方小说大师殊途同归或曰"殊国同途"。《红楼梦》女主角林黛玉就是一个深受他者欲望和文学种子影响的形象，她身上集中了女性文学形象特别是杜丽娘和崔莺莺的痴情聪慧、多愁善感，但黛玉比杜、崔的感情表达内敛且因为内敛而分外优雅，黛玉不得不"恼"对宝玉多次示爱，不得不维持大家闺秀绿竹般的清高，但她对宝玉固已心许，却如雨后春笋，通过"情思睡昏昏"的梦话破土而出。

贾宝玉梦游太虚幻境，从秦可卿卧室的香艳描写，到贾宝玉梦境的奇幻笔墨；从宛如大将布阵、堪称小说总纲的《新制红楼梦十二曲》，到丝丝入扣的梦幻心理，无一不绝，无一不精。与红楼之梦相比，西方文学"爱丽思梦游奇境"只是儿童读物，李伯大梦不过小巫见大巫，倘若弗洛伊德以《红楼梦》为素材写《梦的解析》，他肯定不会做出"梦是愿望的达成"这一过于简单的结论。

第四，荡气回肠、如诗如画的爱情。

不是佛殿相逢、一见钟情；不是金榜题名、洞房花烛；不是人约黄昏、逾墙相从；不是春风一度、即别东西；不是魂魄相从、起死回生……曹雪芹对古代小说陈陈相因的写法大声说"不！"对千人一腔，万人一面的爱情描写高傲漠视，他用艺术实践说明：爱情不仅是爱情，爱是要成为一个人，大写的人，诗意的人。他让宝玉做"女儿是水做的骨肉，男人是泥做的骨肉"宣言；他为宝玉创造"意淫"（即体贴）专用词；他定下黛玉"情情"，宝玉"情不情"基调；他将黛玉一次次"还泪"其实是二人感情发展娓娓道来，如山阴道上行，美不胜收。

前世情定→少小无猜→互相试探→情投意合→泪尽夭亡→悬崖撒手，是宝黛爱情轨迹；宝玉讨厌仕途经济、国贼禄鬼、文死谏武死战，林姑娘从不说这样的混账话，是宝黛爱情的思想基石；越爱越吵、越吵越爱，"越大越成了孩子”是宝黛爱情的特殊表达方式；葬花吟、柳絮词、题绢诗……是宝黛爱河的浪花。

什么样人有什么样爱，什么样爱造就什么样人。林黛玉和薛宝钗都爱贾宝玉，也都想改造贾宝玉。围绕贾宝玉，两个聪明的姑娘显示各自的聪明，林黛玉情重愈斟情，用满腹深情观察考验着，也体贴挚爱着贾宝玉，将碧晶晶的珠泪洒在飘落的桃花、摇曳的绿竹、晴雯传递的旧帕上；薛宝钗深思愈熟虑，用全副心思琢磨包围着，也关心依恋着贾宝玉，将沉甸甸的金锁挂到脖子上，将王妃所赐、与宝玉相同的麝香串勒在丰满的胳膊上。黛玉觅求浪漫的心灵契合，宝钗追求现实的婚姻形式。木石前盟和金玉良缘盘根错节，互为陪衬。宝玉的爱情是他内心深处的呼唤和选择，宝玉的婚姻却不是他自己的事，而是贾府大事，最后成了护官符上“贾不假，白玉为堂金作马”和“丰年好大雪，珍珠如土金如铁”联盟。

宝黛爱情是《红楼梦》永不磨灭的魅力之所在。宝钗参与进来，不是小人拨乱其间，不完全是第三者插足，但只要宝黛相聚，她就神差鬼使地到来。宝玉对宝钗并非全不动心，黛玉对宝玉亦曾很不放心，对“金玉”有椎心之痛的林姑娘，纯真善良的林姑娘，偏偏要跟宝钗“金兰契互剖金兰语”。三人周旋，如雾里看花。更耐人寻味的是，贾宝玉追求林黛玉并为薛宝钗追求的同时，对十二金钗个个以香花供养之、精心呵护之，爱博而心劳，是个自觉而坚定执著的女权主义者。查查西方名家巨匠笔下的爱情小说，哪个人物有如此大造化？

第五，面面生风、寓意深刻的死亡。

“昨日黄土垄中埋白骨，今宵红绡帐底卧鸳鸯”（甄士隐《好了歌注》）。林黛玉泪尽而逝，贾宝玉奉命（甚至可能奉旨）娶薛宝钗为妻，“终不忘世外仙姝寂寞林”，“落叶萧萧，寒烟漠漠”对景悼颦儿，虽有宝钗为妻、麝月为婢，仍义无反顾遁入空门[8]。虽然我们看不到曹雪芹写黛玉之死和宝玉出家（哀莫大于心死），但晴雯之死可看做黛玉之死的预演：深文周纳的罪名罗织；撕心裂肺的死别场面；“远师楚人”的泣血祭文；“群花之蕊，冰鲛之縠，沁芳之泉、枫露之茗”至纯至净的祭品；《芙蓉女儿诔》“红绡帐里，公子情深；始信黄土垄中，女儿命薄”和《好了歌注》“黄土”句遥相呼应；……晴雯是黛玉的影子，祭晴雯实祭黛玉，可以推测，曹雪芹笔下林姑娘之死肯定感天动地、美轮美奂。

《红楼梦》次要人物秦可卿之死，更是跟《聊斋志异》金和尚之死、《金瓶梅》李瓶儿之死，成为古典小说人物之死鼎足而三的范例。

一场公爹儿媳通奸导致死亡的丑事成为小说家驰骋艺术才思的大手笔：宁国府"除了那两个石头狮子干净，只怕连猫儿狗儿都不干净"（柳湘莲语），贾府族长贾珍是"每日家偷狗戏鸡"的"畜牲"（焦大语）。"秦可卿淫丧天香楼"本是曹雪芹描写贾府纨绔的重头戏，后来曹雪芹应脂评作者之一畸笏叟要求删去，变成不写之写：贾珍"恨不能代秦氏之死"的不成体统、如丧考妣的悲痛；尤氏愤懑之极、托辞犯病撂治丧挑子；两个丫鬟因在"逗蜂轩"[9]撞见狂蜂贾珍和浪蝶秦可卿"爬灰"，不得不自我灭口：瑞珠触柱而死，宝珠"甘心"为秦氏披麻戴孝、被贾珍认为孙女却识趣地永不回"家"；对秦氏之死贾府上上下下都有些疑心……写得扑朔迷离，像海明威的"冰山理论"，八分之一露出水面，八分之七深藏海底。

秦可卿托梦预言贾府命运；王熙凤协理宁国府巾帼不让须眉，却又受贿三千两害死两条人命，暗伏贾府被抄之因[10]；贾珍恣意奢华、给"爱媳"用亲王棺木，贾蓉捐五品龙禁尉却写"天朝诰授贾门秦氏恭人"灵位[11]，实际摆出一品夫人祭礼派头：停灵四十九日，"白漫漫人来人往，花簇簇官去官来"，"压地银山般"送丧队伍和六国公路祭；庙堂应对般的贾宝玉路谒北静王和偷情秘约的秦鲸卿得趣馒头庵形成意味深长的对比；……写丧事，写出人物，写出风俗，写出人生百态，写出泼天富贵下深藏的危机，如一幅《清明上河图》。

按曹雪芹构思，《红楼梦》以元宵节甄家火灾始，以元宵节贾府火灾终。[12]《脂砚斋评石头记》说："用中秋诗起，用中秋诗收，又用起诗社于秋日，所叹者三春也，却用三秋作关键。"红楼人物的人生五事，伴随春花秋月、夏雨冬雪，在"钟鸣鼎食"的荣国府、"天上人间诸景备"的大观园徐徐铺开，就像某些诗化的回名："潇湘馆春困发幽情"、"秋爽斋偶结海棠社"、"琉璃世界白雪红梅，脂粉香娃割腥啖膻"。仙乐飘飘暗里听。曹雪芹以对人生的烛照洞见，以独特洗练的文笔，从单调平凡的日常生活，捕捉炫目的人性光环，表现博大的道德关怀，既有磅礴气势又有柔情蜜意，不断给读者阅读惊喜。

红楼人物特别是宝玉、黛玉、宝钗、湘云、探春、妙玉等，既满怀激情地感应着大自然，又负荷着凝重深沉的古代文化。在《红楼梦》中，自然和人物协和无间，文化和人物天衣无缝。可以说，从来没有一部小说能够像《红楼梦》这样，将人物的生命历程与大自然融合成如此千锤百炼、清晰旖旎的笔墨，以至于读者在品味人物的同时，似乎还做了一次大自然及古典园林的朝圣之旅。

四　一条主线和三条辅线

《红楼梦》之前，《水浒传》、《三国志通俗演义》、《西游记》、《金瓶梅》是最有影响的长篇小说，共同缺憾是长篇构思尚欠周密甚至仍嫌原始、粗糙；“三言”、唐传奇、《聊斋志异》则堪称成熟、细腻的短篇精品。曹雪芹独辟蹊径将长篇布局和短篇技巧结合起来，一新耳目地处理好小说主线和辅线的关系，创造出无愧典范、“立意新，布局巧”的“天下古今有一无二之书”[13]。

贾宝玉是荣国公嫡孙，是贾母的心头肉，贾妃的唯一胞弟。贾政寄予荣府希望，王夫人看做眼珠子，赵姨娘视为眼中钉。由此派生出一系列冲突，如嫂叔逢五鬼，宝玉挨打。因为贾母和元春双重呵护，贾宝玉以男儿之身进入大观园。大观园是群芳伊甸园，“系玉兄与十二钗之太虚玄境”[14]，怡红院在大观园首屈一指。曹雪芹对怡红院有五次浓墨重写，第一次大观园题额，第二次贾芸入园，第三次刘姥姥醉卧，第四次平儿理妆，第五次怡红夜宴。宝玉的侍女晴雯和袭人，分别是黛玉和宝钗的影子，在第五回判词中占又副册前两位。可以说“贾宝玉为诸艳之冠，怡红院总一园之首”。[15]

《红楼梦》前八十回可分为四部分[16]：前十八回介绍宝、黛、钗、凤姐、秦可卿；十九至四十一回写贾宝玉的叛逆思想和正统思想的冲突，宝黛爱情试探，兼写宝钗、湘云、袭人、妙玉、刘姥姥；四十二至七十二回宝黛心灵默契、黛钗猜忌消除，转写鸳鸯、香菱、晴雯、探春、尤氏姐妹；后十回写凤姐失宠，贾府衰败，查抄大观园，晴雯冤死，薛蟠错娶河东狮，迎春误嫁中山狼。

这四个部分都以不同方式和贾宝玉联在一起，一些本不可能与宝玉有关的事，也必定到“玉兄”前“挂号”，如：鸳鸯向嫂子拒婚后进怡红院受抚慰，香菱在宝玉面前换石榴裙，尤三姐之死发生在柳湘莲向宝玉怒骂宁国府之后……

跟金陵十二钗乃至“情榜”六十钗[17]有千丝万缕联系的是贾宝玉；在《红楼梦》里做梦最多、做得最精彩、做梦做出小说总纲的是贾宝玉；贾宝玉是《红楼梦》的主角；怡红院是红楼之梦的主舞台。贾宝玉和林黛玉的爱情、和薛宝钗的婚姻即《红楼梦》的情节坐标，贾府盛衰是“怀金悼玉”的底盘。

当确立了小说主线后，一部长达百万言的巨著如何做到主线清晰、脉络分明？曹雪芹有意识地多次对主线做提纲挈领：第一回《好了歌》及注，确定整部书的悲剧基调并做人物命运综述；第四回“护官符”提示四大家族“一损皆损，一荣皆荣”；第五回游幻境指迷十二钗，预示红楼女性命运；第十八回元春归省点的戏暗喻贾府命运，如“乞巧”伏元妃之死；第二十二回元宵灯谜暗点人物命运，如“一声震得人方恐，回首相看已成灰”，再次伏元春之死；第六十三回怡红夜宴，以人物所掣的花签交代红楼故事总结局，如“莫怨东风当自嗟”寓探春远嫁，“开到荼靡花事了”寓诸芳尽后麝月是宝玉身边的唯一侍女。每次主线提示都在布置后边情节的同时对小说主旨做反复咏叹。

在贾宝玉爱情婚姻主线外，《红楼梦》有三条和主线融合、扭结的情节辅线：

其一，“盛筵必散”正叙性辅线，是元春、凤姐为主的家族线索；

其二，穷通交替反讽性辅线，是花袭人、刘姥姥为主的社会线索；

其三，演说归结小说并参与兴衰侧衬性辅线，是贾雨村、甄士隐的双重线索。

第一条盛筵必散辅线，正面展现贾府大厦倾颓过程。由贾元春及其姐妹命运和王熙凤理家组成。表层线索是支柱、蛀虫一身二任的王熙凤理家，深层线索蕴涵于元春——“游幻境指迷十二钗”中继黛钗之后，赫然位列《红楼梦十二支》第三位的贾府大小姐。在家族线索上，占很大篇幅的是凤姐，更具重要性的却是元春。因为不管如何钟鸣鼎食的大臣，都是皇帝的奴才。元春封妃，才让贾府从世袭贵族变为炙手可热的皇亲国戚，带来烈火烹油、鲜花着锦之势；元春归省，才导致大观园出现，十二金钗才有同台竞技的舞台，宝玉才能进入女儿国；元春夭亡，才导致贾府被抄。秦可卿梦中向凤姐托家族后事说“三春去后诸芳尽，各自须寻各自门”。贾府是大树，元春是大树之根，根竭树枯则倒，树倒则猢狲散。“原应叹息（元迎探惜）”、“盛筵必散”，跟“群芳碎（髓）”、“千红一哭（窟）”、“万艳齐悲（杯）”联在一起，形成小说形象的整体中心力量。

第二条穷通交替辅线，是贾府社会背景的辅线。以花袭人和刘姥姥——崛起的小人物——为线索。这条辅线跟第一条辅线性质不同，前者是广厦之倾，后者是茅舍之兴。《红楼梦》穷通交替的思维突出表现于《好了歌》及注。研究者常注意贾府大人物兴衰，岂不知小人物兴衰同样有重要意义。

如果说第一条辅线有正叙之意，第二条辅线就具有反讽意义了：

花袭人——昔日荣国府的家奴变成后来贾宝玉的“孟尝君”；

刘姥姥——昔日硬跟贾府攀亲变成贾府正枝正宗的亲戚。[18]

刘姥姥的重要性在于她在三个重要时间，以特殊身份接触贾府方方面面人物并目睹贾府兴衰：一进荣国府，贾府气势熏天；二进荣国府，贾府豪华享乐却内囊已尽；三进荣国府，贾府被抄之后。刘姥姥是贾府盛衰隐线，是红学家共识。实际上花袭人在小说布局中有超出刘姥姥的特殊重要性：她虽然仅仅是贾宝玉的侍女，却始终参与贾宝玉的感情活动，进而起雕镂主角个性的重要作用。她见证并参与贾府盛衰。袭人这条辅线隐蔽性很强，却不可或少更不可低估。

其一，袭人是前八十回中唯一有确证与贾宝玉有肌肤之亲的女性。秦氏香艳淫荡的居室环境只能算贾宝玉入太虚幻境的前提，秦氏本人与宝玉并无性关系；秋纹侍宝玉洗澡，洗得床上都是水，是从晴雯口中说出，也不能算二人有性关系。只有袭人在贾宝玉梦游太虚境后与宝玉偷试云雨情，后来她成了王夫人心腹“西洋花点子巴儿狗”、“我的儿”。恰好这位跟贾宝玉有过肉体关系的——我们说“有过”因为书中描写仅一次，此后睡在宝玉外床的是冰清玉洁的晴雯——袭人跟宝玉思想性格冰炭不容。袭人貌似“温柔和顺、如桂似兰”，实际嫉妒阴毒猥琐，以至于贾宝玉在《芙蓉女儿诔》对她发出了“钳彼奴之口”的声讨。宝玉和袭人从肌肤相亲到格格不容，深刻地反映出警幻称为“天下古今第一淫人”的贾宝玉之“淫”绝无淫乱、淫荡之意，而是“意淫”，是“天分中生成一段痴情”。

其二，袭人在怡红院描写中占很重分量。第一次写怡红院，大观园题额，袭人不可能出现，此后几次她都占重要位置。第二次写怡红院，袭人肖像从贾芸眼中画出；第三次写怡红院，醉卧宝玉床的刘姥姥被袭人悄悄引出；第四次，平儿挨打后，宝玉邀平儿到怡红院来施行护花行动，袭人接着并劝慰平儿；第五次怡红夜宴，袭人掣出“桃红又是一年春”、暗示琵琶另抱的签。王夫人极警惕怡红院中可能勾引儿子的“狐狸精”，骂晴雯“你干的事，打量我不知道呢！”斥四儿“同日生就是夫妻，这可是你说的？”宣布“可知道我身子虽不大来，我的心耳神意时时都在这里。”不善于“饰词掩意”的王夫人无意中泄露天机，说明晴雯蒙冤、四儿被逐、芳官出家都和袭人打小报告有直接因果关系。王夫人恐怕做梦也想不到，真正跟他的宝贝儿子上过床的，正是袭人这个贼喊捉贼的“好孩子”。非常讨人嫌却有阅人经验的李嬷嬷早就说：宝玉的人哪个不是你（袭人）拿下马的？袭人既是怡红院总管，也是王夫人眼线，更是怡红院百花凋残的内因。

其三，袭人总想介入、实际也介入了木石之情和金玉之缘。袭人代替黛玉听宝玉诉衷情，掌握了宝黛最隐秘的心事，当然要考虑谁做宝二奶对自己有利。“不干己事不开口”的薛宝钗特意管袭人针线活的闲事，堂堂大小姐放下架子跟丫鬟套近乎，袭人自然会投桃报李；“孤高自许，目无下尘”的林黛玉开玩笑称袭人“嫂子”，无意中戳到“贤袭人”痛处，不得不背起被中伤的黑锅。最终，袭人向王夫人密奏宝二爷不适合跟姑娘们同住大观园，居心叵测地让“林姑娘”首当其冲。

其四，最重要的是，袭人经历了从贴身丫鬟、到宝二爷准姨娘、到嫁宝玉好友蒋玉菡、到在贾府败落时“有始有终”养活昔日主子贾宝玉的全过程。

小说后部袭人、刘姥姥和贾府主子有重要联系，在前八十回可找到伏笔，如宝玉到袭人家，袭人说没什么可吃，脂评透露宝玉以后要靠袭人供养；刘姥姥带板儿到探春房中，板儿和巧姐抢香橼（谐“缘”），凤姐借刘姥姥的贫寒给女儿取名，巧姐最后却嫁给板儿为妻；刘姥姥一进贾府，脂评曰“老妪有忍耻之心，后有招大姐之事”。一进贾府开口求助是忍耻，二进贾府变成贾母蔑片是忍耻，三进贾府从妓院救出巧姐并毅然娶回家中做孙媳，更是忍耻。这最后的忍耻已是高尚行为，是对昔日只能仰视的贾府雪中送炭，是贾府名副其实的恩人。

花袭人和刘姥姥，两个不可能发生联系的人，竟在怡红院贾宝玉房中发生了联系，两条小说辅线出人意外地交叉，作家的安排可谓奇中迭奇。可以设想，如果刘姥姥醉卧怡红院被"爆炭"晴雯发现，如何处理？

在社会背景辅线上，还有比袭人、刘姥姥次要得多的人，只要他们跟贾宝玉发生联系，就必然跟贾府盛衰发生关联。贾芸明明比宝玉大，偏要低声下气认宝玉为"父亲"；小红给宝玉倒了一次茶就给大丫头们骂"也不拿镜子照照，配倒水不配"。这两个竭力奉承贾宝玉的人物，就在贾宝玉身边悄然生情，他们最后如何结婚，已不得而知，但脂评透露的线索，贾芸非但不是卖巧姐的"奸兄"，还和红玉在贾宝玉落难时给了救助。强者和弱者颠倒了过来。

马克·吐温喜欢将王子变贫儿，贫儿变王子，以巨大的社会落差表现沧桑之变中的人性，这巧夺天工的换位法构思总被批评家津津乐道。其实二百年前的曹雪芹已用得烂熟。遗憾的是，《好了歌》等提示的小说线索，续书并未遵守。

第三条情节辅线贾雨村和甄士隐有双重作用：一方面是演说、归结整部小说的叙事辅线，另一方面，他们本身和小说主题有巧妙联系，与贾府共衰共荣。

先看甄士隐：甄府小荣枯是贾府大荣枯的引线；甄士隐《好了歌》解是《红楼梦》主题拓展和构思延伸；英莲变香菱又变成秋菱，本身是"金钗"故事。

贾雨村是重要小人物也是重要小人，是曹雪芹走活全盘棋的绝妙一着儿。此人手眼通天、八方来风，要真（甄）则真，要假（贾）则贾。像排球场的"自由人"，能占据任何需要占据的位置；像八爪鱼，能将触角伸到任何需要伸的角落。这位本来跟宝黛爱情八竿子打不着的主儿，居然能和宝玉黛玉甚至贾宝玉的镜中形象甄宝玉都发生联系：他罢官做西宾成了甄宝玉和林黛玉的老师，他叙述过甄宝玉挨打喊姐姐妹妹，他赞过黛玉避母亲名讳，前八十回的林黛玉对他却从未置一词；他受林如海之托送黛玉进贾府，成为贾政的座上客，借机夤缘复职；接着利用“护官符”，乱判葫芦案，把贾政和王子腾都变成保护伞；他厚着脸皮纠缠贾宝玉，贾宝玉对他避之唯恐不及。这变色龙的满肚子坏水仅从“看人下菜碟”对待贾氏兄弟可见一斑：他对“政老”正襟危坐，谈诗论文，对“赦老”则奉上强抢的古扇。贾雨村在小说中是次要人物，却起到主要人物不能起的作用：先做冷子兴的听众，交代贾府人物，再跟贾府挂钩并专做釜底抽薪勾当。脂评曰：“阿凤心机胆量真与雨村是一对乱世之奸雄。”这对男女奸雄恰好是贾府败家的主因。妙不可言的是，这两个人居然也能有间接交叉：贾雨村夺古扇害得贾琏挨打，凤姐追查原因时，她的“总钥匙”平儿怒骂是贾雨村这“饿不死的野种”造的孽。

莱辛说过：小说重点是各部分之间的关系。《红楼梦》以宝黛钗为主线，以家族兴衰、小人物兴起、甄贾二人铺叙侧衬为辅线，再利用重大事件将主线辅线、故事人物串连起来。如果说《红楼梦》像横看成岭侧成峰的群山，宝玉挨打、刘姥姥二进荣国府、抄捡大观园，就是几座被拥托的高峰，在高峰间起伏着一座座秀丽的小丘。除了情节内在联系外，作者还很善于使用主题道具连缀故事，如：

通灵玉：不言而喻，是整部小说的骊龙之珠。

贵妃的红麝香串：元妃省亲后赏赐物品，宝玉和宝钗相同，让贾宝玉惊讶不已，让林黛玉受到很大内心压力，贾宝玉要将它送给林黛玉，被抢白一顿，这个麝香串让薛宝钗和有玉者联姻的巧妙舆论，得到了类似于尚方宝剑的承诺。红麝香串成为皇权对贾宝玉爱情、婚姻主宰的象征。

花袭人的茜纱巾：蒋玉菡送给宝玉，宝玉偷偷系到袭人腰上，袭人丢下来放到箱子里，袭人嫁蒋玉菡后，发现了这条汗巾，并和蒋玉菡共同供养贾宝玉。

《红楼梦》的长篇结构如天工机杼，虽千头万绪却环环相扣，事事相因、因果有系。曹雪芹在做疏密相间、张弛有致、沉着细致、穷形尽相的撰写时，胸有全局，如孔明布阵，令旗一举，各各归位，主宾分明，前呼后应。就像甲戌本第一回朱眉脂评所说：“有曲折，有顺逆，有映带，有隐有见，有正有闰，以至草蛇灰线，空谷传声，一击两鸣，明修栈道，暗渡陈仓，云浓雾雨，两山对峙，烘云托月，背面傅粉，千皴万染诸奇。”

五　三种相辅相成的叙事方法

小说叙事方式，是作家建立起来，让读者认识作品事件、人物的立足点。在复杂的小说写作技巧中，叙事观点有重要支配作用。

罗兰·巴特说过：重要的不是我叙事了哪个时代，而是我在哪个时代叙事。《红楼梦》叙事的时代，是戏剧叙事方式完全成熟、小说叙事基本成熟的时代。

中国古代小说多以作者的全知叙事方式贯穿始终。《红楼梦》别出心裁，创造了三种方式——“石兄旁观叙事”、模拟戏剧的全知叙事、小说人物视角叙事——相依并存的叙事法，是对古代小说叙事方式的丰富和发展。

石兄叙事

95％以上古代小说采用作者全知的第三人称叙事，极少采用作者参与的第一人称叙事，这跟中国人的心理素质有关，似乎采用第一人称就意味作者本身。唐代牛李党争激烈，李德裕门人冒牛僧孺之名作传奇《周秦行纪》，写牛僧孺游薄太后庙艳遇是幌子，让牛僧孺称唐德宗“沈婆儿”、再向皇帝告“大不敬”，借小说搞政治诬陷是目的。《聊斋志异·绛妃》写“余”遇绛妃，代绛妃写讨风神檄，则抒发了蒲松龄本人对风刀霜剑社会的感受。曹雪芹像位化学家，天才地化合了这两种基本叙事模式，形成特殊的“石兄叙事”方式。

《红楼梦》长期以《石头记》为书名。“石兄”是空空道人对青埂峰下顽石的谐称。石头变成通灵玉随贾宝玉来到人间，像电影摄影师，录制演员们悲欢离合的表演。[19]“石兄”像美国中央情报局的卫星侦察仪，像西方小说中目光穿透人们房顶的“瘸腿的魔鬼”，像为皇帝带选择性地写起居志的太监，更像能对贾宝玉周围发生的事做出记录、判断、分析、联想的“太史公”。“石兄”以第三人称对贾宝玉担任着旁观角色，偶尔自称“愚物”，对人物和场景发表点滴评论。石头叙事在小说中的作用，马力、蔡义江先生做过详尽剖论。[20]

特别需要明确的是，无材补天的顽石本就是不愿补天的作者化身，在小说中代作者行主要叙事责任。"石兄"叙事带来亲切可信和富有谐趣之感，但"石兄"不过是曹雪芹虚拟、旁观叙事并偶尔参与的角色。如果将曹雪芹比作《红楼梦》的编剧兼导演，那么，宝黛钗等就是曹雪芹选定的主要演员，而"石兄"是按导演指定的灯光、角度来摄影的主要——但绝非唯一的——录像师。

担任主要叙事责任的"石兄"不可能观察到的现象，小说作者就全知全觉，用"上帝的眼睛"洞察一切：如"石头"出现之前及石头最后归位、贾雨村和甄士隐的故事、林黛玉的多次心理活动等。《红楼梦》全知全觉的叙事方式成熟、练达。

借戏剧之石攻小说叙事之玉

曹家和清初著名戏剧家的关系十分密切，洪升曾受曹雪芹祖父曹寅赏识和资助。清初两部著名的传奇《长生殿》和《桃花扇》虽未出现在《红楼梦》中，但以儿女之情写兴亡之感的构思方式无疑对曹雪芹有很大影响。与《三国》、《水浒》等名作不同，模拟戏剧是《红楼梦》重要的叙事手段。

借戏剧之石以攻小说叙事之玉，首先表现在借用一曲总揽全剧的方法。据脂评提供的线索，曹雪芹对自己的写剧才能很自负。梦演红楼梦曲就是曹雪芹自创北曲。这是借用从南戏开始、以一曲总揽全剧的方法为小说叙事服务。《琵琶记》第一出《沁园春》："赵女姿容，蔡邕文业，两月夫妻。奈朝廷黄榜，遍招贤士，高堂严命，强赴春闱。一举鳌头，再婚牛氏，利绾名牵竟不归。……孝矣伯喈，贤哉牛氏，书馆相逢最惨凄。重庐墓，一夫二妇，旌表耀门闾。"[21]《牡丹亭》第一出《汉宫春》："杜宝黄堂，生丽娘小姐，爱踏春阳。感梦书生折柳，竟为情伤。写真留记，葬梅花道院凄凉。……"[22]都是以第一出第一支曲子提调全剧，《红楼梦》第五回用一曲提调一人命运，再和《红楼梦·引子》、《收尾·飞鸟各投林》共同合成恢宏悲怆的《红楼梦》总曲，并成为小说总纲。这样的叙事方法，并非小说"章头诗"的发展，而是向戏剧借来的东风。

借戏剧之石以攻小说叙事之玉，其次表现在小说关键之处模仿戏剧名作的叙事。"贾元春归省庆元宵"点了四出戏：《豪宴》、《乞巧》、《仙缘》、《离魂》,脂评点明了这四出戏的含义:第一出,伏贾家之败;第二出,伏元妃之死;第三出,伏甄宝玉送玉;第四出,伏黛玉之死。元春点的是四个著名折子戏。《豪宴》选自《一捧雪》;《乞巧》选自《长生殿》;《仙缘》选自《邯郸梦》;《离魂》选自《牡丹亭》。在"皇恩浩荡"、骨肉团聚的日子里,以元春的文学修养和谨慎为人,不可能也不应该点如此不吉利的戏文(何况并非在神佛面前抽签点戏)。曹雪芹故意让元妃大喜之日点大悲之戏,大有寓意。脂评说:"所点之戏剧四事,乃通部书之大过节、大关键。"遗憾的是,我们没法看到曹雪芹如何沿着四个折子戏的叙事韬略写出《红楼梦》后部惊心动魄的大悲剧,特别是贾府之败和元春、黛玉之死。但通过对《豪宴》的简要分析,仍可看出曹雪芹如何把模拟戏剧变成长篇小说重要的叙事方法:《豪宴》选自清初苏州作家李玉的《一捧雪》,剧情是莫怀古家藏"一捧雪"白玉杯受豪门觊觎,导致家破人亡,实际取材于明代将军王忬的遭遇:他收藏《清明上河图》真迹,为严世蕃夺走,恶棍汤某向严告密说:严所得为仿制品,王将军遂被严嵩罗织罪名杀害。《红楼梦》中,贾赦看中石呆子的古扇,表示要多少钱给多少钱。贾赦依恃有钱欲夺人所爱,并未打算强抢。石呆子宁死不给,贾赦也并未采取进一步动作。贾雨村为讨好贾赦,利用职权,讹石呆子欠了官银,将其下狱,抄没古扇,无偿地送给贾赦,"那石呆子如今不知是死是活"。贾雨村插手,这件事的性质就完全变了。据脂评透露的线索,这些古扇成了贾府最终破败的重要原因。贾赦因古扇败家类似于莫怀古因玉杯败家。在《红楼梦》后部,曹雪芹要按照玉杯毁家的思路对古扇败家大做文章。唯恐天下不乱的贾雨村跟《豪宴》戏中落井下石的小人相似。"贾赦"命名,也跟《一捧雪》有类比联想关系:"莫怀古",意即"不要怀有古董","贾赦"者,假赦也,必然败家、不可赦免也。可惜续书写的抄家原因与元妃归省点的《豪宴》并不完全合卯合榫。

《红楼梦》的多次点戏、听戏都与小说人物命运紧密关联:如宝钗过生日点到和尚的戏暗喻她自己的丈夫将来会出家;林黛玉听"如花美眷,似水流年","你在幽闺自怜",被杜丽娘感动,暗寓黛玉最后结局是泪尽而逝,且不可能像杜丽娘那样还魂。贾母在清虚观佛前点的戏,依次为汉高祖斩蛇创业的《白蛇记》、郭子仪七子八婿富贵寿考的《满床笏》、淳于棼梦中飞黄腾达的《南柯梦》，这三出戏暗示贾府的兴起、极盛、衰亡。贾母听到第二出戏时自然笑得出来，对第三出戏“便不言语”。

长篇小说的人物多、头绪多，如何运筹帷幄？如何很好地处理“花开多头，各表一枝”和百花同艳的关系？《红楼梦》运用戏剧化场面的分分合合，每个角色都有相对独立的重头戏，又常在十回左右安排一次多角色同台“演出”：元春归省，贾母打醮，宴大观园，大观园诗会，庆寿、庆元宵、庆仲秋等。这样的叙事方法，比《水浒传》宋十回、武十回等按主要人物的经历叙事好得多，比《三国演义》现成的三国三条线叙事难以处理，却处理得比《三国演义》还要好。

使用戏剧的内在叙事方式（即不使用戏剧格式，只使用戏剧冲突形式），是19世纪欧洲著名小说家的叙事法宝。亨利·詹姆斯论屠格涅夫说：“倘若他不是一贯地着眼于做一个戏剧家的话，他就可能时不时地变成一个徒劳无益的理论家，一个非常乏味的小说家。在他笔下，各种事物都以戏剧的形式呈现出来：没有戏剧形式作为依仗，他显然就无法构思出任何东西。”[23] 异国同调，没有戏剧作为依仗，中国最顶尖的小说家曹雪芹亦将无所作为。

人物视角叙事

《红楼梦》可以从每个章节的不同人物视角来读，如，黛玉进府，是贵族少女兼伶仃孤女角度；刘姥姥进大观园是穷人兼世故老妪角度；查抄大观园是从权力顶峰失落的王熙凤角度。这是作者熟谙人物视角叙事的结果。

人物视角叙事是古代小说常用的叙事手段，它在唐传奇（如《任氏传》和《柳毅传》）中成熟，在《金瓶梅》中成为主要叙事手段，如潘金莲帘下误打西门庆后，两人的互相观察；潘金莲进入西门家时吴月娘对潘的观察及潘对诸妾的观察。到《聊斋志异》中人物视角叙事发挥得淋漓尽致，如：用席方平的视角叙事社会暗无天日，“枉死城中全无日月”[24]；用马骥的视角叙事社会黑白颠倒，以丑为美；用王子服的视角叙事婴宁天真烂漫。

曹雪芹善于使用人物视角叙事，喜欢变换视角，但目标始终围绕着贾宝玉和贾府盛衰。《红楼梦》的人物视角叙事既考究且华丽。站在叙事视角的人物一定有特别深刻的叙事角度，他（或她）和所叙之事或人又肯定有紧要关系。

在《红楼梦》前三回中得到详尽外貌描写的依次是熙凤、宝玉、黛玉。熙凤和宝玉都映现在黛玉眼中，因为他们跟黛玉关系都至关紧要。黛玉到荣国府，王熙凤登场，恭维黛玉："天下真有这样标致的人物，我今儿才自算见了。"王熙凤夸黛玉长得好，主要目的是逗老祖宗开心，所以更重要的是下边的话："这通身的气派，倒不像老祖宗的外孙女儿，竟是嫡亲的孙女。"至于黛玉标致到什么程度，曹雪芹故意不写，他要将黛玉外貌放到最应该观察的人眼中写，绛珠仙草只能在神瑛侍者面前露出绝世风姿。林黛玉"两弯似蹙非蹙罥烟眉，一双似泣非泣含露目"[25]，必须从贾宝玉眼中看出，且要接着说"这个妹妹我见过的"。从林黛玉眼中，贾宝玉"面若中秋之月，色若春晓之花"的外貌得到详尽展示，他的通灵玉却绝对不能从林黛玉眼中叙出，所以，袭人要拿通灵玉给黛玉看时，被婉拒。通灵宝玉只能从最终兑现了"金玉良缘"的薛宝钗眼中叙出。

元妃归省一段，主要是石头叙事，部分地从元春眼中叙事："只见园中香烟缭绕，花彩缤纷，处处灯光相映，时时细乐声喧；说不尽这太平气象，富贵风流。"元春"默默叹息奢华过费"。把钱花得像淌海水一样，贾府岂能长久？

刘姥姥既是情节构思的隐线，又担任着重要的叙事人物功能。刘姥姥一进荣国府，铺叙豪奴的张狂、凤姐的雍容、贾府的富贵；二进荣国府，铺叙贾府的奢华享受；三进荣国府，铺叙荣国府的败落惨状。刘姥姥是有强烈跌宕效果的人物视角。

"蜂腰削背，鸭蛋脸面"的鸳鸯必须要让邢夫人带点儿醋意、格外详细地做"浑身打量"；在林黛玉面前"彩绣辉煌"的王熙凤，到尤三姐眼中却"清素如三秋之菊"："头上皆是素白银器，身上月白缎袄，青缎披风，白绫素裙"，这身国孝家孝服饰本身就是对尤二姐的下马威。……

每个情节都有一个主要的人物叙事视角，一丝不乱又一丝不苟。

《红楼梦》写得明白晓畅、生动形象又诗意盎然、情趣横生。人们在热热闹闹、花团锦簇的元妃归省中，刚刚看过贾政一本正经对皇妃奏本的"鸦属"，马上在花解语、玉生香中看到温馨可爱的儿女絮语"香竽"；在剑拔弩张的查抄大观园后，紧接着看到回肠荡气的生离死别；……多种叙事手法的综合运用和自如转换，是《红楼梦》取得前所未有叙事成就的主要原因。

《红楼梦》开头还是说书人修辞套语“看官如何”，写作实践却证明曹雪芹不仅超出了话本拟话本作者，且将此前名气很大的长篇小说家全部超出。《红楼梦》不仅将博大宏阔、严密精巧的长篇布局和尺幅千里、画龙点睛的短篇技巧结合起来，还似乎想借一部小说将古代文化特别是秦文、汉赋、唐诗、宋词、元曲、明清传奇总成就做一番集纳式展露。既踵武先贤又具有思想超前性和艺术原创性，使得《红楼梦》成为中国长篇小说不可逾越的艺术高峰。

张爱玲叹人生三恨：一恨鲥鱼有刺，二恨海棠无香，三恨《红楼梦》未完。

鲥鱼有刺可以吃其他刺少而鲜美的鱼，海棠无香可以赏其他更美更香的花，只有《红楼梦》未完无法代偿。后四十回续写了主要悲剧，偶见吉光片羽，但其意蕴跟曹雪芹已是天壤之别。李希凡先生说得好：维纳斯的断臂是接不上的。

注　释

〔1〕《红楼梦》引文引自红楼梦研究所校注、人民文学出版社 1982 年版，不一一注明。

〔2〕2002 年 9 月 8 日《文汇读书周报》。

〔3〕蒋和森在 1991 年扬州红学会上的闭幕词。

〔4〕周汝昌《给外国使节讲“红楼”》，见《北斗京华》，辽宁教育出版社 2001 年版。

〔5〕吴世昌《我怎样写红楼梦探源》，《红楼梦探源外编》，上海古籍出版社 1960 年版。

〔6〕夏志清《中国古典小说导论》，安徽文艺出版社 1988 年版。

〔7〕引自《遁入虚无——评博尔赫斯的选择》，2002 年 3 月 13 日《中华读书报》17 版。

〔8〕这是脂砚斋透露的曹雪芹笔下宝玉悼黛玉及出家情节。

〔9〕贾珍和秦可卿在逗蜂轩“爬灰”为两个丫鬟发现的推测，脂评提供了线索，吴世昌《红楼梦探源》做过分析。

〔10〕据脂评透露的曹雪芹构思，贾府被抄与石呆子扇、王熙凤受贿害死人命有关，故熙凤先被贬为婢妾扫雪拾玉，后被休，“哭向金陵事更哀”。

〔11〕根据明清两代制度，妇女据丈夫官衔受封，四品官之妻称“恭人”，五品官之妻

称“宜人”，贾珍为秦氏立“恭人”灵位为僭越。

〔12〕 从甄士隐家火灾的脂评和前八十回马棚失火等伏笔可推测，贾府被抄后又遭受了火灾。

〔13〕 语出洪秋蕃《红楼梦抉隐》，见一粟编《红楼梦卷》第一册。

〔14〕 语出庚辰本脂评，全句为“大观园系玉兄与十二钗之太虚玄境”。

〔15〕 《脂砚斋重评石头记》庚辰本夹批曰：“宝玉为诸艳之贯”，“于怡红总一园之看”。宋淇先生认为“看”、“贯”应为“首”、“冠”。此论出自宋淇《论大观园》，详见宋淇《红楼梦识要》，中国书店 2000 年版。

〔16〕 何其芳先生首先提出前八十回可分四部分的分析，详见人民文学出版社《论红楼梦》，1956 年版。

〔17〕 “情榜”定金陵十二钗后的副册、又副册名单是曹雪芹的构思。

〔18〕 根据曹雪芹构思，贾府败落后，巧姐被狠舅奸兄卖进妓院，为刘姥姥所救，后跟板儿结婚，成为自食其力的农村妇女。

〔19〕 石头是电影摄影师，贾宝玉是主演的说法，由胡菊人提出，详见 1979 年台湾远景出版社《小说技巧》一书。

〔20〕 马力《从叙述手法看“石头”在〈红楼梦〉中的作用》，见《红学耦耕集》，文化艺术出版社 2000 年版；蔡义江《石头的职能和甄贾宝玉》，见《蔡义江论红楼梦》，宁波出版社 1997 年版。

〔21〕 高明著、钱南扬校《琵琶记》，上海古籍出版社 1980 年版。

〔22〕 汤显祖《牡丹亭》，人民文学出版社 1963 年版。

〔23〕 亨利·詹姆斯《小说的艺术》，上海译文出版社 2001 年版。

〔24〕 蒲松龄《聊斋志异》，齐鲁书社 2000 年版。

〔25〕 关于林黛玉眉目的描写，各种脂评本中，以列宁格勒藏本最为贴切，今据列藏本。

第五讲

《红楼梦》的意蕴

叶　朗

大家都知道，自从有了《红楼梦》，就有人研究《红楼梦》，二百多年来，研究的人越来越多，形成了一门专门的学问，叫做“红学”。近二十年，国内研究《红楼梦》的论文和专著更如雨后春笋，多不胜数。一部《红楼梦》，说了二百多年，又有那么多人在说，难道还没有说完吗？

没有。因为《红楼梦》是说不完的。

前几年我写过一篇短文，题目就叫《说不完的〈红楼梦〉》。我在那篇短文中说，文学艺术作品的内容，我们一般称之为“意蕴”，而不称之为“意义”。“意义”（理论作品的内容）是确定的，因而是有限的；“意蕴”则带有某种程度的宽泛性、不确定性和无限性。“意义”必须用逻辑判断和命题的形式来表达，“意蕴”却很不容易用逻辑判断和命题的形式来表达。“意义”是逻辑认识的对象，“意蕴”则是美感（审美感兴、审美领悟、审美体验）的对象。换句话说，“意蕴”只能在欣赏作品时感受和领悟，而很难用逻辑判断和命题的形式把它“说”出来。如果你一定要“说”，那么你实际上就把“意蕴”转变为“意义”了，而作品的“意蕴”总会有部分的改变或丧失。但是，这并不是说，对文学艺术作品就不能“说”，否则评论家就不能存在了。事实上，在文学艺术的评论和研究工作中，差不多人人都在用逻辑判断和命题的形式来对作品进行阐释，人人都力图把作品的“意蕴”说出来。而且，这种“说”，如果“说”得好，对读者会有很大帮助，就像有人称赞金圣叹的《水浒传》评点、《西厢记》评点所说的那样，可以“开后人无限眼界，无限文心”。因此，阐释是不可避免的，也是有价值的。但是，当我们这样做的时候，我们应该记得两点：第一，你用逻辑判断和命题的形式所说出来的东西，说得再好，也只能是作品“意蕴”的一种近似的概括和描述，这种概括和描述与作品的“意蕴”并不是一个东西；第二，一些伟大的文学艺术作品，如《红楼梦》，意蕴极其丰美，“横看成岭侧成峰”，一种阐释往往只能照亮它的某一个侧面，而不可能穷尽它的全部意蕴。因此，对这类作品的阐释，就可以无限地继续下去。西方人常常说：说不完的莎士比亚，我们中国人也可以说：说不完的《红楼梦》。

正因为这个原故，所以尽管从脂砚斋以来（脂砚斋可以说是第一位“红学家”），已经有许许多多人（其中包括王国维、蔡元培、胡适、俞平伯这样一些大学者）对《红楼梦》做了阐释，我们今天还可以继续对《红楼梦》进行阐释，对《红楼梦》还可以继续说下去。

我认为，《红楼梦》的意蕴大致可以分析为三个层面。

第一个层面，是《红楼梦》以前所未有的广度和深度真实地反映了清代前期的社会面貌和人情世态。小说描写了贾府内部和外部的社会关系、经济关系、政治关系、家族关系，描绘了各种各样的人物，极为真实，极为深刻，在读者面前展现了社会生活的广阔的图景。这在中国小说史上是空前的。大家知道，中国过去的长篇小说，一种是神魔小说（如《西游记》），一种是英雄传奇（如《水浒传》），一种是历史演义（如《三国演义》）。到了《金瓶梅》，出现了一个转折。《金瓶梅》是通过描绘一个家庭的日常生活状况，真实地反映了当时的社会生活，张竹坡（清代的小说评点家）称之为“市井文字”，鲁迅称之为“人情小说”、“世情小说”。张竹坡说：“作《金瓶》者，必曾于患难穷愁、人情世故一一经历过，入世最深，方能为众脚色摹神也。”《红楼梦》的作者曹雪芹正是如此。他继承了《金瓶梅》这种路线，但是他又有一个大的飞跃,把中国古典小说推上了登峰造极的境界。这一个层面,我们国内研究《红楼梦》的学者过去谈得比较多。例如过去(从20世纪50年代到80年代)很多学者所说的"《红楼梦》是四大家族的兴衰史"、"《红楼梦》是封建末世的形象历史"、"《红楼梦》是中国封建社会的百科全书"等等,都是说的《红楼梦》的这个层面。《红楼梦》确有这个层面。当然,当时有一些绝对化的说法,如说《红楼梦》是一部"政治历史小说",《红楼梦》是"借情言政"等等,是不符合《红楼梦》的实际状况的。但是,如果否认《红楼梦》有这个层面,也是不符合实际的。《红楼梦》之所以伟大,它的意蕴中有这个层面,是一个重要的(不是全部)原因。

前些年我们国内拍了电视连续剧《红楼梦》,又拍了多集的电影《红楼梦》。把文学作品改编为电影或电视,也可以看做是对文学作品的一种阐释。就《红楼梦》的这一个层面来说,我以为电视连续剧和电影《红楼梦》都是表现得比较充分的。

因为这一个层面过去谈得比较多,我就不多谈了。

《红楼梦》意蕴的第二个层面,是《红楼梦》的悲剧性。大家都承认《红楼梦》是一部伟大的悲剧,但是《红楼梦》的悲剧性是什么,学者们(红学家)却有不同的看法。我认为,《红楼梦》的悲剧性并不在于贵族之家(贾府或四大家族)的衰亡(由盛到衰)的悲剧,也不简单在于贾宝玉、林黛玉两人的爱情悲剧,而是在于作家曹雪芹提出一种审美理想,而这种审美理想在当时的社会条件下必然要被毁灭的悲剧。简单一点儿也可以说是美的毁灭的悲剧。

什么是曹雪芹的审美理想?这要联系到明代大戏剧家汤显祖,因为曹雪芹的审美理想就是从汤显祖那里继承下来的。

汤显祖(1550—1616)的美学思想的核心是一个"情"字。汤显祖讲的"情",和古人讲的"情",内涵有所不同。它包含有突破封建社会传统观念的内容,就是追求人性解放。汤显祖自己说,他讲的"情"一方面和"理"(封建社会的伦理观念)相对立,一方面和"法"(封建社会的社会秩序、社会习惯)相对立。他认为"情"是人人生而有之的(人性),它有自己的存在价值,不应该用"理"和"法"去限制它、扼杀它。所以,汤显祖的审美理想就是肯定"情"的价值,追求"情"的解放。汤显祖把人类社会分为两种类型:有情之天下、有法之天下。他追求“有情之天下”。在他看来,“有情之天下”就像春天那样美好,所以追求春天就成了贯穿汤显祖全部作品的主旋律。他写的《牡丹亭还魂记》中塑造了一个“有情人”的典型——杜丽娘。剧中有一句有名的话,“不到园林,怎知春色如许?”就是要寻找春天,但是现实社会不是“有情之天下”而是“有法之天下”,现实社会没有春天,所以要“因情成梦”,更进一步还要“因梦成戏”——他的戏剧作品就是他的强烈的理想主义的表现。

曹雪芹深受汤显祖的影响,其美学思想的核心也是一个“情”字。他的审美理想也是肯定“情”的价值,追求“情”的解放。曹雪芹在《红楼梦》开头就说过,这本书“大旨谈情”。

曹雪芹要寻求“有情之天下”,要寻求春天,要寻求美的人生。但是现实社会没有春天,所以他就虚构了、创造了一个“有情之天下”,这就是大观园。

大观园是一个理想世界,也就是“太虚幻境”。这一点,脂砚斋早就指出过,当代许多研究《红楼梦》的学者(如俞平伯、宋淇、余英时)也都谈到过。“太虚幻境”是一个“清净女儿之境”,是“孽海情天”。大观园也是一个女儿国(除了贾宝玉),是一个“有情之天下”。大家读《红楼梦》都记得,第六十二回写湘云喝醉了酒,包了一包芍药花瓣当枕头,在山石僻静处一个石凳子上睡着了,四面芍药花飞了一身,满头脸衣襟上皆是红香散乱,扇子掉在地下也埋在落花堆中,一群蜜蜂蝴蝶围着她飞,口内还作睡语说酒令,“泉香而酒冽,玉碗盛来琥珀光,直饮到梅梢月上,醉扶归,却为宜会亲友”。还有第六十三回,写怡红院“群芳开夜宴”,大观园的少女们聚在怡红院内为宝玉做寿,喝酒,行酒令,唱小曲,最后都喝醉了,横七竖八睡了一地。第二天袭人说:“昨儿都好上了,晴雯连臊也忘了,我记得她还唱了一个。”四儿笑道:“姐姐忘了,连姐姐还唱了一个呢。在席的谁没唱过!”众人听了,都红了脸,用两手握着笑个不住。那是一个春天的世界,是美的世界,是诗的世界,那里处处是对青春的赞美,对“情”的赞美,总之是对少女的人生价值的肯定和赞美。大观园这个有情之天下,好像是当时社会中的一股清泉,一缕阳光。小说写宝玉在梦中游历“太虚幻境”时曾想到,“这个去处有趣,我就在这里过一生,纵然失去了家也愿意”。现在搬进大观园,可以说是实现了宝玉的愿望,所以他“心满意足,再无别项可生贪求之心力”。大观园是他的理想世界。

但是这个理想世界，这个“清净女儿之境”，这个“有情之天下”，被周围的恶浊世界（汤显祖所谓“有法之天下”）所包围，不断受到打击和摧残。大观园这个春天的世界，一开始就笼罩着一层“悲凉之雾”，很快就呈现出秋风肃杀、百卉凋零的景象。林黛玉的两句诗：“一年三百六十日，风霜刀剑严相逼”，不仅是写她个人的遭遇和命运，而且是写所有有情人和整个有情之天下的遭遇和命运。在当时的社会，“情”是一种罪恶，“美”也是一种罪恶（晴雯因为长得美，所以被迫害致死）。贾宝玉被贾政一顿毒打，差一点打死，大观园的少女也一个一个走向毁灭：金钏投井，晴雯屈死，司棋撞墙，芳官出家……直到黛玉泪尽而逝，这部“千红一窟（哭）”、“万艳同杯（悲）”的伟大交响乐的音调层层推进，最后形成了排山倒海的气势，震撼人心。“冷月葬花魂”，是这个悲剧的概括。有情之天下被吞噬了。

脂砚斋说，《红楼梦》是“让天下人共来哭这个‘情’字”。他把《红楼梦》的悲剧性和“情”联系在一起，是很深刻的。

为了表现这个悲剧性的主题，曹雪芹创造了一系列有情人的典型。最突出的是贾宝玉、林黛玉，当然还有尤三姐、司棋等等。中国小说最后都喜欢有一个“榜”（《封神榜》、《西游记》）。据脂砚斋的批语（署名“畸笏叟”）说，《红楼梦》最后有个“情榜”，就是对每个人都用“情”这个标准来评价一下，每个人都有一句评语。林黛玉的评语是“情情”，贾宝玉的评语是“情不情”。这两个人都是有情人的典型，但有区别。林黛玉的情是专注的，就是两人性情相投，你对我有情，我对你有情，这叫“情情”。而贾宝玉的情是普泛的，是一种“大爱”。大观园中的少女，不管对他是否有情，他都是用一种平等的态度，给予友情、同情和体贴。甚至对花草树木他也是如此。所以脂砚斋说他是“绝代情痴”。有的研究者说他是“情之圣者”。

《红楼梦》中一系列情节、细节描写，都是为了刻画这两位（以及其他许多）有情人的典型，最后都是为了表现我们前面说的那个悲剧性的主题。

但是电视剧《红楼梦》的编导没有很好地把握《红楼梦》的悲剧性这个层面，所以许多在小说中本来包含丰富意蕴的情节，电视剧把它们照原样搬到电视屏幕上，但是它们的意蕴被抽掉了，没有意思了。

我举一个例子。《红楼梦》中有这么一个情节，有一次，贾宝玉在宁国府吃饭,他突然想起,有间房子里有张美人图,现在大家在这里吃饭,这个美人一定会感到寂寞,“须得我去看望安慰她一番”(这就是“情不情”)。想到这里,他就溜下饭桌,一个人走到那间房间。到了门口,听到里面有女孩的声息。他吃了一惊,想:难道这美人真的活了不成。推开门一看,原来是他的跟班小厮在和宁国府的一个丫鬟调情,被他撞见了。当然这两个人吓得要死,这是犯了天大的罪。这时小说写,贾宝玉一跺脚说:“还不快跑。”那丫鬟被他这一提醒,赶紧跑了。贾宝玉又喊:“你放心,我不会告诉人的!”那个小厮急着说:“你这一喊,不就告诉人了吗?”接下来,贾宝玉问这个小厮,这女孩多大岁数了,那小厮说不知道。贾宝玉大为恼火,说:“可见她白认识你了。”这是一个十分典型的情节,它表明,在贾宝玉看来,这两个人调情是可以原谅的,但是你既然和她这么好,却连她多大岁数也不知道,这是不能原谅的。这就是“绝代情痴”的表现。但是,到了电视剧里,这些意蕴都没有了。观众只见贾宝玉一脚踢开门,把这两个人撞散。这个情节是什么意思?不知道。最多只是说,这是表现贵族之家的糜烂,乱七八糟(只有两个石狮是干净的)。这样来阐释,就把本来包含有深刻意蕴的作品搞得很肤浅了。

以上说的是《红楼梦》意蕴的第二个层面。

《红楼梦》意蕴的第三个层面,是《红楼梦》处处渗透着作家曹雪芹对整个人生的很深的感悟,一种哲理性的感悟、感兴、感叹。它引导读者去体验整个人生的某种意味,这就是《红楼梦》的意境。这是《红楼梦》意蕴中的哲理性(形而上)的层面,是一个最高的层面,也是一个不被人注意的层面。

《红楼梦》的人生感悟表现为互相联系的两个方面,一个是对人生(生命)终极意义的追问,一个是对命运的体验和感叹。

人的个体生命是有限的,而宇宙是无限的。那么,人这种有限的生命存在的意义何在呢?这是自古以来哲学家们思考的问题。孔子就感叹说:“逝者如斯夫,不舍昼夜!”《庄子》也感叹说:“人生天地之间,若白驹之过隙,忽然而已”(《知北游》)。

与此相联系的,是人的命运。所谓“命运”,就是作为个体的人所无法支配的。一个人的出生,自己能选择和支配吗?一个人的爱情、婚姻、事业、成就等等,个人可选择的余地也很小,从总体上说是由许许多多个人无法选择的因素所决定的。《红楼梦》中的一支曲子《枉凝眉》中有两句:“若说没奇缘,今生偏又遇着他;若说有奇缘,如何心事终虚化?”“缘”本身就是一种命运。

读《红楼梦》,我们都会感受到小说中渗透着对人的有限生命和人的命运的最深沉的伤感,它像一声悠长的叹息,使整部小说充满了忧郁的情调。正是这种叹息,这种忧郁,使《红楼梦》弥漫着浓郁的诗意。

这种人生感悟集中体现在小说的两位主人公贾宝玉和林黛玉的身上。贾宝玉和林黛玉就是两位对生命和命运最敏感、体验最深刻的人物。他们常常惆怅、落泪。但他们的惆怅、落泪不仅仅是感叹他们两人爱情生活的不幸,而是出于对生命、人生、存在的一种带有形而上意味的体验。

读过《红楼梦》的人都知道,贾宝玉有一个神话的背景。他起初是女娲补天时一块被遗弃的石头。这意味着贾宝玉这个存在是一种被抛弃的结果。被谁抛弃?被“天”抛弃。“天”是无限,是永恒。被“天”抛弃,意味着脱离无限和永恒而掉进了一个短暂的、有限的人生。这就是所谓“幻形入世”,是作者在小说一开始就给予贾宝玉的形而上的起点。

当一僧一道表示要带这块被遗弃的“石头”到“温柔富贵之乡”去走一遭的时候,这块“石头”听了大喜,表明他是非常急切地渴望入世了。但一旦入世,他又和他所处的那个世界格格不入。虽然在现实世界中,他在某种意义上是这个贵族之家的核心:他深受贾母和王夫人的宠爱,是众人关注的中心。但是在他最深层的意识中,他感到这个世界是他存在的暂时形态。那一僧一道说的“乐极生悲,人非物换,到头一梦,万境归空”这十六个字深埋在他心中。所以小说写他经常“闷闷的”,或突如其来地感到“厌倦”,感到“不自在”,“这也不好,那也不好”。这种情绪正提示出现在这种存在对他是一种负担。即便是他处在与姐妹们的温情之中,也仍然不能消除他对生命、对命运的忧患。他的情总是带着一种忧郁的调子,带着对未来(“到时候……”)的恐惧与忧虑,带着“何处是归程”的忐忑不安。例如下面这些话便是表达这种忧患的典型话语:

……只求你们看守着我,等我有一日化成了飞灰——飞灰还不好,

> 灰还有形有迹，还有知识的！等我化成了一股青烟，风一吹就散了的时候，你们也管不得我，我顾不得你们了，凭你们爱到那里去那里去完了(第十九回)。
>
> 活着，咱们一处活着，不活着，咱们一处化灰，化烟，如何？(第五十七回)
>
> 比如我此时若果有造化，该死于此时的，趁你们在，我就死了，再能够你们哭我的眼泪流成大河，把我的尸首漂起来，送到那鸦雀不到的幽僻之处，随风化了，自此再不托生为人，就是我死的得时了(第三十六回)。

这些都是关于未来、关于死亡的话语。未及弱冠的宝玉对死亡有着强烈的自觉，这与他入世之际的“大喜”形成多么鲜明的对照！

他对死亡有着强烈的恐惧，因为那意味着“美人迟暮”，意味着“桃花乱落如红雨”，意味着他和他钟爱的姐妹们的分离，意味着有情世界的毁灭；同时他对死亡有着某种渴望，因为死亡可以使他摆脱短暂、有限、痛苦的人生，回到无限和永恒。他为自己设计了一个富有诗意的死亡：他所钟爱的女儿们的眼泪流成大河，把他的尸首漂起来，送到那鸦雀不到的地方，随风化了。这便是他向往的归宿，所谓“死的得时”。从此，他“再不托生为人”。为什么再不托生为人？因为人有形迹，有知识，是一个短暂的存在。而按照他设计的这种死亡，化成了一股轻烟，随风吹散，不就是得到了永恒吗？宝玉曾有一偈，末尾说：“无可云证，是立足境。”黛玉给他续了两句：“无立足境，是方干净。”化为轻烟，随风吹散，就是这种干净的境界了。就这样，恐惧与渴望，爱情与死亡，在贾宝玉的内心相碰撞，发出巨大的声响。这个被抛到人世间的“石头”，这个孤独的“情种”，他时时刻刻都摆脱不了对于人生和命运的形而上的思考和体验，所以他的内心充满了忧伤。就是最热闹的场合，他的心头也会袭来一阵悲凉。例如第二十八回，贾宝玉、薛蟠等人在冯紫英家喝酒玩闹，那是一个乱哄哄的场面，但是贾宝玉唱的《红豆曲》却充满了惆怅，充满了忧伤：

滴不尽相思血泪抛红豆，开不完春柳春花满画楼，睡不稳纱窗风雨黄昏后，忘不了新愁与旧愁。咽不下玉粒金莼噎满喉，照不见菱花镜里形容瘦。展不开的眉头，捱不明的更漏。呀！恰便似遮不住的青山隐隐，流不断的绿水悠悠。

就是春天的一棵大杏树，也会触发贾宝玉人生无常的感叹。《红楼梦》第五十八回，写宝玉病了一段时候，病好了，他就想去看望黛玉。小说是这么写的：宝玉从沁芳桥一带堤上走来，“只见柳垂金线，桃吐丹霞，山石之后，一株大杏树，花已全落，叶稠阴翠，上面已结了豆子大小的许多小杏。宝玉因想道：‘能病了几天，竟把杏花辜负了！不觉到“红叶成阴子满枝”了！’因此仰望杏子不舍。他又联想到邢岫烟（大观园中一个女孩）已择了夫婿一事，虽说是男女大事，不可不行，但未免又少了一个好女儿，不过两年，便也要‘绿叶成阴子满枝’了”。这就是一种人生感，一种对时间和生命的忧患，也就是人生无常的感叹。这一段描写，诗的味道很浓。作者把苏东坡的词“花褪残红青杏小”、杜牧的诗“狂风落尽深红色，绿叶成阴子满枝”加以融化，融进贾宝玉对人生的哲理性感受之中，从而创造了一个新的意境。读者读到这里，也会和贾宝玉一样，忽忽若有所失，如羁旅之思念故乡，感到一种莫名的惆怅。

《红楼梦》的另一位主人公林黛玉同样富于生命的忧患感。她也时刻有一种思念故乡、寻找故乡而找不到的悲伤（“望故乡兮何处？倚栏杆兮涕沾襟”），所以她总是在繁华中感受凄凉。对林黛玉来说，“冷月葬花魂”这句诗昭示着生命的真谛，同时也概括了她对于人生的体验。她的多愁善感，是一种深刻的人生感。生活中的美，不是使她欢乐和陶醉，而是使她伤感，使她五内俱焚，泣不成声。最集中表现她的人生感的当然是她的《葬花词》。这首词的主题是：美、生命、春天都是脆弱的、短暂的、易逝的、无所归依的：“一朝春尽红颜老，花落人亡两不知！”

这就是《红楼梦》的人生感，也是《红楼梦》意蕴的第三个层面。

《红楼梦》意蕴的三个层面是层层递进的。《红楼梦》的人物、情节构成一个历史的、生动的、具体的社会生活画面。这是第一层。作者的审美理想突破这个现实。这是第二层。再进一步,从根本上追问和体验人生的终极意义和价值。这是第三层。

《红楼梦》意蕴的第一个层面和第二个层面(对当时社会生活、人情世态的反映和悲剧性),都是和特定的历史时代相联系的,但又超出一定的历史时代。它写出了不同时代的人所共有的体验和感受,这是艺术作品中带有永恒性的东西。

《红楼梦》意蕴的这三个层面是互相联系的。第一个层面和第二个层面有联系:《红楼梦》的悲剧性在于作家提出的审美理想在当时社会环境中必然要被毁灭;正是当时那个时代和社会生发了这个理想,又毁灭了这个理想。第二个层面又和第三个层面有联系:"情"的悲剧,往往不仅是时代的悲剧,而且是人生的悲剧。再合理的社会,也不可能使一切有情人都成眷属。悲剧上升到人生的悲剧,就有了形而上的味道。人们都追求春天,但是春天是短暂的。人生的归宿在哪儿?"天尽头,何处有香丘?"这就是对于人生终极意义的追问。在贾宝玉、林黛玉的身上,这两个层面结合得很紧。第一个层面和第三个层面也是有联系的。第一个层面写得深刻了,也会上升到第三个层面:从一个封建贵族大家庭的盛衰兴亡、悲欢离合、世态炎凉,引导读者去深入体验整个人生的荣枯消长。贾府的由兴到衰,表层看,是社会的、政治的原因,是内内外外的罪恶,是人祸,但从深层看,是不是也是一种不可抗拒的命运的力量?

以上是我对《红楼梦》意蕴的一种很粗糙的阐释。我们开头说过,《红楼梦》是说不完的。我相信,我们中国人对《红楼梦》的阐释,将会一代又一代地继续下去;也正因为这样,《红楼梦》才永远是一部"活"的作品。

第六讲

《红楼梦》与儒道释三教关系

毁僧谤道的小说?
批判礼教的小说?
信崇儒家的小说?
宗本佛道的小说?
以情悟道
警幻归真
情悟双行

龚鹏程

一　毁僧谤道的小说?

《红楼梦》叙述女娲炼石补天时剩下了一颗石头,拜托茫茫大士、渺渺真人携下尘寰;结果历尽离合悲欢世态炎凉,重返青埂峰下,再求空空道人将其所历之事,记去作为传奇。这是它整本书的叙述框架。所有的故事,都发生在这个框架中。因此,这本书跟佛教道教的关系,并不是枝节、片段、缀合的。

何况，此书既名《红楼梦》，又名《石头记》、《金陵十二钗》，亦名《情僧录》。出家的和尚贾宝玉，又被赐道号为“文妙真人”。则这部小说与佛教道教的关系，明白揭示于书名上，谁也不会不晓得。许多论者也因此而认为该书主旨即是为了阐扬佛道示趣，例如“化灰不是痴语，乃道家玄机；还泪不是奇文，是佛门因果。……因色见空，舍此无微妙法；若了便好，要了须了，解此是最上乘。痴和尚看内典，何异穷措大抱高头讲章，那得出头日子？……境虽曰幻，入幻便即是真；津既曰迷，执迷如何能悟？仙姑是大鹘突”（话石《红楼梦真义》），“第一回开首数页抵作者一段自叙文字。‘因空见色’之十六字，可作释教心传之学，全书宗旨如是。《好了歌》透顶醒心，读之如冷水浇背”（张其信《红楼梦偶评》）等说法。在《红楼梦》的评论中，是非常常见的。

但，如此简易明白之事，稍一推勘，却会发现它似乎又并不那么明白。例如，书中叙述佛教道教之人物与事迹，大体均无崇仰敬爱之意。

第二回《冷子兴演说荣国府》，介绍贾家的祖宗八代，就批评贾家历来的道教信仰。说宁国公故世后，贾代化袭官，长子早夭，次子贾敬，“如今一味好道，只爱烧丹炼汞，余者一概不在心上”、“一心想做神仙，……不肯回原籍来，只在城中城外和道士们胡羼”。这样的叙述口气，显然对烧丹之事甚不以为然。

据第十回说，贾敬生日，贾府人等准备为他祝寿，他不肯，只希望能把他注解的《阴骘文》刻印出来。依书中所记，贾府似乎也没人理会他这个要求。

第十三回，秦可卿卒，“那贾敬闻得长孙媳死了，因自为早晚就要飞升，如何肯又回家染了红尘”，故亦置若罔闻。可是，不旋踵，他自己倒是因炼丹而先死了。第六十三回《寿怡红群芳开夜宴　死金丹独艳理亲丧》记尤氏等人去城外玄真观验尸，大家“素知贾敬导气之术总属虚证，更至参礼斗、守庚申、服灵砂、妄作虚为，过于劳神费力，反因此伤了性命。如今虽死，肚中坚硬似铁，面皮嘴唇烧灼得紫绛皱裂”。知他乃吞金服砂，烧胀而死；同时也非常清楚他是虚作妄为而死的。可见平时大家只是不理他，由他去瞎胡闹而已。

这是对刻注善书和修炼金丹道术的批评。第八十回写《王道士胡诌妒妇方》、第二十五回写《魇魔法姐弟逢五鬼　红楼梦通灵遇双真》等等，则是对法术的批评。天齐庙道士王一贴号称膏药灵验，谈疗妒之方，则纯是胡扯，不必具论。且说荣国府赵姨娘想除去王熙凤、贾宝玉，找了马道婆来施法。其法是剪两个纸人，写上王熙凤、贾宝玉两人的年庚、八字，用钉钉了。王、贾两人便日渐疯魔。这个法术是自古流传、民间常见的。但作者对它其实不甚明了，因此内容讲的是魇魔法，标题却说是"逢五鬼"。不知魇魔法依据的是拟似巫术，把人名及生辰写在纸上，这纸人便拟似那个真人了；拿针去扎纸人，或把另外五张蓝纸剪成的青面鬼跟纸人并在一块，就类如真用利器刺伤了该人内腑四肢，或真让其人跟鬼魅并处了。第八十回讲金桂故意用纸人扎针的事来诬害香菱，也是这个法术。巫术中讲的五鬼术，却大多不是指这一类，而是说"五鬼搬运"等法术。故题云"魇魔法姐弟逢五鬼"，易滋误会。施魇魔法，基本上也不必用蓝纸铰五个青面鬼去并在一处。作者大概只是闻知有此魇魔之法，故借此形容赵姨娘忮刻之情及愚昧之状罢了，意不在宣扬此类法术，其旨甚明。

第四回《薄命女逢薄命郎　葫芦僧乱判葫芦案》又批评扶乩。说薛蟠打死小乡宦冯渊，冯家人告到贾雨村堂上，门子替他出馊主意道："老爷只说能扶鸾请仙，堂下设下乩坛，令军民人等只管来看。老爷就说：'乩仙批了，死者冯渊与薛蟠原因夙孽相逢，今狭路既遇，原应了结。……'小人暗中嘱拐子，令其实招。家人见乩仙批语与拐子相符，余者自然都不虚了。"以此为扶乩，显然也说明了作者认为所谓扶鸾乩仙都是骗人的。

施弄道教方术者既多如此，持术者便亦不值得敬重了。第二十五回护花主人评曰："凤姐之铁槛寺弄权，是净虚尼说合。赵姨娘之给衣物魇魔，是马道婆作法。三姑六婆，为害不浅"，即指此事。

三姑六婆中，尚有一修道人妙玉。号"槛外人"。但青山山农《红楼梦广义》说她："外似孤高，内实尘俗。花下听琴，反失来路。情魔一起，而蒲团之趺坐，尽弃前功。内贼炽，斯外贼乘之耳。"可见亦非真能令人敬爱者。其余如水月庵的姑子智通、地藏庵的姑子圆心、馒头庵的尼姑净虚，就更不用说了。

第一〇二回另载《宁国府骨肉病灾祲　大观园符水驱妖孽》，写尤氏从园中回家后染病，贾蓉建议请南方人毛半仙来占卦。结果算了老半天，得了个未济卦，说此乃魄归魂化，先忧后喜，不妨事之征云云。这种信口雌黄式的占卦人形象，以及该回大段描写毛半仙设坛作法，以法水符箓驱邪降妖等事，亦皆是因作者不甚信重术士才创造出来的。

第一一七回又记邢大舅子在贾家喝酒与贾蔷等人说笑，讲了一个玄帝庙老是被盗，仿土地庙建了一堵墙以防贼，不料仍被盗，原来砌的乃是“假墙”的故事。酒话闲耍，竟开起玄武大帝的玩笑来，则作者对神灵也就不甚恭谨了。此不也可以见到他对道教神祇的态度吗？

凡此等等，均可证作者对佛道教并无特别崇信敬畏之处。而书中所叙，贾府中这类佛道人物与法术，既如此不堪，宝玉对僧道及宗教事务当然也就不会有真正崇仰敬重之心理。小说第三十六回记宝玉在梦中骂，说：“和尚道士的话如何信得？什么金玉姻缘？我偏说木石情缘。”似乎宝玉在潜意识中即颇有反抗僧道的态度，现实生活上则更是。

第十九回记袭人劝宝玉：“再不可毁僧谤道，调脂弄粉”，即足以证宝玉平日正是毁僧谤道的。

这一回载贾珍请大伙儿去看戏，宝玉也跑过去看。“谁想贾珍这边唱的是《丁郎认父》、《黄伯央大摆阴魂阵》，更有《孙行者大闹天宫》、《姜子牙斩将封神》等类的戏文，倏尔神鬼乱出，忽又妖魔毕露。……宝玉见繁华热闹到如此不堪的田地，只略坐了一坐，便走开各处闲耍。”则又证明了宝玉对神鬼仙佛妖魔杂出之境的嫌厌。

而有趣的，是宝玉这下走出闲逛，却恰巧撞见了书僮茗烟按住了一个女孩儿正在苟合。那女孩竟然名叫“卍儿”。卍是佛教的代表符号，意为吉祥万德所集。佛陀造像，多在胸前着一卍字。这个女孩在书中并无其他作用，只在此惊鸿一现，显见作者刻意以圣德为名之女，行苟且淫乱之事，借此揶揄反讽之。

由这些事例来看，我们还能说《红楼梦》是亲近佛道的小说吗？

二　批判礼教的小说？

那么，《红楼梦》会是宣扬或具有儒家思想的作品吗？

历来实有不少人如此认为。例如张新之的《妙复轩评本》就非常强调这一点，他说："石头记乃演性理之书，祖《大学》而宗《中庸》，故借宝玉说：'明明德之外无书'，又曰：'不过《大学》《中庸》'。是书大意阐发《学》《庸》，以《周易》演消长、以《国风》正贞淫、以《春秋》示予夺、《礼经》《乐记》融会其中。《周易》《学》《庸》是正传《红楼》，窃众书而敷衍之是奇传，故云'倩谁记去作奇传？'胡氏曰：'孔子作《春秋》，常事不书，惟败堂反理乃书于策，以训后世，使正其心术，复常循理，交适于治而已'，是书实窃此意。……通部《红楼》，只《左氏》一言概之曰：'讥失教也'"（《红楼梦读法》）。

此外，鸳湖月痴子在《妙复轩评石头记序》中说："闲人之评，并能括出命意所在。不啻亲造作者之室，日接作者之席，为作者宛转指授，而乃于评语中为之微言之、显揭之、罕譬曲喻之。似作者无心于《大学》，而毅然以一部《大学》为作者之指归，作者无心于《周易》，而隐然以一部《周易》为作者之印证。使天下后世直视《红楼梦》为有功名教之书，有裨学问之书，有关世道人心之书，而不敢以无稽小说薄之"（《妙复轩评石头记·卷首》）。

孙桐生在《妙复轩评石头记叙》中也说："……自得妙复轩评本，然后知是书之所以传、传以奇。是书之所以奇，实奇而正也。如含玉而生，实演明德；黛为物欲，实演自新。此外融会四子六经，以俗情道文言，或用借音，或用设影，或以反笔达正意，或以前言击后语。尤奇者，教养常经也，转托诸致祸蔑伦之口，仙释借径也，实隐辟异端曲学之非。就其浅，可以化愚蒙；而极其深，可以困贤智。本谈情之旨，以尽复性之功，彻上彻下，不独为中人以下说法也。至其立忠孝之纲，存人禽之辨，主以阴阳五行，寓以劝惩褒贬，深心大义，于海涵地负中自有万变不移、一丝不紊之主宰，信乎其为奇传也"（《绣像石头记红楼梦·卷首》）。

此类以儒学之旨来解释《红楼梦》的人，诚然亦有所见。但更多的人却指出此书批判的对象正是封建礼教，或者说此书显示的思想及内容恰好与封建礼教相悖。

《红楼梦》面世后不久，便有此说。梁恭辰自谓："《红楼梦》一书，诲淫之甚者也。……以开卷之秦氏为入情之始，以卷终之小青为点睛之笔。摹写柔情，婉娈万状，启人淫窦，导人邪机。自是而有《续红楼梦》《后红楼梦》《红楼后梦》《红楼重梦》《红楼幻梦》《红楼圆梦》诸刻，曼衍支离，不可究诘。评者尚嫌其手笔远逊原书，而不知原书实为万阶，诸刻特衍诲淫之谬种。……我做安徽学政时，曾经出示严禁，而力量不能及远，徒唤奈何！有一庠士擅才笔，私撰《红楼梦节要》一书，已付书坊剞劂。经我访出，曾递其衿、焚其板，一时观听，颇为肃然。惜他处有仿而行之者。那绎堂先生亦极言：'红楼梦一书为邪说诐行之尤'"(《北东园笔录》四编卷四)。

其实不止安徽，各省均有禁例。禁之之故，则因此类笔墨破坏了良序善俗，"一二人导之而立萌其祸，风俗与人心相为表里。近来兵戈浩劫，未尝非此等逾闲荡检之说默酿其殃"(同治七年江苏省藩政《查禁淫词小说例》)，会危害到统治。

这亦并非官员们的偏见，据李慈铭说："凡智慧痴骙，被其陷溺，因之茧葬艳乡者，不知凡几，故为子弟最忌之书。予家素不畜此"(《越缦堂日记补》，庚集下，咸丰十年八月十三日)。可见这是一般世家大族的普遍看法。张新之、王希廉等人之评本，之所以会刻意强调《红楼梦》是不悖名教，甚且是正面宣扬儒家思想的，应该要放到这个社会脉络中来看。正因社会上有强大的批判声音，指责《红楼梦》破坏了儒家纲常礼教的价值，所以才会有这样一批人由"此书其实乃阐扬儒家伦理价值之作"这个角度去替它争地位。

到了清末民初，革命思潮兴起，情况便截然不同了。论者由批判传统社会的专制政体、家庭组织、礼教伦常出发，自然就要对那早期被斥为悖逆了礼教的《红楼梦》另眼看待了。昔人以为病者，今则适以为美，如季新云：

> 夫专制之组织，已足逼人为不孝不慈不友不悌之人；而礼教之维系，更是强人为假慈假孝假友假悌之人。坐是之故，家人父子之间，不讲心理，惟讲面子。无论其如父不父、子不子、兄不兄、弟不弟，但使于面子演孝慈友悌之态，即怡然可见人，而人亦群以知礼目之。相习成

风，成为中国之家庭。……今读红楼梦，见其父子叔侄兄弟姐妹之间、姑媳妯娌之间、宗族戚串之间，纷纷然相倾相轧，相攘相窃，加膝堕渊之态，袗臂夺食之技，极残忍、极阴鸷、极诡谲、极愁惨；鬼谷之捭阖，不足喻其险，孙吴之兵法，不足拟其诈；战国之合纵连横，不足比其乱。使人伤心惨目，掩卷而不欲观。然其外则彬彬然诗礼之家也，周旋揖让，熙熙然光风霁月之象也。呜呼！吾不得不叹专制组织能逼人为不慈不孝不友不悌之人，如是其甚也；吾尤不得不叹礼教之维系能强人为假孝假慈假友假悌之人，更如是其甚也。今试举一端以明之：贾珍、贾蓉之居贾敬之丧也，寝苫枕块，俨然孝子，而聚麀之行，公然为之而不恤。此犹曰狗彘之徒不足齿也。贾赦夫妇之事贾母，于表面无甚失礼；然其心恨老厌物之不速死，昭然如见也。此犹曰彼二人者固非人望所归也。贾政夫妇若能尽孝矣，然其声音容貌之间，非有至情至性足以使人感动，不过循礼而已。其心以为吾循其礼，乃可以为完全人，吾惟循礼，乃可以为子孙之法式，至其恋慕之心，固漠然也。此犹曰彼龌龊者不足以语此也。若凤姐者，承欢色笑，宜若能尽妇道者矣，然其心但以能博老祖宗之欢喜，为一己之颜面上之光荣，益得以遂其揽权专制之志云尔（1915，《小说海》，一卷一至二号）。

认为《红楼梦》暴露了中国专制政体及虚伪礼教集中地（家庭）中的种种丑态，又歌颂了自由恋爱的价值，故具有颠覆中国专制政权、家庭组织及礼教伦理的重大意义。这种看法，迄今仍有许多支持者。谈《红楼梦》的人，就此而发挥者甚多，但大旨实不脱上文所引这几句话。

为什么清朝政府要禁《红楼梦》，为什么批判封建专制礼教者要引《红楼梦》为同道之先声？此不正因此书确有不少悖于儒者之说处吗？贾宝玉批评读儒书考科举的人是“国贼禄鬼”、走进有“世事洞明皆学问，人情练达即文章”对联的房间便嚷着要出去、号称“诗礼传家”的贾府则只有门口一对石狮子是干净的……这样的文字太多了！看来我们似乎不能跟张新之等人一样，硬要说它是“演理性之书”或宏阐儒家思想之作了。

而且，《红楼梦》与儒家礼教的冲突，不只在它借宝玉、焦大之口说的那几句话，而在它整个重情的态度。清朝政府要禁它，主要就是因它言情诲淫，可是在欣赏者眼中，它重情言情却有极大的价值。因为儒家传统上只讲性理、礼法，情是被压抑的。因此《红楼梦》作为一本"情书"，即有反性理礼法之意，论者对此，往往给予高度赞扬：

> 同人默庵问余曰："《红楼梦》何书也？"余答曰："情书也。"默庵曰："情之谓何？"余曰："本乎心者之谓性，发乎心者之谓情。作是书者，盖生于情，发于情；钟于情，笃于情；深于情，恋于情；纵于情，囿于情；癖于情，乐于情，苦于情；失于情，断于情；至极乎情，终不能忘乎情。惟不忘乎情，凡一言一事、一举一动，无在而不用其情。此之谓情书"（花月痴人《红楼幻梦·自序》）。
>
> 《红楼》以前无情书，《红楼》以后无情书。旷视古今，《红楼》其矫矫独立矣（汪大可《泪珠缘书后》）。
>
> 此风花雪月之情，可为知者道，难与俗人言。……意其初必有一人如甄宝玉者，与贾宝玉缔交，其性情嗜好大抵相同，而其后为经济文章所染，将本来面目一朝改尽，做出许多不可问不可耐之事，而世且艳之羡之。其为风花雪月者乃时时为人指摘，用为口实。贾宝玉伤之，特将真事隐去，借假语村言演出此书（涂瀛《红楼梦论赞》）。
>
> 惟圣人为能尽性，惟宝玉为能尽情。负情者多矣，惟宝玉其谁与归？（同上）

"尽性"是与圣人之"穷理尽性"相对的，"风花雪月之情"又与"经济文章"相对，"世人艳羡"则与"时人指摘"相对，高揭情教，以颉颃于礼教，故汪大可才会说它矫矫独立千古。

不过，也有不少人认为《红楼梦》这种态度也不是孤立的，乃是继承着汤显祖、冯梦龙等人而来。例如冯梦龙编有一部《情史》，又名《情天宝鉴》，其中分列二十四类，含情真、情豪、情痴、情幻、情侠、情灵、情感、情累、情疑、情报、情妖、情秽等。《红楼梦》又名《风月宝鉴》，其中又有"情榜"，显然跟冯梦龙有些关系。而《红楼梦》与汤显祖的渊源就更不用说了。汤显祖、冯梦龙代表着晚明反理学道学的行动，《红楼梦》则是清朝反理学道学的典范。

三 信崇儒家的小说？

然而且慢，《红楼梦》又真的反儒非圣了吗？

第一回，冷子兴演说荣国府时，对贾宝玉颇致讥诮，贾雨村替宝玉辩护，说此类人不可错认为淫魔色鬼，“若非多读书识字，加以致知格物之功、悟道参玄之力者，不能知也”。则宝玉这种人物，岂不是还需要真具儒释道工夫者认可吗？雨村又说天地生人，大仁者应运而生，大恶者应劫而生。大仁者如尧舜禹汤文武周公孔孟董韩周程朱张等，大恶者如蚩尤共工安禄山秦桧等。仁者修治天下，恶者扰乱天下。太平之世，清明灵秀之气，溢而散为甘露和风；残忍乖邪之气，则凝结充塞于深沟大壑之中，偶尔逸出，与灵秀之气相会，则又必赋予人，才能发泄散尽。情痴情种、逸人高士、奇优名娼都属于这一类人。雨村这番话，是对宝玉这类情种人物的理论说明。但依其说，适可见情种人物乃正邪相冲所致，其地位远不能与程伊川、朱熹等仁者相比。

书中其他地方叙及孔孟程朱之处，也绝不轻慢，多是尊崇的。像第三回宝玉、黛玉相见，宝玉引《古今人物通考》为黛玉取了“颦颦”的字，探春笑道：“只恐又是杜撰”，宝玉笑道：“除了《四书》，杜撰的也太多了，偏是我杜撰不成？”第十九回，袭人批评宝玉：“凡读书上进的人，你就起个外号儿，叫人家‘禄蠹’。又说：‘只除了什么“明明德”外就没书了，都是前人自己混编纂出来的。’”第二十八回，大伙儿喝酒，宝玉提议要行酒令，酒令要说悲、愁、喜、乐四字，还要注明原故。喝酒前要唱一曲，喝完要说一句，“或古诗旧对四书五经成语”。第五十回，众人做灯谜，李纨编了两个四书的谜。这些地方，都充分显示了贾宝玉对四书五经的崇敬。他瞧不起仕途上奔竞的读书人，也不太看得上世上许多书，但这恰好与他尊重四书五经的态度相符；仿佛除了四书五经，其他的书都是混扯。

又第三十一回，《因麒麟伏白首双星》主写史湘云。要描述湘云的见识，并引出宝玉那只金麒麟来，乃借她与翠缕问答，让她发表了一大通议论。论什么呢？论阴阳。阴阳顺逆，千变万化，这是关系到整个《红楼梦》结构的大问题，且不说它，但这不就是演说《易》理吗？同理，第五十二回，宝钗说要起个社，作诗，每人四首诗、四阕词。头一个诗题，就是《咏太极图》。虽然宝琴随之反对，说作这样的诗题，“不过颠来倒去，弄些《易经》上的话生填，究竟有何趣味？”但显然作者是故意这样写的。毕竟，在大观园这些女子的言谈中，《易经》是经常会被讨论、也被某些人喜爱的。

第五十六回《敏探春兴利除宿弊　贤宝钗小惠全大体》，又记宝钗与探春对谈，宝钗举出朱熹的《不自弃文》来。探春说它“不过勉人自励，虚比浮词，哪里是真的有了？”宝钗则反驳道：“朱夫子都行了虚比浮词了？那句句都是有的。你才办了二天事，就利欲熏心，把朱子都看虚浮了。你再出去，见了那些利弊大事，越发连孔子也都看虚了呢！”探春听了也不生气，引了姬子书说许多人是“登利禄之场，处运筹之界者，穷尧舜之词，背孔孟之道”。这段话正表现着《红楼梦》对儒家之学的整个态度。由于世人多是登利禄之场就背了孔孟之道的。因此世上说孔孟、讲经济的，被此书看不起，觉得那只是禄蠹；儒书上的道理，也只成了勉人自励的虚比浮词，因为世人极少拿它当真。可是，从道理上看，或从社会运作的原理上看，孔子、朱子所说，终究非虚，终究仍可资济世持身之用，故宝钗说：“天下没有不可用的东西，既可用，便值钱！难为你是个聪明人，这大节目正事竟没经历！”对儒者之说给予正面肯定。

也许读者要说：出《咏太极图》的诗题或宣讲朱子学与孔孟之道的，都是宝钗。宝钗在书中本来就代表入世，属于纲常名教的那一面，跟宝玉之所以为情种者适为冰炭之不相入，焉能举以证明《红楼梦》全书的思想倾向？读《红楼》的，本也有不少人采贬钗扬黛之见，这也不足为奇。但既然如此说，那我们就不妨再来看看宝玉、黛玉如何。

前文所举第三、十九、二十八诸回宝玉的言语，都证明宝玉在观念上对四书五经是极尊敬的。在实际诵读经文方面，第七十三回载宝玉平素不喜攻读，故“肚子内现可背诵的，不过只有‘学’‘庸’‘二论’是带注背得出的”，《孟子》不甚熟，“算起五经来，因近来作诗，常把《诗经》读些，虽不甚精阐，还可塞责”。古文就不行了，“时文八股一道，因平素深恶此道，原非圣贤之制撰，焉能阐发圣贤之微奥？不过作后人饵名钓禄之阶”。这个生熟的次第，其实也就是贾宝玉对它评价的高低。《学》、《庸》最高，正符“除了‘明明德’外就没书了”的讲法，《论》、《孟》次之，五经又次之，古文再次之，八股则最差。他对科举的嫌恶、对禄蠹的批评，大抵均针对八股而发。

第八十二回记宝玉把《四书》翻开来看，“章程里头，似乎明白，细按起来，却很不明白，看看小注，又看讲章。闹到起更以后了，自己想想：我在诗词上觉得很容易，在这个上头竟没头脑”。讲的其实也是因科考的八股选士要在《四书章句》中出题，故而好好一部《四书》也令人读得糊涂了。

这一回宝玉另有一段批评八股，说：“我最厌这些道学话。更可笑的是八股文章，拿他诓功名混饭吃也罢了，还要说代圣贤立言。好些的，不过拿些经书凑搭凑搭还罢了；更有一种可笑的，肚子里原没有什么，东拉西扯，弄的牛鬼蛇神，还自以为博奥。这那里是阐发圣贤的道理。”

特别的地方，在于这一次黛玉竟没附和宝玉，反而替八股文说项，道：“小时跟着你们雨村先生念书，也曾看过。内中也有近情近理的，也有清微淡远的。那时候虽不大懂，也觉得好，不可一概抹倒。”宝玉乍闻此语，颇讶黛玉怎会持此论调。可是作者安排这一段，岂会无意？本回名为《老学究讲义警顽心　病潇湘痴魂惊恶梦》，是以贾代儒和黛玉为主的，回目二句分指两人，但在此老学究讲义警顽心之际，却先说黛玉再说代儒，两人都在“警”宝玉之顽心。

黛玉会有类似贾代儒的角色或想法的时候吗？宝玉感到讶异，许多读者也觉得纳闷。可是黛玉其实是有这一面的。第八十六回《寄闲情淑女解琴书》就是明证。这一回黛玉教宝玉学琴说：“琴者，禁也。古人制下，原以治身，涵养性情，抑其淫荡，去其奢侈。若要抚琴，必择静室高斋……再遇着那天地清和的时候，风清月朗，焚香静坐。心不外想，血气和平，才能与神合灵，与道合妙。……若必要抚琴，先须衣冠整齐，或鹤氅，或深衣，要如古人的像表，那才能称圣人之器。”强调学琴者应“心身俱正”，因为琴者禁也。禁什么？禁邪制放，是对情欲生命的克制，所以说古人用琴治身，抑其淫荡。这番言论，显示了黛玉并不只呈现为情，更不主张以情颠覆礼教圣学，反而她有时会担任指导宝玉，让宝玉不致太过放佚的角色。

由这些地方看，《红楼》岂止不反儒，它对世路上儒生禄蠹的批评，恰恰表现了它对圣贤之道的信崇。所以它采取分裂认同的办法，认同四书、圣人之道，而对假借圣人言论以弋禄利者深不谓然。

四　宗本佛道的小说？

佛道教的问题，也一样复杂。《红楼梦》固然“毁僧谤道”不遗余力，但僧道在书中同时又扮演着具有某种神圣性的角色。最典型的，就是从大荒山无稽崖把石头携入红尘的那一僧一道。

在第一二〇回宝玉出家，向贾政拜别，随一僧一道走后，贾政忆起旧事，说：“那和尚道士，我也见了三次：头一次是那僧道来说玉的好处；第二次便是宝玉病重，他来了将那玉持诵了一番，宝玉便好了；第三次送那玉来，坐在前厅，我一转眼就不见了。我心里便有些诧异，只道宝玉果真有造化，高僧仙道来护佑他的。岂知宝玉是下凡历劫的。”

这是对那一僧（茫茫大士）一道（渺渺真人）在书中作用的归纳。总计含贾政最后这次见到僧道，其实共有五次。在前一次，则还有僧道送宝玉入红尘历劫的事迹，为贾政所不及知。在这几次僧道出现的场合，或扮演石头入世的导引者，或担任他的护佑者，或为石头悟道出世的点化者，或成了石头游历归真的接应者，地位至为重要。

这种神圣性角色，也使得这一僧一道不同于凡人。在第一回，石头初见一僧一道时，二人生得骨格不凡，丰神迥异，故石头夸他们：“仙形道体，定非凡品，必有补天济世之材，利物济人之德。”可是后来甄士隐见到他们时，却是“僧则癞头跣足，那道则跛足蓬头，疯疯颠颠，挥霍谈笑而至”。后来这个跛道士即度化了甄士隐而去。

道士作《好了歌》，甄士隐做解，对《红楼梦》的“梦”，俱有点题的作用。僧道原先的骨格不凡，或后来的腌臜癞跛，都是“不凡”，都是用以刻画他们所具有的神圣性。全书的宗旨，须由这类神圣性人物来点明；溷于尘俗的心灵，也要由他们来点化、启蒙。故第一一七回宝玉二游太虚幻境醒来后，再见到这一僧一道中的僧，见他满头癞疮，浑身腌臜破烂，便思忖：“自古说真人不露相，露相不真人。也不可当面错过。”果然蒙他点悟了。

这一僧一道，并不专只点化宝玉，他们之前就先度化了甄士隐。其后第七回说宝钗自幼有病，"后来还亏了个秃头和尚，专治无名病症"，制了一味冷香丸给她吃了才好。第十二回讲贾瑞想偷凤姐不成，反受了一番整治，染上重病老治不好。跛足道人来送了他一面"风月宝鉴"，嘱他只可照背面，以治邪思妄动之症。不料贾瑞不受教，偏要照正面，结果遗精虚脱而死。第六十六回说湘莲梦见尤三姐，放声大哭，不觉自梦中哭醒，似梦非梦，睁眼看时，竟是一座破庙，旁边坐着一位跛道士在捕虱。道士度化了湘莲，湘莲拔剑削去头发随道士去了。可见此僧道对每一个人都具有普遍意义的护佑者、启蒙者之角色功能。

书中最先被度的是甄士隐，最后在急流津觉迷渡得度的是贾雨村。甄士隐、贾雨村在书中的作用，是另一个形态的一僧一道。

这两个是世俗人，非如那一僧一道本是神仙。甄士隐不久即得度化得道，以道士形象出现；贾雨村原先就寄居在葫芦庙中，后来授了应天府，遇到了人命官司，听了原本也在葫芦庙当小沙弥的门子建议，假设乩坛，徇情枉法，胡乱判了此案。这一回回目就叫《葫芦僧判断葫芦案》。回目上明确点出贾雨村是僧，只不过这个僧此时尚迷而未悟，仍住在葫芦中。其后俗世流转，升沉起伏，一日正升了官到了急流津，见一破庙，其间坐一老道，谈起来，老道说："葫芦尚可安身，何必名山结舍？"并催他："速登彼岸，见面有期，迟则风浪顿起。"这老道即是甄士隐，在此点化他。可惜雨村仍然未悟，故本回名为《昧真禅雨村空遇旧》。待第一二〇回，雨村递籍为民后，再临觉迷渡口，又逢甄士隐才说起宝玉及一干女子之因果，归结于"祸淫善福，古今定理"。因此这回名唤《贾雨村归结红楼梦》。

《红楼梦》一书，起于《甄士隐梦幻识通灵　贾雨村风尘怀闺秀》，结于《甄士隐详说太虚情　贾雨村归结红楼梦》。甄、贾二人，乃是另一形态的一僧一道，在整个人情故事网络中，担任中介者或证明者的角色。甄者显真，贾者从俗，流转尘寰，绾合着许多与贾府的因缘。黛玉是他的学生，冷子兴演说荣国府时，宝玉的来历，也只有贾雨村晓得。可见贾雨村虽与俗浮沉，但作为中介者、证明者的角色，终是灵明不昧的。

在这神圣界的一僧一道和尘俗界的一僧一道之上，还有个警幻仙子。

茫茫大士、渺渺真人是奉警幻仙子之命,带石头下凡历劫的。宝玉第二次游太虚幻境时,见一群女子都变形为鬼怪来追扑他,是送玉来的和尚"奉元妃娘娘旨意,特来救你",并告诉他:"世上的情缘,都是魔障。"等到宝玉出家后,一僧一道又返太虚幻境复命,交割清楚,再把石头送还原处。警幻居整个神圣性人物之最高位,是无可置疑的。警幻这个人物,"美人之良质兮,冰清玉润",仿佛是《庄子·逍遥游》所描述的藐姑射山之神人。其居地,名曰太虚幻境,则用道教义。可是太虚幻境,又名真如福地,这又合乎佛教义理了。因此我们可以说警幻是个兼摄佛道的人物,为整个事件的推动者、主导者,是她让石头下凡历劫,有此一番经历,故才衍出这么一部大书来的。

五　以情悟道

警幻用以警示宝玉的是什么呢?入了太虚幻境,即见一宫门,横写"孽海情天"四字,对联曰:"厚地高天,堪叹古今情不尽。痴男怨女,可怜风月债难酬。"其内则有痴情、结怨、薄命、朝啼、暮哭、春感、秋悲诸司,明说了孽海情天中即会有这啼哭悲怨诸事。其后警幻请宝玉喝了"千红一窟"、"万艳同杯"茶。千红一哭、万艳同悲,则是讲好景不长、红楼幻梦。接着,又为宝玉演示了悲金悼玉的红楼梦十二曲:终身误、枉凝眉、恨无常、分骨肉、乐中悲、世难容、喜冤家、虚花悟、聪明累、晚韶华、好事终、飞鸟各投林。每一曲,都在说荣华不久,情爱只是水中月镜中花。

这虚幻、无常,都是佛道的义理,因此小说借警幻仙子和一僧一道来宣说这番道理。小说另一些地方,则用另一些方法来讲。例如第二十一回宝玉看《庄子·胠箧》"擢乱六律、铄绝竽瑟,塞瞽旷之耳,而天下始人含其聪矣;灭文章,散五采,胶离朱之目,而天下始人含其明矣"诸语,颇有领悟,续了一段,说:"戕宝钗之仙姿,灰黛玉之灵窍,丧减情意,而闺阁之美恶始相类矣。……戕其仙姿,无恋爱之心矣。灰其灵窍,无才思之情矣。彼钗、玉、花、麝者,皆张其罗而穴其隧,所以迷眩缠陷天下者也"。这一段话,便有绝情弃爱之意。

第二十二回,为宝钗做生日,宝钗点了《西游记》,后来又点了一出《鲁智深醉闹五台山》。这两出戏有个共同点，即主角孙悟空、鲁智深都是桀骜不驯、充满原始生命力、具有颠动礼教成规世界的性质。但后来曲终奏雅，终是敛才就范，成佛证道。这其实就是暗指宝玉。

我们不要忘了，宝玉是石头所化，与孙悟空由石头里迸出来如出一辙。《红楼梦》甄贾两宝玉的写法，也类似《西游记》里的真假猴王。贾宝玉号称"混世魔王"，跟"齐天大圣"的名义也很相仿。因此，书中描写宝钗点这样的戏，殊非偶然。宝钗尤其看重《鲁智深醉闹五台山》中的《寄生草》一曲，特意介绍给宝玉听。曲曰："漫揾英雄泪，相离处士家。谢慈悲剃度在莲台下。没缘法转眼分离乍。赤条条来去无牵挂。那里讨烟蓑雨笠卷单行？一任俺芒鞋破钵随缘化！"这一回，则唤做《听曲文宝玉悟禅机》。曲中同样表达了离俗绝世，各种缘会皆当放下之感。

这一回中还提到宝玉原拟调停黛玉与湘云，不料两边不讨好，故想起《庄子》书中两句话："巧者劳而智者忧，无能为者无所求，蔬食而遨游，泛若不系之舟"，"山木自寇，源泉自盗"。山木自寇，是说山木长得高大，正好引来别人砍伐，亦如巧智者其实反多烦恼，倒不如无知无能者还能适性逍遥。这也是"戕宝钗之仙姿，灰黛玉之灵窍，丧减情意，而闺阁之美恶始相类矣"之意。

这些地方，屡引《庄子》语。据第一一八回说："宝玉送了王夫人去后，正拿着《秋水》一篇在那里细玩。宝钗从里间走出，见他看的得意忘言"，可见《庄子》确是宝玉经常研读的书，以致宝钗担心："他只顾把这些出世离群的话当作一件正经事，终久不妥。"

除《庄子》外，这一回还说宝玉另有"几部向来最得意的"书，如《参同契》、《元命苞》、《五灯会元》之类。《参同契》是道教炼丹之书，《春秋元命苞》是讲谶纬，《五灯会元》则是禅家的语录。宝玉平日钻研这些书，无非也是想由其探道本、离尘俗。

不过，《红楼梦》并不是这些书的笺注，所以这本那本，原不重要；重要的是那个尘缘幻梦不可执著的道理。所以宝玉说："内典语中无佛性，金丹法外有仙舟"（第一一八回）。道理不是由书本上语句中就求得来的，知了这个理，书和语句就不须执取，而且，这个道理，须由人亲行实证才能真正获得，光在书本子上求也求不到。

同理，甲戌本第一回中石头和僧、道的一番对话，说那僧、道坐在石边说到“红尘中荣华富贵。此石听了，不觉打动凡心，也想要到人间去享一享这荣华富贵”。于是石头恳求僧、道“发一点慈心，携带弟子，得入红尘，在那富贵场中、温柔乡里受享几年”。

> 二仙师听毕，齐憨笑道：“善哉，善哉！那红尘中有却有些乐事，但不能永远依恃；况又有‘美中不足，好事多魔’八个字紧相连属，瞬息间则又乐极悲生，人非物换；究竟是到头一梦，万境归空，倒不如不去的好。”这石凡心已炽，那里听得进这话去，乃复苦求再四。二仙知不可强制，乃叹道：“此亦静极思动、无中生有之数也。既如此，我们便携你去受享受享，只是到不得意时，切莫后悔。”石道：“自然，自然。”那僧又道：“若说你性灵，却又如此质蠢，并更无奇贵之处。如此也只好踮脚而已。也罢，我如今大施佛法，助你一助，待劫终之日，复还本质，以了此案。你道好否？”石头听了，感谢不尽。

在“万境归空”旁有朱笔夹批说：“四句乃一部之总纲。”确实，但一僧一道虽然把这个道理明白讲出了，也劝石头不必再去红尘（因为道理既已明白，何苦再去），石头却仍执意要下凡享用一番，以致被僧道讥为蠢物。必要他自己不到黄河心不死，亲自经历过这似梦浮华，才能彻悟“万境归空”之理，复还本质。先前僧道告知他万境皆空时，只是理知；历劫享受后知万境归空，才是亲行实证之知，是具体的感受所达成的理性体会，是感受交融之知。警幻曾叮嘱宝玉，要他“以情悟道，守理衷情”。入情爱世界中，在情感上确有所触、有所受、有所执、有所取，而后体察到浮生一梦，万境归空，这岂不是“以情悟道”么？由此具体感受所达成的理性之知，不就是守理衷情的么？

尘缘若梦，万境归空，亦是甄士隐《好了注歌》的说法：

> 陋室空堂，当年笏满床；衰草枯杨，曾为歌舞场。蛛丝儿结满雕梁，绿纱今又糊在蓬窗上。说什么脂正浓、粉正香，如何两鬓又成霜？昨日

黄土陇头送白骨，今宵红灯帐底卧鸳鸯。金满箱，银满箱，展眼乞丐人皆谤。正叹他人命不长，那知自己归来丧！训有方，保不定日后作强梁。择膏粱，谁承望流落在烟花巷！因嫌纱帽小，致使锁枷扛；昨怜破袄寒，今嫌紫蟒长：乱烘烘你方唱罢我登场，反认他乡是故乡。甚荒唐，到头来都是为他人作嫁衣裳！

甄士隐是顷刻闻道即悟了的，所以能作此透彻语。贾宝玉却不然，须以情悟道，经历荣华繁盛、情爱纠葛方能入道。据警幻说荣宁二公拜托她："先以情欲声色等事警其痴顽，或能使彼跳出迷人圈子，入于正路，便是吾兄弟之幸了。"所以警幻"发慈心，引彼至此。先以他家上中下三等女子之终身册籍，令彼熟玩，尚未觉悟。故引彼再到此处，贪历饮馔声色之幻，或冀将来一悟，未可知也"。他们的做法，都是要宝玉以情悟道。

但情爱的世界太过迷人。贪历饮馔声色者，未必能即领悟它们均是幻境，溺情执爱，遂可能一往不返，不再能"返还本质"。第二十五回描述宝玉被魇魔，指的就是："那宝玉原是灵的，只因为声色货利所迷，故此不灵了。"所以要由那一僧一道再来辅导、协翊之。那和尚说："粉渍脂痕污宝光，绮栊昼夜困鸳鸯。沉酣一梦终须醒，冤孽偿清好散场！"宝玉才渐渐清明了。

宝玉非寻常人，乃是有"性灵"的，为何竟也如此把持不住，险些被迷？第一二〇回贾雨村也有此疑，道："那宝玉既有如此的来历，又何以情迷至此，复又豁悟如此，还要请教"，甄士隐解释说："两番阅册，原始要终之道，历历生平，如何不悟？仙草归真，焉有'通灵'不复原之理呢？"又说："贵族之女，俱从情天孽海而来，大凡古今女子，那淫字固不可犯，只这情字，也是沾染不得的……但凡思情缠绵，那结局就不可问了。"

人为情所染，即入魔障，宝玉亦不例外。其得以不迷本性，恢复灵明，一仰外缘，即一僧一道之协助；但这只是暂时的辅翼，若真想豁悟归真，仍需自悟。自悟的条件亦有二，一是能早知道未来的结局，自然不会在现今做无谓的事。槐安国、黄粱梦，醒来时一切功名利禄之想，无不爽然若失，那是因为已然见着了未来终归是场空，所以现在就冷了心。甄士隐说宝玉两番阅册，已知平生，焉能不悟，指的就是这个道理。另一种能自悟的条件，则是他本身就有灵性，所以“焉有通灵不复之理”。

人本身的灵性，用儒家的话来讲就是心。护花主人、大某山民、太平闲人之评，都曾指出“此石自经煅炼之后，灵性已通，自去自来，可大可小”，是：“明明指出性字，隐隐演出心字”，“石头是人、是心、是性、是天、是明德，曰通灵，即虚灵不昧”。解阉居士《石头臆说》则说：通灵宝玉即宝玉之心。直到第一百十七卷中宝玉云：“我已经有了心了，要那玉何用，将本旨揭出”，“神瑛侍者必居赤霞宫者，得毋谓其不失赤子之心乎？”石头是不是人心的寓言，见仁见智。但无论石头是否就是指人心，石头要能以情悟道，“豁悟如此”，却须因他本身就有通灵之性。

以佛教义理来说，人误以外境为实有，而产生妄情，是“遍计所执”。明万法无自性，皆因缘所生，其本性只是空，称为“依他起”。知万法皆依他（其他种种因缘）而起，破遍计执，则能转俗谛假谛而得直谛。此一转，称为“转识成智”，转悟了，才能获得圆成实性。这套讲法，对于人何以能转，亦即何以能觉悟。不同经典与教派有不同的讲法，依《楞伽地论》之说，八识中阿赖耶识本身就是真常净识，具觉悟的能力，可转其他各识。依摄论宗之说，则是在第八识之外，另立一个第九识：阿摩罗识，以转八识。《大乘起信论》说法又不同，是视阿赖耶识为“染净同依”，迷染未觉时是阿赖耶，觉悟了就是清净如来藏。由心生灭门转入心真如门。

若据第一种说法，宝玉通灵之性，即相当于真常净识，亦可称为真常心。因具此心，故可转迷情为觉悟。若依第二说，则宝玉之灵，不在他本身，而在另有一通灵宝玉。所以玉为声色所迷，经僧道加持呵导后，才能转识成智。如依第三说，则“什么真？什么假？要知道真即是假，假即是真”（第一〇三回）。心生灭门与心如真门，非有二心，只是一心。这时为阿赖耶，悟则为清净如来藏。太虚幻境即真如福地，也是同样这个理。太平闲人谓：“黛玉之玉，与宝玉之玉，是一不是二。得情之正为通灵，一涉人欲则受染而失通灵，为黛玉矣。以宝玉演明德，如黛玉演物染，一红一黑，分合一心。”说宝玉黛玉关系，未必即是，但亦正是有见于这一心开二门之义。依其说，黛玉死，妄心息，真心乃现，宝玉才能豁悟出家。

六 警幻归真

石头历劫的故事，又名《情僧录》，就是记这番以情悟道的经过。因此，许多人均指出：《红楼梦》是一部“悟书”。

江怡顺《读红楼梦杂记》云：“《红楼梦》，小说也，正人君子所弗屑道。或以为好色不淫，得《国风》之旨，言情者宗之。明镜主人曰：《红楼梦》悟书也。其所遇之人皆阅历之人，其所叙事皆阅历之事，其所写之情与景皆阅历之情与景，正如白发老人涕泣而谈天宝，不知者徒艳其纷华靡丽，有心人视之皆缕缕血痕也。人生数十寒暑，虽圣哲上智不以升沉得失萦诸怀抱，而盛衰之境，离合之悰，亦所时有，岂能心如木石，漠然无所动哉？缠绵悱恻于始，涕泣悲歌于后，至无可奈何之时，安得不悟？谓之梦，即一切有为法作如是观也。非悟而能解脱如是乎？”

梦痴学人《梦痴说梦》：“红楼梦三字，世俗以闺阁红颜薄命解之，非也，红楼者，肉团心之别名；梦者，幻妄之谓。根尘积垢高厚，如楼无人，惟妄居者之不疑，如海市蜃楼，鸟雀认为真实，众趋群赴，自投魔口，身遭妖噬，是谓红楼梦。”……《红楼梦》有实难与世俗讲论处，世俗只知看文人小说的一个看法，不知看仙佛小说的看法。

方玉润《星烈日记》卷七十：“《红楼梦》一书……大旨亦黄粱梦之义，特拈出一情字作主，遂别开出一情色世界，亦天地间自有之境，曰太虚幻境曰孽海情天，以及痴情、结怨、朝啼、夜怨、春感、秋悲、薄命诸司，虽设创名，却有真意。又天曰离恨，悔曰灌愁，山曰放春，洞曰遣香，债曰眼泪，无不确有所见。盖人生为一情字所缠，即涉无数幻境也。”

讷山人《增补红楼梦》序：“其书则反复开导，曲尽形容，为子弟辈作戒，诚忠厚悱恻，有关于世道人心者也。顾其旨深而词微，具中下之资者，鲜能望见涯岸，不免堕入云雾中，久而久之，直曰情书而已。”

明斋主人《石头记总评》：“或指此书为导淫之书，吾以为戒淫之书。盖食色天性，谁则无情？见夫钗、黛诸人，西眉南脸，连袂花前月底，始是莺俦燕侣，彼村妇巷女之憨情妖态，直可粪土视之，庶几忏悔了窃玉偷香胆。”

太平闲人《红楼梦评》曰：“是书无非隐演《四书》《五经》，以宝玉演‘明德’，以黛玉演物染，一红一黑，分合一心，天人性道，无不包举，是演《四书》。政、王乃所自出，政字演《书》，王字演《易》。合政、王字演《国风》。若贾赦之赦，邢氏之邢，则演《春秋》之斧钺也。至‘毋不敬’三字，冠首《曲礼》。礼主春生，故东府之主曰敬，乃大有期望之意。奈其背敬叛礼，为造衅开端之罪首，遂至所出为珍，伦理澌灭矣。珍之转音通烝，即禽兽行上下乱之名，不必指定以下烝上。总一乱《春秋》之大僇而已。必如此看法，是书本意，自然洞澈。

他们都认为此书本旨在于戒淫导悟。祛迷归真、警幻惩恶，与佛道儒家之宗趣相符。第一一六回，宝玉被和尚拉着走到真如福地，见两边一副对联，上联是：“假去真来真胜假。”假指的就是那荣华繁盛，情爱纠葛的生活；真则是洞悉万法归空、色即是空的悟境。

但万法皆空，那个万法皆空的理不空，是因确有因缘这个理，所以才能讲万法皆空，故曰：“因缘所生法，我说即是空。”万法皆因缘所生，生无自性，是以名之为空。缘聚时，仿佛若实有其事；缘尽了，就飞鸟投林，散而成空。空，反而证明了那个理是真有的。

另一个真有的理，是宝玉瞧见上面那副对联后，转过牌坊，看见一座宫门，门上横着四个大字：“福善祸淫。”百二〇回又载：“雨村听到这，不觉拈须长叹。因又问道：‘请教老仙翁：那荣宁两府，尚可如前否？’士隐道：‘福善祸淫古今定理。现今荣宁两府，善修者缘，恶者悔祸，将来兰桂齐芳，家道复初，也是自然的道理。’”福善祸淫，被视为古今定理，故警幻说：“尘世中多少富贵之家，那些如绿窗风月、绣阁烟霞，皆被那些淫污纨绔与那些流荡女子悉皆玷辱。更可恨者，自古以来，多少轻薄浪子，皆以好色不淫为解。又以情而不淫作案，此皆饰非掩丑之语耳。好色即淫，如情更淫。”像贾宝玉就是比登徒子更淫的人，“天分中生成一段痴情，吾辈推之为意淫”。因此本书特以此人为例，说天道福善祸淫之理。书中凡涉淫行者，也都无好下场。头一个就是秦可卿。

第一一〇回说可卿是钟情的首座，引领天下痴男怨女，归入情司，后来才能看破凡情，超出情海。她对鸳鸯说：“世人都把那淫欲之事，当作情字，所以做出伤风败化的事来，还自谓风月多情，无关紧要。不知情之一字，喜怒哀乐之事未发之时，便是个性。喜怒哀乐已发，便是情了。至于你我这个情，正是未发之情。”这里把情分两种：一是凡情俗情，喜怒哀乐及男痴女怨都属于此；一是超越凡情之情，其实也就是喜怒哀乐未发之性。人应超越凡情，复返性天，用秦可卿的术语来说：“即是归入情天。”

我们应记得康熙赐给白鹿洞书院的匾额，正是“直达性天”。《红楼梦》这套区分凡情与超越之情的讲法，亦即是朱熹哲学中的“性其情”之说。一为凡情、一为性情，凡情经过调整、转化、超越而使其情如性。程朱教人，每令学者体会喜怒哀乐未发之气象，就是此义。《红楼梦》中教人知俗情之妄，而归入性天者，则非程朱所示之主敬涵养工夫，而是要人知天道福善祸淫之理，知此天理，乃能幡然警醒。因此，福善祸淫之理，与“万境归空”那个理，在作用上是相通的，也相配合。知情缘皆空，人始可不执著于凡情，这是扫去之法。知天理福善祸淫，则既具戒惕作用，知凡情不可为，也可正面建立一个人生指向，使人戒淫导悟。

而万法皆本因缘，故万法归空这个道理，又可关联着“缘分”这个理。缘分，是佛教因缘观传到中国后跟中国天命定分定数观结合后，形成的观念。谓人生的因缘皆有定分。

《红楼梦》中谈到这个观念的地方极多。第五回，警幻说荣宁二公感叹道：“吾家自国朝定鼎以来，功名奕世，富贵流传，已历百年，奈运终数尽，不可挽回”，就表露了荣宁二府之衰，乃是天数使然，故彼等“子孙虽多，竟无可继业者”。第一一四回宝玉回想曾在太虚幻境见过的金陵十二钗册子，说：

“这么说来，人都有个定数的”，亦即金陵十二钗的命运亦早有定数。前一回，紫鹃看宝玉、黛玉的关系，也有体会道：“如此看来，人生缘分，都有一定。”第一一八回，王夫人看宝玉跟宝钗的事，也同样说：“想人生在世，真有个定数。”宝钗自己看呢？亦是说：“夙世前因，自有一定，原无可怨天尤人”，并以此理劝慰了薛姨妈。而薛姨妈跟王夫人遂因此而聊起袭人的事，把袭人嫁了。第一二〇回，袭人出嫁后，本欲寻死，待因猩红汗巾而令袭人知道嫁的乃是蒋玉菡，“始信姻缘前定”。

小说接着“不言袭人从此又是一番天地，且说那贾雨村”褫籍为民，到了觉迷渡口，逢甄士隐。甄士隐道：“富贵穷通，亦非偶然。今日复得相逢，也是一桩奇遇。”又说宝玉业已出家，“从此夙缘一了，形质归一”。为什么是夙缘呢？原来在第一回中，甄士隐正午睡时，梦见一僧一道同行，道人问僧携石头去哪儿，僧人云：“如今现有一段风流公案正该了结。……趁此机会，就将此物夹带于中，使他去经历经历”，于是将相关因果叙明，以见石头历劫下世，乃是因缘有定的。此即所谓夙缘。

凡此等等，具见整部书的构成即本于夙缘定数，其中每个人的关系也以缘分来钩合。另外随处都会提到：“谋事在人，成事在天”（第六回，刘姥姥语），“死生有命，富贵在天”（第四十五回，林黛玉语）。

第三十六回《识分定情悟梨香院》描写宝玉在梨香院受龄官奚落，发现她只恋着贾蔷，这才使他省悟“昨夜说你们的眼泪单葬我，这就错了。我竟不得全得了。从此后只是各人各得眼泪罢了”。所谓“各人各得眼泪”，正是回目中所谓“情”有“定分”之意。宝玉在此刻是领悟了这个道理，可是多数人并不能悟，整个《红楼梦》中的人物，其实就多半处在情与分的矛盾冲突中。单面用情虽深，也未必能得到对方的正面回应。而且有情者不必有分，有分者又不必有情，无情者可能有分，而无分者又可能有情。作者在全书开卷时就借补天石、绛珠草、神瑛侍者、《好了歌》和太虚幻境的册词与曲子透露了各主角的定命和缘分，全书绝大部分写的也是情义与分命不相协调的周折。要经历过许多周折之后，才能证明天数命定不可违，本来就是如此。以此见人对抗天数定分只是徒然。一僧一道把顽石携到红尘中去经历一番富贵温柔时，知道了这些分命；后来一再出现，也只是象征那分命的永远纠缠、象征天命定数不可逆。

为了强化天命定数的论述，小说中更是屡用算命来推展情节。最著名的是第五回金陵十二钗正册写元春的词："三春怎及初春景，虎兔相逢大梦归。"第八十六回周贵妃之死讹为贾妃时，宝钗说："前几年正月，外省荐了一个算命的，说是很准。那老太太叫人将元妃八字夹在丫头们八字里头，送出去叫他推算，他独说这正月初一日生日的那位姑娘只怕时辰错了，不然真是个贵人，也不能在这府中。老爷和众人说不管他错不错，照八字算去。那先生便说甲申年正月丙寅这四个字有伤官败财。惟申字内有正官禄马，这就是家里养不住的，也不见什么好。这日子是乙卯，初春木旺，虽是比肩，那里知道愈比愈好，就像那个好木料，愈经斲削，才成大器。独喜得时上什么辛金为贵，什么巳中正官禄马独旺，这叫做飞天禄马格。又说什么日禄归时，贵重的很，天月二德坐本命，贵受椒房之宠。这位姑娘若是时辰准了，定是一位主子娘娘。——这不是算准了么！我们还记得说，可惜荣华不久，只怕遇着寅年卯月，这就是比而又比，劫而又劫，譬如好木，太要做玲珑剔透，本质就不坚了。"这一大段，就是对"三春怎及初春景，虎兔相逢大梦归"的命数解释。元春亦终去世，这是借薛宝钗之口转述了"前几年"算命先生给元春算命，说了一大堆算命的术语，以说贾府"可惜荣华不久"。这是元春生辰八字决定的，亦是预示贾府这个富贵之家将"树倒猢狲散"、"食尽鸟投林"。

七　情悟双行

但假如一切都是因缘夙定，一切都是命中已有定数了，那么人间一切悲欢离合，岂非白忙一场？是的，所谓"万境皆空"，就是这个意思。金陵十二钗的命运，早已写在册子上，薛宝钗、林黛玉等人无非照着剧本去演罢了。此所以尘世情爱皆为虚幻，钗黛莺燕，盖与土人木偶无异，冥冥之中，早有安排。

土人木偶，本身是无自主性主体意识的。但《红楼梦》所记述的人物却未必无主体意识，像贾宝玉摔玉，说你们讲什么"金玉良缘"，我偏说"木石姻缘"，就是个鲜明的例证。

在夙缘定数观念底下，人物对夙缘定数只是"不知"。不知者谈不上有没有自主的主体意识，在他以为什么都是由他自己做决定做判断时，其实都早被夙缘所定，故其自以为是自主，恰好彰显了它的不自主。佛家说因缘所生法"空无自性"，就是这个意思。

可是，不知者对他的行为既无自主性，自然也就没有责任，此即所谓"不知者不罪"。在伦理上，他无须为自己的行为负责。假如这样，则"福善祸淫"云云，便成了矛盾。因为淫乱者并非他自己的过恶，当然无须承担背后道德的惩罚；行善者之善行，也一样没理由获得奖酬。福善祸淫，岂非虚话？福善祸淫，既是虚话，要劝世人戒淫，又从何劝起？

有不少评论者认为《红楼梦》有演"三教合一"之旨。这在表面上看，固然是对的；但三教既三，便有难以合一之处。夙缘前定，尘情俱幻之说，与福善祸淫之论，在理论上就会形成扞格。同理，诸法本于因缘，空无自性，也与自主性主体意识的强调相矛盾。第一二〇回，作者针对袭人嫁给蒋玉菡的事，跳出来评论道：

> 看官听说：虽然事有前定，无可奈何；但孽子孤臣，义夫节妇，这"不得已"三字也不是一概推诿的。此袭人所以在"又副册"也。正是，前人过那桃花庙的诗上说道："千古艰难惟一死，伤心岂独息夫人！"

袭人嫁给蒋玉菡是姻缘前定的，她明白了这个道理，所以没有寻死。这在伦理上不是毫无可议吗？可是，作者偏要于此下一转语，说在事已前定，无可奈何之中，毕竟仍有人自己那个"我"在起作用，不可忽视。孽子孤臣、义夫节妇，并非命中注定了他要当孤臣孽子义夫节妇。而是命中注定了事已不可为，臣不可存国、子不可存家、妇无法有夫、夫无能举事，这些臣子夫妇却偏要以自己的方式来表达对命运不屈从的态度，对已被破亡或消失的家国朋友丈夫尽忠尽孝尽义。这种人，才是作者敬重的。那些在命运之前，以"不得已"三字为自己辩护，或随顺命运安排者，则被他放在较低的位置。他解释袭人之所以列入"又副册"，即本于这一观点。

这样的转语、这样的观点，显然就是强调自主意识的。在这种情况之下，也才有道德意识可说。第一一八回，宝玉与宝钗的论辩亦涉及这个问题：

> 宝钗道："……论起荣华富贵，原不过是过眼烟云，但自古圣贤，以人品根柢为重。"宝玉微微的笑道："据你说人品根柢又是什么古圣贤，你可知古圣贤说过'不失其赤子之心'。那赤子有什么好处，不过是无知无识无贪无忌。我们生来已陷溺在贪嗔痴爱中，犹如污泥一般，怎么能跳出这般尘网。如今才晓得'聚散浮生'四字，古人说了，不曾提醒一个。既要讲到人品根柢，谁是到那太初一步地位的？"宝钗道："你既说'赤子之心'，古圣贤原以忠孝为赤子之心，并不是遁世离群无关无系为赤子之心。尧舜禹汤周孔时刻以救民济世为心。所谓赤子之心，原不过是'不忍'二字……"

宝玉的讲法，就是由聚散浮生、尘缘俱幻这方面说。人生只是陷溺，故重点应在如何跳脱法网。而人之所以能跳脱，在于他有一个"无执"之心。宝玉对赤子之心的解释，即在无执这一点，强调它的无知无识无贪无忌。宝钗则认为赤子之心不能仅从无执（无关无系）这方面说，应注意它也是不忍人之心。不忍人之心，是指他人之痛苦罪失，对我而言，是会形成道德感情及责任的。见孺子之乍入于井，能漠然无知无识无贪无忌吗？自然会觉得救他出来是我的道德责任。若见死不救，则会内疚，形成道德上的负担与亏欠感。

这种道德感，是人在面对伦理抉择时的依凭。国破家亡了，人要漠然无知无识，视为聚散浮生，以跳出对家对国的爱痴，谓其为缘定、为劫数，以知命顺命？还是要选择做孤臣孽子？这就在于他有没有这种道德感。没有，则所谓"赤子之心"实是"空心"，是空无所执之心。用宝钗的话说，就是以"无关无系为赤子之心"。有，则赤子之心则便是具主体性的恻隐之心、善恶之心、辞让之心。所以宝钗用忠孝之心来概括。

具主体性的道德行为，才能进行道德判断。若是空无所执，便跳出了尘世是非的道德判断之外，不涉道德。善也罢、淫也罢，福也好、祸也好，都与之了不相干。宝玉看来是希望能够如此的。但整部书中,宝玉采此立场之时间甚少,大多数情况反而是反对如此。摔玉哭闹那一回最明显,而整部书福善祸淫,凡犯淫者都被写得不堪、其人亦不获佑,更是显而易见的。宝玉之执著于情,谈不上道德意识,与宝钗所说的忠孝之心,若不相干,然其所表现之赤子之心,却正是有恻隐、有羞恶、有辞让、有不忍的,非空无所执之心。

像第三十回宝玉在大观园蔷薇花架下瞧见一个女孩在地上画蔷字,心中便想:“这女孩一定有什么说不出的大心事,才这个样儿。外面她既是这个样儿,心里还不知怎么煎熬呢!看她的模样,这么单薄,心里哪还搁得住煎熬呢?可恨我不能替你分些过来!”忽一阵凉风过,飘下一阵雨来,宝玉道:“这是下雨了。她这身子,如何禁得骤雨一激?”不禁开口喊她不要写了。这不就是孟子说的“他人有心,余忖度之”以及不忍人之心吗?宝玉对人的体贴,都由这里来,所以才显得深于情、痴于情。

也就是,无知无识的心,是超世离情的,亦无善恶可言。不忍人之心,则开有情世界,在有痴有爱有贪有嗔中见是非善恶。《红楼梦》既说万境归空、浮生聚散,也说福善祸淫,就使它整部书既谈空又说有;既要超情悟道,又要深入情海。

《红楼梦》诠释路向中的两大路线之争,即肇于此。有些人认为它旨在警幻悟空。有些人则觉得悟的部分并不重要,其书之感人处不在悟而在情,故乐钧《耳食禄》二编卷八说:“非非子曰:《红楼梦》悟书也,非也,而实情书。其悟也,乃情之穷极而无所复之,至于死而犹不可已,无可奈何而姑托于悟,而愈见其情之真而至。故其言情,乃妙绝今古。”方玉润更指:“宝玉遁入空门一段,文笔虽觉飘渺,而事属荒唐,未免与全书笔墨不称。”他们都认为悟只是门面话,是不得已的假托、习用的套语等,写情之处才是假语尽去真事独存。所以第五回警幻劝宝玉“留意于孔孟之间,置身于经济之道”,戚蓼生本即有批语云:“说出此二句,警幻亦腐矣。然亦不得不然耳。”所谓不得不然,就是说写小说的人要讲一些门面话来作为保护色。

可是,《红楼梦》不是简单的小说,不是亦真亦假,读者只需拨开它的假叙述就可见着真相的。它同时谈空,又同时证有。顽石以情悟道,历劫归来,回首前尘,固然如梦如幻,但历劫所经,却是“亲见亲闻”,“其间离合悲欢，兴衰际遇，俱是按迹循踪”，毫不失真的。事是真，幻也是真。为了使人能悟万法皆空，故它要说万法皆本因缘，缘散则空；又要说天理福善祸淫，故人应戒除凡情，以归入天性；更应明白人生自有夙缘、自有定分，不必强求。

但是，天理福善祸淫，人间的喜怒哀乐已发之情更有是非对错可言，并不能说是虚幻的；人在此，亦须行善戒淫。这一方面批判了“皮肤滥淫”或“意淫”，另一方面则亦揭出了一种“得性情之正”的忠臣孝子义夫节妇，以及救世济民的圣贤人格来。这情淫情正的有情世界，也一样是实而不虚的。宝玉再游太虚幻境时，见着牌坊上写着“真如福地”四个大字，转过来便见一座宫门，上书“福善祸淫”，就是这个道理。《红楼梦》善于利用佛教义理和儒家学说中合而不尽合之处，开创了这种情悟双行的格局，以情悟道，而不舍其情，遂开千古未有之奇，读者须于此善加体会。

第七讲

《红楼梦》的女性观与男性观

《红楼梦》女性世界还原考察

《红楼梦》男性世界还原考察

刘敬圻

《红楼梦》,一部说不完的大书。

女性与男性,两个说腻了、说俗了、说玄了的话题。

把《红楼梦》与女性和男性放到一块儿说,也已有二百多年的历史。继续在这一范畴拓展与掘进并整个儿走进《红楼梦》去,越来越艰难了。

但又不能不接着说下去,不能不正面讨论这一话题。

这不仅因为女人与男人共同支撑着这个世界,更因为《红楼梦》中"人"的世界、特别是女人的世界,毕竟与以往的甚至以后的,有大的不同。

一 《红楼梦》女性世界还原考察

提供一个参照系

比较的方法,是具有说服力与震撼力的。梳理一下《红楼梦》之前及《红楼梦》之后的知名小说中的女性现象，对走近《红楼梦》的女性观念、人文精神和艺术追求，或许大有裨益。

一位大思想家说，“在任何社会中，女人解放的程度是衡量普遍解放的天然尺度”。[1]又说，“社会的进步可以用女性（丑的也包括在内）的社会地位来精确地衡量”。[2]

可悲的是，自从进入有文字记载的社会以来，两种性别从不曾平等地分享过这个世界。男人依照自己的需求去规范女人，女人则遵照（或不自知地遵照）男人的期待去创造自己。

由此，不仅男人所写的关于女人的一切具有某种可怀疑性，即使女人笔下的女人，也或显或隐地透露着父系文化性歧视的信息。

先看《三国演义》

《三国演义》是纯粹的男子汉小说，是为积极入世的男人们书写的英雄谱。

凭感觉，《三国演义》中好女人居多。着墨较浓的女人，大都是成功男人走向成功或获得某种价值定位的帮手或秘密武器。坏女人不仅屈指可数（如刘表后妻蔡氏、袁绍后妻刘氏、黄奎之妾春香、曹丕之妃郭氏、全尚之妻孙氏等），且着墨不多，没给读者留下多少印象。

此外，作为第一部长篇小说，《三国演义》竟然没有承传史传文学中屡见不鲜的“女色亡国论”的滥调，不把男人失败的诱因归罪于女人（这与《水浒传》不同）。在全书那一大堆被挤出历史舞台的大男人中间，只有董卓和吕布是两个例外。这算是罗贯中的一点脱俗吧。

然而，从更本质的意义上考察，罗贯中不视女人为“人”。《三国演义》中的多数女人不成其为“人”，更谈不上什么合乎逻辑的性格史了。

说得骇人听闻一点，她们是带有工具性的，是作家随意雕塑随意遣使的三种工具。

首先是男人进行政治较量的工具，如貂蝉，如孙尚香，还有吴国太等。不同的是，貂蝉的充当工具是主动请缨的结果，孙尚香、吴国太则是无意之间不知不觉地被人利用和驱使的。她们的故事具有单纯性质。她们被赋予的某种独特身份或性格特色（貂蝉是妙龄歌伎，孙尚香是巾帼英雄还是国太的掌上明珠,吴国太颇受孙权敬重还有一位老友即义务情报官乔国老等)都是为完成其政治使命所做的铺垫,而且是最低限度的铺垫。三人之中,孙尚香、吴国太的那点铺垫还基本够用;对貂蝉所做的铺垫就捉襟见肘了。试想,一个十几岁的歌伎,即使从小在王允府中长大,多少有点政治熏陶,加上从歌词曲文中获得的那点社会人生知识,可毕竟没有任何从事间谍工作(而且是双面间谍)的实际经验,怎么可能初学乍练之下,便炉火纯青,驾轻就熟,机警老道,见风使舵,把三个超级政治人物(大权奸、大武将、大谋士)玩于股掌之上呢? 难怪毛宗岗调侃说:"十八路诸侯不能杀董卓,而一貂蝉足以杀之;刘关张不能胜吕布,而貂蝉一女子能胜之。女将军真可畏哉!"

罗贯中笔下的貂蝉,与寻常本真的"人"风马牛不相及。

其次,罗贯中笔下的女性,还是作家张扬正统思想和节烈观念的工具。

徐庶之母、王经之母,是两个被作家招之即来挥之即去的过场人物,却担负着张扬正统、维护朝纲的重大使命,并为此大义凛然地死去。这二人很合乎毛宗岗的口味,他在赞赏王经之母时说:"可与徐庶之母并传。庶母欲其子忠汉,经母喜其子忠魏,同一意也。"

在这架天平上,曹皇后(献帝之后,曹丕之妹)颇有点特别。在嘉靖本中,面对曹丕篡汉之举,曹后是助其兄而斥献帝的;可到了毛本中,毛宗岗便让她高扬起"君君臣臣"的大纛,变成助献帝斥兄的保皇党了,一百八十度的转弯。

其他,如糜夫人为保全阿斗、方便赵云,投井而死;刘谌(刘禅第五子)之妻激励丈夫,誓不降魏,立志殉国,并求先死;曹文叔之妻为夫守节,割耳明志、割鼻自誓,等等,无不像流星一闪即逝却留在了读者心中。作家弘扬节烈女子的初衷一以贯之。

除上述两大使命外,《三国演义》中的多数女性,只是作为传宗接代的衔接符号而被提及的。严格地说,不宜计入"人物"谱系之中,因为徒有称谓,没有生命,只是传宗接代的工具。如诸葛亮之妻黄氏、刘表前妻陈氏、刘备之妻甘夫人等。有的甚至连传宗接代的使命也未必承担,而仅仅是有身份男人的身份象征而已。

《三国演义》切割了男人人生舞台的一半。《三国演义》中的英雄拒绝女人，拒绝温情。比如诸葛孔明，作为全书的脊梁人物，竟然也没有婚恋，没有家庭，不与妻儿同在。直到他死后许久，直到魏军兵临城下，直到蜀国濒临危亡关头，才有人想起他的后代子孙，力荐他的儿子孙子们去力挽狂澜。到这种时候，作家才猛然醒悟，觉得需要交代一下诸葛亮原是有儿子，而且他的儿子原是有母亲的："其母黄氏，即黄承彦之女也。母貌甚丑，而有奇才，上通天文，下察地理，凡韬略遁甲诸书，无所不晓。……武侯之学，夫人多所赞助焉。及武侯死后，夫人寻逝，临终遗教，惟以忠孝勉其子瞻。"这些话已是第一一七回的事了。如果不是国难当头之时有人想到诸葛瞻，黄氏其人就永远难见天日了。这也算是母因子而传世吧。

至于关、张、赵等人的婚姻状况和妻室信息，比诸葛亮还惨。他们压根儿一律被省略了"妻"。他们的儿子，都是在他们或战死或病亡或被害的那一刹那间突然蹦出来的。作家让他们的儿子蹦出来的唯一目的，就是为父辈报丧，然后，接受一种世袭性质的荣誉。这一模式的存在，愈加证明了黄氏被追认一事的得天独厚或可有可无。

结语：《三国演义》的女性观，是古代小说名著中最具父系文化之非人特征的。其代表性言论是刘备对张飞所说的"妻子如衣服"那段话，其代表性行为是刘安残杀无辜妻子以飨刘备那段故事（分别见第十五回、第十九回）。

当作家不把女人当作"人"的时候，在艺术表现上必定远离了写实，甚至远离了逻辑。

再看《水浒传》

《水浒传》观照与表现女人的兴奋点与《三国演义》有所不同，但依旧是父系文化之褊狭目光与畸形张力的载体。

凭感觉，《水浒传》中坏女人居多。坏女人是男人们受辱受挫受难的诱因，即祸水。

宋江的灾难，先是阎婆惜诱发，后又被刘高的婆娘逼到极致。

武松兄弟的灾难，是潘金莲、王婆与西门庆联手酿就的。

石秀、杨雄的流落梁山与潘巧云的红杏出墙有关；花荣的祸从天降与刘高婆娘的蓄意陷害有关；卢俊义的身陷死牢与其妻贾氏的偷情并歹毒有关；雷横、史进的身遭不测与风尘女子石秀英、李瑞兰的谋财害命有关。

在上述坏女人中，潘巧云还没有蜕变为十足的恶人，她只是耐不住寂寞，经不住诱惑。

以上是，一个可观的坏女人系列。

有个现象值得注意：在《水浒传》作者看来，不仅坏女人是祸水，好女人也往往是祸水。拥有美丽温顺的妻子或女儿，往往会给自己和家庭带来无端横祸与无尽苦难。

林冲娘子、刘太公之女（第五回的刘太公）、张太公之女（第三十二回）、画匠之女（第五十八回）、又一刘太公之女（第七十三回）……都是因为美艳可人而引来奇耻大辱或杀身灭族之祸的。

如此亢奋地重复女人是祸水的故事，毕竟不是健康的创作心态，而且也有失生活常态。或许是现实人生的种种不幸使作家受到强烈刺激从而产生了褊狭的创作冲动，但毕竟作家把女人的恶德与厄运过分地放大了。毫不夸张地说，《水浒传》也没有走进正常女人的生存圈。

至于梁山上三位女头领（一位豪杰、一个魔头、一具木偶），则是对女人的别一种误读和曲解。请回忆文本，想想看。

结语：《水浒传》作者观察女人的目光较诸《三国演义》有所拓展。他笔下的许多女人已拥有宝贵的平常人身份，可惜却没有平常女人的平常遭际和平常心。多数女人的人生足迹如若偏离了“邻家姊妹”的轨道，则或毁灭男人，或被男人毁灭，在毁人和被毁的丧钟声中，消解了可贵的平常人风貌。

由此，作家传达了对好男人生存方式的一种期待：远离女人。鲁达、武松、燕青，就是这样的表率。

不过，在如何看女人写女人方面，《水浒传》也并非一无是处。除了前边提到的对“平常身份”的关注以外，在表现女人的艺术手段特别是揭示“坏女人”的沦落轨迹方面多有简洁的铺垫。少数女性形象，如潘金莲，在与四个男人的冲撞中，还形成了一个合乎情理的性格发展史即沦落史。这是写实主义在表现女人方面的小小胜利。

再看《金瓶梅》

《金瓶梅》的女人现象比《三国演义》、《水浒传》都复杂得多。

《金瓶梅》作者的头脑里，显然跃动着两种对立的文化观念和艺术追求，并因此形成了其女性系列的二律背反现象。

一方面，作家天才地发现（触及）了女人之所以是女人的某些性别特征以及与之相关的生理心理需求。这本是至为宝贵的，它让《金瓶梅》闪烁着人本主义的色调。但另一方面，作家又有意无意地夸张了他的发现，把女人中间最鲜活的分子自知不自知地扭曲成为欲壑难填的性变态狂，从而冲淡甚至边缘化了其人文色彩。

一方面，作家把观察的视点投向了市井女子，还创造性地选择生活琐事和日常波澜作为完成性格的新天地；可另一方面，他又把女人中间的多数描绘成市井女子中的另类，是任凭男人驱动、支配、轻侮、戏弄的下流坯、贱种。由此，消解着这个以市井女子为主体的崭新女性王国的价值根基，使它本应具有的历史性重量减轻了。

要之，《金瓶梅》的女人世界是小说史上戛戛独造的新景观，那里边的女人比《三国演义》、《水浒传》更贴近寻常女人圈，但同时又过分集中、过分密集地让她们充当男人变态性需求的宣泄伙伴，让古今健全女性蒙受了巨大耻辱。

对此，常常让我们想起郑振铎先生早在七十年前就提出的“佛头着粪”的精彩比喻。〔3〕

结语：《金瓶梅》发现了女人，又亵渎了女人；它发现了寻常，却又亵渎了寻常。

再看才子佳人小说

明清之际出现的才子佳人小说，形成了一个崭新的女性系统，可称之为镜花水月型的女人王国。清前期的《镜花缘》为之推波助澜，清后期的一部“言情＋武侠”小说《儿女英雄传》（远在《红楼梦》之后，并声言要翻《红楼梦》的案），又为之做出了绝妙的补充。

镜花水月型的女子，是不得志的才子们打造出来的，是无钱无势无依傍无前程的落拓文人的自我慰藉与精神补偿。

其中，《好逑传》、《平山冷燕》、《玉娇梨》、《铁花仙史》及《镜花缘》中的一百个才女，尤具典范性，是超级美女、超级才女、超级贞女的集大成。

她们的美貌，自是绝伦超群，沉鱼落雁，闭月羞花，倾国倾城，已形成一套公式化的溢美话语系统。

才智呢？除了博览群书、博闻强记、诗词曲赋琴棋书画无不精湛、天文地理数学化学物理学生物学历史学以及当时可能存在的一应人文科学自然科学都能如数家珍烂熟于心之外，还拥有一种“不动声色，而有神鬼不测之机”的超年龄超阅历超写实的人生智慧与社会应变能力。

10岁幼女山黛，是前一种智慧之最。以一首白燕诗压倒满朝文武；手持皇上所赠玉尺，直面朝廷六大名臣的挑剔与考较，无一人能望其项背；殿堂之上，奉旨当面撰新诗三章，竟获得“体高韵大，字字有《三百》之遗风，直逼《典》《谟》”（五帝之书曰五典；大禹谟、皋陶谟，皆《尚书》篇名）的赞誉。

17岁少女水冰心，是后一种智慧之最。一个闺中少女，竟然毫无闺中小姐教养封闭视野狭小的局限，在与权佞之子、狠心叔父的无数次较量中，审时度势，居高临下，处乱不惊，随机应变，智若泉涌，一派大将风度，表现出不可思议的避害全身的应变能力，令人惊异，令人瞠目。

再者，她们的道德风貌，也尽善尽美。仍以水冰心为例。

一个十六七岁的闺中少女，不仅有侠烈古丈夫的胸襟，知恩图报，义薄云天，而且能灵活地运用圣人语录，维护自己堂堂正正“大义”、“大德”之举。“宁失闺阁之佳偶，不做名教之罪人”，这是她与铁中玉坚贞恪守的誓言。为避嫌，为自重，为证明清白，她再三再四地拒绝与铁中玉联姻。直到皇帝传旨，皇后召验，证其“实系处子”并传诏表彰、重赏、奉旨重结花烛之后，方行“合卺”之实。用圣旨中的话说：“此诚女子中之以圣贤自持者也。”

有趣的是，写到这个份儿上，这类小说的作者还不满足。除了是绝代佳人、绝代才女、绝代贞女之外，他们还希望自己笔下的女子身怀武功，所向披靡，如前人笔下的红线、聂隐娘辈。

《镜花缘》一百个才女美女中间，就藏龙卧虎，多有这般人物，如骆红渠之降虎（第十回）、魏紫缨之降狻猊（第二十一回）、颜紫绡之剑侠奇功（第五十四回）等。

何玉凤（十三妹）的出现，使这一梦幻达到最诱人的境界，让手无缚鸡之力的文弱书生，侥幸邂逅一位绝色女侠，在她的护佑下去完成尽孝尽忠行仁仗义的壮举，是何等惬意！怪不得胡适说《儿女英雄传》是“一个迂腐的八旗老官僚在那穷愁之中作的如意梦"呢。

不过,公允地说,十三妹何玉凤的塑立,尽管整体上偏离了写实,但许多细节的营造,却充满浓浓的生活气息,灵动而又真切(如撼动石碾子的一系列细微动作的描写等)。

结语:说到底,这一镜花水月型的女人世界依然是父系文化的产物,是依照落拓书生的眼光、兴味、需求、梦幻打造而成的。其价值取向是镇痛和消闲。从"双美(甚至多美)共事一夫"的模式化大结局中,足以嗅到某些大男人的卑俗与贪婪。此其一。

然而,不论小说家的主观情致如何,这类作品客观上总是"显扬女子,颂其异能"[4],并由此产生着相对积极的社会文化效应,从而成为由《金瓶梅》到《红楼梦》的一种过渡。此其二。

可以断言,对此类小说,《红楼梦》在自知的扬弃中,又有不自知的承传。

《红楼梦》是这样看女人写女人的

1

读红楼女子,有一种发生了"革命"的感受。

"自有《红楼梦》出来以后,传统的思想与写法都打破了。"[5]这里所说的"打破",自然包含着如何观察与表现女人在内。

尽管从整体上说,《红楼梦》依然是两种或两种以上文化的载体,尽管其女性观念中多有对主流文化(正价值与负价值)的张扬与认同,但它观察与表现女人的视角、兴奋点、艺术手段等,都有了质的腾越。

首先,《红楼梦》把女人当做与男人相对应的一个性别群体来看待了,即视做与男人一样的、只是性别不同的一个人群了。换言之,《红楼梦》中的女人,尤其年轻女人,不再是男人生命中的某种工具,不再是让男人受挫受难的祸水,不再是男人变态性需求的伙伴,也不再是失意男人镜花水月般的自我补偿了。

其次,《红楼梦》作者认为,女人,尤其是年轻女人,是较诸男人精彩一点的人,是展现着较多的人性美人情美的人。但作者绝不着意打造三从四德的楷模。作者是这么说的(见第一回),石头是这么说的(见第一回),冷子兴和贾雨村是这么说的(见第二回),贾宝玉更是这么说的(诸如,“女儿是水做的骨肉,男人是泥做的骨肉”;“山川日月之精华独钟于女儿,须眉男子不过是些渣滓浊沫而已”;“女儿未出嫁时是无价的宝珠”;“老天,老天,你有多少精华灵秀,造出这些人上人来”,等等)。作者最初、也是最强烈的创作冲动,正是为一群较为精彩的女子作传。

第三,尤为可贵的是,红楼女性世界是一个寻常而鲜活的女人世界,原汁原味的女人世界,这是《红楼梦》女性观中最有价值的亮点。作者观察与表现女人的新视角、新兴奋点、新的艺术追求,无不透过寻常、本真、原汁原味的性格描写展现出来。

众所周知,《红楼梦》以自然胜。

红楼悲剧,以自然胜。[6]

红楼女性,尤以自然胜。[7]

内行人都明白,画鬼容易画虎难。追求寻常、本真、原汁原味的艺术品位,实费功夫。只有像王国维所说的那样去参悟宇宙人生,既入乎其内,又出乎其外,历练了一番又一番入内出外的体验、观察、感悟与思索之后,才能创造出有生气有高致的艺术品来。

曹雪芹悟性卓异,底蕴深厚,举重若轻地高扬并实践了崇尚自然、崇尚鲜活、崇尚寻常的艺术追求。

寻常而鲜活的女人,必定是淳美的;寻常而鲜活的女人,必定是不完美的;寻常而鲜活的女人,又往往有着某种模糊性;寻常而鲜活的女人,还各有各的不幸。

寻常而鲜活的女性世界,才是真实的世界。

2

红楼女子,一个各美其美的寻常世界。

寻常而鲜活的女性世界,首先是美的。花团锦簇,流光溢彩。像冰心老人所说,少了女人,就少了百分之五十的真,百分之六十的善,百分之七十的美。[8]红楼女性的形貌美、才智美、性情美以及不同年龄特有的风神美,都在绽放异彩。

然而，没有一个女子是尽善尽美的。红楼女子的美，绝不集于一身。这一点，与以往四种模式特别是“镜花水月”模式，迥乎不同。其显性的特征有三。

特征一：美，是散落的，不追求“集大成”。红楼女性美是不偏不倚地散落在多数女子特别是少女少妇身上的。每个年轻女子都拥有某种单项优势，却没有全能冠军，是一种各美其美、美美与共的态势。

特征二：美，又是有分寸的、适度的，不追求绝伦超群。就像作者借石头之口所宣告的，他书中的女子没有班姑蔡女之类的样板，而是一群“小才、微善”、“或情或痴”的寻常“异样女子”，各有一份儿智慧，一份儿善良，一份儿真性情，是古往今来凡身心健康之女子人人拥有的普泛的基础的美。

特征三：红楼女子的美，又是有个别性、互补性的。“小才”，有种种；“微善”，有种种；真性情，更有种种。单以真性情而论，可谓千姿百态、光怪陆离，呈现出中国文化人所喜爱的种种文化人格。有些女子，在不同程度上以不同方式展示着任情之美，而另一些女子则在不同程度上以不同方式展示着中和之美。少有重合，少有雷同。

尤为重要的是，不同文化人格的女子之间，是一种正衬的互补的排列组合，而不是反衬的逆向的排列组合。用俞平伯的话说，是此美与彼美的“两峰并峙，双水分流”，而不存在什么抑此扬彼的“九品人表”。[9]

任情美的性格核心是较多地推重个性，较多地推重自我（那时候并没有这些语词）。像李贽《焚书》（卷二）中所说，“不必矫情，不必逆性，不必昧心，不必抑志，直心而动”。这种女子或活得洒脱（如史湘云、芳官等），或心智锐敏（如林黛玉、龄官及贾探春的某些侧面等），或性子刚烈（如直面戕害时的鸳鸯、尤三姐等），是古已有之的“不谄”、“不趋”、“不惕”的人文精神的自知承传与任意流淌。

中和美的性格核心是珍重自己、体恤他人，是对儒家“修己安人”、“和而不流”等积极内涵的认同与实践。这种女子大都活得安详（如邢岫烟、李纨、麝月等），待人宽容（如薛宝钗、花袭人等），且品性坚韧（首推平儿，还有薛宝钗、贾探春的某些侧面等），是古已有之的“不矜”、“不伐”、“不卑不亢”的人文精神的自知承传与清醒高扬。

3

红楼女子,一个各有“陋处”的寻常世界

寻常而鲜活的女性世界,必定是不完美的。用脂砚斋的话说:“真正美人方有一陋处”(庚辰本第二十回双行批注)。这些陋处,在形貌、才智、性情诸方面,都被自然、本真、原汁原味地透露了出来。

常言道,金无足赤,人无完人。《红楼梦》作者在标榜“小才微善”而非大贤大能的同时,已经为女性世界的“陋处”做了铺垫。红楼十二钗正册、副册、又副册中的数十名年轻女子,正是带着各自的缺欠,各美其美、美美与共地生存在大观园内外,形成一道道自然和谐的亮丽景观。

以形貌论,《红楼梦》扬弃了尽善尽美,不打造绝代美女群。形貌“兼美”的女子微乎其微;两个女主人公的肖像描写亦重在气质风神,绝无沉鱼落雁、闭月羞花、倾国倾城之嫌;至于多数女子,只是形貌清秀、可爱、不俗罢了;部分年轻女子(有小姐也有丫头)甚至相貌平平,乏善可陈,与国色天香风马牛不相及。这才是写实主义大师的艺术追求。

以才智论,《红楼梦》也扬弃了尽善尽美,不打造绝代才女群。如前所说,年轻女子可能拥有的各种门类各种层面上的才情智慧,不偏不倚地散落在各个女子的身上。黛、钗、湘、妙、琴以诗才胜;钗、琴、岫(烟)、妙以学问胜;探、凤(及纨、钗某一侧面)以长于管理胜;惜春以画胜;莺儿以编艺胜;晴雯以补裘胜;凤姐、小红还有麝月以口才胜;凤、平以识人胜;秦、探以居安思危、近忧远虑胜,等等。

没有一位如同山黛、水冰心那样全知全能的女子。

以性情论,《红楼梦》与尽善尽美的女性王国尤为绝缘。这部大书不打造绝代贤女群。性情,是人们与生俱来的自然属性与后天养成的社会属性的融合。龙生九子,不尽相同;金无足赤,人无完人。崇尚自然、本真、原汁原味的写实大师不相信有什么天生圣人和道德完人。

脂砚斋说曹雪芹写女人有“至理至情”之妙。比如尤氏,“论德比阿凤高十倍,惜乎不能谏夫治家,所谓人各有当也”,“最恨近之野史中恶则无往不

恶，美则无往不美，何不近情理之如是耶！”（庚辰本第四十三回双行批注）

鲁迅说《红楼梦》写人“其要点在敢于如实描写，并无讳饰，和从前的小说叙好人完全是好，坏人完全是坏的，大不相同，所以其中所叙的人物，都是真的人物”[10]。

俞平伯说：“十二钗都有才有貌，但却没有一个是三从四德的女子；并且此短彼长，竟无从下一个满意的比较褒贬。”[11]

以上解读，可谓贴近了作者，贴近了文本，贴近了红楼女性世界。

林黛玉，无疑是任情美之最。其性情中的清标之气，其恋情中的清纯之气，其诗魂中的清奇之气，牵动着历代读者的心。她还是古今一脉相承的种种悲剧意蕴的集大成者。[12] 即便如此精致的艺术品，其精神内涵也有显见的“陋处”：其“小性子，行动爱恼人”（史湘云语）的自恋型人格，让疼爱她、欣赏她、敬畏她的人们，经受了许许多多鸡零狗碎的折磨，更为她自己带来无穷无尽的烦恼。林黛玉过早地夭折了，她的死是当时的大小社会环境、大小文化氛围的罪过，但从某种意义上说，她的性格弱点又何尝不是催化这一人生悲剧的内因？难怪贾母不选择她为宝玉妻；难怪钱锺书《谈艺录》中说“当知木石姻缘徼幸成就，喜将变忧，佳偶始者或以怨偶终”[13]；难怪许叶芬遗憾地说“死黛玉者黛玉也”。[14]

薛宝钗，无疑是中和美之最。其男人观中的务实风神（见第四十二回与黛玉对话），人际交往中的宽和风神，直面不幸婚姻的凝重风神，诗词魂魄中的蕴藉风神，无不挥发着恒久的魅力与亲和力。然而，这小小女孩为人处世的圆熟与自控能力的超常，却让人不适、有隔膜感。她至少在七八个场合中（如猜元春灯谜、论金钏死由、诋芸红隐私、责宝琴诗题、谑黛玉婚事以及对尤三姐之死的过分寡情、对绿玉绿蜡之辨的过分热衷等）都大可不必如此这般地说话行事和做人。小小年纪，竟如此世事洞明，人情练达，进退矩步，明哲自保，真让人大开眼界。这说明主流文化强化于女人的价值期待扼杀着自发自然的天性，使薛宝钗的充沛活力被抑制了不少。

其他，如迎春过于懦弱，被视为“二木头”、“有气的死人”；惜春过于孤僻，用尤氏的话说，“心冷口冷心狠意狠”；探春是四姐妹中最为才清志高超尘脱俗者，然在面对赵姨娘和贾环的劣迹时，亦有受制于宗法观念而不尽人情之处;至于妙玉的乖张、秦可卿之死的蹊跷,特别是王熙凤的贪欲、权欲以及由此激发的某种犯罪激情等,更为多数读者所共识。

要之,不完美的女性世界,才是真实和谐的人的世界。

4

红楼女子,像寻常人一样多有模糊朦胧色彩。

寻常而鲜活的女人,其性格构成必有某种模糊性。一种说不得善恶,说不得美丑,说不得正邪,说不得智愚的朦胧色彩。用脂砚斋的说法,是"囫囵不解"状态。

模糊性,是《红楼梦》观察与表现女人愈益深邃愈益灵动的又一重要表征。有些女性在整体上具有模糊性;有些女性的某一性格子系统具有模糊性;还有些女性虽则在整体上和主要性格侧面上都较透明,但诸多言谈行止却让人掰扯不清。模糊性又增重了红楼女子的魅力。

妙玉,是在整体上被赋予朦胧色彩的女孩儿,她身世有谜,性情有谜,归宿也有谜。

妙玉的身世,有两点是清楚的。第一,她是"苏州人氏,祖上也是读书仕宦之家","如今父母俱已亡故",师父也"于去冬圆寂了","身边只有两个老嬷嬷,一个小丫头伏侍"。第二,她是"带发修行"的,"才十八岁","文墨也极通","模样儿又极好",出家为尼的原因是"自小多病,买了许多替身皆不中用",直到"亲自入了空门,方才好了"。"五年前"她曾"在玄墓蟠香寺住着",和邢岫烟"做过十年的邻居","因不合时宜,权势不容,竟投到这里来"。第一点是背景简介,第二点是人物简介,也可谓言简意赅了。

可依然多有扑朔迷离之处。比如,她"祖上"的"仕宦"阅历与规模究竟如何?当今是否已经败落?其父母亡故后可还有亲人健在?她在茶道与茶具方面均大有压倒宁荣二府之势,是否与其曾经显赫的家世身世相关?等等。要之,妙玉的故事中是否深隐着另一个大家族走向衰微的悲剧?凡此,虽多有蛛丝马迹,却无不迷雾重重。著名作家刘心武在《红楼三钗之谜》[15]中,力图揭开妙玉身世的雾幔,其艺术想像力也果真让人叹服,但这种努力毕竟有画蛇添足之嫌,客观上也破坏与消解了因朦胧模糊而带来的那种莫可名状的美。

妙玉的乖张，人所共知，但对这种乖张的解读却生发出不尽相同的兴奋点。究其原因，与其乖张行为自身的模糊性有关。例一，栊翠庵品茶时，妙玉递给钗黛的茶杯是两种“古玩奇珍”，递给宝玉的却是“自己常日吃茶的那只绿玉斗”，这表明她对宝玉并不着意疏远或排拒，然而紧接着却“正色”道：“你这遭吃茶是托他两个福，独你来了，我是不给你吃的。”宝玉笑道：“我深知道的，我也不领你的情，只谢他二人便是了。”例二，李纨见栊翠庵红梅有趣，想折一枝插瓶，可她“厌妙玉为人”，“不理她”，所以趁宝玉联诗落第，罚他去讨一枝，并“命人好好跟着”，黛玉忙拦说：“不必，有了人反不得了。”不久，宝玉便笑吟吟地擎来一枝“二尺来高，旁有一横枝而出，约有五六尺长”的奇丽无比的红梅，姐妹们“各各称赏”。例三，宝玉生日那天，妙玉打发人送来贺卡，上面写着“槛外人妙玉恭肃遥叩芳辰”，用邢岫烟的话说，此举“放诞诡僻”，“僧不僧，俗不俗，女不女，男不男，成什么道理”。第八十七回中更有一段“坐禅寂走火入邪魔”的文字，不赘。

凡此，皆生发出一种难以揣摩、难以一言论定的模糊色彩，透露了一位身在空门、心在红尘的异样女子孤寂、落寞、躁动、失衡的心理轨迹。这一切都是不能也不宜落实的，只可意会，不可言传。如果一定要把妙玉的这种情怀加以挑明，那不仅亵渎了这位高标傲世的女子，也亵渎了《红楼梦》观察人与表现人的朦胧美。

妙玉的结局，在第五回中虽有明示（“可叹金玉质，终陷淖泥中”），然这“淖泥”将以什么形态出现？妙玉又怎样与之较量？后四十回中让妙玉被一伙歹徒用“闷香薰住”“掇弄了”“奔南海而去”的遭际，是否过于残忍？等等，都让那预言变得扑朔迷离。

朦胧模糊的美感在林黛玉性格中也有部分展现。比如，其人生价值取向就存在一种不自觉、不恒定状态，有较明显的随意性、可变性，从而难以给她下一个认同还是背离主流文化的结论。

小说中从未正面表现过林黛玉在男人或女人价值取向上的见解，也从未让她正面发表过背离或维护主流文化之价值期待的话语。那么，为什么贾宝玉在众多姐妹中偏偏视林黛玉为知己？那只是因为林黛玉从不曾劝他去走什么仕途经济学问之路，对他的"无事忙"与"富贵闲人"的生存方式不问不闻听之任之的缘故。换言之，贾宝玉在林黛玉面前，尽管小儿女的情感纠葛不断，但在如何做男人这一点上，却没有压迫感。她带给他一种宽松的气氛。当那些对贾宝玉至亲至爱的人们总是以孟母和乐羊子妻的方式去关心他、督促他，甚至施之以斥责的时候，林黛玉无可无不可的宽松态度，就特别珍贵了（见第三十二、三十六回）。

然而，还有另外一些事实。我们有必要从事实的全部总和与相互联系中去思索问题。事实一：第九回宝玉为与秦钟亲近而重入家塾时，曾特意向黛玉道别，黛玉笑道："好，这一去可定是要蟾宫折桂去了。"从口吻看，她的话是有不确定性的，既可理解为善意的调侃，也可理解为亦庄亦谐的祝愿，但她毕竟把上学读书和蟾宫折桂挂上了钩。这不能不启发人们提出一种假设：假如宝玉此去，果真或半真半假地寒窗苦读起来，果真或游戏人生似地弄个举人进士当当，黛玉就从此与他离心离德分道扬镳了吗？细读全书与全人，读不出这种可能。事实二：第三十四回宝玉挨打之后，黛玉红肿着双眼去探视的时候，二人有过一段对话。如果说，第九回的祝愿纯属幽默与调侃，那么，在直面他父子二人两种价值取向的剧烈冲突之后，黛玉对宝玉的叮咛与嘱咐，就是语重心长掷地有声的了："你从此可都改了吧！"话语极简短，包孕极丰厚，倾注了对宝玉今后如何生存的价值期待。这种期待中虽说混合着许多呵护许多无奈，但其导向却并不含糊。它明确传达了她对他现存生活方式的怀疑，她期盼他从此换一个活法，即劝导他不再依然故我，劝导他由此改弦更张。宝玉的回答是"别说这样话。就为这些人死了，也是情愿的！"二玉价值取向上的差异，是毋庸讳言的了。事实三：第四十二回黛玉因行酒令时引用了《西厢记》、《牡丹亭》的典故，被宝钗召去个别谈话、善意训导时，竟一味忏悔"失于检点"，"羞得满脸飞红，满口央告"，"心下暗服"，"只有答应'是'的一个字"。事实四：第四十九回，宝玉、湘云在芦雪庵吃烧鹿肉，是雪地里一道淳美亮丽的人文景观。探春、平儿、宝琴、凤姐等都参与得欢快执著，宝钗虽不曾投入，但鼓励宝琴去同吃同乐。在放浪形骸的野炊中，唯一冷眼旁观并诮语评点的，便是那黛玉。她说，"那里找这一群花子去！罢了，罢了，今日芦雪庵遭劫，生生被云丫头作践了。我为芦雪庵一大哭!”或以为这又是黛玉高洁幽默性情之流淌,不然。作者并没有保护与欣赏黛玉的兴致,相反,他当即让湘云以“冷笑”与冷言冷语给黛玉以无情反击:“你知道什么! 是真名士自风流! 你们都是假清高,最可厌的! 我们这会子腥膻大吃大嚼,回来却是锦心绣口。”事实五:第六十三回怡红夜宴,是小儿女们的一大创造,一次洒脱酣畅的集体亮相。在其乐融融的夜宴中发出的唯一不和谐音,就是黛玉的惶惑与警钟:“你们日日说人夜聚饮博,今儿我们自己也如此,以后怎么说人?”

以上种种,与她直面贾宝玉的宽松态度互为映衬,展现了林黛玉面对主流文化的价值期待,既说不上背离又说不上认同的不自觉不恒定的生存状态。这种状态,是很难“一言以蔽之”的。这种状态,恰恰是林黛玉得以鲜活、得以永恒的又一小小支撑点。

寻常、鲜活的女人群体,还各有各的不幸。对此,作者、文本、读者(含评家)之间,存在较多的默契。请仔细体味第五回与全书,此处不赘。

简短的结语

与以往甚至以后的古代小说相比较,《红楼梦》观察与表现女性的视角有了大的转换。女人已不再是男人某种政治行为、舆论行为或传宗接代行为的工具,已不再是男人成功路上的灾星或祸水,已不再是男人皮肤滥淫的性对象,已不再是不得志男人镜花水月般的精神补偿。红楼女子已构成斑斓多彩瑕瑜互见的人的世界。

《红楼梦》观察与表现女人的范畴也有了大的拓展与突破。它不再拘泥于在婚恋故事、传奇故事、三从四德故事中衡估或赏鉴女人,而是在更加普泛的生存状态中,像发现男人一样去发现女人的真善美才学识以及自然本真生存状态的被压抑、被扭曲、被剥夺与被毁灭。

《红楼梦》观察与表现女人的兴奋点尤有大的变化与超越。它不热衷于构建什么德、才、貌三绝的女人王国,它痴迷地描摹并郑重地托出一个“耳鬓厮磨的”、“亲见亲闻”的、寻常本真的、原汁原味的姐姐妹妹世界。

由此,《红楼梦》对女人的观照已远远超出女性问题圈。它将穿着女装的"人"的人生困惑,展示给人们看,从而,激起一代又一代读者对诸如性格、命运,主体意志、客观法则、自我价值、社会责任……及其相互关系的种种思考。

二 《红楼梦》男性世界还原考察

祖辈与晚辈的巨大反差及其启示

讨论《红楼梦》的男性观念,不需要从文本外部寻找参照系,《红楼梦》的男性世界原本就是在相互参照中构建起来的。

直面主流文化对男人的价值期待,直面士、农、工、商的社会角色选择,居住在宁荣二府的男性群体大致可归为四种类型。

其一,成功男人的象征,即"功名贯天"的宁荣二公,还有全方位优秀的官商薛蝌。

其二,不肖子弟的载体,即贾敬、贾赦、贾珍、贾琏、贾环、贾蓉、贾蔷等两府嫡派儿孙,还有致祸败家的官商后裔薛蟠。

其三,失败男人的典型,即贾政,一个认同主流文化期待,但平庸无为,最终进退维谷的老派人物。

其四,叛逆少年的塑立,即贾宝玉,一个背离主流文化期待,但难有作为,最终趋于困惑状态的异样孩子。

对第一类男人作者抑制不住发自内心的赞赏。这种赞赏虽多为虚写,却也明白无误地传达了作者对"修己,安人"(《论语·宪问》)这一价值天平的正面认同。

有了宁荣二公,方有赫赫扬扬、已历百载的"钟鸣鼎食之家,翰墨诗书之族"(第二回);有了宁荣二公,方有"敕造宁国府"、"敕造荣国府"的巍峨挺立(第六回),方有"白玉为堂金作马"的民谣。

第五十三回,将宁荣二公的灿烂人生推重到极致,这种推重是在除夕祭宗祠时借助薛宝琴的眼睛一一披露的:

原来宁府西边另一个院子，黑油栅栏内五间大门，上悬一块匾，写着是“贾氏宗祠”四个字，旁书“衍圣公孔继宗书”。两旁有一副长联，写道是：

肝脑涂地，兆姓赖保育之恩；

功名贯天，百代仰蒸尝之盛。

亦衍圣公所书。进入院中……抱厦前上面悬一九龙金匾，写道是：“星辉辅弼”。乃先皇御笔。两边一副对联，写道是：

勋业有光昭日月，功名无间及儿孙。

亦是御笔。五间正殿前悬一闹龙填青匾，写道是：“慎终追远”。旁边一副对联，写道是：

已后儿孙承福德，至今黎庶念荣宁。

俱是御笔。

从“衍圣公所书”，到“先皇御笔”，到“御笔”，层层写来，字字千钧，对宁荣二公辉煌人生的定位，已无以复加。

对第二类男人作者则抑制不住发自内心的鄙薄。这种鄙薄虽颇有分寸，颇有深度，不落“高俅、高衙内”之俗套，却也明白无误地传达了作者对“五世而斩”现象的清醒批判精神。

宁国公嫡孙贾敬，“袭了官，如今一味好道，只爱炼丹炼汞……在都中城外和道士们胡羼”（第二回），最终“吞金服砂，烧胀而殁”（第六十三回）。其子贾珍，袭了官，“只一味高乐不了，把宁国府竟翻了过来，也没有人敢来管他”。宁府被抄后，贾珍被“革去世职，派往海疆效力赎罪”，“宁国府第入官，所有财产房地等并家奴等俱造册收尽”。

荣国公嫡长孙贾赦，袭着官，却“官儿也不好生作去，成日家和小老婆喝酒”，“如今上了年纪”，依然“左一个小老婆右一个小老婆放在屋里”，还处心积虑、兴师动众算计着讨鸳鸯作妾，直气得贾母“混身乱战”（第四十六回）。更有甚者，“倚势强索”石呆子二十把“古扇”，“弄得人坑家败业”，自尽身亡（第四十八、一〇七回）。荣府被抄后，被“发往台站效力赎罪”，“所有贾赦名下男妇人等造册入官”。其子贾琏,“捐了同知,也是不肯读书”(第二回),被贾母斥为“下流东西”,“成日家偷鸡摸狗,脏的臭的,都拉了屋里去”(第四十四回)。抄家后,被“革去职衔,免罪释放”,但“历年积聚的东西并凤姐的体己”,“一朝而尽”。至于贾环(贾政与赵姨娘之子),用王熙凤的话说,“是个燎毛的小冻猫子,只等有热火灶坑让他钻去罢”。

余不一一。

第四回末尾两段,说薛姨妈原以为寄居贾府,“方可拘紧些儿子,若另住在外,又恐他纵性惹祸”,谁知薛蟠在贾府“住了不上一个月的光景,贾宅族中凡有的子侄,俱已认熟了一半,凡那些纨袴习气者,莫不喜与他来往,今日会酒,明日观花,甚至聚赌嫖娼,渐渐无所不至,引诱的薛蟠比当日更坏了十倍”。这可真是始料不及的了。联想第九回的家塾风波,再联想第七十五回贾珍居丧期间,“以习射为由”,“赌胜于射”,乃至“公然斗叶掷骰,放头开局”的龌龊光景,两府儿孙的种种不肖,已大致收于眼底。

难怪脂砚斋读到第四回便慨叹道:“作者泪痕同我泪,燕山依旧窦公无!”[16] 他认定现存的贾府大男人中间,已全然不存在像燕山窦公那样教子有方的人物了。这正应了宁荣二公之灵对警幻仙子所说的“子孙虽多,竟无可以继业”;百年望族的“运终数尽,不可挽回”,便成定局。

贾政:别一种不肖子弟

贾政是第三种男人。作家对第三种男人的认知态度较前两种复杂。

作家对贾政的定位是:一方面,他是宁荣二公现存成年儿孙中唯一的正经男人;但另一方面,却全然不是宁荣二公眼中心中“可以继业”的正宗传人。

说贾政是正经男人,是有依据的。在抽象衡估与表层叙述中,作家不吝惜褒扬他的语词,诸如,说他“自幼酷爱读书,祖父最疼”(第二回),“谦恭厚道,大有祖父遗风”(第三回),“训子有方,治家有法”(第四回),“人品端方,风声清肃”(第三十七回),等等。

然而,对具体的情节场面认真梳理之后却发现,贾政其实并不是主流文化所期待的成功男人。

宁荣二公所做出的“子孙虽多，竟无可以继业”的论断中，显然包含了贾政在内。薛宝钗所说的“男人们读书明理，辅国安民，这便是好了。只是如今并不听见有这样的人了”，显然也把贾政排斥在好男人之外。

这是因为，尽管贾政认同“修、齐、治、平”的价值准则，却并不恪守它。无论教子、治家，还是辅国、安民，他都缺乏主流文化所高扬的那种责任心与使命感。他缺乏笃行精神。

他是名副其实的庸才、失败者、无所作为之辈。

而且，愈到后来，这个平庸男人的价值天平愈加发生了倾斜。在如何做父亲和如何做清官的问题上，他陷入了困扰，并选择了鸵鸟政策。

首先，贾政不是主流文化所期待的好父亲。在与“异样孩子”贾宝玉的较量中，他是双向失败者。其失败的标志有二：前期，表现为绝望情绪；后期，则表现为妥协倾向。这样的父亲，何止不符合儒家一贯的教育理念，而且，也与宁荣二公对贾宝玉的期待与引导手段大相径庭（见第五回）。

让人不解的是，其绝望情绪竟然是从“抓周”事件开始的。面对一个周岁男婴不抓书墨纸砚刀枪剑戟而只抓“脂粉钗环”这一趣事，便“大怒”，便断言“将来酒色之徒耳”，便“大不喜欢”（第二回）。

望子成龙的过分偏执，扭曲异化了父子亲情。在一段相当长的岁月中，他对宝玉的疏淡、呵斥、嘲讽、谩骂，已成常态，即使偶尔萌生怜爱之情，也总是“断喝一声”：“作孽的畜牲！”“无知的孽障！”“叉出去！”等等。

这种绝望情绪在第九回有一次病态大发作。宝玉为方便与秦钟交游，萌发了相约秦钟同入家塾的念头（这一背景贾政并不掌握）。当宝玉把“上学”的决定禀报贾政的时候，贾政竟“冷笑道：你如果再提上学两个字，连我也羞死了。依我的话，你竟顽你的去是正理。仔细站脏了我这地，靠脏了我的门！”如此绝情绝义、气极败坏的心态，说明贾政的精神隧道中已经积淀了无尽的失败，他的信心已经丧失殆尽，他决意放弃教育的责任。

绝望情绪膨胀到顶点，便爆发了那一场“笞挞”。这时的宝玉，已不止于不读书不科举不仕进等日常性劣迹，而且遭遇了忠顺王府和贾环的双重诬陷，又平白增添了两大罪状——“在外流荡优伶”、“在家淫辱母婢”，皆属于

“无法无天”、祸及父祖的丑闻。于是，贾政下了“堵起嘴来，着实打死”的毒手。

具有讽刺意味的是，在这次大打出手的全过程中，尽管贾政自己“气的目瞪口呆”、“面如金纸”、“喘吁吁直挺挺”、“眼都红紫了”，甚至“一脚踢开掌板的”小厮、夺过大板、“咬着牙狠命盖了三四十下”、越打越“火上浇油一般”、“那板子越发下去的又狠又快”、直打得宝玉“动弹不得”、“面白气弱”、“由臀至胫”皮开肉绽、“竟无一点好处”、“小衣下皆是血渍”、不得不用长凳抬回怡红院去……即使如此，也始终没令宝玉有哪怕只言片语的悔意，也始终不见任何一星半点儿的成效。正像宝玉对前来探视的黛玉所说的，“就便为这些人死了，也是情愿的！”这便是贾政绝望到极致并大动干戈之后的反馈信息。他的全部震怒、苦痛、劳心和劳力，都白搭了工（第三十三、三十四回）。

从第三十四回到第七十七回，贾政对宝玉的绝望情绪逐渐淡化。或许绝望到极致便是“心死”，或许贾政性情中原本有“潇洒”、“放诞”的底色（见第四回、十七回、七十八回），更或许“因年事渐老”、“名利大灰”、“一应大小事物一概益发付于度外”（第七十一回、七十八回），总之，贾政对贾宝玉的价值期待发生了重大转折。其标志是，对宝玉当下的生存状态，他竟不再厌恶，不再苛求，甚至委婉地予以认同了。

第七十七回有一段文字：

> （天亮时，王夫人房里小丫头传王夫人的话）“‘即时叫起宝玉，快洗脸，换了衣裳快来，因今儿有人请老爷寻秋赏桂花，老爷因喜欢他前儿作得诗好，故此要带他们去。’……老爷在上屋里还等他吃面茶呢。……”宝玉此时亦无法，只得忙忙的前来。果然贾政在那里吃茶，十分喜悦。……贾政命坐吃茶，向环兰二人道：“宝玉读书不如你两个，论题联和诗这种聪明，你们皆不及他。今日此去，未免强你们做诗，宝玉须听便助他们两个。”

第七十八回更有一段文字，续写上文：

> 贾政命他们看了题目。……那宝玉虽不算是个读书人，然亏他天性聪敏，且素喜好些杂书……每见一题，不拘难易，他便毫无费力之处，……近日贾政年迈，名利大灰，然起初天性也是个诗酒放诞之人，……近见宝玉虽不读书，竟颇能解此，细评起来，也还不算十分玷辱了祖宗。就思及祖宗们，各各亦皆如此，虽有深精举业的，也不曾发迹过一个，看来此亦贾门之数。况母亲溺爱，遂也不强以举业逼他了。……又要环兰二人举业之余，怎得亦同宝玉才好……

以上两处文字提供了以下动态：第一，贾政肯定了宝玉题联作诗之优长；第二，这种优长与他“天性聪敏”并“喜好些杂书”颇有关联；第三，宝玉的“这种聪明”远在贾环、贾兰之上；第四，“这种聪明”也并不玷辱祖宗；第五，祖宗中虽有“精深举业”者，但却无人靠举业发迹，看来也是“贾门之数”；第六，遂不再以举业之路规诫宝玉了；第七，不仅如此，还奢望“环兰二人在举业之余”，也能拥有宝玉题联作诗之才智，等等。

由此可见，父子二人长期较量的结果，是以父亲的妥协告终的。换言之，父亲放弃了对儿子的传统期待、对儿子的良性不肖状态给予了认同，这是经过了长期考较和痛苦思索之后的认同。这是又一种失败，是儒家正统教育理念及其价值取向的失败。

平心而论，作家对贾政直面宝玉时的绝望情绪与妥协趋向并非采取鲜明的暴露或嘲弄的立场，相反，作家对他的失败是既有所理解，又有所欣赏的。理解他望子成龙的苦心，欣赏他作为一个有血有肉的父亲本应具有的那份寻常父爱的复苏和流淌（见第七十八回贾政欣欣然为宝玉记录《姽婳词》的全过程）。这一现象，说明作家在“如何做父亲”的问题上，其价值观念是多元的、矛盾的，甚至也存在莫可名状的困惑。

可惜后四十回中，贾政对宝玉的政策又来了个莫名其妙的逆转。他心血来潮，逼迫宝玉重入家塾，研读并撰写八股文；他出尔反尔，宣布从今往后，不许宝玉作诗；赴江西上任之前，他还特意叮嘱王夫人，“明年乡试，务必叫他下场”，等等。如此不合逻辑的逆转，不知是贾政还是续书人的神经出了毛病。

其次,贾政也不是一个善于“治家”的好家长。与贾敬、贾赦、贾珍、贾琏、贾蓉辈相比较,贾政虽无声色犬马方面的劣迹,还算律己较严的一个男人(有两个姨娘很正常,不宜斥之为假正经),但依然不是宁荣二公所期盼的家族的脊梁。第四回中说他“教子有方,治家有法”,全然是虚晃一招。

就在这一回,在涉及贾政的那一大段文字中,显然有两个重心。其一是说,薛蟠入住贾府后,贾府子弟与之沆瀣一气,“今日会酒,明日观花,甚至聚赌嫖娼,渐渐无所不至,引诱的薛蟠比当日更坏了十倍”。其二是说,贾政对这种局面所采取的态度竟然是推聋作哑,文过饰非,即睁一只眼闭一只眼。作家是这样为他定位的:

> 一则族大人多,照管不到这些;二则现任族长乃是贾珍,彼乃宁府长孙,又现袭职,凡族中事,自有他掌管;三则公私冗杂,且素性潇洒,不以俗务为要,每公暇之时,不过看书着棋而已,余事多不介意。况且这梨香院(注:薛蟠居处)相隔两层房舍,又有街门另开,任意可以出入,所以这些子弟们竟可以放意畅怀的……

唯一“大有祖父遗风”的贾政,却不能够或不愿意“照管”“族中”关乎子侄辈教养这样的头等大事,不能够或不愿意对“族中”成年或未成年男人们施加积极的影响。这不能不让作家深深遗憾。脂砚斋在这一点上与作家心有灵犀。第四回脂批说:“作者泪痕同我泪,燕山仍旧窦公无。”看来不是对作家的曲解。

除了做父亲、做家长的失败之外,贾政也算不上一个好官员。第八十回以前,他是个平庸的清官。没有政绩,或不曾被强调有什么政绩,徒有“端方”、“清肃”的虚名。而八十回以后,他则演化为平庸的昏官。续书者在描写贾政出任粮道的情节中,异乎寻常地显示了其写实精神的锐利与深刻。

第八十八回是只眼。这一回说“贾政自从在工部掌印,家人中尽有发财的”。第九十六回,贾政被委派了江西粮道,一个有实权的差使。于是,诱惑了京城一批家人,也诱惑了当地一批书吏衙役。两股势力由敌视到默契,联手逼迫贾政就范，让他依照他们的意愿，在粮道任上贪赃枉法、敲骨吸髓。

贾政起初还坚持着做他的清官，严禁属下贪污受贿。结果，未能中饱私囊的当地“长随”们，便“纷纷告假”，“怨声载道而去”；京城里跟来的家人们，也密谋策划，联合罢了工。没人为之“打鼓”，没人为之“喝道”，没人为之“放炮”，没人为之“吹号”，没人为之“抬轿”，事事处处周转不灵。贾政成了名副其实的孤家寡人。于是，有了他与李十儿的一段“精彩”对话。

跟班李十儿气焰嚣张、层层深入地开导他说：第一，“那些书吏衙役都是花了钱买着粮道的衙门，那个不想发财？”你把你手下的人全得罪了。第二，“收粮的时候”，“那些乡民心里愿意花几个钱早早了事”，老爷不让收钱，“那些人不说老爷好，反说不谙民情”，你把老百姓全得罪了。第三，如今“带来的银两早使没了”，而俸银还没影儿，可“节度衙门这几天有生日，别的府道老爷都上千上万的送了，我们到底送多少呢？”要知道，“这里的事，都是节度一人给皇上报信，他说好，便好；他说不好，便吃不住”；你要是连节度也给得罪了，还能指望“烈烈轰轰的做官”？

贾政由此而开了窍。他请教李十儿说，“依你，怎么做才好？”李十儿说出至关紧要的两句话：“民也要顾，官也要顾”，这是大的原则。具体法则是：老爷只管维护外面的清名，“里头的委曲，只要奴才办去”。

在贾政半推半就的默许和半是清醒半是糊涂的掩护下，李十儿内外勾联，作威作福，“哄着贾政办事”，贾政反倒“觉得事事周到，件件随心”了。即便有几处揭发举报的，上边见“贾政古朴忠厚，也不察查”，李十儿们便愈益猖獗。倒是从京中跟去的“幕友”们每每“用言规谏”，“无奈贾政不信”。到此时，平庸的清官向平庸的昏官的过渡，便得以完成。

昏庸，却标榜清廉；清廉，却掩饰着罪恶。这正是贾政出任粮道的故事。连王夫人也嗅到其中的一些气味十分异常，按捺不住对贾琏说：“你瞧，那些跟老爷去的人，在外头不多几时，那些小老婆子们都金头银面的妆扮起来……你叔叔就由着他们闹去？”到第一〇八回，贾政终因“失察属员，重征粮米，苛虐百姓”受到弹劾，只“亏得皇上的恩典”，“姑念初膺外任，不谙吏治，被属员蒙蔽，着降三级，加恩仍以工部员外上行走”了事。

以上可见，贾政头上已有的几顶帽子，诸如封建正统派、封建卫道者、封建阶级的孝子贤孙之类,都不大合适。他是以平庸无为、养痈成患为特征的另一种不肖子弟。宁荣二公白疼他了。

还有第三种不肖,贾宝玉。但他是一种良性不肖,一种由认同传统价值到背离传统价值的伟大过渡。[17] 对此,请见专论贾宝玉一章,不赘。

简短的结语

《红楼梦》衡估男人的价值天平是二元的。文本对贾宝玉之外的两府子弟的衡估,没有超越主流文化的警戒线。好男人依然要遵照“读书明理,辅国安民”的八字方针,在“修、齐、治、平”的价值追求中,找到自己的历史位置。从文本对宁荣二公往日辉煌的郑重追忆中,可以准确地捕捉到作家测量贾、薛、王、史后世子孙的那把传统的价值尺度。此其一。

《红楼梦》冷峻地展现了名门望族“五世而斩”的严酷现实。两府“子孙虽多,竟无一可以继业”,更不见有“读书明理,辅国安民”的好男人了。秦钟临危之际的忏悔、甄宝玉的改弦更张,以及后四十回关于“兰桂齐芳”的那点儿预言,丝毫不能淡化红楼男人们“忽喇喇似大厦倾,昏惨惨似灯将尽”的整体印象。《红楼梦》的现存男人除贾兰与贾琮尚未定性外,余皆各就各位,分别成为或荒唐混浊或庸碌昏聩或偏僻乖张的三种不肖子弟,而与诸葛亮(《三国演义》)、铁中玉(《好逑传》)、文素臣(《野叟曝言》)、安骥(《儿女英雄传》)们绝缘。此其二。

《红楼梦》中大批量的不肖子弟,如敬、赦、珍、琏之辈,主要是以“没落”为特质的。其兴奋点是声色犬马、醉生梦死,与高俅、高衙内父子(《水浒传》)的抢男霸女、草菅人命有所不同。这样的“度”,使红楼男子的痼疾更具普泛性,更具传染性,更具顽固性,从而也更具深邃性。此其三。

《红楼梦》对贾政型的以平庸为特质的不肖子弟的塑立,是颇有震撼力的。它提供了一种让人关注、启人深思的现象:平庸,即使是道貌岸然的平庸,原来也是很可怕的,它是纵容叛逆、滋生腐败、酿制罪恶的温床。无论是面对家庭,还是面对社会,都一样具有隐形的、慢性的、不自知的杀伤力和破坏性。对这样的男人万万不可误读,不可被其表象迷惑了眼睛。此其四。

《红楼梦》中具有全方位脊梁性质的人物，是贾宝玉。这是一个背离了主流文化和宁荣二公价值期待的“异样孩子”。贾宝玉不等于曹雪芹。曹雪芹大于贾宝玉。但曹雪芹关于如何做男人的种种思考、种种探索、种种新锐与前卫的智慧火花以及面对种种传统文化的无尽困惑与艰难选择，都倾注到了贾宝玉性格之中。于是，便有了贾宝玉的“囫囵不解”，便有了“可解处又说不出理数”，便有了那十一种“说不得”，便有了“古今未有之一人”的定评。[18]

从文化承传看，贾宝玉是个杂家。典籍文化与习俗文化、精英文化与市井文化、主流文化与非主流文化，借助于种种传播渠道，共同熏染、养育了他。

从价值取向看，贾宝玉又是难以一语论定之人。如果一定要把这种难以一语论定的状态加以道破，则可称之为：一个对列祖列宗的价值期待既有背离又有认同，但背离大于认同，积极背离又大于消极背离的良性不肖子弟。

从小说史角度考察，贾宝玉无疑是一个伟大的过渡，是从《三国演义》中的诸葛亮（一个实现传统价值达到极致的艺术载体）到鲁迅笔下的狂人（一个怀疑传统价值达到极致的艺术载体）之间的一座炫人眼目的桥梁。[19]

注　释

〔1〕《马克思恩格斯选集》四卷本，第 3 卷，第 300 页。

〔2〕《马克思恩格斯全集》第 32 卷，第 571 页。

〔3〕《论金瓶梅》第 60 页，胡文彬、张庆善选编，北京：文化艺术出版社，1984 年。

〔4〕鲁迅：《中国小说史略》第 202 页，北京：人民文学出版社，1952 年。

〔5〕〔10〕鲁迅：《中国小说的历史的变迁》，《鲁迅全集》第 8 卷，第 350 页，北京：人民文学出版社，1957 年。

〔6〕王国维：《红楼梦评论》，见一粟《红楼梦卷》第 1 册，第 254、255 页，北京：中华书局，1963 年。

〔7〕吕启祥：《红楼寻味录》第 49—58 页，太原：山西人民出版社，2001 年。

〔8〕冰心：《关于女人·序》，北京：开明出版社，1992 年。

〔9〕〔11〕 俞平伯:《红楼梦研究》第121、122页,上海:棠棣出版社,1952年。

〔12〕 参见拙稿《林黛玉永恒价值再探讨》,《说诗说稗》第398页,哈尔滨:黑龙江教育出版社,1997年。

〔13〕 钱锺书:《谈艺录》第349页,北京:中华书局,1984年。

〔14〕 一粟:《红楼梦卷》第1册,第228页,北京:中华书局,1963年。

〔15〕 刘心武:《红楼三钗之谜》,北京:华艺出版社,1999年。

〔16〕 见戚序本第四回回前批语。燕山窦公,指窦禹钧,五代周人,其五个儿子相继登科。《三字经》:"窦燕山,有义方,教五子,名俱扬。"

〔17〕〔19〕 参见拙稿《贾宝玉生存价值还原批评》,《红楼梦学刊》1997年第1期。

〔18〕 见庚辰本第十九回批语:"说不得贤,说不得愚,说不得不肖,说不得善,说不得恶,说不得正大光明,说不得混账恶赖,说不得聪明才俊,说不得庸俗平凡,说不得好色好淫,说不得情痴情种……"

第八讲

《红楼梦》与现代性

《红楼梦》的写作年代与曹雪芹的织造世家
李贽反正统的异端思想和明清文艺汹涌的"情"潮
封建盛世中的末世形象与贾宝玉叛逆典型的时代意义
曹雪芹的"儿女真情"和宝、黛、钗的婚恋悲剧

李希凡

一 《红楼梦》的写作年代与曹雪芹的织造世家

据《石头记》手抄本的干支排列,《红楼梦》的写作,大致是在清乾隆初年,因为纪年最早的"甲戌本"是乾隆十九年(1754)本。到了乾隆五十六年(1791),程伟元、高鹗的第一次活字印本《红楼梦》"程甲本"出版,已是手抄本流传近四十年之后。证诸手抄各本最多为八十回(即"庚辰本",其中还有"脂砚斋"评语明确讲到补写的两回)。以后广泛印行的百二十回本《红楼梦》,程伟元、高鹗虽在1792年("程乙本")卷首《红楼梦引言》中说"书中后四十回,系就历年所得,集腋成裘",但在"红学"研究界一般都认为,这是假话,实际上后四十回乃高鹗续写。高鹗则晚于曹雪芹近半个世纪。

曹雪芹的家世自会有专题探讨，但他的身世又的确与他的思想以及《红楼梦》的创作有密切的关系，因此，本文也不能不有所涉及。

据已有的考证定论，曹雪芹名霑，字雪芹，出身于清王朝皇室“包衣”。始祖曹锡远“从龙入关，归内务府正白旗。”其后为高祖振彦、曾祖曹玺、祖父曹寅，父叔辈曹颙、曹頫。曹振彦曾任山西平阳府吉州知州、阳和府知府两任地方官；从曹玺开始，“出任江宁织造，以后专差久任”；曹玺去世，康熙帝玄烨即命曹寅协理江宁织造，随后出任苏州织造，并兼任江宁织造，两年后专任江宁织造，又曾兼任两淮盐课监察御史。康熙五十一年(1713)曹寅去世，康熙又两次命其子侄曹颙、曹頫连续接任。曹寅母孙氏(玺妻)系康熙乳母，寅13岁即入宫侍读，任御前侍卫，深得康熙信任。曹寅织造任内，康熙六次南巡，曹寅四次主持接驾。从曹寅父子给康熙的奏折和康熙的批语中也可看出，在一段时间里，曹氏家族与清皇室关系密切，曹寅的两个女儿，都是经过康熙指婚，选作王妃。《红楼梦》所谓“赫赫百年”的荣华富贵，自是有作者身世的影子。《红楼梦》第十六回王熙凤与赵嬷嬷闲话中提到的江南甄家接驾四次的盛况：“别讲银子成了土泥，凭是世上所有的，没有不是堆山塞海的，‘罪过可惜’，四个字竟顾不得了。”赵嬷嬷的结论是“也不过拿着皇帝的银子往皇帝身上使罢了，谁家有那些钱买这个虚热闹去。”这也可视为曹雪芹“秦淮旧梦”中的“假语村言”的真情吐露，因为曹寅父子在三任织造任内，一直在用“盐余”赔补“曹寅亏欠”。

在曹玺、曹寅的织造任内，康熙还给过他们特殊的“任务”，即访查江南的吏治民情，向康熙作专折奏报。

曹玺、曹寅父子都多才艺、广交游，特别是曹寅，长吟哦，擅书画，喜小说，酷爱作剧曲。曹寅现存《楝亭诗钞》八卷、《楝亭诗别集》四卷；《楝亭词钞》一卷、《楝亭词别集》一卷；《楝亭文钞》一卷；另有杂剧《北红拂记》、《太平乐事》、《虎口余生》、《续琵琶》四种。曹寅的藏书也极丰富，至今时有发现。他又喜刻书，刻有前人文字音韵书《楝亭五种》、艺文杂著《楝亭藏书十二种》，校勘工作做得极为精细。康熙内廷御籍多命他董督，“雕镂之精，胜于宋椠”。现存《全唐诗》，即是曹寅兼任两淮盐课御史时在扬州主持刊刻的。

由于康熙给曹寅的“访查”特殊使命，也因为曹寅的人品与爱好，在那

“江南士子不附”的年代，曹寅与不少江南名士有着密切的交往。如擅书画的张见扬、梅庚，擅诗词的朱彝尊、施闰章、陈维崧，擅戏曲的尤侗、洪昇等，都是曹寅的好友和楝亭的座上客。自然，曹家也会有不少自己的幕僚。可以想象，他们时相唱和、聚会观赏，在当时的江南，也曾是一番盛事。

而曹雪芹究竟生于哪一年，目前只有一个“约略”的推断——“约 1715 年”。曹雪芹在江宁织造府或扬州盐课御史衙门究竟生活过多久，也无确切考证。但从雪芹挚友爱新觉罗·敦诚、敦敏的“扬州旧梦久已觉”、“废馆颓楼梦旧家”、“秦淮旧梦人犹在”、“秦淮旧梦忆繁华”这相互酬唱的诗句中却可看出，在他们的交往与交谈里也时相涉及金陵和扬州旧事。这一方面说明曹雪芹离开江宁和扬州时年龄不可能太小；另一方面也说明，曹寅所创造的诗书翰墨的环境以及他的文艺修养，对其孙的文学才能的培育自是有着不可否认的巨大影响。

像曹雪芹这样的伟大文学天才，用一般的生活与艺术的关系自是难以解释清楚的，然而，如果曹雪芹没有那一段“亲见亲闻”的贵族生活经历，没有自幼的传统文化的哺育和修养，特别是没有受到逼近现代民主思想的明清人文思潮的猛烈冲击，他就不可能创造出反映时代精神、光彩照人的贾宝玉和林黛玉的典型形象，《红楼梦》也不可能有在中国文学史上被誉为“封建末世的百科全书”这样的地位。

古语云，“君子之泽，五世而斩”，曹氏家族从始祖曹锡远“从龙入关”，到曹頫获罪被雍正抄家，恰好五世，称之为“赫赫百年”，并非虚语。在清王朝初建的百年间，社会由乱到治，虽也经历过艰难，但到了康熙平定三藩、收复台湾之后，民族矛盾与阶级矛盾都有所缓和，战争基本停止；再加上康熙调整政策，统一政令，休养生息，恢复经济，使得明末清初为战乱所破坏的社会开始复苏，耕地扩大，人口增加，手工业和商业也有了发展，晚明已经形成规模的城市经济也日见恢复、扩大与繁荣。特别是在南方，仅以织造曹家所在的江苏来说，江宁（南京）、扬州、苏州、两淮，都是已有相当规模的手工业、商业繁荣的城市，纺织业、陶瓷业、印刷业、采矿业，以至金融业，都有了很大的发展。就以曹家经管的“织造”业来说，在江宁一地，就有“乾嘉间机以三万余计”[1]。而当时的盐商巨贾，富甲天下，也大批集中在江宁、扬州、苏州、两淮、嘉兴等地，只山西、安徽“富人商于淮者就有百数十户，蓄资以七、八千万(两)计”。就是在北方，也有京师米贾祝氏、宛平查氏、盛氏一批巨富。他们不只影响着经济，而且与贵族豪门竞建园林，夸饰奢华，显示出以经济实力逐渐进入上层社会的实绩。

财富的集中，自然也带来了土地的集中与流民的涌向城市，造成了市民阶层的扩大。资本主义经济的萌芽，本在明中叶以后已有了相当的发展，尽管屡遭战乱的打击和破坏，再加上清初建国带来的落后生产方式、“圈地”掠夺，都使社会生产一度停滞，但是，城市的规模经济毕竟存在过，商品生产也有自己的规律，大批富商巨贾在各地的出现，也从一个方面表明了资本主义经济萌芽的再崛起。

虽然清初有过闭关锁国的历史，但到了康熙朝的中期，也已部分开放海禁，与西方各国有了商贸交往(见李洵《明清史》)。康熙末年，清王朝已设立“公行”，经管对外贸易。雍正七年，则有“大开海禁、西南洋诸国，咸来互市”(见李洵《明清史》)的记载。乾隆二十四年(1759)，虽有明令关停闽浙海关，但也并未停止对外贸易。同年，两广总督李侍尧还有报告说：

> 外洋各国夷船到粤贩卖出口货物，均以丝货为重，每年贩卖湖丝并绸缎等物，自二十万余斤至三十二、三万不等。统计所卖丝货，一岁之中价值七八十万两或百余万两，至少之年，亦卖价三十余万两之多。其货均系江浙等省贩运来粤，卖与各行商，转售外商。[2]

引用这些点滴的历史资料，并不是想全面探讨这个历史时期的经济情况，而是旨在说明，在曹氏三代人经管江宁织造时期，以及曹雪芹青少年时期，时代和社会都有了一些新的变化，就是所谓外商贸易。这在《红楼梦》中也有着明显的留影：

第十六回王熙凤在和赵嬷嬷对话中就讲道：“那时我爷爷单管各国进贡朝贺的事，凡有的外国人来，都是我们家养活，粤、闽、滇、浙所有的洋船货物都是我们家的。”

第五十二回薛宝琴还谈了这样一件涉及当时中外文化交往的趣事：

我八岁时节，跟我父亲到西海沿子上买洋货，谁知有个真真国的女孩子，才十五岁。那脸面就和那西洋画上的美人一样，也披着黄头发，打着联垂，满头戴的都是珊瑚，猫儿眼，祖母绿这些宝石，身上穿着金丝织的锁子甲，洋锦袄袖，带着倭刀，也是镶金嵌宝的，实在画的也没他好看。有人说他通中国的诗书，会讲五经，能作诗填词，因此我父亲央烦了一位通事官，烦他写了一张字，就写的是他作的诗。

“丰年好大雪，珍珠如土金如铁”的薛家是皇商，薛宝琴有这样的经历和见识，是不足为奇的，更何况作为“封建末世的百科全书”的作者，曹雪芹又怎么会忽略反映这样的现实生活呢？荣宁二府，已有诸多“洋货”进入他们的日常生活，什么自鸣钟、哆罗呢、洋锦、洋扇、洋漆、“汪恰洋烟”等，甚至连大观园的建筑中都有所谓“凿成西番草花样”（第十七、十八回）。

毛泽东对《红楼梦》产生的社会背景曾有过这样的看法：

十八世纪的上半期，就是清朝乾隆年代，《红楼梦》的作者曹雪芹就生活在那个时代，就是产生贾宝玉这种不满意封建制度的小说人物的时代，那个时代中国已经有了一些资本主义萌芽，但是还是封建社会，这就是出现大观园里那一群小说人物的社会背景。（《1962年1月30日在扩大的中共中央工作会议上的讲话》）

我以为，这“有了一些资本主义萌芽，但是还是封建社会”是很精辟的见解。这概括比较准确地说明了这一时期的社会历史背景。而曹氏家族的几代人，正是跻身于这时的“官商”活动之中。时代背景对他们的生活与思想自会有多方面的影响，特别是对曹雪芹的初步民主主义思想的孕育，以及洞察封建末世的开阔“异样”眼光的养成，当是起过相当作用的。

二　李贽反正统的异端思想和明清文艺汹涌的"情"潮

儒家学说经过汉末的衰微、魏晋的裂变、隋唐儒道释的鼎立与"合一"趋向，到两宋的复兴和程朱理学的建构，确实推动了封建文化理性思潮的发展，有它突出的贡献；宋元明三代文艺世俗化的大趋势和市井艺术的昌盛，也与理学的发展不无关系。但理学提出的"穷天理，窒人欲"的理念，实际上却给儒学输入了宗教的禁欲主义，把确认主观观念的"天理"视为封建伦理的天然合理性，把正统的封建秩序视为自然的法规，强迫人们通过社会行为去自觉地实践。这些，则又明显地表现了它天然的不合理之处。

发展到明清两代，程朱理学已成为王朝的统治思想。特别是朱熹，俨然成为继孔孟之后备受统治阶级顶礼膜拜的"朱夫子"。但是，历史毕竟在前进，随着资本主义萌芽与城市经济中市民阶层的崛起，一股越礼逾制、从传统儒学内部反叛理学的文化思潮兴起了。而主体意识的觉醒，是这一思潮的时代标志。首先是王阳明的"心学"。尽管他的"心"本体论确是不折不扣的唯心主义，但是，他对人的主体性、能动性的大力肯定，总是显示了对封建统治思想的大胆叛逆。到了王艮和泰州学派，又赋予这"心"为"自然天则"（即自然人性），更进一步发展成具有启蒙性质的人文思潮。这是明清思想史的范畴，我们不必赘言。

自然，对明清文艺思潮影响最大的，是晚明被封建统治者和正统文人视为"异端之尤"的李贽，即李卓吾。李贽的确是晚明人文思潮的一面旗帜。他公开反对"以孔子之是非为是非"[3]，猛烈抨击程朱理学是"假道学"。他提出的新道学主张是"人即道也，道即人也，人外无道，而道外亦无人"，[4]"自然之性，乃自然真道学也，岂讲道学者所能学乎？"[5]他还把这真道学与普通百姓的日常生活真理联系起来："市井小民，身履是事，便说是事，作生意者便说生意，力田作者就说力田，凿凿有味，真有德之言，令人听之忘厌倦矣！"[6]

李贽最引起统治者仇视而必欲置之于死地的，还在于他对封建伦理学

说的批判与否定。他的同代人顾宪成记有李贽讲学的一则"逸事":

> 李卓吾讲心学于白门,全以当下自然指点后学,说人都是见见成成的圣人,才学,便多了。闻有忠、孝、节、义之人,却云都是做出来的,本体原无此忠、孝、节、义。[7]

忠、孝、节、义,乃封建宗法制度、秩序、皇权统治赖以维持的精神支柱,也是程朱理学伦理学说的核心,李贽直斥它们是"做出来的",而非"本体",是从根底上揭露了它们的虚伪性。与之相联的,李贽又以嘲讽的态度对所谓"忠君"、"死谏"这类被标榜为至高无上的节操给以否定:

> 夫君如龙也,下有逆鳞,犯者必死,然而以死谏者相踵也,何也?死而博死谏之名,则志士亦愿为之,况未必死而遂有巨福也。[8]

李贽的妇女观,更是向传统封建观念的大胆挑战。他著名的肯定女皇武则天的观点,就显示了打破传统、力排众议的卓识;而他肯定寡妇再嫁的言论,更是与程朱理学"饿死事小,失节事大"的尖锐对立。很明确,李贽认为,男女应是平等的,没有轻重之别:

> 谓人有男女则可,谓见有男女岂可乎?谓见有长短则可,谓男子之见尽长,女子之见尽短,又岂可乎?[9]

也正是因为这样的男女平等观,使他特别选择25位女性的事迹进行了热情的歌赞:

> 此二十五位夫人,才智过人,识见绝甚,中间信有可为干城腹心之托者,其政事何如也。若赵娥以一孤弱无援女儿,报父之仇,影响不见,尤为超卓。李温陵长者叹曰:是真男子!是真男子!已而又叹曰:男子不如也。[10]

男女是一样的,应平等相待;众生也是一样的——“尧舜与途人一,圣人与凡人一”[11]。

因此,圣人与凡人也应平等:“勿以尊德之人为异人也。其所为亦不过众人之所能而已!人但率性而为,勿以过高视圣人所为可也。”[12]

李贽的这些思想,在当时确是“惊世骇俗之论,务反宋儒道学之说”,“少年高旷豪举之士,多乐慕之”,“倾动大江南北”,“举国趋若狂”,可见其影响之大。称其为晚明社会掀起的人文思潮,并无过处。

不过,李贽反传统的异端思想对明清文艺思潮影响深远,而又在创作中得到丰富实践和发扬的,则是他的《童心说》[13]:

> 夫童心者,真心也。若以童心为不可,是以真心为不可也。夫童心者,绝假纯真,最初一念之本心也。若失却童心,便失却真心,失却真心,便失却真人,人而非真,全不复有初矣。

这“真心”、“本心”、“童心”,实质上也就是“自然本性”的同义语。在《童心说》直接影响下形成的同一范畴的文艺主张就有汤显祖的“至情说”、袁宏道的“性灵说”、冯梦龙的“唯情说”,直到曹雪芹的“儿女真情的发泄一二”,并以诗歌、戏曲、小说创作的激情与浪漫,冲破程朱理学和封建正统思想的堤防,振聋发聩,新人耳目,形成了明清艺坛上狂飚般的“情潮”,显示出一种启蒙的新质文化的勃兴。

直接受李贽影响,而又在这明清文艺“情潮”中最具代表性的,自然是晚明的伟大戏剧家汤显祖及其《牡丹亭》。汤显祖认为,“情”是人性的根本,“性无善无恶,情有之”,[14]“人生而有情,思欢怒愁,感于微,流乎啸歌,形诸动摇,或一往而尽,或积日而不能自休”。[15]人的一生、人的一切,无不以情为主宰,所谓“天下声音笑貌大小生死,不出乎此”。[16]“生者可以死,死可以生”,乃“至情”也,“生而不可与死,死而不可复生,皆非情之至也”。[17]他的充满浪漫精神的杰作《牡丹亭》就是这样“因情成梦,因梦成戏”[18]的。杜丽娘和柳梦梅生死恋的情节,是大家所熟悉的。《牡丹亭》奔放的“情潮”,强烈地震撼着青年男女的心灵，一直连接着《红楼梦》贾宝玉和林黛玉的爱情。“牡丹亭艳曲警芳心”，当林黛玉听到杜丽娘的伤春曲时，那种“心动神摇，如醉如痴”的强烈共鸣，不正表明了她们心脉的相通吗？杜丽娘自然纯真、清澈明丽、向往自由、大胆追求爱情的美丽形象，正体现着最富人文光彩的时代精神。

在中国封建社会，男女婚姻一直受宗法制度的支配，为“礼”所规范。所谓“夫为妻纲”，妻对丈夫要“从一而终”，必须绝对保持贞操；夫唱妇随，夫在从夫，夫不在从子，这种宗法依附关系，一直是女子的镣铐。而且，家长对子女有包办婚姻权，而男女自由结合则被视为“淫奔”，家法可随意处置。这种宗法、礼教的黑暗，其实早在市民阶层广泛崛起的实际生活中就激起了强烈的反抗。如果说杜丽娘还是在梦幻与幽冥世界中突破理学的桎梏，以实现她的情之无所不在的，那么，在市井文化中，反映突破礼制规范、追求真情挚爱的作品则更加广泛普及，脍炙人口。冯梦龙编辑的短篇“通俗小说”“三言”(《喻世明言》、《警世通言》、《醒世恒言》)和凌濛初编写的“二拍”(《初刻拍案惊奇》、《二刻拍案惊奇》)，尽管思想驳杂，艺术上也参差不齐，但其中有很大一部分作品叙述的男女爱情故事都明显地表露出反对以“理”窒“欲”的思想，而洋溢着对婚恋自由的热烈追求。

如上所说，冯梦龙是“情潮”中“唯情说”的创议者，他在《山歌序》中公开宣称：是要“借男女之情，发名教之伪药”；在《情史序》中又大声疾呼：“我欲立情教，教诲诸众生。”冯梦龙和汤显祖一样，都是以李贽为代表的反理学斗争中掀起文艺“情潮”、奋勇冲击名教樊篱的斗士。

在“三言”中，冯梦龙不只选编(或自写)了热烈追求婚恋自由的作品，而且通过批语大力宣扬了他的“唯情说”。例如《乐小舍拚生觅偶》(《警世通言》)写乐和与顺娘两小无猜生死不渝的爱情追求，写得很执著，很感人。本篇眉批说，“一对多情种，非得潮神撮合，且为情死矣”，在乐和跳水救顺娘时，又插言：“他哪里会水，只是为情所使，不顾性命。”还说：“钟情若到真深处，生死风波总不妨。”《闹樊楼多情周胜仙》(《醒世恒言》)有眉批说：“比《西厢记》说白，更觉对付有情”，“步步是女孩儿情胜于男子十倍。”所谓“春浓花艳佳人胆”，就是《万秀娘仇报山亭儿》(《警世通言》)开篇诗的第一句。“三言”的大量冲破名教樊篱、争取婚恋自由的作品，如《张舜美元宵得丽女》、《玉堂春落难逢夫》、《宿香亭张生遇莺莺》、《金明池吴清遇爱爱》、《闲云庵阮三偿宿债》、《崔待诏生死冤家》、《白娘子永镇雷峰塔》等，都突出讴歌并有力塑造了在自由婚恋追求中有胆有识、勇敢泼辣的女性形象。

凌濛初的《拍案惊奇》，虽然在思想艺术上较之“三言”逊色，但是，反对程朱理学的以“理”窒“欲”，在明末文艺的“情潮”中，凌濛初却是李贽、汤显祖、冯梦龙的追随者。《拍案惊奇》的多数作品，可能都出自凌濛初自己之手笔。像“三言”一样，“二拍”的不少作品都热情歌赞了大胆追求婚恋自由、对爱情至死不渝的青年男女，如《李将军错认舅，刘氏女诡从夫》的刘翠翠和金定，《宣徽院仕女秋千会，清安寺夫妇笑啼缘》中的速歌失里和拜住等，都写得真情感人，催人泪下。特别是《同窗友认假作真，女秀才移花接木》，写闻蜚娥女扮男装入学读书，与两位男同学交往，渐生情愫，没有父母之命、媒妁之言，全凭“婚姻也只自商量”，以真情自主选择男友，终成美眷。这篇作品虽写得朴实无华，却生动而深刻地表现了那个时代的男女青年对婚恋自由的美好憧憬。

凌濛初对当时社会的男女不平等现象以及程朱理学“饿死事小，失节事大”的“以理杀人”的残酷言论，忍不住以“说话人”的身份进行了猛烈的抨击：

> 天下事有好些不平的所在，假如男人死了，女人再嫁，便道是失了节，玷了名，污了身子，是个行不得的事，万口訾议。及至男人家死了妻子，却又凭他续弦，置妾买婢，做出若干的勾当，把死的丢到脑后，不提起了，并没人道他薄幸负心，做一场说话。就是生前房室之中，女人有外情，便是老大的丑事，人世羞言。及至男人家撇了妻子，贪淫好色，宿娼养妓，无所不为，总有议论不是的，不为十分大害。所以女子愈加可怜，男人愈加放肆，这些也是伏不得女娘们心理的所在。[19]

这番议论，即使置诸当今的社会舆论中，不也有着积极的进步意义么？

值得称道的是，《拍案惊奇》里还有一篇极特殊的作品，叫做《硬勘案大

儒争闲气　甘受刑侠女著芳名》。小说指名道姓地描写了大理学家朱熹为了报私仇，竟诬陷台州太守唐仲友与妓女严蕊有私，使严蕊受到严刑逼供。作者以极轻蔑的态度尖锐地揭露了朱熹的“被服儒雅，行若狗彘”的假道学面孔，却热情地歌颂了妓女严蕊的高尚品格。在晚明反理学思潮中，用小说直斥“朱夫子”，这是绝无仅有的一篇。

“三言”、“二拍”反映婚恋生活，表现男女青年对婚恋自由大胆追求的篇章，虽缺少《牡丹亭》那样富于浪漫精神的瑰丽奇幻，却具有市民阶层奔放的热情、开放的眼光，显示了一个新兴阶层向传统名教和理学桎梏的勇敢挑战。

王朝更替，清室入关。清王朝虽带有女真族农奴制和家长奴隶制的大量残余，在文化上也力倡“首推满洲”，大兴文字狱，以胜利者姿态对汉族实行文化上的高压。但高压依然阻挡不住“汉化”的趋势，清王朝统治者还是不得不从汉族历代王朝上层建筑中寻找治民的手段，于是，程朱理学又成了清王朝“钦定”的统治思想，康熙就大肆吹捧朱熹说：

> 宋之朱子，注明经史，……皆明确有据，而得中正之理，今五百余年，其一字一句莫有论者其可更正者，观此则孔孟之后，可谓有益于斯文，厥功伟矣！

康熙称誉朱熹为“继千百年绝传之学，开愚蒙而立亿万世”的“一定之归”的先师，并在康熙五十一年下令将朱熹木牌从孔庙东庑升入大成殿配享孔子。然而，反理学思潮却也未因改朝换代而消失，在思想史上被称为群星灿烂的启蒙思潮的代表人物黄宗羲、王夫之、顾炎武、颜元等，在清初都还相当活跃，只不过时势激变，他们有些人已成为反清义士。因而，他们的目光也多集中在“明亡之思”上。黄宗羲、唐甄，就是最激烈的君主专制的批判者。他们对程朱理学的批判，专注在理学空谈义理方面，这虽对清代实学精神的弘扬产生了巨大影响，但在逾礼逾制突破传统观念的斗争中，却失去了“异端之尤”李贽那样突兀奔腾的狂飚之势。不过，与曹雪芹同时的思想家戴震，对宋明理学“存天理，灭人欲”的批判的尖锐、激烈程度又并不逊于晚明时期。他不畏当时"宋儒赫赫之威势",猛烈地抨击"以理杀人"甚于"以法杀人",愤激地呼喊"理欲之辩,适成忍而残杀之具"[20]。戴震、汪中、钱大昕,都是对妇女命运大声疾呼的学者,纪昀则把对宋明理学"存理遏欲"的尖锐抨击"纪实"在他的《阅微草堂笔记》的故事里,因而,文学上的反禁欲、反愚昧、以"情"反理的浪潮也就更加深入。[21]而在小说中对以理杀人给妇女带来悲惨命运的更为惊心动魄的描写,是稍早于曹雪芹的吴敬梓之讽刺文学杰作《儒林外史》。小说第四十八回《徽州府烈妇殉夫》,写了个真道学先生王玉辉,笃信纲常名教,女儿丧夫,他鼓励女儿绝食殉夫,实践夫为妻纲的信条,他的老妻为女儿惨死终日哭泣,他还嘴硬地说:"死的好,只怕我将来不能象他这样一个好题目死呢!"说完,竟仰天大笑而出。实际上他内心也十分痛楚,忘不掉女儿的惨死,"出来散闷,凄凄惶惶,看到穿白衣的少女,就滚下泪来。"正如鲁迅所说,《儒林外史》"描写良心与礼教之冲突,殊极深刻"(《中国小说史略》)。但这不就是戴震所控诉的鲜血淋漓的"以理杀人"的残酷真相么!当然,《儒林外史》更伟大的现实意义,在于他对清代科举制度以及官场黑暗的深刻揭露与批判,所谓"秉承公心,指摘时弊,机锋所向,尤在士林"(鲁迅)。

晚明人文思潮中的以"情"反"理"的斗争,大力歌颂婚恋自由的文学传统,在清初并未"断脉",反而有了更辉煌的发展。被世界文学誉为"短篇小说之王"的蒲松龄,曾终生沉迷于科举青云,而使他名留青史的,却是半世塾师生涯中写下的四十余万字、五百多篇繁简不一的文言短篇集《聊斋志异》。那一组组优美动人的故事,充溢着理想与浪漫的情调。虽写的是花妖狐魅,但这些"佳鬼佳狐"的爱情,却是那样的大胆真挚、瑰丽缠绵,如《婴宁》、《小翠》、《小谢》、《翩翩》、《晚霞》、《娇娜》、《香玉》、《葛巾》、《莲香》、《连琐》、《宦娘》、《辛十四娘》、《白秋练》、《聂小倩》、《绿衣女》、《荷花三娘子》、《鸦头》、《花姑子》、《西湖主》、《阿英》、《阿绣》、《吕无病》、《小梅》、《神女》、《素秋》、《黄英》、《竹青》、《锦瑟》、《梅女》诸篇,占据着《聊斋志异》名篇佳作中的最大一部分。在一定意义上说,蒲松龄的写情之笔,也可以称之为文言的"人情小说"。这些花妖狐魅作为女主人公,不只具有美艳的外形,还被描写得款款多情、和易可亲,令人忘为异类。作者虽借托"志怪",写出的却是血肉人生的真情至性。作者的浪漫主义创作艺术，也有助于他笔下的那些女主人公们无拘无束地打破封建礼教的陋规，摆脱封建伦理的束缚，而表现出更真更美的人性与爱情，升华出诗一般的境界。

总之，《聊斋志异》中这一大群优美的精灵，在蒲松龄的笔下，都在与人交通的奇异曲折的爱情生活中，显示出各自不同的意态风情，各有自己的一段旖旎风光。她们勇敢、泼辣、热烈，甚至放肆，却又融合着世俗人情，所表现出的就是现实社会中的活的人物、活的性格、活的灵魂，洋溢着反礼教、争自由的反抗精神。《聊斋志异》就是文言的"三言"、"二拍"，只不过在爱情的审美品位上有着更高的境界而已！

《聊斋志异》是文言短篇的顶峰之作，蒲松龄作为"拟古体"的写情圣手，继续发扬了晚明文学的人文精神，热情歌赞了男女青年的婚恋自由。而曹雪芹的《红楼梦》却是以白话章回的形式，在"百科全书"式的历史深度与广度上，反映了这一时代新潮的人文主题。

三 封建盛世中的末世形象与贾宝玉叛逆典型的时代意义

清王朝入主中原，虽经过"天崩地坼"的时代动荡，但到了康熙、雍正两朝，由乱到治，经济上取得了极大的恢复和发展，在政治上，也汲取了"明亡"之弊的经验与教训，有清一代不只没有出现过宗室作乱，也从未有过宦官干政。高度的君主集权制，使封建制度的皇权专制政治得到了强化。毫无疑问，清代的康、雍、乾三朝，确实显示了封建"盛世"的繁荣与昌盛。尽管残酷的文字狱镇压和钳制了汉族文化人的民族意识和民族情绪，但是，终究未能阻挡住满汉文化在冲突中的融合。特别是随着印刷、出版业的高度发展，清初思想家在反思传统的同时对儒学"实学"的大力张扬，也为朴学的勃兴、学术的集大成，创造了坚实的基础。编撰《四库全书》与《古今图书集成》，自有其"官修"的用意，但这种规模宏大的"集成"现象的出现，也是文化发展的博大鼎盛之必然。

然而，封建制度毕竟已发展到烂熟的阶段，清皇权专制政治的强化，加之八旗制度的特权，也孕育着自身机体的腐败。因此，在这盛世的繁华中就已开始显豁出末世景象。在乾隆时期，千态万状、竞秀争奇、汗牛充栋的小说创作中，伟大的现实主义杰作《红楼梦》脱颖而出，既打破了传统的思想和写法，又寓暴露与批判于封建社会生活"全景"式的艺术形象创造之中，被当代评论家誉为"不限于只是反对和暴露了某些个别的封建制度，而是巨大到几乎批判了整个封建社会的上层建筑和整个封建统治阶级"（何其芳：《论红楼梦》）。更为可贵的是，曹雪芹还以深邃的人文精神塑造了贵族青年觉醒者贾宝玉这一叛逆形象。

《红楼梦》是通过宁、荣二府的生活来展开故事情节的。在曹雪芹的笔下，贾府是一个显赫豪富的贵族之家，与史、王、薛并列为当地四大名宦家族，并有这样的谚俗口碑：

> 贾不假，白玉为堂金作马。
> 阿房宫，三百里，住不下金陵一个史。
> 东海缺少白玉床，龙王来请金陵王。
> 丰年好大雪，珍珠如土金如铁。

这四句俗谚虽有些夸张性的渲染，但所描述的情景在清代贵族中并不少见。乾隆朝中不就因有一个权倾朝野、富可敌国的和珅，资产多于国库，而出现"抄了和珅，富了嘉庆"的俗谚么！在曹雪芹的笔下，这荣宁二府膏粱锦绣的上层贵族的家庭生活和社会生活，自是描写的主要对象，如秦氏出丧、元妃归省、除夕祭宗祠、元宵开夜宴、王熙凤协理宁国府、贾探春兴利除宿弊等等，或则雍容华贵，或则庄严妙相，或则花影缤纷，或则笑语声喧，把封建社会和贵族阶级奢侈的生活场面和繁冗的礼教、习俗逼真、多层次地展现在了《红楼梦》的艺术世界里。只不过，这荣宁二府的金玉其表实已是败絮其中了，曹雪芹是从豪华中写了他们的末世。四大家族的俗谚口碑背后，是他们在金陵的横霸一方。他们号称"钟鸣鼎食之家，诗书翰墨之族"，而他们的所为，却是"这四家皆连络有亲，一损皆损，一荣皆荣，扶持遮饰，俱有照应"，还迫使到金陵来做官的人必须将他们的名单作为"护官符"。作者通过府衙门子“指点”贾雨村之语，尖锐地揭露了当时的黑暗政治：“如今凡作地方官的，都有一张私单，上面写的是本省最有权有势极富极贵的大乡绅名姓，各省皆然，一时触犯了这样的人家，不但官爵，只怕连性命还保不成呢。——所以绰号叫做护官符”（第四回）。正是靠着这张“护官符”，那薛府的纨绔子弟薛蟠可以强抢香菱、打死冯渊，之后又没事人似地进了京城。

曹雪芹把这样一场官司安排在小说开端，又写得这样具体而细致，说明这一清代贵族政治的小小侧面，却正是那个时代的一个缩影。金陵四贵族，在封建王朝的躯干上，可算得上心脏地位，既是皇权专制统治的支柱，又是宗法制度的细胞。他们都是皇亲国戚、开国元勋，他们和皇朝专制的统治血脉相通，并以皇室为靠山，勾结地方官府，把压迫和剥削人民的触须伸向社会生活的各个角落。“徇情枉法”的罪案，在《红楼梦》中又何止冯渊一件。依恃特权，谋取财物，纵欲行凶，拆人婚姻，逼人性命，在荣宁二府的生活中时隐时现，屡展狰容。就说那位女管家王熙凤，在她短短一生中或“说行就行”，或小弄权诈，或仗势贿官，很有几条人命死在她手上，“毒设相思局”（第十二回），贾瑞虽咎由自取，却可见她手段之狠毒；“弄权铁槛寺”（第十五回），为了三千两银子的贿赂，用一纸之书指示地方官拆散一对相爱的未婚青年，并逼得他们双双自尽。她还声言“从来不信什么阴司地狱报应的”，被贾琏霸占的仆妇鲍二家的死在她的手上（第四十四回）；被贾琏偷娶的尤二姐，终于被她施展种种诡计逼得吞金自尽（第六十九回），为了掩盖罪行，她还企图追杀被她利用的尤二姐前夫张华。再如，荣国府继承人贾赦，为了抢夺几把古扇，就指使京兆尹贾雨村诬陷穷书生石呆子拖欠官银，把他抓进监狱，变卖他的家产，抄没他的古扇，把石呆子搞得家破人亡（第四十八回）。

荣宁二府“承福德”的子孙已历经五代，现掌事的是文字辈，宁府贾敬，荣府贾赦、贾政。贾敬是“一心想作神仙”，只知“和道士们胡羼”，却叫儿子贾珍袭了官。荣府贾赦袭了官，却贪而好色；其弟贾政虽云“自幼酷爱读书”，在小说中则只见他向贾宝玉使威，并不见有什么学问和作为。贾珍、贾琏，只是荒淫无耻。至于草字辈贾蓉、贾蔷、贾芹之流，更是纯属无赖与纨绔了。用冷子兴的话说：“竟一代不如一代了！”

从经济上讲，小说明确写到，荣国府的“地租庄子银钱收入，每年也有三五十万来往”。庄子上几百口人的“小王国”，不过供养着三四十个主子。主子们穿的是绫罗绸缎，用的是金银玉饰，吃的是山珍海味。他们一次消遣性的小东道，使的银子，用刘姥姥的话说，就够“庄家人过一年了”！遇到婚丧喜庆的大事，就更以奢华糜费展开竞赛。宁国府贾珍为了秦可卿的丧事，声言要“尽其所有”；荣国府为了元妃归省，修盖了豪华的大观园。可这“荣华”比起四大贵族在江南接驾的“盛况”已差得多了。但是，即使榨干了农民的血汗，也难以供应这贵族之家日益增多的挥霍了。冷子兴说得好：“如今的外面架子虽未甚倒，内囊却尽上来了。”管家的王熙凤说，“出去的多，进来的少”，“一年进的产业又不及先时”，“咱们一日难似一日”，所谓“大有大的难处”；一度管家，还想兴利除弊的“才自精明”的贾探春，在抄检大观园时吐露了她悲凉的预感：“你们别忙，自然连你们抄的日子有呢……这样大族人家，若从外边杀来，一时是杀不死的。这是古人说的：‘百足之虫，死而不僵’，必然先从家里自杀自灭起来，才能一败涂地呢！”更何况一代王朝变幻莫测的政局，确实也不时地给这个贵族之家带来风险的警报！贾元春才选凤藻宫，本是“泼天大喜事”，但在真实的信息没有传出之前，皇帝的突然陛见，也成了笼罩头上的阴云：“贾赦等不知是何兆头。只得急忙更衣入朝。贾母等合家人等心中皆惶惶不定”（第十六回）。就算这个“大喜事”又给这公爷府增添了烈火烹油、鲜花着锦之盛的荣光，使得“宁荣二处上下里外，莫不欣然踊跃，个个面上皆有得意之状，言笑鼎沸不绝”，仿佛他们的“天恩祖德”又可因此而绵延不断了。可在曹雪芹的笔下，这“盛世”和“盛况”的情节与人物发展的伏脉和潜流中，又总是显示着那末世的“异兆悲音”！贾元春的册辞中预示的结局是凶恶的，叫做“虎兕相逢大梦归”！因而，这晋封贵妃在凤姐的梦中所得，也“不过是瞬息的繁华，一时的欢乐，万不可忘了那‘盛筵必散’的俗语！”

毫无疑问，荣宁二府是一个以男性贵族为中枢的现实世界，只不过它创业的“荣光”却只属于第一代。如焦大所说：“祖宗九死一生挣下这家业”（第七回），到了贾敬、贾赦、贾政这“文”字辈，已是荒淫、腐败、暮气，明显露出了下世的光景。这是宗法贵族社会的一角，却也是烂熟了的封建社会必将崩溃的缩影。以荣、宁二府为中心的贾、史、王、薛四大家族，对外是“一损皆损，一荣皆荣，扶持遮饰，俱有照应”；对内，则相互婚配，以联姻的方式作为他们相互照应的纽带。荣国府的老太君是史家的；贾政和侄子贾琏的妻子都是来自王家；薛宝钗的母亲薛姨妈，又是王夫人的同胞姐妹。这样相互婚配的结果，又在荣府内部形成了族派势力。贾赦本是袭爵的长门，已另立门户，老太君贾母却和二儿子贾政生活在一起，荣府的家政大权在贾政手里，内务则掌控在他妻子王夫人手上。由于王熙凤是贾政的内亲——王夫人的侄女，贾赦的儿子贾琏夫妻俩也都跑到“这府”来管事。而已见式微的薛家，本来是送女儿薛宝钗进京待选入宫的“才人赞善”的，寄居贾府后，却又在贾宝玉婚姻问题上制造了“金玉良姻”的“谶语”。特别是这外来的管家人王熙凤，依靠老太君的宠爱飞扬跋扈，招致了众多的积怨。王熙凤的婆婆邢夫人经常给王熙凤制造难堪，并伺机而动，给王夫人找麻烦——她是抄检大观园的背后发难者。为了替贾环（贾宝玉的异母兄弟）谋夺家私和继承权，贾政的妾赵姨娘也在使用阴险的手段暗害王凤姐和贾宝玉。主子中间这种族派势力也伸展到管家的奴仆中间，赖大家、林之孝家、周瑞家、王善保家、来旺家（多数是太太、少奶奶家的陪房），也依靠不同的主子，树立不同的家派，真可谓层层相依，层层相制。封建宗法社会在贵族生活中的等级差异所造成的勾心斗角、猜疑欺诈、相互诬陷的人际关系和种种弊端，可以说，在中国古典文学作品中，没有一部能像《红楼梦》这样写得如此深入骨髓、动人心魄！

小说男主人公贾宝玉就是生长在这豪门公府、污浊的男性中枢的现实世界，他无可逃避！何况在他的父亲贾政看来，贾宝玉必须被教养成诗礼簪缨的忠臣孝子，才不辜负皇恩祖德。所以，他叫跟宝玉上学的李贵转告“学里太爷”：“什么《诗经》古文，一概不用虚应故事，只是先把《四书》一气讲明背熟，是最要紧的。”这正是正统思想的态度，因为清代科举首重“四书文”。然而，怀疑、否定所谓“圣学”的传统观念，又是从明末延续下来的反理学思潮的一大特征。曹雪芹就是在现实与“理想”的特殊境遇里塑造了觉醒的贵族青年贾宝玉的叛逆形象——一方面是贾政的严加管教，一方面是贾母的娇养、宠爱。

在贾母的心目中，这可人疼的爱孙，是她暮年膝下释闷解怡的宝贝。她以老祖宗的权威，把贾宝玉娇养在内帏，以逃脱贾政的暴力管教。相互冲突的生活环境，既造就了贾宝玉的特殊性格，又使他有了接触反封建"邪统"的空隙。黑暗、腐朽、卑污的贵族社会，是他经常被贾政驱赶而又不得不生活在其间的浊世；而混迹在内帏，特别是生活在大观园里，又使贾宝玉有了一个特殊的生存空间——一群少女的世界。这里虽然也有主子和奴仆的界限，但贵族少女们却也不过是等待封建家长安排的有命无运的"活物"。至于那些少年女奴们，就更是时刻面临着被摧残和受蹂躏的悲惨命运。封建阶级的《大学》《中庸》、礼教枷锁、功名争取、财货掠夺、虚伪欺诈、凶残压迫以及男性贵族的庸俗、腐败和丑恶，与未婚少女（也包括少年女奴）的纯真烂漫和辛酸悲苦，形成了强烈的对比，使贾宝玉产生了对所谓"世俗男子"的轻蔑和憎恶。冷子兴"演说荣国府"这样介绍了贾宝玉：

> 说来也奇，如今长了七、八岁，虽然淘气异常，但其聪明乖觉处，百个不及他一个。说起孩子话来，也奇怪。他说："女儿是水作的骨肉，男人是泥作的骨肉。我见了女儿，我便清爽，见了男子，便觉浊臭逼人。

这言论在今天看来，自是有些"稚气"甚至偏颇，但在当时确是这个贵族少年对男尊女卑封建教条的合理抗议，在《红楼梦》第三十六回，更有对贾宝玉这种独特思想的进一步描写：

> 那宝玉本就懒与士大夫诸男人接谈，又最厌峨冠礼服贺吊往还等事，今日得了这句话（指挨贾政打后，贾母吩咐不让宝玉出去会客——笔者）越发得了意，不但将亲戚朋友一概杜绝了，而且连家庭中晨昏定省亦发都随他的便了。……却每每甘心为诸丫鬟充役，竟也得十分闲消日月。或如宝钗辈有时见机劝导，反生起气来，只说"好好的一个清净洁白女儿，也学的钓名沽誉，入了国贼禄鬼之流，这总是前人无故生事，立言竖辞，原为导后世的须眉浊物。不想我生不幸，亦且琼闺绣阁中亦染此风，真真有负天地钟灵毓秀之德。"因此，祸延古人，除四书外，竟将别的书焚了。众人见他如此疯颠，也都不向他说这些正经话了。独有林黛玉自幼不曾劝他去立身扬名等语，所以深敬黛玉。

这段描写，可算是对贾宝玉叛逆思想比较完整的表现。它说明贾政的暴力管教丝毫没起作用，反而更坚定了宝玉的信念。这也怪不得迂腐正统的贾政那样下死板子打他，而且说出了那样决绝的言辞："明日酿到他弑君杀父你们才不劝不成?""不如今日结果了他的狗命，以绝将来之患。"

自然，贾宝玉的愤慨和不满，并非只表现在一个方面。首先他出身于贵族之家，却并不在意这"天恩祖德"。贾元春才选凤藻宫，对全家族都是泼天的大喜事，"独他一人视有如无，毫不曾介意，因此众人嘲他越发呆了"(第十六回)。他也反对"文死谏，武死战"和所谓"君子杀身以成仁"的封建教条，认为"只顾邀忠烈之名"，"这皆非正死"，"竟不如不死的好"。在他看来，贵族之家给他的只是没有"自由"："可恨我为什么生在这侯门公府之家? ……锦绣纱罗，也不过裹了我这根死木头，美酒羊羔，也不过填了我这粪窟泥沟，'富贵'二字，不料遭我荼毒了"(第七回)。他把热衷于"读书上进的人"一概视为"国贼禄鬼"，斥时文八股是"最可笑的"、"诓功名混饭吃"的工具，批评所谓仕途经济学问都是混账话。可以说，李贽的那些异端思想在这个贵族青年特有的生活和言行里都能找到个性化的独特反映，或可说是已渗透了他的灵魂。他也不尊佛敬道，反对"混供神，混盖庙"，还"毁僧谤道"，当面嘲笑他的生母王夫人是让金刚菩萨支使糊涂了。他生活在宗法的贵族之家，却最厌恶宗法的等级制度，他不只平等相待兄弟姐妹，也平等相待丫鬟奴仆。正因如此，他在污浊的贵族社会找不到一块净土，却在大观园女儿国发现了理想的人性，无论是林黛玉的纯情、薛宝钗的博学、史湘云的豪迈、妙玉的孤高自许、迎春的温柔沉默、探春的文采精华、惜春的稚气飘逸，以至晴雯的率真任性、紫鹃的聪慧忠诚、鸳鸯的刚烈卓识、平儿的善良宽容，也包括袭人的"枉自温柔和顺"……总之，这一片钟灵毓秀、天真烂漫的女儿世界，升华了贾宝玉的理想，促进了贾宝玉的觉醒。

稍后于曹雪芹的二知道人，这样评价了贾宝玉对妇女的态度：

宝玉能得众女子之心者，必务求兴女子之利，除女子之害，利女子者即为，不利女子者即止，推心置腹，此众女子所以倾心事之也。……

> 宝玉一视同仁，不问迎探惜之为一脉也，不问薛史之为亲串也，不问袭人、晴雯之为侍儿也，但是女子，俱当珍重。若黛玉则性命共之也。[22]

二知道人本名蔡家琬，生于乾隆二十七年（1762），卒年不详，但总也是生活在“乾嘉盛世”。他读《红楼梦》对贾宝玉的妇女观有如此深邃的感受和认识，也正说明，自李贽以来尊重妇女、反对男尊女卑，也就是反禁欲、反蒙昧，为妇女命运大声疾呼，已成为了具有普遍时代意义的人文思潮的一个方面。在曹雪芹的妇女观及其创造的觉醒者贾宝玉的典型形象里，以“情”反“理”已经升华到更高的境界。它不只在婚恋观上唱出了大胆而热情的颂歌，而且最热烈地赞颂了众裙钗理想的人性美。我很同意已故作家管桦在散文《曹雪芹与女性》中所抒发的他对曹雪芹创作《红楼梦》的感受和认识：“那些少女们的低语、笑声和哭泣，反映了你的灵魂的遥远的深度和广度，你永远是善良生命的爱抚者，奴隶的爱抚者，刚烈和柔弱女性的爱抚者，你的人道主义不是恩赐，不是怜悯，而是对于同样属于人类的女性的尊重。”[23]

脂砚斋评语里有一句名言是“黛玉情情，宝玉情不情”[24]，姑且不说黛玉情情，只说宝玉的情不情。这是曹雪芹在“情”的境界里的新开掘，也是贾宝玉这一典型形象最富有时代内蕴的个性特征。简言之，就是说贾宝玉的“用情”，表现在所有女孩子身上。这从他在大观园的生活中可以鲜明地体会到。有相识的，有不相识的，有领情的，有不领情的，他都能设身处地“倾情尽心”地体贴她们，尊重他们，爱护她们，这可说是贾宝玉的“多情”，但又并非男女的情爱。不过，又确非一切女性都是贾宝玉体贴、用情的对象。周瑞家的、林之孝家的、王善保家的、欺侮藕官的婆子、虐待芳官的干娘、追打春燕的亲妈，以至致金钏儿和晴雯于死地的他的生母王夫人，都以她们践踏大观园少女们生命感情的行为，给贾宝玉带来了深沉的愤怒和痛苦。对此，贾宝玉也多次形象地说明过自己独特的看法：未出嫁的女孩子是颗无价的珠宝；出了嫁，就变出许多不好的毛病，变成“死珠”或“鱼眼睛”了。到了“逐司棋”事件中，他对冷酷无情的周瑞家的竟直率地喊出了这样的诅咒：“奇怪，奇怪，怎么这些人只一嫁了汉子，染了男人的气味，就这样混账起来，比男人更可杀了”（第七十七回）。可见，贾宝玉的“用情”，不仅有他的标准，而且显示了鲜明、丰富的时代历史的人文内涵。

侠人的《小说丛话》对此曾有这样一段评论:“《红楼梦》一书,贾宝玉其代表人也。而其言曰:‘贾宝玉视世间一切男子,皆恶浊之物,以为天下灵气悉钟于女子。’言之不足,至于再三,则何也?”曰:“此真著者疾末世之不仁,而为此言以寓其生平种种之隐痛也。凡一社会,不进则退,中国社会数千年来,退化之迹昭然,故一社会中种种恶业毕具。而为男子者,日与社会相接触,同化其恶风自易,女子则幸以数千年来权利之衰落,闭置不出,无由与男子之恶业相熏染。虽别造成一卑鄙龌龊绝无高尚纯洁的思想之女子社会,而其尤有良心,以视男子之胥戕胥贼,日演杀机,天理亡而人欲肆者,其相去犹千万也。”

侠人身世不详,也不知其真实姓名,但他的《小说丛话》,是发表在《新小说》(1903—1904)第一、二卷上的。这时戊戌变法已经失败,辛亥革命正在酝酿之中,前所引看法自然显示了作者思想的进步性。“悲凉之雾,遍被华林,然呼吸而领会之者,独宝玉而已!”(鲁迅)侠人能从曹雪芹的思想与贾宝玉的个性形象特征的血肉联系中,开掘出具有民主思想萌芽的内蕴,便说出了贾宝玉这一新人形象的时代意义,说出了通向现代的人文理想的追求。

四　曹雪芹的“儿女真情”和宝、黛、钗的婚恋悲剧

曹雪芹把明清人文思潮中的以“情”反“理”,升华到尊重妇女权利与尊严的高度,并塑造了贾宝玉这“疾末世之不仁”的觉醒者的贵族青年叛逆形象,以寄托他的理想。同时,在明清大量讴歌婚恋自由的作品中,贾宝玉与林黛玉那爱情的境界也表现出新的美质、新的内蕴。曹雪芹在《红楼梦》第一回说明自己创作意旨时,就对当时流行的风月笔墨、才子佳人小说,进行了尖锐的批评。作者自称他的作品虽也“大旨谈情,亦不过实录其事”,所谓“至于离合悲欢,兴衰际遇,则又追踪蹑迹,不敢稍加穿凿,徒为供人之目而反失其真传者”。发生在《红楼梦》男女主人公贾宝玉、林黛玉之间的爱情悲剧,虽然也隐寓着一个来自太虚幻境绛珠仙草偿还神瑛侍者浇灌之恩的“神话”故事,但是在《红楼梦》艺术情节中所抒写的,却是两位主人公在现实社

会人生的思想感情经历，所以出现在甄士隐太虚梦境（第一回）中的“那道”、“那僧”，又对这“故事”做了进一步的诠释：

> 那道人道：“果是罕闻。实未闻有还泪之说。想来这一段故事，比历来风月事故更加琐碎细腻了。”那僧人道：“历来几个风流人物，不过传其大概以及诗词篇章而已；至家庭闺阁中一饮一食，总未述记。再者，大半风月故事，不过偷香窃玉，暗约私奔而已，并不曾将儿女的真情发泄一二。”

如前所说，晚明人文思潮最鲜明的旗帜，就是以“自然天则”的“本体”、“本心”、“真心”、“童心”，反对“做出来”的“理”。这体现在明清文艺思潮中，就是我所谓的“情潮”的涌动。汤显祖的《牡丹亭》、冯梦龙的“三言”、凌濛初的“二拍”，以至蒲松龄的《聊斋志异》，他们各有各的“情”的诠释、“情”的赞歌，但都离不开李贽的“自然人性”的内涵，即“绝假纯真，最初一念之本心也”。曹雪芹的“儿女真情”，则不只抒写了宝黛爱情的“至情”境界，而且表现了至真、至美的震撼心灵的魅力。

“还泪之说”、“木石前盟”，就隐寓着自然之性、自然之情。《红楼梦》为宝黛的儿女“真情”谱写的虽是一曲苦涩的悲歌，但他们的“真情”的生成和发展，以及其悲喜愁嗔的种种表现，在小说中都是大波小澜，跃然纸上，可谓千回百转。但是，在曹雪芹的笔下，宝黛的镂骨铭心的绵绵爱恋之情，不仅毫不涉及风月，更无郎才女貌的俗套，甚至也没有借助于杜丽娘和柳梦梅般的梦里情怀。即使那复杂细微的感情纠葛，也显示了一种现实人生的真情至性的境界，而在读者心目中升华出“新鲜别致”的情之美感。如第十九回《意绵绵静日玉生香》、第二十三回《妙词通戏语，艳曲警芳心》、第二十六回《潇湘馆春困发幽情》，以至第二十九回《痴情女情重愈斟情》，这对少男少女从小儿女的青梅竹马、两小无猜到渐入爱境，无论是生活世界还是内心世界都被表现得前所未有的“琐碎细腻”了！而这两情之间的生成和发展虽经常出现曲折和波澜，有喜、有悲、有口角、有猜疑、有试探、有“半含酸”、有“悲寂寞”，甚至像“情重愈斟情”那样的轩然大波，或者像第五十七回《慧紫鹃情辞试忙玉》那样赤裸的爆发，都有血有肉，“绝假纯真”，既富于生活情趣，又充分展现了一个儿女之情的真境界，也是儿女真情的新开掘。在中国传统文学中，还从未见过这样真实、细腻的两情描写，而曹雪芹也正是在这“儿女真情”的描写中塑造了所谓“黛玉情情”的贵族少女的叛逆形象。

林黛玉的形象，在一些读者的心目中，似是一个“小性的”爱哭的女孩子，但奇怪的是，二百多年来，大多数读者，甚至包括鲁迅那样的读者，都把同情倾注在林黛玉的身上。因为只要人们体察一下林黛玉生活的环境，比较一下她周围的人物，也包括众姊妹的性格，就会发现她违背封建礼教对大家闺秀要求的种种表现，感受到她的孤傲灵魂的性格魅力。

封建礼教要求“女子无才便是德”，林黛玉却偏偏有这封建阶级不需要的“才”，而且在大观园众姊妹中经常大展其才，得到她的知己贾宝玉的赞赏和敬佩，但却无封建阶级所要求的“德”。正是因为这样，第四十二回薛宝钗还特别进行了一番针对她的“说教”：“你我只该作些针线纺织的事才是。偏又认得几个字，既认得了字，不过捡那正经书看看也罢了，最怕是见了这些杂书，移了性情，就不可救了。”可林黛玉偏偏走的正是这样“不可救的”路！

封建礼教要求于闺阁淑女的是“温柔敦厚”，林黛玉却生就的伶牙俐齿，锋芒毕露。她“专挑人的不是”，“见一个打趣一个”，“嘴又爱刻薄人，心里又细”……在贾府里虽说外祖母“十分疼爱”，却不见有哪位长辈说过这林丫头可爱。

封建的婚姻制度，是男婚女嫁，媒妁之言，父母作主，而林黛玉却“读书”而不“明礼”，自己进行了爱情选择，爱上了朝夕相处的贾宝玉，全身心地沉溺在感情海洋里，而且经常在口角、猜疑、试探中毫不掩饰地暴露感情，置礼教规范于不顾。

封建婚姻需要的是成为男人附庸的“贤良”女性，可林黛玉却从没有像薛宝钗那样劝过贾宝玉致力于功名利禄、仕途经济，甚至包括贾宝玉都认为很珍贵的东西，譬如北静王送给贾宝玉的“鹡鸰香串”，本是皇帝的“御赐”，当贾宝玉十分珍重地转送她时，她却掷而不取地说：“什么臭男人拿过的，我不要他。”视贾宝玉以外的男人为须眉浊物，和贾宝玉唱的是一个调子。

像这样一个不合乎礼教规范的少女，怎么能博得荣国府内帏的欢心呢？

但却理所当然地要成为贾宝玉的知己！寄人篱下的孤苦身世，极其敏感的气质，富于才华而又鄙视庸俗、卑劣与虚伪，再加上那无法向人诉说的儿女真情的折磨，使她短短的一生，一直在这势利的贵族之家里过着凄风苦雨的生活，这造成了她多愁多病和性格悲凉的一面。但这样的性格特征，恰恰反映了封建的人际关系和封建礼教加在一个贵族少女身上的压力。她那以花自喻的悲哀："一年三百六十日，风刀霜剑严相逼。明媚鲜艳能几时，一朝飘泊难寻觅。"道出了她挣扎苦斗中的多少内心痛苦！而不能顺应环境的林黛玉，又不肯"安分随时"，不愿隐蔽感情的锋芒。她的锋利的言辞、脱俗的情趣、奇逸的文思、自由的向往，都成了她向礼教的摧残和命定的"金玉良姻"对抗的武器，尽管不幸已经快要压倒了她，她却仍然不肯向龌龊的环境妥协和屈从。她以孤傲的灵魂向天发出战叫："天尽头！何处有香丘？未若锦囊收艳骨，一抔净土掩风流，质本洁来还洁去，强于污淖陷渠沟"；并写下了借古非今的《五美吟》以明志。她哀叹西施的"红颜薄命"，歌颂虞姬、绿珠的壮烈殉情，赞赏红拂卓识李靖、敢于私奔不受"羁縻"，追求自由幸福的生活……大胆地抒发了自己的理想和情思，表现了她和贾宝玉共同的叛逆封建名教与封建精神道德的热烈追求。因而，曹雪芹在贾宝玉和林黛玉的"儿女真情"中不仅突出了真和美，而且开掘出了情投意合两心默契的新境界，这就使得他们的爱情悲剧，具有了直接通向现代婚恋自由的撼动人心的时代精神，把明清文艺思潮中的"情潮"推上了顶峰。

同时，曹雪芹婚恋观的进步意义，又不只是表现在他对宝黛"儿女真情"的热情赞歌里，也不仅表现在通过宝黛爱情悲剧来控诉封建礼教对叛逆者的戕害，"千红一窟(哭)"、"万艳同杯(悲)"，在曹雪芹的笔下，所有青春少女都在经历着不幸的命运，即使在宝黛爱情悲剧中，也还有另外一个悲剧人物存在，那就是薛宝钗。否则，《红楼梦》十二支曲里也不会有那样一曲《红楼梦引子》的"因此上，演出这怀金悼玉的《红楼梦》"的结束句了。

毫无疑问，薛宝钗也是《红楼梦》塑造得十分成功的典型人物之一，而且也该是作者所赞颂的"觉其行止见识，皆出于我之上"、"诚不若彼裙钗"中的一个。薛宝钗出身于金陵四大家族之一的薛家，虽已式微，但仍富有。薛家进京，固然牵连冯渊命案，可却是一为送宝钗待选（备选公主、郡主入学陪侍)，二为望亲，大不同于林黛玉的“抛父进京都”。薛宝钗一到荣国府，在作者的笔下就有一段和林黛玉对照的描写：

> 林黛玉自在荣府以来，贾母万般怜爱，寝食起居，一如宝玉，迎春、探春、惜春三个亲孙女倒且靠后；便是宝玉和黛玉二人之亲密友爱处，亦自较别个不同……不想如今忽然来了一个薛宝钗，年岁虽大不多，然品格端方，容貌丰美，人多谓黛玉所不及。而且宝钗行为豁达，随分从时，不比黛玉孤高自许，目无下尘，故比黛玉大得下人之心，便是那些小丫头子们，亦多喜与宝钗去顽。因此黛玉心中便有些悒郁不忿之意，宝钗却浑然不觉。(第五回)

如果说，对于贾宝玉、林黛玉，“脂评”的概括是“黛玉情情，宝玉情不情”，那么，对于这第三位悲剧主人公薛宝钗，作者却难于在“情”的境界里倾注笔墨，而是着力渲染了她形象性格的冷色调。一方面她居于大观园中“艳冠群芳”的位置，一方面又被赋予了一个“任是无情也动人”的诗签，对应着她在太虚幻境的册辞“金簪雪里埋”与《终身误》曲中“山中高士晶莹雪”的寓意。“艳冠群芳”的牡丹花，雍容华贵，俗称富贵花。但这朵“牡丹花”的形象性格却呈现出相当错综的冷色。作为一个女儿家，“她从不爱什么花儿粉儿的”；贾宝玉初次拜访她，眼中所见也是“一色半新不旧，看去不觉奢华”的衣着；她住的蘅芜苑的室内陈设也是“雪洞一般，一色玩器也无”。连荣府的老太君贾母，也嫌她房里“太素净”，更“忌讳”。然而，这位薛姑娘，却以“淡极始知花更艳”(吟《白海棠》)的诗句，表露了她隐藏于内心的自我欣赏的意趣。如果说这“外延”的冷色调，毕竟还是曹雪芹有所寓意的着力渲染，那么，这位薛姑娘性格内向的复杂组合的冷色，就表现得不那么单纯了。其处世之道虽“罕言寡语，人谓藏愚，安分随时，自云守拙”(第八回)但在大观园的喧笑声中，她又并非贾迎春那样的“二木头”，也没有发出过不和谐音。林黛玉的语带机锋，薛宝钗常常是故作浑而不觉。宝玉遭毒打，她埋怨了薛蟠几句，薛蟠生气，就把那“这金要拣有玉的才能正配”的秘密漏了出来，使她“委屈气忿”得哭了一夜，偏巧被黛玉看见，又“刻薄”了她几句：“姐姐也自保重些儿，就是哭出两缸眼泪来，也医不好棒伤”。对这种误解，她没有解释，“并不回头，一径去了”（第二十四回）。可当宝玉一次失言，把她比作了杨贵妃，说她“体丰怯热”，却大大伤害了她少女的自尊，“不由得大怒”！又是针锋相对地回击宝玉：“我倒象贵妃，只是没一个好哥哥好兄弟作杨国忠的。”又是向小丫头靛儿发脾气：“你要仔细，我和你顽过，你再疑我。……”又是尖刻地嘲讽宝黛：“原来这叫作《负荆请罪》，你们博古通今，才知道《负荆请罪》，我不知道什么是《负荆请罪》”（第三十四回）。这是薛宝钗唯一一次违拗“温柔敦厚”的性格表现。它说明薛宝钗也并非“没有脾性”，只不过她通常是加以压制，不形于色而已！薛宝钗同贾宝玉相处，始终若即若离，以避嫌“金玉”之说，但也难免一时忘情。第三十四回，贾宝玉被贾政打成重伤，她来送药给宝玉，一时“情急”，也说了这样的话：“早听人一句话，也不至今日，别说老太太太太心疼，就是我们看着，心里也疼。”说过以后，自觉“说的话急了，不觉得红了脸，低下头来”。这不也流露了真情一缕么。薛宝钗的待人接物，也并非只见其冷，倒反而时见温柔体贴，事事周到。如替史湘云筹划“设东”，为未来的堂弟媳邢岫烟赎当……应该说这都表现的是薛宝钗性格的“暖色”，可为什么在不少读者心目中对她有“冷美人”的印象呢？有的红学家甚至喻之为“冷香寒彻骨，雪里金簪埋”！

实际上曹雪芹所揭示的薛宝钗的冷，并不在她日常生活的“表象”，而是表现了她性格内涵的本质特征——冷在违拗自然之性、自然之情。“冷香丸”要医治的是薛宝钗从胎里带来的热毒，这明显的寓有以“冷”治热之意。胎里带来的热，是自然的东西，却要用人为的冷加以控制。这正像贾宝玉的玉是口衔而诞，是他胎里带来的，而薛宝钗的金锁却是人为打造的。所谓“金玉良姻”显然是要用人为打造的锁去束缚自然诞生的玉。而那更深层的意蕴，还在于用封建名教制止叛逆。薛宝钗的“冷彻骨”，就是冷在她在思想观念和道德规范上，对封建礼教自觉地信奉、理智地遵循。她屡屡劝说贾宝玉要通达圣人之道，关心仕途经济；她告诫林黛玉不要读杂书移了性情，不可救药；她也博学多才，但即使作诗也决不“逾距”；她的诗作，可称为含蓄、浑厚的蘅芜之体，极受“青春丧偶”、“心如槁木”的李纨的推崇，却不为封建叛逆者贾宝玉所喜。

曹雪芹并没有把薛宝钗这样一个复杂组合、血肉丰满的典型形象塑造成概念化的“冷美人”，像林黛玉一样，《红楼梦》中的薛宝钗同样是活色生香的真的人物。只不过，她这个真的人物却是封建阶级所培养的德言工容俱全的女性形象。曹雪芹也没有把薛宝钗写成宝黛爱情之间拨乱的丑角。但是，如果一个少女被封建教条侵蚀了灵魂，时时不忘给真情“包装”冷色——“浑然不觉”，这就是自身酿成的悲剧了。宝、黛、钗的婚恋结局虽是“人为”战胜了“自然”，“金玉良姻”取代了“木石前盟”，可“人为”毕竟是违拗自然的。“金玉良姻”所得的是“空对着山中高士晶莹雪，终不忘世外仙姝寂寞林。叹人间，美中不足今方信，纵然是齐眉举案，到底意难平”。失败者固然含恨而逝，“胜利者”也并未得到幸福，而是同归于尽。“可叹停机德，堪怜咏絮才”，曹雪芹虽然对他所塑造的林黛玉和薛宝钗这两个典型人物都倾注了巨大的同情，但她们的命运与悲剧，却表现了决不相同的社会人生意义。

曹雪芹自称他的《红楼梦》是“大旨谈情”，“脂评”也说他“因情捉笔”，《红楼梦》还曾有过一个《情僧录》的书名，《红楼梦》问世以后，也很快就得到了“情书”的总体评价。花月痴人的《红楼梦幻梦自序》说：“同人默庵问余曰：《红楼梦》何书也？余答曰：‘情书’。”汪大可的《泪珠缘书后》甚至认为：“《红楼》以前无情书，《红楼》以后无情书，旷观古今，其矫矫独立矣！”对《红楼梦》这样的“情书”定名，并非今天的“红学”研究者所能同意的。但是，在明清人文思潮中，曹雪芹赋予“儿女真情”以平等自由的新内蕴，以及他创造的贾宝玉、林黛玉、薛宝钗这具有时代历史内蕴的典型形象和他们的婚恋悲剧，无不显示了对封建制度与封建精神道德的巨大的批判力量，确实已超越前人，包括前驱者汤显祖和冯梦龙等，而与现代的民主思想相联接。近人陈蜕盦在辛亥革命前后写的三篇评《石头记》的文章中，称《石头记》为“社会平等书”；赞颂“《石头记》一书，虽为小说，乃具有大政治家、大哲学家、大理想家之学说，而合乎大同之旨，谓为东方《民约论》，犹未知卢梭能无愧色否也！”[25]虽云过誉，却有卓识。

曹雪芹的《红楼梦》矫矫独立于中国古典文学的峰巅，并将以其永恒的艺术魅力和人文精神感动不同时代的读者。

注　释

〔1〕 周治:《上元江宁两县志·食货考》。

〔2〕 《史料旬刊》第5期第158页。

〔3〕 《藏书·世纪列传总目前论》。

〔4〕〔11〕〔12〕 《李氏文集》卷十九《明灯道古录》卷下。

〔5〕 《初潭集》卷十九《师友九·笃义》。

〔6〕〔8〕 《焚书》卷一《答耿司寇》。

〔7〕 《顾端文公遗书》卷十四《当下铎》。

〔9〕 《焚书》卷二《答以女人学道为见短书》。

〔10〕 《初潭集》卷二《夫妇二·才识》。

〔13〕 《焚书》卷三。

〔14〕〔18〕 《汤显祖诗文集》卷四十七《复甘义麓》。

〔15〕 同上书,卷三十四《宜黄县戏神清源师庙记》。

〔16〕〔17〕 同上书,卷三十一《耳伯麻姑游诗序》。

〔19〕 《二刻拍案惊奇·满少卿饥附饱飏》。

〔20〕 《孟子字义疏证》卷上。

〔21〕 《阅微草堂笔记·滦阳续录五》。

〔22〕 《红楼梦说梦》。

〔23〕 1986年3月6日《人民日报》。

〔24〕 庚辰本第十九回脂评眉批。

〔25〕 分见于1914与1915年出版的《陈蜕盦文集》、《陈蜕盦文续集》。

第九讲

贾宝玉的叛逆思想

张锦池

一　引　言

《红楼梦》第十九回有这么一条脂批："此书中写一宝玉，其宝玉之为人，是我辈于书中见而知有此人，实未目曾亲睹者。又写宝玉之发言，每每令人不解；宝玉之生性，件件令人可笑。不独于世上亲见这样的人不曾，即阅今古所有之小说、传奇中，亦未见这样的文字。于颦儿处为更甚，其囫囵不解之中实可解，可解之中又说不出理路。合目思之，却如真见一宝玉，真闻此言者，移之第二人万不可，亦不成文字矣。"因此，这位批书人说贾宝玉是"今古未有之一人”。

这就说明一个问题：贾宝玉所代表的社会思潮当时还处于“草色遥看近却无”的状态，所以时人难以认识其思想的“理路”，而作者却从生活中把握了这种体现着那刚刚产生、还在酝酿之中、后来被称为“民主主义思想”因素的人物性格，将之塑造成典型形象，并且写得血肉丰满，跃然纸上，进而褒扬之。可见作者曹雪芹，他不只是位伟大的文学家，而且是位杰出的启蒙主义的先驱。

是故，贾宝玉作为小说的中心主人公，“今古未有之一人”，其思想性格有何特征？是怎么形成的？这在书中是否可以“追踪蹑迹”？凡此等等，也就不可不做番认真研究。因为，这直接关系到对作者的创作本旨与作品的思想底蕴的认识。

二 贾宝玉叛逆思想的主要特征

要把握贾宝玉思想性格的主要特征，最好从解读他的一些“呆话”入手。因为这些“呆话”对于表现他的叛逆思想和行为，具有“点睛”作用。

“女儿是水作的骨肉，男人是泥作的骨肉。我见了女儿，我便清爽；见了男子，便觉浊臭逼人。”这是贾宝玉的“呆话”之一。

这一“呆话”，实际上道出了他的生活体验和人生信仰。何以言之？书中说宝玉：“并不想自己是丈夫，须要为子弟之表率。”“更有个呆意存在心里。——你道是何呆意？因他自幼姊妹丛中长大，……他便料定，原来天生人为万物之灵，凡山川日月之精秀，只钟于女儿，须眉男子不过是些渣滓浊沫而已。因有这个呆念在心，把一切男子都看成混沌浊物，可有可无。”

因此，面对女儿，宝玉便不觉自惭形秽，纵然是对“身为下贱”者，也是如此。比如，旧时的优伶比贾府的下三等奴才都不如，社会地位是很卑贱的，而宝玉从芳官处知道了藕官烧纸钱的原因及其对感情和生死的看法后，“不觉又是欢喜，又是悲叹，又称奇道绝，说：‘天既生这样人，又何用我这须眉浊物玷辱世界’”。

因此，与《晋书·宣帝纪》所载“亮数挑战，帝不出，因遗帝巾帼妇人之饰”以示辱之含义相反，如果以“女孩儿一样的人品”说宝玉，则宝玉将视之为对自己的莫大褒扬。比如，书中写宁府为秦可卿出殡，道是：“凤姐儿因记挂着宝玉，怕他在郊外纵性逞强，不服家人的话，贾政管不着这些小事，惟恐有个失闪，难见贾母，因此便命小厮来唤他。宝玉只得来到他车前。凤姐笑道：‘好兄弟，你是个尊贵人，女孩儿一样的人品，别学他们猴在马上。下来，咱们姐儿两个坐车，岂不好？’宝玉听说，忙下了马，爬入凤姐车上，二人说笑前来。”于“女孩儿一样的人品”下，有脂批云：“非此一句宝玉必不依，阿凤真好才情。”这对宝玉之心理的分析，可谓入木三分。

由此，一些研究者认为宝玉是个女性化的男人。这看法是难以成立的。我们知道，如果说《红楼梦》前五回是全书的序幕，则第六回便是小说的正式开端。可该回却不只浓墨写了、还赫然标以“贾宝玉初试云雨情”，这又是为什么呢？我以为除了旨在写出早期的宝玉曾染有纨绔习气以外，还旨在说明作为“绛洞花主”的宝玉是个地地道道的正常男人：一也。脂批又告诉我们，在佚稿中当林黛玉泪枯而亡之后，宝玉还曾娶宝钗为妻，麝月为妾，可见他并不乏男儿情怀，绝不是一个女性化的男人：二也。足见，宝玉的喜以女儿自比，实源于他认为“女儿是水作的骨肉，男人是泥作的骨肉”而产生的人品上的追求，并非来自心理上的变态。

那么，宝玉的这一“呆话”其思想实质又是什么呢？从浅层面上说，是对男尊女卑传统观念的否定；从深层面上说，是对封建宗法思想和制度合理性的怀疑。因为封建社会是以男性为中心建立它的统治权力结构的，妇女在这个社会制度里没有独立人格，没有自主之权，只能在家从父、出嫁从夫、夫死从子。要是权柄旁落到妇女的手里，会被看成是纪纲毁堕的严重现象，所谓“牝鸡司晨，唯家之索”，便是指这说的；至于母鸡打鸣，便捉而杀之，更成为“众心所向”的民俗。今日视之，这意识是愚蠢的、可笑的，但却真切地反映了封建社会统治权力的特点及女性的卑贱地位。可宝玉则曰：“山川日月之精秀只钟于女儿，须眉男子不过是些渣滓浊沫而已。”既然如此，那么，以男性为中心的封建社会秩序其合理性又何在呢？这就在对旧思想的矫枉过正中深深寄寓了这位“混世魔王”对男女平权的憧憬。而矫枉过正，则是早期启蒙主义者的共同思维方式之一，西方宗教改革时代的“上帝即人”、法兰西唯物论者的“人即机器”、正统派经济学者的“恶德即善德”，莫不如是。

骂“读书上进的人”是“禄蠹”，甚至说“那些个须眉浊物，只知道文死谏，武死战，这二死是大丈夫死名死节，竟何如不死的好！”这是贾宝玉的“呆话”之二。

这一“呆话”，实际上宣告了贾宝玉在人生道路和价值观念上与“留意于孔孟之间，委身于经济之道”等正统教义的分道扬镳，从而使之成了个“于国于家无望”的人。这是显而易见的。比如，作者于第二回中便曾故施狡狯，以甄（真）贾（假）合一的方法，借甄（真）宝玉的思想说贾（假）宝玉的信仰，道是：“这女儿两个字，极尊贵，极清净的，比那阿弥陀佛、元始天尊的这两个宝号还更尊荣无对的呢！你们这浊口臭舌，万不可唐突了这两个字，要紧。但凡要说时，必须先用清水香茶漱了口才可；设若失错，便要凿牙穿腮等事。”从而也就告诉我们：宝玉素日所以“懒与士大夫诸男人接谈”而“每每甘心为诸丫鬟充役”，甚至如傅家婆子所议论的，“一点刚性也没有，连那些毛丫头的气都受到了”，而他却还是那么“昵而敬之，恐拂其意”，此无他，主要是基于对他所心神往之的女儿人格的“敬”，而他所心神往之的女儿人格就是那未为“留意于孔孟之间，委身于经济之道”等世俗思想所染的人格。

正因如此，所以或如宝钗辈有时见机导劝，说：“如今大了，你就不愿读书去考举人进士的，也该常会会这些为官做宰的人们，讲谈讲谈些仕途经济的学问，也好将来应酬世务，日后也有个朋友。没见你成年家只在我们队里搅些什么！”他却不是即刻还击、斥为“混账话”，就是不无愤慨地说：“好好的一个清净洁白女儿，也学的钓名沽誉，入了国贼禄鬼之流。这总是前人无故生事，立言竖辞，原为导后世的须眉浊物。不想我生不幸，亦且琼闺绣阁中亦染此风，真真有负天地钟灵毓秀之德！”“因此祸延古人，除《四书》外，竟将别的书焚了。众人见他如此疯颠，也都不向他说这些正经话了，独有林黛玉自幼不曾劝他去立身扬名等话，所以深敬黛玉。”这样，贾宝玉对女儿人格的崇尚，便成为他对真、善、美的不懈追求；贾宝玉对宝钗辈好说“混账话”的斥责，便成为他对世俗的批判、历史的批判、正统文化的批判。

然而，作为对“经济之道”的真正解构，还是宝玉的“文死谏，武死战……竟何如不死的好”之说。其主要理由是：“必定有昏君他方谏，他只顾邀名，猛拼一死,将来弃君于何地!必定有刀兵他方战,猛拼一死,他只顾图汗马之名,将来弃国于何地!所以这皆非正死……还要知道,那朝廷是受命于天,他不圣不仁,那天地断不把这万几重任与他了。可知那些死的都是沽名,并不知大义。”其结论是:“趁你们在,我就死了,……自此再不要托生为人,就是我死的得时了。”这里所说的“你们”,是指花袭人等丫鬟。显而易见,这是一种反面春秋的说法。其真正意思是:既然“朝廷是受命于天”,就不会有“昏君”、有“刀兵”,就不会要求“文死谏”、“武死战”;既然有“昏君”、有“刀兵”,要求“文死谏”、“武死战”,就可见朝廷不是“受命于天”。因此,与其为那“不圣不仁”的朝廷去死于谏、死于战,倒不如为丫鬟们充役,死在丫鬟群中好。这就不只批判了“文死谏,武死战”这一封建文化的最高道德信条,而且还以“以子之矛攻子之盾”的方法讥弹了那“君权神授”说。其实,当作者说宝玉“把一切男子都看成浊物,可有可无”时,个中便已包含了他对君父观念的大不敬,这一点不能不引起注意。

宝玉的生死观如是,也就决定了他要以“主持巾帼,护法群钗”作为自己的“一生事业”,其素日行为也就一如脂砚斋所说:“除闺阁外,并无一事是宝玉立意作出来的,大则天地阴阳,小则功名荣枯,以及吟篇琢句,皆是随分触情,偶得之不喜,失之不悲,若当作有心则谬矣。”岂但如此,“凡世间之无知无识(如宁府书房之美人轴),彼俱有一痴情去体贴”,是以“情不情”也就成为其思想性格的总体特征。这种“情不情”,警幻仙姑称之为“意淫”;而由于这种“意淫”是以“死名死节不如死于为诸丫鬟充役”为其哲学底蕴的,所以独得此二字的宝玉,“在闺阁中,固可为良友,然于世道中未免迂阔怪诡,百口嘲谤,万目睚眦”。今日观之,以“尊重”、“关爱”、“体贴”三义释贾宝玉的“意淫”而以“尊重”为骨,我以为是比较切合作者原意的。

贾宝玉的“呆话”之三,是以“爱物”论的形态出现的,道是:“这些东西原不过是借人所用,你爱这样,我爱那样,各自性情不同。比如那扇子原是扇的,你要撕着玩也可以使得,只是不可生气时拿他出气。就如杯盘,原是盛东西的,你喜听那一声响,就故意的碎了也可以使得,只是别在生气时拿他出气。这就是爱物了。”

今日视之,这一“爱物”论是很不妥当的,可谓洋溢着浓厚的贵家公子气，但其主要的意思却是清楚的，就是尊重个性，尊重意志，而假若用当时的思想家戴震的话说，就是“使人各得其情，各遂其欲”。此有这位贾府的“金凤凰”平日怎么做人、怎么生活为证：

比如，第二十回写贾环与香菱、莺儿三个赶围棋作耍，输了钱要赖，还哭。正好被宝玉撞见，而作为兄长，他是这么说贾环的：“大正月里哭什么？这里不好，你别处顽去。你天天念书，倒念糊涂了。比如这件东西不好，横竖那一件好，就弃了这件取那个。难道你守着这个东西哭一会子就好了不成？你原是来取乐顽的，既不能取乐，就往别处去再寻乐顽去。哭一会子，难道算取乐顽了不成？倒招自己烦恼，不如快去为是。”正由于宝玉平日好以这种“使人各得其情，各遂其欲”的道理律己并施诸子弟，“是以贾环等都不怕他，却怕贾母，才让他三分”。

比如，第三十六回“识分定”一段，说宝玉兴兴头头去梨香院找龄官，央她唱一套《牡丹亭》曲子“袅晴丝”。不想龄官见他到身旁坐下，忙抬身起来躲避，正色说道：“嗓子哑了。前儿娘娘传进我们去，我还没有唱呢。”宝玉见此景况，“又从未经过这番被人弃厌，自己便讪讪的红了脸，只得出来了”，不一会儿，见贾蔷兴兴头头从外面来，龄官与之情切切、意绵绵的，遂悟出“人生情缘各有分定”的道理。这里，我们看到的是他对龄官的个性、意志和她与贾蔷之关系的完全尊重。所以，兴儿当着尤三姐等的面是这么说宝玉的：“再者也没刚柔，有时见了我们，喜欢时没上没下，大家乱顽一阵；不喜欢各自走了，他也不理人。我们坐着卧着，见了他也不理，他也不责备。因此没人怕他，只管随便，都过的去。”这就最好不过地说明：其所喜爱者，是种无拘无束的自由生活方式。

由此可见，贾宝玉作为贾府的“金凤凰”，他的“不要人怕”、“只管随便”，实即反映了一种人性解放、个性自由和人权平等的要求，实质上也就是人道观念和人权意识，亦即初步的民主主义精神。尽管还很朦胧，但色彩却是鲜明的。

认为“只除‘明明德’外无书，都是前人自己不能解圣人之书，便另出己意，混编纂出来的”，这是贾宝玉的“呆话”之四。

这一“呆话”，直接反映了他对程朱理学以及孔孟之道的态度，所以不可不辨别清楚。由于书中一则说宝玉认为“除《四书》外，杜撰的太多”，二则说宝玉认为“只除‘明明德’外无书”，而“明明德”语出《大学》，三则说宝玉因宝钗等好以仕途经济相劝而祸延古人，“除《四书》外，竟将别的书焚了”，一些研究者便认为宝玉的思想并没有突破儒家思想的樊篱，他对《四书》还是推崇的。我不敢苟同这一看法，道理有三。既云“除《四书》外，杜撰的太多”，实际上也就将程朱理学视为杜撰之作，即所谓“虚比浮词”，一也；既云“除《四书》外，竟将别的书焚了”，焚的当然也就包括二程和朱熹著作，二也；还有，也是最重要的，《大学》所言的“明德”是指孟子所说的“仁义礼智之性”，宝玉所言的“明德”是指“异端之尤”李贽所说的“童心”，二者在“明德”观上是异质的，三也。这前两点易明，后一点又是怎么说的呢？

却原来《大学》提出的格物、致知、诚意、正心、修身、齐家、治国、平天下等条目，成了南宋及其后理学家讲伦理、政治、哲学的基本纲领，而一以贯穿这一基本纲领的人性论，便是孟子的“性善”说。故而朱熹《大学章句序》云：“盖自天降生民，则既莫不与之以仁义礼智之性矣。”宝玉呢？如果说，他对《大学》所弘扬的仕途经济学问是斥之为“混账话”，那么，他对书中所倡导的“明明德”则在“明德”一义的内涵上报之以偷梁换柱。这有他的与此相属的另一“呆话”可证，即：“女孩儿未出嫁，是颗无价之宝珠；出了嫁，不知怎么就变出许多的不好的毛病来，虽是颗珠子，却没有光彩宝色，是颗死珠了；再老了，更变的不是珠子，竟是鱼眼睛了。分明一个人，怎么变出三样了？”这当然指的不是形体，而是思想与为人。那么，“分明一个人，怎么变出三样了”呢？作者的答案显然是现成的，那就是李贽在其《焚书》卷三《童心说》中所言：“童子者，人之初也；童心者，心之初也。夫心之初曷可失也！然童心胡然而遽失也？盖方其始也，有闻见从耳目而入，而以为主于其内而童心失。其长也，有道理从闻见而入，而以为主于其内而童心失。其久也，道理闻见日以益多，则所知所觉日以益广，于是焉又知美名之可好也，而务欲以扬之而童心失；知不美之名之可丑也，而务欲以掩之而童心失。”这就是说：“童心”是种天赋予人的美德，它与外铄于人的“道理”如纲常名教之言和世俗利弊之识是不相容的，因而不是人皆能葆之的；但个体的失却“童心”又有个“其始”、“其长”、“其久”的过程，因而也就出现了宝玉所谓“宝珠”、“死珠”、

"鱼眼睛"三样的变化。如果说,李贽的"童心说"是贾宝玉这一"呆话"的哲学基础,那么,无善不归人的天赋、无恶不归宗法的思想和制度,则是贾宝玉这一"呆话"的思想指归。所以,这位"混世魔王"所致力的"明明德"与《大学》之道实际是南辕北辙的。

凡此说明:贾宝玉所以推崇《四书》,醉翁之意不在酒,在于为了打鬼而不得不借助钟馗。诚然,宝玉对中国古代文化这一总的认识和评价显然是过激的。然而,作为一种文化反思,它对帮助人们摆脱程朱理学观念以及孔孟之道程度不同的思想桎梏,在当时却有其积极的价值取向。

贾宝玉还有个重要"呆话",就是他和袭人说的:"比如我此时若果有造化,该死于此时的,趁你们在,我就死了,再能够你们哭我的眼泪流成大河,把我的尸首漂起来,送到那鸦雀不到的幽僻之处,随风化了,自此再不要托生为人,就是我死的得时了。"

此外,"化灰化烟",也几成他的口头禅,他还两次到释老门前求解脱,致为不少研究者所诟病,甚至被看做是"地主阶级没落思想的反映"。

其实,贾宝玉深厚的怀疑论和悲观论表明,儒家的仁政理想已在他心中消解,而他理想中的社会又十分朦胧。贾宝玉的精神悲剧是地主阶级贤明派的进步性已经所剩无几,而处于萌芽状态的资本主义生产关系尚未胎动的那个时代的产物和反映。因此,贾宝玉的怀疑论和悲观论虽则与释老的虚无主义划不清界限,却有本质的不同:一个教人消极厌世,寻求内心的调和与自我麻醉,做到"得失随缘,心无增减"[1],"不谴是非,而与世俗处"[2];一个属于"醒时幽怨同谁诉,衰草寒烟无限情!"——乃执著的求索精神、明确的是非观念、强烈的爱憎感情,真可谓"证成多所爱者,当大苦恼,因为世上,不幸人多"。[3]"苦恼"之极,想解脱于佛门,那也只是"一时感忿"。这正是早期启蒙主义者的惯常心理,一种"剪不断,理还乱"的苦痛心理。

三　贾宝玉叛逆思想的社会基础

列宁指出:"在分析任何一个社会问题时,马克思主义理论的绝对要求,就是要把问题提到一定的历史范围之内。"[4]贾府的大观园里为什么会出现贾宝玉？这不妨结合《红楼梦》所提供的典型环境来考察。需注意者有五：

其一，贾宝玉生于“钟鸣鼎食之家，翰墨诗书之族”。这个贵族世家，正面临着双重危机：一是“生齿日繁，事务日盛，主仆上下，安富尊荣者尽多，运筹谋画者无一；其日用排场费用，又不能将就省俭，如今外面的架子虽未甚倒，内囊却也尽上来了”。二是“更有一件大事：谁知这样钟鸣鼎食之家，翰墨诗书之族，如今的儿孙，竟一代不如一代了”，以致“遗之子孙虽多，竟无可以继业”——“其中惟嫡孙宝玉一人……聪明灵慧，略可望成”。随之也就产生了一个问题：如何管教这个“命根子”？“不严不能成器，过严恐生不虞。”这就引起贾政和贾母之间的矛盾。

贾政作为程朱理学的虔诚信徒，强调的是“不严不能成器”。“严”，就是在德育上要贾宝玉懂得：“圣人千言万语，只是教人存天理、灭人欲”[5]，从而做一个忠孝双全的人。“严”就是在智育上要贾宝玉做到：通明世事，练达人情，把《四书》讲明背熟，精通时文八股，从而跃马仕途，光宗耀祖。因此，一旦发觉贾宝玉身上有叛逆思想的萌芽，便火得连绳子都用上。

然而，尽管贾政暴跳如雷，宣称若“明日酿到他弑君弑父”，“不如趁今日一发勒死了，以绝将来之患！”我们却不必为贾宝玉的生命担忧，这是由于：就贾政与贾宝玉的矛盾性质而言，从本质上看，是封建主义思想和初步民主主义思想这两种意识形态上的冲突，是封建大家族内部两种生活道路和两种政治前途的斗争，他们各自代表了根本对立的不同的历史方向，这当然是对抗性的矛盾；但是后者尚未酿到公然要“弑君弑父”的地步，还只是社会阶级矛盾和封建宗法社会的政治危机在这豪族世家内部的反映，故而贾政对贾宝玉的恨，主要是恨铁不成钢的性质，恨至深，也是期望过于殷切的变相表现。其所以一杖下一道血地打贾宝玉，全然是由于封建教育的违反人性决定了他要使贾宝玉循规蹈矩，不得不靠“打”。

正因为那管教从严是落在一个“打”字上面，而贾母作为利己享乐主义者又以嫡孙绕膝为乐，所以也就必然要强调“过严恐生不虞”，直把贾宝玉宠得“无人敢管”。

其实，贾母作为贾府全家上下所尊崇的最高权威，她对贾宝玉的管教从宽，这种“宽”也是有限度的，是以不撕毁温情脉脉的封建礼教的面纱作为前提的。这位“老祖宗”不是说嘛：“大人溺爱的是他一则生的得人意儿，二则见人礼数竟比大人行出来的不错，使人见了可爱可怜，背地里所以才纵容他一点子；若一味他只管没里没外不与大人争光，凭他生的怎样，也是该打死的。”可见她对贾宝玉的溺爱是具体的、有原则的，不是抽象的、无缘无故的。这种缘故又不能停留在这段话的表面看，还须探究一下她所说的“生的得人意儿”，指的究竟是什么。难道是指贾宝玉体态的风流俊美？不，贾府的“玉”字辈和“草”字辈除了贾环以外，都是英俊少年。贾母所说的“生的得人意儿”，应该用她自己的话来作解释：“我养这些儿子孙子，也没一个像他爷爷的，就这玉儿还像他爷爷。”贾母这段话又是由张道士的一段话引起的：“我看见哥儿的这个形容身段、言谈举动，怎么就同当日国公爷一个稿子！”张道士这么说，实指贾宝玉将来有出息，而这正说在贾母的心坎上。

显然，贾母这位利己享乐主义者对贾宝玉的疼爱，与封建卫道主义者贾政对贾宝玉的恼恨一样，也是以维护封建主义的根本利益为基础的，它们实质上是同一事物的两个方面。贾政强调“不严不能成器”，管教从严，是出于“望子成龙”、光宗耀祖心切；贾母强调“过严恐生不虞”，管教从宽，是出于“留得青山在，不愁没柴烧”的思想——照封建“恩荫”制，反正像他们这样人家的子孙，“可以做得官时，就跑不了一个官的”。二者的矛盾又统一在贾府的家族利益之上了。

尽管如此，这种矛盾对于形成贾宝玉的叛逆性格却是个不可或缺的前提。贾政强调“不严不能成器”，妄图以野蛮的打骂来强使贾宝玉“就范”，其客观效果是使贾宝玉对他犹如“避猫鼠儿”，当然也就不能够叫贾宝玉亲之敬之，接受他的影响和教育了。贾母强调“过严恐生不虞”，唯恐逼贾宝玉“念书”逼出病来，其客观效果正如同兴儿所说：“他长了这么大，独他没有上过正经学堂。我们家从祖宗直到二爷，谁不是寒窗十载？偏他不喜读书。老太太的宝贝，老爷先还管，如今也不敢管了。……每日也不习文，也不学武，又怕见人，只爱在丫头群里闹。”贾宝玉是个“杂学旁收”、博览群书的人。兴儿这里所说的“书”，显然是指《五经》、《四书》与时文八股。照李贽的说法，此乃“道学之口实，假人之渊薮”[6]。贾宝玉自幼“没有上过正经学堂”，“不习文也不学武”，这意味着他从小没有受过正规的封建教育，因而没有

“留意于孔孟之间,委身于经济之道”的打算,也少受一层那潜流于家塾中的淫风恶习的感染。

然而,贾宝玉既没有因贾母的溺爱,“无人敢管”,便仗着国公府的势力,像薛蟠那样到处“斗鸡走马,游山玩景”,染上封建上层社会的种种恶疾,变成恶少;也不曾成为贾琏式的“于世路好机转”的淫棍;反倒成了“百口嘲谤”的逆子、丫鬟和优伶等奴隶们的“良友”,这又可见贾母和贾政在管教问题上的矛盾,仅给贾宝玉叛逆性格的形成提供了一个前提、一个空隙,它本身却不是形成贾宝玉叛逆性格的现实土壤。

其二,正如恩格斯所说:“最初的阶级压迫是跟男性对女性的奴役相一致的。”[7] 这种“男性对女性的奴役”,也是封建社会的普遍现象,是封建等级压迫的特殊形式。贾宝玉所生活的“花柳繁华地,温柔富贵乡”,便是这样一种现实。它一经作者的艺术处理,遂形成两个相互对照的世界:一边是居于统治地位作威作福的男子,一边是居于被压迫被牺牲地位的少女。

贾府的男性贵族虽有贤愚不肖之别,其共同特点是:品格虚伪、思想贫乏、识见浅陋、精神空虚、行止污浊、生活奢靡。要之,都是“泥做的骨肉”,堂堂世袭一等将军贾赦,是色中厉鬼,年已昏聩,尚垂涎鸳鸯,真是一腔欲火,满身俗骨,却偏要附庸风雅,想以重金购买石呆子的二十把古扇,“弄得人坑家败业”。其子贾琏平日也“似饥鼠一般”,“脏的臭的都往屋里拉”;此人还有一个特性:于世路上好机转,油锅里的钱都想捞起来花。现任族长贾珍及其子贾蓉,平素更是“每日家偷狗戏鸡,爬灰的爬灰”,以致使赫赫宁国府“除了两个石头狮子以外,没有干净的”。贾政是贾府的旗帜人物,却内不能刑于爱妾,外不能驾驭豪权,庸陋若此,又焉能御于家国?

别以为这是“运终数尽”的贾府所特有的现象,当时各世家子弟莫不如是。正如清朝二知道人所说:“太史公纪三十世家,曹雪芹只纪一世家。太史公之书高文典册,曹雪芹之书假语村言,不逮古人远矣。然雪芹纪一世家,能包括百千世家。”[8] 国丧期间,诸世家子弟麇集宁国府,在吃喝玩乐上搞“临潼斗宝”,这便是明证。

还应该看到,贾府这个“诗礼簪缨之族”虽则“儿孙不肖”,但“家无犯法之男”。它的儿孙们的胡作非为,均在封建国家所给予他们的特权范围以内，这里不存在高衙内和严世蕃式的人物；衣冠禽兽如贾珍父子，人前也是知书识礼，既没有在外强抢民女，也不曾在内强奸丫鬟。所以这个贵族世家的子孙在当时的贵族社会中还算是佼佼者，比如较之王府的王仁就要懂得些廉耻。程高本借冷子兴的口，说贾赦其人"为人却也中平"，贾政其人"自幼酷喜读书，为人端方正直"，实则反映了时人的看法。正因为如此，所以这个统治阶级社会真是"一切都烂透了，动摇了，眼看就要坍塌了，简直没有一线好转的希望"[9]。

旧社会不是有"赤子之心"说吗？说的当是小孩子入世不深，所受社会影响较浅，因而能够有一些识辨是非善恶的初步能力。《红楼梦》强调地写了贾宝玉的聪慧和早熟，因此所谓"男人是泥作的骨肉"实即那污浊的男性贵族社会在他幼小心灵里的反映，而他早期身上的纨绔习气，如与袭人云雨偷试以及撵茜雪等等，则又是由于蒙受这一男性贵族社会的影响。

假若说，自幼摆在贾宝玉面前的以男性贵族为中心的统治者世界犹如鲍鱼之市，那么，同时摆在他面前的以丫鬟为主体的女孩子世界则宛如芝兰之室。贾宝玉实际是在哪一个世界里长大的呢？是在这后一个世界里。其中许多女孩子服侍他，看护他，各以一颗真挚的心围绕着他。贾宝玉从小不止在生活上跟她们亲密，内心深处也是亲爱着她们的，"利女子乎即为，不利女子乎即止"[10]，几乎成了他的行动准则。

在社会上与那以男性贵族为中心的"上层"社会相对抗的，当然是由农民和新兴市民等所构成的"下层"社会。而反映到贾府的后院，便出现了以女奴为中心的被压迫者的反抗。贾府的奴婢有三种：一是"家生子"，即奴才们的子女；二是"买来的"，即破了产的农户的女儿；三是从苏州采办来的优伶，即属于市民最下层的戏子。这样，就使这种反抗具有更为普遍的社会意义。

贾府女奴们的反抗并不是由于衣食无着，铤而走险，向往"清官政治"。谁要以为贾府的黑暗是黑暗在"为富不仁"，那就错了。它的黑暗是黑暗在"富而好礼"，"礼"就是封建等级制度的社会规范和道德规范。贾府对奴才们的基本态度，不是奴役加践踏，而是奴役加保护。其主子们一面把奴才们看做猫儿狗儿，一面给他们锦衣玉食，还按月发给"月钱"。把奴才们看做猫儿狗儿并予以奴役,是“霸道”和“王道”的共同特点。其理论依据是圣贤们的良法美意:“天有十日,人有十等。下所以事上,上所以共神。”[11]“王道”和“霸道”的区别是在对这些“猫儿狗儿”的具体态度上:奴役加践踏,是谓“霸道”;奴役加保护,是谓“王道”。所以贾府对奴隶们实施的是“王道”,而不是“霸道”。它主要是以仁义道德来维护自己的统治。这用贾政的话来说就是:“自祖宗以来,皆是宽柔以待下人。”

贾府的女奴们之所以起而反抗,并且“一处不了又一处”,是由于她们朦胧地意识到自己是“人”,不是会说话的“猫儿狗儿”;既然是“人”,就应该有自己的独立人格与自主之权,就应该能够自由地支配自身和行动,并且彼此处于平等的地位。这种想争到“人”的价值的要求,就与封建主义的人身关系,与贾府所代表的封建宗法的思想和制度产生了不可调和的矛盾,所谓“已后儿孙承福德,至今黎庶念荣宁”,也就随之而成为人间喜剧、人生悲剧。晴雯、鸳鸯、龄官等的遭际正说明这一点。还是拿鸳鸯来说吧,作为“家生女儿”,其社会地位又低于平民出身的奴隶;而由于获得贾母的倚重,成了贾府最有脸面的奴婢。照当时世仆制规定,“家生女儿”的婚姻问题应由主子说了算;照封建婚姻制规定,男女婚姻问题应由家长做主。贾赦想收鸳鸯为妾,并且让邢夫人亲自出面说合,并且获得鸳鸯兄嫂的赞同,可谓合法合理,合乎世态人情。照时人的看法,这对于一个“家生女儿”,真是“又体面又尊贵”,是“天大的喜事”。然而,鸳鸯却公然一反封建社会的“事体情理”,抱定“不论尊卑,惟我是主”的思想,坚定沉着、按部就班地谱写了一曲奴隶反封建的正气歌。

其他女孩子一般也都有她们勇敢无畏、自由不羁的一面。比如司棋在凤辣子搜出了她的情书之后,“并无畏惧惭愧之意”;当被周瑞家的奉命撵出大观园之时,还要求能到“相好的姊妹跟前辞一辞”。可见她是如何置封建道德于脑后,而自认为并没有做出什么见不得人的事。芳官挨了赵姨娘的打,蕊官、豆官、葵官竟“只顾她们情分上义愤,便不顾别的”,一窝蜂赶去打群架,全不受封建礼法的拘检。

晴雯被称为贾宝玉的“第一等人”。贾宝玉自幼便和鸳鸯、司棋十分亲近。龄官“画蔷”曾“痴”及贾宝玉。贾宝玉对藕官的“痴理”曾予“真情”揆度。芳官派给怡红院后还曾和贾宝玉发生亲密友情。因此,她们的混和着血与泪的身世经历,她们的杳渺而惨淡的未来命运,她们所处的被奴役、遭蹂躏的客观社会地位,她们所蕴涵的为个性解放和婚姻自主等而勇猛抗争的主观思想情绪,在耳濡目染中当然也就会给贾宝玉以深远的影响。

需强调指出的是:与奴婢们的思想品格给予贾宝玉的影响相比,奴婢们的社会存在给予贾宝玉的影响尤为重要。思想上接受了奴婢们思想品格熏陶的贾宝玉,反过来再看看奴婢们的社会存在,就不能不发他深省,从而容受着更大的教益。晴雯等反抗者的遭际且不必说,它一次又一次地使贾宝玉直接感受到封建统治者以"理"杀人的罪恶。比如,平儿是个"不意识到自己的奴隶地位而过着默默无言、浑浑噩噩的奴隶生活的奴隶"[12]。她本人的思想对贾宝玉的影响,其积极面并不显著。然而她的境遇也引起了贾宝玉由衷的同情,使贾宝玉从中看出了她与贾琏夫妇之间的不平等关系,深深感到"此人薄命比黛玉尤甚",明确地表露了自己对贾琏夫妇之淫暴威权的不满,察觉出封建秩序的腐朽和不合理。

贾府丫鬟们的社会地位和身世遭遇给予贾宝玉的影响是巨大的,那些小姐们的命运遭际给予贾宝玉的影响又是如何呢?也是深刻的。这些贵族少女,虽然莫不过着"饫甘餍肥"的生活,却同样是所谓"有命无运"之物,不仅才智被埋没,甚至连生命也操纵在男性贵族的手里。

不是吗?元春贵为贵妃,实质上只是金丝笼中的小雀,荣华富贵并不能代替她内心的怅惘与悲凉,在供最高统治者淫乐的后宫里,默默无闻地埋葬了自己的青春与生命。李纨的生活早已枯死,吃人的礼教观念把她的灵魂禁锢在僵死的躯壳里,将自己的唯一希望寄托于"从子",也只落得个"梦里功名"而已。"浑名二木头,戳一针也不知嗳哟一声"的迎春,实际上是被贾赦以五千两银子作为身价卖给了一个像恶狼一样狠毒的男人,婚后不到一年便被折磨而死。探春空有"才干",终是个女子,"出不去,走不了",只好任由远嫁异乡,成为男人的附庸,在"天上碧桃和露种,日边红杏倚云栽"的赫赫豪门,过着"芙蓉开在秋江上,不向东风怨未开"的凄凉生活。"勘破三春景不长"的惜春,要想不蹈三个姐姐的覆辙,也只好"缁衣顿改昔年妆"。湘云婚后不久,便"云散高唐,水涸湘江",劳燕分飞。黛玉更是由于惨遭摧残,泪枯而殁。横行半世的王熙凤,最后也“身微命蹇”,被贾琏休弃而“哭向金陵”。真是“悲凉之雾,遍被华林,然呼吸而领会之者,独宝玉而已”[13]。

一支王道曲,千红无孑遗。黛玉的葬花是牵动女儿们命运的。是故,《红楼梦》的悲剧是美之被毁灭的悲剧。

要而言之,贾府是个“礼法王国”。这个王国里有两个天地:一是以男性贵族为中心的封建统治者的天堂,以及与此相联的仕途经济的道路;一是以女性奴隶为主体的被压迫被牺牲者的地狱,以及与此相联的为争取自由而勇猛抗争的道路。这种奴役与反奴役的斗争,其斗争方式虽然与社会上的奴役与反奴役斗争有所不同,然而所要解决的本质问题却是一样的,即:是维护封建制度,还是反抗封建制度,或怀疑这个制度的永恒性。因此,从小就在丫鬟群里长大的贾宝玉,是既不能不受男性贵族们的思想影响,也不能不受奴隶们的思想熏陶。就其实质来说,双方都在按照自己的世界观改造着贾宝玉,而不论其自觉与否。

正是女奴们的优良品质和反抗精神,正是女奴们的社会地位和身世境遇,正是贵族少女们为封建礼教所播弄的悲惨命运,时时刻刻在作用于贾宝玉的思想意识,熏陶他、教育他、震惊他、策励他,从而培植着他初步民主主义思想的嫩芽,并进而发展为对封建“仕途经济”的憎恶,因为这种仕途经济集中代表着封建统治阶级的利益。

因此,与痛绝“仕途经济”相对照而存在的独喜“内帏厮混”,是贾宝玉叛逆性格的主要表现,是贾政之所以火得要勒死他的根本原因,也是形成他叛逆性格的基本土壤。贾宝玉的初步民主主义思想,首先是在以此为中心的两个世界、两种意识形态的对立与斗争中滋生和发展的。

其三,社交活动,特别对贵族子弟来说,是组成社会关系的一个重要环节,是社会生活教育的一个不可或缺的组成部分。“近朱者赤,近墨者黑”——到底是让贾宝玉与上层贵族社会交往,还是由着他与下层平民社会交游,这对他性格的形成当不无作用。

贾雨村为了讨好贾政,借以作为升官发财的阶梯,每访贾府,“回回定要”见贾宝玉,贾政也敬重贾雨村,把他看成是贾宝玉社交活动中的良师益友,很希望贾宝玉能多多与他接触,以期“通明世事,练达人情”。

"贾宝玉路谒北静王"，北静王向贾政笑道："小王虽不才，却多蒙海上众名士凡至都者，未有不另垂青目，是以寒第高人颇聚。令郎常去谈会谈会，则学问可以日进矣。"这使贾政受宠若惊，"忙躬身答应"。

贾政不学无文，却颇爱自充风流名士，甚至自称"天性也是个诗酒放诞之人"。因此，携儿辈应酬，亦常赴诗坛文会。其实，贾政所说的"深精举业"固然是"经济学问"，贾政所说的"诗酒放诞"也是种"经济学问"，甚至还被看做是条"终南捷径"。这也就是他有次赴诗坛文会回来何以兴兴头头命宝玉兄弟、叔侄作首《姽婳词》，以志"姽婳将军"林四娘之"忠义"而呈请"恩奖"的真正原因。

凡此，说明贾政所提供给贾宝玉的社交路线，是一条以"经济学问"为枢纽、以利害关系为转移的社交路线。

然而，贾宝玉除了贾政所要求的社交活动以外，还有自己的社交活动，这就是喜与秦钟、蒋玉菡和柳湘莲等社会上的中、下层人物交游。这是一条以平等观念为基础、以个性解放为枢纽的社交路线。

贾宝玉的第一个朋友是出身于"清寒之家"的秦钟，这也是他所接触到的第一个清寒子弟，故而曾使他耳目为之一新，自思道："天下竟有这等人物！如今看来，我竟成了泥猪癞狗了。可恨我为什么生在这侯门公府之家，若也生在寒门薄宦之家，早得与他交结，也不枉生了一世。"贾宝玉在比自己社会地位低下的人面前的自惭形秽，正反映了他对封建等级制度合理性的深刻否定。

元春"晋封凤藻宫尚书，加封贤德妃"，全府上下莫不"洋洋喜气盈腮"，忙于"谢恩"，独贾宝玉一个"皆视有如无"，却成天惦记着秦钟和智能儿的命运，足见其把民间的男女私情、朋友之谊看得比皇家的新婚大典、君臣之义还重。贾宝玉与秦钟的关系就建立在这种公然弃置封建礼教的道德规范和社会规范的基础上！诚然，秦钟对"举业"的看法与贾宝玉是存在着潜在的分歧的，然而，秦钟的社会存在却给予贾宝玉以深刻的教育。后来，只因无力为秦钟护墓，又使他深恨自己"天天圈在家里，一点儿做不得主，行动就有人知道，不是这个拦就是那个劝的，能说不能行"。

经常照看秦钟的孤坟，未到节期就"打点下上坟的花销"者，是"一贫如洗”、被贾琏看成“最是冷面冷心的，差不多的人，都无情无义”、曾挥拳痛打薛蟠却“最和宝玉合的来”的柳湘莲。其实，柳湘莲敢于抡拳苦打呆霸王以维护自己的人格尊严，这是“冷”的；而对亡友秦钟的坟却护理备至，唯恐为雨水冲坏，这又是“热”的。不知尤三姐的品行，鉴于她是宁府的亲戚并住在宁府，决意“不做这剩忘八”而断然要求解除婚约，这是“冷”的；既知尤三姐为人，便不计其以往是否有失贞节，口唤“刚烈贤妻”，抚尸掯棺大哭，这又是“热”的。因此，这位“冷二郎”的“冷”，是“横眉冷对权贵指”的“冷”，实际上却是个热心热肠、多情多义的人。“他最和宝玉合的来”，则显然是出于反封建思想的一致。因此，“冷遁了柳湘莲，剑刎了尤小妹”，当然也就更使贾宝玉要难过得“情色若痴，语言常乱，似染怔忡之疾”。

贾宝玉和秦钟、柳湘莲友善，与忠顺王府的优伶蒋玉菡也是至交。在我国封建社会里，优伶与娼妓同列，社会地位最为低下。可蒋玉菡并不安于自己的命运，而力求摆脱封建统治者的桎梏，也曾一度逃出忠顺王府，过了几天“自由民”的生活。贾府的奴隶在反抗，忠顺王府的奴隶也在反抗，这说明奴隶们反封建贵族的斗争乃是当时社会的普遍现象。贾府的优伶龄官等在强烈地向往着人身自由，忠顺王府的优伶蒋玉菡则以逃跑来取得人身自由，这说明奴隶们要求人身解放已成为当时的社会问题。贾宝玉在认识蒋玉菡以前，便以“无缘一见”为恨；偶然相遇，即一见如故，互赠“汗巾”，聊表爱戴，终至酿成他大承笞挞的重要原因之一，虽被打得寸骨寸伤，却毫不后悔，反而宣称“便为这些人死了，也是情愿的”。而从脂批得知，贾宝玉后来落入“贫穷难耐凄凉”境地，蒋玉菡也一直给他资助和慰藉。凡此，说明了什么呢？说明他们的友谊是一种心灵上的默契，所以“青山遮不住，毕竟东流去”。贾宝玉不是曾经宣称要放出怡红院的丫鬟们“与本人父母自便”吗？在这里，我们不只看到他的叛逆思想与作为新兴市民阶层代表人物而出现的蒋玉菡的“作反”精神之间的血肉联系，而且看到了他的这种思想是如何地符合时代要求。

《红楼梦》开卷第一回即云：石头上所记“原来就是无材补天、幻形入世，蒙茫茫大士、渺渺真人携入红尘，历尽离合悲欢炎凉世态的一段故事”。史湘云在劝贾宝玉也该常常地会会那些为官做宰的人们时，不是真心希望他日后能“有个朋友”吗？从脂批得知，贾府“树倒猢狲散”之际，贾宝玉从贾雨村之流那边看到的是落井下石，从蒋玉菡等辈——其中包括为他所撵出的茜雪——这边获得的是救援。难道还有比这更巨大、更切实、更深刻的教育吗？这也可见，童年时期的贾宝玉所说的“男子是泥作的骨肉”，这“男子”二字越到后来就越显出其实际上是男性贵族和达官贵客们的代称。

概而言之，自幼接受了丫鬟们思想品质和社会存在影响的贾宝玉，随着齿序日增，在社交活动中“懒与士大夫诸男人接谈”，而喜同社会中、下层人物交往，这是他处于萌芽状态的初步民主主义思想的一种表现。在交往的过程中，又潜移默化地接受了他们的思想品格与社会存在的影响，反过来又加速了他初步民主主义思想的发展，促进着他对封建地主阶级的叛逆。因此，同与贾雨村之流相对立的所谓“游荡优伶”交往，是贾宝玉叛逆性格的重要特点，是贾政之所以气得要勒死他的重要原因，也是形成他叛逆性格的又一现实土壤。

其四，贾政想通过贾代儒的口教贾宝玉好好攻读《四书》，社会却经过茗烟的手给贾宝玉捎来了种种“杂书”。这种“杂书”和《四书》的对立，实际上反映了两种文化思想的对立。《西江月》说贾宝玉“愚顽怕读文章”，薛宝钗笑贾宝玉“每日家杂学旁收”，足见贾宝玉并不是不喜读书，而是学有偏好。

何谓“杂学”？清人章学诚《章氏遗书·答沈枫墀论学》云：“自雍正初至乾隆十年许，学士又以《四书》文义相为矜尚。仆年十五六时，犹闻老生宿儒自尊所业，至目通经服古谓之‘杂学’，诗古文辞谓之‘杂文’，士不工《四书》文不得为通。”章学诚所闻的“老生宿儒自尊所业”，实即《儒林外史》里王仁之流所说的“我们念书的人全在纲常上做工夫，就是做文章，代孔子说话，也不过是这个理”。

贾宝玉“愚顽怕读文章”，而“每日家杂学旁收”，正说明他是个博览群书的饱学之士，“怕读”的只是《四书》，厌为的是八股制艺那一套，论真才实学，倒是贾政之流所望尘莫及的。试看《大观园试才题对额》，一个是那么才华横溢，思想清新活泼；一个是那样心思干枯，学识浅陋迂腐。一“试”之下，也就比出了优劣。

贾宝玉读的书大致可以分为三类：一是诗词曲赋小说，二是佛老的著作，三是《五经》、《四书》等等。这些书对于他叛逆性格的形成，曾起过不同的作用。这里只想谈谈“杂书”对宝玉的影响。

《西厢记》和《牡丹亭》是两部具有强烈反封建礼教倾向的古典戏曲。这两部作品着力描写了爱情与封建礼教之间的矛盾冲突，有力地批判了程朱理学所鼓吹的“存天理，灭人欲”的伦理说教。《红楼梦》第二十三回，写贾宝玉偷看《西厢记》，并对林黛玉说：“真真这是好文章！你要看了，连饭也不想吃呢。”第三十六回又写贾宝玉“想起《牡丹亭》曲来，自己看了两遍，犹不惬怀，因闻得梨香院的十二个女孩子中有小旦龄官最是唱的好”，便特意跑去央求她“唱‘袅晴丝’一套”。显然，这两部作品对于他和林黛玉的爱情关系，曾起过促进作用。

然而，有两点应该引起我们注意。其一，贾宝玉在向林黛玉表示爱情时曾两次自比张生，却从未把自己比做柳梦梅。原因何在呢？照我看，就在于：在爱情生活问题上张生的主动性甚于柳梦梅，在仕途经济问题上柳梦梅则远比张生热切。这就决定了贾宝玉对张生和柳梦梅的实际态度是右张而左柳。其二，不论是张生和崔莺莺，还是柳梦梅和杜丽娘，他们在婚姻问题上虽是封建礼教之道德规范的叛逆者，而在人生道路问题上却又是封建礼教之社会规范的遵循者，特别是柳梦梅和杜丽娘。柳梦梅不必说，其人生抱负便是“必须砍得蟾宫桂，始信人间玉斧长”。要是把杜丽娘的婚姻观与薛宝钗和林黛玉的婚姻观做一对比，就会发现一个十分有意思的问题：杜丽娘对柳梦梅，“情不知所起，一往而深”，具有爱情生活上的自主性，其所期望于柳梦梅的是：“盼今朝得傍你蟾宫客，你和俺倍精神金阶对策。”薛宝钗对贾宝玉，“莫言绮縠无风韵，试看金娃对玉郎”，在婚姻问题上也具有自主性。其所期望于贾宝玉的是：能改弦易辙，成为蟾宫之客。林黛玉对贾宝玉，“眼空蓄泪泪空垂，暗洒闲抛却为谁？”在爱情生活上更始终是具有自主性，却“自幼不曾劝他去立身扬名”。不难看出，杜丽娘的婚姻观与薛宝钗颇类，同林黛玉则大相径庭。贾宝玉否定“金玉良缘”，肯定“木石前盟”，这正反映了他的叛逆不仅仅是婚姻上的叛逆，更主要的是人生道路上的叛逆。所以，贾宝玉的叛逆思想与柳梦梅和张生相比，虽有相通之处，却存在着质的不同。

《西厢记》和《牡丹亭》只是贾宝玉“拣了”带进怡红院的“文理细密”的

"几套"书中的两套,还有"许多""粗俗过露"的"传奇角本"和"古今小说""都藏在外面书房里"。这些书都是茗烟为使贾宝玉"开心"买来的。照茗烟私下嘱咐贾宝玉:"若叫人知道了,我就吃不了兜着走呢。"可见问题的严重性。"传奇角本"和"古今小说"有一个共同特点,就是常常把其中的女子描写得比男子出色,亦即妇女观往往比较进步。这当然并不等于说都是市民思想的反映。然而,像拟话本《卖油郎独占花魁》,它"对男女爱情有它的特别的看法,提倡什么'帮衬',说'只有会帮衬的最讨便宜'……那就的确只能用市民思想来解释了。"[14] 何谓"帮衬"呢?这在它的"入话"里有解释,就是对女方能"服小"、善"体贴"的意思,实际也就是我们通常所说的不仅不鄙视妇女,不把她们当做奴隶看待,相反地倒极其尊重她们的人格尊严,极其尊重她们的意志自由。这类作品的妇女观和爱情观对于贾宝玉叛逆思想的形成和发展,显然是起着良好的作用。

同时也应该看到,在"传奇角本"和"古今小说"里,那些把女子描写得比男子出色的作品,其中与女子成对照的一般都是学养迂腐或品格不端的某类男子,而不是整个男性社会。那些提倡所谓"帮衬"的作品,其所主张的"帮衬"一般也只囿于处理性爱关系,并未作为一种处理社会伦理关系的准则。《红楼梦》则不然,反映到贾宝玉身上,就是既继承了这些民主性的思想,又把这些民主性的思想发展到一个新的高度。其特征是:一方面是对于世俗男性的憎恶和轻蔑,一方面是对于女孩子特殊的体恤和尊重。如上所述,这种与对女孩子的特殊的体恤和尊重相映衬的对世俗男性的憎恶和轻蔑,实质上反映了贾宝玉对现实社会统治秩序的否定,因为封建主义社会是以男性为中心建立其统治权的,妇女所受的压迫实际上反映了宗法等级的压迫。所以,我们说贾宝玉性格的主要特点即所谓"情不情",就其社会意义说,实则反映了人性解放、个性自由和人权平等的要求,实质上也就是人道观念与人权思想,亦即初步民主主义精神。

由此看来,贾政和贾宝玉在《四书》和"杂书"问题上的对立,具有双重意义。第一,这种对立是历史上,特别是明中叶以来,推崇理学与反对理学斗争的继续。贾宝玉的叛逆思想,"具有由它的先驱者传给它而它便由以出发的特定的思想资料为前提"[15],这种思想资料又是那么丰富,甚至包括儒家经典如《诗经》等的合理内核。第二，这种对立又是现实社会中的民主性文化与封建文化斗争的尖锐反映。

然而，无独有偶，薛宝钗也是个“杂学旁收”的人物，可在思想上却与贾宝玉相对立。这又说明了什么呢？这说明：自古以来，中国封建社会里面传统的人民性或民主性的文化思想，尽管对于贾宝玉叛逆性格的形成和发展是十分重要的，但作为思想资料，它毕竟只是促成贾宝玉叛逆性格的形成和发展的“流”，而不是“源”，只有时代潮流和现实生活才是“源”，并且是唯一的“源”。贾宝玉遇到这种思想资源其所以犹如磁场之遇到铁，就在于他的心灵深处已经滋生着一个磁场，这个磁场，就是所谓“内帏厮混”和“游荡优伶”等所受的思想影响和教益。

其五，《红楼梦》里有贾宝玉和甄宝玉，就像《西游记》里有孙悟空和六耳猕猴。甄宝玉与贾宝玉童年时代宛若一人，而成年后却截然各别，一个成了地主阶级的接班人，一个成了地主阶级的叛逆者。原因何在呢？就在于存在决定意识，封建统治者直接地损害了贾宝玉自身的利益，他的知音、理想伴侣——林黛玉的悲惨遭遇使他有切肤之痛，使他由贵族地主的宠儿一变而成为受害者。所以，我认为宝、黛的爱情悲剧是促使贾宝玉的初步民主主义思想不断巩固和发展的一种牵引力。

林黛玉对贾宝玉的爱是从叛逆思想出发的，她使自己的爱情化作一股叛逆性的力量，推动贾宝玉坚定地走自己的叛逆道路，成为“于国于家无望”的贰臣逆子。薛宝钗对贾宝玉的爱是以夫贵妻荣为指归，她想使自己的爱情变为一座强力的吸盘，吸引贾宝玉离开自己的叛逆道路，成为贵族世家的继业者。因此，宝、黛、钗的纠葛就不仅是爱情问题，而是人生道路问题。

贾宝玉的爱情生活，开始时并不专一。刚向林黛玉起誓：“除了别人说什么‘金’什么‘玉’，我心里要有这个想头，天诛地灭，万世不得人身！”一转身见到薛宝钗“雪白一段酥臂，不觉动了羡慕之心……忽然想起‘金玉’一事来，再看看宝钗形容，只见脸若银盆，眼似水杏，唇不点而红，眉不画而翠，比林黛玉另具一种妩媚风流，不觉就呆了”。在梦游太虚幻境时他所见到的“乳名兼美字可卿者”的仙子，“其鲜艳妩媚，有似乎宝钗，风流袅娜，则又如黛玉”，便是这种现实心理的反映。

贾宝玉终于“只念木石前盟”，这是由于薛宝钗爱说“混账话”，屡屡规劝贾宝玉走封建主义的仕途经济道路，用阴柔的手腕对他进行着无休止的“争取”，其结果是导致贾宝玉的嫌厌，日益加深着二人思想上的鸿沟；而林黛玉从不劝贾宝玉去“立身扬名”，且其身份是小姐，才貌似宝钗，身世似香菱，思想品格似晴雯和龄官……要之，在她身上集中了大观园里所有女孩子们使贾宝玉关心、钦羡、悲悯、亲爱的一切客观与主观的特征。这就决定了贾宝玉必然会随着他思想的发展而把对姊妹们的尊重与体贴、对丫鬟们的同情与爱护越来越汇集到林黛玉身上，从而在思想一致的基础上建立起生死不渝的爱情。

说到贾宝玉和林黛玉的爱情，既不同于张生和崔莺莺，也不同于柳梦梅和杜丽娘，还由于无论是张生和崔莺莺，还是柳梦梅和杜丽娘，都是所谓“一见钟情”，导致他们相爱的起因是“郎才女貌”，促成他们最后结合的基础是“金榜题名”。因此，这种婚姻在性爱问题上虽则有悖于封建礼教，在价值观念和人生道路问题上却符合彼此的家世利益。贾宝玉和林黛玉的爱情则不是如此。第一，双方在经过一段相互了解之后所建立起来的以互爱为前提的爱情关系，既与封建婚姻所必须遵守的“父母之命”的包办性质截然相反，也和一见钟情式的单纯情欲婚姻不同，这种恋爱过程本身便符合人权思想。第二，双方的爱情生活并不以追求单纯的性欲为目的，而以共同的价值观念和生活理想为基础，且以拒绝仕途经济即人生道路上的叛逆为枢纽，同时把彼此的社会地位和财产占有情况以及体质条件等等一概置之度外，具有反封建的民主主义的理想性质。第三，双方的爱情关系具有自主性和平等原则，既不容许男尊女卑，也不容许任何外来条件的干预，并且这种爱情达到如此猛烈和持久的程度，以致如果不能结合，那在双方看来，就是最大的痛苦和不幸，即使为此而献出生命、与家庭诀别，也在所不惜，这具有家庭世法变革的性质。因此，贾宝玉和林黛玉的爱情，就其性质来说，是属于近代社会的性爱，是在新兴的资本主义生产关系的影响下要求婚姻制度变革的一种反映，是反封建的追求个性、解放思想的显著表现。尽管与尤三姐和司棋等的婚姻观相比，还蒙着一层较为浓重的公子小姐的思想色彩，但与张生和崔莺莺、柳梦梅和杜丽娘的婚姻观相比却有质的不同。

正如恩格斯所说，对于封建贵族来说，“结婚是一种政治的行为，是一种借新的联姻来扩大自己势力的机会；起决定作用的是家世的利益，而决不是个人的意愿”。[16] 恩格斯这一精辟论断，指明了封建社会统治者之间婚姻关系的阶级实质。贾府究竟是娶薛宝钗，还是娶林黛玉，或者另找，归根结底，则应由这个封建大家族的“家世的利益”来决定。《红楼梦》自第三十四回以后，宝、黛爱情关系一经确定，便再也不写宝、黛、钗三者之间的爱情纠葛，而集中笔力去展示贾府的日用排场与各种错综复杂的矛盾，这是种很高超的写法，它令人信服地写出贾宝玉的婚姻问题是“中原得鹿不由人”。清人诸联说得好：“宝玉之于黛玉，木石缘也；其于宝钗，金玉缘也。木石之与金玉，岂可同日语哉？”[17] 这倒并不是由于贾母等人生就一副势利眼，须知“金钱”是巩固“权势”的后盾，“权势”是捍卫“金钱”的前矛。“贵”而不“富”，“贵”难持久；“富”而不“贵”，“富”必难保。贾府的特点是威名远震而内囊空虚，薛府的特点是门庭冷落而家资殷实，因此，借新的联姻以结成“权势”和“金钱”的同盟，也就势在必然；更何况薛宝钗的好说“混账话”及其所独具的“小惠全大体”的“治才”，又完全符合贾府改造宝玉和治理家政的需要。

因此，贾宝玉和林黛玉爱情悲剧的产生是必然的，贾宝玉和薛宝钗婚姻悲剧的产生也是必然的。就历史渊源来说，后者是前者的直接继续。就性质来说，新生力量因一时的弱小而无力抗御旧势力的迫害，产生了贾宝玉的爱情悲剧；旧势力又由于自身内在的虚弱而无力彻底压服新生力量，反遭到它的一再抗击，又产生了贾宝玉的婚姻悲剧。就当事者来说，宝、黛是在反封建的战斗中牺牲，宝钗是在帮助封建统治者维护封建秩序的过程中自挖墓穴。就社会根源来说，贾宝玉的爱情悲剧和婚姻悲剧，既是由贾、史、王、薛这四大家族兴衰与共的家世利益所造成，同时又反映了这四大家族必然衰亡的历史命运。贾宝玉对林黛玉的爱情由动摇而专一而生死不渝，对薛宝钗的感情由爱慕而不满而疏远而于婚后又离弃了她，这是他初步民主主义思想发展的具体表现和必然结果；而两次悲剧的产生，反转来又加速了他叛逆性格的进一步发展，最后便以遁入空门的形式来向他所出身的阶级诀别。而这种诀别形式虽则是消极的，却也使宁、荣二公之灵所寄予他的“略可望成”的殷切期望，落得竹篮打水一场空。

四　贾宝玉叛逆思想的发展历程

贾宝玉叛逆思想的形成，不但有其深厚的社会基础，而且有其具体的发展历程。随着贾府的衰亡，它有三个重要的发展阶段。

第一个阶段，其标志是“不肖种种大承笞挞”。这是贾宝玉与贾政之间的一次正面冲突。其酝酿过程是：贾宝玉“愚顽怕读文章”，在家喜“内帏厮混”，在外爱“游荡优伶”。“愚顽怕读文章”已使贾政积忿于膺；“游荡优伶”则有“蒋玉菡情赠茜香罗”，则有同情并支持蒋玉菡逃离忠顺王府，则又有王府长吏官登门索人给贾政以难堪；“内帏厮混”则有与金钏儿笑谑生灾祸，则有“含耻辱情烈死金钏”，则又有“手足眈眈小动唇舌”。这次大承笞挞，使贾宝玉从严父的道貌上看出了狰狞，从卑贱者的反抗中发现了曙色，故而宣称自己“便为这些人死了，也是情愿的”，从而在人生道路上坚定地迈出了叛逆性的一步。具体则表现在他于鞭痕痛楚时所做的三件事上：一是“情中情因情感妹妹”，毅然唾弃了家长们所散布的“金玉良缘”之论，与在叛逆道路上往往较他先行一步的知音林黛玉赠帕定情。二是求莺儿打两根络“汗巾子”的络子，而从指定的配色上，则知一根是留给自己用，络蒋玉菡送给他的大红汗巾子，一根是送给蒋玉菡，络他送给蒋玉菡的松花汗巾子。三是曲意要金钏的妹妹玉钏“亲尝”他所爱吃的“莲叶羹”，以表他对金钏的死“又是伤心，又是惭愧”之情。从此，他一扫以往那种与袭人云雨偷试、与秦钟疯言疯语之类王孙公子的纨绔习气，一扫撵茜雪、骂晴雯、踢袭人之类富贵公子的暴戾脾气，而与女孩子们的关系更严肃、更纯洁了，对她们也更敬重、更体贴，其精神境界获得了一次升华。“喜出望外平儿理妆”、“呆香菱情解石榴裙”，他的心理活动，便足资佐证，显然是作者的着意敷彩。

第二个阶段，其标志是“痴公子杜撰芙蓉诔”。这是贾宝玉与王夫人之间的一次正面冲突。其酝酿过程是：贾府的奴婢们自觉不自觉地想摆脱封建礼法的束缚，直发展到“各屋里大小人等都作起反来了，一处不了又一处”，而怡红院里的“作反”则直接获得了贾宝玉的同情和支持。邢夫人作为贾府的长房儿媳以不能染指家政心怀不满，想利用绣春囊事件打击王熙凤，同时也给王夫人以一点难堪；王夫人以为贾宝玉所以“愚顽怕读文章”，是被丫鬟们“勾引坏”的，当她知道绣春囊并非王熙凤之物后，便决意在奴婢们中间查个“谁青谁白”，其结果是导致“惑奸谗抄检大观园”，导致“俏丫鬟抱屈夭风流，美优伶斩情归水月”，导致大观园中的青年女子首次风流云散。这次奴婢们的风流云散使贾宝玉又从慈母的笑脸上发现了血污，从“华林”中呼吸到“悲凉之雾”，从卑贱者的血泪上看到了火爆的反抗，也使他认识到同是“巾帼”却有“鸠鸩”和“鹰鸷”之分，而同是“闺闱”又有“资葹”和“茝兰”之别。就在王夫人一口咬定晴雯是“狐狸精”的时候，他却一字一血地写下了《芙蓉女儿诔》，一面用金玉、冰雪、星辰、花月等来赞美晴雯的高洁，一面宣称“钳诐奴之口，讨岂从宽；剖悍妇之心，忿犹未释”，明显地表露了他对诐奴及其主子的愤怒情绪。这表明了他的民主主义思想的深化，不再认为自己对晴雯的死犹如对金钏的死一样有什么责任，也说明了在他的内心深处，实质上已经撕掉了他和王夫人之间那层封建宗法关系温情脉脉的面纱，不再将自己的幸福寄托在这位“大善人”身上了。

第三个阶段，其标志当是脂批所示佚稿中的“宝玉砸玉，黛玉泪枯”，以及接踵而来的宝玉被关入“狱神庙”，黛玉“魂归离恨天”。“宝玉砸玉，黛玉泪枯”，显然是由于贾府为维护家族利益而决定与薛府结成新的联姻，这是贾宝玉和贾母之间的一次正面冲突。贾府被查抄当然是这个百年望族的内部矛盾以及与忠顺王府等的外部矛盾交错作用的结果，然而导火线则有可能是贾宝玉所作的那首力贬天子百官而独褒“姽婳将军林四娘”的《姽婳词》[18]；这位“怡红公子”所以与放高利贷和包揽词讼的王熙凤同入囹圄，其中原因恐怕也就在此。这次灾难，使贾宝玉又从老祖母佛面常笑的牙缝里发现了被食者的鲜血，从锦衣卫寒光闪闪的刀尖上看到了本阶级的真相，而宝钗于婚后又一再劝他“重振祖宗基业”，从而也就促使他登上那人生“迷津”中由“木居士（指‘草木之人’林黛玉）掌舵，灰侍者（指死后焚化成灰的晴雯）撑篙”的“木筏”，成为“于国于家无望”之人。即：“空对着，山中高士晶莹雪；终不忘，世外仙姝寂寞林”，致因“情极之毒”而遁入空门成为“情僧”。

还记得吗？贾宝玉曾和林黛玉说：“我心里的事也难对你说，日后自然明白。除了老太太、老爷、太太这三个人，第四个就是妹妹了。要有第五个人,我也说个誓。"哪知"老太太、老爷、太太这三个人",亦即贾府的三位"仁者",竟是贾宝玉人生历程中要过的三座关卡!这三座关卡,实际上又形成了贾宝玉叛逆思想发展的三个层面。今日观之,这三个层面,实际上又莫不由封建统治者和被统治者、封建统治集团内部、封建正统势力和叛逆者三组矛盾交织组成。其中,前两组矛盾是基础,后一组矛盾是主导,而焦点则汇集在贾宝玉身上。庚辰本第十五回有眉批云:"《石头记》总于没要紧处闲(用?)三二笔写正文筋骨,看官当用巨眼,不为彼瞒过方好。"上引贾宝玉的那段话除了有他向林黛玉表露感情的意义之外,倒可作为这条脂批的有趣例证。于此可以看出,作者写贾宝玉叛逆性格发展的三个阶段,是自知的、有意识的。

贾宝玉叛逆性格的发展,不只轮廓清楚,而且脉络分明。这不仅表现在他与黛玉、宝钗关系的演进上,而且表现在他与晴雯、袭人之前后亲疏厚薄的变迁上。

黛玉与晴雯、宝钗与袭人,就社会地位来说,当然是不一样;但就思想倾向来说,却是两两站在一起的。因此,袭人得到贾母与王夫人的赏识,被默认为宝玉的未来侍妾,是贾府日后必娶宝钗的前奏;宝玉对袭人的态度由亲而疏,由疏而断然与她断绝关系,是他婚后必然要离弃宝钗的征兆。"俏丫鬟抱屈夭风流",是"苦绛珠魂归离恨天"的序幕;"痴公子杜撰芙蓉诔",是贾宝玉必将与本阶级诀别的先声。"袭人娇嗔箴宝玉",是她直接参与统治者的行列对宝玉进行改造;晴雯对袭人的嘲讽,是对宝玉叛逆性格的支持和鼓励。袭人与宝玉有垢,却得到王夫人的青睐和信任;晴雯与宝玉无染,却被王夫人视为"狐狸精"而遭逐致死。两相对照,突出了封建礼教及其维护者的虚伪、荒谬、残暴和昏聩,给宝玉上了一堂极为生动而具体的反面教育课,催他觉醒,并坚定了他前进中的叛逆步伐。

第四回,贾宝玉改花珍珠为花袭人,反映了他对袭人的尊重与喜爱;第六回,贾宝玉与袭人所发生的不正当关系,反映了他对袭人的热络与亲近。这两回既写出了宝玉的纨绔习气,也写出了他识别力甚低,认不清袭人的思想面貌。第十九回袭人对宝玉的"规劝"和第二十一回袭人对宝玉的"嗔箴",反映了宝玉与袭人的感情达到了相当程度,因而袭人敢于通过"情"对宝玉的叛逆行为进行斗争，同时也暴露了自己的精神面貌，引起宝玉的嫌隙之心："自思道：'谁知这样一个人，这样薄情无义！'"然而在第十九回里还只限于这种"自思"，并未意形于色；到第二十一回里，他就借题发挥了，向蕙香说："明儿就叫四儿，不必什么蕙香、兰气的，那一个配比这些花？没的玷辱了好名好姓。"但是还只限于指桑骂槐，到第七十七回里，宝玉由于晴雯被撵，就当着袭人的面，正面地表示了自己对她的怀疑："怎么人人的不是太太都知道，单不说，又单不挑出你和麝月、秋纹来？"问得袭人"心内一动"，"低头半日无可回答"。自此，宝玉对晴雯的情分，不但瞒住了袭人，就连和袭人思想一致的麝月、秋纹也不让知道半点儿。这说明他已认清了袭人的思想本质，提高了警惕。

贾宝玉在与袭人由亲而疏、由疏而任其择嫁的同时，却同晴雯由疏而亲、由亲而结成生死不渝的情谊。第三十一回，写晴雯替他换衣服，失手跌断了扇骨，他就"蠢才"连声地骂个不停。晴雯驳了他和袭人几句，他就"气黄了脸"，非要回明贾母撵走晴雯不可，直到众丫鬟跪着求情，才"叹了一声，在床上坐下"，实在是富贵公子的气焰十足。宝玉要撵走晴雯，这并不是偶然的，他向来就嫌晴雯口齿锐利。第二十回，他对麝月说晴雯"满屋里就只是她磨牙"，便是明证。我们知道，晴雯的"磨牙"，乃是她嫉恶如仇、不受封建礼教拘检的个性反映。而宝玉却迷惑于袭人的柔媚，嫌恶晴雯的率直，这是由他贵族公子习性所决定的，也是他富贵闲人的生活所要求的。因此，这次要撵走晴雯，乃是他平时亲袭而疏晴、喜袭而厌晴的贵族公子感情的总爆发，也是他向来对晴雯和袭人的思想本质缺乏认识的集中表现。第三十三回，宝玉挨打，全府骚动，人们的不同情绪和态度，各自披露了自己的思想面貌。这就给他以深刻的教育，促成了他思想的第一次飞跃。其总的标志，便是存在于他身上的纨绔习性和暴戾脾气从此消失了，并且，对处于被压迫受蹂躏地位的女孩子们的同情和体贴之心，也更为纯洁，更为深切，更为周到，更为无微不至了。第三十四回，宝玉"因情感妹妹"，"满心里要打发人去，只是怕袭人。便设一法，先使袭人往宝钗那里去借书"。袭人去了，宝玉便命晴雯来，交给她两块旧手帕，托她为自己去向黛玉传达爱情、递送私物。这说明他在与黛玉肯定关系的同时，也把晴雯当做了自己的知音，并且把袭人划到爱说"混账话"的宝钗线上去,而和她疏远了;这说明他对黛、钗和晴、袭的思想面貌已经有了初步认识,而在心里分出厚薄来了。第五十二回,写"晴雯病补孔雀裘",具体而生动地反映了宝玉与晴雯感情的深厚与纯真。第七十七回,写宝玉于晴雯含冤而死的前夕,排除万难,偷偷私访,并于患难中交换了信物,则是他与晴雯生前友谊发展的顶点,而这正是由精神上的共同追求和对封建压迫的抗争所凝成的。王夫人咬定晴雯是"狐狸精"之时,贾宝玉则用金玉、冰雪等来赞美晴雯的高洁,这本身就是对封建主义的亲权和孝道的一种严重挑战。更有甚者,他还公然提出要"钳诐奴之口"和"剖悍妇之心"来替晴雯报仇;而即使这样,还"忿犹未释"。这种严厉的叱骂和愤怒的声讨,锋芒所向,正是以王夫人为代表的封建正统势力,因而《芙蓉女儿诔》是一篇讨伐封建的檄文。然而在做了一番认真的声讨之后,他却又一丝不苟地去做晨昏定省去了。这种语言上的巨人和行动上的矮子,正表明了他民主主义思想的柔弱,还在发展,直至因"情极之毒"而"弃宝钗之妻,麝月之婢",遁入空门。

五　贾宝玉叛逆思想的文化沿革

《红楼梦》的文化精神是寓杂多于整一,它取于儒释道而又跳出儒释道,融入了新兴市民思想而又扬弃了其间的极端利己主义成分,从而培育出贾宝玉鲜活的个性,使之成为"今古未有之一人"。

作者对张道士之流的老道是憎恶的,更不相信什么"导气之术",但对道教尊为祖师爷的老庄却报以青睐。《老子》是道家的经典著作,唐代称之为《道德经》。其十八章云:"大道废,有仁义。慧智出,有大伪。六亲不和,有孝慈。国家昏乱,有忠臣。"实则旨在强调人们在思想、行为上应该效法"道"的"生而不有,为而不恃,长而不宰",因而也就从理论上否定了儒家的仁义道德。贾宝玉对忠君思想的嘲讽与对孝悌观念的冷漠,显然在理论上有取于此。道家另一经典著作《庄子》实乃我国叛逆文学之先河,唐代称之为《南华经》。其中《外篇·胠箧》着力发挥了《老子》的"绝圣弃智,民利百倍"的思想,认为儒家所提倡的"圣法"是乱天下的原由,因而主张莫如绝圣弃智礼法以免为窃国大盗用作防身的名器，道是“彼窃钩者诛，窃国者为诸侯，诸侯之门而仁义存焉”。然而，曹雪芹在将这一思想注入笔端时却施了一点狡狯，一面让贾宝玉于极端苦闷时到《南华经》里去求解脱，酒后乘兴提笔以“焚花散麝，而闺阁始人含其劝矣”云云续其“故绝圣弃智，大盗乃止”一段，一面让林黛玉看了续文作诗嘲之曰：“无端弄笔是何人？作践南华《庄子因》。不悔自己无见识，却将丑语怪他人！”这种以林黛玉的思想作为自己的思想的做法，既表露了他对庄子的反仁义思想的认同，又表露了他对庄子的虚无主义思想的扬弃。

作者对圆静之流的老尼是厌恶的，但对佛教思想却青睐有加。佛教对其思想的影响，既有积极的一面，也有消极的一面。所谓积极的一面，是指某些思想帮助了“意淫”说的形成。因为这是作者提出的新的人伦观念，所以也是深层面的。比如，“佛法平等”之于“意淫”说的平等意识，“慈悲为怀”之于“意淫”说的博爱意识，便不无文化渊源的关系。特别是作者以“情不情”作为贾宝玉思想性格的核心和总体特征，令人感到只要大观园里还有一个“女儿”没有脱离苦海，这位“怡红公子”自己就不能从苦海里获得解脱。这与佛教哲学在人生观上“强调主体的自觉，并把一己的解脱与拯救人类联系起来”[19]的思想，显然是一脉相承的。所谓消极的一面，是指色空观念点染了作者的思想，致使其不时地产生一种虚无感。但这是浅层面的，因为书中那些渲染虚无思想的情节，其深层面亦是为作者的因情而起并因情而止的“意淫”观念所贯穿。何以言之？“金陵十二钗”中有两个相辅相成的佛门子弟，一个是妙玉，其特点是，身在佛门而心在红尘，最后走出了佛门；另一个是惜春，其特点是，身在红尘而心在佛门，最后走入了佛门。可作者却欣赏妙玉的“坐破蒲团终彻悟，红梅折罢暗销魂”，而对惜春的为当“自了汉”而甘作“狠心人”，不顾入画的死活则持贬抑态度。此其一。贾宝玉两次到释老门前求解脱，林黛玉皆报之以嘲讽，不是嘲之以“作践南华《庄子因》”，就是讥之以不知什么叫做“了”。此两处皆是宝玉后来“悬崖撒手”的伏脉，而黛玉的思想亦即作者的思想。由此可知遁入空门后的宝玉，也是“云空未必空”，与妙玉彼此彼此。此其二。甄士隐是贾宝玉的影子人物，但他俩的遁入空门却同中有异。相异者何？甄士隐是由一僧一道度出“迷津”的，一僧一道是"色空"和"虚无"的象征。贾宝玉是由"木居士"和"灰侍者"度出"迷津"的,"木居士"和"灰侍者"即"魂归离恨天"后的林黛玉和晴雯,黛玉思想性格的核心和总体特征是"情情",而晴为黛之影,则知遁入太虚幻境后的贾宝玉即开卷第一回楔子中所说的那最后易名为"情僧"的"空空道人"。此其三。楔子中又说得明白:空空道人闻"石兄"之言,将《石头记》再检阅一遍,"方从头至尾抄录回来,问世传奇。从此空空道人因空见色,由色生情,传情入色,自色悟空,遂易名为情僧,改《石头记》为《情僧录》"。不是情僧抄录了《石头记》,易名为空空道人,而是空空道人抄录了《石头记》,易名为情僧,盖谓其不灭于"空空"者,宝玉之"情不情"思想而已。正因如此,所以序诗云:"满纸荒唐言,一把辛酸泪!都云作者痴,谁解其中味?"否则,"一把辛酸泪"又从何而来呢?此其四。凡此,不难看出作者压根儿不愿意让自己的主人公遁入空门,却又不得不让他遁入空门,想全力扬弃色空观念和虚无思想,而虚无思想和色空观念却又总噩梦一般地萦绕在自己的脑际,这便是曹雪芹的大悲苦。而一注入笔端,当然也就成为身在佛门心在红尘——作为"情僧"的贾宝玉的大悲苦!

作者批判儒家思想最力,但对儒学义理的精华汲取亦最多。这是由儒学自身的特点决定的。不同于西方中世纪文化的政教分离,上帝的事归上帝管,恺撒的事归恺撒管,中国儒学的特征是在半宗教半哲学的道德主义的律令言辞下全力推行"内圣外王之道",将宗教、政治、伦理三合一:既管上帝的事,又管恺撒的事,而管好上帝的事,又是为了管好恺撒的事;虽则在名义上也注意分道扬镳,然而实际上却常常是一体两面。其最典型的例证,莫若孔子曰:"其为人也孝弟,而好犯上者,鲜矣;不好犯上,而好作乱者,未之有也。君子务本,本立而道生。孝弟也者,其为仁之本与。"然而孔子这将伦理和政治交融混同的看法又是有所本的:"或谓孔子曰:'子奚不为政?'子曰:'《书》云:"孝乎惟孝,友于兄弟,施于有政。"是亦为政,奚其为为政?'"正因如此,纵然是这属于"内圣"系统的"孝悌",亦常被"外王"系统的当权者直接用作杀人的名器,嵇康之为以孝治天下的晋武帝所杀,便是明证。凡此,就是曹雪芹之所以要将批判的矛头直指儒家"内圣外王之道"的根由。然而,这种"内圣外王之道"又毕竟有其弥足珍贵的合理内核,那就是独步世界中世纪的朴素民主思想。比如,“道千乘之国,敬事而信,节用而爱人,使民以时”,“弟子,入则孝,出则悌,谨而信,泛爱众,而亲仁”,“己所不欲,毋施于人”,“仁者以其所爱及其所不爱,不仁者以其所不爱及其所爱”,“亲亲而仁民,仁民而爱物”,“仁者爱人,有礼者敬人”。这种“情本体”思想,显然含有朴素的博爱意识。“不降其志,不辱其身,伯夷、叔齐欤?”“三军可夺帅也,匹夫不可夺志也”,“君子和而不同,小人同而不和”,“富贵不能淫,贫贱不能移,威武不能屈”,“予惟不食嗟来之食,以至于斯也?”甚至陆九渊也说:“若某则不识一个字,亦须还我堂堂地做个人。”这种对人格尊严的强调,虽则在现实生活中只能化为美丽的幻影,但个中所包孕的朴素的人格平等和意志自由意识却是清晰可见的。比如,“逝者如斯夫,不舍昼夜!”所反映的对人生意义的执著和探究;“吾非斯人之徒而谁与”以及“人皆可以为尧舜”所体现的对人的主体性的深刻肯定;“天下有道,以道殉身;天下无道,以身殉道;未闻以道殉乎人者也”所显示的对人生价值的认识和对王权的鄙夷,凡此,只要对孔学的“内圣外王之道”做一解构,那么,其合理内核则可以成为曹雪芹之建构“意淫”说和人格论的文化源头之一,明矣!书中的主人公贾宝玉虽不是个以“礼乐兵农”为事业的“文行出处”论者,可却是个以“护法群钗”为事业的新型伦理关系的上下求索者,纵然遁入空门,亦最后自号为“情僧”,则其所接受的也是儒家的入世思想,并用其作为批判释道二教的色空观念和虚无思想的武器,不意却属铅刀一割,亦明矣!

作者还直接汲取了明末清初进步思想家们“经世致用”和“以情抗理”等思想,特别是吸收了冯梦龙的“情教”说,并把这一新兴市民思潮作为其“意淫”说的首要文化渊源。何以见得?事实为证。说这是新兴市民思潮,并非我的想当然,请看冯梦龙在《广笑府序》中对梵音圣曲之祝的嘲讽:

> 我笑那李老聃,五千言的道德;我笑那释迦佛五千卷的文字,干惹得那些道士们去打云锣,和尚们去打木鱼,弄几穷活计。那曾有什么青牛的道理,白象的滋味?怪得又惹出那达摩老臊胡来,把这些干屎橛的渣儿,嚼了又嚼,洗了又洗。又笑那孔子这老头儿,你絮叨叨说什么道学文章,也平百地把些活人都弄死。

这么一口气挖苦了儒释道三个教主，能属于地主阶级或农民阶级思潮的作品吗？真有点西人所说的“哲学的突破”或“超越的突破”的味道。纵观明清文学，唯以诮儒诽僧谤道为其特征的《红楼梦》可与之异曲而同工。冯梦龙不只讥讽挖苦了梵音圣曲，还打着“六经皆以情教也”的旗号，别出心裁地宣扬他的“情教”说。其于《情史序》中作“情偈”曰：

> 天地若无情，不生一切物。一切物无情，不能环相生。生生而不灭，由情不灭故。四大皆幻设，惟情不虚假。有情疏者亲，无情亲者疏。无情与有情，相去不可量。我欲立情教，教诲诸众生。子有情于父，臣有情于君。推之种种相，俱作如是观。万物如散钱，一情为线索。散钱就索穿，天涯成眷属。若有贼害等，则自伤其情。如睹春花发，齐生欢喜意。盗贼必不作，奸宄必不起。佛亦何慈悲，圣亦何仁义。倒却情种子，天地亦混沌。无奈我情多，无奈人情少。愿得有情人，一齐来演法。

冯梦龙的这一“情教”说之发展为曹雪芹的“意淫”说，真可谓是水到渠成！证据呢？能坐实吗？能。别的不说，单说最简单的事实：二者都是着眼于伦理关系谈问题，并以此表露对现实伦理关系的不满，一也。都是在反程朱理学，并把批判的矛头直捣其以“天理人欲”为核心的心性本体论，二也。《情史》分二十四类，《红楼梦》第五回正面提及的为“金陵十二钗正册和副册”，共二十四钗，三也。《情史》编者詹詹外史为冯梦龙的又一别号，其《序》云：“愿得有情人，一齐来演法。”是为曲终奏雅，盖谓“有情人”舍我其谁欤！《红楼十二支曲》是《红楼梦》的主题歌之一，其《引子》云：“开辟鸿蒙，谁为情种？都只为风月情浓。”是谓开门见山，盖言古今堪称“情种”者，宝玉一人而已！四也。最后，我曾说过，谁能把握住“情僧”之名的含义，谁就把握了书中的色空观念或虚无思想与“情”的关系，谁就把握了《红楼梦》思想性质的总体特征，今以《情史序》中的“四大皆幻设，惟情不虚假”十字说之，又何其确也，又何其确也！

然而，请注意中国哲学史上一个严肃的事实。孔子虽则以“仁”作为道的最高原则，却没有来得及从人性论上为它找出理论根据，所以他的“内圣外王之道”是情本体论。最能代表这一情本体论的，是《论语·颜渊》中子夏所说的一句话：“四海之内，皆兄弟也。”率先从人性论上为孔子的“内圣外王之道”提供理论根据并从而将孔子的“仁”发展为“仁政”学说的，是孟子。其“性善”说，认为“仁义礼智”是天赋予人的美德。其后，与孟子的“性善”说唱对台而亦旨在从人性论上为孔子的“内圣外王之道”提供理论根据的，是荀子。其“性恶”说，认为好逸恶劳是人的本性，“仁义礼智”之成为人性须经外铄。因此，孟子和荀子的“内圣外王之道”，实际上是情性本体论。因为孟子认为“性善”，所以他的学说基本上走的是“内圣”路线，荀子认为“性恶”，所以他的学说基本上走的是“外王”路线。一个提倡个体自觉，直承并发展了孔子“仁”的学说，一个提倡强制教育，对孔子“仁”的学说有所偏离而开了法家思想之先河。二者在维护封建宗法的思想和制度方面是相辅相成的。程朱理学则将孟子的“性善”说和荀子的“性恶”说合二而一，建构了以天命之性和气质之性为其两大内涵的人性论，易“内圣外王之道”的孔子的情本体论和荀孟的情性本体论为心性本体论。其目的是想从人性论上说明“纲常万年，磨灭不得”之理，所以，“以理杀人”便成为它的主要特征。这一特征，具体体现在“存天理，灭人欲”的口号上。这一口号，博得了明清两代君主集权主义者的格外青睐，却同时也引起了进步思想家们的一致反击。李贽所提出的“童心”说，便是对程朱理学的“天命之性”说的一种直接否定，真不愧为“异端之尤”。冯梦龙所提出的“情教”说，则是针对程朱理学“灭人欲”思想而来的，但却未能摆脱其“存天理”思想的樊篱，所以经过他加工并编入“三言”的小说，大多是在歌颂具有“常心”的“常人”。曹雪芹一面直接继承并发展了李贽的“童心”说，一面直接继承并发展了冯梦龙的“情教”说，将其合二为一，建构了以情性为本体的“意淫”说，并从他的理想世界太虚幻境中发出一个不同于“四海之内，皆兄弟也”的继往开来的伟大声音，那就是：“四海之内，皆姊妹也。”从而，宣告了他对中国古代文化的“哲学的突破”。这又何以言之？

因为，旧时所谓的五伦或五常，是指君臣、父子、夫妇、兄弟、朋友。其法定关系是：“父子有亲，君臣有义，夫妇有别，长幼有叙，朋友有信。”一个“长幼有叙”,就决定了兄弟之意关系的法定不平等。姊妹关系不入五伦,其社会地位的分野是婚后的“嫁鸡随鸡,嫁狗随狗”,未出嫁前彼此之间是平等的、自由的,且相亲相爱的程度一般都胜于兄弟之间的感情。曹雪芹以太虚幻境中仙姑们之间的关系作为自己理想的伦理关系,这不能不说是对封建纲常观念的一种深刻解构。此其一。警幻仙姑说:“如尔则天分中生成一段痴情,吾辈推之为‘意淫’。‘意淫’二字,惟心会而不可口传,可神通而不可语达。汝今独得此二字,在闺阁中,固可为良友,然于世道中未免迂阔怪诡,百口嘲谤,万目睚眦。”这就奇了,宝玉的“意淫”为什么是“天分中生成”,而且惟他“独得此二字”呢?却原来“这人来历不小”。书中说得清楚:宝玉本是太虚幻境赤瑕宫神瑛侍者。神瑛侍者,乃灵性已通之似玉美石化为人形也;赤瑕者,玉有赤疵也,怜红也,惜花也,引日以甘露灌溉为务,而尤惜绛珠草一株也。书中同样说得清楚:通灵玉本是大荒山青埂峰下的一块顽石,此顽石是女娲炼石补天时自经锻炼而灵性已通的三万六千五百零一块中剩余的一块。青埂者,情根也,女娲炼石补天以拯救生灵之所因,顽石自经锻炼而灵性已通之所由也。凡此,这就说明:天地间生生不灭者,“情”而已;女娲炼石补天,乃“情不情”。赤瑕宫的神瑛侍者也罢,青埂峰的顽石也罢,都是不知富贵贫贱和尊卑上下为何物的“原人”,其所知所识,所作所为,亦惟“情”之动于衷而已!凡此,这又说明:宝玉之“含玉而生”,亦即含“情根”而生;宝玉在怡红院以“护法群钗”作为自己的“一番事业”,只不过是神瑛侍者在赤瑕宫引日以甘露灌溉花木为务之重演而已,不意却成了诗礼簪缨之族中的“混世魔王”而为万目睚眦,可见“王道”是如何在灭绝人之所以为人的真性情。此其二。正是这种“天分中生成”并为宝玉“独得”的“意淫”,决定了宝玉:认为以建功立业为核心的人生价值观念应予摒弃,尽管他不知在摒弃这一价值观念后自己的恰当人生位置在何方;认为以戕残人之天性为务的“三纲五常”等封建法典不应尊从,尽管他不知在亵渎这类封建法典后自己的真正立足之境在何方;认为以维护封建等级制为前提的儒家仁政思想应予弃置,尽管他不知在弃置这种仁政思想后“天不拘兮地不羁”的人间乐园在何方;认为那在“体仁沐德”的匾额下畅饮“群芳髓”的场面必须扫荡,尽管他不知扫荡这些食人者的得力武器在何方。于是,他呐喊,他苦闷,他彷徨，他求索。因而，他的最后遁入太虚幻境，便多少有点与卢梭的呼喊“回归自然”相若，成了他“意淫”的涅槃。此其三。论者认为“曹雪芹在《红楼梦》里创造了两个鲜明而对比的世界。这两个世界，我想分别叫它们作乌托邦的世界和现实的世界。这两个世界，落实到《红楼梦》这部书中，便是大观园的世界和大观园以外的世界”[20]。这看法是很有启发性的，但我却不敢苟同。我认为《红楼梦》里写了三个世界。一是贾府围墙外面的世界。这是个如同《水浒传》中所写的霸道横行的世界，花袭人、晴雯及芳官等十二个优伶之被卖入贾府，以及刘姥姥的忍耻到荣国府打抽风，个中给我们传来了消息。作者在前八十回中虽只作随笔点染而已力透纸背；从脂批得知贾府被查抄后其子孙曾四散流落，则知在佚稿中作者对这一世界还可能有正面描写。二是贾府围墙里面的世界。这是作者以现实社会中鲜有的地主阶级的积善之家为原型并益之以孔孟的王道理想而构建的世界，是个王道荡荡的世界，其主子是世上少见的大善人，其奴隶是人间少有的幸运儿。那大观园是贾府围墙内的世外桃源，人们想象中的王道乐土的投影。作者所以构建这一世界，旨在写出：在封建宗法思想和制度的规范下，其大善者亦不善，其大幸者亦不幸。三是山在虚无缥缈间的太虚幻境，是作者的“游仙诗”和理想世界，它以“四海之内，皆姊妹也”为其特征，是个自由、平等、和谐的美妙社会。那贾府围墙内的大观园，便是它在人间的某种投影。正因为大观园交织着如此两种投影，所以它也就成为贾宝玉的“意淫”观念和孔孟的“仁政”思想之不见刀光剑影、不闻战马悲鸣的无声战场。其结果，是“曲终人不见，江上数峰青”。“曲终人不见”者，是纲常教义与贾府家世利益的结为神圣同盟，将花柳繁华的大观园变为白杨萧萧的大“花冢”。“江上数峰青”者，是在白杨萧萧的大“花冢”那边，依然隐显着引人遐想的太虚幻境。由此也就出现了《红楼梦》结构学和主题学上的总体特点，那就是我在拙作《〈红楼梦〉结构论》中说的：贾宝玉“祖住‘赤瑕’——历劫‘怡红’——返回‘赤瑕’——魂系‘怡红’”，是为“情僧”。顽石“祖居‘青埂’——历劫‘怡红’——返回‘青埂’——记述‘怡红’”，是为《石头记》（或名《情僧录》）。二者相辅相成，合二为一，是为《红楼梦》的主要思想线索和情节线索，其哲学精神亦寓焉。此其四。由此观之，盖“情僧”者，贾宝玉“意淫”观念之涅槃，以“情”立

“教”之谓也。

是故，我的结论是：贾宝玉作为《红楼梦》的主人公，作者所讴歌的人物，其身上的叛逆思想对古来中国传统文化，是“超越的突破”、“哲学的突破”。质之方家，以为何如？

六　贾宝玉叛逆思想的历史限度

贾宝玉是地主阶级的叛逆者、启蒙主义的先驱，所以，在他身上既有寅时的晨曦，也有丑时的夜雾：

他一方面坚决否定“学而优则仕”的人生道路，拒绝封建仕途经济，把它说成是国贼禄蠹所干的勾当，嘲笑“君子杀身以成仁”的最高封建道德信条，把封建统治者目之为天经地义的“文死谏，武死战”说成是“胡闹”，并且，在视元春那种皇家婚事如浮云的同时，却为智能儿那样的民间恋爱而牵肠挂肚，这就不只否定了封建主义的“君臣之义”和政治道路，而且否定了体现封建帝王淫威的宫廷生活，还对“君权神授”说不无怀疑；另一方面，却又不敢正面否定“君权”本身。

他一方面痛恨自己所出身的侯门公府，把它说成是荼毒人生的牢笼，这就直接否定了封建主义的门阀制度；另一方面，听人说到宁府的腐败又会脸红，并不能忘怀宗族观念。

他一方面迫切地要求婚姻自主，并且热烈地进行了自由恋爱，殷切地向往个性自由，并曾有“放出”怡红院的女奴们“与本人父母自便”的打算，这就直接否定了封建专制的婚姻制度和奴婢制度；另一方面，却又浅尝辄止或不尝而止，并不敢在行动上与封建家长发生正面冲突，反而幻想和期待封建家长的主持或批准，不敢公然越礼、直接违犯封建伦理的亲权。

他一方面追求着比较合理的家庭关系和人与人之间的关系，对平辈、小辈，对下人不拘礼法，“并不想，自己是男子，须要为子弟之表率”，从来“不要人怕”，尊重意志，尊重个性，想“使人各得其情，各遂其欲”，这就直接否定了作为封建社会的社会规范和道德规范的礼教观念；另一方面，却对长辈，对外人，礼数正经，“比大人行出来的还周到”，下人来传亲长的话，必起立回答，晨昏叩省，恪守不渝，甚至连走过父亲书房门前定须下马这一礼节也予遵守，不敢公然撕毁温情脉脉的封建礼教的面纱。

他一方面热烈赞美为封建正统人物所不齿的小说戏曲，称《西厢记》和《牡丹亭》等书是真正的好文章，深恶为封建正统人物所顶礼膜拜的时文八股，斥之为“国贼禄蠹”的“饵名钓禄之阶”，并由此而“祸及古人”，把历代那些所谓代圣贤立言的书籍一烧而光，这就不只彻底否定了封建主义的科举制度，实际上已经把批判的矛头指向了孔孟之道；另一方面，却又不敢公然否定《四书》和反对孔子，而只敢“跪着造反”。

他一方面把对女性的赞美建立在对男性的贬斥之上，这不只是对“男尊女卑”的封建道德的一种反叛，实际上也是在否定男权的合理性，并通过对男权的否定从而否定以男性贵族居中心统治地位的封建专制主义的合理性；另一方面，却对晴雯存“共穴之情”，心里总想能有几个女孩子与自己同死同归，并不否定封建姬妾制的合法存在，实际上这又是对“男尊女卑”和男权观念的一种肯定。

他一方面极力反对封建宿命论，连在梦中也喊骂：“和尚道士的话如何信得？什么‘金玉姻缘’，我偏说‘木石姻缘’”；另一方面，又认为“人生情缘，各有分定”，强求不得，承认宿命论的合理，并且自己最终还是遁入空门。

他一方面在思想上是个敢于造反的“混世魔王”，几乎批判了整个封建主义的上层建筑，尽管是很不彻底；另一方面，在经济上又“只管安富尊荣”，是个十分怯懦的“富贵闲人”。

他一方面从奴隶们的反封建斗争中汲取着思想营养，并给予其同情和支持；另一方面，却不是于斗争中从被压迫者身上获得力量以形成自己的行动能力，而是把自己的权限挂靠在封建家长的欢心上，在其所能允许的范围内偷偷地给予被压迫者以庇护和温情，因此，也就易于成为梁上君子，从而也就加重了思想上的感伤情调。

他一方面在批判旧世界中培育着思想上的自由、平等、博爱等等观念的幼芽，显现了自己叛逆性格中的近代因素；另一方面，在陷入困境时却又常到佛老门前去求解脱，而思想上的感伤情调，一经与佛老学说相接触，便很自然地蒙上了一层虚无主义的色彩，以致他往往错误地把社会悲剧理解为个体化的人生问题，而把对现实社会的否定时而归结为对个人人生的否定，这就不时地消磨着他思想的斗争性和进取性。

正如马克思所说："物质生活的生产方式制约着整个社会生活、政治生活和精神生活的过程。"[21]贾宝玉的叛逆思想不只是对自古以来中国封建社会传统的民主性文化思想的批判继承，同时也是接受了当时新兴市民阶层思想影响的结果。而当时尚处于萌芽状态的资本主义经济，一方面是作为封建主义经济的否定物而出现的，另一方面还不能离开封建主义经济这一母体而独立发展。与此相适应，代表着这种处于萌芽状态的资本主义经济的市民阶层思想意识，一方面是作为封建主义思想体系的对立物而出现的，另一方面还不能冲破封建主义的思想体系这一母体而独立存在。这便是产生贾宝玉叛逆思想内在矛盾的时代根源。

《红楼梦》后四十回对贾宝玉形象的描写，在情节上与前八十回是颇多"前后关照"的。然而，一经高鹗辈的这种"前后关照"，贾宝玉的叛逆性格也就出现了逆转，渐渐地"改邪归正"了。

比如，原著写了贾宝玉"神游太虚境"，"神游"的结果是使他堕入了"迷津"，亦即日益坚定地走上了叛逆的道路，成为不为封建礼法所化的"顽石"。续作中也写了贾宝玉"神游太虚境"，"神游"的结果是使他"悟仙缘"、"断尘缘"，亦即由于识破了"世上的情缘，都是些魔障"，从此"乃忽改行，发愤欲振家声，次年应乡试，以第七名中式"[22]。

又如，原著写贾宝玉入家塾，是出于能和秦钟"常相聚谈"，即所谓"不因俊俏难为友，正为风流始读书"。贾政要他"把《四书》一气讲明背熟"，他却当耳边风，结果书没有读成，倒把学堂闹得地覆天翻。续作写贾宝玉入家塾，是由于贾政要他"学个成人的举业"，结果是日渐"就范"，"天天按着功课干去"，忙得连林黛玉吐血也顾不得去探望。

再如，原著写贾宝玉为了应付贾政的"盘考"而连夜读书，可又从何读起呢？"若温习这个，又恐明日盘究那个；若温习那个，又恐明日盘驳这个。"结果书没理熟一章，倒把怡红院闹得人仰马翻。多亏晴雯灵机一动，让贾宝玉装病，这才混了过去。续作写贾宝玉为了完成贾代儒留的作业而彻夜读书，尽管他"觉得微微有些发烧"，还是把念过的《四书》拿出来，"翻了一本看去，章章里头,似乎明白;细按起来,却不很明白。看着小注,又看讲章”,自恨“在这个上头竟没头脑”。袭人怕他累坏了,哄他睡觉,可他躺在床上还在想功课,简直成了个“非朱子之传义不敢学”的人物！由此,也可见他评价《列女传》直讲得巧姐不觉“肃敬起来”,实非偶然。

还如,原著一再写贾宝玉“愚顽怕读文章”,从没“成篇潜心玩索”过一篇时文八股。续作在回目上仅原著的三分之一,却让贾宝玉作了四篇八股。第一篇,题曰《吾十有五而志于学》,第二篇,题曰《人不知而不愠》,第三篇,题曰《则归墨》,第四篇,题曰《惟士为能》。明眼人一看便知,这四篇八股有内在的联系,是出于高鹗辈的精心安排,要旨是教人们相信“杨墨之道不息,孔子之道不著”,而“能言拒杨墨者,圣人之徒也”。这个“圣人之徒”,就是“留意于孔孟之间,委身于经济之道”的道学家。贾宝玉写得如何呢？贾政的评语是:“初试笔能如此,还算不离。”并且认为一篇比一篇好。这种一篇比一篇好,实质上是反映了贾政对他的“洗脑”,也为他后来的“以第七名中式”铺平了道路。不少人认为《中乡魁宝玉却尘缘》中贾宝玉中举后一走了之,是对科举制度的嘲弄。我感到假若孤立地看他的应试,未尝不可得出这个结论。然而,假若注意到后四十回中所出现的贾宝玉思想性格的种种逆转现象,恐怕不能不认为他的应试是顺应着薛宝钗的一种愿望:“但能博得一第,便是从此而止,也不枉天恩祖德了。”换言之,贾宝玉的“应乡试,以第七名中式”,实则是他“乃忽改行,发愤欲振家声”的显著表现。这使他还不如第二回中所提及的倪云林,当然也就不可算“今古未有之一人”了。

问题是,贾宝玉作为地主阶级的叛逆者,这种思想上的逆转是否符合曹雪芹的意图？或者,能否说它是贾宝玉叛逆思想内在矛盾之消极面的反映？回答应该是否定的。

首先,拒不“留意于孔孟之间,委身于经济之道”,这是曹雪芹所赋予贾宝玉叛逆性格的质的规定性,也是贾宝玉区别于张生和柳梦梅的地方。随着贾府的衰败和大观园里种种悲剧之不断出现,朝着“叛逆”的方向而不是朝着“改悟”的方向,这是曹雪芹所赋予贾宝玉之思想性格发展的内在逻辑。把贾宝玉性格发展的趋势写成“浪子回头”,则歪曲了贾宝玉性格的这一基本方面。

其次，“情不情”是贾宝玉叛逆性格的内核，也是他的“人道观念”和“人权思想”的显著体现形式。贾宝玉与林黛玉的爱情是两个叛逆者心灵的默契，彼此都“不是为自己而存在和生活，不是为自己而操心，而是在另一个身上找到自己存在的根源，同时也只有在这另一个人身上才能完全享受他自己”[23]。贾宝玉的出家，是由于他所追求的美好的东西为封建势力所毁灭，乃情极所致，因而是他堕入“迷津”的一种更为深刻的表现形式，它使贾府失去了最后一点复兴的可能。把贾宝玉的出家写成是由于他识破了“世上的情缘都是些魔障”而“改悟前情”，认为“一子出家，七祖升天”，这决不符合曹雪芹的意图。

最后，写贾宝玉为贾政所迫而留意于举业也直接与第七十八回关于贾政的思想描述相抵触。第七十八回明明写道：贾政“起初天性也是个诗酒放诞之人，因在子侄辈中，少不得归以正路。近见宝玉虽不读书，竟颇能解此，细评起来也还不算十分玷辱了祖宗。就思及祖宗们各各亦皆如此，虽有深精举业的，也不曾发迹过一个，看来此亦贾门之数。况母亲溺爱，遂也不强以举业逼他了。”既然贾政已“不强以举业逼他”而寄希望他能“发迹”于终南捷径，当然也就不应有什么“奉严词两番入家塾”、“老学究讲义警顽心”，以及“试文字”和“中乡魁”之类的情节了。顺理成章的似乎应该是：贾政把贾宝玉的《姽婳词》和他自己的“一篇短序”进呈礼部，以与同僚们竞请“恩奖”；其政敌们则在《姽婳词》上做文章，说“天子惊慌恨失守，此时文武皆垂首。何事文武立朝纲，不及闺中林四娘”云云乃心存“唐突朝廷”，从而点燃了贾府被抄的导火线。贾政自己固然是“因嫌纱帽小，致使锁枷扛”，贾宝玉也因此而被关进了“狱神庙”。

顾颉刚先生说：高鹗“他也中了通常小说‘由邪归正’的毒，必使宝玉到后来换成一个人”[24]。我认为这是有眼光的。贾敬羡慕的是白日飞升，贾政羡慕的是金章紫绶；贾宝玉兼而有得，真堪光贾府之门楣！然而，这绝不是曹雪芹的思想。

注　释

〔1〕《唐高僧传》卷十九，引自任继愈《汉唐佛教思想论集》，第56页，人民出版社，

1973 年版。

〔2〕 参见《庄子·齐物论》。

〔3〕《鲁迅全集》第 8 卷，第 145 页，人民文学出版社，1981 年版。

〔4〕 列宁：《论民族自决权》，《列宁全集》第 25 卷，第 229 页，人民出版社，1988 年第 2 版。

〔5〕 朱熹：《朱子语类》卷十二。

〔6〕《焚书》卷三《童心说》。

〔7〕《家庭、私有制和国家的起源》，《马克思恩格斯文选》（两卷集）第二卷，第 223 页，人民出版社 1958 年版。

〔8〕 二知道人：《红楼梦说梦》，引自一粟：《红楼梦卷》第一册，第 102 页，中华书局，1963 年版。

〔9〕《马克思恩格斯全集》第 2 卷，第 634 页，人民出版社，1957 年版。

〔10〕 二知道人：《红楼梦说梦》，引自一粟：《红楼梦卷》第一册，第 90 页，中华书局，1963 年版。

〔11〕《左传》昭公七年。

〔12〕 列宁：《纪念葛伊甸伯爵》，《列宁全集》第十三卷，第 36 页，人民出版社，1955 年版。

〔13〕《鲁迅全集》第 9 卷，第 231 页，人民文学出版社，1981 年版。

〔14〕 何其芳：《论〈红楼梦〉》，见刘梦溪编《红学三十年论文选编》上卷，第 680 页，百花文艺出版社，1983 年版。

〔15〕 恩格斯：《致康·施米特》，《马克思恩格斯选集》第 4 卷，第 485 页，人民出版社，1972 年版。

〔16〕《马克思恩格斯选集》第四卷，第 74 页，人民出版社，1972 年版。

〔17〕 诸联：《红楼评梦》，引自一粟：《红楼梦卷》第一册，第 118 页，中华书局，1963 年版。

〔18〕 详见拙著《红楼十二论》之《论〈姽婳词〉在〈红楼梦〉悲剧结构中的地位》，百花文艺出版社，1982 年版。

〔19〕 仁德：《佛教与中国文化·代序》，河北科学技术出版社，1993 年版。

〔20〕 余英时：《〈红楼梦〉的两个世界》，见胡文彬、周雷编《海外红学论集》，第 31 页，上海古籍出版社，1982 年版。

〔21〕 马克思：《〈政治经济学批判〉序言》，《马克思恩格斯选集》第二卷，第 82 页，人

民出版社,1976年版。

〔22〕 鲁迅:《中国小说史略》,《鲁迅全集》第9卷,第233页,人民文学出版社,1981年版。

〔23〕 黑格尔:《美学》第二卷,第327页,商务印书馆,1979年版。

〔24〕 引自俞平伯《红楼梦辨》,第54页,人民文学出版社,1973年版。

第十讲

王熙凤的魔力与魅力

吕启祥

红学前辈王昆仑 20 世纪 40 年代写就的《红楼梦人物论》里，有一句关于凤姐的名言，道是“恨凤姐，骂凤姐，不见凤姐想凤姐”。这实在是任何《红楼梦》的普通读者都会产生的真实感受，也是启示着《红楼梦》爱好者和研究者深长思之的有趣课题。

凤姐其人，不论在《红楼梦》书里还是书外，都是受到议论评骘最多的人物之一。在书里，上自老祖宗贾母，下至小厮兴儿，对她都有评论。贾母昵称之为“凤辣子”，兴儿以“明是一盆火，暗是一把刀”喻之。在书外，历来评家在凤姐身上做出了无数文章，有贬有褒，亦赞亦咒，比方旧时代的评家称她是“治世之能臣，乱世之奸雄”，呼之为“女曹操”、“胭脂虎”；在现代，一种最常见且为一般读者所接受的说法是，凤姐具有美丽的外貌和蛇蝎的心肠。认为这么一个彩绣辉煌、恍若神妃仙子的少妇，却包藏着一副机谋权变、老辣歹毒的心计。如此概括凤姐性格，似乎也并无不可。只是比之作家展现给我们的这样一个丰满生动的性格世界而言，未免过于草率和简单。如果仅仅是披着一件美丽外衣的蛇蝎，凤姐就不成其为凤姐了。她是一个充满活力的，既使人觉得可憎可惧，有时却也是可亲可近的痛快淋漓的人物。

比较起来，还是上述王昆仑那一句话言浅意深、耐人寻味。事实上，读者在诅咒伐挞、为这个人物的魔力震慑的同时，又不可抗拒地被这一性格的魅力所深深吸引、由衷赞叹。《红楼梦》里的王熙凤，确乎是魔力与魅力俱存且不可分割。

人们恨凤姐，骂凤姐，为什么不见凤姐还要想凤姐呢？原因可以说是多种多样。如果仅仅对人物进行是非善恶的道德评价，恐怕难以完满回答这样的问题；只有对人物进行审美评价，才能进一步探索其中奥秘。红学史上有位评点者曾经发过颇有见地的议论："吾读《红楼梦》，第一爱看凤姐儿。人畏其险，我赏其辣；人畏其荡，我赏其骚。读之开拓无限心胸，增长无数阅历"（野鹤：《读红楼札记》）。这是多少带有美学意味的批评，不单把凤姐看成一个社会的人，还看成是一件艺术的杰作。

《红楼梦》的读者之所以"第一爱看凤姐儿"，之所以"不见凤姐想凤姐"，时刻忘不了这个人物，从审美的眼光看，是因为这个艺术典型具有丰厚的社会容量和美学价值，能给人们以鲜明突出的整体感受。谁都知道，凤姐这个人物，心机深细，劣迹多端，而又才智出众，谐趣横生。读者爱看这个人物，恐怕不仅仅欣赏她的才智和谐趣。作为艺术形象，她的恶迹和心计同样具有美学价值。何况她的恶迹和才干、心机和谐谑往往是联在一起，很难分开的呢！

二

艺术典型美学价值的高低，不在于数量上有多大的代表性，而在于它的概括力，在于它对一定社会生活的透视力。这仿佛一面聚焦镜，各个光束经过聚合而落在焦点上。《红楼梦》中的众多典型都具有这种"聚焦"作用，凤姐形象应是其中"聚焦"功能最强的典型之一。且不说作家用了多少笔墨写这个人物，前八十回中有半数以上的回次都有关于凤姐的重要描写，回目见名的就达十余次之多，她的篇幅不在主人公宝、黛之下。重要的是，这个性格联结着家族内外的各种力量，交叉会合着多种矛盾，能够伸向生活的各个角落。

如果把贾府中长幼、尊卑、亲疏、嫡庶、主奴等关系的错综交织比作一张网，那么，凤姐便居于这张关系网的相对中心的位置。她要同各个层次的各色人物打交道，所谓上有三层公婆，中有无数叔嫂妯娌兄弟姐妹以至姨娘侍妾，下有大群管家陪房奴仆丫鬟小厮。凤姐同其中任何一个人物或联结、或矛盾、或又联结又矛盾的状况，都是某一种社会关系的反映。就整个家族而言，贾母虽则年高威重，然而已经颐养超脱。贾珍虽则身为族长，系宁府长房长孙，但只顾自己享乐，百事不管。甭说荣府，就宁府自身的红白大事，作为族长的贾珍，还要亲自委请凤姐料理、整治宁府这个烂摊子。至于荣府本身，凤姐能够成为当家奶奶这一事实，正是各种矛盾发展的结果。有娘家“金陵王”的背景，有宠幸她的贾母当靠山，有邢、王二夫人矛盾的牵制，当然还有她本人才干欲望的主观条件，这诸种因素形成一股合力，把凤姐推上了掌管偌大贾府家政的显要地位。同时，也把凤姐置于火山喷发口上，成了众矢之的。众多旧矛盾的结果又成了无数新矛盾的导因。

正是这样一种特殊的地位，使得凤姐身上所概括的矛盾，特别鲜明和尖锐。我们看到，凤姐其人势焰最足，结怨也最多。她一出场，众人皆“敛声屏气”。她一动怒，众人便不敢怠慢。她过生日，贾母作主命众人“攒金庆寿”，谁敢不来凑趣，连周、赵二姨娘这样的“苦瓠子”有限的几个钱也不放过，“拘来咱们乐”。谁想谋差管事，第一就得巴结奉承凤姐，求了贾琏不中用，孝敬凤姐才会摊到油水大藏掖多的差事。有人若敢稍微到王夫人那里抱怨几句，凤姐挽着袖子，跐着门槛子骂给你听，声言从今以后倒要干几样刻毒事了。无怪邢夫人说她是“遮天盖日”，大权独揽；赵姨娘咬牙切齿，敢怒不敢言；鲍二媳妇诅咒她是“阎王老婆”。小厮兴儿更评议得淋漓尽致，说她只哄着老太太、太太喜欢，抓尖抢上，嘴甜心苦，两面三刀，是醋缸醋瓮，劝尤二姐一辈子别见她才好。就连亲信陪房都说她待下人未免太严。足见凤姐树敌之多，结怨之深。赵姨娘暗中施术，欲将凤姐治死；凤姐借剑杀人，将尤二姐置于死地，矛盾激化达到你死我活的程度，在小说中除去宝玉大承笞挞一幕之外，凤姐的此类情节，也够使人惊心动魄的了。如果说宝玉因为是未来的继承人,才成为众人关注的对象,那么凤姐则因为是现在的当权派,所以才更加切近地卷入了漩涡的中心。一只雌凤,高踞于一片冰山之上——第五回中的这幅画面,恰是这个人物的写照。

上述概括在凤姐身上的种种矛盾,不能视作琐屑无聊的妇姑勃谿、叔嫂斗法之流,其意义远远不限于家庭的范畴。在中国封建的宗法社会里,家与国,历来一脉相通。所谓"金紫万千谁治国,裙钗一二可齐家",除去褒扬"裙钗"、贬抑"金紫"的意思之外,将"齐家"、"治国"并举,正合于"修齐治平"的大道理,也开拓了凤姐形象的典型意义。齐家与治国,大小不一,其理可通。封建皇帝"家天下"之内的权势消长、朋党倾轧、矛盾纷争,其胚胎和雏形,皆可以在宗法的家庭里看到。再从纵的方面看,所谓"水满则溢"、"乐极生悲"一类人生阅历,在凤姐身上也最容易看到它的典型形态。如前所述,凤姐势焰最高,风头最足。尤氏就半带嘲笑地警告过她,太满了,就要溢出来了。贾母都担心太逞了凤丫头的脸,众人不服,太伶俐了不是好事。第四十四回"变生不测"一节正是乐极悲生的显例。凤姐生日,贾母存心安排她痛乐一番,歌管盈耳,宴席大开,众人把盏,轮番敬酒。凤姐正如鸟中凤凰,被抬举宠幸得无以复加。当此之际,贾琏和鲍二媳妇私通密语,怨詈诅咒,盼她早死,还替平儿抱不平。凤姐偶然察知,怎不气昏!顿时由寿星婆婆变成"阎王老婆",由众人供奉的凤凰落到众叛亲离的"夜叉星"。大喜大庆之后,弄到大哭大闹,持刀动杖。这一构思本身便有极大的凝聚力,对于透视人生、阅历盛衰、昭示变迁,有一种艺术概括的功效。

在小说中,凤姐形象所能包容的社会生活的广阔程度,也是其他人物难以比肩的。这个性格的社会"触角"最长,往往越出贾府的门墙,伸向宫廷,伸向官场,伸向佛门,等等。唯其是当家奶奶,就得承应宫里太监无休止的索取:夏太监买房子,短了银子命小太监来"暂借",凤姐变着法儿也得打发,这是一幅"太监勒索图"。唯其要巩固得宠当权的地位,摆布尤二姐,便这边调唆张华去告状,那边又派了王信去打点,这是一幅都察院衙门俯首听命于豪贵世家的社会画面。"便告我们家谋反也没事的",这样有恃无恐的话正是从凤姐嘴里说出的。唯其要显弄自家的体面和手段,凤姐才会被老尼的"激将"法所动,发兴干预,拆人婚姻,这里让人看到,佛门本是清净之地,却作营私贿赂的肮脏勾当。净虚一声阿弥陀佛，遮掩着攀权附势的利欲之心；庵堂的前门，原来通向达官贵人家的后门，这又是一种光怪陆离的社会相。特别值得注意的是，像放债生息、重利盘剥这样的经济细节，也只有通过王熙凤这个形象才能进入作品之中。虽则是侧写，然而相当精细具体——旺儿媳妇不止一次送利银，平儿亲口说出是挪用的月银放债，单这一项，一年就能翻出一千银子来——连数目都很具体。在贾府，体面尊贵的老爷太太不敢干也不屑干这种事，吟诗读书的姑娘小姐不知世事，更不会干这种事。湘云、黛玉之辈，连当票也不识，戥子也不认；探春虽能理事，也是循礼守法，不会越规矩一步。唯有凤姐这一典型，才能担负起概括此类经济细节的使命。

成功的艺术典型，就是这样开拓人的视野，增长人的阅历。这不是靠堆砌故事、卖弄知识能够奏效的。作家的功力在写人。对于《红楼梦》的艺术整体而言，凤姐的重要性不仅在于她是举足轻重、贯穿全局的人物，抽掉了她，小说的整个艺术格局便会坍塌；而且更在于这个人物的鲜活生动在全书中堪称第一。如果说宝、黛等人更多地寄寓了作者的理想，比较空灵；那么凤姐其人主要来自真实的生活，仿佛要从纸上活跳出来。活现在我们眼前的凤姐，就如冷子兴介绍的那样：模样极标致，言谈又爽利，心机又极深细，竟是个男人万不及一的。今天看来，最能体现凤姐式魔力与魅力的，除了标致的模样而外，当数她的辣手、机心、刚口这三者。三者虽密不可分，却各见风采。

二

先看辣手。

这是一种杀伐决断的威严，既包含着不讲情面、不避锋芒的凌厉之风，又挟持着不择手段、不留后路的肃杀之气。

“协理宁国府”是小说用浓墨重彩推出的一段“阿凤正传”。凤姐受命于危乱之际，面对宁府积重难返的局面，一上来就理清头绪、抓住要害，抉出宁府五大弊端：第一件，人口混杂，遗失东西；第二件，事无专执，临期推诿；第三件，需用过费，滥支冒领；第四件，任无大小，苦乐不均；第五件，家人豪纵，有脸者不服钤束，无脸者不能上进。这几条，其实就是今之所谓人事、财务两大经脉，都踩到了点子上。凤姐对症施治，责任到人，立下规则，赏罚分明，自己不辞劳苦，亲临督察，过失不饶，惩一儆百。经此整肃，果然改观，人人兢兢业业，事事井井有条，诸弊一时都蠲除了，合族上下无不称叹。这一过程，充分展示了凤姐的治理手段，亦即"辣手"。除了这常常受人赞赏的才干而外，特别值得注意的是，凤姐还有一股不避锋芒的锐气，"既托了我，我就说不得要讨你们嫌了。……如今可要依着我行，错我半点儿，管不得谁是有脸的，谁是没脸的，一例现清白处治"。凤姐不怕得罪人，用今天的话说，就是没有绕着矛盾走，而是迎着矛盾上，结怨树敌也在所不计。这种作风倒是取得了宁府中多数人的认可，"论理，我们里面也须得他来整治整治，都忒不像了"。凤姐以快刀斩乱麻的辣手整治宁府，验证了贾珍对她的评价——从小就能杀伐决断，于今越发历练老成。正因威重，方能令行。

这种凌厉之风，即在处理日常事务和人际关系中也随处可见。有什么难缠的人、纷乱的事，只消凤姐一出场，没有不顷刻了断的。那么饶舌难缠的李嬷嬷，凤姐来了，三言两语，连哄带捧，一阵风摄了去；那么不识好歹的赵姨娘，凤姐来了，连刺带训，指桑骂槐，即时堵上了她的嘴；宝玉挨打之后，众人又疼又急，贾母、王夫人只顾抱着哭，众丫鬟媳妇要上来搀，凤姐骂下人糊涂，打成这样还要搀着走，还不快拿藤屉子春凳来抬！可见凤姐务实明断，处乱不惊。

然而，凤姐的辣手在更多的场合下则表现为逞威弄权、滥施刑罚。她惩治丫头的办法是"垫着磁瓦子跪在太阳地下"，茶饭不给，"便是铁打的，一日也管招了"。当她发现为贾琏望风的小丫头，便喝命"拿绳子鞭子，把那眼睛里没有主子的小蹄子打烂了"，威吓要用烧红的烙铁烙嘴、拿刀子来割肉，扬起巴掌打得小丫头登时两腮紫胀起来，顺手向头上拔下簪子往丫头嘴上乱戳。连清虚观不经意冲撞了她的小道士都被凤姐扬手照脸一掌，打了个筋斗。这种地方，凤姐出手之重，堪称名副其实的"辣手"，在贾府主子之林中，像这样亲自出手、且出手狠辣的，并不多见。当然更多的时候还是假手他人，而且往往是肉体刑罚和精神威压并施，怎不唬得丫鬟小厮魂飞魄散。在奴仆眼中，凤姐确像一个恶魔，怪不得叫她阎王婆、夜叉星，咒她早死。此时，这股杀伐决断的森然冷气确实令人不寒而栗。

弄权铁槛寺一幕为人们所熟知，王熙凤的辣手伸到了贾府门墙之外，此刻单是三千两银子还不能打动凤姐，只有当老尼用激将之法，说出如若不管，“倒像府里连这点子手段也没有的一般”之话时，才击到了点子上。凤姐何等样人，何等样手段，听了这话，顿时发了兴头，“你是素日知道我的，从来不信什么阴司地狱报应的，凭是什么事，我说要行就行”，此言颇有凡夫让道鬼神难挡的气魄，只惜这样的魄力用在了邪恶的方面，完全丧失了协理宁府时的积极意义，十足地显现出凤姐肆无忌惮、唯我独尊的实用主义态度。这话并不表明凤姐不迷信，她照样遵行世俗的供痘神、查历书、给女儿起名求福祉这一套；而是强调凤姐的不虔诚、无顾忌，为了达到既定的目的，即使巧取豪夺、伤天害理，也在所不计。在这里“辣手”的利己和实用性质，表露得淋漓尽致。特别值得注意的是回目点明“弄权”亦即玩弄权术，在府外勾结官府倚仗权势，在府内欺瞒长上，假借贾琏名义，神不知鬼不觉作成这桩肮脏交易。如果说，“协理”时是“用权”，权在威随，威重令行；那么，这里的“弄权”就是玩弄权术于股掌之上，假权营私。老尼心怀叵测地说，这点小事，“不够奶奶一发挥的”；小说中也点明自此凤姐胆识愈壮，更加恣意作为起来。足见“弄权”一节正是让人们领教凤姐手段的典型“案例”。

俗话说，“恨小非君子，无毒不丈夫”，凤姐的心狠手毒，倒有丈夫气概，而未见什么“妇人之仁”。她对于自己的怨敌，从不讲宽恕容忍。如果说，贾雨村对于知道自己底细的门子，最终不过寻出不是来，远远的充发就罢了；那么，凤姐对握有她把柄的张华父子，却定要赶尽杀绝、斩草除根才放心。《红楼梦》中同凤姐相关的几条人命包括金哥夫妇、鲍二媳妇、贾瑞、尤二姐，不管凤姐自觉的程度如何，也不管从法律上是否可以追究凤姐的直接责任，单看她竟能心安理得这一点，就令人吃惊。不要忘了，王夫人在金钏投井之后是落了眼泪，于心不安的。而凤姐则连这样的“恻隐之心”都没有。这股辣劲，在别的人物身上是感受不到的。

三

再说机心。

辣手常常是形之于外的，机心则深藏于内，但同样有迹可寻。人谓凤姐少说“有一万个心眼子”，是形容她心计之多、机变之速，不仅辣手的背后潜藏着机心、谋略，便是日常的言谈行止，也常带利害的权衡、得失的算计。

一次，为了大观园诗社的费用，凤姐、李纨和姐妹们相互说笑嘲弄，凤姐笑道：“亏你还是大嫂子呢！”“你一月十两银子的月钱，比我们多两倍。……又有个小子，足足又添了十两，和老太太、太太平等。……年中分年例，你又是上上分儿。你娘儿们，主子奴才共总没十几个人，吃的穿的仍旧是官中的。一年通共算起来，也有四五百银子。”“这会子你怕花钱，调唆她们来闹我……”李纨笑道：“你们听听，我说了一句，她就疯了，说了两车无赖泥腿世俗专会打算盘分斤拨两的话出来”，“天下人都被你算计了去！”

李纨的话，虽属笑嘲，却是确评，“天下人都被你算计了去！”质之凤姐，最恰切不过。她的克扣月钱放债生息，不仅是对下人，连老太太和太太的都敢扣住迟放，即便是“十两八两零碎”也要“攒了放出去”。李纨说她“专会打算盘分斤拨两”，并没有冤枉她。王夫人屋里金钏死后大丫鬟名额出缺，凤姐迁延着迟迟不补，故意等那些想谋这个“巧宗儿”的人送足了贿礼才办。大闹宁府之时，不失时机地向尤氏索要五百两，而她打点官府实际用了三百两，真是既出了气，又赚了钱。连自己的丈夫贾琏也在“算计”之列，贾琏向鸳鸯借当，凤姐也要雁过拔毛，从中抽取。总之，凤姐的算计之精、聚敛之酷，是出了名的，连她自己也清楚：“我的名声不好，再放一年，都要生吃了我呢。”

凤姐的机心固然用于敛钱聚财，更体现在处理人际关系上。在这方面，凤姐之心机深细、谋略周密，有更为精彩的表演。

在处世应对中，凤姐几乎像一个高明的心理学家一样，善于察言观色，辨风测向，以至到了钻入对方心窝的程度。常常有这样的情形，你刚想到，她已经说出了；你才开口，她已经行在先了。请看，黛玉新来，王夫人刚说要拿料子做衣裳，凤姐接口便说早已预备下了。尽管脂评提示此处阿凤并未拿出，不过机变欺人，其实这正见出她善于揣摸对方心理。王夫人点头赞许，表明凤姐欺人成功了。再看，刘姥姥二进荣国府，凤姐看出这个村妪投了老祖宗的缘，便作主留下刘姥姥住两天，和鸳鸯等计议如何调摆这个女"篾片"，取笑逗乐，果然大合贾母之意。大观园诗社初起，探春这里刚出口，说想请凤姐作个"监社御史"，那边凤姐即刻猜到是缺个"进钱的铜商"，宣告明儿一早就到任，下马拜了印，先放下五十两银子慢慢作会社东道。凤姐虽则打趣，却说到了点子上，众人不由得笑起来，李纨当即称叹："真真你是水晶心肝玻璃人。"通体透亮，照人心曲，发人隐私，委实是凤姐的一种"特异功能"。

碰到对方也是个乖巧伶俐人，那就更加热闹好看了。贾芸来走凤姐门子那一段描写是书中精彩的篇章之一。其对话曾有人赞曰，"两个黄鹂鸣翠柳"不足喻其宛转，"数声清磬出云间"不足譬其清脆（《觚庵漫笔》）。其实，言为心声，语言的流利圆转，正是心态的游龙变幻的反映。贾芸深知凤姐吃捧，不惜借债办了香料，编了谎话来奉承，说是这些香料，"便是有钱的大家子，也不过使个几分钱就挺折腰了，若说送人，没个人配使，因此想起婶子来。往年间还大包银子买呢，别说今年贵妃宫中，就这端阳节下，自然加上十倍去了。因此想来想去，只孝顺婶子一个人才合式，方不算糟塌这东西"。一席话，把凤姐作为显贵之家当家奶奶的手面气派烘托凸现出来。凤姐心下自然十分得意，如坐春风，因夸贾芸说话明白有见识。但以凤姐心眼之多，情报之灵，岂能看不透贾芸装神弄鬼、送礼之故。既喜他知趣，待要委他差使，转念觉得倒叫他小看自己见不得东西，忙又止住，一字不提。贾芸再次来求，只得明说。凤姐又卖关子，道是等明年正月烟火大宗下来再派。馋得贾芸忙说先派这个，若办得好再派那个。凤姐笑说你倒会放长线儿。经过几个回合，这才把种树的差事派给了他。贾芸的情切编谎，绕着弯儿也要达到目的；凤姐的喜欢奉承，又时时顾到自己的身份……我们仿佛看到了各自心理变化的轨迹，这不单是应对的流利，简直是心智的较量。

凤姐善于探测对方的心理，调整自己的言行。这不仅表现在一条心理轨道上同方向的制动自如，而且在必要时还能刹车掉头，来个一百八十度的大转弯而毫不费力。我们看她在鸳鸯问题上怎样向邢夫人回话，便可领略其随机应变的高超本领。邢夫人因贾赦欲讨鸳鸯作妾，不得主意，先来找凤姐商议。凤姐一听忙说，别去碰这钉子，老太太离了鸳鸯，饭也吃不成，何况常说老爷放着身子不保养，官儿也不好生做，成日家和小老婆喝酒。凤姐劝告邢夫人，“明放着不中用，反招出没意思来。太太别恼，我是不敢去的”。不料邢夫人丝毫听不进去，反冷笑道：“大家子三房四妾的也多，偏咱们就使不得？这么胡子白了的又为官的大儿子要个房里人，老太太未必好驳回。”还埋怨凤姐，还未去说，“你倒先派上一篇不是”。凤姐听得此言，知邢夫人左性大发，方才那番实话全不对路，立即调头转向，改换话锋，连忙陪笑：“太太这话说得极是。我能活了多大，知道什么轻重？想来父母跟前，别说一个丫头，就是那么大的活宝贝，不给老爷给谁？背地里的话那里信得？我竟是个呆子……”好一个聪明的呆子，凤姐改变口气陈说贾母能给鸳鸯的理由，其“充足率”简直胜过邢夫人所能想到的多多。她随口举出贾赦、邢夫人自身的例，说琏二爷有了不是，老爷、太太恨得那样，及至见了面，依旧拿心爱的东西赏他。如今老太太待老爷，自然也是那样了。请看，出言何等现成，何等有说服力，不由得邢夫人立时又喜欢起来。这里一正一反的两番说辞，说的是同一件事，同出于凤姐之口，居然都通情达理，动听人耳。这种顺应对方心理，急转直下又不落痕迹的本领，大概只有在凤姐身上才看得到。

凤姐之所以为凤姐，她的优势不止于金钱权势和察言观色。在心理状态上常常保持一种强者的地位，也是一种重要的优势。这当然不是说她“得人心”，而是指她能够体察对方心理的动向，捕捉弱点，一击而中。因而她能玩弄人于股掌之上；能幕后指挥，陷人于罗网；能借剑杀人，不露形迹。即使是夫妻之间，亦无例外。读者都会为“俏平儿软语救贾琏”那一幕的惊险程度叫绝。对贾琏其人，凤姐是摸透了，防够了，“这半个月难保干净，或者有相厚的丢下的东西，戒指，汗巾，香袋儿，再至于头发，指甲，都是东西”，说得贾琏脸都黄了，仿佛已被凤姐看透了他心怀鬼胎，已经抓住了那绺头发的把柄似的。这给读者的心理感受，就像一个擦边球。本来贾琏也并非窝囊之辈，也有伺机“反攻”之时。向鸳鸯借当，贾琏怨凤姐太狠，说句话还要利钱。哪知凤姐竟说，后日是尤二姐周年，想着给她上坟烧纸才用钱。只一句话便说得贾琏低头无语，明知是在借题撒谎，却不敢说破，反过来还要感念凤姐想得周全。这是怎样高明的攻心打围的战术啊！一刀戳在贾琏的伤口上，使其心中流血，却口不能言。

如果说，凤姐的“杀伐决断”让人看到她阳而威的一面，那么凤姐的机心谋略则让人领教了她阴而狠的另一面。后者在小说中最著名的事件要数“毒设相思局”和“赚取尤二姐”，这是在回目上见名，而且赫然标明是“毒设”、是“赚入大观园”、是“弄小巧用借剑杀人”，亦即是说，作为行动主体的凤姐自觉地、有意识地控制事件的进程，淋漓尽致地展现了她的机心和谋略。

贾瑞和尤二姐自然是完全不同的两个人，作者赋予他们的是两个完全不同的故事和不同性质的死。但有一点却是类似的，即就他们和凤姐的关系而言，起初他们都有某种优势，继而都在凤姐的导演下转为劣势，终至走上绝路。我们看到，贾瑞是男性，怀有调戏凤姐的非分之想，尽管是幻想，但他处于主动地位，是可以看做一种优势的。当然，癞蛤蟆想吃天鹅肉，这种优势带有很大的虚妄性。凤姐只消略施小计，稍遣兵将，便教贾瑞落入又冻又饿、又脏又臭、欲进不能、欲罢不甘的尴尬境地。贾瑞之死确属自投罗网，而这罗网恰恰是凤姐张设的。凤姐一次次地假意挑逗、虚情承诺，完全合于诱敌深入、围而歼之的用兵之法。贾瑞以假作真，执迷不悟，屡中圈套还声言“死也要来”。濒死之际，代儒向王夫人求人参，凤姐以渣沫搪塞，见死不救，眼睁睁看着贾瑞送命，果真应验了“叫他死在我手里”的预言。应该说，置贾瑞于死地，凤姐是带有很大的自觉性的，是她充分掌握了贾瑞性格弱点的必然结果。在这一回合里，凤姐易如反掌地运用了自己模样极标致、心机又极深细的优势，陷贾瑞于歹毒的“相思局”中。

至于尤二姐，她当初所具的优势就不是虚幻的，而是实在的。因为贾琏将她娶作二房，已成事实。况且枕边衾里，贾府内幕、凤姐劣迹，尽行告知。两口儿小日子过得十分富足和美。当此之际，不能不说尤二姐之于凤姐，是具有相对优势的，这不仅指容貌脾气、深得人心这些方面，尤其是贾琏钟爱且有生子育嗣的可能，最是凤姐无法比肩的。这一点凤姐深知而且深忌。她充分估量要“反败为胜”不是一件轻而易举的事。她可以捉弄贾瑞于股掌之上，对尤二姐则不得不煞费苦心，以退为进，制造种种假象。且听凤姐亲临小花枝巷延请二姐入府的那一番言辞："皆因奴家妇人之见，一味劝夫慎重，……今日二爷私娶姐姐在外，若别人则怒，我则以为幸。正是天地神佛不忍我被小人们诽谤，故生此事。我今来求姐姐进去和我一样同居同处，同分同例，同侍公婆，同谏丈夫。喜则同喜，悲则同悲，情似亲妹，和比骨肉。……只求姐姐在二爷跟前替我好言方便方便，容我一席之地安身……"口内全是自怨自责，不要说二姐认她作极好的人，便是读者也疑心凤姐改弦更张、立地成佛了。这种把黄鼠狼扮成雏鸡、把假话说得比真话还要真的演技，真令人叹服。

同是这一个凤姐，有胆量在背地发动一场官司，唆使张华状告贾琏"国孝家孝之中，背旨瞒亲，仗财依势，强逼退亲，停妻再娶"，并扯出贾蓉。借此声势，凤姐大闹宁府，"威烈将军"贾珍吓得溜走，尤氏、贾蓉母子被搓揉得面团一般，赔罪不迭。在凤姐，衙门不过是手中傀儡，收放线头都在她手中，而察院收受凤姐、贾珍两头贿银，吃了原告吃被告，又何乐不为？此际，凤姐紧紧抓住了尤二姐的弱点，即所谓"淫奔无行"，捏牢了张华这张王牌，擒纵收放，行云布雨，凭借衙门的法、家族的礼，造足了舆论，布满了流言，使二姐坠入软绵绵、黑沉沉的陷阱之中，不能自拔，不得挣脱。

正如用兵一样，凤姐是知己知彼的，她在明处，对方在暗处，即使暂时处于被动，她也能充分利用对方的弱点，把自身的优势发挥到最大限度，使事态沿着她设计的轨道行进。在达到目的的过程中，凤姐不仅要越过外部的种种障碍，而且要克服自身的种种矛盾。诸如她同贾琏是合法夫妻却缺乏真情，她要巩固自己在家族中的地位却并无子嗣，她要博取贤良的美名却容不得丈夫娶纳二房，她唆使张华告状又不能真的把贾府告倒，她要除掉尤二姐却不能露丝毫坏形。这需要怎样深细的机心和周密的谋略，它所展示给世人的，已远远超出了事件本身。

"机关算尽太聪明"，这是凤姐的过人之处，也是凤姐致祸的内因。

四

三说刚口。

在贾府说书的女艺人曾说:“奶奶好刚口。奶奶要一说书,真连我们吃饭的地方也没了。”“刚口”是指口才。连说书艺人都甘拜下风,足见王熙凤口才不凡,这并非是吹捧,凤姐确实当之无愧。我们借用“刚口”一语来标举凤姐的语言才能,也就是冷子兴所介绍的“言谈极爽利”的风采。

凤姐赞赏小丫头红玉不负差遣,把“奶奶”、“爷爷”一大堆四五门子的话“说得齐全”、“口声简断”,讨厌那些扭扭捏捏、哼哼唧唧、咬文咬字的蚊子腔儿。这也正是凤姐话风的自白。凤姐出言的简断爽利、醒人耳目,从她出场的第一句话“我来迟了,不曾迎接远客”就带出来了。以后不论在什么场合,凤姐都有属于自己的语言:去给宝黛劝和,就说“黄莺抓住了鹞子的脚”,都扣了环了;同姐妹们打趣,就说我不入社花几个钱,“不成了大观园的反叛了”;数落尤氏,就说“嘴里难道有茄子塞着”,“给你嚼子衔上了?”是“锯了嘴子的葫芦”。诸如此类,不胜枚举。凤姐不会作诗,那起句“一夜北风紧”却浅而不俗,且留了多少地步与后人,其干净爽利仍是凤姐之声口。

会说话决不等于光会耍嘴皮子,“言谈极爽利”和“心机极深细”是密不可分的。同一件事,由凤姐来说和由别人来说会产生完全不同的效果。比如第五十四回元宵夜宴贾母问及袭人怎么没有跟来伺候宝玉,言下有责怪之意,王夫人忙回道:“他妈前日没了,因有热孝,不便前头来。”贾母不以为然:“跟主子却讲不起这孝与不孝。若是他还跟我,难道这回子也不在这里不成?”凤姐忙接过来解释,说出一番“三处有益”的理由来:一则“灯烛花炮最是耽险的”,那园子须得细心的袭人来照看;再则屋子里的铺盖茶水,袭人都会精心准备,“宝兄弟回去睡觉,各色都是齐全的”;三则又可全袭人的礼。这番话既合于主仆上下的名分次序,更投合老太太怕节下失火和疼爱孙子的心理,贾母听了称赞“这话很是,比我想的周到”,不但不怪袭人,反而还关爱有加。可见,说话动听的前提在于“想的周到”。前文述及当邢夫人出马为贾赦讨鸳鸯时,凤姐前后截然相反的说辞,盖因开初凤姐不假思索直陈不可，一旦发觉全不对路，立刻变换角度顺着邢夫人“左性”的竿子爬上去。若不是头脑灵敏反应迅捷，哪能说得邢夫人转怒为喜呢。

由于是当家人，凤姐的善于辞令也体现在同各色人等的接交应对上。她能不卑不亢分寸得宜地处理各种人际关系，那说话的艺术很值得仔细体味。比方刘姥姥是个身份低微但年高积古的乡村老妪，与贾府并不沾亲带故，不过同姓连宗。凤姐裁度着对方的身份和彼此的关系，神态之间，虽显矜贵，言语还是很得体的。说出来的话既有谦词：“我年轻，不大认得，可也不知是什么辈数，不敢称呼”、“不过借赖着祖父虚名，作了穷官儿”，又告艰难：“外头看着虽是轰轰烈烈的，殊不知大有大的艰难去处”、“不过是个空架子”，更不乏人情味：“亲戚之间，原该不等上门来就该有照应才是”，“既老远的来了，又是头一次见我张口，怎好叫你空回，……若不嫌少，就暂且先拿了去罢”。这次接待，凤姐是请示了王夫人的，她的语言应该说符合既不热络又不简慢、既不丢份又不炫耀的原则，这可以算一个上对下即凤姐接见打抽丰的穷亲戚的例子。再举一个下对上即对付宫中太监的例子。第七十二回写到夏太府打发小内监来借银子，凤姐让贾琏先躲起来，自己出面应付。小太监说夏爷爷买房子短二百两，上回借的一千二百两等年底再还，凤姐接口道：“你夏爷爷好小气，这也值得提在心上。我说一句话，不怕他多心，若都这样记清了还我们，不知还了多少了。只怕没有；若有，只管拿去。”一面命人把自己的首饰拿去押了银子开发小太监。凤姐这几句话，看上去并未得罪夏太监，却软中有硬，绵里藏针，警示这样名为借贷实为敲诈的作为已不知凡几，预告府中已被掏空，须靠典当度日。无怪有的论者评道，弱国的使者如能这样对付贪得无厌的强国，也算得上不辱君命了。凤姐确实有着当外交使节或公关经理的潜能。

最为人们熟悉和称道的还有凤姐语言的幽默和谐趣。贾府的丫头仆妇们只要听得二奶奶要说笑话了，都奔走相告。其实凤姐说笑的精彩处不在于她所讲的“聋子放炮仗”一类笑话，而在于能即景生情、就地取材，亦即“对景儿”的说笑。比如，用“外人”、“内人”的对偶互换讥嘲贾琏，逗乐了赵嬷嬷；或以谐音打岔，声称自己不会作什么“湿的”、“干的”，同作诗的姐妹们取笑；有时则用拟人之法，玩牌时指着贾母素常放钱的木匣子道：“那个里头不知顽了我多少去了。这一吊钱顽不了半个时辰,那里的钱就招手儿叫他了”,要平儿把刚送来的一吊也放在老太太一处,“一齐叫进去倒省事,不用做两次,叫箱子里的钱费事”,笑得贾母把牌撒了一桌子。

谁都知道,凤姐是贾母的开心果、顺气丸。回目上曾点明“王熙凤效戏彩斑衣”,“斑衣戏彩”这个《二十四孝》中老莱娱亲的故事其实很是矫揉造作,书中此处不过取承欢之意。在《红楼梦》里,贾政的娱亲倒有几分老莱子遗风,他讲的那个怕老婆的笑话令人作呕;出了谜语怕老太太猜不出,悄悄将谜底告诉宝玉转知贾母,总之是既俗气又笨拙。相比之下,王熙凤的承欢娱亲不知要高明多少。在贾母身边,凤姐的笑谈随机而出,自然天成。比方由做莲叶羹说到贾府的饮食“都想绝了”,凤姐接口道,“老祖宗只是嫌人肉酸,若不嫌人肉酸,早已把我还吃了呢”,引得众人大笑,这正是用说笑的形式极言贾母花样翻新的高档饮食。又如逛大观园,贾母提到小时跌破头落下个窝,凤姐即刻说:“可知老祖宗从小儿的福寿就不小,神差鬼使碰出那个窝来,好盛福寿的。寿星老儿头上原是个窝儿,因为万福万寿盛满了,所以倒凸高出些来了。”未及说完,贾母和众人都笑了。请看,一个疤痕也能讨出吉利口彩,还扯上老寿星作证,人们明知是凤姐在随口编派,可编得这样喜庆圆满,不能不佩服她出色的即兴发挥。如果说,像这样化庄为谐、随机而生的笑谈,在凤姐不过家常便饭,毫不费力;那么,要使贾母转怒为喜、扭转气氛,难度就要大一些了,而凤姐照样能举重若轻,别出心裁。如鸳鸯抗婚之事爆发后,贾母正在气头上,连本无干系的王夫人也被怪罪,还埋怨上凤姐,众人噤声,气氛紧张。当此之际,凤姐不慌不忙地回道:“我倒不派老太太的不是,老太太倒寻上我了?”众人称奇,倒要听听老太太有什么不是。凤姐说出理由来:“谁教老太太会调理人,调理的水葱儿似的,怎么怨得人要?我幸亏是孙子媳妇,若是孙子,我早要了,还等到这会子呢。”这真有点奇兵突出,立即奏效。吃凤辣子这一刺激,先贬后奖,贾母气也消了,心也开了,紧张气氛也缓解了,众人又有说有笑的了。对于尊亲长辈,只有凤姐会用这种方式取笑,常常对大人物说小家子话。清虚观的张道士是有职法官,达官贵人都尊为老神仙,独有凤姐见了,竟说张道士托了盘子,像是化布施来了,唬了自己一跳,众人听说,哄然大笑。再如说贾母到园中赏雪是“躲债”,要赖姑子的银子等，都属此类。凤姐嘲笑戏谑，看似失调少教，粗俗冒失，实际效果却总能使对方开怀大笑。这种笑谑总伴随着某种新鲜的刺激，提人精神。如果老是平平淡淡，早就令人昏昏欲睡了。

可见凤姐的承欢取乐，也常带“辣味”。一上来似乎叫人受不了，回过味来不由得气顺心开，比那一味奉承更加高明。凤姐在贾母跟前说笑，表面看去，出言放诞，似乎越礼犯上，但骨子里总能讨得贾母喜欢。王夫人曾对凤姐拿长辈取笑提出异议，认为“惯得他这样”“明儿越发无礼了”，贾母却说“我喜欢他这样，况且他又不是那不知高低的孩子。家常没人，娘儿们原该这样。横竖礼体不错就罢，没的倒叫他从神儿似的作什么”。凤姐的确是贾母晚年生活中须臾不可或缺的带来乐趣的人，贾母曾戏说：“明儿叫你日夜跟着我，我倒常笑笑觉得开心，不许回家去。”凤姐病了，贾母便倍感冷清，叨念着“有他一人来说说笑笑，还抵得十个人的空儿”。

正因为贾母是个较为开明情趣不俗的长辈，能够容纳和赞赏凤姐的“放诞”，所以凤姐的承欢娱亲少有媚态谄相，不那么肉麻，不那么俗气。当然，固宠行权首先得巴结奉承老祖宗，其中的功利之心是连兴儿这样的小厮都看得清清楚楚的；然而凤姐的巴结奉承之不同庸流、自有特色却是谁也不能否认的。这里可再举一例，第五十回写贾母悄到园中赏雪，凤姐随后找来，贾母道：“你真是个鬼灵精儿，到底找了我来，以理，孝敬也不在这上头”。凤姐儿笑道，“我那里是孝敬的心找了来？我因为到了老祖宗那里，鸦没雀静的”，正疑惑间，来了两三个姑子，“我连忙把年例给了他们去了。如今来回老祖宗，债主已去，不用躲着了。已预备下希嫩的野鸡，请用晚饭去……”一行说，众人一行笑。请看，凤姐当着贾母的面声言自己不是出自孝敬之心，足见凤姐至少不着意把孝敬之名挂在口边上，这里当然也是取笑，骨子里仍然是孝敬，但能像凤姐这样放得开则殊为难得。

处在凤姐的地位，“哄着老太太”喜欢固属首要，也不能不顾及其他。比如上举就鸳鸯之事使贾母转怒为喜，就还须顾及贾赦、邢夫人的脸面，赦邢夫妇正是凤姐的正经公婆。贾母听凤姐数落自己会调理人，便说“你带了去罢”，凤姐道，等“来生托生男人，我再要罢”，贾母说：“给琏儿放在屋里，看你那没脸的公公还要不要了！”凤姐道：“琏儿不配，就是配我和平儿这一对烧糊了的卷子和他混罢。"说的众人都笑起来。在这里,凤姐既要使贾母开心,又不能得罪自己的公婆,出言既诙谐又得体。能使紧张的矛盾消弭在轻松的谈笑中,这是凤姐的谐谑所奏的奇效,也是她处理人际关系的高超艺术。仔细看去,凤姐的说笑常常是滴水不漏,不会产生副作用;当然,如果她本意就想指桑骂槐旁敲侧击,那么便一定会命中。凤姐的风趣和心机结合得可谓天衣无缝。

较之红楼诸钗中其他读书作诗的姑娘小姐,凤姐胸中文墨欠缺。她的语言没有什么书卷气,然而却有一股扑面而来新鲜热辣的生活真气。仔细品味,凤姐的语言独多俗语俚语歇后语等口语中的精华,状物拟人叙事言情亦无不生动逼肖;尤其谈笑风生妙语连珠,肚里似有无数的新鲜趣闻。看上去凤姐的能言善辩幽默谐趣仿佛无师自通,寻其源头则不在书本而在生活,在于生活本身所包含的信息和智慧。通过凤姐的语言,人们不仅眼界大开,可以看到种种生活态和社会相,而且心智大开,可以窥见聪明绝顶变幻莫测的机心。

五

近二十年来,在改革开放的浪潮中,人们在呼唤"女强人"时常常提到凤姐,深为"凤辣子"的魔力和魅力所倾倒;同时,随着人们视野的拓展和心态的从容,也对这一性格进行了较为深入的文化反思,其中,凤姐之欲和凤姐之妒值得再加申说。

以往的评论几乎一致肯定凤姐的才干,而常常不加分析地否定她的欲望。其实,作为一个"女强人",无论在当年或现代,才干和欲望都是不能截然分开的。

前文提到"金紫万千谁治国,裙钗一二可齐家",这是《王熙凤协理宁国府》一回的回后诗,在"家国同构"的封建宗法社会里,可算得对裙钗女子的高度评价。凤姐的才干是作品用浓墨重彩着意渲染,并且以贾府那一班"须眉浊物"作为参照系来凸现的。秦可卿临终预感家族危亡,如此重托,不嘱别个,独期凤姐,因为"你是个脂粉队里的英雄,连那些束带顶冠的男子也不能过你”。这决不单是出于可卿同凤姐的私交，而是贾府爷们自身也承认并且甘拜下风的。“协理宁府”这有声有色的一幕得以演出，推荐人是贾宝玉，当事人是贾珍，凤姐就是在此种“舍我其谁”的情势下出山协理，果然不负所托，威重令行。

在这里，人们往往看重凤姐的“治绩”，由此赏识她的才干与魄力，而比较忽视她表现自己才能的欲望。小说曾写她素喜揽事，“好卖弄才干，虽然当家妥当，也因未办过婚丧大事，恐人还不伏，巴不得遇见这事。今见贾珍如此一来，他心中早已欢喜”。这种想“露一手”、渴望有更大的舞台来施展自身才能的心态，在那个社会条件下的女性当中，是比较独特、并不怎么合于“妇道”的。至少在擅于自我修养的薛宝钗那里，不可能有类似心态。“不干己事不张口，一问摇头三不知”，方合乎温和贞静的女范。倒是林黛玉，颇有“扬才露己”之嫌，大观园试才题咏之日，她本安心“大展奇才，将众人压倒”，不想元妃只命一匾一咏，不好违谕多作，未展抱负，颇感不快。尽管一个是当家理事之才，一个是诗书翰墨之才，但表现和发挥自己才能的愿望是共通的。而这种愿望，不能不认为是合理的个性要求之一种。

所谓“存天理、灭人欲”的理学信条，所扼杀的正是活泼泼的自由个性。“人欲”包举一切人间欲望，既包括饮食男女、物质财富、精神需求，也包括展露才能的表现欲等等，都在杀灭之列。当我们触及过去时代的人物尤其是女性的欲望问题时，是否应当多做一点分析、采取较为客观的态度呢！

凤姐这个人物是以“欲壑难填”著称的，为了达到自己的欲望，可以不避锋芒、不计利害、不顾后果、不择手段。人物的“辣”，与其内在的“欲”的骚动密切相关。小说展现的是一个活人，她展才逞能、自我实现的愿望不是孤零零的表现，而是和她种种的现世欲求纠结在一起的。特别是对金钱和权势无休止的贪欲，小说中恐怕没有谁表现得像凤姐那样淋漓尽致了。她挪用下人的月钱放高利贷，捞取家族的资财化为个人的私房，为保持和巩固自身当家奶奶的地位，弄权使招、费尽心机。凤姐欲望的膨胀造成了种种劣迹和恶果。由此看来，人欲又不啻洪水猛兽，是该当灭绝的。

可见，这欲的骚动在凤姐身上是一种又相矛盾又相谐和的存在。当这种欲望作为一种合理而正当的个性要求生动甚至是火辣辣地表现出来时，是不应当粗暴、笼统地加以抹煞的。对物质和精神财富的追求，如果是在一定的范围内，并非就等于邪恶；尤其是表现和发挥才能的愿望，更应该受到珍重。在那个社会条件下，具备凤姐式才干的女性恐怕不少，然而能得以实践的恐怕不多，原因之一是她们本人不见得都具有这种“表现欲”，或者虽有而自我抑制，使才能成为了一种未被释放的潜能。在小说中，凤姐的“自我表现”诸如逞能、要强、抓尖、放诞等等，当其并不损伤或危及他人时，往往令人钦佩、讨人喜欢。如果深藏不露，又有谁能欣赏呢。很可注意的是，凤姐的逞强，竟到了硬撑、“羞说病”的地步，足见其欲望的执著和彻底，其“辣”不单对别人，有时也对准自己。

当然，从小说的全部描写看，凤姐的欲望更多地表现为一种无节制无穷尽的贪欲，常常以压抑他人的欲求、牺牲他人的幸福、危及他人的生存作为代价。这种贪欲和权欲发展到了极致，便会成为独夫和暴君。凤姐的惩罚丫头、拷问小厮、盘剥奴仆、追剿无辜等，便带有分明的暴君气息。而她的工于心计、擅于权术又使这暴君带有“文明”的色彩。

可否认为，凤姐外在的“辣”同她内在的“欲”存在着有机的联系。人们“嗜辣又怕辣”的美感效应，是否同凤姐身上“人欲”的复杂情况存在着某种对应关系呢。

由于是女性，凤姐的辣还带有一种特殊的味道，这就是“辣中带酸”。单从小说回目上看，赫然标明的便有《酸凤姐大闹宁国府》(第六十八回)、《变生不测凤姐泼醋》(第四十四回)之类。酸也罢，醋也罢，都是一回事，用一个更显豁的词概括，便是“妒”。凤姐之辣，常常同妒纠结在一起，矛头既对着她的合法丈夫贾琏，更对着与她争宠的一切女性。

为了辨析这带酸的辣味，就得弄清“妒”的含义，尤其先要考察一下凤姐同男性特别是贾琏的关系。

“妒”这顶帽子，常常是封建宗法礼教在使女性人格扭曲后又加上的恶谥，也是女性维护自身权益的一种变相手段。封建礼教在“妒”的名义下，使女性自相虐杀，保护的是男性中心的多妻制。在《红楼梦》里，以凤姐为轴心，生动地反映了这样一种典型形态。

除去惯作"河东吼"的夏金桂,王熙凤便是《红楼梦》中"妒"性登峰造极的人物了。她素有"醋缸子醋瓮"之称,一旦碰翻了便不可收拾。我们可以从作家描绘的一系列精彩绝伦的艺术画面中,对中国传统文化孕育出来的这样一种畸形心态,做些分析和思考。

近年来,有的研究者在对中国古代的女性意识进行文化反思的时候,认为宗法社会大背景下中国人所形成的强烈的从属意识,在士大夫身上表现为对君臣关系、名分本位的谨守;而在女子身上,从属意识则主要表现为对个别的、具体的男子的忠贞、驯服。"三从"的道德规范融进女性的意识,成为她们处理人际关系的指南。封建夫妻关系中妻对夫的爱,往往是与思恋爱慕结合在一起的强烈的从属意识。这种以从属意识为核心的"夫纲"和"妇道",实际上是一种奴性。这对于我们考察古代女性很有启示。

凤姐和贾琏之间存在着合法的婚姻关系和夫妻生活,但却少有真情,彼此同床异梦、尔虞我诈,这是读者容易看清的。这里,应当特别提出的是,琏凤夫妻关系的特殊性,还在于从凤姐一方看不出多少忠贞驯服的从属意识,倒是相反,凤姐往往显得不那么忠贞和不那么驯服。从冷子兴演说伊始,便给人留下了"琏爷倒退了一射之地"的最初印象。琏凤虽共同管家,但凤姐是实权派,人事、钱财几乎都要凤姐拍板、内定。这固然同凤姐娘家的豪富权势有关,也同凤姐本人的才干素质紧密相联。即就夫妻关系而言,贾琏也不是凤姐的对手。一次,平儿替贾琏掩饰了多姑娘那一绺青丝,贾琏趁凤姐不在,发狠道,"你不用怕他,等我性子上来,把这醋罐打个稀烂,他才认得我呢!他防我像防贼的,只许他同男人说话,不许我和女人说话;我和女人略近些,他就疑惑,他不论小叔子侄儿,大的小的,说说笑笑,就不怕我吃醋了。以后我也不许他见人!"平儿道:"他醋你使得,你醋他使不得。他原行的正走得正;你行动便有坏心。"联系小说的大量具体描写,可以看到:第一,凤姐在同贾府内外其他男性的交往上,比较自由开放、挥洒任意,这从她同贾蓉、贾蔷、贾芸、宝玉、秦钟,以至贾瑞等"不论小叔子侄儿"的各种交道中,可以印证。但正如平儿所说,"他原行的正",并无什么把柄可抓,"你醋他使不得"。第二,贾琏唯知淫乐悦己,离了凤姐便要生事,其心性行径为凤姐深悉,所以像"防贼"似地提防察察,也就是平儿说的"他醋你使得"。第三,从贾琏这方面看，凤姐这样的妻子"惹不起"，她的"辣"带着一股强劲的酸味，以至于有时吓得"脸都黄了"，要靠平儿来救援。因此，"辣中带酸"在一定意义上表明凤姐在夫妇关系中没有多少驯服的从属意识和奴性表现。这一点，不论是上一辈的邢夫人、王夫人，还是同一辈的李纨、尤氏，都不可企及。像邢夫人那样为贾赦娶鸳鸯亲自出马、尤氏听任贾珍同姬妾取乐，在王熙凤那里是断然通不过的。

然而，生活在封建宗法关系中的王熙凤，最终仍旧不能摆脱"夫纲"和"妇道"的拘约，她不能不承认丈夫纳妾是正当的。所谓"不孝有三，无后为大"，为了子嗣，即使三妻四妾也是冠冕堂皇，无往而不合于礼。在强大的宗法礼教和社会舆论面前，争强好胜如王熙凤者，也要竭力洗刷自己"妒"的名声，构筑"贤良"的形象。这实质上是一种屈服。凤姐的屈服，首先表现为有条件的忍让，比方说容下了平儿，使之成为"通房"丫头，这在很大程度上是由于平儿的善良和忠心，何况目的还是为了"拴爷的心"。其次，表现为对贾琏的施威泼醋作适当节制，火候已够即收篷转舵。诸如在鲍二家的事件被揭发后，虽掀动了一场轩然大波，而最终凤姐不能不接受贾母的裁决。凤姐尽管争得了面子，而贾琏却明显地得到了老太太的袒护。回到房里，贾琏问："你仔细想想，昨儿谁的不是多?"明摆着是贾琏偷情惹出事端，然而凤姐不能理直气壮地回答"谁的不是多"这个问题，不能指斥和警告贾琏，受夫权和族权的钳制，她只能不得已转移矛头，在宗法家庭内以"二爷要杀我"为题目哭闹。因而，最后也是最重要的一点，凤姐的屈服事实上是变了形、被扭曲了的，也就是说她那被醋、妒强化了的辣的锋芒，更加自觉地转移到了与之争宠的女性身上，使她们成了牺牲品。夫妻矛盾转换成为妻妾矛盾，不能治本就转而治标，把一切仇恨、怨毒、谋略、手腕都用在治标上头，这正是上文所说的，"妒"成为了封建宗法礼教下女性自相摧残的毒箭，其矛头主要指向没有人身自由的妾和其他地位更加卑弱的女子。小说所展现的王熙凤同尤二姐交往的全过程，淋漓尽致地表明了这一点。

比之《金瓶梅》中妻妾间的争风吃醋，《红楼梦》中有关"妒"的描写具有更为高级的形态，也就是说，包含着十分丰富的社会文化内容。在凤与尤的较量中，特别含意深长的是：第一，凤姐竭力塑造自己贤良的假象，得悉偷娶秘事后，她主动登门将尤二姐延入大观园，又主动引见给贾母，以致二姐悦服、长辈欣慰、众人称奇，其目的在摘掉“妒”的帽子，在宗法礼教上占得一个“制高点”。第二，凤姐又调动一切手段揭发尤二姐“淫奔”的老底，咬定其悔婚再嫁，一女竟事二夫，把尤二姐置于名教罪人的地位。因此，所谓“借剑杀人”，固然假手秋桐之流，但更是凭借着全部封建宗法的权力和舆论机制。其操纵运筹的精明熟练，令人叹为观止，这不是小辣，而是大辣，足以置人于死地而不承担任何法律和道义的责任。

可见，王熙凤为妒所强化的辣，在其与贾琏的关系上表现为较少从属性；当其将矛头指向其他女性时，尖锐程度虽达到你死我活，但表现形态则由于被官方的道学伦理装裹着，因而是“文明”的。这才是凤姐之妒的重要特征。

如上所述，放在中国传统宗法社会的文化背景下来考察，以辣名世的凤姐，其女性意识的独特性便较为清晰可辨。历来在中国女性人格中深入骨髓的从属意识，在她身上居然相对弱化，她不仅可与男性争驰，甚至还能居高临下。凤姐不仅才识不凡，并且具有强烈的自我实现的欲望。这一切，当其出格出众、向男性中心的社会示威时，的确扬眉吐气、令人神旺；当其为所欲为，机关算尽，为无限膨胀的私欲践踏他人特别是同为女性者的人格、尊严以至生存权利时，又不能不使人寒心、深恶痛绝。这二者交织、纠结、迭合而形成了一个以辣为特色的中国女性性格的奇观。

俱往矣，又似乎俱在矣。“凤辣子”人格的某些素质在今之“女强人”身上复现，不是偶然的；同时，其末流演化为某些毫无教养的泼妇无赖，亦不足怪。如果我们对这一性格能够进行较为冷静的文化反思，而不仅是从表象出发，比附式地呼唤所谓“女强人”，就能保持较为清醒和客观的态度，有所分析，知所弃取。

最后不能不说及人们所关注的王熙凤的结局。

王熙凤的结局是怎样的呢？这是一个确定无疑又众说纷纭的问题。

说确定无疑，当然是从小说对凤姐全部艺术描写所展示的性格逻辑和生活逻辑来看，其结局必定是惨痛的，是悲剧。第五回的曲子和判词早已明示："机关算尽太聪明，反算了卿卿性命。""一从二令三人木，哭向金陵事更哀。"可见凤姐悲剧带有很大的自食其果自取其祸的成分。加之还有脂评的多处提示，如第十五回弄权铁槛寺一节，脂批："后文不必细写其事，则知其平生之作为，回首时无怪乎其惨痛之态。"又如第四十三回尤氏对凤姐说"明儿带了棺材里使去"，脂批："此言不假，伏下文后短命。"然而原稿中凤姐结局的具体状况究竟如何，由于对"一从二令三人木"这句判词的不同理解，便存在着各种猜测。从清代以来，笔墨官司不断，总有人提出"新解"，其结局成了一个难以确解的红学之谜。

"一从二令三人木"，应当寓含着王熙凤的一生遭际和变故，句下有脂批云"拆字法"，如何拆法，并没有说。历来都据此进行解析，具体说法有数十种之多。大多数解法都有一个共同点，即以"一、二、三"为序数，以"人木"合成"休"，契合"拆字法"的提示。其间又有许多差别，大体说来，可分两类：一类着眼于夫妻关系、个人悲剧，另一类则以权势消歇、家族颓败的全局观之。前者认为这句判词概括了琏凤夫妻关系的三个阶段："一从"指出嫁从夫，或言听计从；"二令"指"阃令森严"或发号施令；"三人木"指终被休弃。后者认为应作较宽泛的理解，"令"是指利令智昏、威重令行，或皇帝下令抄家，"休"亦不必拘于一事，可作万事皆休解。总之是贾府靠山冰消、彻底败落，凤姐身败名裂、万事皆休。看来，两者兼容或较妥当，因为凤姐是个关系全局的人物，《聪明累》一曲里本有这样的句子，"家富人宁，终有个，家亡人散各奔腾"，"忽喇喇似大厦倾，昏惨惨似灯将尽"，完全是大厦将倾、家族败亡的末世景象。今天作为《红楼梦》的读者，对于"一从二令三人木"，只要有合乎情理的了解就可以了，不必花费过多心思去猜这样找不出确切谜底的谜。

此外人们不应忘记王熙凤是"金陵十二钗"正册中的人物，也是归入"薄命司"的。因此，对凤姐其人，作者固然有深刻犀利的批判和洞幽烛隐的揭露，却也不可遏制地赞赏她的才能、叹息她的命运。前文论析的辣手、机心、刚口诸端固不能以简单的褒贬概之，即以判词和曲子而言，何尝不充溢着精警的箴言和反复的咏叹。足见无论是作者的态度还是读者的感受，都是复杂的。何况杰出的作品更有作者意识不到的远期效应和永久魅力在。《红楼梦》里的人物多属女性，然而这些女性艺术形象的悲剧意义和人性内涵远远超出了性别的界限，即以王熙凤而论，她的才干、她的欲望、她的命运都如同一面镜子，岂止是"风月宝鉴"而已，其光彩照人的正面和身败名裂的反面难道不是一柄"人生宝鉴"吗！它对当今那些才华横溢又贪欲难遏的风云人物具有一种特殊的警示作用。这大概是曹雪芹意想不到的吧。

至于在艺术领域内，王熙凤永远是创作家难以企及的高峰和评论家阐述不完的课题。对于普通读者来说这个艺术形象直如"花影不离身左右，鸟声只在耳东西"，既亲切可感，又有点把捉不定。

艺术作品类似生命现象，应着重于总体把握。凤姐的魔力与魅力产生一种使人怕辣又嗜辣的整体美感效应，即本文开头所引"恨凤姐，怕凤姐，不见凤姐想凤姐"这样的复杂审美现象。我们难以用固定的逻辑概念来规范和解释凤姐之形象，比方说是好还是坏、是高还是下、是此还是彼，只能在总体直感的基础上做出一定的理性分析，而这种感受和分析也同它的对象一样，是鲜活流动的，生生不已，难以穷尽。

第十一讲

《红楼梦》对于传统的超越与突破

孙　逊

《红楼梦》是我国文学的无上瑰宝。对于它，正像一位美学家所指出的："人们已经说过了千言万语，大概也还有万语千言要说"（李泽厚：《美的历程》）。而在这已经说过的千言万语之中，最精辟的要数鲁迅先生的两句话："总之自有《红楼梦》出来以后，传统的思想和写法都打破了"（鲁迅：《中国小说的历史的变迁》）。可以说这是迄今为止对《红楼梦》思想艺术成就所作的最言简意赅的概括。

那么，《红楼梦》对传统思想和写法的打破究竟表现在哪些方面呢？或者说，《红楼梦》在哪些方面体现了对传统的超越和突破呢？对这个问题，我们可以从以下几个方面加以理解。

首先，在总的思想倾向上，《红楼梦》打破了历来小说以"大团圆"结局的传统，以深刻的悲剧精神，写出了一个贵族家庭的彻底败落，并由此把批判的锋芒指向了封建社会的全部上层建筑，预示了业已腐朽的封建阶级正无可挽回地走向灭亡的历史命运。

明清之际，我国小说创作取得了长足的发展，其中人情小说一支发展尤其迅速。但在这时期涌现出的大量作品中，往往也存在着一个共同的弊病，即支配着人物命运及其结局的，不是生活本身的规律性，而是某种封建的观念，诸如因果报应的善恶观念，或是科举名教观念。因而无论是小说的情节还是人物的命运，最后都必须屈从于这种观念，而拼凑成一个皆大欢喜的大团圆结局。这种使生活屈从于观念的倾向，即使是当时比较优秀的作品也在所难免。

以"三言"为代表的话本小说，代表了我国古代白话短篇小说的最高成就。但这类小说大都贯穿了一个"劝世"的宗旨(所谓"警世"、"喻世"、"醒世"，都是"劝世"之意)，宣扬劝善惩恶的观念(所谓"善有善报，恶有恶报，天理昭昭，丝毫不爽")，因而小说中善的、美的代表，最终都会得到一个圆满的结果。像《卖油郎独占花魁》，美娘遭辱而恰遇秦重，秦重所义养的莘善夫妇恰又是美娘的父母，最后秦重又找到了自己的父亲老香火秦公，于是"一则新婚，二则新娘子家眷团圆，三则父子重逢，四则秦小官归宗复姓：共是四重大喜"，加之以后生下两个孩儿"俱读书成名"，真可谓圆满无缺；又如《金玉奴棒打薄情郎》，尽管薄情的莫稽企图杀人害命，但小说最终还是采用偷天换日的手段，通过改变金玉奴的地位，使男女主人公终于团圆，对杀人犯只是"棒打一阵"了事，一个重大的社会问题就此轻易地以喜剧的方式收场。凡此种种，为了"证明"善恶因果观念而硬是凑成大团圆结局的作品在明清话本小说中比比皆是。

在明清之际诞生的中长篇章回体人情小说中，更是充斥着为宣扬科举名教观念而凑成大团圆结局的作品。《玉娇梨》、《平山冷燕》和《好逑传》，就是代表此类小说的比较优秀的作品。这类作品尽管人物情节有异，但其大旨无非是"私订终身后花园，落难公子中状元"，最后是"天子赐婚，宰相嫁女，状元探花娶妻：一时富贵，占尽人间之盛"；正像鲁迅先生所指出的，"凡求偶必经考试，成婚待于诏旨"(鲁迅：《中国小说史略》)，几乎成了一个固定的套路。其违背生活和悖于情理处更是显而易见。

同属叙事文学的明清传奇戏曲，也是难逃此类窠臼。优秀者如《牡丹亭》、《长生殿》，虽人物情节中包含了一定的悲剧因子，但同样算不上是真正的悲剧，正如王国维先生所言，“《牡丹亭》之返魂，《长生殿》之重圆”，都是“始于悲者终于欢，始于离者终于合，始于困者终于亨”的代表性作品（《红楼梦评论》）。

《红楼梦》则不然，它正如作者在开卷第一回所声明的：其间“离合悲欢，兴衰际遇，则又追踪蹑迹，不敢稍加穿凿，徒为供人之目而反失其真传者”。这里所谓追求“真传”而反对“穿凿”，便是指严格忠实于生活的真实，写出了一个贵族家庭由合而离、由盛而衰、由欢而悲的历史过程，彻底打破了历来小说传统的大团圆格局。即便是现在我们所看到的一百二十回本《红楼梦》，续作者在宝黛爱情悲剧和宝玉出家问题的处理上，也已显示了他高出于同时代作家的思想水平；更何况按照曹雪芹的原意，荣宁二府的社会家庭悲剧和大观园青年男女的爱情命运悲剧远要比现在所看到的悲壮得多！那是一个真正的惊天动地的人间大悲剧：贾府“事败抄没”后，“子孙流散”，“破家灭族”；其中远嫁的远嫁，被卖的被卖，惨死的惨死，出家的出家；有很多人，包括宝玉和凤姐，还曾被捕下狱，后来宝玉和宝钗结婚，身边仅留下麝月一个为婢，穷困到“寒冬噎酸齑，雪夜围破毡”的地步。最后，宝玉出于对封建家族的憎恶和绝望，“悬崖撒手”，“弃而为僧”，从封建家族中反叛了出去。整个荣宁二府只“落了片白茫茫大地真干净”，四大家族以“一败涂地”即彻底的覆灭而告终。试想，在我国古代文学作品中，有哪一部作品，这样无情地写了一个贵族家庭和那么多可爱生命的毁灭，而且是那样彻底的毁灭？！

诚然，《红楼梦》之前的《金瓶梅》也写了一个家庭的衰落，但支配着那个家庭衰落的，仍然是“恶有恶报”的因果报应观念，即那个家庭本身的作恶多端和荒淫无耻。而在《红楼梦》中，主人公贾宝玉和金陵十二钗以及晴雯、鸳鸯、香菱、司棋等人的命运悲剧，再也不能用“恶有恶报”的老套子来加以解释了，因为他们中的多数人都是真的、美的、善的；即使是凤姐，她的悲剧造因也更多地是由于她身处“末世”。因此，《红楼梦》的深刻之处在于：它不仅只是写了一个贵族家庭的衰落，而且更超出了那种因果报应的浅薄观念，写出了这个家庭之所以衰败的历史必然性。这在我国文学史上是绝无仅有的一部。

王国维先生曾把悲剧分为三种类型："第一种之悲剧，由极恶之人，极其所有之能力以交构之者。第二种，由于盲目的运命者。第三种之悲剧，由于剧中之人物之位置及关系而不得不然者；非必有蛇蝎之性质与意外之变故也"（《红楼梦评论》）。《红楼梦》的悲剧，就既非第一种蛇蝎坏人所造成的悲剧，也非第二种意外的变故所造成的悲剧，而正是第三种由于人物之地位和相互矛盾关系所造成的悲剧，这是真正意义上的悲剧，是必然意义而非偶然意义上的悲剧，因而我们才可能从一部小说所写及的一个家庭的败落，联想到一个阶级、一个社会正无可挽回地走向衰亡的历史命运。

其次，在爱情婚姻问题上，《红楼梦》突破了历来才子佳人作品仅仅是由于"怜才爱色"而引发的爱情，而提出了以思想性格的一致作为爱情基础的新的具有近代色彩的性爱观，并就爱情展开了丰富而深入的艺术描写。

在人类文明的发展史上，由于在一个很长历史时期内，爱情并不是婚姻的基础，因此这种没有爱情的婚姻，必然导致破坏婚姻的爱情。明清小说中就有大量描写"这种破坏婚姻的爱情"的作品，如《金瓶梅》与"三言"、"二拍"中的许多篇章，这是人类文明发展到一定阶段，有关爱情婚姻问题在文学作品中的反映。人类文明再往前发展，就到了恩格斯所说的"从这种力图破坏婚姻的爱情，到那应该成为婚姻基础的爱情"的阶段（《家庭、私有制和国家的起源》，《马克思恩格斯选集》第四卷），这一阶段同样在文学作品中得到了真实的反映；而且同是"成为婚姻基础的爱情"，也经历了一个由低到高、由古典向近代、由"怜才爱色"作为爱情基础到以思想性格的一致作为爱情基础的过程。《红楼梦》的问世，正把我国古代文学作品的性爱观提到了一个崭新的历史高度。

爱情婚姻是文艺创作的一个永恒题材，我国古代以此为题材的作品真不知有多少！但即使是一些优秀作品，在爱情描写上也都脱不了才子佳人"怜才爱色"的套子。例如曾经给明清进步小说以巨大影响的《西厢记》和《牡丹亭》，它们是我国古典戏剧中两部典范性作品，但也都明显地烙有这种印记。无论是张生和崔莺莺，还是柳梦梅和杜丽娘，他们在现实生活或幻梦中一见钟情，主要就是因为双方的"才"和"貌"而引起的，所谓"司马才，潘郎貌”，所谓“可喜娘的脸儿百媚生，兀的不引了人魂灵”，无不是“郎才女貌合相仿”的爱情模式。虽然这种爱情在当时也有着反抗封建礼教的进步意义，但由于它终究缺乏深刻的思想基础和社会历史内涵，因而一旦满足了门第、身份等方面的条件，便立即和封建势力达成妥协。所谓“洞房花烛夜，金榜题名时”，明清之际的才子佳人小说，诸如上面提及的《玉娇梨》、《平山冷燕》和《好逑传》等，没有一部不是这种爱情模式的产物。

《红楼梦》则不然。在小说第一回，作者就借石头之口抨击说：“至若佳人才子等书，则又千部共出一套，且其中终不能不涉于淫滥，以致满纸潘安子建、西子文君。”在第五十四回又借贾母之口进一步批驳说：“这些书都是一个套子，左不过是些佳人才子，最没趣儿。……开口都是书香门第，父亲不是尚书就是宰相，生一个小姐必是爱如珍宝。这小姐必是通文知礼，无所不晓，竟是个绝代佳人。只一见了一个清俊的男人，不管是亲是友，便想起终身大事来。”这一针见血的批评，显示了小说作者何等敏锐的洞察力！

当然，更重要的还是作者的创作实践和一般的才子佳人作品迥然不同。就以宝黛爱情为例，宝玉之所以选择黛玉而非宝钗，既不是因为门第（论门第宝钗更高），也不是因为美貌（宝钗与黛玉一如姣花，一如纤柳，各尽其美），更不是因为一般意义上的脾气（宝钗的脾气远要比黛玉为好），而是因为黛玉从来不和他说那些仕途经济的“混账话”；同样，黛玉之所以钟情于宝玉，也只因为他是大观园内唯一可以推心置腹的知已。正因为二人的爱情是建筑在共同的具有叛逆因子的思想性格基础之上的，因而最终为封建社会所不容。在这里，传统的浅薄而外在的“怜才爱色”的爱情模式，已经为新的追求内在思想性格一致的爱情婚姻观所替代。这种爱情婚姻观不仅在当时是一个了不起的突破，即使在今天也还没有失去其进步意义。

《红楼梦》不仅提出了新的具有近代色彩的性爱观，而且在爱情描写上也一反旧小说“偷寒送暖、暗约私奔”的窠臼，真正把笔触深入到了人物的感情世界，写出了“儿女之真情”。小说第一回就曾批评当时“大半风月故事不过偷香窃玉、暗约私奔而已，并不曾将儿女之真情发泄一二”，因此，从严格的意义上说，这些才子佳人俗套小说称不上是真正的爱情小说。《红楼梦》则不同，它以细腻的笔触，反复描写了宝黛二人感情生活的风风雨雨，以及宝、钗、黛之间爱情纠葛的曲曲折折，其间既没有偷香窃玉、暗约私奔的风月故事，更没有淫情浪态的淫秽描写，却把儿女之真情描摹得沥血滴髓、淋漓尽致。如小说第五十二回写宝玉见着黛玉，觉得心里有许多话，只是说不出，临走时问黛玉道："如今的夜越发长了，你一夜咳嗽几遍，醒几次？"对此正如脂砚斋批语所指出的："此皆好笑之极，无味扯淡之极，回思则皆沥血滴髓之至情至神也，岂别部偷寒送暖、私奔暗约，一味淫情浪态之小说可比哉？"（庚辰本第五十二回）确实，这种"沥血滴髓之至情至神"的爱情描写是其他中国古典小说戏曲所难以望其项背的。

再次，在题材选取上，《红楼梦》一反中国古典小说戏曲题材因袭的痼疾，完全从现实生活中提取人物和情节，特别是，它较之以往的任何一部作品都更发扬了以作者亲身经历过的生活作为创作基础的现实主义原则。

作为叙事文学的我国传统小说和戏曲，普遍存在着题材层层因袭的弊病，即使是优秀者也在所难免。突出者如《西厢记》，从元稹《莺莺传》到董解元《西厢记诸宫调》，再到王实甫《西厢记》杂剧，题材因袭了几个世纪；长篇小说中的《三国演义》、《水浒传》、《西游记》，也都是经过了民间的长期流传才最后成书的。《金瓶梅》在这方面虽然要好得多，但也是从《水浒传》西门庆、潘金莲一段故事演化而来，起码在形式上还保留了部分题材因袭的痕迹。至于明清之际的拟话本小说，多数也都是有前人或同时代人的作品和记载为其本的，像"三言"、"二拍"中的很多作品，都是有前人的素材作为故事渊源，这素材渊源便是一种题材因袭。因此，在我国古代小说戏曲创作中，题材因袭实在是一个非常普遍的现象。

《红楼梦》打破了这种因袭，把取材的虹管直接插向了生活。《红楼梦》的题材是前人从未写过的，它直接取自作者所处时代的生活，没有任何前人的旧稿可供依据；特别是，它比以往任何作品都更发扬了以作者亲身经历过的生活作为创作基础的现实主义原则。曹雪芹在小说开卷第一回就借石头之口表白说：所写的《红楼梦》，乃是其"亲自经历的一段陈迹故事"，小说中的主要人物，是作者"半世亲睹亲闻"的几个女子；小说里发生的故事，也是"作者身历之现成文字"；甚至小说人物的许多对话，也"句句都是耳闻目睹者，并非杜撰而有"。脂砚斋在评语中对此也有大量的披露，证实小说所写都是以作者(包括评者)的“耳闻目睹”为基础的。“非经历过,如何写得出?”“作者与余实实经过”,这些话于小说创作虽然有着普遍的意义,但于《红楼梦》却包含了特殊的内涵。在我国小说史上,还没有一部小说,像《红楼梦》这样直接、这样真实地写了作家亲身的经历,它反映了现实主义在我国小说创作中的深化——即《红楼梦》所写,完全是作者家族和作者本人所亲历的生活,这种生活是独一无二、不可重复的,因而从这种生活中所提取的人物和故事也是鲜活的,没有任何前人的作品可供依傍。

再次,在人物塑造上,《红楼梦》第一次向世人展示了一个鲜活的女性世界,并在具体描写时,打破了历来野史小说“恶则无往不恶,美则无一不美”的套路,在我国文学史上第一次成功地塑造了具有复杂性格内涵的艺术典型。

《红楼梦》之前的我国古典小说,多是以男性为中心展开艺术描写,其中偶尔写到的女性,也是作为男性世界的衬托和点缀。《三国演义》中的女性,如貂蝉、孙尚香,是男性政治斗争的工具,即通常所谓施行“美人计”的工具;《水浒传》中的女性,要么是堕落的女性,如潘金莲、阎婆惜、潘巧云之流,要么是被异化的女性,如母大虫、母夜叉之类;《金瓶梅》发现了女人,但又亵渎了女人,它笔下的女性,多为男子性需求的伙伴和性征服的对象,没有一个具备起码的独立人格;至于明清之际出现的大量才子佳人作品,其女性一个个都是“才貌双全”的“绝代佳人”,而且“千部共出一套”,没有生活和艺术的真实可言。

《红楼梦》彻底打破了传统小说对女性的误读和歧视,它把一个鲜活的女性世界第一次带进了文学的领域:林黛玉、薛宝钗、史湘云、贾探春、王熙凤、晴雯、袭人、平儿、鸳鸯、紫鹃……这些女性形象虽出身不同,性格迥异,但都是充实、鲜活的个体生命,与《红楼梦》之前那些被丑化、异化和神化的女性截然不同,与《红楼梦》里空虚、萎顿的男性生命也形成了鲜明的对照。

《红楼梦》里的女子首先是各有其美,各尽其美。以形貌论,黛玉是纤弱之美,宝钗是丰腴之美,如同脂评所讲的,“黛玉、宝钗二人,一如姣花,一如纤柳,各极其妙者”(甲戌本第五回),其余众人,“或情或痴,或小才微善”,也都各有独特的风神情韵。以性格才情论,黛玉的任情专情、宝钗的宽和涵养、凤姐的能干诙谐、探春的精明果敢、湘云的娇憨洒脱、晴雯的率直纯真、袭人的温柔和顺、平儿的善良坚韧、鸳鸯的刚烈忠直、紫鹃的诚朴聪慧……每一个女儿都是一幅美的图画,一曲美的赞歌,一个真实而饱满的世界。

《红楼梦》的女儿又是各有其陋的,《红楼梦》不打造绝代美女和才女群,用脂砚斋的话说:"真正美人方有一陋处"(庚辰本第二十回)。黛玉的好弄小性、宝钗的巧伪冷漠、凤姐的贪婪刻毒、探春的凉薄寡情、迎春的懦弱木讷、湘云的咬舌之病、香菱的呆头呆脑、晴雯的恃宠任性、袭人的机心诡秘……"所谓人各有当也,此方是至理至情。最恨近之野史中恶则无往不恶,美则无一不美,何不近情理之如是耶!"(庚辰本第四十三回脂评)确实,比起那些"满纸羞花闭月等字"、"一百个女子皆是如花似玉一副脸面"的俗套小说来,《红楼梦》真不知要高出凡几!

其实,不只是写女儿,就是写宝玉这个中心人物,《红楼梦》也没有重蹈"叙好人完全是好"的窠臼。宝玉是作者倾注了全部感情塑造的理想人物,是古往今来"情痴情种"的典型,但在他身上,同样亦有种种的毛病,诸如"性格异常"、"放荡弛纵"、"任性恣情"等等,如同脂砚斋所说的:"说不得贤,说不得愚,说不得不肖,说不得善,说不得恶,说不得正大光明,说不得混账恶赖,说不得聪明才俊,说不得庸俗平凡,说不得好色好淫,说不得情痴情种"(以上庚辰、己卯本第十九回批)。这种"说不得好,说不得不好"的性格特征,正是人物性格丰富复杂的生动体现。而即便写坏人,作者也不是照例摆出一副坏人面孔。如贾雨村,可谓是一个奸雄式人物,但小说最初写他的外貌,也是"生得腰圆背厚,面阔口方,更兼剑眉星眼,直鼻权腮",对此正如甲戌本脂评所指出:"可笑世之小说中,凡写奸人则用'鼠耳鹰腮'等语。"又如夏金桂,小说写她"一般是鲜花嫩柳,与众姐妹不差上下的人",对此也如庚辰本上脂批指出的:"别书中形容妒妇,必曰'黄发黧面',岂不可笑。"凡此等等,这种敢于如实描写、并无讳饰的写法,正"和从前的小说叙好人完全是好,坏人完全是坏"大不相同,因此"其中所叙的人物,都是真的人物"(以上参见鲁迅《中国小说的历史的变迁》)。

再次,在情节结构上,《红楼梦》摆脱了传统小说追求曲折离奇故事情节的倾向,善于从日常生活中发掘艺术的宝藏,从平淡无奇的生活散文中抽出生活的诗，并在结构上一反传统小说的线形结构形式，创造了错综复杂的圆形网状形式。

我国小说发韧于说话，说话是一种靠曲折离奇的故事来吸引听众的技艺，因而早期的小说也都明显地烙有这方面的印记。像最早诞生的长篇小说《三国演义》和《水浒传》，所描写的都是重大的军事和外交斗争，情节曲折，悬念迭生，富有强烈的传奇色彩，这是它们吸引广大读者的魅力之所在。但由于这些情节过分追求离奇的效果，因而终究经不起人们仔细的咀嚼和玩味。明代中叶以后问世的《金瓶梅》，是我国第一部写日常家庭生活的长篇小说，它的情节都是从平凡的日常生活中提取的，不再像《三国》、《水浒》那样曲折离奇，那样富有传奇色彩。但《金瓶梅》只一味暴露生活中的假、丑、恶，因而其情节描写又未免流于猥亵琐碎。

《红楼梦》不仅彻底摆脱了《三国》、《水浒》等单纯追求曲折离奇的故事情节的倾向，而且纠正了《金瓶梅》只一味津津乐道于家庭生活中猥亵色情事件的偏颇。《红楼梦》的情节都是从日常家庭生活中提取的：日用起居、饮食筵宴、亲友往来、社会交游……这里没有血与火的征服，力和勇的凯旋；但由于作者善于从平常的生活中挖掘不平常的意义，且使自己的笔墨“不涉于淫滥”，因而在平淡无奇之中便处处洋溢着生活的诗情，蕴含着震撼人心的艺术力量。无论是《红楼梦》反复写及的诸人之生日，抑或多次着墨的看戏与点戏，或是数次涉及的诗社之小集，以及数不清的晨昏之定省、儿女之私语、愚妇之口舌……所有这一切，在曹雪芹笔下，都化平淡为神奇，显示出其独特的迷人魅力。

在情节的结构艺术上，《红楼梦》也一反传统小说单线发展的线形结构形式，而采用了一种远更复杂的圆形网状结构形式。它以贾府这样一个具有深刻典型性的封建家族为圆心，纵的方面，以贾府为代表的封建家族的兴衰历史作为轴线，而这个家族与社会的上下左右联系（上自封建最高统治者，下至州县等地方官吏及社会上的三教九流）则形成了一条条经线；横的方面，以宝黛钗的爱情悲剧作为轴线，而金陵十二钗及其他各色女子的爱情婚姻悲剧和青春命运悲剧则形成了一条条纬线；纵横交错，便构成了如同地球仪般的错综复杂的圆形网状结构形式；而由这些纵横交错的轴线和经纬线所支撑起来的圆面,则是整整一个时代的社会历史生活。过去,红学研究中曾长期为《红楼梦》的情节主线而争论不休,或云为宝黛爱情悲剧,或说为封建家族衰亡史,两说各执一是。其实这是没有完全弄清《红楼梦》的结构形式而把它错看做《水浒》、《西游》那样的线形结构所导致的结果。而如果明白了《红楼梦》的结构形式,也就没有什么可争论的了。

最后,在文学语言上,《红楼梦》纠正了以往小说或片面重视书面语言、或过多运用方言土语的弊病,创造了一种生动新鲜、精练隽永的文学语言,极大地丰富了语言的表现力,代表了我国古典小说语言艺术的最高成就。

我国古代小说早期都是用文言写成,宋元以后,白话小说兴起,文言小说仍继续发展。撇开文言小说一支不谈,仅就白话小说来说,它也经历了一个不断成熟和完善的过程。最早产生的平话小说语言大都半文半白,较少艺术表现力。《三国演义》的语言开始了由文言向白话的过渡,其艺术表现力大大增强。但相比后来的一些白话小说,《三国》文白相杂,明显生动不足,书面语言的味道太重。《水浒传》、《西游记》完全用白话和口语写就,并各自显示了生动传神和诙谐幽默的特点;特别是《水浒传》,已注意到了小说语言的锤炼,颇得炼字的三昧。但总体来说,这些精练雅致不够,地方色彩过浓。《金瓶梅》的语言在生动传神、泼辣酣畅方面又前进了一大步,但它更多地引进了太过偏僻的方言土语,未经很好地筛选提炼,未免失之粗俗和杂芜,生动有余而精练不足。

《红楼梦》的语言以北京话为主体,适当兼用南方方言;它在运用古文和书面语言的同时,注意学习群众中活的语言;又在博采口语的基础上,重视并善于提炼,因而使整个语言显示了生动鲜活、精练隽永的风格特点,是我国古代较早一部具有京味的小说。曹雪芹是善于创造和驾驭语言的艺术大师,他往往只需用三言两语,就能勾画出一个具有鲜明个性特征的形象;他笔下主要人物的语言都具有自己独特的个性,使读者仅由话语就能看出说话的人来;作者的叙述语言也具有高度的艺术表现力,随处可见其炼字锻句的功夫和腕力;包括小说里的诗词韵文,也是情思绵远、趣味隽永,不仅能与小说的叙事融为一体,而且能很好地为塑造人物的性格服务,做到"诗如其人",和俗套小说中"一百美人诗词语气,只得一个艳稿"(庚辰本第三十七回批语)者迥然不同。这一切,使《红楼梦》不仅成为我们今天学习文学的典范,也成为了我们学习语言的范本。

以上我们从六个方面简述了《红楼梦》对于传统的超越和突破。要而言之,《红楼梦》是我国历史文化遗产中的“长城”,它犹如一座丰碑,雄踞于我国古典文学的峰巅。在这座丰碑上,不仅深烙着它对过去文化遗产的历史性继承,而且镌刻着它对我国文学发展所做出的创造性贡献。

第十二讲

《红楼梦》的版本和续书

刘广定

我国著名的古典通俗小说《红楼梦》自问世以来，脍炙人口两百余年，至今不衰。常与《三国演义》、《水浒传》、《西游记》并列为“四大名著”。其相关之研究世称“红学”，乃与“甲骨文”、“敦煌学”共为20世纪中国文史“三大显学”。尤其特殊的是，此书除尚存十一种内容不尽相同的旧抄本、逾百种各式印本，还有删削改写本和续书数十种，以及十七种外国文字译本和六种汉文以外的其他中国文字译本，在在皆为其他小说不及。现概要叙述并扼要讨论《红楼梦》之版本和续书，必要时将援引原文以助读者之了解。

一 版本综介

《红楼梦》自 18 世纪 60 年代以早期的“抄本”开始流行，经“木活字本”、“刻本”到稍后的“石印本”，及至近现代的“铅印本”、“影印本”及“电脑排印本”等种种不同的版本。并有《红楼梦》、《石头记》、《金玉缘》、《大观琐录》等多种名称。其版本种类很多，大体可分两类：一是乾隆五十六年（1791）萃文书屋以木活字排印的“摆字本”及其后重排或据之另行印制的“刻本”、“印本”等，因乃程伟元和高鹗所主持，一般称为“程高本”或“程本”；另一是含有“脂砚斋评”的早期“旧抄本”及其中有迹象显示为已删去“脂砚斋评”之“旧抄本”，一般通称为“脂本”。

其中已知现存的“脂本”共十一种，分别为：

1. “甲戌本”：存第一—八、十三—十六、二十五—二十八各回，有批语。因其中有“至脂砚斋甲戌（一般认为是乾隆十九年）抄阅再评”之句而得名。曾为清人刘位坦、铨福（1818？—1880？）父子所收藏。近人胡适 1927 年购得，逝世后为其子携往美国。

2. “己卯本”：存第一—二十、三十一—四十、五十六—五十八、六十一—七十各回及第一、五十五、五十九三个半回，有批语。其中第六十四和第六十七回为补抄。因其中有“己卯（一般认为是乾隆二十四年）冬月定本”而得名。近代曾为董康、陶洙（心如）收藏，现藏北京国家图书馆。有些红学家认为此本是“怡亲王府”的抄本，或从“怡亲王府”抄本所过录，实则不然。

3. “庚辰本”：存第一—六十三、六十五、六十六及六十八—八十各回，有批语。因其中有“庚辰（一般认为是乾隆二十五年）秋月定本”而得名。曾为徐郙（星曙）旧藏，现藏北京大学图书馆。据笔者之研究，[1]至少其中的七十一—八十回是周绍良[2]所谓的“蒸锅铺”抄本，亦即馒头铺伙计暇时所抄。

4. “列藏本”：存第一—四、七—八十各回，有批语。约在 1832 年为人携至俄国，现藏于圣彼得堡。因藏书地一度改名“列宁格勒”，故称。发现人孟列夫建议改称“圣藏本”。

5.“戚(序)本”:存第一—八十回,有批语。因有乾隆三十四年同进士戚蓼生序而得名。有两种,一称“戚沪本”,原有八十回,现仅有1—40回存于上海。此本曾由清人张开模(1849—1908)收藏,后归俞明震(1860—1918),民国初年由上海有正书局石印发行,但略经贴改,故此流行本宜称“有正本”。另一种原在近人陈群之“泽存书库藏书”中,后归南京图书馆,故称“戚宁本”,亦称“南图本”。“有正本”又分“大字本”和“小字本”两种。

6.“蒙府本”:存第一—一百二十回,有批语,但五十七—六十二及八十一—一百二十回系补抄。据说乃自某蒙古王府售出,故名。现藏北京国家图书馆。

7.“杨藏本”:存第一—一百二十回,其中四十一—五十回系补抄,原本贴有许多附条,也有十数条批语。曾为清人杨继振(1832—1890)所收藏而得名,现藏中国社会科学院文学研究所。

8.“舒序本”:存第一—四十回,第六回有一疑是某藏书人之旁批。因有舒元炜乾隆五十四(己酉)年序而得名,又称“己酉本”。原为近人吴晓铃所有,现藏北京国家图书馆。

9.“郑藏本”:存第二十三、二十四两回,无批语。近人郑振铎原藏,故名。现藏北京国家图书馆。

10.“甲辰本”:存第一—八十回,有批语。有梦觉主人甲辰年(一般认为是乾隆四十九年)序,故亦称“梦觉本”。因乃1953年在山西发现,又称“晋本”,现藏北京国家图书馆。

其中除“戚宁本”未影印、“戚沪本”乃以“有正本”流传,其余均已有影印本问世。又周汝昌称“甲戌本”、“庚辰本”和“戚序本”(“有正本”)为“三真本”,也有人以“有正本”(“戚沪本”)、“戚宁本”与“蒙府本”为“立松轩本”。另须说明的是尚有一称为“靖藏本”的“脂本”,据说只有毛国瑶见过,不久即失踪,真伪难定,疑云重重,故略之。2001年在北京师范大学也曾发现另一“庚辰本”,但据研究报告,系陶洙于1950年代初期整理抄写而成。[3]至于各抄本的年代,请参阅下节的讨论。

另外还有两种见于前人笔记的“旧抄本”。一载道光年间出版之《痴人说梦》,一是清末民初人吴克岐之《犬窝谭红》,分别记述了两种文字与通行本出入很多之“旧抄本”。周策纵等多位红学家都对此有详细的比较研究,本文从略。

“木活字本”有一百二十回,约七十三万字。最早是乾隆辛亥年(1791)冬由北京萃文书屋所发行,次年又重排修订新版。据统计,二者相异处达19568字。[4]因乃程伟元与高鹗校定,故一般统称“程高本”或“程本”,也分称为“程甲本”和“程乙本”。但此后仍稍有订误,1986年顾鸣塘在上海图书馆找到过一部和“程乙本”有多处不同的版本,他称之为“程丙本”[5],实际上仍是“程乙本”,只是修改了一些文字,且与“程乙本”的差别远小于“程甲本”和“程乙本”间的差异。又坊间流传的也有一些是二者之混合本,例如1961年台北韩镜塘将所收藏之“程乙本”影印问世(称为“青石山庄影印本”),实和上海亚东图书馆旧印之“程乙本”有许多不同处,徐仁存、徐有为昆仲称之为“程丙本”,然实乃五十五回(六十一——七十、七十六——一百二十回)“程甲本”与六十五回(一——六十、七十一——七十七回)有部分文字修订的“程乙本”之混合本,[6]而其“程乙本”部分也不全同于上海图书馆藏本。

“刻本”是依“程甲本”修订雕版付印,最早者是约在乾隆末年或嘉庆初年的“东观阁本”,后有“抱青阁本”、“本衙藏板本”、“藤花榭本”、“宝兴堂本”、“凝翠草堂本”、“耘香阁本”等多家书局的刻本,均为一百二十回,因有“图像”而称为《绣像红楼梦》。嘉庆年间也开始有批注本,如“嘉庆辛未(1811)重镌,文畲堂藏板,东观阁梓行”的《新增批评绣像红楼梦》及“三让堂”的《绣像批点红楼梦》等。其他如“宝文堂”和“善因楼”据“东观阁评本”的刻印本(“善因楼”出版的易名为《批评新大奇书红楼梦》),“五云楼”、“翰选楼”、“连元阁”、“三元堂”、“纬文堂”、“经纶堂”、“经元升记”、“务本堂”等发行者据“三让堂本”的刻印本(“连元阁”刻印的却称《新增批点绣像红楼梦》),道光壬辰年(1832)双清仙馆出版的王希廉(雪香,即护花主人)评本《新评绣像红楼梦全传》,咸丰元年(1851)张新之(太平闲人)写成的《妙复轩评石头记》,光绪年间王雪香与姚燮(大梅山民)之《增评补图石头记》等,都有大量评点文字。

“石印本”出现于光绪十年(1884),据杜春耕估计直到民国二十年左右至少有六十种石印本子。[7]约可分成三类:

1. 王希廉与姚燮合评的《增评补图石头记》，或称《大观琐录》。

2. 王希廉、张新之和姚燮三家合评的《增评补像全图金玉缘》，但也有改用他名的。

3. 蝶芗仙史的《增评加批金玉缘图记》，亦名《警幻仙记》，乃改写王、姚评本而成者。

这一时期因"书禁"关系，故各本皆不用《红楼梦》为书名。以上流传最广者属王、张、姚的"三家评本"，在民国十六年亚东图书馆据"程乙本"排印发行前，坊间亦多采之。

"铅印本"则始于光绪十一年(1885)上海"广百宋斋印书局"的《增评补图石头记》。民国以后新式标点的版本大抵皆为铅字排印，后渐改用影印及电脑打印的现代科技方式印制发行。有关民国以后各种新版本之简介，见本文第八节。

二 旧抄本抄成的年代

上述之旧抄本中，以干支为名的如"甲戌本"等几种并非表示该本子成书的年代，更不能表示抄写的年代。其他各本也有时会被误解成"乾隆抄本"，其实不然。只有现存"上海书店"的"戚沪本"前四十回("有正本"的底本)，据报道"工楷精抄，字体为乾嘉时期流行的馆阁体，……又经有版本鉴别经验的人士鉴定，根据纸张墨色来看，这个抄本约在乾隆末年至嘉庆年间抄成"。[8]不过，以纸张墨色鉴定版本不一定可靠，盖即使纸是"乾隆纸"，也不一定就是"乾隆年抄"。百余年前抄本亦不易由"墨色"而判断出是否有二三十年的差别，如"戚宁本"据严中所言"抄写时代约在清咸同之间"，[9]周汝昌却认为"恐怕是道咸旧抄"。[10]又如"舒序本"，据刘世德亲检原件，认为是乾隆年间旧迹而非过录本。[11]然而，"舒序本"虽现仅四十回，实际原有八十回，其总目录包括第一—三十九回及八十回，中间四十九—七十九回不存。全书笔迹亦不尽相同，特别是第八、十四、十五、二十四、二十八、二十九、三十二、三十五各回回目与总目录稍有不同，可推测其中必有补抄的部分。

笔者曾根据避讳字和一些特殊俗写字推测"郑藏本"以外各本之抄成年

代如下：[12]

1. 最早的很可能是"有正本"的底本"戚沪本"，因不避道光讳"宁"字，当是乾嘉时期所抄。

2. "舒序本"的正文、"甲戌本"、"甲辰本"和"列藏本"因避道光皇帝之讳不完全，而可能是道光初年抄成。

3. "杨藏本"和"蒙府本"只有极少部分未避"宁"字讳，而"庚辰本"与"己卯本"彻底避"宁"字讳，知皆是道光初年之后抄成。另"己卯本"和"庚辰本"两本多处有"佥"(命)、"展"(殿)之特殊写法，这种抄法虽此前已有，但19世纪中叶在某些地区特别流行，故可作为旁证。至于"己卯本"的第六十七回极可能乃民国时人据当时坊间本补抄，而假借"乾隆抄本"之名。[13]

故上述2、3中，除了"舒序本"的序文、题辞和总目有可能是乾隆五十四年的原件外，其他均是较晚时期所抄成，而且，很可能是多次转录而成的过录本。

这些抄本中常有错漏处，尤以"庚辰本"之误字为最多，例如将"邁"抄成"返"，当是因为"邁"先抄成简化字"迈"，而"迈"与"返"形似而再抄时误认；又如"就"抄成"回"，原因大概是，"就"先误读为"舊"，简写是"旧"，再误识为"回"。[14]这可说明该本是辗转抄录而成。因此，据现存"抄本"文字来研究《红楼梦》时务必谨慎，以免误判。

至于这些旧抄本是否有近人伪作之可能，笔者认为除非有确证，如上述"己卯本"第六十七回外，一般不易遽断。特别是认为未避清帝御讳即非清代人所抄之说，尤可商榷，盖抄本是私人间的交易，或如前述"蒸锅铺"的限量流通，很可能因抄手的文化程度不够，或抄时心不在焉而生疏忽，故避御讳的严谨程度将远逊由书局正式发行者。再如，据报道"舒序本"乃厂甸某书店以80元购得二百余种"旧书"中的一种，吴晓铃1938年元旦发现后又以40元购下，[15]则原藏书人所得之款，平均每种还不到0.5元！不符作伪牟利原则，故可推想应非伪作。

还必须说明一点，抄本抄成年代的早晚并不能表示其所依据"底本"内容文字的早晚。例如第三回写黛玉进荣国府初见贾母时，有一句为"黛玉方拜见了外祖母，此即冷子兴所云之史氏太君贾赦贾政之母也，当下贾母一一指与黛玉"，下加横线之句唯"甲辰本"为双行夹注，其余抄本皆作正文。然此句实应系脂评，当是过录时误植。“甲辰本”不误，故其所据底本可能较他本为早。至于“有正本(戚沪本)”，虽抄成于乾嘉时期，但却可能源自已是较晚的抄本。现以一例说明之。第七十六回黛玉与湘云“凹晶馆联诗悲寂寞”一段中，黛玉的最后一句诗，不同版本用字有异。“程高本”、“列藏本”、“甲辰本”作“冷月葬诗魂”，但“有正本”、“蒙府本”、“杨藏本”则作“冷月葬花魂”。“庚辰本”此处原为“冷月葬死魂”，但将“死”字点去而旁改为“诗”。多年前即有人认为原应是“冷月葬花魂”，庚辰本的抄手误将“花”，看成“死”，校者以“死魂”不通而就凭近似的声音臆断为“诗魂”。这一说法的附和者很多，但“庚辰本”抄手抄错之处极多，特别是第七十一回到八十回之正文中常有莫名其妙的错误，且因“音误”而抄错之处远多于“形误”。抄写人常会相互误用“诗、思”，“使、斯”，“使、死”，“时、似”等音近字。但“花”只有一次误抄为“嬛”(第七十九回)，一次误抄为“好”(第八十回)，也有一次误“化”为“花”(第七十四回)。故笔者认为第七十六回原应是“冷月葬诗魂”，先误为“冷月葬死魂”(音似)，再将“死”误抄成“化”(形似)，而后来才成为“花”(音似)。[16]“有正本”等作“花魂”，则应是较为晚出的抄本，其他例证可参见本文第六节。

三　各抄本之间的关系

在十一种旧抄本中，“郑藏本”与他本有许多明显不同处；又第二十三、二十四两回，难做较明确的比较，故本文于此两方面皆从略。其他各本大致可分为两大系统：一般乃将“有正本(戚沪本)”、“戚宁本”和“蒙府本”归于一系，“甲戌本”等其他抄本归于另一系。然仔细检讨则仍有很多出入，且两系的区分也非绝对。刘世德分析各本第十六回末“秦钟之死”一段，归纳出各本间之关系如下：[17]

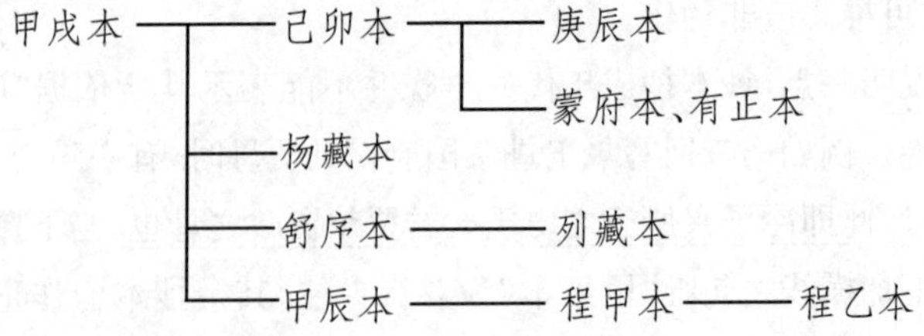

就此处之异文而言，这分法很合理，郑庆山亦认为第十二—四十回大致可分“蒙府、戚序（有正）、己卯、庚辰”与“杨藏、列藏、舒序、甲辰、程高”两系统。[18]

但若比较第二十二回末的文字，却发现各本相异的情形与第十六回不同。第二十二回末尾，“庚辰本”止于惜春灯谜，每谜下有批语，上有朱批“此后破失俟再补”，隔页有“暂记宝钗制谜云：朝罢谁携两袖烟……”及另行“此回未成芹逝矣，叹叹，丁亥夏畸笏叟”字样。“列藏本”亦止于惜春之谜，谜下批语较“庚辰本”为简，只是“此是××之作”，亦缺“暂记宝钗制谜……”等字。其他各本分三种写法如下：

1. “有正本”、“蒙府本”与“舒序本”在惜春灯谜后有大段文字，内容大致为：

贾政道：这是佛前海灯嘎。惜春笑答是海灯。贾政心内沉思道：娘娘所作爆竹，此乃一响而散之物；迎春所作算盘是打动乱如麻；探春所作风筝乃飘飘浮荡之物；惜春所作海灯，益发清净孤独，今乃上元佳节，如何皆用此不祥之物为戏耶？心内愈思愈闷，因在贾母之前，不敢形于色，只得勉强往下看去，只见后面写着七言律诗一首，却是宝钗所作。遂念道：

“朝罢谁携两袖烟，琴边衾里总无缘，晓筹不同鸡人报，五夜无烦侍女添，焦首朝朝还暮暮，煎心日日复年年，光阴荏苒须当惜，风雨阴晴任变迁。”贾政看完，心内自忖道：此物还到有限，只是小小之人作此诗句，更觉不祥。皆非永远福寿之辈。想到此处，愈觉烦闷，大有悲戚之状，因而将适才的精神，减去十之八九，只垂头沉思。

贾母见贾政如此光景，……不在话下。

且说贾母见贾政去了，便道：你们可自在乐一乐。一言未了，早见宝玉跑至围屏灯前，指手画脚，满口批评，这个这一句不好，那一个做的不恰当。如同开了笼的猴子一般，宝钗便道，还像适才坐着，大家说说笑笑，岂不斯文些儿？凤姐自里间忙出来插口道：你这个人，就该老爷每日令你寸步不离方好。适才我忘了，为什么不当着老爷撺掇，叫你也作诗谜儿,若如此,怕不得这会子正出汗呢。说的宝玉急了,扯着凤姐儿,扭股糖似的,只是厮缠,贾母又与李宫裁并姐妹说笑了一会,也觉有些困倦起来。听了听,已是漏下四鼓,命将食物撤去,赏散与众人。随起身道:我们安歇罢,明日还是节下,该当早起,明日晚间再顽罢。且听下回分解。

"有正本"及"蒙府本"在元春四姊妹诗谜下的评注与"庚辰本"相同,宝钗诗下则无评。

2."杨藏本"及"程高本"均缺惜春诗谜。在探春诗谜后为:

贾政道:好像风筝,探春道是。贾政再往下看,是黛玉的道:

"朝罢谁携两袖烟,琴边衾里两无缘,晓筹不用鸡人报,五夜无烦侍女添,焦首朝朝还暮暮,煎心日日复年年,光阴荏苒须当惜,风雨阴晴任变迁。打一用物"

贾政道:这个莫非是更香,宝玉代言道是。贾政又看道:

"南面而坐　北面而朝　象忧亦忧　象喜亦喜　打一用物"

贾政道好好,如猜镜子妙极。宝玉笑回道是。贾政道:这一个却无名字,是谁做的。贾母道这个大约是宝玉做的。贾政就不言语,往下再看宝钗的道是:

"有眼无珠腹内空　荷花出水喜相逢　梧桐叶落分离别　恩爱夫妻不到冬　打一用物"

贾政看完,心内自忖道:此物倒有限,只是小小年纪作此等语言,更觉不祥,看来皆非禄寿之辈。想到此处,甚觉烦闷,大有悲戚之状,只是垂头沉思。贾母见贾政如此光景……〔以下略同(1)中引文〕

此种写法将更香谜归于黛玉,与"庚辰本"补记之语不同,另增宝玉及宝钗各一首谜。然却自相矛盾,因若有了宝玉之诗谜,则不合下文凤姐所说:"适才我忘了,为什么不当着老爷撺掇,叫你也作诗谜儿。"

3."甲辰本"则很简略,亦无惜春诗谜,在探春的谜后是:

贾政道：好像风筝，探春道是。贾政再往下看是“朝罢谁携两袖烟琴边衾里两无缘……”，贾政就不言语，往下再看道是：

“有眼无珠腹内空，荷花出水喜相逢，梧桐叶落分离别，恩爱夫妻不到冬。打一物”

贾政看到此谜，明知是竹夫人，今值元宵，语句不吉便佯作不知，不往下看了。于是夜阑杯盘狼籍，席散各寝。后事下回分解。

故依此回，可排出各本前后顺序如下：

“某本(甲)”——有正本、蒙府本、舒序本(完整)、庚辰本、列藏本(残缺)

“某本(乙)”——┬—杨藏本、程高本
　　　　　　　└—甲辰本

其他许多异文则又不同，例如第二回叙述宝玉在元春之后出生的写法有三种：

1.“甲戌本”、“己卯本”、“庚辰本”、“蒙府本”、“甲辰本”、“杨藏本”、“列藏本”和“程甲本”均为：

不想次年又生了一位公子

2.“有正本”及“舒序本”则作：

不想后来又生了一位公子

3.唯“程乙本”为：

不想隔了十几年又生了一位公子

大概原先写的是“次年”，后发现与后文不符而修改。但有两种改法，而此例显示出“舒序本”和“列藏本”不同，“有正本”和“蒙府本”也不同，与前述两例所得结论都不一样。[19]“有正本”和“蒙府本”不同之其他例子，参见本文第六节。

一般人多认为“己卯本”和“庚辰本”是同一种抄本，或“庚辰本”出于“己卯本”，但郑庆山的研究发现两者仍有出入，特别是前五回文字差别颇大。[20]故知各抄本之间关系复杂。笔者的解释是：目前传世的这些旧抄本都是辗转过录所得之“百衲本”，且多由文化程度不高或不甚敬业的抄手抄成，造成错漏甚多。由于常有某处此同彼异，但他处却此异彼同之现象，故不能据以断定版本的先后，或是否同源。

四　抄本与木活字本间的关系

《红楼梦》开始是以抄本的方式流传，富察明义的《绿烟琐窗集》中有“题红楼梦”诗二十首，自序云：“曹子雪芹出所撰红楼梦一部……余见其钞本焉。”据吴恩裕考证其诗集大约是在1777年以前二十年之内所写成，[21]故明义有可能在曹雪芹生前(1763年初)已见过某一抄本。另一项记载是爱新觉罗永忠的《延芬室集》，其中有乾隆三十三年(1768)“因墨香得观红楼梦小说吊雪芹”七绝三首，可知《红楼梦》抄本至迟在此年已经流传。乾隆五十六年(1791)冬萃文书屋发行木活字摆印本(“程甲本”)，高鹗之序云：“予闻红楼梦脍炙人口者几廿余年。”次年发行“程乙本”时程伟元、高鹗二人的《红楼梦引言》中也说：“是书前八十回，藏书家钞录传阅几三十年矣。”亦可证在乾隆三十年(1765)左右，抄本已开始流传。

依高鹗之序言，流传的抄本“无全璧，无定本”。程伟元的序则说：

> ……好事者每传钞一部，置庙市中，昂其值得数十金，可谓不胫而走者矣！然原本目录一百二十卷，今所藏只八十卷……

“程乙本”中程伟元、高鹗二人的《红楼梦引言》也说：

书中前八十回钞本，各家互异；今广集核勘，准情酌理，补遗订讹。其间或有增损数字处，意在便于披阅，非敢争胜前人也。

是书沿传既久，坊间缮本及诸家所藏秘稿，繁简歧出，前后错见。即如六十七回，此有彼无，题同文异，燕石莫辨。兹惟择其情理较协者取为定本。

由前述十一种抄本之内容互有异同、且多仅有八十回或不足，可知“程高本”序言可信。其前八十回乃参考不同抄本加以修正后摆印，但前述十一种抄本似皆非其所依据者。盖除上文所述各例中，“程高本”与某些抄本有同有异外，一个最明显的证据是第六十七回。“程甲本”、“程乙本”的第六十七回除少数一些异字外，几乎完全相同，但和“蒙府本”、“有正本”、“甲辰本”、“列藏本”、“杨藏本”均不同，又“己卯本”和“庚辰本”缺此回，这都和序言所述相符。

再者，序言之中并未提及原稿之“批语”，只说“未加评点”。这点与无批语的“舒序本”吻合。第一本红学著作、清人周春（1728—1815）的《阅红楼梦随笔》中也未提到任何“评语”的事，可知当时在“庙市”流传的抄本是没有评语或很少评语的，但有些评语已混入了正文，如前文第二节所举第三回“此即冷子兴所云之史氏太君贾赦贾政之母也”之例。但此句不见于“程高本”，亦说明其所依据并非前述抄本中的任一种。

又如第五十四回叙述宝玉由秋纹和麝月陪同回园来看袭人，正好遇见贾母派来送食物给鸳鸯与袭人的两个媳妇。这里有段对话，“程甲本”和早出的“程乙本”均作：

麝月等问：手里拿的是什么？媳妇道：外头唱的是八义，又没唱混元盒，那里又跑出金花娘娘来了。宝玉命：揭起来我瞧瞧。秋纹麝秋忙上去将两个盒子揭开。

显然所据的抄本中有漏误。各抄本此处略有参差，“有正本”为：

> 麝月等问:手里拿的是什么?媳妇道:是老太太赏金花二位姑娘吃的。秋纹笑道:外头唱的是八义,没唱混元盒,那里又跑出金花娘娘来了。宝玉笑道命揭开盒子我瞧瞧。秋纹麝月忙上去将两个盒盖揭开。

上海图书馆所藏较后出的“程乙本”才补上缺文,改“魔秋”为“麝月”。这再度证明“程高本”之尊重原“抄本”。

至于后四十回(即第八十一——一百二十回),旧抄本中仅“蒙府本”与“杨藏本”有之。但“蒙府本”此部分系据“程甲本”所补;“杨藏本”中则有二十一回同于“程乙本”,而第八十一—八十五、八十八—九十、九十六—九十八、一〇六—一〇七、一一六—一二〇等回的“原抄底本”与“程甲本”、“程乙本”均异。原本上的“附条”,据王三庆、[22]徐仁存和徐有为[23]之研究而知亦不与“程甲本”或“程乙本”相同。与“杨藏本”不同的第十九回除一些文句之差别外,“原抄底本”之文字一般较“程高本”为简,甚多红学家如朱淡文、[24]郑庆山[25]等认为其乃从“程高本”删节而得。唯此说未必然,仍有深入探讨之价值。

多数红学家相信旧抄本(即“脂本”)在先、“程高本”在后,但近年来欧阳健等[26]提出“程先脂后”的说法而又引起了一些争议和讨论。据笔者的浅见,冯其庸曾举例指出“程本前八十回即是脂本”、“程甲本中残留的脂评文字”[27],例如第三十七回贾芸送白海棠给宝玉时所写信末“男芸跪书”后之“一笑”两赘字,是“程本以前之抄本含批注”的明确证据。但传世的旧抄本中是否文字都是原稿?批注文字是何人、何时所写?则可商榷。[28]

五 “程高本”的价值

自嘉道年间到民国初期一百三十余年来,坊间数十种印本,都是以“程甲本”为祖本,稍予订正后翻刻重印的。大多数的读者并不在意不同版本间的差异,或某一版本中的漏误。以第九十二回《评女传巧姐慕贤良,玩母珠贾政参聚散》为例,从“程甲本”看不出有“巧姐慕贤良”的描写,也不觉何处在叙述“贾政参聚散”，然而，直到1925年容庚才提出这一问题[29]之前百余年似无人论及。因此，“程甲本”虽有不少内容情节前后不符及词语文字欠妥之处，仍流传多年而不衰。后出的“程乙本”则在前八十回改动了14376字、在后四十回改动了5192字[30]，内容较少矛盾错误，词语也较为通俗。由于胡适的推荐，这一标点重印、较接近白话的“程乙本”，受到广大曾接受新式教育的知识分子的欢迎。此后，“程乙本”就大为流行了。

从小说流传和推广这一观点来论，“程高本”厥功至伟。如果只靠传抄，既不方便，又很昂贵（程伟元序言：“昂其值得数十金”）。满纸评点的本子，对一般读者而言，并无必要。而且“评注过多，未免旁杂，反扰正文”（“甲辰本”第十九回之梦觉主人批语）。没有故事结局的残本，除了少数研究者外，普通读者也不会有多少兴趣。民初上海有正书局所印八十回“戚序本”流行不广，大概就是这个原因。一些红学家大捧曾赞赏“戚序本”的鲁迅，而力贬推广“程乙本”的胡适，实乃皮相之见，也是一偏见。《红楼梦》一书是靠一百二十回完整的故事，才受到大众欢迎的。

“程高本”和一些较晚的抄本有一明显优点，那就是文字的“雅化”。这便降低了某些卫道人士对《红楼梦》的拒斥程度。例如：第二回写贾雨村要讨娇杏做二房，封肃喜得“屁滚尿流”，“甲辰本”与“程高本”都改成“眉开眼笑”。第四回写薛蟠打死冯渊径自携眷北上，“自谓花上几个臭钱，无有不了的”（“有正本”），“程乙本”与“舒序本”都删去“臭”字。第二十九回凤姐骂小道士“野牛肏的”，“程高本”改作“小野杂种”，也是这个原因。

“程高本”的另一价值是辑补了一些现存“脂本”漏抄的文字，使读者能看到更为完整的故事。例如第七十四回“抄检大观园”部分，述及凤姐偕王善保家的搜查怡红院搜到晴雯的箱子，各“脂本”都没有晴雯摔箱子及与王善保家的对话那一大段文字，只写作：

> 只见晴雯挽着头发闯进来，豁啷的一声，将箱子掀开，两手提着底子往地下一番，将所有之物尽都倒出，王善保家的也竟（觉）没趣，看了一看，也无甚私弊之物，回了凤姐要往别处去（据“甲辰本”，他本大致相同）。

虽通顺，但却不甚合理。王善保家的在抄检别处时都是神气活现，何以在怡红院任凭晴雯挑衅，只觉“没趣”而已？

但“程高本”除文字稍异外则在“也觉没趣”下多出一大段文字：

> (也觉没趣)儿，便紫胀了脸说道：姑娘你别生气，我们并非私自就来的，原是奉太太的命来搜察，你们叫番，我们就番一番。不叫番，我们还许回太太去呢，那用急的这个样子。晴雯听了这话，越发火上浇油，便指着他的脸说道：你说你是太太打发来的，我还是老太太打发来的呢！太太那边的人，我也都见过，就只没看见你这么个有头有脸的人。管事的奶奶，凤姐见晴雯说话锋利尖酸，心中甚喜，却碍着邢夫人的脸，忙喝住晴雯。那王善保家的又羞又气，刚要还言，凤姐道：妈妈你也不必和他们一般见识，你且细细搜你的，咱们还到各处走走呢。再迟了，走了风我可担不起。王善保家的只得咬咬牙，且忍了这口气。细细的(看了一看)

从“儿”到“细细的”共239字，为其他抄本所无。“程高本”多出的这段文字与前后文连成一气，可谓天衣无缝，整体内容比抄本更合情理。尤其是写晴雯在受到王夫人叱责而认清了自己的命运与结局后，做出了最后的反击，最能表现她的个性。再者，此处可与同回王善保家的向王夫人进谗、指责晴雯一段，和第七十七回有“王善保家的趁势告倒了晴雯”(“列藏本”)一句相为照应。故可推知“脂本”于此部分可能遗落了一些，也就是说“程高本”所据以排版的底本，原有二百四十个字恰好一面，是原稿所有，“脂本”遗漏但“程高本”之底本不缺。也由此可见程、高两人因“竭力搜罗”，得到了比其他抄本更为完整的一个本子。

当然，“程高本”也有缺点，即一些遗漏未补。例如“程甲本”与“程乙本”第十六回末皆止于“毕竟秦钟死活如何？且听下回分解”，与第十七回起处“话说秦钟既死”不能衔接。缺少见于一些“脂本”的秦钟临死前劝宝玉，“以前你我胆识自为高过世人，今日才知自误了，以后还该立志功名，以荣耀显达为是”，表达了作者“忏悔”心情的一段。唯可说明“程高本”是相当忠于“底本”的。

六　各本间的差别

早期的“抄本”各有不同，且与“木活字本”（“程高本”）出入很多。“刻本”及稍后的“石印本”都据“程甲本”，故和“程乙本”也有许多差别。各本间除了个别字句“繁简歧出，前后错见”外，有几类迥异处。一是整段内容几乎完全不同，如第一回“下凡历劫”的故事，“程高本”之写法乃合“神瑛侍者”与“玉（石头）”为一，但“脂本”则只是“神瑛侍者”投胎，似由一僧一道将“玉”交其携带下凡。内容出入很大，文长不录。何者为佳，见仁见智。唯依笔者拙见，“程高本”的写法，较易理解，故其“底本”可能后出。

又如第四十一回写到刘姥姥进大观园尝到了风味特殊的茄子。这一道由茄子制成的菜实有两个名称和两种做法。一般称为“茄鲞”，其做法在“庚辰本”是：

> 凤姐儿笑道，这也不难。你把才下来的茄子把皮刬了，只要净肉，切成碎钉子，用鸡油炸了，再由鸡脯子肉，并香菌、新笋、蘑菰、五香腐干，各色干果子俱切成钉子，用鸡汤煨干，将香油一收，外加糟油一拌，盛在磁罐子里封严。要吃时拿出来，用炒的鸡瓜一拌就是。刘姥姥听了摇头吐舌说道，我的佛祖，到得十来只鸡来配他，怪道这个味儿。

“程高本”与其他抄本的文字大致同此。但“有正本”及“蒙府本”则做“茄胙”，制法也不同：

> 凤姐笑道，这也不难。你把四、五月里的新茄包儿摘下来，把皮和穰子去尽，只要净肉，切成头发细的丝儿，晒干了，拿一只肥母鸡靠出老汤来，把这茄子丝，上蒸笼蒸的鸡汤入了味，再拿来晒干。如此九蒸九晒，必定晒脆了，盛在磁罐子里封严了，要吃时，拿出一碟子来，用炒的

鸡瓜子一拌就是了。刘姥姥听了摇头吐舌道,我的佛祖,到得十几只鸡儿来配他,怪道好吃。

前一方法是把小块的茄子制成干,浸在油里,就像是鱼干叫做“鱼鲞”一样,而称为“茄鲞”。但除了茄子干外,还要和香菌、新笋、鸡丁(鸡瓜子)混在一起吃。“有正本”与“蒙府本”所叙述的做法,也是制成茄子干,但为丝状的。可能由于“胙”是祭祀用的肉,大约是条状的,所以这样的茄子干称为“茄胙”。所谓“切成头发细的丝儿”,只是说乃切得很细。而且从做法来看,“茄鲞”用两三只鸡就够了,与刘姥姥所说“我的佛祖,到得十几只鸡来配他”不合。反而做“茄胙”至少要用十只鸡,由此可推想“有正本”是较晚的本子,改正了前面用不了“十来只鸡”的错误。

二是大量文字“此有彼无”之例。在回末可能因底本破损程度不同或补订方式相异所致,如前面第三节论及第十六回和第二十二回之例即是。若在回中,则很可能乃漏抄之结果,上文第五节所述第七十四回“抄检大观园”即为一例。其他如第二十一回《俏平儿软语救贾琏》部分,“程高本”及多数“脂本”都有贾琏从平儿处抢回头发的一段,但“甲辰本”缺“平儿指着鼻子……又不待见我”约二百五十字,上下不能连贯,应系漏抄。又如第六十三回“己卯本”、“庚辰本”、“有正本”与“蒙府本”都有芳官改妆易名及宝玉发议论等约一千字的一大段。“杨藏本”、“列藏本”及“甲辰本”无此段,但后之第七十、七十三等回仍有芳官所改“雄奴”之名,故可推测是漏抄或底本遗漏。苕溪渔隐之《痴人说梦》所引“旧抄本”也有此段,然字数约少一半,亦可能为漏抄之故。“程高本”则完全不载,可能是因所据底本遗漏,也可能是在出版时为免文字贾祸而删去。

第七十八回“老学士闲征姽婳词”部分,“有正本”与“蒙府本”在下文两“原序”之间漏抄63字(据“程甲本”、“庚辰本”、“列藏本”):

贾政道:不过如此,他们那里已有原序。昨日因又奉恩旨着察核前代以来应褒奖而遗落未经奏请各项人等,无论僧尼乞丐女妇人等,有一事可嘉,即行汇送礼部,备请恩奖。所以他这原序也送往礼部去了。

而成为：

贾政道：不过如此，他们却原是有序，因送往礼部去了。

但“程甲本”、“程乙本”和“甲辰本”漏了“庚辰本”、“有正本”等所有叙述贾政对宝玉、贾环、贾兰三人观点的一大段文字，原因也是在“贾政命他们看了题目……闲言少叙，且说贾政命他三人各作一首”（据“列藏本”）一段中漏去398字（如据“有正本”则少385字）。可见各本皆有缺失处。

然某抄本有缺文也可能乃原作者之所为。如第五十七回探春赠给邢岫烟一块碧玉珮，各抄本除“甲辰本”外都有一段宝钗对岫烟讲有关“妆饰品”无用的话，从“但还有一说”到“岫烟忙又答应”190字（据“有正本”），虽可能是“甲辰本”及“程高本”之底本漏抄，但也可能是原作者在一次修改过程中自行删去的。因为邢岫烟才经贾母做媒说给薛蝌为妻，尚未过门，还是“准”小姑身份的薛宝钗似乎不宜说那些充满教训口气的话。

第三类是较不明显但颇为重要的差异。如小说中贾宝玉的心腹书僮有两个名字，且在不同版本内变化也各异。此人第九回始出现，名为“茗烟”，是“宝玉第一个得用的”，后文涉及他的情节还很多。但其名有时又作“焙茗”。唯“杨藏本”之正文、“列藏本”第六十四回以外各回及“甲辰本”为全书都用“茗烟”。“庚辰本”、“舒序本”、“有正本”和“程高本”第二十四回起却改成“焙茗”，“程高本”还特别说明改名的原因。但除“程高本”一直作“焙茗”，其他各本从第三十九回起多又改用“茗烟”。“蒙府本”较特殊，除了第二十八回有一处与第三十二、三十四两回作“焙茗”外，余均作“茗烟”。唯有“郑藏本”，第二十三及二十四回均为“焙茗”。有人认为《红楼梦》作者“把二人误成一人”。然这是不可能的，宝玉的书僮人数虽多，但“心腹的”只有一个，即“茗烟”或“焙茗”。只有不同的“作者”，才会把这一相当重要人物的名字弄错，或把两者混杂使用。可见“抄本”经过整理，但整理者并不很了解全书内容。再者，“有正本”作“焙茗”的回数却比“蒙府本”多，反与“庚辰本”相同。其他人名混淆之例尚多，如“彩云与彩霞”等，刘世德已有详细研究，[31]

不赘。由此观之,各种抄本间的关系远不如一般想象那样简单。

七　八十回之后为续书?

《红楼梦》后四十回的评价问题是刘梦溪所提出的九个"红学公案"之一。[32]程伟元在"程高本"的序言中虽说:

> 然原本目录一百二十卷,今所藏只八十卷,殊非全本。即间有称全部者,及检阅仍只八十卷,读者颇以为憾。
>
> 不佞以是书既有百二十卷之目,岂无全璧?爰为竭力搜罗,自藏书家,甚至故纸堆中,无不留心。数年以来,仅积有二十余卷。一日,偶于鼓担上得十余卷,遂重价购之,欣然繙阅,见其前后起伏,尚属接榫,然漶漫不可收拾……

"程乙本"里程伟元、高鹗二人的《红楼梦引言》也说:

> 书中后四十回系历年所得,集腋成裘,更无他本可考……细加厘剔,截长补短……按其前后关照者略为修辑,使其有应接而无矛盾……

然"程高本"问世后不久即有人指出其后部为伪作,直到当代仍盛行是说。

目前已知最早的记载是嘉庆九年(1804)陈镛的《樗散轩丛谈》,其中一段说:

> 然《红楼梦》实才子书也,初不知作者谁何。……巨家间有之,然皆抄录,无刊本,曩时见者绝少。……《红楼梦》一百二十回,第原书仅止八十回,余所目击。后四十回乃刊刻时好事者补续,远逊本来,一无足观。

因为陈镛曾见过八十回抄本,所以就认为后四十回乃补续,虽云"远逊本来”，却无具体的说明。又嘉庆年间潘德舆所著《金壶浪墨》中则说：

> 或曰：传闻作是书者，少习华膴，老而落魄，无衣食，寄食亲友家，每晚挑灯作此书，若无纸，以日历纸背写书，未杂业而弃之。末十数卷，他人续之耳。

表示只是“传闻”“末十数卷”（并非“后四十回”）为他人的续作。至如裕瑞于嘉庆二十三四年间成书的《枣窗闲笔》中则写道：

> 曹雪芹虽有志于作百二十回，书未告成即逝矣。诸家所藏抄八十回事，及八十回书后之目录，率大同小异者。……而伟元臆见，谓世间当必有全本者在，无处不留心搜求，遂有闻故生心思谋利者，伪续四十回，同原八十回抄成一部，用以绐人。伟元遂获赝鼎于鼓担……。但细审后四十回，断非与前一色笔墨者，其为补著无疑。……此四十回，全以前八十回中人名事务苟且敷衍，若草草看去，颇似一色笔墨。细考其用意不佳，多杀风景之处，故知雪芹万万不出此下下也……

他乃以个人对文字、故事的喜恶判断后四十回为伪，近人如俞平伯的《红楼梦辨》也是如此。但林语堂[33]、宋浩庆[34]等之见解则又不同，故此标准实有缺陷，易生争议。

另胡适认为：

> 程序说先得二十余卷，后又在鼓担上得十余卷。此话便是作伪的铁证，因为世间没有这样奇巧的事。[35]

而潘重规则举出清人莫友芝重刊元版《资治通鉴》的巧合及胡适本人寻遍《四松堂集》不得，却在三天之内得到两个本子为例，说明了不可用“奇巧”为“作伪”的证据。[36]其实这样“奇巧”的例子近代亦有，[37]均可证明“奇巧”与“作伪”并无绝对关系。

再一种以程高两人为“作伪”之观点认为《红楼梦》全书不应是一百二十回。《红楼梦》的回数究竟为多少？一百回、一〇八回与一一〇回等各种说法都有。然而“程高本”的序言已言“原本目录一百二十卷”，前引《枣窗闲笔》中亦说“八十回书后之目录，率大同小异者……遂有闻故生心思谋利者，伪续四十回”，都表示当时“有目无文”者为四十回，即原书为一百二十回。“舒序本”1789年之序言也说：

> 惜乎《红楼梦》之观止于八十回也。全册未窥，怅神龙之无尾；阙疑不少，隐斑豹之全身。……漫云用十而得五，业已有二于三分。从此合丰城之剑，完美无难。……于是摇毫掷简，口诵手批。就现在之五十三篇，特加雠校；借邻家之二十七卷，合付钞胥。核全函于斯部，数尚缺夫秦关；返故物于君家，璧已完乎赵舍。“（双行小字注）君先与当廉使并录者此八十卷也”……

一般以《史记》的《高祖本纪》中之“秦得百二焉”来解释序中“秦关”以证明全书共一百二十回。但杜景华则认为“百二”的解释应是“百分之二十”，序言之意为全书一百回中已有八十回，还缺二十回。[38]

然而乾隆年间实有八十回本和一百二十回本两种。周春《阅红楼梦随笔》说：

> 乾隆庚戌秋，杨畹耕语余云：雁隅以重价购钞本两部，一为《石头记》八十回，一为《红楼梦》一百廿回，微有异同，爱不释手，监临省试，必携带入闱，闱中传为佳话。

证明在“程甲本”问世一年前（1790）已有一百二十回本了。据周绍良考证，[39]雁隅即徐（杨）嗣曾，乾隆五十年（1785）七月任福建巡抚，五十五年（1790）十一月卒于任。他购得百二十回抄本最晚在乾隆五十四年己酉（1789），因这是距庚戌年最近的乡试时间。

《红楼梦》后四十回是否为伪续？或为何人所作？皆非简单问题。许多红学家曾从美学、语言学、故事情节或描述人物情景的方式等角度比较后四十回与前八十回,但各人见解不同,答案各异。有人认为后四十回是高鹗或他人的续作,有人相信是曹雪芹的亲人据其原稿改写而成,也有人以“高鹗所补系雪芹旧稿”[40]或“保存了大部分原稿”[41],甚至“后四十回百分之九十四五的笔墨属于曹雪芹的原著”[42]。即以考虑文字用法的研究为例,其结论皆不一致。如高本汉(Bernhard Karlgren,瑞典人)认为全书一百二十回出自一手,赵冈、陈钟毅伉俪却证明前八十回与后四十回的作者不同。[43]又如陈炳藻从使用字汇的角度进行电脑处理得到“红楼梦全书一百二十回大致上是同一作者所著”的结论。[44]而陈大康的电脑研究结论则是“后四十回非曹雪芹之作,但有少量残稿”。[45]王世华曾就方言现象判断“前八十回与后四十回不可能出自一人之手”,[46]郑庆山也以后十回的用语多“东北口音”而强调其为高鹗或他人的续作。[47]唯笔者以为高鹗在“细加厘剔、截长补短”和“按其前后关照者略为修辑”时,于文中引进其“乡音”的可能性亦是很大的,因此不能仅以此为证。

浅见以为可从“程高本”未问世前读过《红楼梦》的人所记述此书的内容来研判这一问题。[48]富察明义《绿烟琐窗集》有《题红楼梦》诗二十首,其第十九首:

> 莫问金姻与玉缘,聚如春梦散如烟。石归山下无灵气,总使能言亦枉然。

说明顽石已归青埂峰下,全书已告结束。也就是说明义所读的《红楼梦》虽不一定与今本相同,但乃一故事完整的本子。明义的第一首到第十六首诗是写八十回以前的故事,第十八首到二十首是写八十回以后的故事,这一般没有什么异议。可是对于第十七首,却有不同的意见。此诗是:

> 锦衣公子茁兰芽,红粉佳人未破瓜,少小不妨同室榻,梦魂多个帐儿纱。

笔者认为这一首中“少小不妨同室榻”是指第十九回《意绵绵静日玉生香》里所述宝黛二人同榻说笑的故事，而全诗乃咏“程高本”第一〇九回宝玉独眠“候芳魂”未果的情节。按宝玉在病中和宝钗成婚，但直到第一〇九回尚未“圆房”，故首二句是指宝钗婚后尚未“破瓜”。是回写宝玉独眠，指望和黛玉梦中相会而未果，故虽“少小不妨同室榻”，但现在却是“梦魂多个帐儿纱”，两人梦魂不能相通，无法相见。就文字而言，俞平伯在《红楼梦辨》中即认为在后四十回中存在“较有精彩，可以仿佛原作的”篇章，其中就包括了“第一百九回，五儿承错爱一节”。[49]周绍良讨论八十回以后的曹雪芹“原稿”时也以“候芳魂五儿承错爱”一节，“直认这是原作”[50]。从上文的讨论已可知《题红楼》第十七首是咏这一回的故事，故也可推知“程高本”这回大体上应与明义所见的《红楼梦》相同，亦即今本的后四十回中的这一部分确为曹雪芹的“原稿”。

证明“程高本”所写黛玉病死为“原稿”，除明义《题红楼梦》诗第十八首“伤心一首葬花词，似谶成真自不知，安得返魂香一缕，起卿沉痼续红丝”，另一证据是睿亲王淳颖在乾隆五十六年春夏之交或之前所写《读石头记偶成》诗，其全文是：

满纸喁喁语不休，英雄血泪几难收，痴情尽处灰同冷，幻境传来石也愁。怕见春归人易老，岂知花落水仍流，红颜黄土梦凄切，麦饭啼鹃认故邱。

从诗句来推测，这一《石头记》至少已有今本第九十七回《林黛玉焚稿断痴情》的故事。周绍良曾认为第九十六到九十八三回是全书“高潮”[51]。无怪乎明义、淳颖均有题咏，也因此可知后四十回的确保留了相当部分的原稿。

再者，因《红楼梦》后四十回有些似与“脂本”前八十回“不合”的文字，如第七十回末“程高本”比其他抄本多出的一段贾宝玉开始做功课的文字，即有论者批评为伪造。但是“脂本”第七十回末与七十一回起处并不接榫，之间明显有缺文。从这两回故事来看，宝玉为应付贾政归来而做功课，有何不妥？还有人说：

薛蟠打死人命在前八十回和后四十回中各有一次。由于曹雪芹和高鹗这两个作者的世界观、思想水平截然不同,这两次打死人命的具体描写也恰好成为鲜明对照。[52]

按薛蟠第一次在应天府打死冯渊,由于王府说情及门子怂恿,贾雨村徇私枉法,放了凶手(第四回)。第二次是在京城以南二百多里处打死酒保,薛家虽买通知县,但尸亲上诉,刑部不受贿赂,判了薛蟠死刑,等待处决(第八十五、八十六、九十九及一〇〇回),最后因大赦才免一死(一二〇回),情节非常合理。从小说创作来说,前后截然不同,不落"千篇一律"的俗套;从故事内容来说,第四回既写贾雨村的恶,也写王家尚在"盛世",第八十六回起则写京城是有王法之地,刑部不能胡乱判案,且王子腾不在京内,贾府也已趋没落,因此关说无门。这是妥切又合理的佳作。

八　近代印本

民国时期的印本,除石印本外,最早的"铅印本"为中华书局1916年出版的王梦阮、沈瓶庵之《红楼梦索隐》,题为"悟真道人戏笔"。书前有序和例言及《红楼梦索隐提要》。正文中夹注索隐,每回回末又有索隐。该本系据王、姚合评本删去其卷前各种图文及正文中批注,但仍保留每回末的护花主人评和大某山民评,乃《红楼梦》版本史中唯一以索隐为主的本子。

其次为上海亚东图书馆本的初排和重排两种《红楼梦》,均由汪原放标点、校读。初排本1921年铅印发行,系据王希廉本并参校"有正本"及王、姚合评之《石头记》,予以分段和加新式标点排印。重排本则为汪原放用胡适藏"程乙本"为底本重新校读后,删改初排本二万余字而成,1927年出版后,极为流行。同年,上海文明书局也出版了铅印的"三家评本"。

此后上海大达图书供应社与新文化书社于1929年都出版了新式标点的《红楼梦》。1930年上海商务印书馆以包括各种图文之王、姚合评本《石头记》为"万有文库"的一种出版,1933年又将其列入"国学基本丛书"。另外，还有1934年世界书局赵苕狂编校的《足本红楼梦》和广益书局李菊隐校阅之《古本红楼梦》，1937年上海中央书店出版的《绣像红楼梦》等。这些印本都曾再版多次。到1940年代以后，香港广智书局、五桂堂书局等，都有铅印本发行。1950年代台湾的多家书局、出版社也开始排印或影印发行。[53]

旧抄本的现代影印本始自1955年，北京大学古籍刊行社将"庚辰本"以原题名《脂砚斋重评石头记》影印发行。这是民国元年(1912)上海有正书局首次石印八十回戚蓼生序本("有正本")后，相隔四十余年之另一盛举。1961年台北"中央印制厂"又影印了胡适珍藏的"甲戌本"。此二影印本问世后，海峡两岸相互影印流传，这可说是红学研究蓬勃发展之一大主因。1960年台北"青石山庄"主人韩镜塘将收藏的"程乙本"(实际为混合本，见前文)影印发售，为"木活字本"再度传世之滥觞。

自1950年代开始，有"校注本"问世。最初本是1953年北京作家出版社依亚东重排本，由汪静之、俞平伯和启功等注释整理而成。1957年人民文学出版社出版了第一部简体字版《红楼梦》，周汝昌、周绍良和李易以"程乙本"为底本，并参校了"王希廉评本"、"金玉缘本"、"藤花榭本"、"本衙藏板本"、"程甲本"、"庚辰本"和"有正本"等七种本子校注，每回作了校记，注释由启功重撰，比作家出版社的旧本增加了不少，原来的注也大都经过订补。此本直到1980年代初期仍很畅销。1958年人民文学出版社又出版《红楼梦八十回校本》，由俞平伯校订、王惜时参校，以"有正本"为底本、"庚辰本"为主要校本而以其他"脂本"参校，有"校字记"一册，并以"程甲本"第八十一——二〇回为附录。1960年赵聪也有"校点本"，由香港友联出版社出版。

中国艺术研究院红楼梦研究所由冯其庸等多位红学家于1981年完成了以"庚辰本"为前八十回底本，"程甲本"为后四十回底本之新校注本。该本用"甲戌本"、"己卯本"、"蒙府本"、"有正本"、"戚宁本"、"舒序本"、"郑藏本"、"藤花榭本"、"本衙藏本"、"王希廉评本"及"程乙本"参校，择优采用，有注释和校记，由人民文学出版社1982年出版。有时称为"艺研院本"，多年来一直甚为畅销。冯其庸又偕红楼梦研究所研究人员以"庚辰本"为底本，采分行排列方式，以其他十种抄本及"程甲本"比对异同，完成《脂砚斋重评石头记汇校本》一书，1987年文化艺术出版社出版。

1980年代还有两种重要的“校本”。一为台北中国文化大学1983年出版的一部《校定本红楼梦》，乃潘重规指导香港中文大学和台北中国文化大学学生据“杨藏本”，参校“甲戌本”、“己卯本”、“庚辰本”、“有正本”与几种“程高本”与“刻本”完成，并由王三庆综合整理。此本以朱墨两色套印，又附“札记”一册，极具研究参考价值。另一是1987年由北京师范大学出版社出版的校注本。系以“程甲本”为底本，参校本有“程乙本”、“藤花榭本”、“王雪香评本”、“妙复轩评本”、“广百宋斋本”和“金玉缘本”等“程高本”系列，与“脂本”系列的“甲戌本”、“己卯本”、“庚辰本”、“有正本”和“列藏本”等。由启功指导张俊、聂石樵、周纪彬、龚书铎、武静寰五人进行注释校勘，每章都有详细的注释和校字记。北京中华书局1998年取此本归入“古典小说四大名著”中。

到了1990年代，又有多种新、旧“评本”问世，如“王蒙评本”、“梁归智评本”、“王志武评本”、“蒋文钦评本”、“黄霖评本”与“黄小田评本”等皆是。[54] 2001年北京图书馆出版社规划出版《清代评点本红楼梦丛书》，已出版者如陈其泰（1800—1864）之《桐花凤阁评红楼梦》（“程乙本”）。

新出“校注本”亦不少。在台湾出版的如：冯其庸以“程甲本”为底本、参校“庚辰本”所编注的“中国名著大观”本《红楼梦》（台北市：地球出版社，1994年）；由“北大教授”以“甲辰本”和“程甲本”为底本校成之《红楼梦》（台北县：三诚堂出版社，2000年）。在香港出版的，如以“程乙本”为底本、参校“庚辰本”所编注的《图文本红楼梦》（香港：商务印书馆，2002年）。

大陆出版的数量更多。如1993年有蔡义江的校注本《红楼梦》，浙江文艺出版社出版。以现存十一种抄本与“程甲本”进行互校，择善而从，不以某一种为固定底本，但前八十回择文首重“甲戌本”，次为“己卯本”与“庚辰本”，后四十回则以“程甲本”与“程乙本”互校。用字则按“汉语规范用法”改正，以利阅读。“注释”包括简明的注释、必要之校记及一些脂评。又，该年浙江古籍出版社有潘渊点校的连史纸线装本《红楼梦》，取程乙本为底本、以他本校补。

另如郑庆山的《红楼梦》汇校本，前八十回以“甲戌本”为底本，不足部分用“己卯本”，再缺的部分用“庚辰本”，唯第六十四及六十七回用“列藏本”，并以其余各本为校订参考。后四十回以“程甲本”为底本，用“蒙府本”、“三家评金玉缘本”、“杨藏本”和人民文学出版社排印的“程乙本”为校本。正文用字以适合国内中青年读者的需要为主，采用“规范简化字”排印。每回都有校字记。又如邓遂夫有《脂砚斋重评石头记 甲戌校本》（北京：作家出版社，2000 年），乃“红楼梦脂评校本丛书”之一。其他多种，兹不赘述。

还有一些与前数种都不同的近代版本。如北京文津出版社 1988 年影印了当时年逾八旬的朱咏葵（笔名老葵）花费十六年汇校完成的《曹雪芹石头记》清抄手稿本。其中包括了原有的旁批、双行批、眉批。另外在书眉和回末还有抄者本人的评语见解，对红学研究者而言颇有参考价值。

各种“校注本”内容、文字之选择，由于校注者见解不同而有一些出入。唯如前文第五节所举第七十四回“抄检大观园”搜查怡红院时晴雯摔箱子后与王善保家的对话一段，“艺研院本”、“蔡义江校注本”、“朱咏葵抄本”或“三诚堂本”均不载。而以“程甲本”、“程乙本”和“甲辰本”为底本的各本第七十八回则无“庚辰本”等所有叙述贾政对宝玉等三人观点改变的一大段。虽取舍方式见仁见智，但拘泥于版本，有损故事内容之完整性，是一憾事。

自 1950 年以后，各地书肆中的《红楼梦》种类很多。尤以近年来多采影印及电脑打印等现代科技方式印制发行，旧抄本及旧印本又得重现于世。笔者曾约略统计台湾出版的《红楼梦》，分为“影印本”和“排印本”两大类，约五十种。[55] 但其他地区出版者，现似尚无统计。

“节本”方面，19 世纪已有一些。如嘉庆十一年（1806）宝兴堂刊本，《红楼梦书录》（第 39 页）即说明“此系节本”，又据报道 1868 年沙彝尊曾有《红楼梦节要》。但铅印节本最早的是上海群学社 1923 年出版的许啸天句读、胡翼云校阅的一百回本，删去第一、二、五等回又将第三十七与三十八等回合并，内容也有删改。文明书局 1926 年也出版了邹江达的《红楼梦精华》一册，又有中华书局本（《书录》第 80 页）。但流传较广的是开明书店 1935 年由名作家茅盾（沈雁冰）改订的《洁本小说红楼梦》，将亚东图书馆的“程乙本”删去秽语，改回目成五十章，作为中学生课外文艺读本发行，近年来还有重印本。其后有 1948 年中华书局出版倪国培的《红楼梦节选》等。台湾正中书局1952年也曾出版李辰冬的二十回节本。近年来,各地皆有多种"节本"或"改写本"出版。一般为十几到二十几章,以宝玉黛玉爱情故事为主。这些书乃为中小学生和文化程度较低之一般大众而写,但已失《红楼梦》主旨。

九 续 书

与我国其他著名小说一样,《红楼梦》也有"续书"和"仿作"。唯其数量和种类之多,为他书之所不及。惜近代的中国小说史研究者常对此忽略,或仅以寥寥数语带过,只有少数给与续书较多篇幅的介绍、说明。[56]至于专攻红学的学位论文,过去涉及续书的并不多。台湾大学中国文学研究所韩国留学生崔溶彻的博士论文《清代红学评述》(1990年),有一章专门评述清代续书,但不深入。近年来则海峡两岸各有一位青年学者积极研究续书,皆有专著问世:任教于天津师范大学的赵建忠广泛研究各种续书,台中东海大学硕士林依璇则专注于嘉庆年间出版的八种续书之研究,讨论详尽并富创见,均值得一读。

赵建忠搜集各方资料,归纳现存及仅存目的"续书"分为八类共102种,包括:[57]

1. 程高本续衍类,共13种;
2. 改写、增订、汇编类,共5种;
3. 短篇续书类,共14种;
4. 借题类,共3种;
5. 外传类,共5种;
6. 补佚类,共8种;
7. 旧时真本类,共25种;
8. 引见书目类,共29种。

实际则不止此数,除了继续不断有新出的,如新编后四十回故事的崔耀华所著《红楼梦续》[58]外,还有张万熙(墨人)修订批注的一百二十回《张本红楼梦》[59]。台湾的企光企业公司自2001年9月起开始陆续出版作者署名为

"中国"的《红楼梦在台湾》,乃以索隐方式改写《红楼梦》为清末李自成、吴三桂、陈圆圆、郑成功等人的故事。

早期的续书都是属于"程高本续衍类"。最早的是逍遥子的《后红楼梦》三十回,初刊于乾隆末年或嘉庆元年,而在嘉庆年间就至少出版了八种同类续书。除秦子忱的《续红楼梦》三十回和归锄子的《红楼梦补》四十八回乃续自第九十七回,其余《后红楼梦》、王兰沚《绮楼重梦》四十八回、陈少海《红楼复梦》一百回、海圃主人《海续红楼梦》四十回、临鹤山人《红楼圆梦》三十回和郷嬛山樵《补红楼梦》四十八回六种都是续自一二〇回。郷嬛山樵除在嘉庆二十五年出版《补红楼梦》外,于道光四年又出版了一部三十二回的《增补红楼梦》,接续《补红楼梦》。这些续书当时也相当流行,甚至其中《后红楼梦》、《红楼梦补》、《续红楼梦》、《红楼复梦》与《补红楼梦》五种还有朝鲜文的译本。这些续书多是以"宝黛团圆"、"贾府复兴"等为结局,王国维在其《红楼梦评论》中认为这"正代表吾国人乐天之精神者也"。至于近年之续书则有从第八十一回起,实可归于"补佚类",如崔耀华所著《红楼梦续》即是。

上述的早期续书以往少受重视,凡言及者亦多只有几句负面批评。《枣窗闲笔》大约是第一本谈论《红楼梦》续书的,作者爱新觉罗·裕瑞(1771—1838),别号思元斋主人,乾隆至道光时人,他认为百二十回本《红楼梦》八十回以后皆程伟元所续(参见本文第七节),另外也批评了嘉庆二十三年前出版的《镜花缘》和六种"续书",包括乾隆末到嘉庆元年间出版的《后红楼梦》、嘉庆四年出版的《续红楼梦》和《红楼复梦》、嘉庆十年出版又名《增补红楼梦》的《海续红楼梦》及《绮楼重梦》、嘉庆十九年出版的《红楼圆梦》。例如他评《后红楼梦》"嚼蜡无味,将雪芹含蓄双关极妙之意荼毒尽矣!"约在嘉道年间的"梦痴学人"所著《梦痴说梦》,除了上述六种外还提到嘉庆二十五年的《补红楼梦》和道光四年出版的《增补红楼梦》(均郷嬛山樵所著),但评语是"虽立言各别,其为蜡味则一也"。唯多种续书实也有其文化意义与文学价值,决非一无可取。[60]

"改写、增订、汇编类"多乃就原作加以增删重撰。如作家张欣伯曾据脂批和某些红学家研究结果,将百二十回本改成"批削本"《石头记稿》一百十四回(1986年)。张万熙(墨人)也有经他改写的《张本红楼梦》一百二十回。

前者只对若干重要情节加以改写，如元妃是造成“金玉联姻”之人、史湘云嫁甄宝玉后病殁等。后者则改动甚多，等于改写了原作，是否恰当则有待读者去评价了。另外也有重编续书者，如《红楼拾梦平话》（作者佚名）即将十种续书予以纂辑、增删。

“短篇续书类”、“借题类”和“外传类”，笔者大多未曾寓目。由“短篇续书类”的《梦红楼梦》（尹湛纳希著）、《红楼梦逸篇》（膺叟著），“借题类”的《新石头记》（吴趼人著）及“外传类”的《秦可卿之死》（刘心武著）少数几种观之，已是另行创作，和《红楼梦》无甚关系。

近年出版的《红楼梦新补》（张之著）和《红楼梦的真故事》（周汝昌著）等“补佚类”续书，系其作者据“脂批”及“探佚”研究结果，益以个人之观点与想像力而写成。与“改写、增订类”有相似处，也如另种创作。故各种结局之安排并不尽相同，就如“旧时真本类”一般。赵建忠所列 25 种“旧时真本类”都应实际曾现于世，但多属于看过有“脂批”之抄本而按之补续的另类“续书”。当然也不能排除有些确为失散之原作的可能。唯究有几多可信，则属见仁见智，难有定论。

至于其他多种只见书目之“续书”，似都曾经确实存在。但后人无缘得见，亦不悉其内容，本文只好从缺。

注　释

〔1〕〔14〕〔16〕　刘广定：《中央大学人文学报》”第 25 期，2002 年，第 71—91 页。

〔2〕　周绍良：《红楼梦研究论集》，山西人民出版社，1982 年，第 134 页。

〔3〕　张俊、曹立波、杨健：《红楼梦学刊》2002 年第三辑，第 80—113 页。

〔4〕〔30〕　《校注说明》，《红楼梦校注本》，北京师范大学出版社，1987 年，第 2 页。

〔5〕　顾鸣塘：《上海师范大学学报》1986 年第 1 期，第 26—42 页。

〔6〕　文雷：《红楼梦学刊》1980 年第四辑，第 265—298 页。

〔7〕　杜春耕：《红楼梦学刊》2002 年第三辑，第 179—208 页。

〔8〕　周汝昌等：《曹雪芹与红楼梦》，香港：中华书局，1977 年，第 106—110 页。

〔9〕　严中：《红楼丛话》，南京大学出版社，1991 年，第 209 页。

〔10〕　周汝昌：《红楼梦新证》，人民文学出版社，1976 年，第 1040 页。

〔11〕 刘世德:《红楼梦学刊》1990年第二辑,第271—282页。

〔12〕 刘广定:《国家图书馆馆刊》1996年第1期,第165—174页;又见:《明清小说研究》1997年第2期,第124—135页;《红楼梦学刊》2000年第三辑,第217—221页。

〔13〕 刘广定:《国家图书馆馆刊》2000年第1期,第107—122页。

〔15〕 杨乃济:《红楼梦学刊》1999年第二辑,第345页。

〔17〕 刘世德:《红楼梦学刊》1995年第一辑,第143—163页。

〔18〕〔20〕〔25〕〔47〕 郑庆山:《红楼梦的版本及其校勘》,北京图书馆出版社,2002年。

〔19〕 刘广定:《国家图书馆馆刊》1998年第1期,第61—71页。

〔21〕 吴恩裕:《有关曹雪芹十种》,上海:中华书局,1964年,第42—49页。

〔22〕 王三庆:《红楼梦版本研究》,台北石门图书公司,1981年,第423—512页;又见:《木铎》第八期,第341—348页,1979年。

〔23〕 徐仁存、徐有为:《中外文学》第12卷第3期,第8—26页,1983年。

〔24〕 朱淡文:《红楼梦论源》,江苏古籍出版社,1992年。

〔26〕 例如,欧阳健:《红学辨伪论》,贵州人民出版社,1996年。

〔27〕 冯其庸:《石头记脂本研究》,人民文学出版社,1998年,第312—321页。

〔28〕 刘广定:《中央大学人文学报》第25期,第71—91页;又见俞平伯:《俞平伯论红楼梦》,上海古籍出版社,1988年,第357页。

〔29〕 《红楼梦研究专刊》第六辑,香港中文大学新亚书院中文系,1969年,第6—23页。

〔31〕 刘世德:《红楼梦学刊》1996年第2辑,第139—167页;第3辑,第250—270页。

〔32〕 刘梦溪:《红楼梦与百年中国》,河北教育出版社,1999年。

〔33〕〔40〕 林语堂:《中央研究院历史语言研究所集刊》第29本,1958年,第327—387页。

〔34〕〔42〕 宋浩庆:《红楼梦探》,北京:燕山出版社,1992年。

〔35〕 胡适:《红楼梦考证》(改定稿),见《红楼梦考证》,台北:远东图书公司,1961年,第1—43页。

〔36〕 潘重规:《红楼梦新解》,台北:文史哲出版社,1973年,第65—68页。

〔37〕 据李乔苹《中国化学史》(中册)第56—57页(台湾商务印书馆,1978年)所

记:1935年11月29日,广州中山大学化学系吴鲁强教授写给当时北京大学化学系曾昭抡主任的一封有关搜集19世纪中文化学书籍的信中说:“三年前,余于广州市内文德路一旧书坊间,得遇《化学大成》两卷,各自独立,惟残缺不成完帙。后经书贩将两套参成一套,几属完整,惟间因虫蚀,略生小孔耳。全书共分二十册,取值四元。以此微金购得若是罕本,可谓廉极矣。”

〔38〕 杜景华:《红楼梦学刊》1992年第二辑,第166页。

〔39〕 周绍良:《红楼梦研究论集》,山西人民出版社,1982年,第238—254页。

〔41〕〔51〕 同上书,第93—119页。

〔43〕 赵冈、陈钟毅:《红楼梦新探》,台北:联经出版公司,1975年,第311—320页。

〔44〕 Chan, Bing C., *The Authorship of The Dream of the Red Chamber*, Joint Publishing Co. (Hong Kong), 1986;陈炳藻:《红楼梦学刊》2002年第三辑,第267—282页。

〔45〕 陈大康:《红楼梦学刊》1987年第一辑,第293—318页。

〔46〕 王世华:《红楼梦学刊》1984年第二辑,第157—178页。

〔48〕 刘广定:《国立中央图书馆馆刊》,新23卷一期,第131—141页,1990年。

〔49〕 俞平伯:《红楼梦辨》,台北:河洛出版社重印本,第78—79页。

〔50〕 周绍良:《红楼梦研究论集》,第108页。

〔52〕 吴小如:《古典小说漫稿》,上海古籍出版社,1980年,第134—137页。

〔53〕〔55〕 有关台湾出版《红楼梦》的情况,参见刘广定:《全国新书资讯月刊》(国家图书馆),2002年10月,第34—37页。

〔54〕 承胡文彬先生告知,谨致谢忱。

〔56〕 例如,吴宏一:《明清小说》,台北:黎明书局,1995年。

〔57〕 赵建忠:《红楼管窥》,吉林人民出版社,2002年,第87—117页。

〔58〕 北京:华文出版社,2002年版。

〔59〕 湖南出版社,1995年版。

〔60〕 赵建忠:《红楼梦续书研究》,天津古籍出版社,1997年,第65页;又见林依璇:《无才可补天——红楼梦续书研究》,台北:文津出版社,1999年。

补

《〈红楼梦〉的版本和续书》一文撰成于2002年11月，这四年多来可补充的很多，现择几项简述于下：

1. 抄本原仅有11种见于世，2006年6月在上海又出现了一种，现归卞亦文先生收藏，仅第一—十回。其前有第三十三—八十回的总回目为白文本，无批注。北京图书馆出版社于同年12月将之影印发售，名为《卞藏脂本红楼梦》，冯其庸先生和收藏人卞先生都做了初步的研究，均认为是早期的清代抄本。

2. "甲戌本"已由上海博物馆向胡适先生家属购回庋藏。冯其庸先生2006年曾亲往检视，发现以前其中"玄"字末笔之"、"是后人所添，正如笔者2004年在扬州国际红楼梦研讨会上发表论文中所推测一样。

3. "靖本"的正确性扑朔迷离，裴世安先生等曾辑录《靖本资料》(2005年)，读后以为人间或应曾有此本，但毛国瑶先生辑录文字之正确性可疑，故仍觉不宜用为讨论文本及批语之依据。

4. 有关八十回以后故事是否为原作，笔者原以明义的《题红楼诗》第十七首前两句是写钗玉成婚后未行房。后再思索，虽仍以该首所咏为今本第一〇九回《候芳魂五儿承错爱》故事，但前两句应是接第十六首之诔晴雯而写宝玉与晴雯之清白。此说已载于2006年之拙作《化外谈红》第355—356页(台北：大安出版社)。

5. 杨传镛先生遗著《红楼梦版本辨源》，甚具参考价值，已由北京图书馆出版社2007年1月出版。

第十三讲

树阴与楼影

——典范说之于《红楼梦》研究

童元方

一

有关《红楼梦》的研究，我们回溯起来，索隐派的鼓吹者是蔡元培，他的《石头记索隐》发表于 1917 年；自传派的倡导者是胡适，他的《红楼梦考证》发表于 1921 年。这两派算到如今，还不足百年。他们研究的范围，可以说是在历史方面。前者述他人之事，后者述自己之事，我们可以总称之为历史派。可是，更早还有一位红学研究大家，他谈及的是《红楼梦》的结构内容、悲剧性质，以及悲剧的美感成因。他所追究的既非作者个人的历史，亦非影射人物的比对，而纯粹是透过背后的哲学思想来作文学批评。这个人物就是王国维，这一篇作品就是在 1904 年发表的《红楼梦评论》，我们姑且把它称为哲学派，至今已是一百余年了。

在历史派中，由蔡元培到潘重规的索隐说、由胡适到周汝昌的自传说的研究文献，多如山积，名为红学，至为明显。而王国维的哲学派自百年前提出，并无后继者，应于此略加覆按。

二

根据王国维的《静安文集》自序，《红楼梦评论》写于他耽爱叔本华的年代[1]，系以叔本华的哲学观点写《红楼梦》的思想专论。由其文发表于《教育世界》之1904年推算起来，他当时大概是28岁。

《红楼梦评论》共分五章。[2]第一章阐明的是生活的本质即欲望，而生活、欲望及苦痛三者永远交织在一起，解脱之道是以美术来使人暂忘苦痛。此系叔本华学说之绍介。又引歌德之诗言及凡人生中使人悲的，托之于美术则人乐而观之，此是悲剧能拯救人于悲痛之中的原因。而美术中以诗歌、戏曲、小说为顶点，中国的《红楼梦》是一绝世之作。

王氏于第二章中阐释《红楼梦》之精神。男女之欲尤甚于饮食之欲，在哲学上解此问题者，只有叔本华的《男女之爱之形而上学》，而《红楼梦》非但提出此问题，而且能解决此问题。解脱之道存于出世，以拒绝一切生活之欲，而不是自杀。这种宗教的方法，即宝玉的方法。《红楼梦》的精神即在宝玉由欲而产生苦痛，一直到出家为止。

第三章是论《红楼梦》在美学上之价值。王国维从叔本华之说，视《红楼梦》此一悲剧的价值，由剧中人之位置及关系所造成，是不得不然的，不必有任何偶然的变故。因人生之事原是如此，不过通常的道德、通常的人情、通常的境遇，悲剧却无所逃于天地之间。所以《红楼梦》的美学价值，是在书中逐渐形成的壮美之情，使人的精神得以洗涤而净化。

第四章是说解脱为人生的最高理想。使人从空虚与满足、希望与恐惧中脱出，而有所归属。换言之，以宗教解脱为唯一宗旨，哲学家如柏拉图、叔本华等人之最高理想亦为解脱，这也是《红楼梦》在伦理学上的价值。

第五章为余论，也是结论。王氏认为在故事中找本事，如非讹错，即是误解。因为美术所写者，非个人的性质，而是人类全体的性质。所以《红楼梦》不必为“作者自道其生平”，又引叔本华以证明美术作品不必“本于作者之经验”，所以《红楼梦》的价值不在本事之确指为何，而在其美学与伦理学上的价值所在。这非常像是针对蔡、胡二人说的，虽然蔡、胡二人之说分别晚于王说13年及17年。是王国维指出了《红楼梦》研究无论怎样考证历史都属误入歧途，要研究，应在思想上，亦即在哲学价值上。故王氏的《红楼梦评论》成了中国文学批评史上一部开天辟地之作。其眼光与识见早在一百年前即如此，不能不使人钦佩之余，感觉惊异。

三

既然王国维在《红楼梦评论》的结尾中，力辟不宜在小说的故事中去找本事，索隐派的“找本事”，可以说游戏而已；而自传派的“找本事”更属徒然。因为自传派所得结论，是后四十回非曹雪芹所作。但胡适在考证的最后却有这样的叙述：

> 以上所说，只是要证明《红楼梦》的后四十回确然不是曹雪芹作的。但我们平心而论，高鹗补的四十回，虽然比不上前八十回，也确然有不可埋没的好处。他写司棋之死，写鸳鸯之死，写妙玉的遭劫，写凤姐的死，写袭人的嫁，都是很有精采的小品文字。最可注意的是这些人都写作悲剧下场，还有那最重要的“木石前盟”一件公案，高鹗居然忍心害理的教黛玉病死、教宝玉出家，作一个悲剧的结束，打破中国小说的团圆迷信。这一点悲剧的眼光，不能不令人佩服。[3]

胡适花了那么多考证的工夫，说出这最后的话，不等于以他的结论之矛攻前文之盾吗？我们若完全接受作者系曹、高两人，但仍以《红楼梦》为一部完整的书，是否可以说《红楼梦》是一部伟大的以悲剧作结尾的完整小说，而由两人执笔完成的！如此而已。

好多名画不知是谁作的，并不影响其为好画。《诗经》是谁写的？找不全诗篇的作者，《诗经》也不失其为好书。就算《楚辞》中有大部分是屈原作的,而胡适之说屈原只是一箭垛,不是一真人。以后,有不少人,如哈佛的宇文所安也附和此说。[4]但即使此说当真,《楚辞》也不失其为杰作,而香草美人的文学传统更因历代的阅读、借用、联想、引申而早已建立起来。史学家愿意追究作者,悉听其便。文学家则钻研作品本身的思想与哲学、叙述的形式、象喻的意义等等,不是亦自有其权力吗?

四

我们现在稍加追究王国维的出现:光绪二十二年,也就是1896年,罗振玉在上海创办农学会,翻译各国农学学报,后因缺乏译才,又在次年创办东文学社,聘请藤田丰八为教授,以东文,也就是日文授科学。王国维在其文集续编的自序中说:

> 是时社中教师为日本文学士藤田丰八及田冈佐代治……余一日见田冈文集中,有引康德、叔本华之哲学者。心甚喜之。顾文字睽隔,自以为无读二氏之书之日矣。庚子之变,学社解散,盖余之学于东文学社也,二年有半,而其学英文亦一年有半,时方毕三读本乃购第四、第五读本,归里自习之。……北乱稍定,罗君助以资,使游学于日本,抵日后,昼习英文夜习数理,留东京四五月而病作,遂于是夏归国。自是以后遂为独学之时代矣。体弱性忧郁,人生之问题,日往复于吾前,自是始决从事于哲学。
>
> ……
>
> 余疲于哲学有日矣,……而近日之嗜好所以渐由哲学移向文学,而欲于其中求直接之慰藉者也。

依照叶嘉莹的综合考据,罗振玉在1902年任南洋公学东文学堂的监督,聘王国维为执事,兼编《教育世界》杂志。后来罗振玉创设江苏师范学校,自任监督,邀王国维赴苏州任教,王氏仍继续为《教育世界》撰文。[5]王国维既为解答人生之困惑而有志于哲学,又因悲观忧郁之天性而独好叔本华,把叔本华的悲观哲学应用于《红楼梦》上，期以美术之欣赏来解脱欲望加之于人的痛苦。夫子自道之意，似在其中。

五

叔本华最著名的作品是《意志世界与意象世界》[6]。比如叔本华说，意象仅是表面所显现的东西，好像地球的表层；意志才是地壳下的内容，我们对于地球表面下的内容，可以说是毫无所知。从表面上看来，我们似乎为什么东西所牵引，其实是被后面的另外一些什么所推动。这些从后面推动的力量，总名为意志，是一切欲望的根源。意志的中心乃是性，与专司理智的脑有截然而显然的划分。

人类根本上是形上学的动物，利用各种说词、各种掩饰，诸如哲学、神学、理智等等大道理来造作、伪装，其实在掩饰的面具下面，是意志的顽强的生命与意志的自发的活动。

叔本华逝世于1860年，而弗洛伊德诞生于1856年。叔本华的意志世界观，风行于19世纪的下半叶，而弗洛伊德的潜意识学说经典《梦的解析》发表于1900年。叔本华与弗洛伊德，学说虽不相同，可是重合之处所在多有。一说到性，我想20世纪以后的读者，很难不想到弗洛伊德。王国维在1904年，大概还不曾看过《梦的解析》。我们用弗洛伊德来说叔本华的意思，只是比较好说、易懂而已。

在此，我们用弗洛伊德的话来说，艺术家是逃避现实的人，他的本能的满足因为受阻而无法达成，进而延伸入幻想世界，任性欲及野心在里面跑野马，把幻想世界造成另一种新现实，使读者以为他的幻想产物乃是现实生活的反映。他可以变成英雄、大力士、国君、创造者等种种角色，而不必真的去变动外在的一切。读者也有此需求，因为读者的本能也同样因受阻而难过。

这是弗洛伊德的描述，大致是延续叔本华的说法而来。王国维当年的文章，可以说是以《红楼梦》为例，解释了弗洛伊德的学说。《梦的解析》发表之年，弗洛伊德之名还没有传到中国。不过，王国维可能与弗洛伊德有一样的聪明，对叔本华的意志世界有相当深刻的觉悟与认识。

六

王国维用叔本华的哲学来评论《红楼梦》，吴宓则是用西方的小说理论和他所理解到的比较文学来研究《红楼梦》。1918年夏，吴宓由维吉尼亚大学转入哈佛大学的比较文学系。又因梅光迪的介绍，请白璧德(Irving Babbitt, 1866—1933)做他的导师。他除了修白氏所开的“卢梭及其影响”(Rousseau and his Influence)和“近世文学批评”(Literary Criticism since the Sixteenth Century)之外，还选修了梅纳迪尔博士(Dr. G. H. Maynadier)的“英文小说：从理查逊到史考特”(The English Novel from Richardson to Scott)。[7]

吴宓在“英文小说”科上最先读的就是理查逊(Samuel Richardson, 1689—1761)的《潘蜜拉》(*Pamela*)与《克拉丽莎》(*Clarissa*)。《潘蜜拉》被学者公认为第一本用英文写的小说。而吴氏两本都喜欢，且认为其“颇肖《石头记》也”。[8]不过吴宓没有说明此两篇小说与《石头记》相似的地方或理由。吴宓为此科所写的学期论文，题为“Fielding's Theory of Fiction as Applied in *Tom Jones*”(《菲尔丁的小说理论在〈汤姆·琼斯〉中的运用》)，梅纳迪尔极为嘉许。在《年谱》的按语中吴宓清楚说到自己日后撰写《红楼梦新谈》，开首即引梅氏之伟大小说之六条标准，以为评《红楼梦》的原则。[9]换言之，吴宓是借梅纳迪尔归纳出来的小说批评标准来评《红楼梦》。《红楼梦新谈》事实上就是“Fielding's Theory of Fiction as Applied in *Dreams of the Red Chamber*”，直译回中文就是《菲尔丁的小说理论在〈红楼梦〉中的应用》。我们可以看出来吴氏在这段时间内视《石头记》与《红楼梦》为一书之两名，是可以互换的。他评点时是把小说当一本完整的书看的，也就是根本无视《红楼梦》的作者问题。

七

1919年3月2日哈佛大学中国学生会请吴宓演讲，他的讲题就是“红楼梦新谈”。这一年吴宓26岁。哈佛大学中国学生会规定，每两星期开一次晚会，每次请两位同学演讲。这次轮到孙学悟与吴宓二人。吴宓后自言大家都急着等孙氏快讲完，好听他的；附近麻省理工学院以及波士顿大学也有多人赶来听讲。[10] 这次演讲使1月底2月初才由欧洲来到哈佛的陈寅恪以诗相赠，吴宓记之于3月26日的日记中。他们之间的诗歌唱和与终身友情都是从这一首诗开始：

《红楼梦新谈》题辞

陈寅恪

等是阎浮梦里身，梦中谈梦倍酸辛。
青天碧海能留命，赤县黄车更有人。
世外文章归自媚，灯前啼笑已成尘。
春宵絮语知何意，付与劳生一怆神。[11]

《红楼梦新谈》就是当日之演讲稿。后来于1920年发表于上海出版的《民心周报》。[12] 这篇文章的论点，用吴宓自己的话说，是“用西洋小说法程（原理、技术）来衡量《红楼梦》”。[13] 我们可以把吴宓这种以文学比较的方法来评论《红楼梦》叫做比较文学派。

细看起来，哈佛的教授梅纳迪尔从菲尔丁（Henry Fielding，1707—1754）的《汤姆·琼斯》（*Tom Jones*）中归纳出的小说所应具备的六大特点如下：

1. 宗旨正大（Serious purpose）；
2. 范围宽广（Large scope）；
3. 结构谨严（Firm plot）；
4. 事实繁多（Plenty of action）；
5. 情景逼真（Reality of scenes）；
6. 人物生动（Liveliness of characters）。

吴宓以此西洋小说的六义来衡量中国的《红楼梦》，认为《红楼梦》不仅“处处合拍，且尚觉佳胜”。而理由则是“入人之深，构思之精，行文之妙，即求之西国小说中，亦罕见其匹。西国小说，佳者固千百，各有所长，然如《石头记》之广博精到，诸美兼备者，实属寥寥。英文小说中，惟 W. M. Thackeray 之‘The Newcomes’最为近之”。[14]

《红楼梦新谈》即据此六点分别发挥。但吴宓用三分之二的篇幅，又分四点来谈宗旨，其余三分之一谈范围、结构、事实、情景与人物。谈宗旨吴宓先说什么不是小说的宗旨：“一、不可如学究讲书、牧师登坛，训诲谆谆，期人感化；二、不可如辩士演说，戟指瞪目，声色俱厉，逼众听从；三、又不可如村妪聚谈，计算家中之柴米，品评邻女之头足，琐屑鄙陋，取笑大方。”如此开宗明义，一方面否定了以小说为教化工具，一方面反对以卑俗词语为小说的语言。他所谓小说“只当叙述事实，其宗旨须能使读者就书中人物之行事各自领会”，接着又说：“《石头记》固系写情小说，然所写者，实不止男女之情。”所以另分四层来谈《石头记》的宗旨。所谓四层，其实是从贾宝玉、林黛玉、王熙凤、刘姥姥四个人物所代表的意义来看的。

然而，他一再强调的还是从《红楼梦》的内容来看贾宝玉的性情，再总结出小说的宗旨。另一面则用西洋文学的理论来看贾宝玉这个人，同时举西洋文学中的人物来反衬贾宝玉。比如，吴宓以亚里士多德《诗论》中所说的悲剧英雄[15]为标准，认为宝玉合此资格，且为诗人。凡诗人皆(1)富于想像力(2)感情深挚(3)其察人阅世以美术上之道理为准则，所以宝玉非是诗人不可。而人之少时幻想力最强，年岁愈长，则逐渐消减，所以曹雪芹有甄贾宝玉，由此引申出“人皆有二我，理想之我与实地之我，幻境之我与真如之我。甄贾二宝玉，皆《石头记》作者化身”。吴宓又引卢梭的小说 *La Nouvelle Héloïse*，说书中的主角 Saint-Preux 本来是卢梭自己，但自嫌老丑，所以将其写成华美少年，这是卢梭的二我。悲剧英雄，除了卢梭，还有雪莱；卢梭开浪漫派之先河，而雪莱乃卢梭之信徒。[16]这些论调可以说是吴氏自己的新发现。吴宓性情似近浪漫派，但又欲用古典的情怀以约束浪漫的行为，所以他所谓的宗旨全在教训、教诲、教化上，显然深受白璧德新人文主义的影响。

对于“幻境”一词，吴宓解说甚详。他指出中国的无怀葛天之民、王母瑶池之国，是文人幻想的理想家园；巫峡云封、天台入梦，是诗人幻想的浪漫爱情。陶渊明的桃源、王无功的醉乡，是名士幻想的自在天地；蕉鹿黄粱，则是俗人幻想的富贵世界。而西方从柏拉图的共和国（Republic）到锡德尼（Philip Sydney，1554—1586）的牧歌般的田园阿卡狄亚（Arcadia），到摩尔（Thomas More，1477—1535）的乌托邦（Utopia）；再从近世的卢梭（Jean Jacques Rousseau，1712—1778）之想象世界（Pays des Chimeras），到扬格（Edward Young，1683—1765）的幻想之国（Empire of Chimeras）；从汤普逊（James Thompson，1700—1748）的悠闲之城（Castle of Indolence），到丁尼生（Alfred Tennyson，1809—1892）的艺术之宫（Palace of Art），最后是圣伯夫（Charles-Augustin Sainte-Beuve，1804—1869）的象牙之塔（Ivory Tower），吴宓以为所喻皆梦想一身的快乐，与宝玉的太虚幻境相同，而卢梭的性行，尤与宝玉相类。

用现在的眼光看起来，菲尔丁的伟大小说的六大条件，有些失之笼统，无法比较清楚地界定何谓伟大。《红楼梦》与其他西洋小说的比较，或者是结构上大致的情况，或者是角色上相似的地方。吴宓多半先举中国文学传统，再举西洋文学传统的例子，但多少显得有些紊乱，看得出这是他初步的研究。在吴宓四年的留美生活中，从1918年9月到1919年5月底这一年他最专心致志，最用功读书。通读了白璧德及挚友穆尔（Paul E. More，1864—1937）的全部著作，渐渐形成了他自己的文学思想。此思想不仅见于后来的《学衡》，就《红楼梦》而言，亦见之于他在1940年代所写的文章中。

八

1919年7月29日，吴宓在日记中说起所作《红楼梦新谈》，自觉意有未尽。又因读穆尔的《谢尔彭论文集》（*Shelburne Essays*）中论及小说巨擘之数事，觉得《红楼梦》在在具有。他遂把论点补充如下：

天下有真幻二境，俗人所见眼前形形色色，纷拿扰攘，谓之真境；而不知此等物象，毫无固着，转变不息，一刹那间，尽已消灭散逝，踪影无存。故其实乃幻境 Illusion 也。至天理人情中之事，一时代一地方之精神，动因为果，不附丽于外体，而能自存。物象虽消，而此等真理至美，依旧存住。内观反省，无论何时皆可见之。此等陶熔锻炼而成之境界，随生人之灵机而长在，虽似幻境，其实乃惟一之真境 Disillusion 也。凡文学巨制，均须显示此二种境界，及其相互之关系。Aristotle 谓诗文中所写之幻境，实乃真境之最上者。Illusion is the higher reality。《红楼梦》之甄、贾云云，即写此二境。又身在局中，所见虽幻，而处处自以为真，大观园及宝、黛、晴、袭所遭遇者是也。若自居局外，旁观清晰，表里洞见，则其所见乃无不真，太虚幻境及警幻所谈，读者所识者是也。凡小说写世中之幻境至极浓处，此际须以极淡之局外之真境忽来间断之，使读者如醉后乍服清凉之解酒汤。或如冷水浇背，遽然清醒，则无沉溺于感情、惘惘之苦，而有回头了悟、爽然若失之乐。《红楼梦》中，此例最著者，为黛玉临殁前焚稿断痴情，及宝玉出家，皆 Disillusion 之作用也。[17]

这段极新颖之见解，虽是《红楼梦新谈》之补充，实为精到而鲜明之创见。他把普通人认为的真实境况叫做幻境(illusion)，而把常在久存的境界称为真境(disillusion)：普通看来为虚为幻的，反而是真实永久的存在。

九

论及《红楼梦》真与幻的新颖诠释，我们立时思及时人余英时的《〈红楼梦〉的两个世界》一书，大体说来余氏之说的两个世界是理想世界与现实世界，他用的名词与世人所用者并无歧异，于是太虚幻境之幻即是理想，而大观园外之实即是现实。[18]

余英时首次提出《红楼梦》的两个世界是在20世纪70年代。他主要是重述俞平伯60年代的观点，把《红楼梦》分为理想世界与现实世界，也就是以宝玉与一群女孩子的太虚幻境——大观园内为理想世界，大观园外为现实世界。余英时的现实世界，用英文说是 world of reality；理想世界，英文是 ideal world，或者说乌托邦的世界，即 utopian world。换言之，吴宓以乌托邦的理想世界为真，而从俞平伯到宋淇到余英时皆以现实世界为真。同一个"真"字，却是相反的意义，可以说吴宓与余英时，各属于不同的典范，即相异的 paradigm。

十

对于一组名词而持两种说法，这是孔恩（Thomas S. Kuhn）在《科学革命的结构》（*The Structure of Scientific Revolutions*）一书中所阐述的重点[19]。简言之，亚里士多德之于物理所用的一组名词，不是牛顿所用的那堆名词；而牛顿所用的那堆名词，又不是爱因斯坦所用的一组名词。更令人奇怪的是，他们用的名词纵属相同，所代表之意义亦自有别。孔恩是在哈佛大学当助教、给本科生讲科学史时，发现古典科学与现代科学观念上的极度混淆的。他走过了多少艰难的路而挣扎出来、觉悟出来一个新的观念：一个时代有一个时代的典范（paradigm）[20]。用典范的剧变来形容科学史的现象，即是科学革命。

孔恩的著作《科学革命的结构》至今已发行三版，印数在百万册以上。虽说是一本讲科学史的书，却被社会科学中广为引用。余英时在《近代红学的发展与红学革命》这篇文章中简述孔恩的学说，亦很精要。他说：

> 孔恩结构一书中的理论系统极尽精严与复杂之能事，而我的选择则是有重点的，即以其中可说明近代红学发展的部分为断限。我特别觉得孔恩的"典范说"和"危机说"最和我们的论旨相关。[21]

余英时是利用科学史上的典范说，来说明《红楼梦》的研究史。他所说的两个世界虽是极普通的解释，但他借科学史上的典范说来分析红学的历史，则反而成了空前的创举。

十一

我们看这一百年来对《红楼梦》的研究,可以说分为两大类:一类是研究《红楼梦》的内容结构及文学本身的,即王国维的《评论》、吴宓的《新谈》及补充等;一类是研究《红楼梦》的作者身世、版本问题或比附谁属的,即由蔡元培到潘重规、由胡适到周汝昌等。前者可以说是楼影,楼影应该固定,却是因时间的推移而参差;后者可以说是树阴,树阴因环境的左右而自有浓淡。综合此两者予以分析的,是余英时借孔恩的典范学说,大致观察此一楼影及周匝树阴的全幅图景。

不过,文学毕竟不是科学,文学史也不是科学史。科学讲究定义与定理,逻辑性强;而文学却不避歧义与模糊,顾及全面。对《红楼梦》的历史发展,余氏之说固收纲举目张之效,但中国文学利用科学方法来解析是否得当,是否会有鲁莽与生硬之嫌,则亟待审慎的考核与厘定。

何况,孔恩典范之说,是其早年之作。至于晚期,他曾说,如重写《科学革命的结构》,他必强调学会与学刊之重要,以期典范共识之形成。

近年红楼国际会议之两度召开,与专刊专论之出版发行,均不异于孔恩晚期主张之方向。而此时又有一现象,即红学家周策纵既出版专书[22],又负责召开国际会议,正与孔恩晚期之论不谋而合。

2003年许多红学家为文组成一集,由香港翻译学会出版,为《石头记》著名译家霍克思(David Hawkes)祝寿[23]。其中一篇是周氏之作。他在文章中说,《红楼梦》之名确实来自唐代诗人蔡京的《咏子规》:

> 凝成紫塞风前泪,惊破红楼梦里心。[24]

贺客周策纵之不名《石头记》而径曰《红楼梦》,与寿星霍克思之不译后四十回而名曰《石头记》正成鲜明的对立。岂吾爱吾友,吾更爱真理乎!

楼影参差,树阴浓淡是曹雪芹形容怡红院的名句。我们借他的名句来概括曹氏十年辛苦的创作,及后人百年辛苦的研究,借以一览峥嵘而又磅礴的全景，不是很适合吗？

而其峥嵘、磅礴，均非萨克雷的名著《纽可谟一家》（*The Newcomes*）[25]或托马斯·曼的巨制《布登勃勒克一家》（*Buddenbrooks*）所可比的了。[26]

注 释

〔1〕 见《静安文集》，《王观堂先生全集》，第五册，台北：文华出版公司，1968年版，第1547页。

〔2〕 《红楼梦评论》，《静安文集》。参看叶嘉莹：《王国维及其文学批评》，第74—211页，香港：中华书局，1980年版，第1628—1671页。

〔3〕 胡适：《红楼梦考证》，台北：远东图书公司，1961年版，第40页。

〔4〕 宇文教授于1980年代末在课堂所讲。

〔5〕 《王国维及其文学批评》，第63页。

〔6〕 王国维原译为《意志及观念之世界》。

〔7〕 参看吴宓：《吴宓日记》，第二册：1911—1924，北京：三联书店，1998年版，第10—15页；吴宓：《吴宓自编年谱》，北京：三联书店，第178—179页，吴宓所选课之中文名，皆其自译。

〔8〕 《吴宓日记》第二册，第15页。

〔9〕 《吴宓日记》第二册，第20页。

〔10〕 《吴宓自编年谱》，第185—186页。

〔11〕 《吴宓日记》第二册，第20页；《吴宓自编年谱》，第189页；吴学昭编：《吴宓与陈寅恪》，北京：清华大学出版社，1992年版，第3—4页。

〔12〕 吴宓：《红楼梦新谈》，收入《红楼梦评论选》下册，王志良编，北京：中国社会科学出版社，1998年版，第1105—1118页。

〔13〕 吴宓1967年2月1日交代稿《演讲红楼梦》，转引自《吴宓与陈寅恪》，第4页。

〔14〕 若无另具出处，引文皆出自《红楼梦新谈》。

〔15〕 Tragic hero，吴宓译为“悲剧中之主人”。

〔16〕 “卢梭及其影响”与“近世文学批评”都由白璧德讲授，两门课只须合撰一篇论文。吴宓所写的学期报告，题目是《论雪莱之生活及思想，所受卢梭之影响甚大》(Shelley as a Disciple of Rousseau)，所以吴宓也常以雪莱比宝玉。

〔17〕《吴宓日记》,第二册,第46—47页。

〔18〕余英时:《红楼梦的两个世界》,台北:联经出版事业公司,1996年版。

〔19〕Thomas S. Kuhn: *The Structure of Scientific Revolutions*, The University of Chicago Press, 1996.

〔20〕Paradigm一词,现在多译作"范式"。

〔21〕《近代红学的发展与红学革命》一文收在《红楼梦的两个世界》中,第1—37页。

〔22〕周策纵:《红楼梦案:弃园红学论文集》,香港:香港中文大学出版社,2000年版。

〔23〕Rachel May and John Minford (ed.), *A Birthday Book for Brother Stone*, Hong Kong: Hong Kong Translation Society, 2003.

〔24〕见Chow Tse-tsung, "The Origin of the Title of the *Red Chamber Dream*", *A Birthday Book for Brother Stone*. 此蔡京是唐人,不是北宋末那一奸臣蔡京。诗见《全唐诗》。

〔25〕William Thackeray, *The Newcomes*. 1853—55. 1995年前后,密西根大学出版(University of Michigan Press)、牛津大学出版(Oxford University Press)以及企鹅出版(Penguin)这三家重要的出版社同时发行新版。书中叙述英国的纽可谟一家之衰落情景。吴宓以此书与《红楼梦》相近,于1921年回国后,用《红楼梦》文体将此书译出八章,书名为《纽康氏家传》,发表于《学衡》的第一至第八期。

〔26〕Thomas Mann, *Buddenbrooks*. 1901. 托马斯·曼因此小说而得到1929年的诺贝尔文学奖。书中叙述德国的布登勃勒克一家之衰落情景。

第十四讲

《红楼梦》与中华文化

周汝昌

在《红楼梦》与中华文化之间寻绎脉络，至少须由三大方面来思考：

一、《红楼梦》一部书，综括融会了中华文化的几大“亮点”：德、才、智、慧、情、文、风、采。这在小说著作中，别无第二部可与伦比。

二、作者借此巨著表达了他对中华文化的思维方法：能分析，能综合；由整而析，析亦“归元”，不是“为析而析”、“以析得越细为越高”，中华的“析”不等于支离破碎、彼此无关。

三、书之大旨，作者自谓是“谈情”，实质是追寻人类生命生活的意义与价值。人是什么？人为什么活着？什么样的生命生活最真、最善、最美？

依此三大脉络，可以悟到：《红楼梦》确是一部体现、表现中华文化的伟大著作，绝异于一般习见的追求新奇、“哗众取宠”的庸流常品。

颇为流行的一种说法（“理论”）是：西方的思维擅长分析，中国的思维只重“综合”——不善“分析”，也不会“分析”，云云。

是如此吗？《红楼梦》回答了这个问题。

汉字的“析”，就是拿斧头劈木头，劈后谁也连不上谁，谁也不顾谁了。所以《老子》早就指出：天地宇宙，本为“大朴”（最巨大的整木），朴一散则分离为“器”了。器，指一切后世发展创制的纷纷器具，如近现代科技成果的产物，等等。

这似乎是“反对”进化发展了？其实也不是“倒退论”。老子主张的只是“器”不要忘记了“朴”而成为破坏“朴”的一片纷纭混乱。

《红楼梦》作者曹雪芹与老子的分别是他不强调“器”的缺陷流弊，却直接继承发扬了老子的“二分法”与“对称论”。

例如，他创立了“正邪两赋而来”的人类性情禀赋新哲理，解说“阴阳”并非真有“两个东西”，只是一种宇宙力量的变化与“二分对应”的互相“消长”。

曹雪芹的思想中没有愚昧的“绝对化”。他与至密之侣脂砚斋都慨叹“好事多磨，美中不足”，等于承认现实中总是有美有不美，有好有不好。他的书一开头大书“假作真时真亦假，无为有处有还无”。他的辩证思维很高明：真假、有无，都是以“二分法”的“对称论”为总纲大旨。

他的思想中，对人我、尊卑、情爱、男女、贫富、荣辱、兴衰……都是如此。

评论家说中国思维只重综合，不善分析，这种看法恐怕是只知其一，未知其二。事实上，中国思维既分析，又综合，从未割裂对立。所谓“万变不离其宗”这句成语，最有总括代表性：知事物之万变，悟变虽万而宗唯一而已。

比如，中国医学，最擅分析，药学上看《本草纲目》的“药性”分析，堪称精绝，性就功能而言，浅言即有寒、热、平、补、泻、升、降、宣、敛、滑、涩……种种不同且又相辅相克相反，这不仅仅是有别于“支离破碎”、“绝对孤立”，而且是要从中取得一个“气”“血”、“虚”“实”的均衡——即“太和”，最大至极的整体和谐，而这方是真正的生理健康和治疗之本。

这也就是《易经》的思维方式：辨析宇宙人生万物万象，统之于“八”，而“八”又纳之于“阴阳”——然后总归为一个“太一”（大乙），即最大至极的统一整体，亦即“元”者是也。

曹雪芹写了108位女儿，性格特点，各个不同，其差异之鲜明突出，正是世人最为称赏的文学奇迹——然而他强调的却是一个“正邪两赋”和“小才微善”——还是“万变不离其宗”！

要寻绎《红楼梦》与中华文化的精神(形而上)关系,应先理解到这一要点。《红楼梦》之"戚序本"中有一首题诗,开篇云"阴阳交结变无伦,幻境生时即是真",正是讲明"分析"与"综合"。此即有分有合、是二是一的大道理。

作者曹雪芹以其超群的灵慧之光与诗人之眼观察思悟宇宙万物之后,"浓缩""聚焦"于此问题:人是如何产生的?人的本质和特点是什么?

"开辟鸿蒙,谁为情种?"他"上穷碧落下黄泉",追索洪荒有了天地山界,怎么还有了"人"这个东西——他是"情"的独特的"占有者"——人生、社会、文学、艺术,没有了这个"情",就一切变样了,甚至消灭了。

曹雪芹似乎有"物质进化"思想,不妨给以"东方达尔文"的称号。他设想:上古女娲炼石——实际是她发明了烧制陶器,首先是砖瓦,人造之"石",犹如后世以琉璃为人造之"玉"相类。女娲以土造石,同时又"抟土"做人。石与人同为生育女神女娲所造,故皆由她赋予了"灵性",是谓"通灵"。

"灵性"是什么?即知觉、感受、反应、思维、理会、领会的精神功能——其实亦即"人性";但这个"人性"是高层次的,与真顽愚昧大大不同。

"灵性"是先天的禀赋。仅仅这,还不是真正值得欣赏赞美、羡慕倾倒的人——还需要后天的文化教养!

如何得知雪芹有此思想?很分明而又简单:他说,那石头下世投胎之地是一处"诗礼簪缨之族"。

这就重要极了!

这样,"人"的灵性与情,就不再是野蛮低陋的了,就与"禽兽"之"性"与"情"分开了。更重要的是:其他动物的情与欲是难分的,是任性的、放纵的,而人则必须将情与欲区辨清白。这就是《红楼梦》"大旨谈情"的宗旨所在。

在西方语文中,似乎没有一个单词(word)能与汉字的"情"密合相当(correspond)、精恰无移——这也许就是西方读者在理解《红楼梦》上会有困难或偏差的一个因由。

比如著名学者夏志清(T. C. Tsia)教授在讲《红楼梦》时,就无法翻译"情"字——他只好用两个英文单词组合,命之为"Love & Compassion"。此外没有更好的办法。

因为,"情"在汉语中,不仅是被动的、感受的、反应的情绪心境,更是主动的、施与的“爱心”——现代汉语正是因为汉字“爱”(Love)容易误会为只指“性爱”,所以才有了“爱情”与“爱心”两个含义内容绝不相通的词语。

在曹雪芹的原著《红楼梦》中,所写之“情”就是人与人相处的高尚关系——等于是一种关怀(comport)、同情(sympathy)、怜悯(pity)、仁慈(humanity)、体贴(concern)……

这种情,绝不限于男之对女或女之对男,可以扩及于人之对物或对一切不幸的事与境。这是最广博、最崇高的“情”。书中主人公贾宝玉,就是具有如此情怀的一位青年公子。

一般人理解贾宝玉这样一个18世纪的中国青年,是有困难的。“情”是《红楼梦》的灵魂。曹雪芹把男女之间的“爱情”命名为“儿女私情”(第五回曲文《乐中悲》),这就表明:他讲的“大旨谈情”虽然也包括若干“儿女”之“私情”,但真正的目标却是一个博大崇高的“公情”。

汉语词汇中并无“公情”一说,这是为了解说而姑且“杜撰”之。“公情”何在?即是“千红一哭”、“万艳同悲”——为普天下女儿之不幸境遇、命运而痛悼。

无文化教养者将《红楼梦》视为“淫书”,一味去寻索书中的“性爱”、“淫秽”,是以此书久蒙不白之冤,特别是程高伪续后四十回,更加重了多层歪曲、破坏,“反其道而行之”。

“情”,在中华文化中有其来历与根据吗?我在《红楼梦与中华文化》一书中有一编重点讨论研考,今不复述。此时只说,“情”在“儒教”中的地位、情况是怎样的呢?

这个题目很大,如今也只能把它“限”在“人际关系”这一层上。

孔子不愿多讲“情”字。他似乎顾虑在人伦上多讲了“情”,就会“泛滥”而“不可收拾”,所以他强调“哀而不伤”、“怨而不怒”;认为乐则容易“忘形”,因此要克制,“适可而止”。

曹雪芹的“情”,实质也是“仁”的另一表现。但他异于孔门之仁者,有极鲜明的标记。

流行已久的一种认识以为曹雪芹是“反理崇情”的,即以“情”为“武器”来反抗“理学”、“理教”,这是一个误解。曹雪芹并不反“理”。比如,贾宝玉对不相识的傅秋芳十分倾慕，但无任何“邪思”，而是出于“诚敬”。又如他悲悼晴雯，作《芙蓉女儿诔》，要紧一句是为了“达诚申信”。这完全是儒门发展到宋儒的“唯理主义”信条，如何能加上一个“反”字？但何以他又特重一个“情”字呢？这是因为，他已看到“理”的流弊误混了“情”，是以大胆提出“情”的重要性，若无情，理亦成了空谈。

他的想法是：一切道德基准意念都是好的，但讲道德的人却忘记了这些道德基准都是源于情、基于情、发于情、充于情、体（现）于情的。没有了情为之内核，一切道德即成为“教条”，亦即空洞的“口号”和僵硬的“概念”——那对于人的生命生活，就实在是乏味而无效的赘文或好听的招牌了。

这种认识与主张，从明代汤显祖、清代洪昇两大剧作家开始提倡宣扬，曹雪芹继承并且创新了这一文化思想，写出了空前伟大的小说巨著《红楼梦》。

《红楼梦》中的“情”，不是“概念化”的“规矩”、“教条”，而是有具体内容和“方式”的（用情、施情的形态），这就是“体贴”二字。

曹雪芹选取女儿作理想的用情对象，展开了他如何对待女儿的心境与行止。一切是“体贴”。

“体贴”又是什么？

如以西文译达，可能是“skin to skin”的感受。换言之，古人已说过的“换我心，为你心，方知相忆深”，即设身处地、以己度人，方能体会到别人真正的悲欢哀乐、苦楚辛酸——然后方能真正地给以同情与慰助！

“体贴”不见于孔子经典中，但他教导门人弟子说“其恕乎。己所不欲，勿施于人”。这就接近“体贴”。

然而，孔子是消极的“勿施”，曹雪芹则是积极的“施与”。孔子是推己及人，先己后人；曹雪芹则是先人后己，甚至是“为人忘己”或“有人无己”。

《红楼梦》因何而生？为谁而作？历来说法虽多，但真正切合实际的则是“自传说”。但所谓“自传”，并不同于用“第一人称”来叙述自己的“传记”。“自传”当然只是个简明方便的“示意”罢了——作者是通过一己的经历和感受，来探索人、人性、人生、人世间、生命价值等重大的哲思与期望。他的手法是借径于一块石头变人的传奇故事,主调是客观"评论"的语式语态。这一点,其实不复杂,也很明显,然而却引发了很多人的不解,以为《红楼梦》乃是"写别人"的讽刺书,乃至"揭秘"的骂世书。

请您暂"放下"那一切纷纭的揣测,且听笔者的讲说,循着这条理路往前走走,试看如何——

书中第二十五回有一首咏叹"通灵宝玉"(即主人公贾宝玉)的绝句,实为理解全书、打开"红楼迷宫"的一把金钥匙,其诗云:

> 天不拘兮地不羁,心头无喜亦无悲。
> 自从锻炼通灵后,便向人间觅是非。

这好了,诉与我们读者的"大旨"已明确无误了:此石经娲皇之炼,本是"补天"之材,不想单单遭弃,自惭自悼,不知已历几千几万岁月了。这日忽来僧道二仙,坐于此处"高谈快论"。先是说些"云山雾海,神仙玄幻之事",次后遂谈及人世的"富贵荣华"(又作"荣耀繁华")的乐事。只因这一来,便"打动"了石头的"凡心"。石头务欲下世投胎,去"受享"那人世间的快乐。

故事由此而起,不必复述原文。

——这是什么?

这是为了自己,为了"受享",这就是"灵性已通"之后的一种"欲念"。

然而,等到它真地到了人世间,目睹身亲,百般滋味,方知二仙之诫不差:人世并不如所遐想的那么美,众生之处境、之命运,乐甚少,甚而苦实多——女儿尤其如是!

其次,石头之来,寻一"富贵温柔之乡",原为"受享",但一经亲历,又知物质享乐一点儿也不能满足他灵性之所求,故曰"富贵不知乐业"。贾宝玉"别号""富贵闲人",何义?浅解以为此乃"奇福":又富贵又闲暇!

完全错了!雪芹妙笔是说:于富贵利禄场中,我是无缘的"空闲"人,两无交涉!

他不讳言"物质生存"之必要:"贫穷难耐凄凉。"所历兴衰荣辱,今昔炎凉,也成为他慨叹人生的一个方面。他又号"无事忙",此又何义?

原来，“富贵闲人”既是 Nothing to do with wealth and honor 之意，此之乃谓 Busy about nothing，又即：我之所忙，不是奔竞利禄名位，而是为了“无事之事”而忙——为了众女儿而忙，为她们的悲欢离合而忧伤焦虑……

一句话，他要过的是诗人逸士的高层精神生活，而这与世俗的价值观念是抵触的，是以世人诽谤讥嘲为“疯傻痴呆”。这种人的内心是十分痛苦的。

于是石头悟了：娲皇炼石补天，原为济世利人（天穹坏损，霪雨洪灾，万民沉溺，故补天止雨，重创人纪），身为石头，原非为“己”而来，还应依循娲皇遗意，以“利物济人”为事业。

悟到这里，这才发生了一个巨大的“情”字！

情，为人的、无私的、忘我的。情，和欲正是针锋相对的实质（理念与行为），而“外相”有时相混，世俗常人，往往不辨而妄思。

从此，石头矢志以“情”为己任——乃至可称之为“情教”的教主、博施的“情圣”！

可以毫不夸张地说：一部《红楼梦》，是演情而辨欲之书。

《红楼梦》是天地古今、自有生灵（不仅仅是“人”）所具有的最博大、最崇高、最诚敬、最美好的“情”。

在我看来，大学者、文学史家鲁迅，是最懂得这一点的，所以他在《中国小说史略》第二十四篇中为雪芹之伟著定名定位为“人情小说”！

正因此故，曹雪芹在书中不再讲孔圣的“仁”、孟子的“义”、如来的“慈悲”、老子的“道德”，而单单提出一个“大旨谈情”。

对于中华文化中“情”字这一重大课题，早应有一部专题著作，可惜至今未见。欲究此义，允须详研综览各种“教义”对“情”的态度与“处置”的方法。例如，老庄思想讲“太上忘情”，佛门讲“无情”，孔圣讲“避情”……而清代的假道学、正统士大夫、文人墨客，以伪续者高鹗为代表人物——他是出来告诫、吓唬读者的：哎呀，“情”可万万犯不得！犯了的都无好下场呀！云云。

这是中华文化的一大悲剧现象。《红楼梦》整个儿被这种妄人糟蹋得“无瑕美玉遭泥陷”了。

悲夫！

近一时期，与学友梁归智教授讨论，都认为《红楼梦》内涵与近代西方“真善美”的理念很是相合。贾宝玉是一个“真善美”的寻求者、礼赞者；同时他也是发觉“真善美”遭到毁亡的悲悼者。但要真正理解他的“真善美”，还必须回到“情”这条总纲上去。

在曹雪芹、贾宝玉看来，世上无情即无真，一切皆假。比如礼节、孝道内无“情”为实质，遂皆成“例行公事”，假相虚文一大堆，欺人自欺而已。其中绝无“反礼”之意，他“反”的是“峨冠礼服”的俗礼、假应酬，庆贺不由内心，吊丧全无悲凉……他并不是要取消一切礼数礼仪，没有了社会秩序和伦理关系——那是文明社会的倒退。

他的“善”，是忘己为人，是真情相待——在他的世界里不知“自私”是什么。为了自己营私谋利者的善，都是假慈悲、伪君子——借了美好的辞令以行其私！

他的“美”，即是情的表现与效应。有了情，人间变得充满诗心、诗境，万物各个遂其生。这方是真的美：人与人之间、人与物之间、人与天（大自然的规律）之间，都达到了“太和”之至美！

这儿，哪里有高鹗伪“全本”的“二女争婚”、“爱情悲剧”这一套俗不可耐的低级“文学”“艺术”？

曹雪芹在思考“人”的来由、经历、使命、价值、意义、命运之时，用小说体裁来表现其所思所悟，不能像哲学论文那样用概念符号来讲述“道理”，而必须创造或选择一个主人公来“敷演成一段故事”（《红楼梦》原文，第一回前《凡例》，见“甲戌本”），作者的决断是选中了他自己，就是说贾宝玉的原型即曹雪芹——这就是“红学”上所谓的“自传说”。正由于是作者当时极为大胆的破天荒独创之体，因而引发出许多以往小说所不会运用的笔法——表现方法。

这包括：有主观的亲切感受和感悟，有客观的冷眼旁观和议论短长。两者的巧妙结合，使得贾宝玉的脾性、才华都跃然纸上，“呼之欲出”。

例如作者最擅长的是虚实相间，真假相参，以贬为褒，以讥为赞。这些，都借用“别人”的客观来表述，而且又多种多样，绝无重叠雷同。

贾宝玉是怎么写出来的?

由冷子兴,由贾雨村,由甄宝玉,由《西江月》,由王夫人之口,由林黛玉之眼……最奇的,还特别由傅秋芳家的两个婆子!

为什么要这样做?只因一个“自传”性而又不便明言、不愿人知、“不足为外人道”,只能与识者莫逆于心,相视一笑!

至今仍然不悟此理、还在坚持认为是“别人”或“虚构”的理论家,就无法解释为何作者非用这种奇特的笔法,并因此陷入了无法自解、自圆其说的困境。

曹雪芹对“情”字的用法也有自己的独创,例如平儿的“情权”、宝玉的“情赃”、平儿的又一次“情掩虾须镯”,这种以“情”作“动词”运用的语式,是古今不多见的(请注意:此只指“情”字。汉字“名”、“动”通用,本是不分的,今不多赘)。这就不再是什么“语法”(grammar)的问题,而是最好地表明:情在《红楼》,是指一切善意仁心,感情为重,与“爱情”无必然关系。

让我再说一次:这样的情,是一部《红楼梦》的灵魂。《红楼梦》之所以被公认是中国文化史、文学史上最伟大的小说,端由于此。

然而,这样的情,这样的书,却被“程高本”的后四十回伪续彻底歪曲破坏!这个“附骨之疽”(bone cancer,张爱玲语)改变了原著的伟大,使之为一个非常庸俗浅薄的“二女争婚”、三角恋爱的“爱情悲剧”书,而且,伪续者在卷尾“说教”,训示天下人:断乎不可犯一个“情”字,若犯了,必无好下场!

这个伪“全本”迷惑读者已达二百多年之久。

这是一个莫大的文化“悲剧”。

《红楼梦》的魅力不仅在于感情思想,更在于作者是位大诗人,他是用诗的笔法来叙写故事的。这主要是指表现手法,它来自作者的以诗人之眼察物,以诗人之心而体会“天、地、人、我”的森罗万象,而又把人世间的悲欢离合结合成为一个至美至妙的“诗境”。

讨论到这一方面,要涉及中华汉字语文、中华诗词传统的独特性。这是个莫大的困难——用口舌笔墨来讲说,效果是非常有限的。没有基本的中华文化语文素养，实在是理解《红楼梦》的巨大障碍。

因此，我在这篇短文中所能做的也就无多可言。对于西方读者来说，无法接触中文原本，只靠翻译——而且是不附加注解的“白文”译本，真是时时会“坠”入“五里雾中”，茫茫然莫知所云，无滋少味，比“嚼蜡”还不如！

作者曹雪芹为了记下他对“人”、“人生”、“人间世”以及人的生命价值、生活意义……这些问题的观察、感受、思考和心悟，托体于一部“传奇”式的小说，假托一块石头入世的故事，而抒发他的真实思想感情。他写的故事从要去“受享”开始，是表明人生是一种欲望；但当他入世为人之后，方知那物质的一些“受享”的获得是要付出极为巨大的痛苦代价的。他在摸索、彷徨、寻找、失败、教训之后，终于找到了这个“情”字。情是为人而忘己的，是给别人服务的，为此可以贡献和牺牲自己最宝贵的东西。

但他遇到困难，遭到误解，又感到所能贡献者太微小，是以自愧自恨——“谩言红袖啼痕重，更有情痴抱恨长”——“字字看来皆是血，十年辛苦不寻常！”诗句即是咏叹此一层心意。而不少人误将“情”、“欲”二者混为一谈；又误以为石头下凡为人历世之后，是“悟”以“万境归空”(All is void)，这真是与二者寓旨相去万里，也将这部中国最伟大的文学著作歪曲得太厉害了。

第十五讲

永远的《红楼梦》

人类精神高度的一个坐标
《红楼梦》的宇宙境界(王国维的发现)
是悲剧,又是荒诞剧(对王国维"评红"的补充)
诗意生命系列的创造
高精神与低姿态的艺术和谐
东方的伟大史诗

刘再复

一 人类精神高度的一个坐标

在人类文明史上,有一些著作标志着人类的精神高度。就文学而言,《伊利亚特》、《奥德赛》、《俄狄浦斯王》、《神曲》、《哈姆雷特》、《堂吉诃德》、《悲惨世界》、《浮士德》、《战争与和平》、《卡拉玛佐夫兄弟》等,就属于这样的典籍。在中国,有一部作品毫无愧色可以和这些经典极品并肩,也同样标志着人类的精神水准和文学水准的,这就是曹雪芹的《红楼梦》,它属于人类精神价值创造的最高层面。

对于这些标志精神高度的经典极品，时间没有意义。换句话说，它们就像埃及的金字塔，是一个永远的审美对象，而不是时代性标记。马克思说荷马史诗具有“永久性的魅力”，也是在说，《伊利亚特》与《奥德赛》，作为巨大的文学存在，没有时间的边界。它属于当时，也属于现在，更属于今后的千秋岁月。《红楼梦》正是荷马史诗式的没有时间边界的永恒存在，所以可称为“永远的《红楼梦》”。在《红楼梦》研究中，索隐派之所以显得特别幼稚乃至荒谬，就因为他们把这部巨著的无限时空简化得不仅有限而且渺小，从而使《红楼梦》遭到了巨大的“贬值”。

只要游历人类的艺术世界，观赏一下达·芬奇、米开朗琪罗、拉斐尔、凡·高的画，就可明白：大艺术家的全部才华和毕生心力都在追求一种比自身生命更长久的东西，这就是“永恒”。他们殚精竭虑所求索的是如何把永恒化为瞬间，如何把永恒凝聚为具象，或者说，如何捕住瞬间和深入瞬间，然后通过瞬间与具象进入不知岁月时序的宇宙之境。他们的精神创造过程是一个叩问永恒之谜的过程。在文学领域，天才作家们具有同样的焦虑。“文章千古事”，杜甫此言反映着诗人们最内在的焦虑。

《红楼梦》问世后至今已二百四十余年。开始的一百四十年，《红楼梦》经历了流传，也经历了禁锢。但禁锢它的权力早已消失，而巨著却真地与日月星辰同在。进入20世纪，特别是进入20世纪下半叶之后，《红楼梦》更是从少数人的刻印、评点、阅读的状态中走了出来，奇迹般地大规模走向社会，走向学术领域、戏剧领域、电影领域，甚至走向政治领域，而最可贵的是走进深层的心灵领域。书中的人物贾宝玉、林黛玉、妙玉、晴雯等，正在成为中国男男女女心灵的永远伴侣。它与《三国演义》、《水浒传》一样成为影响和塑造中华民族国民性格的大书。不同的是，《三国演义》与《水浒传》蕴涵了一些民族集体无意识中受创伤而变形的一面(笔者另有专论阐释)；而《红楼梦》则蕴涵着集体无意识中的健康部分。

《三国演义》是一部中国权术、心术的大全，其中的智慧、义气等也因进入严酷的斗争系统而发生变质；而《水浒传》则在“造反有理”(“凡造反使用任何手段皆合理”)和“情欲有罪”(实际上是“生活有罪”)的两大理念下，形成了暴力崇拜的错误英雄观念与践踏妇女的残酷道德法庭。尽管这两部作品从文学批评视角上看都是杰出小说，但从文化批评视角（即文化价值观）看则是造成中华民族心理黑暗的灾难性小说，可说是中国的两道“地狱之门”。随着中国文明的发展，这两部书的政治理念与道德理念必将被淘汰，即其精神内涵不可能代表未来。但是，《红楼梦》恰恰包含着中国与人类未来的全部美好信息，这是关于人的生命如何保持它的本真本然、人的尊严与价值如何实现、人如何“诗意栖居于地球之上”（荷尔德林语）的普世信息。整部《红楼梦》搁置了中国历史上的许多“智慧果”（从千篇一律的“才子佳人”小说一直到变形的孔孟思想），而直接与中国原始神话《山海经》相衔接，主人公的故事是女娲补天故事的继续。贾宝玉和林黛玉等都是和夸父精卫一样的不知算计、不知世故的纯真生命，在权术、心术、暴力面前发呆、发愣、不知所措的生命。然而，正是这种生命属于未来。它负载着中国和人类关于人的尊严与人的价值的全部期望，因此，《红楼梦》不仅属于今天，更是属于明天，不仅属于当代的读者，更属于以后无数年月的后世知音。过去的两百多年已证明《红楼梦》的永久魅力，未来的岁月更会证明它的不灭不衰。

二 《红楼梦》的宇宙境界（王国维的发现）

自从 1904 年王国维发表《红楼梦评论》，至今已一百余年。百年来《红楼梦》研究在考证方面很有成就，但在其美学、哲学内涵的研究方面并无出王氏右者。王国维是出现于中国近代的先知型的天才，他五十岁就去世，留下的著作不算多，但无论是史学上的《殷周制度论》，还是美学、文学上的《人间词话》、《红楼梦评论》，都是当之无愧的人文经典。他不是以严密的逻辑论证取胜，而是以眼光的独到、准确与深邃而出众。他创立了真正属于中国学说的“境界”说，启发了 20 世纪所有的中国文学评论者、作家、诗人与艺术家。对于《红楼梦》，他也正是用境界的视角加以观照，从而完成两个大的发现：

一、发现《红楼梦》的悲剧不是世俗意义上的悲剧，即把悲剧之源归结为几个坏蛋（“蛇蝎之人”）作恶的悲剧，而是超越意义上的悲剧，即把悲剧视为共同关系之结果的悲剧。也就是说，造成悲剧的不是现实凶手，而是生活在悲剧环境中人的“共同犯罪”[1]。

二、发现《红楼梦》属于宇宙大境界和相应的哲学、文学境界，而非政治、历史、家国境界。这两点都是《红楼梦》的永恒谜底。现在我们从第二点说起。

王国维在《红楼梦评论》的第三章《〈红楼梦〉之美学上之价值》对《红楼梦》有一个根本性的论断，他说：

> 《桃花扇》，政治的也，国民的也，历史的也；《红楼梦》，哲学的也，宇宙的也，文学的也。此《红楼梦》之所以大背于吾国之精神，而其价值亦即存乎此。

这是一个极为重要的发现。王国维所说的《桃花扇》只是一例，这一例证所象征的政治、家国、历史境界，正是《三国演义》、《水浒传》及其前前后后自先秦诸子直至清代《老残游记》的基本境界。中国文学的主脉，其主要精神是政治关怀、家国关怀、历史关怀的精神，其基调也正是政治浮沉、家国兴亡、历史沧桑的咏叹。《桃花扇》提出的问题是明朝"三百年之基业，隳于何人，败于何事，消于何年，歇于何地"，这些全是形而下的问题。何人何事，是现实政治以及相关历史阶段的人事；何年何地，是现实时间与现实地点，这便是所谓时代性与时务性。最后虽然侯方域与李香君在祭坛上相逢并经张道士一语点拨而入道，但也正如王国维所言，并非"真解脱"，只不过是在他人的推动下，觉悟到无力回天不得不放下国仇家恨而遁入空门麻痹自己而已，这并不是《红楼梦》似的对人生的大彻大悟。

《红楼梦》也有政治、家国、历史内涵，而且它比当时任何一部历史著作都更丰富地展示了那个时代的全面风貌，更深刻地倾注了作者的人间关怀。然而，整部巨著叩问的却不是一个朝代何人、何事、何年、何地等家国兴亡问题，而是另一层面的具有形而上意义的大追问。如果说，《桃花扇》是"生存"层面的提问，那么，《红楼梦》则是"存在"层面的提问。它的哲学总问题是：世人都认定为"好"并去追逐的一切（包括物色、财色、器色、女色等）是否具有实在性？到底是这一切（色）为世界本体还是"空"为世界本体？在一个沉湎于色并为色奔波、为色死亡、为色你争我夺的泥浊世界里，爱是否可能？

诗意生命的存在是否可能？那么，在这个有限的空间中活着究竟有无意义？意义何在？这些问题都是超时代、超政治、超历史的哲学问题。还有，贾宝玉、林黛玉与侯方域、李香君全然不同。贾、林从何处来？到何处去？女娲补天的鸿蒙之初是何年何月？神瑛侍者与绛珠仙草的天国之恋是什么地点，什么时间？“质本洁来还洁去”，何方、何处尚不清楚，何性何质又如何了然？贾、林这些稀有生命到底是神之质还是人之质，是石之质还是玉之质，是木之质还是水之质？一切都不清楚，因为来去者本就无始无终，无边无涯，这就是宇宙大语境、生命大语境。人们常会误解，以为家国语境、历史语境大于生命语境。其实正好相反，是生命语境大于家国、历史语境。侯方域、李香君的生命只在朝代更替的不断重复的历史语境中，而贾宝玉、林黛玉的生命则与宇宙相通相联，他们的生命语境便是宇宙语境，其内在生命没有朝代的界限，甚至没有任何时间界限，因此，贾、林的生命语境便大于家国语境。《红楼梦》在作品中有一个宇宙境界，而作者则有一个超越时代的宇宙视角。《红楼梦》中的女儿国，栖居于“大观园”。“大观”的命名寄意极深，完全可以从这一名称中抽象出一个“大观的视角”。所谓“大观”视角，便是宇宙的大宏观视角。释迦牟尼和他的真传弟子们拥有这一视角，便知地球不过是“恒河沙数”的一粒沙子。爱因斯坦作为宇宙研究的旗手，他也正是用这一视角看地球看人类，因此也看出地球、人群不过是环宇中的“一粒尘埃”。释迦牟尼、曹雪芹、爱因斯坦都有一双大慧眼，这就是宇宙的大观——极境眼睛。曹雪芹的“大观”眼睛化入作品，便是《红楼梦》的宇宙、哲学境界。在“大观”眼睛之下，世俗概念、世俗尺度都变了，一切都被重新定义。所以《红楼梦》一开篇就重新定义“故乡”，而通篇则重新定义世界，重新定义历史，重新定义人。故乡在哪里？龟缩在“家国”中的人只知故乡是地图上的一个出生点，“反认他乡是故乡”，不知道故乡在广阔无边的大浩瀚之中，你到地球上来只是到他乡走一遭，只是个过客，因此反把匆匆的过处当作故乡、当作立足之处。把过境当作常境，反客为主，这样自然就要欲望膨胀，占山为王，占地为主，自然就要日以继夜地争夺金银满箱、妻妾成群的浮华境遇。

“无立足境”，这才是大于家国境界的宇宙境界。《红楼梦》中的人物，第一个领悟到这一境界的，不是贾宝玉，而是大观园首席诗人林黛玉。《红楼梦》第二十二回《听曲文宝玉悟禅机》记载了这一点。贾宝玉悟是悟了，他听到了薛宝钗推荐《点绛唇》套曲中的《寄生草》（皆出自《鲁智深醉闹五台山》）有“赤条条来去无牵挂”一句，联想起自己，先是喜得拍手画圈，称赞不已，后又“不觉泪下”，“不禁大哭起来”，感动之下，便提笔立占一偈禅语：“你证我证，心证意证。是无有证，斯可云证。无可云证，是立足境。”而次日林黛玉见到后觉得好是好但还未尽善，就补了两句：

> 无立足境，是方干净。

林黛玉这一点拨，才算明心见性，击中要害，把贾宝玉的诗心提到了大彻大悟大解脱的禅境，也正是《好了歌》那个真正“了”的大自由、大自在之境。如上文所言，《红楼梦》是一部大悟书，没有禅宗，没有慧能，就没有《红楼梦》。而《红楼梦》中的最高境界——“无立足境”，首先是林黛玉悟到的，然后才启迪了贾宝玉。一个赤条条来去无牵挂的生命，来到地球上走一回，还找什么“立足之境”？自由的生命天生是宇宙的漂泊者与流浪汉，永远没有行走的句号，哪能停下脚步经营自己的温柔之乡，迷恋那些犬马声色，牵挂那些耀眼桂冠。一旦牵挂，一旦迷恋，一旦经营浮华的立足之境，未免要陷入“浊泥世界”。

在“大观”的宇宙视角下，故乡、家国的内涵变了，而历史的内涵也变了。什么是历史？以往的历史都是男人的历史、权力的历史、帝王将相的历史、大忠大奸较量的历史。《三国演义》以文写史，用文学展现历史，不也正是这种历史么？但《红楼梦》一反这种历史眼睛，它在第一回就让空空道人向主人公点明：空空道人遂向石头说道：

> 石兄，你这一段故事，据你自己说有些趣味，故编写在此，意欲问世传奇。据我看来，第一件，无朝代年纪可考；第二件，并无大贤大忠理朝廷治风俗的善政，其中只不过几个异样女子，或情或痴，或小才微善，亦无班姑、蔡女之德能。我纵抄去，恐世人不爱看呢？

从这段开场白可以看出曹雪芹完全是自觉地打破朝代更替的时间图表和大忠大贤、帝王将相创造世界的历史观。后来薛宝钗评论林黛玉的诗“善翻古人之意”，其实也正是《红楼梦》的重新定义历史。第六十四回中，林黛玉“悲题五美吟”，写西施，写虞姬，写明妃，写绿珠，写红拂，便是在重写历史。古人视帝王将相为英雄，视美人为英雄的点缀品，其实，西施、虞姬等美人才是真英雄，历史何尝不是她们所创造。五美吟，每一吟唱，都是对历史的质疑。以虞姬而言，林黛玉问道：像黥、彭那些原项羽手下的部将，英勇无比，降汉后又随刘邦破楚，立功封王，但最后却被刘邦诛而醢之剁成肉酱，这种所谓英雄，怎能与虞姬自刎于楚帐之中、为历史留下千古豪气相媲美呢？还有，史学家与后人都在歌吟李靖，最后甚至把他神化，可是当他还是一介布衣时，小女子红拂不顾世俗之见，以慧眼识得穷途末路中的英雄，并以生命相许，助其英雄事业，这岂不是更了不起吗？然而，向来的历史只是李靖的历史，并无红拂的半点历史位置，她只有在林黛玉的大观眼睛中，才重现其至刚至勇至真至美的生命价值。总之，在“大观”的眼睛之下，一切都不一样了。《红楼梦》特殊的审美境界也由此产生。

三　是悲剧，又是荒诞剧（对王国维“评红”的补充）

在宇宙境界的层面上，《红楼梦》的美学内涵或称美学价值就显得极为丰富了。本文要特别指出的，也是以往的《红楼梦》研究者包括王国维所忽略的，正是在宇宙“大观”眼睛下，《红楼梦》不仅展示了人间的大悲剧，而且展示了人间的大荒诞，因此《红楼梦》不仅是一部伟大的悲剧作品，而且也是一部伟大的喜剧作品。如果说，《堂吉诃德》是在大喜剧基调下包含着人类的悲剧，那么，《红楼梦》则是在大悲剧基调下包含着人类的大荒诞。《红楼梦》从“大荒山无稽崖”开始讲述故事，这“无稽”二字，正暗示着小说的另一巨大内涵，这便是荒诞内涵了。

20世纪西方文学以卡夫卡为起点与杠杆，把以写实与浪漫为重心的文学转变为以荒诞与幽默为重心的文学。在荒诞文学的创作中，法国卓越作家加缪创造了“局外人”（也译为“异乡人”）的形象，这一形象既有极深的悲剧性又有极深的荒诞性。而这种"局外人"、"异乡人"的概念与形象，早在二百年前就已出现于曹雪芹的笔下。妙玉自称为"槛外人"，这个"槛外人"在世俗眼中完全是个怪人与异端。她与现实世界完全不相宜，连黛玉、宝钗都被她称为"大俗人"，且这个最高洁的少女最后陷入了最黑暗的泥坑。其实，贾宝玉正是一个十足的"槛外人"、"局外人"、"异乡人"，他与现实世界处处不相宜。他具有最善的内心和很高的智慧，但世人却把他视为"怪异"、"孽障"、"傻子"，这是何等荒诞？而贾赦、贾珍、贾琏等一群"国贼禄鬼"、"色鬼"则个个道貌岸然，被世人视为"卿爵"、"老爷"，这是何等的颠倒！甚至连那些完全没有内在世界、浑身只是一团泥的贾蓉、薛蟠、贾环等，也被世人所羡慕，活得十分潇洒快活。整个人间被宫廷和仅有两个石狮子干净的豪门所主宰，这是何等可笑！《红楼梦》设置了一个跛足道人，他的眼睛正是大观眼睛，所以他看到了一个"你方唱罢我登场"、"更向荒唐演大荒"的泥浊喜剧世界。《红楼梦》开篇的《好了歌》可视为主题歌，而这首歌的基调是喜剧的，"世人都晓神仙好，唯有功名忘不了。古今将相在何方，荒冢一堆草没了。世人都说神仙好，只有金银忘不了。终朝只恨聚无多，及到多时眼闭了。世人都晓神仙好，只有娇妻忘不了……"权力、功名、金钱、美女、各种色相，令世人乱作一团，让整个大地变成名利场、物欲场，一个个世人就为这些虚名、虚色、虚幻而争夺而哭泣而死亡，争了一生一世，却什么也带不走，唯有留下荒坟一堆，骷髅一具，戏剧一场。贾瑞追逐王熙凤，既是一场悲剧，又是一场荒诞剧。道士给贾瑞的"风月宝鉴"，一面是美女，一面是骷髅，贾瑞死在美女的毒计之下是悲剧，而追逐骷髅似的幻影幻觉则是几乎人人皆经历过的荒诞剧。难道只是贾瑞拥抱骷髅？难道道貌岸然的贾赦、贾政、贾珍、贾琏拥抱的就不是骷髅？难道在仕途经济道上走火入魔、执迷不悟的儒生博士演出的不是一出空空的人间喜剧？"乱哄哄你方唱罢我登场"，"甚荒唐，到头来都是为他人作嫁衣裳"，甄士隐在给《好了歌》作注时点破这"甚荒唐"三个字，是《红楼梦》极为深刻的另一面，也是一百年来的红学研究所忽略的一面。

如果说，林黛玉之死是《红楼梦》悲剧最深刻的一幕，那么，贾雨村故事则是《红楼梦》喜剧最典型的一幕。《红楼梦》的大情节刚刚展开（即第四回），就说贾雨村"葫芦僧乱判葫芦案"。熟悉《红楼梦》的读者都知道贾雨村本来还是想当一名好官的。他出身诗书仕宦之族，与贾琏是同宗兄弟，当他家道衰落后在甄士隐家隔壁的葫芦庙里卖文为生时，也是志气不凡，因此才会被甄氏所看中并资助他上京赴考。之后中了进士，还当了县太爷。被革职后浪迹天涯又遇到偶然机会当了林黛玉的塾师。聪明的他通过林如海的关系，在送林黛玉前去贾府时见了贾政，便在贾政的帮助下"补授了应天府"，到金陵复职。可是一走马上任就碰上薛蟠倚财仗势抢夺英莲（香菱）、打死冯渊的讼事。贾雨村开始不知深浅，面对事实时也正气凛然，大怒道："岂有这样放屁的事！打死人命就白白的走了，再拿不来的！"并发签差人立刻把凶犯族中人拿来拷问。可是，正要签发时，站在桌边上的"门子"（当差）对他使了一个眼色，雨村心中疑怪，只好停了手，即时退堂，来到密室听这个听差叙述讼事的来龙去脉和保乌纱帽的"护官符"（上面写着大权势者的名单，地方官不可触犯），而讼事中的被告恰恰是护身符中的薛家，又连及有恩于他的贾家，甚至王家（薛蟠的姨父是贾政，舅舅是京营节度使王子腾），这可非同小可。最后，他听了"门子"的鬼主意虽口称"不妥"，还是采纳了"不妥"的处理办法，昧着良心，徇情枉法，胡乱判断了此案，给了冯家一些烧埋银子而放走凶手，之后便急忙作书信两封向贾政与王子腾报功，说一声"令甥之事已完，不必过虑"。为了封锁此事，又把那个给他使眼色、出计谋的门子也发配远方充军以堵其口。

王国维在评说《红楼梦》的悲剧价值时，指出关键性的一点，是《红楼梦》不把悲剧之因归罪于几个"蛇蝎之人"，而视为"共同关系"的结果。如林黛玉，她并非死于几个"封建主义者"之手，而是死于共同关系的"共犯结构"之中。而"结构中人"并非坏人，恰恰是一些爱她的人，包括最爱他的贾宝玉与贾母。他们实际上都成了制造林黛玉悲剧的共谋，都负有一份责任。这种悲剧不是偶然性的悲剧，而是人处于社会关系结构之中成为"结构的人质"的悲剧。笔者与林岗合著的《罪与文学》中论述了《红楼梦》的忏悔意识正是意识到自己乃是共谋而负有一份责任的意识。《红楼梦》正因为有此意识而摆脱了"谁是凶手"的世俗视角，进入以共负原则为精神支点的超越视角。

可惜王国维未能发现《红楼梦》美学价值中的另一半——喜剧价值同样具有它的特殊的深刻性，即同样没有陷入世俗视角之中。贾雨村在乱判葫芦案中扮演荒诞主体的角色，但他并不是"蛇蝎之人"。当他以生命个体的本然面对讼事时，头脑非常清醒，判断非常明快，可是，一旦讼事进入社会关系结构网络之中，他便没有自由，并立即变成了结构的人质。他面对明目张胆的杀人行为而发怒时，既有良心也有忠心（忠于王法），可是良心与忠心的代价是必将毁掉他的刚刚起步的仕途前程。一念之差，他选择了徇私枉法，也因此变审判官为凶手的共谋。可见，冯渊无端被打死，既是薛蟠的罪，也是支撑薛蟠的整个社会大结构的共同犯罪。说薛蟠仗势杀人，这个"势"，就是他背后的结构。贾雨村在葫芦戏中扮演荒诞角色，表面上是喜剧，内里则是一个士人没有自由、没有灵魂主体性的深刻悲剧。

耶和华（《旧约》）讲神明意志，尼采讲权力意志，叔本华讲生命意志。尼采与叔本华的意志背后都是欲望。与意志论相反，老子讲自然，庄子讲自然，禅宗讲自然。老子把自然看成最高境界，因此，对意志保持警惕。所谓自然，就是反意志。《红楼梦》的哲学基础是自然，不是意志，所以王国维以叔本华的欲望—意志说为哲学基点的悲剧论解释《红楼梦》，只能说明"人性"部分，不能说明"灵性"部分（即空灵、飘逸的部分），也不能说明人的存在其荒诞的一面。因此，只有用存在论而不仅仅是悲剧论去解释《红楼梦》，才能把握它的精神整体以及它的无比的深刻性，才能充分开掘其悲剧与荒诞剧融合为一的双重精神内涵。

四 诗意生命系列的创造

王国维说《红楼梦》是哲学的，指的不是《红楼梦》的哲学理念，而是它的生命哲学意味和审美意味，即由《红楼梦》的主人公贾宝玉、林黛玉及其他女子的美丽生命所呈现的生命形上意味。歌德曾说，理念是灰色的，唯有生命之树常青。《红楼梦》的永恒魅力不在于理念，而在于生命。正如荷马史诗的永恒魅力，不在于它体现希腊时代的民主理念，而是它象征着人类文明初期生命体验模式的某种普遍性意味。《伊利亚特》蕴涵的是人类生活的"出征"模式，那种为美而战而牺牲而捍卫尊严的永恒精神；而《奥德赛》则意味着"回归"模式，那种出征之后返回自身、返回家乡、返回情感本然的永恒眷恋。马克思在阐释荷马史诗时认为最有启迪性的思想是“困难不在于了解希腊史诗与其社会发展形态的结合，而在于了解它为什么是美感享受的永恒源泉”。他说：“困难不在于理解希腊艺术和史诗同一定社会发展形态结合在一起。困难的是，它们何以仍然能够给我们以艺术享受，而且就某方面说还是一种规范和高不可及的范本。”[2]马克思并非文学艺术家，但他天才地彻悟到，荷马史诗的永恒魅力不在于它所反映的一定历史阶段的社会形态特征，而在于它具有取之不尽的美的意蕴。事实上也正是这样，《伊利亚特》所展示的希腊与特洛伊的十年战争，并非不同社会制度、不同社会形态的你死我活的较量，也无所谓正义与非正义，而在于生活在两个城邦中的英雄们为美而战，为一个名叫海伦的绝世美人而战。海伦本身并无复杂精神内涵，她在史诗中只是美的象征；生命的尊严与生命的光辉就在为美而战中充分展示；所有的英雄都不是被理念所掌握，而是被命运推着走，而决定命运的又是性格。伟大作者荷马对所有的英雄与美人都没有政治判断或道德判断，只有审美意识，即没有世俗的是非、善恶、输赢的裁决，只有生命所意味的大美与大精神的判断。这种不朽的美与精神，便超越时空而一代一代地引起不同地区的人的思索、共鸣与欣赏。

《红楼梦》与荷马史诗相似，它的精彩之处既不在于它与社会形态相联结的所谓“反封建”，也不在于它的哲学理念，而在于它塑造了一群带有高度审美价值的生命。这些生命不是一般意义上的生命，而是诗意的生命。曹雪芹出生于18世纪上半叶（或1715，或1724年），卒于下半叶（1764年前后）。他去世后不久，在西方（德国）诞生了一位大哲人、大诗人，名叫荷尔德林（1770—1843），他有一个著名的期待被20世纪的大哲学家海德格尔等推崇备至，并成为人类的一种伟大向往，这就是人类应当“诗意地栖居在地球之上”。现在看来，曹、荷这两位诞生在18世纪东、西方的天才，不谋而合奇迹般地具有同一伟大的憧憬，这就是人应是诗意的生命，人的存在应是诗意的存在，人的合理生活应是“诗意栖居”的生活。不同的是，荷尔德林通过诗与哲学直接表述他的理想，而曹雪芹则把他的理想转化为小说中的诗意生命形式，即塑造了一群千古难灭的至真至善至美的诗意形象，这就是贾宝玉和林黛玉等形象。只要留心阅读，读者就会发现，《红楼梦》中那些光彩照人的女子，都是诗人，贾元春、林黛玉、薛宝钗、妙玉、史湘云等全是诗人，连香菱也一心学诗。

她们组织诗社，其实，这诗社，正是人间诗国，正是在浊泥世界之外的净水国。此处男子不可靠近，唯一例外的是对净水国充分理解的被称为“无事忙”的“混世魔王”贾宝玉。这一诗国在浊泥世界的包围之中，但在精神上则站立于浊泥世界的彼岸。这些诗人都是诗意的生命。还有一些虽然“身为下贱”的奴婢丫鬟，来自社会底层，不会写诗，但她们却用自己的行为语言写出感天动地的生命诗篇。晴雯之死、鸳鸯之死，都是千古绝唱。而虽然不是奴婢却是寄寓于贵族之家的无名女子，如尤三姐，也一剑了结自身，用满腔热血写出卓绝千古的爱恋诗篇。与其说，这是“痴绝”，不如说这是“美绝”，诗情美感之绝。

《红楼梦》塑造林黛玉等一群至真至美的诗意女子形象，是中国文学前无古人、后启来者的奇观，也是世界文学的奇观。在世界文学之林中，只有莎士比亚、托尔斯泰创造过这种系列性奇观。莎士比亚以他的朱丽叶、苔丝德蒙娜、娥菲莉亚、克莉奥佩特拉、鲍细霞、薇奥娜等诗意女性，为人类文学的天空缀下了永远闪光的星辰。托尔斯泰则以娜塔莎、安娜·卡列尼娜、玛丝洛娃为世界文学矗立了三大女性的永恒形象。而曹雪芹则为文学世界提供了一个诗意女性的灿烂的星座。可惜，只有少数具有精神幸福的人才能看到和理解这一星座。人类世界要充分看到这一星座的无比辉煌，还需要时间。

《红楼梦》女性诗意生命系列中最有代表性的几个主要形象，如林黛玉、妙玉、晴雯、鸳鸯等皆有一特点，即不仅外貌极美，而且有奇特的内心，这便是内在诗情。贾宝玉称她们属于净水世界，这不仅是概括了她们的“柔情似水”的女性生理特点，而且是在概述她们那一种天生的与男子的名利泥浊世界拉开内心距离的极为干净的心理特点。她们的干净，是内心最深处的干净；她们的美丽，是植根于真性真情的美丽。因此，曹雪芹给予她们的生命以最高的礼赞。他通过贾宝玉的《芙蓉女儿诔》礼赞晴雯说：“其为质则金玉不足喻其贵，其为性则冰雪不足喻其洁，其为神则星日不足喻其精，其为貌则花月不足喻其色。”这一赞辞，既是献给晴雯，也是献给所有的诗意女子的。《芙蓉女儿诔》出现于《红楼梦》的第七十八回，他借宝玉对所爱女子的最高也是最后的礼赞，包含着绝望，也包含着希望。那个以国贼禄鬼为主体的泥浊世界使他绝望，但是，那个如同星辰日月的净水世界则寄托着他的诗意希望。《红楼梦》的哲学意味正是，人类的诗意的生命应当生活在泥浊世界的彼岸，不要落入巧取豪夺的深渊之中。人生只是到人间走一遭的瞬间，最高的诗意应是"质本洁来还洁去"，如林黛玉、晴雯、鸳鸯、尤三姐等，返回宇宙深处的故乡时，不带地球上的浊泥或尘埃，依旧是一片身心的明净与明丽。《红楼梦》充满悲剧氛围，正因为它本身就是这样一曲悲绝千古的诗意生命的挽歌。

上个世纪下半叶我国的《红楼梦》研究最致命的弱点，恰恰是过于强调《红楼梦》与社会形态的结合，太强调它的时代特征(封建时代的末期与所谓资本主义萌芽期的特征)，太强调它的政治意味以致把它视为四大家族的历史和反封建意识形态的形象传达。其实，《红楼梦》的特征恰恰在于它并非如此政治、如此历史，而在于它是充分生命的，并且是充分诗意的。

《红楼梦》生命的哲学意味不仅体现在诗意女子身上，还体现在主人公贾宝玉身上。笔者曾指出："《红楼梦》的伟大之处，正是它并非性自白，也不仅是情场自白，而是展示一种未被世界充分发现、充分意识到的诗化生命的悲剧，而这些诗化生命悲剧的总和又是由一个基督式的人物出于内心需求而真诚地承担着。于是，这种悲剧就超越现实的情场，而进入形而上的宇宙场。"[3] 我们所说的这个"基督式的人物"，就是贾宝玉。在茫茫的人间世界里，唯有此一个男性生命能充分发现女儿国的诗化生命，能充分看到她们无可比拟的价值，能理解她们的生命暗示着怎样的精神方向，也唯有此一个男性生命能与她们共心灵，共脉搏，共命运，共悲欢，共歌哭，并为她们的死亡痛彻肺腑地大悲伤，这个人就是贾宝玉。

这个贾宝玉，本身也是一个诗人，在世俗世界中的酸秀才们面前，他鹤立鸡群。在题大观园各处的匾额时，尽管贾政对他存有偏见，但也不得不采纳他的命名。但他的智慧的水平总是逊于林黛玉一筹。然而，他却有一颗与林黛玉的心灵相通相知的大诗心。这颗诗心甚至比林黛玉的诗心更为广阔，更为博大。这颗诗心爱一切人，包容一切人，宽恕一切人。他不仅爱那些诗化的少女生命,也包容那些非诗、反诗的生命,尊重他们的生活权利,包括薛蟠、贾环,他也不把他们视为异类。贾环老是要加害他,可是他从不计较,仍然以亲哥哥的温情对待他、开导他。薛蟠这个真正的混世魔王,贾宝玉也成为他的朋友,和他一起玩耍打酒令。他被父亲痛打,实际上与薛蟠有关,可是薛宝钗一询问,他立即保护薛蟠说:"薛大哥哥从来不这样的,你们不可混猜度"(第三十四回)。贾宝玉心里没有敌人,没有仇人,也没有坏人。他不仅没有敌我界限,没有等级界限,没有门第界限,没有尊卑界限,没有贫富界限,甚至也没有雅俗界限。这是一颗真正齐物的平常之心,一颗天然确认人格平等的大爱之心。正是具有这样的大诗心,所以他"外不殊俗,内不失正"(嵇康语)。在世俗世界里,他不摆贵族子弟的架子,不刻意去与三教九流划清界限,不对任何人拉起防范的一根弦,没有任何势利眼;而在他的内里却有热烈的追求和真挚的情感,更有他的绝不随波逐流的心灵原则与精神方向。因此,薛蟠等那些卑污的欲望进入不了他的身心,影响不了他。薛蟠只知欲望而不知有什么爱,而宝玉则只知爱而不知欲望为何物。宝玉敢与薛蟠交往,纯属"童言无忌",也可以说是他已修炼到"我不入地狱谁来入"的境地,即入地狱也不怕,在地狱之中他也五毒不进,百毒不伤,也不会变成地狱黑暗的一部分,反而会以自己的光明照亮地狱的黑暗。贾宝玉的大诗心,正是这样一种大包容、大悲悯、大关怀的基督之心,也是一种无分别(所谓分别是指把人刻意分类的权力操作)、无内外、无功利的菩萨之心。这种心灵,充满大诗意。

贾宝玉与林黛玉的爱情是《红楼梦》的主要故事线索,他们的情爱是一种天国之恋,即完全超脱世俗的心灵之恋。他们的恋情早在天地之初就开始了。从前生前世的"神瑛侍者"与"绛珠仙草"的相濡以沫,到今生今世的还泪流珠,这一寓言隐喻着他们情爱的"天长地久",永远与日月星辰同生同在。与这一天国之恋相比,贾宝玉与薛宝钗的情感故事,则只能算是地上之恋,或者说是世俗之恋。所以,薛宝钗会劝宝玉迎合世俗的要求去走仕途经济之路,而林、薛之别,恰恰是从这里划出分界限。《红楼梦》的文眼在第三十六回的一段话:

> 或如宝钗辈有时见机导劝，反生起气来，只说："好好的一个清净洁白女儿，也学的钓名沽誉，入了国贼禄鬼之流。这总是前人无故生事，立言竖辞，原为导后世的须眉浊物。不想我生不幸，亦且琼闺绣阁中亦染此风，真真有负天地钟灵毓秀之德！"……独有林黛玉自幼不曾劝他去立身扬名等语，所以深敬黛玉。

贾宝玉对林黛玉的爱里有"敬"的元素，而且不是一般的"敬"，而是"深敬"。这就是说，贾宝玉从内心的深处敬爱林黛玉，深知唯有这个异性生命的心灵指向和自己的心灵指向完全相通。这种相通，意味着他们都站立在沽名钓誉的泥浊世界之外，身心中都保留着从天国带来的那一脉未被染污的净水。在潜意识的世界里，宝玉必定在说：宝钗虽身在琼闺绣阁，很会做人，却并非诗意的存在，而林黛玉爱使性子脾气，其心灵却是一首天地钟灵毓秀凝结成的生命诗篇。

从表面上看，林黛玉是个专爱主义者，只爱一个人，而贾宝玉是个泛爱主义者，爱许多女子以至爱一切人，实际上，贾宝玉全心灵、全生命深爱的也只有林黛玉一个人。他和林黛玉互为故乡，互为心灵，因此，当一方失掉另一方时，便会觉得丧失了生命的全部诗意与意义，林黛玉便陷入绝望而焚烧诗稿，而贾宝玉则丧魂失魄，离家出走。林黛玉对贾宝玉一往情深，其实也有一种"深敬"的生命元素埋在情感底层。她的智慧比贾宝玉高出一筹，但她仍深深地爱宝玉，因为她知道她所爱的人是一个释迦牟尼式的人，倘若她认识基督的名字，一定知道她所爱的人是一个正在成道中的基督式的人物。释迦牟尼、基督的大生命大诗意不在文学之中，而在于大慈大悲的行为语言与心灵语言中。正如贾宝玉能读懂林黛玉的诗篇一样，林黛玉也完全是贾宝玉行为诗篇与心灵诗篇的知音。在表象世界里，林黛玉尖刻、好嫉妒，具有许多世俗女子的弱点(作为文学形象，这才生动真实)，但在内心世界，她也是一个观音式的大爱者。她作为大观园里的首席诗人，了解贾宝玉生命的全部诗意。林、贾的爱情悲剧对人间发出的质疑正是：曾经追求"诗意栖居"的生命毁灭了，那么，"诗意栖居于大地"是否可能？如果此时不可能，那么，未来是否可能？人类的这一大梦，何时会真的到来？《红楼梦》的提问，就是这一哲学大提问。

五　高精神与低姿态的艺术和谐

王国维说《红楼梦》是宇宙的、哲学的，又是文学的。这种说法认真推敲起来，会让人感到困惑，难道《桃花扇》乃至《三国演义》、《水浒传》等就不是文学的吗？这里涉及关于文学本体意义的认识。在王国维心目中，显然只有《红楼梦》才是充分文学的。可惜王国维没有对此进行阐释。

尽管没有阐释，但可知道，《红楼梦》是一部比《桃花扇》具有更高文学水准的作品，属于另一文学层面。关于这一点林岗和我在《罪与文学》里已用许多篇幅进行了论述。在论述中，我们说明一点：《红楼梦》的视角不是世俗的视角，而是超越的视角。所谓超越，就是超越世间法（世间功利法、世间因缘法等）。《红楼梦》的超越方式不是追逐现世功利与实用目的的方式，而是审美的方式。从阅读的直接经验，我们就能感受到，《红楼梦》对女子的审美意识非常充分，无论是外在美还是内在美都充分呈现出来。在人类文学中，一般地说，男子形象体现力量的维度，女子形象则体现审美的维度。在《红楼梦》中，女子所代表的审美维度发展到了极致。以《红楼梦》为参照系就会发现，《三国演义》、《水浒传》对女子没有审美意识，只有道德意识，换句话说，只有道德法庭，没有审美判断。不必说被道德法庭判为死刑的妖女"淫妇"潘金莲、潘巧云、阎婆惜等，就是被判决为英雄烈士的顾大嫂、孙二娘等也没有美感，甚至作为美女形象出场又被放入法庭正席中的貂蝉，也不是审美对象，而是政治器具。《桃花扇》的李香君虽是美女，但也是道德感压倒美感，其生命的审美内容并未充分开掘，和林黛玉、晴雯、妙玉等完全不可同日而语。

放下直接的阅读经验，从理论上说，正如康德所点破的那样，审美判断是"主观的合目的性而无任何合目的"的判断[4]。他说的无目的，便是超越世间的功利法，即超越世俗眼里的目的性，进入人类精神境界的更高层次。这个层次，乃是叙述者站立的层次，比笔下人物站得更高的层次。在这个层次上，功利的明确目的性已经消失，悲剧的目的不是去追究"谁是凶手"，自然也不是一旦找到凶手，悲剧冲突就得以化解。《红楼梦》让读者和作者一样，感悟到有许多无罪的凶手，无罪的罪人，他们所构成的关系和这种关系的相关互动才是悲剧难以了结的缘由。所以我们说："他们本着自己的信念行事，或为性情中人，或为名教中人，或为非性情亦非名教仅是无识无见的众生，这本是无可无不可的事情，可不幸的是他们生在一起，活在一个地方，不免发生冲突，最后一败涂地。对于这种悲剧，若要作出究竟是非的判决，或要问起元凶首恶，真是白费力气。因为叙述者对故事的安排和人物设置的本身就清楚地告诉读者，他企图叙述的是一个'假作真来真亦假'的故事。矛盾诸方面在自己的立场是真的，但看对方是假的，真假不能相容，真真假假中演出一出恩恩怨怨的悲欢离合的悲剧。叙述者比他笔下的人物站得更高，给读者展示了一个像谜一样的永恒冲突。"[5]

这种冲突是双方各自持有充分理由的冲突，是灵魂的二律背反，是重生命自由与重生活秩序的永恒的悖论。只要人类生活着，这种悲剧性的冲突与悖论，就会永远存在。它不像世间的政治冲突、经济冲突、道德冲突可以通过法庭、战争、理性判断加以解决或随着现实时间的推移而找到凶手或是非究竟而化解。它也不像《三国演义》那样，一方是"忠绝"、"义绝"、"贞绝"，一方是"奸绝"、"恶绝"、"淫绝"，善恶分明，然后通过一方吃掉一方而暗示一种绝对道德原则。鲁迅先生说《红楼梦》在艺术上的了不起之处是没有把好人写得绝对好，没有把坏人写得绝对坏。这便是拒绝忠奸、善恶对峙的世俗绝对原则。笔者曾多次说，《红楼梦》是无真无假（"假作真来真亦假"）、无是无非、无善无恶、无因无果，因此也是无边无际（没有时空边界）的艺术大自在。这是对《红楼梦》超越世俗标准的一种表述，也是《红楼梦》能够成为永恒审美源泉的秘密所在。马克思所说的解开荷马史诗永恒之谜的难点，我们从《红楼梦》对世俗眼光的超越中，大约可以得到一些解释。

这里笔者还要强调的《红楼梦》另一审美一文学特点，是无论其悲剧叙述风格或喜剧（荒诞）叙述风格均不同于莎士比亚悲喜剧、塞万提斯小说或贝克特《等待戈多》境遇剧的风格。虽然他们都是站立在超越世俗眼界的很高的层面，在精神上都有一种对人间生命的大悲悯感，但是，在叙述方式上，上述这些经典作家都有一种贵族姿态，作家主体在描述中是以自身的高贵去照耀笔下人物，所以读者会明显地感到堂吉诃德的可笑。而《红楼梦》虽有高贵的贵族精神，但曹雪芹作为创作主体则是一种低姿态，他的“大观”眼睛并不是贵族嘲弄底层生命的眼睛，而是另外两种眼睛：一、跛足道人的眼睛；二、贾宝玉的“侍者”（仆人）的眼睛。两者全是低姿态。高精神而又低姿态，是《红楼梦》独一无二的叙述方式。跛足道人拄着拐杖，疯癫落拓，麻屣鹑衣，没有任何圣者相、智者相、权威相、神明相、先知相、贵人相或导师相，但他“口内念着几句言词”，却是许多贤者圣者权势者永远领悟不到的真理，他所唱的《好了歌》，虽是寥寥数句，却道破人间荒诞的根本处：在短暂的人生中被各种欲所迷、所困而不自知，而不自觉，而不能自拔。不知为之疯狂、为之颠狂的“世上万般”均非最后的实在，以为权力、金钱、美色是意义而实际却并无意义。那一切虚幻的“好”终究只有一“了”。跛足道人没有“圣人言”的形式，只是唱着轻快的嘲讽之歌，这是最低调的歌，又是最高深的歌，是大悲剧的歌，又是大喜剧的歌，是没有哲学形式的哲学歌。《红楼梦》没有“圣人言”的方式，也没有“三言二拍”那种因果报应的“诫言”形式（即不是世间功利法与世间因缘法），而是“甄士隐言”（真事隐言）、“贾雨村言”（假语村言）、“石头言”等一些与读者心灵相齐相交的平常形式。关于这一点，笔者在《共悟人间——父女两地书》与剑梅谈论“《红楼梦》方式”时就说：“我国的古代小说，大体上都是一个情节暗示一种道德原则，唯有《红楼梦》是多重暗示。一个人物的命运，都有多重暗示……中国文化史的经典著作，从孔子到朱子，其思维方式其实都是‘圣人言’的方式，即‘圣人道出真理’的方式，并未把真理‘开放’。后来形成独尊的话语权力，与此有关。而《红楼梦》则用‘贾雨村言’娓娓叙述故事的方式，没有‘告诫’气味，而且又完全开放的方式去看待被各种人尊为真理的古代经典，并敢于提出叩问。”在《红楼梦》里，贾宝玉是真正的圣者，他的天性眼睛把人间的污浊看得最清，所以才有“男子是泥，女子是水”的惊人之论。他也把人间的残忍看得最清，所以才为一个个美丽生命的死亡而发呆而哭泣。别人都为失去权力、财产而痛苦，他只为失去少女生命而悲伤而心疼。他的价值观是真正的以人为本、以人为天地精华的价值观，但他在世俗的眼睛里却是个未能成为栋梁之才的蠢物，而他自己也甘于做傻子、呆子和他人眼里的蠢物，以最低的姿态生活于人间并观看人间，他的姿态比奴婢丫鬟的姿态还要低。他的前身名叫“神瑛侍者”。所谓侍者，就是仆人，就是奴隶。而他来到人间之后，仍然是个侍者，身份是贵族府第中最受宠的贵族子弟，气质上也有贵族的特性，然而，他却拒绝贵族特权，保持一种侍者心态、侍者眼光。第三十六回这样描写他的位置：

> 那宝玉本就懒与士大夫诸男人接谈，又最厌峨冠礼服贺吊往还等事，今日得了这句话，越发得了意，不但将亲戚朋友一概杜绝了，而且连家庭中晨昏定省亦发都随他的便了，日日只在园中游卧，不过每日一清早到贾母王夫人处走走就回来，却每每甘心为诸丫鬟充役，竟也得十分闲消日月。

一个贵族子弟，竟然给自己仆人“充役”。地位如此颠倒，以致把自己的地位放得比仆人还低。这种低姿态奇怪吗？不奇怪。马克思所制定的巴黎公社原则就要求公社的官员要做人民的仆人，要以最低的姿态去对待世界与民众。贾宝玉正是拥有这种侍者的眼睛与姿态，所以他能看清那些世俗眼里无价值的生命恰恰具有高价值，也因此才对这些生命的毁灭产生大悲情——不是居高临下的同情，而是自下而上的深深敬爱的大伤感与大痛惜。他为晴雯作《芙蓉女儿诔》，倾诉得如此动情，原因就在于此。其实，晴雯在世人的眼里，不过是一个女奴，在王夫人的眼里，更是个下贱的仆人与“妖精”，但在贾宝玉眼里，她却是“心比天高”的天使。因此，在她生前，他尊敬她，在她死后，则仰视她。于是，便写下了感天动地的千古绝唱。康德对美的经典定义是美即超功利。而《芙蓉女儿诔》这首祭诗，便是超越人间功利眼睛的最美最干净的挽歌。这就是《红楼梦》的方式，最高贵的精神与最谦卑的姿态相结合的方式，无训诫、无权威、无虚妄的文学方式。而只有这种方式才能感动无数的后代知音。

曹雪芹出身贵族，其在《红楼梦》中的人格化身贾宝玉更是十足的贵族子弟，但是，贾宝玉身上所折射的贵族文化，不是贵族特权意识，而是贵族的高贵精神气质，而且是叛逆性的精神气质，恰似拜伦与普希金的精神气质。这一点，和尼采所张扬的贵族文化很不相同。尼采自命为贵族的后裔，以身上拥有贵族血统而自傲。他在其名著《道德系谱学》中给贵族下定义，强调贵族与民众的等级差别与精神差别，推崇以自尊-坚强意志为核心的贵族“主人道德”，批判“同情他人”的奴隶道德，主张向民众开战，反对贵族对底层大众的悲悯。这是典型的贵族特权主义。而曹雪芹完全不同于尼采，他有的是贵族的高贵精神和高级审美趣味，反映在贾宝玉形象上的正是这种精神与趣味。整部《红楼梦》的高雅情趣也是充分贵族化的。然而，曹雪芹不蔑视平民和奴隶，贾宝玉身上负载的是对底层奴隶和人间社会的大慈悲精神。这种贵族精神和基督情怀的结合，形成人世间一种最伟大、最宝贵的人格与审美意味。

六　东方的伟大史诗

关注中国文学的人总是遗憾中国文学没有出现“史诗”，即没有《伊利亚特》或《奥德赛》似的史诗。其实，《红楼梦》正是一部伟大史诗，而且由它确立了一个极为精彩的中国的史诗传统。“史诗”是一个来自西方的概念，它原是指古代记载重大历史事件、英雄传说并具有神话色彩的长篇叙事诗，后来又延伸到泛指具有上述内涵并有宏大结构的卓越叙事作品，包括长篇小说作品。此时，我们说《红楼梦》是一部伟大史诗，是指：一、它具有荷马史诗式的宏大叙事构架和深广视野；二、它和中国原始神话《山海经》直接相联，塑造了具有神话色彩和别样英雄色彩（另一种意义的富有平常心的英雄）的系列诗意大生命；三、它寄托着人类“诗意栖居”、“诗意存在”的形上梦想，从而使浓厚的诗意覆盖整部作品。

上述三点，还需做些补充。首先应说明的是，《红楼梦》的史诗构架打通天上人间，这与《伊利亚特》相似，但其深广视野则与《伊利亚特》不同，它是一种更深邃的内在视野，它挺进到人的内心深处，展示更丰富的内在生命景观。这种史诗性的内在生命景观，在人类文学史上极为罕见，它是曹雪芹了不起的创造，也是《红楼梦》史诗的特征。林黛玉一见到贾宝玉就觉得“眼熟”，内在视野一下子就伸延到灵河岸边。她在《葬花辞》中提问：“天尽头，何处有香丘？”在大苍凉的叩问中呈现的又是无边无垠的大视野。其次，说

《红楼梦》有英雄色彩，这是另一种意义的、具有平常之心的英雄。难道贾宝玉基督式的情怀不是英雄情怀？难道尤三姐、鸳鸯一剑一绳自我了断，把泥浊世界断然从自己的生命中抛却出去不是英雄气概？难道林黛玉的焚烧诗稿的大行为语言，不是对黑暗人间英雄式的抗议。如果说，《伊利亚特》的英雄是刚性的，那么《红楼梦》的英雄则是柔性的。因此，也可以说，《伊利亚特》是刚性史诗，《红楼梦》是柔性史诗。

史诗不是历史，而是文学。史诗的起点是诗，是审美意识，而不是年代时序，不是权力意识与道德意识。因此，它虽然具有历史的时代内涵，但重心则是超越历史时代的生命景观与生命哲学意味。也就是说，史诗的重心是"诗"而不是"史"，它是史的诗化与审美化，但不是历史。《资治通鉴》、"二十四史"等规模再大，也不是史诗。《三国演义》、《水浒传》虽塑造了许多英雄，也有历史感，但缺乏史诗的起点，即审美意识，它令读者感受到的是权力意识与道德意识对审美意识的绝对压倒，因此，不能称为史诗。中国的《史记》，以文写史，以文塑造历史英雄，显然有史诗倾向，其中有些描绘英雄人物的篇章，也很有诗意。可以说，《史记》早已提供了史诗创造的可能性，可惜司马迁自己没有意识到这一点，他不是用审美意识去重新观照历史和重组历史，因此，也没有赋予《史记》以史诗的宏伟框架。他对个人不幸遭际进行反弹的发愤意识显然大于审美意识，这一点限制了他的"大观"眼睛，使他未能像曹雪芹那样如此透彻地感悟到人间的诗意所有。唯有《红楼梦》是个特殊的伟大审美存在，它在东方屹立着，并和诞生于西方的荷马史诗一样，将永远保持着太阳般的魅力并永远放射着超越时空的光辉和异彩。

注　释

〔1〕 参阅林岗和笔者合著《罪与文学》第七章，香港牛津大学出版社，2002 年版。

〔2〕 《〈政治经济学批判〉导言》，《马克思恩格斯选集》第二卷，人民出版社，1972 年版。

〔3〕 《罪与文学》，牛津大学出版社，2000 年版，第 205 页。

〔4〕 《判断力批判》上卷，宗白华译，商务印书馆，1964 年版，第 59 页。

〔5〕 《罪与文学》，第 172 页。

后　　记

刘梦溪

《红楼梦十五讲》如今终于成书和读者见面了。我松了一口气,不是为了书,是为了友情,两方面的友情:一方面是托付于我的北大温儒敏教授,纯然是友情,我不得不复命;另一方面是此书的各位作者,他们是鉴于友情才不肯拂我的请求,而此书如搁浅,我便辜负了他们的友情。

我当时不过写了一封极简单的求稿信,不妨抄在下面读者也来看看。信的全文如下:

> 《红楼梦十五讲》是北京大学等文科学府策划的供我国理工科大学学生使用的辅助教材。本人受命担负此事。然红学旧业,梦溪已告而别之矣。无奈只好求助于红学旧友,共襄斯役。兹将草拟之讲题寄呈,敬请各位师友采择认领。每题两万字,2002 年 9 月底交稿,遣字行文则以深入浅出为上。记曰:嘤其鸣矣,求其友声,西堂旧雨,齐来梦中,辨章学术,开辟鸿蒙,赏文评艺,允执厥中,有无真假,底理明通,相期九

月，鼓乐盈盈，敢不敛衽，敬赞德馨。

红楼别业人　刘梦溪　恭叩

2002年1月25日

原信如此，一字未易。不料天南海北的师友们竟陆续寄来了稿件，有的还一再斟改，真的是“西堂旧雨，齐来梦中”了。须知共襄此役的冯其庸、蔡义江、马瑞芳、叶朗、龚鹏程、刘敬圻、李希凡、张锦池、吕启祥、孙逊、刘广定、童元方、周汝昌、刘再复，无一不是红学大家，无一不是红楼梦中人，无一不可入于红楼情榜。我如果欠他们的情，岂不是情不情（脂砚评宝玉语）了。

好，后记如此。

2006年12月6日记于京东寓所

作者小传

刘梦溪,1941 年生,中国艺术研究院中国文化研究所研究员、所长,《中国文化》杂志创办人、主编。主要著作有《传统的误读》、《学术思想与人物》、《红楼梦与百年中国》、《中国现代学术要略》等。

冯其庸,1924 年生,中国红楼梦学会原会长、《红楼梦学刊》主编,现为中国人民大学国学院院长。主要著作有《曹雪芹家世新考》、《论庚辰本》、《石头记脂本研究》、《瓜饭楼重校评批红楼梦》等二十余种,《红楼梦》新校注本为其主持编校。

蔡义江,1934 年生,中国红楼梦学会副会长。主要著作有《红楼梦诗词曲赋评注》、《论红楼梦佚稿》、《蔡义江论红楼梦》等。

马瑞芳,1942 年生,山东大学文学院教授、博士生导师。主要著作有《蒲松龄评传》、《聊斋志异创作论》、《从〈聊斋志异〉到〈红楼梦〉》、《马瑞芳讲聊斋》等。

叶朗,1938 年生,北京大学哲学系教授、博士生导师。主要著作有《中国美学史大纲》、《中国小说美学》、《现代美学体系》等。

龚鹏程,1956 年生,台湾佛光大学创校校长、北京师范大学等校客座教授。主要著作有《思想与文化》、《文化符号学》、《儒学反思录》、《近代思潮与人物》等数十种。

刘敬圻，1936年生，黑龙江大学中文系教授。主要著作有《困惑的明清小说》、《明清小说补论》、《宋代女词人词传》、《南宋词史》(与陶尔夫合著)等。

李希凡，1927年生，原中国红楼梦学会副会长、《红楼梦学刊》主编。主要著作有《红楼梦评论集》(与蓝翎合著)、《论中国古典小说的艺术形象》、《红楼梦艺术世界》、《一个伟大寻求者的声音》等。

张锦池，1937年生，哈尔滨师范大学中文系教授、博士生导师，中国红楼梦学会副会长。主要著作有《红楼十二论》、《红楼梦考论》、《西游记考论》、《中国古典小说心解》等。

吕启祥，1936年生，中国艺术研究院红楼梦研究所研究员。主要著作有《红楼梦开卷录》、《红楼梦会心录》、《红楼梦寻味录》等，主编有《红楼梦珍稀评论资料汇要》。

孙逊，1944年生，上海师范大学人文与传播学院院长、博士生导师，中国红楼梦学会副会长。主要著作有《红楼梦脂评初探》、《明清小说论稿》、《中国古代小说与宗教》等多种。

刘广定，1938年生，美国普渡大学化学博士，台湾大学化学系教授，并担任台湾中央大学化学系主任、所长等职。主要著作有《中国科学史论集》、《化外谈红》等。

童元方，香港中文大学翻译系教授，哈佛大学哲学博士。主要著作有《一样花开——哈佛十年散记》、《水流花静——科学与诗的对话》、《爱因斯坦的感情世界》，译作有《爱因斯坦的梦》、《情书：爱因斯坦与米列娃》等。

周汝昌，1918年生，中国曹雪芹学会荣誉会长。主要著作有《红楼梦新证》、《曹雪芹小传》、《红楼梦与中华文化》、《红楼梦的真故事》、《红楼夺目红》等，编有《范成大诗选》、《杨万里选集》、《诗词赏会》等。

刘再复，1941年生，曾任中国社会科学院研究员、文学研究所所长，现为美国科罗拉多大学东亚系客座研究教授和香港城市大学中国文化中心荣誉教授。主要著作有《性格组合论》、《鲁迅美学思想论稿》、《罪与文学》、《红楼梦悟》等。

《名家通识讲座书系》已有选目

*《文学与人生十五讲》 暨南大学中文系 朱寿桐
*《唐诗宋词十五讲》 北京大学中文系 葛晓音
*《中国文学十五讲》 北京大学中文系 周先慎
*《中国现当代文学名篇十五讲》 复旦大学中文系 陈思和
*《西方文学十五讲》 清华大学中文系 徐葆耕
*《通俗文学十五讲》 苏州大学范伯群 北京大学孔庆东
*《鲁迅作品十五讲》 北京大学中文系 钱理群
*《红楼梦十五讲》 文化部艺术研究院 刘梦溪 冯其庸 周汝昌等
*《中国古代诗学十五讲》 华中师范大学中文系 王先霈
《当代外国文学名著十五讲》 吉林大学文学院 傅景川

*《中国美学十五讲》 北京大学哲学系 朱良志
*《现代性与后现代性十五讲》 厦门大学哲学系 陈嘉明
*《文化哲学十五讲》 黑龙江大学 衣俊卿
*《科技哲学十五讲》 南京大学哲学系 林德宏
*《西方哲学十五讲》 中国人民大学哲学系 张志伟
*《现代西方哲学十五讲》 复旦大学哲学系 张汝伦
*《哲学修养十五讲》 吉林大学哲学系 孙正聿
*《美学十五讲》 东南大学 凌继尧
*《宗教学基础十五讲》 清华大学哲学系 王晓朝
《自然辩证法十五讲》 北京大学哲学系 吴国盛
《逻辑学十五讲》 北京大学哲学系 陈 波
《伦理学十五讲》 湖南师范大学伦理学研究中心 唐凯麟

*《口才训练十五讲》 清华大学政治学系 孙海燕 上海科技学院 刘伯奎

*《政治学十五讲》 北大政府管理学院 燕继荣
《社会学理论方法十五讲》 北京大学社会学系 王思斌
《公共管理十五讲》 北京大学政府管理学院 赵成根
《企业文化学十五讲》 武汉大学政治与行政学院 钟青林
《西方经济学十五讲》 中国人民大学经济学院 方福前
《政治经济学十五讲》 北京大学政府管理学院 朱天飙
《百年中国知识分子问题十五讲》 华东师范大学历史系 许纪霖

*《道教文化十五讲》 厦门大学宗教所 詹石窗
*《〈周易〉经传十五讲》 清华大学思想文化所 廖名春
*《美国文化与社会十五讲》 北京大学国际关系学院 袁 明
*《欧洲文明十五讲》 中国社会科学院 陈乐民
《中国文化史十五讲》 北京大学古籍研究中心 安平秋 杨 忠 刘玉才
《文化研究基础十五讲》 北京大学比较文学所 戴锦华
《日本文化十五讲》 北京大学比较文学所 严绍璗
*《中国传统文化十五讲》 佛光大学人文社会学院 龚鹏程
《中西文化比较十五讲》 北京大学外语学院 辜正坤
《俄罗斯文化十五讲》 北京大学外语学院 任光宣
《基督教文化十五讲》 中国人民大学中文系 杨慧林
《法国文化十五讲》 北京大学外语学院 罗 芃
《佛教文化十五讲》 南开大学文学院 陈洪 社科院佛教研究中心 湛如法师
《文化人类学十五讲》 中国社会科学院文学所 叶舒宪
《民俗文化十五讲》 北京大学社会学系 高丙中
《上海历史文化十五讲》 上海师范大学文学院 杨剑龙
《北京历史文化十五讲》 北京师范大学文学院 刘 勇
*《文物精品与文化中国十五讲》 清华大学人文学院 彭 林

*《语言学常识十五讲》 北京大学中文系 沈 阳
*《汉语与汉语研究十五讲》 北京大学中文系 陆俭明沈阳

*《西方美术史十五讲》 北京大学艺术系 丁 宁

*《戏剧艺术十五讲》 南京大学文学院董健 马俊山
*《音乐欣赏十五讲》 中国作家协会 肖复兴
《中国美术史十五讲》 中央美术学院 邵 彦
《影视艺术十五讲》 清华大学传播学院 尹 鸿
《书法文化十五讲》 北京大学中文系 王岳川
《美育十五讲》 山东大学文学院 曾繁仁
《艺术史十五讲》 北京大学艺术系 朱青生
*《艺术设计十五讲》 东南大学艺术传播系 凌继尧

*《中国历史十五讲》 清华大学 张岂之
*《清史十五讲》 中国人民大学清史所 张 研 牛贯杰
*《美国历史十五讲》 北京大学历史系 何顺果
*《丝绸之路考古十五讲》 北京大学历史系 林梅村

*《文科物理十五讲》 东南大学物理系 吴宗汉
*《现代天文学十五讲》 北京大学物理学院 吴鑫基 温学诗
*《心理学十五讲》 西南师大心理学系 黄希庭 郑 涌
*《生物伦理学十五讲》 北京大学生命科学学院 高崇明 张爱琴
*《医学人文十五讲》 少年儿童出版社(上海) 王一方
《性心理学十五讲》 北京大学医学部医学人文系 胡佩诚
*《科学史十五讲》 上海交通大学人文学院 江晓原
《思维科学十五讲》 武汉大学哲学系 张掌然
*《青年心理健康十五讲》 清华大学教育研究所 樊富民
《环境科学十五讲》 北京大学环境学院 张航远 邵 敏
《人类生物学十五讲》 北京大学生命科学学院 陈守良
《医学伦理学十五讲》 北京大学医学部 李本富 李 曦
《医学史十五讲》 北京大学医学部 张大庆
《人口健康与发展十五讲》 北京大学人口所 郑晓瑛

(画*者为已出)